Daniela Knor
Sternenwächter

Zu diesem Buch

»Ein kühler Luftzug wehte aus der dunklen Tiefe herauf, in der sich die schmale Treppe verlor. Unschlüssig stand Regin vor der obersten Stufe und blickte über die Schulter zurück. Der leere, aus dem Felsen gehauene Stollen war in Zwielicht getaucht, das durch verborgene Schächte seinen Weg in dieses Labyrinth finden musste. Leise, patschende Schritte wie von nackten Füßen hasteten auf ihn zu. *Sie kommen!*« Dämonen ergreifen von Regin Besitz, um die Macht über Phykadon zu erlangen. Arion, Regins einziger Vertrauter, macht sich jenseits des Gebirges der Riesen auf die Suche nach den letzten Elben. Nur sie können das drohende Unheil noch abwenden. Wird er rechtzeitig zurückkehren? Oder wird Regin der dunklen Übermacht erliegen?

Daniela Knor, geboren 1972 in Mainz, studierte Geschichte, Neuere Deutsche Literaturwissenschaft und Psychologie. Sie lebt mit ihrem Hund in Mainz. Nach »Nachtreiter« ist »Sternenwächter« ihr zweiter High-Fantasy-Roman um den Kampf ungleicher Gefährten gegen gefährliche Dämonen der Dunkelheit. Weiteres zur Autorin: www.daniela-knor.de

Daniela Knor

Sternenwächter

Roman

Piper München Zürich

Von Daniela Knor liegen bei Piper vor:
Das Geheimnis des Königs. Rhiana die Amazone 3
Klingenschwestern. Rhiana die Amazone 5
Nachtreiter
Sternenwächter

Ungekürzte Taschenbuchausgabe
April 2010

Umschlagkonzeption: semper smile, München
Umschlaggestaltung: Guter Punkt, München
nach einem Entwurf von HildenDesign, München
Umschlagabbildung: HildenDesign, München
Karte: Rebecca Abe
Autorenfoto: Arne Schultz
Satz: psb, Berlin
Papier: Munken Print von Arctic Paper Munkedals AB, Schweden
Druck und Bindung: CPI – Clausen & Bosse, Leck
Printed in Germany ISBN 978-3-492-26747-2

Gewidmet
Peter Knor

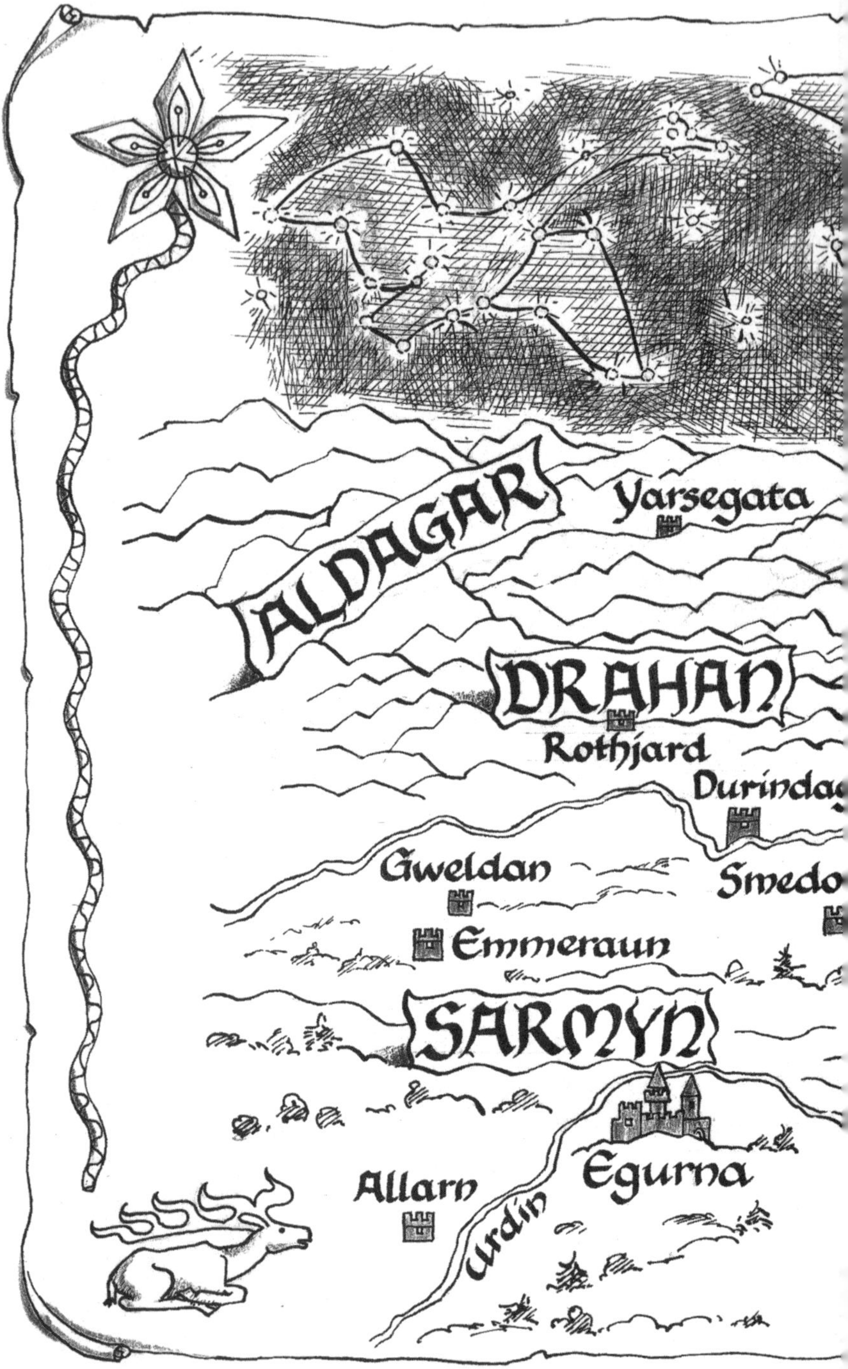
ALDAGAR
Yarsegata
DRAHAN
Rothjard
Durindag
Gweldan
Smedo
Emmeraun
SARMYN
Egurna
Allarn
Urdin

WALDHÜGEL
Juna
Die lange Narbe
PHYKADON
Ertanns Winterlager
IEFE HÜGEL

Prolog

Phykadonische Steppe, Herbst 954 nach Arutar

»Heilige Ahnengeister, steht uns bei!« Joru merkte kaum, dass ihr Pferd scheute. Hastig saß sie ab, die Augen auf die menschlichen Leiber gerichtet, die um sie herum im welken Gras lagen. Der Luftzug ließ die Fackel in ihrer Hand fauchen, als wollten die Flammen der übermächtigen Dunkelheit drohen, die nur widerwillig zurückwich. *Wie die ewige Finsternis der Unteren Welt*, dachte Joru schaudernd.

Rasch beugte sie sich zu einem mit blutigen Schnitten gezeichneten Mädchen hinab. Ihr schwarzes, mit grauen Strähnen durchzogenes Haar streifte die bleiche Haut des Kindes, als sie den Kopf auf die kleine Brust legte, um Atem und Herzschlag zu lauschen. Doch nichts war zu hören.

Mühsam richtete sie sich unter der Last ihres Kummers wieder auf. Sie hatte das Mädchen mit eigenen Händen zur Welt gebracht und seiner Mutter in die Arme gelegt, hatte seinen ersten Schrei gehört und das erste Schutzzeichen über ihm in die Luft gewoben. Ihr Blick fiel auf die Mutter, die wächsern und leblos neben ihrem Kind lag. Ihre Tunika war zerfetzt, die Bauchdecke durchlöchert wie von einem gewaltigen Speer, die Därme daraus hervorgezerrt. Jorus Magen hob sich, doch sie kämpfte die Übelkeit eisern nieder. Sie war die Kismegla, die Weltenwanderin. Sie musste stark bleiben, wenn andere verzagten. Und sie musste an ihre Aufgabe denken.

»Braninn! Hör mir zu!« Ihre Stimme klang schärfer, als sie beabsichtigt hatte. Der junge Krieger saß leichenblass auf seinem Pferd und hielt Zügel und Speer umklammert. Sie sah, wie schwer es ihm fiel, sich vom Anblick der Toten loszureißen und die dunklen, vor Entsetzen geweiteten Augen auf sie zu richten. »Tarronn ist nicht hier. Ich muss weiter, um ihn zu suchen, aber der Stamm darf nicht länger warten. Du siehst, was sonst mit uns allen geschieht.«

»Aber …« Er rang sichtlich um Fassung. »Du kannst doch nicht allein …«

Joru fiel ihm ins Wort. »Du musst zurück, um deinem Vater zu sagen, was hier geschehen ist! Glaubst du denn wirklich, du könntest mich mit deinen lächerlichen Waffen vor Embragojorr beschützen?« Beinahe hätte sie sich am Namen der Storchenköpfigen verschluckt. Ihn auszusprechen, weckte Bilder wie aus einem Albtraum in ihr. Es war eine Sache zu wissen, was den Bauch der Toten durchlöchert hatte, aber eine völlig andere, es sich vorzustellen.

»Dann wirst du auch sterben!«, begehrte Braninn auf. »Du darfst nicht gehen. Der Stamm braucht dich.«

Obwohl sein Haar, das wie das ihre auf einer Seite kurz geschoren war und auf der anderen zu einer langen Mähne herabhing, schimmerte wie Rabenfedern, erinnerte er Joru in diesem Augenblick mehr an seinen stolzen Vater als je zuvor. Die Woge der Zuneigung, die sie erfasste, überraschte sie und verlieh ihrer Stimme mehr Wärme. »Die Faitalorrem brauchen eine Kismegla«, stimmte sie ihm zu. »Aber wenn ich Tarronn nicht finde, werde ich wertlos sein. Ich habe ihm meine Trommel anvertraut, Braninn. Weißt du, was das bedeutet?«

Er schüttelte den Kopf. »Mach dir in Umais Namen eine neue Trommel! Das ist doch nicht so schwierig.«

Ich wünschte, es wäre so einfach. Joru lächelte bedauernd. »Das kann ich nicht. Die Trommel ist der Wohnsitz meines Hilfsgeistes. Ohne ihn bin ich nutzlos. Er ist es, der mich in die jenseitigen Welten trägt. Solange es die alte Trommel gibt, ist er darin gefangen und kann nicht zu mir kommen. Aber selbst, wenn er es könnte … Das Innere der Trommel birgt noch weitere Geheimnisse, die niemals verloren gehen dürfen.

Die Weisheit der Ahnen liegt darin. Wie sollen wir ohne ihr Wissen die Welt verstehen?«

»Das weiß ich nicht.« Der Zwiespalt stand ihm ins Gesicht geschrieben. »Aber wer soll uns durch die Dunkelheit führen, wenn du es nicht tust?«

Joru blutete das Herz. Wer, wenn nicht die Kismegla, war geeignet, den Stamm durch die sternenlose Finsternis zu leiten, die sich über die Steppe gelegt und die Sonne ausgelöscht hatte? Doch in Wahrheit wusste sie den Weg ebenso wenig, wie sie den Grund für dieses Unheil kannte. »Dein Vater muss es tun.«

»Wenn er es könnte, hätte er dich nicht darum gebeten!«

»Sein Herz wird ihn leiten, so wie mich das meine geführt hat. Einen anderen Weg gibt es nicht.« Sein ungläubiger Blick schmerzte sie. Seufzend nahm sie die Fackel in die Linke und nestelte mit der Rechten eines der schimmernden Bronzeplättchen hervor, von denen unzählige an ihrem Gürtel baumelten. Ihre Fingerspitzen ertasteten das geprägte Muster auf dem kalten Metall. »Hier. Gib ihm das! Das ist der Geist der Eule, die selbst in dunkelster Nacht ihren Weg erkennt. Er wird euch helfen.«

Scheu nahm der Krieger den Talisman entgegen und schob ihn behutsam unter seinen Gürtel. Joru entzündete die einzige andere Fackel, die sie bei sich trugen, und reichte Braninn dann ihre.

»Damit wirst du nicht weit kommen.«

»Auf meiner Suche werde ich andere Augen brauchen als diese.« Joru deutete vage auf ihr Gesicht. Mehr konnte und wollte sie nicht sagen. Sie beobachtete Braninn, wie er sich schweigend den Schild über den Rücken hängte, die Fackel in die Zügelhand nahm und den Speer wieder aus der staubigen Erde zog. »Mögen die Ahnen über euch wachen!«

»Und über dir«, murmelte Braninn und wendete sein Pferd.

Sie hörte in der Ferne das Pochen der Speerschäfte auf den Schilden der Krieger, den Herzschlag des Stammes, der ihm den Weg zurück wies. Mit gesenktem Blick wandte sie sich ab. Sie hätte nicht ertragen zu sehen, wie die Dunkelheit ihn verschluckte.

Arion

Emmeraun, Sarmyn, Sommer 955 n. A.

Ein Lächeln huschte über Arions Gesicht, als er den Blick zur Hügelkuppe hob und ins grelle Licht der Mittagssonne blinzelte. Emmerauns trutziger alter Turm und die zinnenbewehrte Mauer schienen bereits zum Greifen nah, doch er wusste, wie sehr sich der letzte Anstieg in die Länge zog, besonders an einem solch heißen Tag, der selbst den Wind erstickte.

Er spürte die energischen Schritte, mit denen sein neues Streitross den Hang hinaufmarschierte, und richtete sich im Sattel auf, um ihm die Arbeit zu erleichtern. Während das Packpferd, das er an einem Strick mitführte, bereits gequält schnaufte, reckte der Hengst aus den königlichen Stallungen noch immer eifrig den Kopf. Werodin der Dritte hatte ihn selbst ausgewählt und dabei seiner Leidenschaft für ungewöhnliche Farben gefrönt. Die Beine waren schwarz, das Langhaar silbrig, das Fell jedoch von dunklem, metallisch schimmerndem Grau, das sich zum Bauch hin aufhellte. Ein solcher Eisenschimmel mochte kein so hehrer Preis wie die Hand einer Prinzessin sein, aber er war zweifellos ein prachtvolles Geschenk.

Dennoch wallte erneut die Eifersucht auf, die ihn seit Regins Hochzeit mit Beveré plagte. *Er hat sie nicht verdient.* Oder war es nicht vielmehr so, dass die freundliche Prinzessin keinen gewissenlosen Kerl wie Regin verdient hatte? Gereizt schüttelte er den Gedanken ab. Er wollte sich lieber darauf freuen, seiner Familie das Geschenk des Königs zu zeigen.

Für einige Momente nahm ihm ein Hain die Sicht auf Emmeraun, und der Schatten unter den wie krause Locken gedrehten Zweigen der Zopfeichen legte sich kühl auf seine Haut. Umso stärker empfand er die Hitze und das Gleißen der Sonne, als sich der Weg wieder unter dem Laubdach hervorwand. Er war noch immer ein gutes Stück vom Burgtor entfernt, aber er konnte bereits sehen, dass es einladend offen stand. Ein Mädchen hütete die grau und weiß gefiederten Gänse auf der mit Blumen durchsetzten Wiese vor der Burg.

Ich bin zu Hause. Er fühlte eine Unbeschwertheit, von der er vergessen hatte, dass es sie gab. Diese Mauern waren seine Heimat, seine Zuflucht, sein Erbe, das ihm von Geburt an zugedacht war. Er würde hier immer willkommen sein … *Oder nicht?*

Die Gänsemagd hatte ihn erspäht, stieß einen überraschten Ruf aus und rannte zum Tor, um dahinter zu verschwinden. Arion hörte, wie sie auf dem Hof die Burgbewohner zusammenrief. Wie würden sie ihn aufnehmen, nachdem er sich so offen dem Willen seines Vaters widersetzt hatte? Würde seine Stiefmutter ihn ebenso dafür ohrfeigen, dass er Sava bei der Flucht vor ihrem Verlobten geholfen hatte, wie es der Burgherr im Heerlager getan hatte? Ganz sicher tuschelte das Gesinde darüber und zog seine eigenen Schlüsse. *Wenn sie mir scheele Blicke zuwerfen, werde ich mich darüber erhaben zeigen müssen.*

Als er durch das Tor ritt und der Hufschlag von den Mauern widerhallte, eilte ihm schon Bruin, der Pferdeknecht, entgegen. Es kam Arion wie eine Ewigkeit vor, dass er den verschlafenen, verdatterten Bruin in der Tür des Stalls hatte stehen lassen, um mit Sava in die Nacht zu verschwinden. Er hoffte, dass sein Vater seine Wut nicht an dem überrumpelten Knecht ausgelassen hatte.

»Willkommen daheim, Herr!«, rief Bruin mit einer hastigen Verbeugung.

Arion saß ab und fasste ihn forschend ins Auge, doch er

konnte keinen Groll in seinem Blick entdecken, nur freundliche Neugier. »Danke, Bruin. Nimm erst einmal das Packpferd und lass die Sachen in meine Kammer bringen!«

»Ja, Herr«, antwortete Bruin mit einer weiteren beflissenen Verbeugung und entfernte sich rasch mit dem erschöpften Tier. Arion sah ihm stirnrunzelnd nach. Der Knecht hatte sich ihm gegenüber noch nie so unterwürfig verhalten.

»Arion!«, riss ihn ein Jubelschrei aus seinen Gedanken. »Haulerdreck, was für ein Pferd!«

Das Streitross riss den Kopf hoch und spitzte die Ohren, als Arions elfjähriger Halbbruder mit gezücktem Holzschwert herbeirannte und erst direkt vor seiner Nase zum Stehen kam. Ehrfürchtig sah er zu dem Tier auf.

»Du fluchst wie ein alter Waffenknecht«, neckte Arion ihn und zauste die vom Kampfspiel verschwitzten Haare.

»Ha, ich kenn noch ganz andere Flüche! Willst du mal hören?«

»Später gern. Ich hab von meinem Söldner auch ein paar neue gelernt.« Er zwinkerte Beredin zu, der grinste und wieder zu dem Hengst aufsah.

»Darf ich den mal reiten?«

»Aber nur eine Runde im Schritt um den Hof. Er ist müde.«

»Ja, ja.« Der Junge ließ die Holzwaffe fallen und war bereits im Sattel, bevor Arion ihm den Zügel gereicht hatte.

Das Schreien eines Säuglings lenkte seine Aufmerksamkeit zum Eingang des Turms, wo sich eine Traube Menschen versammelt hatte. Arion vergewisserte sich mit einem letzten Blick, dass sein Bruder keinen Unfug anstellen würde, bevor er zu der wartenden Burgherrin hinüberging. Er hatte nie eine andere Mutter gekannt, da Kunmags erste Frau im Kindbett gestorben war.

Adavind stand umgeben von den herbeigelaufenen Knechten und Mägden, die sich vor Arion verbeugten. Nur die jüngsten Kinder des Gesindes begriffen den Standesunterschied noch nicht und blickten mit großen Augen zu dem Ritter auf. Arion lächelte ihnen zu. In Adavinds Zügen las er noch die Anstrengungen der Geburt, die erst wenige Tage zurückliegen konnte. Ihre Zofen hielten sich bereit, sie nötigenfalls zu stützen, während eine Amme das greinende Kind auf den Armen wiegte und beruhigende Laute murmelte.

Unschlüssig blieb Arion vor Adavind stehen. In ihrem Blick mischten sich so viele Gefühle, dass er nicht wagte, ihn zu deuten. »Es … freut mich, Euch wohlauf zu sehen, Mutter.«

Gerade als er erkannte, dass hinter ihren zitternden Lidern Tränen hervorbrechen wollten, kam Adavind ihm den letzten Schritt entgegen. Sie umarmten einander, und er war überrascht, wie fest sie ihn an sich drückte. *Als ob sie Halt sucht. Was geht hier vor?*

»Ich bin froh, dass du wieder hier bist«, brachte sie heraus, als sie sich von ihm löste. Sie verzog das Gesicht in dem Versuch, die Tränen zurückzuhalten. »Wir müssen reden. Komm!«

»Erst will ich auch begrüßt werden«, beschwerte sich Arions kleine Halbschwester und trat vor.

Abgelenkt durch die Frage, was Adavind solchen Kummer bereitete, beugte sich Arion hinab und gab dem Mädchen einen flüchtigen Kuss auf die Wange. »Du meinst wohl, dass du *mich* begrüßen willst.«

»Das ist doch dasselbe«, behauptete sie. »Wir haben ein Brüderchen bekommen. Siehst du?«

»Ja, das ist sehr schön.«

»Herrin, Euer Bruder muss jetzt wichtige Dinge mit Eurer Mutter besprechen«, erklärte die ältere der Zofen und erlöste Arion, indem sie das Mädchen zum Burggarten führte.

Rasch folgte er seiner Stiefmutter in den Turm, wo sie die Treppe zur Halle hinaufstiegen. Hinter den dicken Mauern blieb es selbst im Hochsommer kühl. Adavind ließ sich seufzend auf den gepolsterten Lehnstuhl am Kopf der Tafel sinken, auf dem bei den Mahlzeiten stets der Burgherr saß.

»Soll ich etwas Wein holen, Herrin?«, erkundigte sich Mari, die noch vor wenigen Weißmonden Sava als Zofe gedient hatte.

»Ja, mein Sohn wird nach seinem langen Ritt durstig sein.«

Arion nahm auf einem der schlichter gearbeiteten Stühle Platz und ertappte sich dabei, mit den Fingern auf die Tischplatte zu trommeln. Doch Adavind richtete erst dann das Wort an ihn, als die Zofe den Raum verlassen hatte. Ihre Stimme klang flehend. »Wo ist Sava? Geht es ihr gut?«

Er blickte betreten auf seine Hände und grübelte, wie viel er ihr sagen durfte.

»Du kannst es mir verraten. Dein Vater …« Sie schluckte. »Kunmag wird sie nicht zurückholen.«

Wie kann sie sich dessen so sicher sein?, wunderte er sich. »Ich bitte Euch, grämt Euch nicht länger. Ich habe sie sicher nach Drahan gebracht. Sie hat sich dort den Priesterinnen Deartas angeschlossen, die unter dem Schutz der Gordean stehen.«

»Das ist gut«, flüsterte Adavind und wischte sich mit dem Handrücken über die Augenwinkel. Sie lächelte, aber er sah, dass sie es sich abringen musste. »Es passt zu ihr. Schon Tomink hat es gesagt, als sie noch ein Kind war.«

Tomink? Arion hob verblüfft die Brauen. Er konnte sich nicht erinnern, dass sein Lehrer jemals etwas Derartiges über Sava geäußert hatte. Aber Tomink war lange tot, und Arion wurde immer bewusster, wie viel er bereits vergessen hatte. »War das alles, was Euch bedrückt? Es tut mir leid, dass ich daran beteiligt war, Euch diesen Schmerz zuzufügen. Ich habe es nur für Sava getan.«

Adavind lächelte erneut gequält, aber in ihrem Blick lag Vergebung. »Du hast richtig gehandelt.«

»Ha!«, entschlüpfte es Arion. »Vater sieht das leider anders. Ist er zur Jagd geritten? Oder überwacht er die Arbeit im Steinbruch?«

Sie schüttelte den Kopf und rang erneut um Fassung. »Dein Vater liegt im Sterben, Arion.«

Im ersten Moment konnte er sie nur anstarren. In seinem Innern herrschte die Stille eines gefrorenen Sees, bevor seine Gedanken mit einem Schlag zu einem Scherbenregen zerbarsten, der ihn schwindeln ließ. »Aber warum? Ich habe ihn doch bei der Siegesfeier in Smedon noch gesehen. Es ging ihm bestens …« Er brach ab.

War sein Vater wirklich gesund gewesen? Weshalb hatte er ihn dann nicht zu Regins Hochzeit nach Egurna begleitet? Im Nachhinein betrachtet fiel Arion auf, dass Kunmag auf der Siegesfeier kaum etwas gegessen und nur wenig Wein getrunken hatte. Dennoch war er am nächsten Tag so übellaunig gewesen, als hätte er den Kopf zu tief ins Fass gesteckt. Arion hatte es auf den Groll geschoben, den sein Vater wohl immer noch gegen ihn hegte. *Ich war zu sehr mit mir selbst beschäftigt, um die Wahrheit zu erkennen.* »Was fehlt ihm? Könnt Ihr ihn nicht heilen? Ihr versteht Euch doch auf Kräutertränke.« Er suchte in Adavinds Augen nach einem Funken Hoffnung, doch das Feuer in ihnen war längst in Tränen erloschen.

Sie schüttelte matt den Kopf. »Ich habe alles versucht. Er will nichts mehr essen. Er ist zu stolz, um sich zu beklagen, aber ich glaube, es bereitet ihm Schmerzen. Selbst das Trinken …«

Ihre Ergebenheit in das Schicksal war Arion unerträglich. Er sprang auf und hätte sie am liebsten aus ihrer Trägheit geschüttelt, aber das Poltern seines umgekippten Stuhls lenkte ihn gerade genug ab, um sich zu besinnen. Statt sich auf sie zu stürzen, rang er die Hände. »Irgendetwas müssen wir doch tun können! Habt Ihr nach einem Austreiber gesandt?«

Ein kleines, bitteres Lächeln umspielte ihre Mundwinkel. »Den hat er zum Totensammler gejagt. Wir fürchteten, dass ihn der Zorn auf der Stelle dahinraffen würde. Du weißt doch, was er vom Aberglauben der Bauern hält.«

Arion nickte. Nicht einmal im Angesicht des Todes war

sein Vater also bereit, von seinen Grundsätzen abzuweichen. »Dann werde ich wohl besser zu ihm gehen.«

»Nein«, riet Adavind. »Er will nicht, dass ihn jemand leidend sieht. Du solltest warten, bis er dich rufen lässt.«

Im Zwielicht des Turms leuchteten die getrockneten Blütenblätter vor der Tür zum Gemach des Burgherrn wie Schneeflocken auf schwarzer Moorerde. Der Anblick versetzte Arion einen Stich. Wenn das Gesinde geglaubt hätte, dass sein Vater diese Schwelle noch einmal lebend überschreiten würde, hätte es nicht gewagt, dessen Zorn mit so abergläubischem Treiben herauszufordern. Sie meinten es gut. Die Blüten der Deartazweige vom letzten Mittwinterfest sollten böse Geister fernhalten. Aber Kunmag wollte die Hilfe der alten Götter nicht.

Arion überwand sich und klopfte an. Er fürchtete sich vor dem, was ihn am Sterbebett seines Vaters erwarten mochte. Was sollte er dem Mann sagen, der ihm nie anders als streng und verschlossen begegnet war? Eine gedämpfte Stimme drang durch die Tür und zwang ihn, sich seinen Ängsten zu stellen.

Halb sitzend, halb liegend, von Daunenkissen und einer zusammengerollten Wolldecke im Rücken gestützt, sah Kunmag ihm vom Bett aus entgegen, doch dem Blick fehlten die Kraft und Schärfe, die ihn stets ausgezeichnet hatten. Die Augen lagen tief in umschatteten Höhlen, das schweißdunkle Haar klebte am Schädel. Selbst der dichte Bart konnte nicht über die eingefallenen Wangen hinwegtäuschen. Arion näherte sich der ausgezehrten Gestalt, in der er den Respekt einflößenden Burgherrn, der Kunmag noch vor wenigen Wochen gewesen war, kaum wiedererkannte. Der Anblick der hervorstehenden Knochen verstärkte den Druck auf seine Brust. »Vater, Ihr müsst etwas essen«, platzte er heraus. »Ihr …« Er brach ab, als sich das Gesicht des Burgherrn verfinsterte.

»Gar nichts muss ich«, schnaubte Kunmag, und der Zorn verlieh seiner Stimme eine Andeutung der einstigen Stärke. »Wag es nicht, mir Befehle zu erteilen! Ich weiß selbst, was für mich am besten ist.«

Arion schluckte den Widerspruch hinunter, der ihm auf der Zunge lag. Er konnte seinen Vater nicht umstimmen, indem er mit ihm stritt. Auf diese Art hatte er noch nie etwas bei ihm erreicht.

»Es gibt wichtigere Dinge zu besprechen«, behauptete Kunmag. »Setz dich!« Er deutete vage in den Raum, als ob er bereits zu schwach sei, den Arm in einer gezielten Geste zu heben.

Arion ging zu dem schweren Eichenholztisch, auf dem die Pläne für die neue Halle ausgebreitet lagen, die sein Vater neben dem Turm errichten wollte. Fein säuberliche Zeichnungen und grobe Entwürfe, akribische Materialauflistungen und Pergamente, die mit einem Wirrwarr an Berechnungen übersät waren, begruben die Tischplatte unter sich. Er trug einen Stuhl zum Bett hinüber und nahm Platz. »Ich weiß, dass ich Euch bislang bei Eurem Bauvorhaben keine große Hilfe war«, gab er zu und griff nach seiner Gürteltasche. »Aber ich habe etwas mitgebracht, das …«

»Um die Halle kannst du dich kümmern, wenn ich in Rauch und Flammen aufgegangen bin«, unterbrach ihn Kunmag so barsch, dass sich Arion unwillkürlich versteifte. »Falls du es dann noch willst«, fügte er leiser hinzu.

Der melancholische Unterton ließ Arion aufhorchen. Er sah Kunmag fragend an, doch der Burgherr blickte durch das schmale Fenster hinaus in die Weite.

»Es wird mir eine Ehre sein, Euer Werk fortzusetzen, Vater. Nur weil ich einmal ungehorsam war, müsst Ihr nicht glauben, dass ich Euch und dem, was Ihr mich gelehrt habt, keine Achtung entgegenbringe.«

»Du hast mich schon lange nicht mehr nach der Blutnacht gefragt«, stellte Kunmag fest, die Augen noch immer in die Ferne gerichtet.

Die Blutnacht? Arion wusste nichts zu erwidern. Noch nie hatte sein Vater auch nur das Wort über die Lippen gebracht. Stets waren seine Fragen zornig abgeschmettert worden.

Das Schweigen dehnte sich, während Kunmag aus dem Fenster starrte. Als er schließlich sprach, klang seine Stimme so fern wie die vergangenen Ereignisse. »Ich war dort. Ich war einer derjenigen, die die Priester getötet und den Tempel in Schutt und Asche gelegt haben. Der König hatte es befohlen, und seine geschworenen Ritter gehorchten. Wir mussten dem Aufstand zuvorkommen, zu dem Tazlan das halbe Reich aufstachelte.«

»Ihr … Ihr müsst Euch vor mir nicht rechtfertigen.« *Ich habe es schon immer geahnt.*

Kunmag zuckte, als hätte er ihn geschlagen, und schoss ihm einen wütenden Blick zu. »Ich rechtfertige mich nicht. Ich habe getan, was ich tun musste.«

»Aber das weiß ich doch«, versicherte Arion verwirrt. Warum war immer alles falsch, was er seinem Vater sagte? »Rotger der Sechste hat es befohlen, weil Tazlan ihn zwingen wollte, sich dem Willen der Priester zu unterwerfen.«

»Ja, so war es.« Seufzend sank Kunmag in die Polster zurück. Erneut wanderte sein Blick in die Vergangenheit. »Die Blutnacht. Einen besseren Namen hätten die Bauern dafür nicht finden können. Einige von uns haben …« Er brach ab, bis er mit festerer Stimme fortfahren konnte. »Es sind Männer bei lebendigem Leib in diesem Tempel verbrannt. Ich kann ihre Schreie noch immer hören. Ich bin unter diese Priester gefahren und habe getötet, ohne zu fragen, wer von ihnen schuldig war. Unser Befehl lautete, die Verräter zu erschlagen. Das haben wir getan.«

Arion erinnerte sich an das brennende Dorf und die Leichen, zwischen denen er gegen phykadonische Plünderer gekämpft hatte. Manchmal wachte er hustend auf, weil er im Traum wieder durch den Rauch und die sengende Hitze ritt, das Brüllen der Flammen im Ohr und das Gefühl des Schwerts in seiner Hand, das durch Fleisch und Knorpel stieß. Hatte auch sein Vater nach der Blutnacht unter Albträumen gelitten? Er wagte nicht zu fragen.

»Die Zweifel kamen erst hinterher«, fuhr Kunmag fort. »Ich versuchte, nicht darüber nachzudenken. Welcher Verräter hätte nicht alles abgestritten? Aber es ging mir nicht aus dem Kopf, dass einige Priester noch im Sterben ihre Unschuld beteuert hatten. Ich war … nicht mehr so sicher, ob wir Rotgers Befehl so ausgeführt hatten, wie es hätte sein sollen. Doch wir hatten geschworen, Stillschweigen über die Angelegenheit zu bewahren, also behielt ich meine Gedanken für mich.« Kunmag holte tief Luft. »Und dann kam Tomink.«

Tomink, der das Blutbad überlebt hatte. Arion konnte sich kaum vorstellen, was die beiden Männer füreinander empfunden haben mussten. Wie hatte der Priester im Haus des Mörders seiner Brüder leben können? Wie hatte sein Vater die Anwesenheit dieses Stachels in seinem Fleisch ertragen? Er strich sich ratlos über den kurzen, noch immer etwas flaumigen Bart und schüttelte den Kopf.

»Ich weiß, was du denkst«, behauptete Kunmag. »Er und ich, wir haben nie darüber gesprochen. Ich glaube, er wusste, dass ich daran beteiligt war. Vielleicht hat er mich in jener Nacht sogar gesehen. Aber ihm war die Flucht geglückt, und er konnte sich nicht ewig bei den Bauern verstecken. Früher oder später hätte man ihn verraten oder entdeckt. Deshalb kam er zu mir – oder besser gesagt zu Adavind, weil sie den Tempel einst besucht hat, als sie noch Merdan von Rédkés Frau war.«

»Mutter hat Tomink gekannt?«, staunte Arion.

Sein Vater nickte. »Die Rédké …« Kunmag leckte sich die rissigen Lippen, und Arion merkte, wie sehr ihn das Gespräch anstrengte. Er reichte ihm einen Becher Wasser, der auf dem Deckel einer Truhe neben dem Bett stand, doch sein Vater winkte matt ab.

»Die Rédké sind mit den Gordean verwandt. Vielleicht sind sie deshalb etwas … seltsam.«

Spielt er damit auf Sava an? Kunmags Miene gab ihm keinen Hinweis.

»Ich gab nach, wie du weißt. Er war ein alter, schutzbedürftiger Mann. Es schien mir eine Möglichkeit, den Fehler zu sühnen, den ich vielleicht gemacht hatte. Ich verbot ihm nur, Arutar auf meiner Burg mit abergläubischem Firlefanz zu beleidigen, und ich glaube, dass er sich daran gehalten hat. Aber es kam viel schlimmer, als ich befürchtet hatte.«

Wieder schweifte Kunmags Blick ab, um an einem Ort zu weilen, der weit in der Vergangenheit lag. Als er zu Arion zurückkehrte, lagen Schmerz, aber auch Härte darin. »Als Werodin erfuhr, wen ich beherbergte, zweifelte er meine Treue zu ihm und seinem verstorbenen Vater an. Er forderte mich auf, Rotgers Befehl zu Ende zu bringen.« Er sah Arion direkt in die Augen. »Ich habe es getan. Ich habe ihn getötet.«

Grachann

Phykadonische Steppe

Sapass, Häuptling der Schlangen, tauchte die Finger der linken Hand in eine Schale Agaja und schnippte die vergorene Stutenmilch in die vier Himmelsrichtungen, um die Windgeister gnädig zu stimmen. Sein Haupt war nach Art seines Stammes kahl geschoren und nur mit einer Haube aus Schlangenleder bedeckt, die Grachann an die Helme sarmynischer Ritter erinnerte. Weitere Tropfen regneten als Gabe an die Erdmutter zu Boden, bevor der alte Mann Blick und Opfer gen Zeltdach richtete, über dem er hoch oben Ülgen, den Himmelsgott, wusste.

Mögen die Geister diesen Narren Einsicht verleihen. Grachann sah zu, wie Sapass an der Schale nippte, und spürte die Blicke der anderen auf sich, die nachdenklichen und die abschätzenden, die verstohlenen und die offen feindseligen. Einige Krieger hatten ihm geraten, der Versammlung fernzubleiben. Selbst Lardak, der Anführer der Adler, war so besorgt um seinen Sohn, dass er ihm nahegelegt hatte, auf den Weidegründen seines Stammes zu bleiben, bis ein Urteil zu seinen Gunsten gefällt war. Schon die Erinnerung an diesen Vorschlag genügte, damit sich Grachanns Haut zusammenzog, als sträube er das Gefieder wie ein zorniger Raubvogel. Sein Platz war hier im Rat, an der Seite seines Häuptlings, dessen Amt er eines Tages übernehmen würde. *Niemand wird mich davon abhalten. Die Wahrheit ist auf meiner Seite.*

Sapass bot die Schale seinem Weltenwanderer an, der einen Schluck nahm und sie weitergab. Während der Opfertrank auf diese Art reihum gereicht wurde, musterte Grachann unverhohlen die versammelten Männer und Frauen. Die Häuptlinge aller Stämme Phykadoniens saßen unter dem Dach dieses Zeltes, dessen Seitenwände man aufgeklappt hatte, damit kühlender Wind hereinwehte. Sie bildeten den inneren Kreis um eine erloschene Feuerstelle und die Kismeglarr und wichtigen Krieger in ihrer Begleitung den äußeren. In gebührendem Abstand, um den Rat nicht zu stören, umringte eine neugierige Menge der Hitze zum Trotz das Zelt.

Es lag eine Spannung in der Luft, die Grachann bei früheren Stammestreffen nicht gespürt hatte. Zu viele offene Fragen standen im Raum, allen voran jene nach dem Schicksal des Obersten Heerführers und seiner Nachfolge.

Wie Grachann selbst trugen die Häuptlinge ihren Rang und Wohlstand zur Schau, um ihre Anhänger wie Gegner gleichermaßen zu beeindrucken. Feinstes, weiches Hirschleder, mit gefärbten Fäden bestickt, maß sich mit seltener, zu aufwendigen Mustern verwebter Graswolle. Bärenkrallen und Löwenzähne wetteiferten mit goldenen Gürtelbeschlägen. Madarr, der Häuptling der Hirsche, hatte sich sogar eine Tunika aus Seide schneidern lassen, die er nur in Sarmyn erbeutet haben konnte. Grachann fragte sich, ob es Madarr gewesen war, der Kreons Burg geplündert hatte. Schon regte sich Zorn in ihm. *Erst kriechst du vor Ertann, als Braninn und ich deine Hilfe brauchen, und dann nimmst du mir die Möglichkeit, mich an diesem verfluchten Eisenmann zu rächen.* Er bildete sich ein, die Narbe auf seinem Arm zu spüren, wo Kreons Knecht ihn mit glühendem Eisen gezeichnet hatte.

Madarr sah plötzlich auf, und ihre Blicke trafen sich. Grollend fasste Grachann ihn schärfer ins Auge. Triumph und Verachtung erfüllten ihn, als sich der Häuptling rasch abwandte.

»Es wäre klüger, dir nicht mehr Feinde zu machen, als du bereits hast«, raunte der Kismeglarr der Adler ihm zu.

Grachann schnaubte entrüstet. »Vor einem Feigling wie ihm fürchte ich mich nicht. Er hat Grund genug, sich zu schämen. Soll er seine Schuld begleichen, indem er heute für mich spricht – und für Braninn, seinen Verwandten. Vielleicht würde er noch leben, wenn Madarr uns nicht aus Angst vor Ertann abgewiesen hätte.«

»Und vielleicht würde der Schnee des letzten Winters immer noch liegen, wenn die Dämonen den Sonnengeist besiegt hätten«, erwiderte der Weltenwanderer, dessen Gewand mit Adlerklauen und -federn geschmückt war. Er erstickte Grachanns Protest mit einer beschwichtigenden Geste. »Du bist ein mutiger Mann, aber Mut ohne Weisheit ist wie ein Adler ohne scharfen Blick. Seine Angriffe stoßen ins Leere.«

Grachann brummte nur unwillig, denn die Kismegla der Pferde reichte ihm in diesem Augenblick die Opferschale. Er setzte sie an die Lippen und nahm einen Schluck, bevor er sie seinem Vater übergab. Die wässrige, leicht säuerliche Agaja erfrischte ihn für einen Moment, bevor die Luft der versengten Steppe ihm den Mund wieder ausdörrte.

Endlich kehrte die Schale zu Sapass zurück, der bei der Herdstelle wartete und die letzten Tropfen in die kalte Asche goss. Er wirkte steif, als er das Gefäß abstellte und sich wieder auf dem Ehrenplatz des Ratsvorsitzenden niederließ, der ihm als ältestem Häuptling zustand, solange kein neuer Oberster Heerführer gewählt worden war. Grachann fragte sich, wie lange die Männer der Schlangen Sapass noch folgen würden, wenn er es nur mit Mühe in den Sattel schaffte.

»Der Rat kann beginnen«, verkündete der Alte mit überraschend kräftiger Stimme und nahm den abgegriffenen Stab auf, der neben seinem Sitz aus Büffelfellen bereitgelegen hatte.

Alle Blicke richteten sich auf den blank geriebenen Stab, dem man seinen Ursprung aus einem knorrigen Knüppel noch immer ansah. Er war mit punzierten Lederbändern beschlagen, in denen Eulenfedern steckten, und Grachann erschauerte voll Ehrfurcht. Die erste aller Kismeglarr hatte diesen Ast einst auf den Rat eines mächtigen Eulengeists vom Weltenbaum geschnitten, um den Stämmen die Weisheit zu bringen. Seine Anwesenheit verlieh der Versammlung Würde und ihren Worten Gewicht.

»Unsere Aufgabe ist, einen neuen Obersten Heerführer zu wählen«, fuhr Sapass fort. »Ertanns Tod hat gezeigt, dass unsere Feinde mächtig sind. Wir müssen gewappnet sein, um neuen Angriffen zu begegnen. Ich erwarte eure Vorschläge.«

Der Anführer der Büffel stand sofort auf. Grachann erinnerte sich, den Mann schon einmal gesehen zu haben, doch weder sein Name noch seine Taten waren ihm im Gedächtnis geblieben. Gegen Ertanns übermächtige Gestalt war jeder andere Krieger der Büffel verblasst, wenn nicht gar im Kampf gegen die Sarmyner – oder gegen Grachann und Braninn – gefallen. Der neue Häuptling mochte das Eisenhemd eines Ritters und dessen silberne Sporen tragen, doch die konnten aus Ertanns Trophäensammlung stammen und bewiesen nichts. Sapass erteilte ihm das Wort, indem er mit dem Stab *Eulensitz* auf ihn deutete.

»Ich bin Geronn, Häuptling der Faitaworrem, und ich fordere, zuerst diesen Verräter aus unserer Mitte zu entfernen.« Er zeigte auf Grachann, dessen Brust sich mit kalter Wut füllte.

»Wie können wir einen neuen Heerführer wählen, solange der Mörder des alten unter uns sitzt?«

Grachann ballte die Fäuste. Er hatte gewusst, dass diese Anklage kommen musste, und sein Vater hatte ihm eingeschärft, die Würde des Rats nicht durch Jähzorn zu verletzen. Mühsam beherrschte er den Drang, aufzuspringen und diesem Ochsen die Beleidigung zurück ins Maul zu stopfen. Er hörte die gemurmelten Fragen und zustimmenden Rufe, sah den Rücken Lardaks, der sich schweigend erhob. Eulensitz richtete sich auf den Anführer der Adler und zwang damit Geronn, sich wieder zu setzen.

»Ich bin Lardak, Häuptling der Faitaschaschem. Es werden schwere Vorwürfe gegen meinen Sohn erhoben, aber sie sind unwahr. Er hat das Zelt, in dem Ertann starb, nie betreten, oder gibt es hier jemanden, der anderes gesehen hat? Der soll aufstehen und es bei den Ahnen bezeugen!«

Grachann wunderte sich darüber, doch seltsamerweise beruhigte ihn die Herausforderung, die sein Vater in die Runde geschleudert hatte. Forschend blickte er in die Gesichter der drei Männer des Büffelstamms. Erst jetzt fiel ihm auf, dass kein Kismeglarr darunter war. Was war mit dem alten Weltenwanderer geschehen, der ihm und Braninn von Ertanns schwarzer Magie berichtet hatte? War der Greis eines natürlichen Todes gestorben, oder hatte Ertann ihn umgebracht? Und wo war seine Schülerin? Hatte Ertann etwa auch dem kleinen Mädchen etwas angetan? Der Gedanke schürte seine Wut aufs Neue. *Wenn das wahr ist, geschieht es den Büffeln recht, wenn sie ohne Kismeglarr verrecken!*

Ein junger Mann der Löwen erhob sich. Nach der Sitte seines Stammes trug er das Haar mit rotem Lehm zu einer Mähne geformt und einen dünnen Schnurbart. Sapass erteilte ihm das Wort.

»Ich bin Mordek«, stellte er sich vor.

Grachann erinnerte sich, ihn im letzten Winter als Boten in Ertanns Halle gesehen zu haben.

»Ich war Zeuge in jener Nacht, als dieser Mann …« Auch er deutete auf Grachann und schoss ihm einen hasserfüllten Blick zu. »… mit drei Eisenmännern in Ertanns Lager kam und uns mit Dämonen angriff. Es mag sein, dass es nicht seine Hand war, die unseren Heerführer tötete. Doch es war sein Verrat, der den feigen Mord ermöglicht hat.«

Grachann öffnete den Mund zu einer scharfen Erwiderung, doch Joru, die Kismegla der Pferde, stieß ihm so heftig den Ellbogen in die Rippen, dass er sich auf die Zunge biss und Blut schmeckte.

»Warte!«, zischte die Weltenwanderin, die viel älter aussah, als er sie im Gedächtnis hatte. Das üppige Haar war weiß geworden und ihr Gesicht so eingefallen, dass die Haut in Falten hing.

»Die Ahnen können nicht mit Wohlwollen auf diese Wahl blicken, solange wir zerstritten sind«, stellte Sapass fest. »Wer dafür ist, dass wir zunächst über Grachann von den Faitaschaschem zu Gericht sitzen, der hebe die Hand!«

In seltener Eintracht stimmten alle Versammelten dafür. Sapass nickte. »Wer hat noch etwas gegen den Angeklagten vorzubringen?«

Die Männer des Büffelstamms wechselten Blicke, dann stand einer der beiden Krieger auf, die den Häuptling flankierten, und stellte sich vor. Grachann hatte ihn noch nie gesehen. »Ich war als Späher in Sarmyn, um das große Heerlager des Feindes auszukundschaften. Bei meinen Ahnen schwöre ich, dass ich Grachann dort gesehen habe. Er und Braninn ritten mit drei Eisenmännern und einer Frau nach Süden. Sie waren keine Gefangenen, also müssen sie sich mit dem Feind verbündet haben.«

Grachann verzog nur geringschätzig den Mund, während sich der Mann wieder setzte. Er *hatte* ein Bündnis mit den Rittern geschlossen. *Das allein macht mich noch nicht zum Verräter.*

Erneut meldete sich der Häuptling der Büffel zu Wort.

»Die Hälfte meines Stamms kann bezeugen, dass Grachann unseren Heerführer zu Mittwinter verleumdet und beleidigt hat. Er hat sich seiner gerechten Strafe entzogen und stattdessen mehrere Krieger getötet, die ihn zurückbringen wollten. Dann kam er mit dem Feind zurück, um Ertann zu ermorden. Für mich gibt es keinen Zweifel, dass er sein Volk verraten hat und Schuld am Tod zahlreicher Männer trägt.«

Einige Häuptlinge nickten.

Sapass wiegte nachdenklich das Haupt. »Ich möchte hören, was du zu diesen Vorwürfen zu sagen hast.«

Grachann sah Eulensitz auf sich gerichtet und erhob sich. Absichtlich rückte er seinen Säbelgurt zurecht, um die Blicke der Anwesenden auf die Strähnen zu lenken, die um die Scheide seiner Waffe geknotet waren. Jede stand für einen getöteten Feind, und er war stolz darauf, dass es Häuptlinge gab, die weniger dieser Trophäen vorzuweisen hatten als er. »Es ist wahr«, gab er zu. »*Neun* …«, er betonte die heilige Zahl, »… Krieger der Büffel sind seit Mittwinter von meiner Hand gestorben. Und das sind nur jene, von denen ich es sicher weiß. Es ist auch wahr, dass ich drei Eisenmänner und eine *karraskesa* in die Steppe geführt habe, um Ertann zu töten.«

Empörte Ausrufe, die seinen Kopf forderten, unterbrachen ihn. Die beherrschteren Ratsteilnehmer machten ihrer Überraschung mit gedämpften Stimmen Luft, aber der Lärm genügte, um kaum ein Wort zu verstehen. Sapass hob Eulensitz über seinen Kopf und klopfte dann mit dem Ende des Stabs auf einen Schild, der neben ihm auf dem Boden lag. Das dumpfe Pochen brachte das Stimmengewirr zum Schweigen. Die Spitze des Stabs richtete sich wieder auf Grachann.

»Aber es ist eine Lüge, dass ich den Heerführer verleumdet habe. Sein eigener Kismeglarr hat mir verraten, dass es Ertann war, der mit schwärzester Magie die Dunkelheit über uns gebracht hat.« Er musste die Stimme heben, um sich über den entrüsteten Widerspruch der Büffel hinweg Gehör zu verschaffen. »Was glaubt ihr denn, wer euch die Tore zu den

Burgen der Eisenmänner geöffnet hat? Ertanns Dämonen waren es!«

Erneut konnte nur Eulensitz die aufgebrachten Häuptlinge verstummen lassen.

»Es ist leicht, einen Toten zu beschuldigen.« Sapass entzog Grachann mit tadelndem Blick das Wort.

Gereizt ließ sich Grachann nieder. Er erwartete nichts Gutes, als sich die junge Kismegla der Hirsche einmischte, die seit dem Frühjahr die Hüterin der Trommel ihres Stammes war.

»Dass Braninn und Grachann nach Sarmyn gehen sollten, war mein Vorschlag«, eröffnete sie ihren Zuhörern.

Grachann warf rasch einen Blick auf das Gesicht ihres Häuptlings. Madarr starrte ihn grimmig an, machte aber keine Anstalten, der Weltenwanderin Einhalt zu gebieten.

»Wenn wir sie aufgenommen und ihre Wunden versorgt hätten«, fuhr sie fort, »hätten sie zu ihren Vätern zurückkehren und die Angelegenheit vor den Rat bringen können. So aber fielen sie den Eisenmännern in dic Hände und mussten andere Wege finden. Ich glaube, dass er die Wahrheit sagt.«

»Aber du kannst es nicht bezeugen, weil du nicht gesehen hast, wie unser Heerführer Dämonen beschworen hat.« Sapass rang sich die letzten Worte sichtlich ab. »Niemand unter uns hat es gesehen. Wie sollen wir da etwas so Ungeheuerliches glauben? Ertann hat viele Siege für unser Volk errungen. Ich kann nicht dulden, dass sein Andenken so in den Schmutz gezogen wird.«

Turr, der Anführer der Pferde, erhob sich. Grachann knirschte mit den Zähnen, als er sah, wie widerstrebend Sapass Braninns Vater das Wort erteilte.

Die Stimme des Häuptlings zitterte zuerst leicht, dann erlangte er seine Fassung zurück. »Auch ich kann keinen Zeugen aufbieten, der meinen Sohn entlastet. Aber ist es nicht seltsam, dass sich die Dunkelheit über unserem Land gerade dann auflöste, als Ertann starb?«

»Das könnte auch daran liegen, dass es dein eigener Sohn war, der sie herbeigezaubert hat«, giftete der Häuptling der Büffel. »Ist er nicht in derselben Nacht gestorben?«

Grachann sprang schneller auf, als sein Kismeglarr ihn halten konnte. Sein Säbel war aus der Scheide, bevor Geronn auch nur zuckte. »Beleidige noch einmal meinen Freund, dann schneide ich dir die Zunge heraus und brate sie mir!«

»Setzt euch!«, brüllte Sapass. »Alle!«

Grachann gehorchte, doch er starrte Geronn in die Augen, bis der Häuptling nicht mehr standhielt und wegsah. Auch Turr hatte mit versteinertem Gesicht wieder Platz genommen.

»Wir können Grachann nicht freisprechen, ohne damit Ertann zu verurteilen«, stellte Sapass fest. »Aber es verstößt gegen Sitte und Brauch der Ahnen, einen Mann schuldig zu sprechen, der nicht zu seiner Verteidigung gehört werden kann.«

Der Anführer der Hirsche erhob sich. »Ich bin Madarr, Häuptling der Faitawoschem, und niemand kann mich voreingenommen nennen, denn ich habe meinen eigenen Verwandten abgewiesen, als er Hilfe suchte, nur weil ich Ertanns Männern das Gastrecht gewährt hatte.«

Nur zu wahr, grollte Grachann.

»Aber nun muss ich für Braninn sprechen«, fuhr Madarr fort. »Auch er ist tot und kann sich nicht mehr verteidigen. Wenn wir aber Grachann verurteilen, so verurteilen wir auch ihn.«

Grachann gestattete sich ein angedeutetes Lächeln der Genugtuung. Vielleicht würde er dem Häuptling der Hirsche eines Tages doch vergeben.

Sapass nickte mit düsterer Miene. »Warum schweigen die Weltenwanderer zu dieser Angelegenheit? Ist es so schwierig, einen Toten zu befragen?«

Sein eigener Kismeglarr stand auf. »Ich selbst würde mich anbieten, mit der dunklen Seele unseres Heerführers zu sprechen, aber dazu muss sein Körper noch vorhanden sein. Die dunkle Seele zerfällt mit ihrer Hülle, und da Ertann in seinem Zelt verbrannt ist, muss auch sie sich mit der Asche zerstreut haben.«

»Was ist mit der lichten Seele?«, hakte Sapass nach.

»Sie steigt zu den Sternen auf und ist dort für uns nicht mehr erreichbar.«

Grachann hörte das Rascheln eines Gewands und leises Klirren. Als er sich dem Geräusch zuwandte, hatte sich die Kismegla der Löwen erhoben. Das Klingeln rührte von den unzähligen Amuletten her, die an ihrem Gürtel baumelten. Ihren Oberkörper bedeckte nichts als das Fell einer Löwin, an dem man Pranken und Schwanz belassen hatte, und an ihren Armen prangten mit Löwenzähnen und Krallen besetzte Lederbänder. Der Schwung ihrer Hüfte unter dem wadenlangen Reitrock schlug Grachann so sehr in seinen Bann, dass er das Zuhören vergaß.

»Glaubst du, dass du ihn noch einholen kannst?« Sapass' skeptische Stimme riss ihn aus dem Moment der Entrückung.

»Niemand kann vorhersagen, wie rasch eine Seele den Weg zum Weltenbaum findet«, behauptete die Kismegla. »Aber ich kann es versuchen. Und wenn ich Ertann nicht begegne, kann ich zumindest den Rat der Geister einholen.«

»Mir scheint, dass wir dieses Rats dringend bedürfen«, seufzte der Häuptling der Schlangen. »Sieh also nach, was du erreichen kannst!«

Die Kismegla bückte sich, um ihre Trommel aufzuheben. Das Löwenfell verrutschte dabei und entblößte für einen kurzen Augenblick eine ihrer Brüste. Fast hätte Grachann darüber Mordeks stechenden Blick übersehen. Warum loderte solcher Hass darin? *Soll er daran ersticken!*

Er zuckte die Achseln und wandte sich wieder der Weltenwanderin zu, die sich auf leicht gebeugten Beinen, wie zum Sprung bereit, aufgestellt hatte. Die Augen geschlossen, hielt sie in der Linken die Trommel, die das Bild einer Sonne zierte, deren Strahlen einer wogenden Löwenmähne ähnelten. Langsam, geradezu sinnlich strich sie mit den Fingernägeln über das Trommelfell. Grachann drang das Schaben unter die Haut, als kratze sie ihm mit Krallen darüber. Im unteren Drittel der Trommel angelangt, führte die Kismegla einen plötzlichen Schlag, um dann erneut über die harte, raue Löwenhaut zu streichen. Schschsch … tack. Schschsch … tack.

Ganz allmählich beschleunigte sie den Takt und begann, zu jedem Trommelschlag mit federnden Beinen einen Sprung zu vollführen. Immer schneller ließ sie die Trommel erklingen, immer wilder wurden ihre geschmeidigen Sprünge. Wie eine jagende Löwin setzte sie über die Feuerstelle. Löwenschwanz und Amulette umwirbelten sie in ihrem Tanz.

Grachann erwachte wie aus einem Traum, als sie mit einem Mal zusammenbrach. Wieder hielt sie die Augen geschlossen, den Kopf gesenkt, und kauerte keuchend vor Anstrengung am Boden. Auf ihrem geröteten Gesicht glänzten Schweißperlen. Sie wisperte unverständliche Worte, verstummte, flüsterte erneut – die einzige Stimme im drückenden, glutheißen Schweigen.

Ihre Worte können über mein Schicksal entscheiden, ermahnte sich Grachann, um die Vorstellung ihres nackten Körpers unter seinen Händen zu vertreiben. Konnte sie tatsächlich mit Ertann sprechen? Aber selbst wenn – warum sollte der dreckige Hund nach seinem Tod plötzlich die Wahrheit sagen?

Es kam Grachann wie eine Ewigkeit vor, bis die Weltenwanderin von ihrer Reise in die Geisterwelt zurückkehrte. Sie erhob sich, und er bildete sich ein, ihre Beine zittern zu sehen.

Sapass klang begierig und hoffnungsvoll. »Bist du dem Heerführer begegnet?«

Die Kismegla schüttelte den Kopf. »Die Vogelgeister in den Zweigen des Weltenbaums singen, dass seine Seele bereits an ihnen vorübergeritten ist. Deshalb habe ich den Geist des Löwen aufgesucht und ihn um Rat gebeten.«

»Der Löwengeist wandert nachts über den Himmel und bei Tag über die Steppe. Was könnte seinen Augen entgehen?«, lobte Sapass. »Was sagt er? Wem sollen wir glauben?«

»Er sagte, dass derjenige der neue Heerführer werden wird, der dem Rat den Schädel des größten Mannes bringt, den die Welt je gesehen hat.«

Grachann furchte die Stirn. Was hatte diese Prophezeiung für ihn zu bedeuten? Sein Blick fiel auf Mordek, der zufrieden lächelte.

Sava

Grabmal Deartas, Sarmyn

Das Licht der Morgensonne fiel durch das östlichste Fenster des Grabmals wie ein schimmernder Pfad. Es verlieh den alabasterweißen Wänden des achtseitigen Raums einen Elfenbeinhauch und warf im Relief aus Blättern und Zweigen unter der Kuppel kleine Schatten, die das Laub plastischer hervortreten ließen. In diesem Licht wirkte das Bildnis der schlafenden Göttin auf dem Steinblock so lebendig, als könne Dearta jeden Augenblick erwachen.

Sava wünschte, es wäre ihr vergönnt, die Schönheit der Elbenherrin ein einziges Mal erfüllt von Wärme und Atem zu sehen. Stattdessen fühlte sich das steinerne Abbild hart und kalt an, sogar kälter, als sie es in Erinnerung hatte, denn sie war noch nie so früh am Tag auf dem Berg gewesen. In ihrem Haar perlte noch der Tau, der über Nacht auf sie herabgesunken war, während die Sterne über ihr gewacht hatten. Die Abgeschiedenheit dieser Stätte, deren Existenz nur noch wenigen Eingeweihten bekannt war, schenkte ihr die Ruhe, die sie brauchte, um ihre Gabe zu meistern.

Zumindest hoffte sie, dass sie in den beiden Tagen, die sie hier verbringen wollte, größere Fortschritte machen würde als im Heiligtum von Drahan. *Darf ich Euch etwas Gesellschaft leisten?*, fragte sie die Göttin stumm, bevor sie wagte, ihre zusammengefaltete Decke auf den Sarkophag zu legen und sich daraufzusetzen. Die alte Priesterin, die das Grabmal hütete, hatte ihr geraten, die Nähe der sterblichen Reste Deartas zu suchen, um Die Gabe zu stärken. Doch gerade davor fürchtete sich Sava ein wenig. Sie erinnerte sich noch gut an den jähen Schmerz, der in sie gefahren war, als sie einen der Knochen berührt hatte. Ihr Geist war unter dem plötzlichen Ansturm zahlloser Bilder, Gedanken und Gefühle zusammengebrochen und hatte sich in eine Ohnmacht geflüchtet.

Das wird heute nicht geschehen. Der Sarkophag war geschlossen, eine Handbreit massiven Steins schirmte sie von den Gebeinen ab. Erleichtert, dass die heftige Wirkung tatsächlich ausblieb, setzte sie sich bequemer zurecht und merkte, dass sie die offene Tür hinter sich spürte wie eine erahnte Gefahr, nach der man sich ständig umsehen muss. Sie kam erst zur Ruhe, als sie sich so drehte, dass sie das helle Viereck und den Ritter, der sich darin niedergelassen hatte, aus dem Augenwinkel sehen konnte.

Jagon von Gordean lehnte von ihr abgewandt am Türrahmen und hatte den Blick auf die in der Sonne leuchtenden Berggipfel gerichtet, deren Hänge sich noch in nebelgefüllten Tälern verloren. Sein schwarzes, leicht gelocktes Haar stand in auffälligem Kontrast zu dem blutroten Umhang, der um seine Schultern lag.

Sava schloss die Augen, um sich zu sammeln. »Ich bin so weit«, verkündete sie laut in die Stille hinein.

»Dann werde ich beginnen«, ertönte die Antwort der Priesterin von draußen.

Sava versuchte, nicht mehr zu denken, um besser wahrzunehmen, was außerhalb ihrer selbst lag. Sie hatte sich die Aufgabe gestellt, aus dem Strom eigener und fremder Bilder, die vor ihr aufstiegen, herauszusieben, was die Greisin vor dem Grabmal tat. Die Weiße Frau hatte sie gelehrt, zu diesem Zweck innerlich vollkommen untätig zu werden, ihren Geist zu leeren und nur zu betrachten, was sich dann einstellte. Aber noch immer fiel es Sava schwer, ihre Einbildung von echter Wahrnehmung zu unterscheiden, wenn sie sich ein bestimmtes Ziel gesetzt hatte.

Sie sah Felsen, Grashalme, den Umriss eines Vogels vor dem Himmel, hörte das Summen einer Biene, das Knirschen von Steinen unter dem Tritt eines Tiers, roch Blütennektar und Rauch, Schafdung und Tannenharz. Sonnenlicht glitzerte auf Wasser, das über moosbewachsene Steine floss. Ihr Arm rührte in einem Kessel Molke, und im nächsten Moment spürte sie das Knacken ihres Genicks unter dem Biss eines riesigen Tiers, das scharf nach Marder roch. Sava keuchte auf. Konnte es so schwer sein, die Gedanken der alten Priesterin zu finden?

Wieder ließ sie sich treiben und spürte sofort Jagons Sorge, die sich wie eine Fackel an ihrem gequälten Laut entzündet hatte. Sie lächelte mit geschlossenen Augen, um ihm zu zeigen, dass es ihr gut ging. Der Eindruck verwehte und verwandelte sich in das Lied, das ein Hirte pfiff, das Aufschrecken eines Hirschs, den jähen Zorn einer … *Rodan ist auf dem Weg hierher.*

Der Satz stand ihr plötzlich so klar vor Augen, als hätte ihn jemand mit Tinte auf ein Pergament geschrieben. Überrascht hob sie die Lider. Konnte es wahr sein? Der Krieg war vorbei, die Männer Drahans zurückgekehrt. Warum sollte nicht auch Rodan … Sie verbot sich, den Gedanken zu Ende zu führen. *Ich muss ihn endlich vergessen.* Sie hatte ihn gefragt, ob er zurückkommen werde, und er war ihr ausgewichen, um sie nicht zu verletzen. Statt sich in Tagträumen von einem Söldner zu verlieren, sollte sie sich besser auf ihre Aufgabe konzentrieren.

Noch einmal senkte sie die Lider und versuchte, in die

inneren Welten einzutauchen, doch die Vorstellung, dass Rodan vielleicht in diesem Augenblick vor dem Heiligtum vom Pferd sprang, ließ ihr Herz schneller schlagen. Warum musste sie so unbeherrscht sein? »Gütige Göttin!«, entfuhr es ihr. »Es hat keinen Sinn. Ich bin so abgelenkt – wir könnten morgen noch hier sitzen.«

Jagon wandte sich mit einem spöttischen Lächeln zu ihr um. »*Y'uemin ager gener yuntas iamar?*«

Sie erriet die Bedeutung seiner Frage mehr, als die Worte wiederzuerkennen. »Hört auf, Euch damit zu schmeicheln, dass mich Eure Gegenwart unruhig mache. So unwiderstehlich seid Ihr nicht.«

Seine dunklen Augen funkelten noch belustigter. »Ihr beweist mir nichts, indem Ihr die Übersetzung aus meinen Gedanken lest. Ich will eine Antwort auf Morahnisch hören.«

Sava verdrehte die Augen. »*Hesere iemar oluniol!* – Schert Euch zur ewigen Dunkelheit!«

Jagon lachte auf. »Ich glaube, ich sollte Euch andere Schriften zu lesen geben.«

»So reichhaltig ist die Auswahl wohl leider nicht. Wenn Tominks Aufzeichnungen nicht bei dem Unglück auf der Fähre ...« Sie verstummte, als mit einem Mal Verzweiflung in ihr aufloderte.

»Was habt Ihr?«, erkundigte sich Jagon und erhob sich rasch, um zu ihr zu eilen.

Sava lauschte in sich hinein. Sie vermeinte, die Hohepriesterin in größter Sorge ihren Namen rufen zu hören. Ein flüchtiges Bild Ervis, der zierlichen Novizin, die hektisch aus dem Haus der Heilung stürzte, flatterte ihr durch den Kopf, und sie fühlte, wie sich ihr eigenes Gesicht vor Aufregung rötete. »Im Tempel ist irgendetwas passiert!« Sie sprang auf und rannte zur Tür. »Sie brauchen mich dort.«

Regin

Egurna, Sarmyn

Ein kühler Luftzug wehte aus der dunklen Tiefe herauf, in der sich die schmale Treppe verlor. Unschlüssig stand Regin vor der obersten Stufe und blickte über die Schulter zurück. Der leere, aus dem Felsen gehauene Stollen war in Zwielicht getaucht, das durch verborgene Schächte seinen Weg in dieses Labyrinth finden musste. Leise, patschende Schritte wie von nackten Füßen hasteten auf ihn zu. *Sie kommen!*

Er musste weiter. Ohne Schwert wäre es Selbstmord, sich den Verfolgern zu stellen. Wie waren sie nach Egurna gelangt? Die Frage schwirrte ihm durch den Kopf, während er die Stufen hinabeilte. Er hatte diese Treppe noch nie gesehen, aber er wusste, dass er sich unter der Königsburg befand. Schon stand er in einem neuen Gang, dessen Finsternis ihm gerade erlaubte, einige Schritte weit zu sehen. Sollte er ihm nach links oder rechts folgen?

»*Ich bin hier*«, flüsterte eine Stimme in seinem Kopf, die er nur zu gut kannte. Sein Herz gefror. »*Komm zu mir!*«

Er spürte, dass ihr Ursprung zur Rechten lag, und rannte nach links. Vor ihm teilte sich der Gang erneut. Wohin? Wo würde er sicher sein? Ratlos hetzte er einfach geradeaus weiter. Schritte hallten von den Wänden wider. Er rannte noch schneller.

»*Ich warte auf dich.*«

Wieder endete der Stollen vor einer Wand und verzweigte sich. Keuchend sah Regin nach links. Riesige goldene Augen leuchteten in der Dunkelheit auf. Mit einem japsenden Aufschrei wandte er sich nach rechts. Wieder und wieder teilte sich der Gang. Bald hatte Regin jegliches Gefühl für die Richtung verloren.

Hinter einer weiteren Ecke stieß er auf eine dunkle Nische.

Atemlos trat er hinein und ließ sich gegen die Wand gelehnt zu Boden sinken. Seine Lungen schienen Feuer zu atmen, doch er konnte nicht damit aufhören. Das Herz hämmerte wie eine Faust gegen die Rippen. Wie lange würde er sich hier verstecken können? Hatte er seine Verfolger abgehängt?

Vorsichtig schob er sich nach vorn, um aus der Nische zu lugen, und zuckte entsetzt zurück. Ein Schatten wanderte über die Wand gegenüber seines Verstecks. Er hörte die Schritte des gedrungenen, lauernd vorgebeugten Wesens, das einen Speer in den Händen hielt. Bildete er es sich ein, oder konnte er an dem Umriss sogar die warzige Krötenhaut erkennen? Wie kamen Lorke in die Keller Egurnas?

Ein kaum hörbares Schaben lenkte seinen Blick zur anderen Seite. Sein Herz setzte einen Schlag aus, als er der Gestalt gewahr wurde, die wie ein Riese über ihm aufragte. Lautlos legte der stämmige Mann einen Finger an die Lippen.

Waig? Ungläubig starrte Regin zu seinem Bruder auf. Hinter ihm pochte etwas gegen Holz. Er fuhr herum. Weshalb hatte er die Tür nicht gleich bemerkt? Wieder erzitterte sie unter dem Klopfen – und öffnete sich.

Regin schlug die Augen auf. »Was …«

»Herr, bitte, verzeiht mir!« Der Junge sah aus, als erwarte er eine Ohrfeige. »Ich weiß, dass ich Euch nicht wecken soll, aber der König hat eine frühe Ratssitzung einberufen.«

Begütigend hob Regin die Hand. Ihm war eng in der Brust, und sein Herz raste noch von der Hatz, die ihm so echt, so lebensbedrohlich erschienen war. »Schon gut …« Wie hieß der Junge doch gleich? »Ermig. Sei einfach noch einen Augenblick still.« Er setzte sich auf und versuchte, die hartnäckigen Traumbilder aus seinen Augen zu reiben. Dass ihn Ermig dabei beobachtete, ärgerte ihn. Wozu in aller Welt brauchte ein Ritter einen Knappen? Die Hälfte der Zeit wusste er nicht, wie er den Jungen – einen entfernten Verwandten, wie das rote Haar und die Sommersprossen unterstrichen – beschäftigen sollte, aber er war nun einmal vom unbeachteten Zweitgeborenen zum Erben Smedons und Prinzen des Reiches aufgestiegen und musste sich nun mit einem standesgemäßen Gefolge umgeben. Ganz zu schweigen davon, dass es Ermigs Vater beleidigt hätte, dem Jungen dieses Amt zu verweigern. Falls Ermig das ahnte, ließ er es sich nicht anmerken. Erwartungsvoll stand er neben dem Bett, ganz Inbegriff des pflichtbewussten, eifrigen Schülers.

»Sieh mich nicht an wie ein Welpe, dem man Stöckchen werfen soll! Lass die Sonne rein, damit ich wach werde!«

Ermig lief zum Fenster, um die Läden aufzustoßen. »Soll ich Euch Frühstück bringen, Herr?«

»Wann will der König mich sehen? Hat er ausrichten lassen, um was es geht?«

»Es ist ein Bote eingetroffen, der den Fürsten von Gweldan für heute Morgen angekündigt hat. Der König wünscht Eure Anwesenheit, wenn der Fürst ihm Bericht erstattet.«

Der alte Kämpe kehrte aus den Seelanden zurück? Dann brachte er hoffentlich die Kunde, dass Fürst Dristan eingelenkt und seine Ritter zurück auf ihre Güter geschickt hatte. Doch eine Ankunft am Morgen deutete eher auf dringende Neuigkeiten hin. »Du kannst gehen, Ermig. Beweg mein Pferd! Ich werde Wichtigeres zu tun haben.«

Regin bemerkte kaum, wie sich der Knappe bedankte und den Raum verließ. Er saß noch immer im Bett, während seine Gedanken um die Träume kreisten, die ihn so oft um den Schlaf brachten. Nacht für Nacht bedrängte ihn diese Stimme, lockte ihn die unheimliche Macht, die vor langer Zeit in den Gewölben unter der Burg eingeschlossen worden war. Sie verfolgte ihn, seit ihm dieser verfluchte Zauberer, der sich Tazlan nannte, die Tür in einem Wahrtraum gezeigt hatte. Nur wenn er Egurna verließ, wurde der Ruf leiser, der Sog schwächer, gegen den er sich täglich stemmte, um nicht hinabzusteigen und die finstere Magie zu entfesseln.

Der halbe Hof frotzelte bereits über die dunklen Ringe unter seinen Augen. Prinz Joromar hatte ihm süffisant geraten, die nächtlichen Besuche im Gemach seiner frisch angetrauten Gattin ein wenig einzuschränken. Der selbstgefällige Gockel! Dass Werodin sterben musste, um ihm den Weg auf den Thron zu ebnen, bereitete Regin ein schlechtes Gewissen, aber um Joromars Totenfeuer würde er tanzen, wenn es so weit war.

Wenn es so weit war …

Bis sich die Weissagung seines Vaters erfüllte – sollte sie es überhaupt jemals tun –, hätte Regin gern auf das Leben am Hof verzichtet, solange er nur von diesen Einflüsterungen verschont blieb. Doch der schwelende Konflikt mit Dristan hinderte ihn daran, Egurna zu verlassen. Sich angesichts eines drohenden Aufstands auf die eigenen Ländereien zurückzuziehen, hätte ausgesehen, als versage er Werodin die Unterstützung. In schwierigen Zeiten musste die königliche Familie zusammenhalten. Das galt auch für ihn als Schwiegersohn.

»*Du wolltest dich ja unbedingt von einer Frau abhängig machen*«, stichelte Tazlan.

Sosehr Regin die Stimme der eingesperrten Macht fürchtete, sosehr hatte er jene des Zauberers hassen gelernt. Seit er in Ertanns brennendem Zelt den Schädel des Toten berührt hatte, war Tazlan nicht mehr nur in seine Träume eingedrungen, sondern sprach auch tagsüber zu ihm.

VERSCHWINDE AUS MEINEM KOPF! Wenn er es vehement genug befahl, gelang es ihm manchmal, ihn für eine Weile zum Schweigen zu bringen. Aber stets kehrte die Stimme zurück. Tazlan machte keinen Hehl daraus, dass er gedachte, Regins Widerstand zu brechen, damit er sich doch noch mit der dunklen Magie einließ.

»Vergiss es!« Regin stieß die Decke von sich und stand auf. Der Gedanke an Beveré hatte ihm endgültig die Laune verdorben. Selbst wenn sie keine Tochter des Königs gewesen wäre, hätten ihn die Männer am Hof um sie beneidet. Niemand schöpfte angesichts ihrer Schönheit den Verdacht, dass er nur um ihre Hand angehalten hatte, um in der Thronfolge aufzusteigen. Hätte er es getan, wenn sie eine hässliche Vogelscheuche gewesen wäre? Er wusste es selbst nicht. Vielleicht wäre ihm der Preis zu hoch gewesen, und er hätte nach anderen Wegen gesucht, aber sie *war* schön, verdammt! Sie war schön und seine Frau, und er hatte sich darauf gefreut, das Bett mit ihr zu teilen.

Er schlug den Deckel der Truhe zu, aus der er wahllos ein paar Kleider gezogen hatte. Ermig konnte später darin aufräumen. Goldbestickte Borten, Seide, feinstes Hirschkalbleder … Kleidete er sich etwa nicht wie ein Fürst? Besuchte er nicht beinahe täglich das Badehaus? Unwirsch zerrte er den beinernen Kamm durch sein störrisches Haar. *Und trotzdem bin ich nicht gut genug für sie!* Jedes Mal, wenn er sie berührte, wandte sie den Blick ab. Bis zum Tag der Handreichung hatte er es für ein Zeichen ihrer Keuschheit gehalten, aber seit der Hochzeitsnacht gab es keinen Grund zur Scheu mehr. Dennoch sah sie ihn nur an, wenn er es ausdrücklich verlangte, und der Blick, der ihn dann traf, gab ihm das Gefühl, ein abstoßender Widerling zu sein, dessen Zudringlichkeit sie nur aus pflichtschuldigem Mitleid ertrug.

Er warf die Tür hinter sich zu, dass sie in den Angeln schepperte. Eine Magd zuckte bei dem Knall zusammen und vergoss heißes Wasser auf dem Gang. *So aufgebracht kann ich Werodin nicht gegenübertreten*, ermahnte sich Regin, während er achtlos an ihr vorbeistürmte. Was Narrett von Gweldan wohl zu berichten hatte? Er konnte immer noch nicht recht glauben, dass die Gerüchte wahr sein sollten. Fürst Dristan mochte den Meuchler geschickt haben, vor dessen Anschlag Regin den König gerettet hatte, denn die Rivalität zwischen Dristans und Werodins Familie reichte Jahrhunderte zurück und hatte zuletzt zur Zeit ihrer Großväter in der Schlacht auf den Junafeldern gegipfelt. Doch was ging in den Köpfen der zahlreichen Ritter aus dem Westen und Süden des Reiches vor, die dem Heer ferngeblieben waren? Werodins Vorfahren hatten den Streit für sich entschieden. Er war der rechtmäßige

König, und jeder, der angesichts der einfallenden Phykadonier seinem Ruf zu den Waffen nicht gefolgt war, hatte sich den Vorwurf des Hochverrats eingehandelt. Das musste diesen Männern doch bewusst sein!

Regin erwiderte im Vorübergehen die Grüße der Ritter und Edelfrauen, die stets zahlreich in Egurna zu Gast waren, aber er nahm nicht wahr, wem er eigentlich zunickte. Seine Gedanken kreisten um die Gefahr, die sich womöglich zusammenbraute. Kam Gweldan in Eile zurück, weil ein Heer auf Egurna zumarschierte? Er konnte sich nicht vorstellen, dass so viele Adlige bereitwillig ihren Eid brachen, um einen anderen auf den Thron zu setzen. *Ich bin ein Narr. Wie viel ist denn mein eigener Treueschwur wert?* Dristan musste den Rittern nur genug Vorteile versprechen. Stellte der Fürst am Ende eine Bedrohung für seine eigenen Pläne dar? Warum sollte sich Dristan ihm unterwerfen, wenn er sich nicht einmal Werodin beugte? Der König musste den Aufrührer und seine Sippschaft auslöschen, damit diese Fehde ein Ende hatte.

»*Du hast die Mittel dazu*«, befand Tazlan.

Regin sah verwundert auf. Er stand vor der schweren, gänzlich mit Eisen beschlagenen Tür, hinter der er die dunkle Macht spürte. Entsetzen packte ihn. »Wie bin ich hierhergekommen?« Er konnte sich nicht erinnern, in den Keller gegangen zu sein. Wann war er falsch abgebogen? Gerade hatte er doch noch die Lichte Halle durchquert!

Wie von selbst streckte sich seine rechte Hand nach der Tür aus. Auf unbestimmte Art wusste er, dass das magische Schloss für Tazlan kein Hindernis sein würde, sobald er es durch ihn mit lebendigen Händen berührte. Er wollte die Hand zurückziehen, doch sein Arm sperrte sich. *Das … das kann nicht sein!* Er wollte die Schulter anspannen, doch nichts geschah.

»Es ist sinnlos, sich zu widersetzen«, sagte Tazlan aus Regins Mund.

Rodan

Drahan, Sarmyn

»Willst du uns schon verlassen?« Die Wirtin klang, als fürchte sie, dass Rodan das Frühstück nicht geschmeckt haben könnte.

Die Satteltaschen geschultert, warf er ihr einen überraschten Blick zu. Sah sein Aufbruch wie eine Flucht aus? Zugegeben, er war immer noch einer der ersten Gäste, die sich schlaftrunken in der Schankstube eingefunden hatten, doch die Sonne war längst aufgegangen, und selbst bei Regenwetter hätte er es nicht länger auf dem unbequemen Lager aus Strohsäcken ausgehalten. Anspannung und Zweifel hatten ihn die halbe Nacht wach gehalten. »Eigentlich will ich nur zum Heiligtum hinüber. Kann ich euch meine Sachen und das Pferd anvertrauen, bis ich zurück bin?«

»Ja, natürlich! Gib mir die Taschen! Ich stell sie bei meinem Sohn in der Küche ab. Wär ja noch schöner, wenn man nicht mal in Ruhe zum Beten gehen könnt.«

Einen Dank murmelnd, reichte er ihr sein Gepäck und ging zur Tür. Ein rüstiger Alter, der über seiner abgewetzten Bauerntracht das grüne Halstuch der Pilger trug, gesellte sich zu ihm. Er hielt einen Wanderstab in der geschwollenen Hand, deren Schwielen und rissige Haut von schwerer Arbeit zeugten. Eine getrocknete Lirie, ein Elbenstern, steckte an seinem Hut. »Du bist auch hier, um den Segen der Göttin zu erlangen? Siehst gar nicht wie ein Pilger aus.«

Rodan verzog den Mund zu einem säuerlichen Lächeln und schnaubte. Nein, in dem neuen, mit aufgenähten Eisenringen verstärkten Lederwams und mit dem Schwert an seiner Seite gab er nicht gerade das Bild eines frommen Wanderers ab.

»Na, geht mich ja nichts an«, fuhr der Alte fort, als Rodan ihm die Tür aufhielt. »Wirst schon deine Gründe haben. Ist ja auch gerade erst Krieg im Osten gewesen. Ich wär beinahe umgekehrt, als ich's gehört hab.«

Rodan nickte und ließ den Pilger weiterplappern, während sie den Weg zum Heiligtum einschlugen, das angeblich nur einen kurzen Fußmarsch entfernt hinter dem Wald lag. Die Worte des Alten hatten den wunden Punkt getroffen, der ihm den Schlaf geraubt hatte. Durfte einer wie er die heilige Stätte überhaupt betreten? Ein Mann, dessen Leben daraus bestand, Leben zu nehmen?

»Hast du viel Blut vergossen?«, fragte der Pilger wie zur Antwort auf seine Gedanken. »Unsereins kommt ja nicht drumherum. Ich hab 'ne Menge Viecher hingemacht in meinem Leben. Muss ja was zu beißen auf den Tisch. Aber ich hab mich immer bei Dearta dafür entschuldigt! Dem Dur geopfert und um ihren Segen gebetet. Du weißt schon.«

Ja, ich weiß. Nach all den Jahren erinnerte er sich immer noch daran, wie sein Vater flüsternd die Göttin um Vergebung gebeten hatte, bevor das Messer in den Hals eines Tiers gefahren war. Oft hatte er zugesehen, und stets war es ein besonderer, fast ergreifender, aber auch aufregender Moment gewesen, der ihm vor Augen geführt hatte, dass andere Wesen sterben mussten, um ihn am Leben zu erhalten. Andere im Dorf hatten leichtfertiger getötet, doch in seiner Familie wurden noch die alten Bräuche befolgt. Was sie wohl über ihn sagen würden, wenn sie wüssten, was aus ihm geworden war? Jahrelang hatte er nicht mehr darüber nachgedacht. Dieser Teil seiner Vergangenheit lag so lange zurück, dass er zu einem anderen Leben zu gehören schien. Sie hatten nie verstanden, warum er anders sein musste als seine Geschwister, hatten vorausgeahnt, dass es schlimm mit ihm enden würde – und schließlich recht behalten.

»Kopf hoch, Junge! Ich würd mir nicht so viele Sorgen machen«, riet der Alte. »Die Göttin ist gnädig. Sie wird dir schon vergeben.«

Rodan schmunzelte, fast hätte er gelacht. *Junge* hatte ihn schon lange niemand mehr genannt. »Du meinst es gut, Vater, aber ich bin mir da nicht so sicher. Ich bin schlimmer als die durverfluchten Ritter, denn wer die Göttin nicht kennt, kann sie auch nicht verraten.«

Der Pilger musterte ihn mit einem verstohlenen Seitenblick, dann zuckte er die Achseln. »Die hohen Herren sind eine der Plagen, mit denen der Zornige uns straft. Als ich in deinem Alter war, hab ich mal einen Prediger gehört, den hab ich nie vergessen. Der meinte, dass der Dur uns erst vergibt, wenn die Ritter vor ihm das Knie beugen. War ziemlich mutig, das zu sagen. Es heißt, dass der König ihn dafür nach Kurézé geschickt hat, wo ihn die Dämonenanbeter gefressen haben.«

»Möglich«, murmelte Rodan und unterdrückte die Erinnerungen an blutige Rituale.

Sein Weggefährte plauderte unbeirrt weiter, doch seine Gedanken eilten voraus, wo er zwischen den Tannen bereits den Waldrand erahnen konnte. Keiner würde ihm den Zutritt zum Heiligtum versagen, solange niemand wusste, wer und vor allem *was* er war. Es gab so wenige Söldner in Sarmyn, dass er meist für einen Dienstmann gehalten wurde, der zum Haushalt seines adligen Herrn gehörte wie die Kochtöpfe und Reisigbesen. Sollte er den Heiligen Hain betreten, obwohl es womöglich den Zorn der Göttin erregte? Vielleicht ließ es sich einrichten, dass er das innerste Heiligtum vermied und nur die äußeren Bereiche mit seiner Anwesenheit entweihte.

Sie traten aus dem morgenkühlen Wald auf eine sanft gewellte Wiese, die von mehreren steinigen Wegen wie von hellen Bändern durchschnitten wurde. Alle führten auf eine Gruppe niedriger, schlichter Gebäude zu, die in der Sonne weiß leuchteten. Vereinzelt standen weit ausladende Bergeichen und Drudenbuchen, doch keiner der Bäume war so hoch wie jene, die hinter den mit Holzschindeln gedeckten Häusern in den Himmel ragten wie eine mächtige grüne Burg.

Rodan blieb ergriffen stehen und merkte, dass auch der Pilger innehielt. Was den unscheinbaren Bauwerken an Schönheit fehlte, machte das Wogen der Blätter im Sommerwind wett. Jahrhunderte des Wachsens und Überdauerns hatten den Bäumen Würde verliehen, eine Ahnung von Ewigkeit, mit der sie dem Alter trotzten und ihre knorrigen Glieder noch immer in üppige Laubkleider hüllten. Dort oben in den Zweigen schien eine eigene Welt aus Licht und Wind und Rauschen zu existieren, die über die Zeiten hinweg von den Taten der Menschen unberührt blieb.

Schweigend näherten sie sich dem Heiligtum, aus dem ihnen eine Bäuerin mit einer leeren Kiepe auf dem Rücken entgegenkam. Hinter ihr erspähte Rodan weitere Gestalten, die zwischen den Gebäuden hin und her liefen. Vor dem Eingang eines der kleineren Häuser hatte sich eine Menschentraube gebildet, die den eilenden Priesterinnen in ihren grünweißen Roben untätig im Weg stand.

»Den Segen der Göttin mit dir!«, rief der Pilger der Bäuerin schon von Weitem zu.

»Und mit euch! Wer hierher findet, hat ihn sich redlich verdient.«

Rodan bemerkte den missbilligenden Blick, mit dem die Frau seine kriegerische Erscheinung bedachte, doch sie schwieg.

»Scheint aber, als kämen wir ungelegen«, stellte der Alte fest und wies mit seinem Stab auf die Versammelten, deren Gesichter und Gebärden Anspannung verrieten. »Ist ein Unglück geschehen?«

Die Bäuerin blieb bei ihm stehen und sah mitfühlend zum Heiligtum zurück. »Noch nicht, aber wenn kein Wunder geschieht, wird es heute noch eins geben. Da liegt eine arme Frau schon die ganze Nacht in den Wehen, und das Kind will einfach nicht kommen. Die Göttin sei ihr gnädig! Gestern Morgen wäre die Herrin Sava noch hier gewesen. Die würde sie retten.«

»Kann denn niemand diese Hebamme holen?«, erkundigte sich der Pilger besorgt.

»Nein, sie ist keine Hebamme«, wehrte die Bäuerin ab. Ein Leuchten trat in ihre Augen. »Die Herrin Sava ist eine Heilige! Die Göttin wirkt durch sie Wunder an den Kranken. Ich hab es selbst gesehen!«

Rodans Mut sank. Sprach sie wirklich von der Sava, die er suchte? War ausgerechnet die Frau, für die er seine Anstellung und sein gutes Ansehen beim Fürsten von Gweldan aufgegeben hatte, eine Heilige der Göttin, deren Gebote er mit Füßen trat?

»Was für ein Jammer, dass sie nicht hier ist. Dann muss ich wohl bleiben, bis sie zurückkommt.« Hoffnung stahl sich in die Miene des Alten. »Vielleicht kann sie die Schmerzen in meinen Händen heilen.«

»Ich wünsch es dir, aber jetzt muss ich weiter. Ich muss für die Priesterinnen Feuerholz sammeln, wisst ihr.« Sie marschierte geschäftig von dannen.

»Deartas Segen!«, rief der Pilger ihr nach. »Wird für uns ja auch Zeit, anzukommen, was, Junge?«

Er ging weiter, doch Rodan winkte ab. Wenn Sava nicht hier war, gab es keinen Grund, die Göttin durch seine Anwesenheit zu verärgern. Gedankenverloren bog er vom Weg ab, um sich in den Schatten einer Eiche zu setzen. *Es war von Anfang an eine Dummheit, hierherzukommen.* Warum bildete er sich ein, dass Sava ihn überhaupt wiedersehen wollte? Nur weil sie die einzige Adlige war, die ihm je mehr Beachtung geschenkt hatte als einem Stein in der Burgmauer? Was nicht einmal stimmte. Oder vielleicht doch, denn Solvind hatte ihn nur benutzen wollen wie einen Hengst aus dem Stall ihres Mannes. Sava hatte ihn anders angesehen, anders zu ihm gesprochen. Sie hatte ihn nicht für ein Tier gehalten.

Nahender Hufschlag riss ihn aus seinen Gedanken. Von Norden her, wo sich schroffe, kalkbleiche Gipfel Zähnen gleich in den blauen Himmel schlugen, galoppierten zwei Reiter heran – der vordere eine nachtschwarze Erscheinung mit einem blutroten Sternenschweif zum Umhang, der hintere ein weiß-grüner Fleck, der vor Laub und Gras verschwommen wäre, hätte das Pferd nicht kastanienbraun in der Sonne geglänzt. Weiß und Grün, die Farben der Priesterinnen. Rodan merkte auf. War es Sava auf der schlanken Stute, die er ihr auf den überfluteten Ufern der Juna wieder eingefangen hatte?

Die Reiter schwenkten auf einen Weg ein, der nicht direkt an ihm vorbeiführen würde, aber sie hielten eindeutig auf das Heiligtum zu. Schon waren sie nah genug, um Savas lange, dunkelbraune Locken zu erkennen. Sie musste es sein! Die Aufregung trieb ihn auf die Beine, doch er wagte nicht, sich bemerkbar zu machen. Der Mann, der vor ihr ritt, war ein Ritter, ein Gordean. Rodan erinnerte sich, ihn in Rothjard gesehen zu haben, als er Savas Brief überbracht hatte. Wenn er sie vor den Augen des Ritters ansprach, war ihm eine Prügelstrafe sicher.

Er blieb im Schatten der Bergeiche stehen und beobachtete, wie der Gordean und Sava vorüberfegten. Ihre Pferde waren mit schaumigem Schweiß bedeckt. Woher kamen sie?

Er spürte den Stachel der Eifersucht an seinem letzten Rest Zuversicht kratzen. Vor dem Heiligtum brachten sie die Tiere zum Stehen und sprangen aus den Sätteln. Sava suchte rasch mit der Hand an ihrer Stute nach Halt, als die Beine unter ihr nachgaben. Mühsam unterdrückte er den Drang, ihr zu Hilfe zu eilen. Der Ritter griff nach ihr, doch sie schob ihn – liebevoll? – weg, um zu der Priesterin zu eilen, die ihr entgegenlief. Rodan konnte ihre aufgeregten Stimmen hören, bis sie durch die ehrfürchtig weichende Menge in das kleine Haus verschwanden, der Gordean dicht auf ihren Fersen.

Es ist also wahr. Sie hatte sich den Priesterinnen angeschlossen und wurde als von der Göttin gesandte Wunderheilerin verehrt. Er schüttelte den Kopf. *Es war von Anfang an eine Dummheit, hierherzukommen.*

Grachann

Phykadonische Steppe

Im Zelt des Adlerhäuptlings saßen die Menschen dicht gedrängt. Es schien Grachann, als habe sich der halbe Stamm zum Abendessen bei seinem Vater eingefunden, um endlich zu erfahren, was im Rat vor sich gegangen war. Die Hitze der vielen Leiber verwandelte die Luft in einen Brodem, der sich nur zäh einatmen ließ. Alle redeten durcheinander. Ihre Stimmen verwoben sich zu einem Schnattern und Raunen, das Grachann in den Ohren rauschte. Er saß in diesem Kreis seiner Verwandten und Freunde, die ihn kannten und liebten, doch die Geborgenheit, die er sein ganzes Leben lang in ihrer Gegenwart empfunden hatte, wollte sich nicht einstellen.

Er sah die Sorge auf ihren Gesichtern, wenn sie ihn anblickten, las das Mitgefühl und die Verunsicherung darin. Es machte ihn wütend. Sie sollten ihn wieder mit Bewunderung und Zuversicht ansehen, wie früher. *Ich bin immer noch derselbe!* Doch sie sahen einen anderen, einen, von dem sie nicht wussten, ob er morgen noch unter ihnen weilen würde.

Grachann sprang auf und schleuderte seine Schale mit Hammelfleisch quer durch das Zelt. »Das reicht!«, brüllte er. »Hört auf, mich anzusehen, als sei ich bereits tot! Der Rat kann mich nicht verurteilen – weil ich die Wahrheit sage! Muss der fliegende Adler die Hörner des toten Büffels fürchten? Genauso wenig kann mir der Schatten Ertanns etwas anhaben.«

Sie starrten ihn an, als wäre er ein Geist – selbst sein Vater. Knurrend stürmte er nach draußen und überließ es den am Boden Sitzenden, sich vor seinen zornigen Schritten in Sicherheit zu bringen.

Vor dem Eingang empfing ihn die hereingebrochene Nacht. Kühle Luft strömte in seine Lungen und linderte die erhitzte Enge darin. Er hielt inne, unschlüssig, wohin er sich in der weitläufigen Zeltstadt wenden sollte, die zum Stammestreffen aus dem Boden der Steppe gewachsen war wie Gras nach dem Frühlingsregen. Noch hatte der Rat kein Urteil über ihn gefällt und sich auf den Morgen vertagt. Die Botschaft des Löwengeists hatte unter den Häuptlingen mehr Verwirrung denn Klarheit gestiftet. Noch war er ein freier Mann. Aber konnte er wirklich sicher sein, dass sie ihn nicht zum Verräter, zum Dämonenanbeter und Mörder erklären würden?

»Du kannst dem Rat seine Zweifel nicht verdenken«, ertönte plötzlich eine weibliche Stimme hinter ihm.

Grachann wandte sich überrascht um. Das weiße Haar der Kismegla der Pferde erinnerte im Mondlicht an Schnee. Ihre Gestalt verlor sich in den Weiten der Kleider, die sie vor nicht allzu langer Zeit noch ausgefüllt hatte. Wieder fragte sich Grachann, was mit ihr geschehen war. Die Arme ragten wie dürre Zweige aus ihrer Tunika hervor. Kämpfte sie gegen eine Krankheit an, die sie auszehrte?

»Du bist alt und schwach geworden. Nur deshalb werde ich dir nicht die Antwort geben, die deine Worte verdienen.«

Sie gluckste belustigt. »Du kennst wirklich keine Angst, nicht wahr? Das war es, was Braninn an dir bewundert und zugleich verabscheut hat. Du gibst niemals nach.«

»Ich muss ständig nachgeben«, ärgerte sich Grachann. »Was willst du?«

»Lass uns zu den Herden hinausgehen, wo uns niemand hören kann.« Sie bedeutete ihm, ihr zu folgen, und schritt voran. »Wir müssen ein paar Dinge besprechen, die nur du verstehen wirst.«

Grachann fühlte sich geschmeichelt, aber er stapfte dennoch missmutig hinter ihr her. Das letzte Mal, dass er von einem Weltenwanderer ins Vertrauen gezogen worden war, hatte ihn nun als Angeklagten vor den Rat geführt.

»Hat Braninn dir erzählt, dass ich in der Dunkelheit zurückgeblieben war, um meine Trommel zu suchen?«, fragte sie, während sie zwischen den äußeren Zelten hindurchgingen.

»Ja, das hat er. Er war sehr besorgt darüber, dass die Faitalorrem ausgelöscht werden könnten, weil sie keine Kismegla mehr hatten.«

Sie nickte. »Ich habe eine Reise hinter mir, wie sie nur wenige Weltenwanderer je erlebt haben. Es wäre angemessen, dich in mein Geisterzelt einzuladen, um dir davon zu berichten, doch wer weiß, welche Lauscher ihre Ohren an die Zeltwand pressen würden.«

Dann traut sie den Löwen und Büffeln also auch nicht. Grachanns Neugier wuchs. Sie ließen die letzten Zelte hinter sich und standen auf den zertrampelten Resten ausgedörrten Grases, das hier und dort noch aus dem harten, von Rissen durchzogenen Boden ragte. In der Nähe dösten angepflockte Pferde, die bei ihrem Erscheinen aufmerkten und die Ohren spitzten. Niemand würde sich ihnen hier draußen unbemerkt nähern können.

Joru sah sich um, nickte zufrieden und nahm auf der staubigen Erde Platz. Grachann folgte ihrem Vorbild, obwohl er sich seltsam dabei vorkam, mit ihr zwischen getrocknetem Dung und kratzigen Disteln zu sitzen wie Jugendliche, die einen Streich ausheckten.

»Heute erstrahlen die Sterne über uns.« Die Weltenwanderin wies zum klaren Nachthimmel hinauf. »Damals, als ich meine Reise antrat, leuchtete mir nichts als eine Fackel, von der ich wusste, dass sie bald verlöschen würde. Du hast die alles verschlingende Schwärze gesehen. Ich muss dir nicht erzählen, welche Furcht sie in den Herzen der Menschen weckte.«

Er neigte stumm den Kopf. Niemals würde er die Flucht seines Stammes durch die Finsternis vergessen, die Kälte der Dämonen und die Schreie ihrer Opfer.

»Einige von uns waren vor Angst blindlings in die Dunkelheit gelaufen«, fuhr Joru fort. »Und ausgerechnet mein Schüler Tarronn schloss sich den Kriegern an, die den Verirrten zu Hilfe eilen wollten. Wie konnte er etwas so Unüberlegtes tun? Das habe ich mich oft gefragt. Ich muss ihm eine schlechte Lehrerin gewesen sein, dass er davoneilte, ohne mir den kostbarsten Schatz zu übergeben, den unser Stamm besitzt.«

»Manchmal muss ein Krieger eben zustoßen wie der jagende Adler und hat keine Zeit, erst darüber nachzudenken.« Grachann fragte sich, warum Weltenwanderer das nie verstanden.

Die Kismegla schoss ihm einen verärgerten Blick zu. »Dann solltest du wenigstens denken, bevor du sprichst! Tarronn war ein Weltenwanderer. Er hätte es besser wissen müssen.«

»*Hättest du …*« Wie oft hatte er diesen Vorwurf schon gehört, wenn sich eine Situation anders entwickelt hatte, als von ihm geplant. »Welchen Sinn hat es, dem Gras des vergangenen Sommers nachzuweinen?«

Zu seiner Überraschung schnaubte Joru belustigt. »Ja, das habe ich mir auch gesagt, als ich mich aufmachte, um ihn zu suchen. Mein Hadern würde die Trommel nicht zurückbringen.«

Grachann erinnerte sich, wie Braninn ihm von den übel zugerichteten Leichen erzählt hatte, bei denen er die Kismegla auf ihren eigenen Wunsch zurücklassen musste. Bis zuletzt hatte sich sein Freund Vorwürfe gemacht, weil er nicht hartnäckiger versucht hatte, sie von diesem Wahnsinn abzuhalten. »Braninn glaubte, du seiest in der Dunkelheit gestorben. Er hat sich die Schuld daran gegeben.«

Ein wehmütiges Lächeln umspielte Jorus Mundwinkel. »Darüber musst du dir keine Sorgen mehr machen. Er weiß es nun besser.«

»Du hast ihn getroffen?« Grachann schwankte zwischen Unglauben und Freude.

»Du solltest mich endlich erzählen lassen. Dann wirst du alles erfahren.«

Er verdrehte die Augen, verkniff sich jedoch die ungeduldige Antwort, die ihm auf der Zunge lag. Wer mit einer Kismegla stritt, konnte ebenso gut darauf warten, dass die Sonne im Westen aufging. »Bist du der Seele deines Schülers in die Obere Welt gefolgt?«

Sie schüttelte den Kopf. »Als ich Braninn zu unserem Stamm zurückschickte, wusste ich noch nicht, was mit Tarronn geschehen war – obwohl ich es ahnte. Es gab nur eine Möglichkeit, ihn zu finden. Ich musste dem Ruf der Trommel folgen. Die vielen Reisen in jenseitige Welten haben ein magisches Band zwischen mir und dem Pferdegeist gewoben, der in der Trommel wohnt. Du kannst es dir als unsichtbare Schnur vorstellen, an der ich mich entlangtastete. Wie eine Schlafwandlerin wanderte ich über die Steppe, den Zügel meines Pferdes in der einen, die Fackel in der anderen Hand, und die kalten, körperlosen Finger der Dämonen streiften mich. Vor Angst beschwor ich die Erinnerung an das Licht der Oberen Welt herauf. *En medje fennen* – ich wandle im Licht. Das ist die eigentliche Bedeutung dieser Worte. Doch darüber drohte ich, den zarten Faden zu verlieren, der mich durch diese unheilige Nacht führte. Bald wusste ich nicht mehr, wie weit ich bereits gelaufen war und in welche Richtung. Ich hatte die Lider gesenkt und sah durch den verbliebenen Spalt stets nur den nächsten Schritt.«

Grachann nickte, doch ihre geschlossenen Augen blickten auf die rissige Erde einer längst vergangenen Nacht.

»Das Erste, was ich von ihm sah, war eine Hand. Sie lag auf dem Boden, und ich erkannte ihn am Ärmel seiner Tunika, noch bevor ich in sein Gesicht geblickt hatte. Es war das Muster der aufgestickten Knochenperlen, das er selbst aus der Geisterwelt mitgebracht hatte. Seine Augen starrten zu mir auf, doch sie waren leer. Blut färbte die Erde dunkel, wo es aus tiefen Schnitten in seinen Beinen hervorgeströmt war.«

Emschalorr, der die Menschen wie Gräser schneidet. Grachann schauderte.

»Ich weiß noch, dass ich neben ihm auf die Knie sank.« Ihre Stimme zitterte. »Ich war wütend und traurig zugleich, und ich bin es noch. Wie konnte er sein Leben so leichtfertig wegwerfen? So viele Jahre der Ausbildung, zerronnen wie Schnee in der Frühlingssonne! Er war mir der Sohn gewesen, den ich nie hatte. Wie eine Mutter wollte ich um ihn trauern, aber ich durfte nicht. Ich musste meine Tränen trocknen und mich von ihm verabschieden, bevor die Dämonen mich finden würden, sonst wäre die Trommel doch noch verloren.«

»Warum ist sie diese großen Opfer wert?«, wunderte er sich.

Joru seufzte. »Weil auf der Innenseite Zeichnungen hineingemalt sind, die seit ältester Zeit überliefert werden. Sie erklären die dreiteilige Gestalt der Welten und weisen uns Kismeglarr den Weg. Sie sind unersetzlich, denn sie dürfen nur innerhalb des eigenen Stammes vom Lehrer an den Schüler weitergegeben werden, so wie ich sie von meiner Großmutter erhalten habe. Ihre Mitte steht für den Mittelpunkt der Welten, wo der Weltenbaum sie alle durchdringt. Du kannst nicht verstehen, wie erleichtert ich war, sie unversehrt wieder in Händen zu halten.«

»Vielleicht kann ich das nicht, aber noch viel weniger verstehe ich, warum du nicht sofort mit ihr zurückgekehrt bist.« *Das hätte Braninn eine Menge Sorgen erspart.*

»Glaubst du, ich hätte das nicht gewollt? Aber wie sollte ich zurück zu meinem Stamm gelangen? Um mich herum herrschte Dunkelheit, und auf dem harten Boden gab es keine Spuren, denen ich hätte folgen können. Ich wusste nur, dass ich den Stamm nach Westen geführt hatte, dorthin, wo wir den Sonnengeist zuletzt gesehen hatten. Aber nach dieser Suche hatte ich keine Ahnung mehr, in welche Richtung der

Sonnenuntergang lag. Mir blieb als Einziges, in die Geisterwelt zu gehen und auf einen Führer zu hoffen – einen Schakal oder eine Eule, die bereit waren, mir den Weg zu zeigen.

Also begann ich, die Trommel zu schlagen, obwohl ich fürchtete, die Dämonen auf mich aufmerksam zu machen. Nie zuvor war es mir so schwergefallen, die Augen zu schließen und mich dem Takt hinzugeben. Doch ich drängte die Furcht zurück und lieferte mich dem Wirken der Ahnen aus. Langsam verschmolz der Klang der Trommel mit dem Hufschlag des Pferdegeists, der mich durch die rötlichen Wolken hinter meinen Lidern trug, bis ich mich auf einer grasbewachsenen Ebene wiederfand. Sie glich der Steppe, auf der mein Körper noch immer saß, nur dass die Farben blasser und die Dinge ein wenig durchscheinend waren. Ich erkannte die Geisterwelt und erkannte sie doch nicht wieder.

Löcher klafften in der Erde wie Eingänge zu den Bauen riesenhafter Mäuse. Schwarzer Nebel stieg daraus empor, der die Luft mit immer dunkleren Schlieren durchzog. Wer hatte diese Pforten in die Untere Welt geöffnet?

Zwei Krähengeister tauchten aus dem Nebel auf. Ich wollte ihnen meine Frage zurufen, aber sie sausten zu schnell vorüber. Dann schlängelte sich ein Windgeist – eine schlanke Gestalt wie eine fedrige Wolke – durch die Schlieren, als ob er nicht wagte, sie zu berühren. Ziellos wehte er hin und her. ›Warum ängstigst du dich?‹, wollte ich wissen. ›Was hat der Wind von Dämonen zu fürchten?‹

Er schwebte näher. Seine Stimme glich einem Lufthauch. ›Durch welches Laub soll ich streichen, welches Gras wiegen, welches Haar zausen, wenn die Welt dunkel wird und leer?‹

›Aber wer hat dieses Unheil über uns gebracht?‹, fragte ich.

›Der Geist, der im Schädel haust‹, säuselte er. ›Er ruft die Schatten.‹ Mit der Andeutung eines Arms wies er hinter mich. Ich drehte mich um. Ganz in meiner Nähe bildete sich ein träger Wirbel in den Nebeln, verdichtete und wand sich in der

Geburt eines weiteren Dämons. Erneut wollte ich mich an den Windgeist wenden, doch er war bereits verschwunden. ›Wo steigt der Sonnengeist in die Untere Welt hinab?‹, rief ich ihm nach, aber ich bekam keine Antwort.

Ich musste es auf die Art versuchen, die ich gelernt hatte, und stellte mir das Bild der untergehenden Sonne in feurigster Farbenpracht vor. Es ist das Gesetz der Geisterwelt, dass sich am Horizont zeigt, was ich zum Ziel meiner Reise erwähle. Doch es gab keinen Horizont mehr. Nur schwarze Schleier, in denen sich mein Blick verfing. Auch mein treuer Pferdegeist wusste keinen Rat. Er kann mich nicht an Orte tragen, die ich nicht vor mir sehe. So glitt ich von seinem Rücken und beschloss, nach dem Weltenbaum zu suchen, um mir von seinen Zweigen aus Überblick zu verschaffen.

Gemeinsam schritten wir in den Nebel. Dünne, wie Stängel schwankende Grasgeister, die sich zu einem Büschel zusammengekauert hatten, trippelten auf kurzen Wurzelbeinen vor uns davon. Ihre Rufe klangen wie reißende Blätter. Es hatte keinen Sinn, sie nach dem Weg zu fragen, denn Grasgeister sehen nie über ihre unmittelbare Umgebung hinaus. Wir irrten wie sie über die endlose Ebene. Dämonenschatten glitten lautlos durch die Dunkelheit. Sie waren nur Abbilder ihres tödlichen Selbst, doch ich hatte Angst. Wie lange würde mein zurückgelassener Körper noch unentdeckt bleiben? Also ging ich schneller, obwohl ich nicht einmal wusste, ob ich im Kreis lief. Ich haderte mit den Ahnen. Warum sandten sie mir keine Hilfe, keine rettende Eingebung? Scherten sie sich so wenig um das Wohlergehen ihrer Nachfahren? Schließlich hing das Überleben der Faitalorrem von mir ab!«

Grachann sah, wie sie die Hände bei der Erinnerung zu Fäusten ballte.

»Ich bin die Kismegla. Ich sollte selbst wissen, was zu tun ist, doch ich wusste es nicht. Bald glaubte ich mich verloren. Da stieß mich mein Pferdegeist mit seinem Maul an und zeigte mir ein Licht in der Dunkelheit. Es war nur ein kleiner, gelblicher Schein, ungefähr auf Höhe meiner Brust, aber es musste sehr hell sein, um den Nebel zu durchdringen. War es ein Feuergeist? Oder irrte dort gar der Sonnengeist selbst umher, durch die unnatürliche Finsternis vom Weg abgekommen? Ich brauchte Antworten, also ging ich rasch auf das Licht zu.

Es wurde heller und größer, bis ich in dem länglichen, senkrechten Umriss eine menschliche Gestalt bemerkte.«

»Die lichte Seele eines Toten?«, wollte Grachann wissen. »War es …« *Nein, Braninn war zu diesem Zeitpunkt noch unterwegs durch die Dunkelheit.*

»Nein.« Joru schüttelte den Kopf. »Ich bin auf meinen Reisen oft genug anderen Weltenwanderern und auch den verirrten Seelen Kranker und Verstorbener begegnet. Sie sind verblasste Bilder ihres körperlichen Selbst. Nur die Wesen der Oberen Welt strahlen von innen heraus. Doch sie steigen niemals von dort herab. Ich war sehr verwirrt und hielt inne, als mir die leuchtende Gestalt entgegenkam. Es war eine Frau, groß und sehr schlank. Ihre Bewegungen waren anmutig wie das Wogen der Gräser im Wind. Das helle Haar umfloss einem Schleier gleich ihre Schultern, und das Gewand, das ihren Körper umspielte, reichte bis zum Boden hinab. Goldenes Licht umgab sie wie eine Kerzenflamme den Docht. Sie konnte kein Mensch sein. Ihr Gesicht war von solcher Schönheit, dass es mir warm und leicht ums Herz wurde.

›Wer bist du?‹, wisperte ich.

›Ich bin Epana‹, erwiderte sie lächelnd. ›Ich habe deinen Ruf gehört, obwohl es nicht leicht war. So viele rufen in dieser dunklen Zeit um Hilfe.‹

›Aber ich habe doch gar nicht gerufen‹, wandte ich ein. Der Nebel verschluckte selbst die Laute der verängstigten Geister, sodass es totenstill war. Wie konnte sie mich gehört haben?

›Es war nicht die Stimme deines Mundes, die mich erreicht hat.‹

›Kommst du aus der Oberen Welt?‹, wollte ich wissen.

Wieder lächelte sie. ›Nein. Mein Volk lebt weit von hier, aber in deiner Welt. In den Bergen, die sich nordwestlich der Steppe erheben. Wir können euer Land von seinen Wunden heilen, wenn das Licht zurückkehrt. Doch wir sind zu wenige, um die Dunkelheit zu vertreiben.‹

›Kannst du mir helfen?‹, fragte ich. ›Ich muss zu meinem Stamm zurück. Er ist gen Sonnenuntergang gezogen, aber ich weiß die Richtung nicht mehr.‹

Epana bedeutete mir zu warten und schloss die Augen. Als sie die Lider wieder hob, sah sie sorgenvoll aus. ›Wenn du zurückgehst, wirst du sterben‹, prophezeite sie. ›Folge mir!‹

Ich sah ihr erschrocken nach, denn ich konnte nicht bleiben. Wusste sie nicht, dass ich aus der Dunkelheit entkommen musste, bevor ein Dämon meinen Körper fand? Sie wurde nicht langsamer, aber über die Schulter rief sie mir zu: ›Dafür ist es zu spät!‹«

Arion

Emmeraun, Sarmyn

Er saß im Sattel seines eisengrauen Hengsts und fühlte nichts. Er blickte zwischen den beiden Reihen schwarz gewandeter Ritter hindurch, die hoch zu Ross den Weg vom Bergfried zum Burgtor säumten, aber er sah sie nur mit den Augen, nicht mit seinem wahren Selbst, das in ihm erstarrt war.

Ein Trommelschlag hallte wie Donner von den Burgmauern wider, dann ein zweiter. Unter dem Portal des alten Turms wurde Bewegung sichtbar. Beim dritten Schlag zogen die Ritter wie ein Mann die Schwerter. Feurig rot glühten die Klingen im Licht der untergehenden Sonne auf, als die Reiter sie zum letzten Gruß hoben. Arion hörte Adavind hinter sich aufschluchzen, bevor der Laut von einem Tuch erstickt wurde.

In der breiten Tür des Turms kam die Bahre in Sicht, auf der Kunmag, Burgherr auf Emmeraun und geschworener Ritter des Reiches, lag. Vier kräftige Knechte, auch sie gekleidet in das Schwarz des Nachthimmels, der die Seele des Toten erwartete, trugen die letzte Ruhestatt ihres Herrn aus seinem Haus und durch die schweigende Gasse aus Verwandten, Freunden und Nachbarn. Sie hatten ihn unter Adavinds Anleitung auf seine kostbarsten Pelze gebettet und in die teuersten Stoffe gekleidet, damit er die Reise zu den Sternen in Würde antreten konnte.

Die Bahre mit dem ausgemergelten Leichnam kam näher. Kein noch so prunkvolles Gewand konnte verbergen, dass von dem einst stattlichen Burgherrn nur noch Haut und Knochen geblieben waren. Arion sah durch ihn hindurch, als sie ihn vorübertrugen. Das war nicht der Mann, den er gekannt und Vater genannt hatte. Es war ein Fremder, ein gespenstischer Doppelgänger, der seinen Vater ausgezehrt und Unschuldige getötet hatte.

Der Trommler wartete neben dem Tor. Mit versteinerter Miene ließ er den Schlegel in eintönigem Rhythmus niederfahren – ein dumpfer Herzschlag, der jeden Augenblick für immer zu verstummen drohte. Er setzte sich an die Spitze des Zugs, als die Bahrenträger durch das Tor schritten. Hinter ihnen reihte sich Bruin, der Pferdeknecht, ein, der das Streitross seines Herrn am Zügel führte. Kunmags Lieblingsfalke hockte auf einer am Sattel befestigten Stange und drehte den von einer Haube bedeckten Kopf.

»Ihr seid dran«, flüsterte Wigan vom Arbach, Saminés Vater, der sich ihm im Spalier der Ritter am nächsten befand.

Arions Waden trieben den Hengst vorwärts, doch es war nicht *er*, der es tat. Er wusste, dass seine Ziehmutter und seine Geschwister ihm folgten, bevor sich die lange Reihe der Ritter und ihrer Familien anschloss. Dahinter würde das Gesinde zu

Fuß die Nachhut bilden, um seinem Herrn die letzte Ehre zu erweisen. Er konnte das Bild dieses langen Zugs vor sich sehen, wie er aus dem Tor hervorwuchs und sich den Burgberg hinabschlängelte, schwarz und stumm, im Takt des langsamen Trommelschlags.

Die Dämmerung brach an, als sie das Dorf am Fuß des Hügels erreichten. Arion sah nicht auf. Er hielt den Blick starr zwischen die Ohren seines Pferdes gerichtet, wo er nichts als den mit Riemen angebundenen, mit der Haube geblendeten Falken fand, doch aus den Augenwinkeln nahm er sehr wohl die vielen Menschen wahr, die auch hier zusammengeströmt waren, um seinen Vater ein Stück auf dem letzten Weg zu begleiten. Bauern und Hirten, Handwerker und Händler, ihre Frauen und Kinder, Mägde, Knechte und Tagelöhner – aus allen Besitzungen Emmerauns mussten sie gekommen sein. Er hörte das Rascheln ihrer Kleider, ihr Murmeln und Flüstern, spürte ihre Blicke und ihre Ehrfurcht.

Morgen würde es auf der Burg ein Fest für sie geben, das Totenmahl, bei dem Trinksprüche auf Kunmag ausgebracht und sein Erbe zum Nachfolger ausgerufen werden würde. *Der Erbe.* Das war er. Er konnte es sich nicht vorstellen. Sein Kopf war leer, sein Herz erstarrt. Wie sollte er morgen fröhlich bei Wein und Tanz sitzen, über alberne Scherze lachen und auf einen Mann anstoßen, den er nicht gekannt hatte? *Ich wusste mein ganzes Leben nicht, wer du warst, Vater. Und jetzt weiß ich nicht mehr, ob ich es noch wissen will.*

Dunkelheit legte sich über die Felder und Wiesen. Der Wald stand zu beiden Seiten des lange gerodeten Tals wie ein weiteres schwarzes Spalier, das die Männer mit der Bahre durchschritten. Jenseits der Trommelschläge war es still, und doch war die Nacht erfüllt von Hufschlag und Schnauben, Atmen und Raunen, den Schritten der Füße auf trockenem Lehm. Nur die beiden Monde leuchteten ihnen den Weg.

Arion versuchte sich zu erinnern, ob Surin und Odon geschienen hatten, als er der Bahre seines Lehrers Tomink gefolgt war. Tomink, den sein Vater getötet hatte. Erschlagen mit einem Streitkolben und als Sturz auf vereister Treppe getarnt. Es musste kalt gewesen sein in jener Nacht, doch die Bilder waren verschwommen.

Bald merkte er, wie das Gelände anstieg. Sie hatten den Totenhügel erreicht. Dreimal wand sich der steile Weg um die grasbewachsene Kuppe. Arion war, als schraube sich die Spirale direkt in den Himmel hinauf, der plötzlich zum Greifen nah schien. Der Holzstoß, den Emmerauns Knechte auf der Anhöhe errichtet hatten, ragte wie eine dunkle Klippe aus dem Rücken der Anhöhe – ein Podest, auf das die Bahrenträger stiegen, um ihre Last abzusetzen und sich zurückzuziehen. Darunter schimmerte bleich der Berg aus Asche und Knochen hervor, der aus den Totenfeuern der Jahrhunderte erwachsen war.

Arion zuckte zusammen, als hinter ihm eine Flamme aufflackerte. Während sich die Menschen in einem weiten Rund um den Scheiterhaufen scharten, ritt Wigan, der das Amt des Feuerkünders übernommen hatte, mit einer brennenden Fackel in die Nähe der Bahre und nahm dort Aufstellung, bis jeder seinen Platz gefunden hatte. Aus seinen Zügen sprach Trauer. Wie viel davon mochte noch immer dem Verlust seiner Tochter geschuldet sein? Vor Scham wandte Arion den Blick ab. Seine Familie durfte niemals erfahren, dass er Saminés Ehre für einen wertlosen Totenschädel verkauft hatte.

Wigan ergriff das Wort. Er klang betrübt, doch seine Stimme wankte nicht. »Hier liegt Kunmag, Burgherr auf Emmeraun. Seine letzte Nacht ist angebrochen. Er war ein rechtschaffener Mann und seinem König ein treuer Ritter. Viele von euch haben ihn als strengen, aber gerechten Herrn gekannt. Seine Freunde schätzten ihn als besonnenen Ratgeber, und wir, seine Verwandten, werden ihn als unverbrüchlichen Halt, selbst in den schwierigsten Zeiten, in unserer Erinnerung bewahren. Bis an den Hof im fernen Egurna ist sein herausragender Ruf gedrungen. Möge seine Seele nun Arutar in den Himmel folgen und von dort über uns wachen!«

Er stieß die Fackel in den Holzstoß, der mit Stroh und Reisig durchsetzt war, damit er rasch Feuer fing. Fauchend sprangen die Flammen auf, breiteten sich aus und erleuchteten den Toten auf seinem noblen Lager, bevor sich der lodernde Vorhang um ihn schloss. Arion glaubte, hinter sich Weinen zu hören, doch das Prasseln und Knacken, das Knistern und Knallen, das aus dem gewaltigen Scheiterhaufen drang, wuchs zu einem Lärm an, der jedes andere Geräusch übertönte. Längst war sein Onkel vor der sengenden Hitze zurückgewichen, die nun auch ihm ins Gesicht schlug. Er zog Kunmags Sonnenfibel unter dem Gürtel hervor, die goldene Mantelschließe, die jeder Ritter bei seinem Treueid erhielt. Sie hatte in der Truhe gelegen, in der sein Vater seine kostbarsten Besitztümer verwahrte, und er war sich wie ein Dieb vorgekommen, als er sie an sich genommen hatte. In jenem Augenblick war sie ihm Pfand gewesen, eine Sicherheit, dass er niemals vergessen würde, wozu dieser Eid Kunmag getrieben hatte. Doch nun brannte sie in seinen Fingern. Sie gehörte nicht dem Vater, den er gekannt hatte, sondern dem Fremden – dem Mann, der gerade seinen letzten Weg antrat.

Der Hengst stampfte und schlug gereizt mit dem Schweif, als Arion ihn vorwärtstrieb, statt sich endlich von den brüllenden Flammen zu entfernen. Wie eine Sternschnuppe flog das goldene Kleinod in weitem Bogen über den Himmel und stürzte ins Feuer, das es gierig verschlang.

Er lag auf seinem Bett, doch es stand nicht mehr in seiner Kammer. Es war Kunmags Gemach, zu dessen mit Schnitzwerk verzierter Balkendecke er hinaufblickte, ohne sie zu sehen. Er hatte das Zimmer, das nur dem Herrn von Emmeraun zustand, nicht so schnell beziehen wollen, doch die Burg war voller Gäste, die untergebracht werden mussten, sodass ihm keine Wahl geblieben war. Nach ihrer Rückkehr vom Totenhügel hatte es keine Rolle gespielt. Er war wie betäubt auf die Strohmatratze gesunken und sofort eingeschlafen. Aber schon bald hatte er wieder wach gelegen und die Gegenwart des zornigen Mannes gespürt, der hier gestorben war. Kunmag hatte ihn nicht noch einmal zu sich gerufen, und Arion hatte nicht darum gebeten. *Worüber hätten wir auch sprechen sollen? Was ich ihm zu sagen gehabt hätte, wirft man Todkranken nicht an den Kopf.* Wenn jemand das Recht hatte, wütend zu sein, dann doch wohl er! Und wie konnte Kunmags Geist überhaupt noch hier sein? Sie hatten ihn zusammen mit seinem Lieblingsfalken in den Himmel hinaufgeschickt.

Er war zu dem Schluss gekommen, dass er sich die dunkle Präsenz nur einbildete, aber er hatte das unheimliche Gefühl nicht abschütteln können und zwischen Dösen und Wachen geschwankt, bis die aufgehende Sonne die Schatten vertrieben hatte.

Jetzt fühlte sich sein Körper vor Müdigkeit steif und schwer an, doch auf dem Burghof wurde bereits gehämmert, gerufen, gefegt und gerannt. Die Vorbereitungen für das Totenmahl waren in vollem Gange.

Arion gab es auf, erhob sich und zog sich an. Er wusste immer noch nicht, wie er Unmengen fröhlicher Festbesucher ertragen sollte. Eine Weile stand er hinter der Tür und konnte sich nicht entschließen, sie zu öffnen. Gedämpftes Stimmengewirr drang zu ihm herein. *Das ist lächerlich! Ich kann mich nicht den ganzen Tag hier verstecken.*

Er riss die Tür förmlich auf und machte sich auf den Weg zur Halle, wo sicher schon die ersten Gäste beim Frühstück saßen, aber noch bevor er die Hälfte der Treppe hinunter war, kam ihm Wigan entgegengeeilt.

»Ah, Arion, wie gut, dass Ihr schon wach seid«, meinte er und reichte ihm ein gefaltetes, mit gelblichem Wachs versiegeltes Pergament. »Dieser Brief wurde gerade für Euch abgegeben. Der Bote sagte, die Nachricht sei von Prinz Regin.«

»*Prinz* Regin.« Gereizt nahm Arion den Brief entgegen. Kein Wunder, dass Wigan so aufgeregt war. *Was würde er wohl sagen, wenn er wüsste, dass dieser feine Prinz Saminé auf dem Gewissen hat?* Aber das war nicht der passende Moment, es ihm zu erzählen. »Wartet der Bote auf eine Antwort?«

»Nein, er musste dringend nach Gweldan weiter. Hätte ich ihn aufhalten sollen?«

Arion schüttelte den Kopf. »Nein. Vielen Dank, Onkel. Ihr seid uns in diesen Tagen eine große Stütze.«

Wigan klopfte ihm aufmunternd den Arm, doch seine Miene blieb ernst. »Wenn es nur nicht noch mehr schlechte Neuigkeiten sind …«

»Das hoffe ich nicht«, erwiderte Arion und machte auf dem Absatz kehrt, um sich wieder in sein neues Gemach zurückzuziehen. Regin und er waren nicht als Freunde auseinandergegangen. Dieser Brief konnte nichts Gutes bedeuten.

Er brach das Siegel, das einen springenden Hirsch zeigte, und überflog die Zeilen, die aussahen, als hätte sich entweder die Hand des Schreibers oder der Federkiel gegen die Worte gesträubt. Hatte er das Gekrakel richtig entziffert? Ungläubig las er noch einmal: *Tazlan war die treibende Kraft hinter Ertanns Dämonenbeschwörungen. Er steckte in dem Schädel, den Ihr nicht haben wolltet. Ich weiß, dass das klingt, als sei ich dem Wahnsinn verfallen, aber ich fürchte, dass genau dies geschehen könnte. Er steckt jetzt in mir und versucht, durch mich seine schwarze Magie zu wirken. Was das bedeutet, wage ich nicht in einem Brief zu schreiben, der in falsche Hände geraten kann. Ich habe Euch wenig Anlass gegeben, mir wohlgesinnt zu sein, aber außer Euch kenne ich niemanden, dem ich in dieser Angelegenheit vertrauen kann oder der mir auch nur glauben würde. Wenn Ihr nicht um meinetwillen helfen wollt, so tut es für Werodin und das Reich. Ich bitte Euch darum …*

Er ließ die Hand mit dem Pergament sinken und starrte

aus dem Fenster. Wie verzweifelt musste Regin, der arrogante Dreckskerl, der ihn Lumpenritter genannt und Saminés Andenken in den Schmutz gezogen hatte, sein, um ihn dermaßen um Hilfe anzubetteln? Was er schrieb, war unbegreiflich. Tazlan, ein Priester desselben Glaubens, dem auch Tomink angehört hatte, und darüber hinaus längst verstorben, sollte den Obersten Heerführer der Phykadonier finsterste Zauberei gelehrt haben, um sie gegen Sarmyn zu richten? Nun gut, nach allem, was Arion wusste, hatte Tazlan schon zu Lebzeiten versucht, den König unter die Vorherrschaft der Priester zu zwingen oder auch zu stürzen, falls er sich weigerte. Aber schwarze Magie? Dämonen, die alles Leben auslöschten, das ihnen zu nahe kam! Konnte das im Sinne des Toten Gottes sein, wenn seine Gemahlin die Beschützerin des Lebens war? Doch was wusste er schon von diesen Dingen? Der einzige Mann, den er hätte um Rat fragen können, war von der Hand seines Vaters gestorben.

»Da seht Ihr, was Ihr angerichtet habt!« Er trat so heftig gegen den Tisch, auf dem noch immer Kunmags Skizzen und Notizen für den Bau der neuen Halle ausgebreitet lagen, dass Pergamente flogen und ein scharfer Schmerz durch seine Zehen schoss.

Regin hat das nicht zum Spaß geschrieben. Er scheint das Schlimmste zu befürchten. Beängstigende Bilder flatterten durch Arions Kopf, die Fratze des Dämons, vor dem ihn Anidim gerettet hatte, Regin, der sich mit einem Dolch über den schlafenden König beugte, ein dunkler Schatten hinter Beveré, der seine erstickenden Arme um sie schlang …

Er begann zu packen, bevor der Entschluss in seinem Verstand angekommen war. Außer angemessener Kleidung für den Hof würde er nicht viel brauchen, vielleicht noch das Kettenhemd und natürlich ein paar Silbermünzen. Hastig verschnürte er seinen zusammengerollten Reiseumhang, legte das Schwert an und stürmte mit seinem Gepäck unter den Armen die Treppe hinab. Verwirrte Blicke folgten ihm, als er sich einen Weg durch die vielen Menschen in der Halle bahnte. Das Gesinde wich respektvoll aus, während Wigan und zwei andere Ritter ihm verwunderte Fragen nachriefen.

Arion antwortete nicht. Er wusste nicht, was er hätte sagen sollen, und sie hätten nur versucht, ihn aufzuhalten. Er rannte die Stufen zur alten Wachstube hinab, aus dem Turm und über den Burghof zum Stall. An den Knechten, die lange Reihen Tische und Bänke für das Fest aufbauten, war er schneller vorbei, als sie von ihrer Arbeit aufblicken und grüßen konnten. Aufgeschreckte Hühner stoben ihm gackernd aus dem Weg. Bruin schaufelte Mist auf einen Karren vor der Stalltür.

»Mein Pferd! Aber schnell!«

Doch bis Bruin begriffen und die Mistgabel fallen gelassen hatte, war Arion bereits selbst in den Stall geeilt. Er warf seine Sachen in eine Ecke und hatte den grauen Hengst schon aus dem engen Ständer geführt, als der Pferdeknecht mit Sattel und Zaumzeug herbeilief. Das Streitross tänzelte, beunruhigt über ihre Aufregung. Arion zwang sich, tief durchzuatmen. Er war Herr auf Emmeraun und nur noch dem König Rechenschaft schuldig. Niemand durfte ihn aufhalten.

»Werdet Ihr denn nicht zum Totenmahl hier sein, Herr?«, fragte Bruin angesichts der vollgestopften Satteltaschen.

»Nein.« Arion schüttelte den Kopf und verließ den Stall. Als er den Fuß in den Steigbügel stellte, hörte er hastige Schritte herankommen.

»Arion!«

Er schwang sich aufs Pferd.

»Wo willst du denn hin?« Adavind sah nach Luft ringend zu ihm auf.

Er verhärtete sein Herz. »Habt Ihr gewusst, dass er ein Mörder war?«

Sie erbleichte und berührte sein Knie. »So etwas darfst du nicht sagen. Du hättest noch einmal mit ihm sprechen sollen. Er …«

»Was er getan hat, hat Folgen. Ich muss nach Egurna,

Mutter. Tretet zurück. Euer Fuß wird noch unter die Hufe geraten.« Er trieb den Hengst vorwärts.

»Aber du kannst jetzt nicht gehen!« Adavind stolperte neben ihm her und versuchte, nach seiner Hand zu greifen. »Wir brauchen dich hier! Es gibt Streit zu schlichten. Und die Ernte steht an …«

»Das Leben des Königs ist in Gefahr. Lest den Brief, der auf meinem Bett liegt!«, erwiderte Arion und jagte im Galopp durch das Tor.

Sava

Drahan, Sarmyn

Der Duft nach zerstoßener Minze und Räucherwerk empfing Sava, als sie auf zittrigen Beinen das Haus der Genesung betrat. Die Kühle des kleinen Gebäudes, das die Schatten der Bäume vor der Sommerhitze bewahrten, legte sich erfrischend und zugleich beruhigend auf ihr erhitztes Gesicht.

»Nein, Herr Jagon, Ihr könnt diesen Raum heute nicht betreten«, rief die Hohepriesterin ihnen entgegen. Hervinds Tonfall ließ keinen Widerspruch zu. »Es wäre ungehörig, wenn ein fremder Mann eine Gebärende ansähe.«

Zu Savas Überraschung murmelte der Ritter nur eine Entschuldigung und zog sich sofort zurück, obwohl sie wusste, wie erpicht er darauf war, Zeuge zu sein, wenn sie durch Die Gabe ein Leben rettete. Hervind saß neben dem einzigen Lager, das sich noch im Raum befand, und hielt die Hand einer jungen Frau, deren Bauch sich unter dem groben Bauernkittel überdeutlich wölbte.

»Die andern Kranken haben wir alle in den Speisesaal rübergetragen«, erklärte die zierliche Ervi, die auf Sava einredete, seit sie vom Pferd gestiegen war. »Der alte Ode hat sich ganz schön beschwert, weil …«

»Ervi, hör auf zu schnattern und lass Sava ihre Arbeit tun!«, befahl die Hohepriesterin. »Schließ lieber die Tür, damit sich die Leute nicht länger die Hälse verbiegen!«

Mit schuldbewusster Miene verstummte die Novizin und machte auf dem Absatz kehrt, um die neugierigen Blicke auszusperren. Sava ging zu Hervind und der Schwangeren hinüber, der das Haar vor Schweiß wirr und strähnig am Kopf klebte. Das Gesicht war eingefallen und leichenblass, die Augen dunkel umschattet. Sie lag flach auf dem Rücken, zu schwach, um noch auf dem Gebärhocker zu sitzen, und konnte kaum die Lider offen halten. Ein leises Wimmern war alles, was ihr die Schmerzen der Wehen noch entrissen. Auch wenn Sava bislang nur wenige Geburten miterlebt hatte, erkannte sie, dass diese Frau nicht mehr in der Lage war, ein Kind herauszupressen. Sie lächelte ihr zu und hoffte, ihre wachsende Unsicherheit gut zu verbergen.

»Die Angehörigen haben sie gestern Abend zu uns gebracht, weil die Hebamme im Dorf nicht weiterwusste«, berichtete Hervind, während sich Sava neben die Schwangere kniete. »Das Kind liegt richtig. Ich habe mich selbst davon überzeugt. Trotzdem hat die Ärmste die ganze Nacht umsonst geschuftet. Nicht einmal der Kopf ist bis jetzt zu sehen! Du musst ihnen helfen, sonst wird erst das Kind sterben, und dann sie.«

Im ersten Moment erschrak Sava darüber, die Worte vor der werdenden Mutter ausgesprochen zu hören, doch deren Blick verriet, dass sie sich längst in ihr Schicksal ergeben hatte. In ihren Augen lag keine Hoffnung mehr.

»Gib nicht auf!«, sprach sie ihr zu und ergriff ihre Hand, die Hervind losgelassen hatte, um den Platz einer Hebamme vor dem entblößten Unterleib einzunehmen. Die kalten Finger glichen einer Klaue, aber Sava umschloss sie voller Mitgefühl für das Leid, für die unsagbare Erschöpfung der gequälten Frau. Sie spürte die ungewöhnliche Wärme in ihrem Herzen, die es nur dann erfüllte, wenn sie ganz von dem Wunsch beseelt war, die Pein eines anderen zu lindern. Sie gab sich dem Gefühl hin, erwartete, jeden Augenblick das Lied der Heilung in sich aufsteigen zu hören, mit dem die Wärme hervorquellen und über sie hinausfließen würde.

Doch es blieb aus. Je länger Sava wartete, desto deutlicher spürte sie, dass etwas nicht stimmte. Etwas war *falsch*. »Gnädige Göttin«, flüsterte sie und wandte sich Hervind zu. »Das Lied. Es stellt sich nicht ein.«

Die Hohepriesterin hob überrascht die Brauen, bevor sich ihr Gesicht verdüsterte. »Versuch es weiter! Ervi, setz dich zu uns! Beten wir, um Sava zu unterstützen!«

Rasch ließ sich die Novizin neben Hervind nieder und versenkte sich in stille Andacht. Sava richtete ihre Aufmerksamkeit erneut nach innen. Mit geschlossenen Augen horchte sie in ihr Herz, aber alles, was sie hörte, waren die Geräusche außerhalb ihres Körpers, die gedämpften Stimmen der Menschen vor dem Haus, das leise Atmen der drei Frauen darin, das Rauschen in den Baumkronen über dem Dach. Was machte sie falsch? Hatte sie Die Gabe verloren? Doch wenn sie es zuließ, konnte sie die Aufregung der Wartenden ebenso spüren wie Hervinds Sorge, Ervis fromme Hingabe und die leise Todessehnsucht der Wöchnerin, die sich nur noch ein Ende ihrer Qualen wünschte. *Meine Güte, sie will sterben!* Wie sollte das Lied der Heilung helfen, wenn sie gar nicht krank, sondern nur entkräftet und verzweifelt war?

Plötzlich fand Sava in der Flut fremder Gedanken auch das ängstliche Zögern des kleinen Wesens auf der Schwelle zum Leben. Es fürchtete sich so sehr vor dem, was vorging, dass es sich förmlich mit Händen und Füßen dagegen sträubte, sein sicheres Nest zu verlassen. Sava spürte, wie sich ihre eigene Brust in der Panik des Kindes zusammenzog. Wie die Weiße Frau es sie gelehrt hatte, atmete sie tief ein und aus, trennte sich von der Macht der fremden Gefühle, die von ihrem Körper Besitz ergreifen konnten. *Keine Angst, ihr beiden.* Sanft drückte sie die Hand in ihrer und versuchte, Ruhe und Zuversicht auszustrahlen. *Du bist in dieser Welt willkommen, Kleines. Sie wartet nur darauf, dass du sie entdeckst.* Mit einem Lächeln auf den Lippen beschwor sie einladende Bilder für das Kind herauf – eine Frau, die ihr Kind auf den Armen wiegte, einen Säugling, der eifrig nuckelnd an der Mutterbrust lag, einen Vater, der sich mit seinem über den Kopf gehaltenen Kind drehte, bis es vor Vergnügen quietschte. Immer tiefer tauchte sie in die lichte Geborgenheit, die den Glücksmomenten der Kleinsten vorbehalten war, die noch kein Gestern und Morgen kannten, und mit einem Mal fand sie sich eine andere Melodie summend wieder. Liebe und Heiterkeit schwangen darin, das Schaukeln der Wiege und die Wärme des Sonnenstrahls. Wie aus weiter Ferne spürte sie, wie sich die neu erstarkten Finger im Rhythmus der Wehen an ihre Hand klammerten. Eine unsichtbare Pforte öffnete sich zwischen den Welten, und erst der Schrei des Neugeborenen, sein erschreckter, noch ungelenker Atemzug holte sie in die schweiß- und blutgetränkte Gegenwart zurück.

Ihre Füße kribbelten und die Beine schmerzten, als sich Sava erhob. Es dauerte einen Moment, bis sie ihre Knie wieder strecken konnte.

Ervi stützte sie, ein strahlendes Lächeln auf den Lippen und – unter dem mahnenden Blick der Hohepriesterin, die die Nachgeburt in alte Tücher wickelte – sichtlich bemüht, sie nicht erneut mit einem Wortschwall zu überschütten. »Du hast es geschafft!«, wisperte sie. »Es war, als ob die Göttin selbst im Raum gewesen wäre. Ich hab es noch nie so deutlich gefühlt.«

Sava sah sie durch einen Schleier aus Müdigkeit an, die ihre Freude dämpfte, doch sie spürte den Nachhall des neuen

Lieds in sich und nickte lächelnd, ohne einen klaren Gedanken fassen zu können. Von draußen hörte sie das Gelächter und die erleichterten Stimmen der Angehörigen und Priesterinnen, die gemeinsam jubelten, seit sie das Krähen des Neugeborenen vernommen hatten. Sie warf einen letzten Blick auf die schlafende Mutter, die den Arm schützend um ihren Sohn gelegt hatte. Auch der Kleine war nach den durchstandenen Strapazen schnell eingeschlummert.

»Sie werden sich bald erholen.« In Hervinds Stimme mischten sich Zuversicht und Anteilnahme. »Jetzt müssen wir uns erst einmal um dich kümmern.«

Sava zuckte zusammen, als die Hohepriesterin die Tür öffnete und der Lärm der fröhlichen Menge umso lauter erschallte. Trotz ihrer kleinen, rundlichen Gestalt trat Hervind den hereindrängenden Leuten mit der gebieterischen Haltung einer Königin entgegen. »Wollt ihr wohl still sein!«, gebot sie. »Hier schlafen zwei, die die Göttin von der Schwelle des Todes gerettet hat!« Sie schob die sie nun leiser, aber nicht weniger dringlich mit Fragen Löchernden vor sich her wie ein Schäfer seine Herde. Sava und Ervi folgten ihr hinaus.

Ein junger Bauer, den Sava noch nie gesehen hatte, sprudelte wirre Dankesworte hervor. Eine alte Frau an seiner Seite fiel bei ihrem Anblick auf die Knie und küsste den Saum ihrer Robe, bevor sie wusste, wie ihr geschah. Weitere Gläubige, darunter ein alter Pilger, umringten sie, priesen Deartas Gnade und versuchten, sie zu berühren. Bewunderung, Sehnsucht, Hoffnung, Gier, das Übermaß an Gefühlen, das auf Sava überschwappte, machte sie schwindlig. Taumelnd stützte sie sich auf Ervi, die rasch den Arm um ihre Taille legte.

»Lasst uns durch!«, beschwerte sich die Novizin. »Seht ihr nicht, wie schwach sie ist?«

Sava hörte andere Priesterinnen einstimmen, allen voran Hervind, deren Stimme einem Peitschenschlag glich, wenn sie es darauf anlegte. Die Gläubigen wichen zurück, doch erst als sie den geschützten Innenhof des Hauptgebäudes erreichten, fühlte sich Sava nicht länger bedrängt. Sie war müde, ihr Kopf leer, und in ihrem Magen klaffte ein knurrendes Loch. Ervi kicherte. »Am besten gehen wir erst mal den Bären in deinem Bauch füttern.«

Sava nickte und lenkte ihre Schritte auf die Küchentür zu, die bei dem schönen Wetter offen stand. Drinnen schlug ihnen die Hitze des Herdfeuers entgegen, aber auch der Duft gebratener Eier und frisch gehackter Kräuter. Vala, die älteste der Priesterinnen, und die Küchenmagd sahen von ihrer Arbeit auf.

»Heilige Mutter!« Vala schlug die Hände zusammen. »Du siehst aus, als hättest *du* das Kind bekommen.« Erstaunlich flink nahm sie einen Steingutteller vom Stapel auf dem Tisch und lud eine Portion Rührei darauf, über die sie eine Handvoll Kräuter streute. »Komm! Setz dich, bevor du uns noch umfällst.«

Sava fühlte eine Last von sich abfallen, als sie auf der Bank am Küchentisch Platz nahm. Ausgehungert schlang sie alles hinunter, was Vala ihr vorsetzte, und hörte kaum, was Ervi den anderen über ihre Wundertat berichtete. Doch plötzlich weckten Stimmen auf dem Hof ihre Aufmerksamkeit. Unwillkürlich richtete sie sich auf. Ihre Hand legte sich auf Ervis Arm und brachte sie damit zum Schweigen.

»… aber sie empfängt heute keine Besucher mehr.« Hervind klang unerbittlich. »Ihre Wunder kosten sie sehr viel Kraft.«

Rodan! Sava war auf den Beinen, bevor er das erste Wort erwidert hatte. Sie eilte zur Tür, nur um dort verlegen innezuhalten.

»Was ist denn?«, rief Ervi verblüfft hinter ihr her.

»Wann wird sie sich erholt haben?«, fragte der Söldner gerade, als Sava ins Freie trat. Sein Blick fand den ihren, und für einen Augenblick vergaß sie die Welt um sich herum. Ihr Herz schlug so schnell, dass alle Müdigkeit aus ihrem Körper floh.

»Sava, was tust du hier? Du brauchst jetzt Ruhe«, tadelte

Hervind. Forschend sah sie zwischen ihr und Rodan hin und her. »Kennst du diesen Mann?«

Sava riss sich zusammen und ging die letzten Schritte, bis nur noch die abschirmende Pose der Hohepriesterin sie von Rodan trennte. »Ja, ich kenne ihn, und ich bin ihm zu großer Dankbarkeit verpflichtet. Ohne seine Hilfe hätte ich dieses Heiligtum vermutlich niemals erreicht. Senhal von Gweldan hätte mich vorher zu meinem Vormund zurückgeschleppt.« Sie sah *ihn* bei diesen Worten an, nicht Hervind, aber sein Lächeln erstarb, als sie hastig fortfuhr. »Sicher ist er hier, um mir Kunde von meinem Bruder zu bringen. Sie waren gemeinsam im Krieg.«

»Eurem Bruder geht es gut. Er hat mit seinen Taten das Wohlwollen und den Dank des Königs errungen«, berichtete Rodan kühl, doch viel deutlicher hörte Sava die unausgesprochenen Worte. »*Natürlich. Ich bin nur der Bote.*« Wie konnte er sie so falsch verstehen? Sie musste sich auf die Lippe beißen, um nicht mit Widerspruch herauszuplatzen.

»Wenn wir dir zu verdanken haben, dass Sava eine der unseren werden durfte, bist du uns stets als Gast willkommen«, versicherte Hervind. »Morgen wird sie wieder bei Kräften sein, und auch ich werde mir dann gern anhören, was Herr Arion vollbracht hat, um die Gunst des Königs zu erlangen.«

Rodan nickte nur. Savas Herz zog sich schmerzhaft zusammen. So konnte sie ihn nicht gehen lassen, ganz gleich, was Hervind denken mochte. Rasch ergriff sie mit beiden Händen seine Rechte und suchte erneut seinen Blick. »Ihr werdet doch wiederkommen?«

Er schmunzelte. »Soll ich es versprechen?«

Sie errötete bei der Erinnerung an ihren letzten Abschied, aber der bestärkende Druck seiner Hand linderte ihre Scham.

»Ich will mich hier in der Gegend nach einer Anstellung umsehen. Dann wird mich mein Weg vielleicht öfter herführen.« Es klang fast wie eine Frage, und er hielt noch immer ihre Hand.

»Das würde Sava sicher freuen«, mischte sich Hervind ein. »Aber jetzt wird es wirklich Zeit für sie, sich auszuruhen.« Sie legte den Arm um Savas Schulter und zog sie sanft, aber bestimmt mit sich. »Deartas Segen.«

»Deartas Segen«, flüsterte Sava und ließ seine Hand ebenso widerstrebend los wie er die ihre.

Erst als sie gegen Abend wieder erwachte, fiel ihr auf, was seine Worte bedeuteten. Er war Söldner, er würde sich nicht als Knecht bei einem Bauern verdingen. *Jagon. Er wird ausgerechnet zu Jagon gehen.*

Regin

Egurna, Sarmyn

»Das bedeutet dann wohl, dass wir weiterhin die Gesellschaft meiner allerliebsten Schwester ertragen müssen.« Prinz Joromar verdrehte die Augen und hielt seinen silbernen Pokal neben sich, damit sein Knappe ihm nachschenkte.

Regin rang sich ein schiefes Lächeln ab, doch der König schüttelte den Kopf, während die Königin ihren Sohn mit einem strafenden Blick bedachte.

Joromar grinste gehässig. »Ich habe nur ausgesprochen, was der ganze Hof denken wird, wenn wir die Verlobung öffentlich auflösen.«

»Schluss mit den Scherzen!« Werodin schlug mit der Faust auf den Tisch. Sein Gesicht war rot angelaufen, und die verdickte Ader über seiner linken Schläfe trat deutlich hervor. »Entweder bringst du ernsthafte Vorschläge in diesen Rat ein oder du verlässt den Raum!«

»Ganz wie Ihr wünscht, Vater.« Die Worte klangen ironisch, doch die Miene des Prinzen verriet, dass ihn die Heftigkeit des Ausbruchs beeindruckt hatte.

»Aber wird Dristan es nicht als neue Erniedrigung auffassen, wenn Ihr seinem Sohn Eure Tochter vorenthaltet?«, warf Fürst Ordag vom anderen Ende der Tafel ein, deren Einlegearbeiten aus schimmerndem Perlmutt weitgehend von einer großen Karte des Reichs verdeckt wurden. »Es könnte ihm als weitere Rechtfertigung dienen, sich gegen Euch aufzulehnen.«

Damit hat er gar nicht so unrecht. Regin versuchte, sich in Dristans Lage zu versetzen, und hielt eine abgesagte Verlobung für eine schwerwiegende Beleidigung. Als er sich wieder Werodin zuwandte, streifte sein Blick das Gesicht der Königin, die den Mund zu einem dünnen Strich verzogen hatte. Welcher Mutter würde es schon gefallen, ihre Tochter einem Feind der Familie auszuliefern? Deshalb trafen Männer die Entscheidungen. Regin verstand nicht, warum die Königin überhaupt anwesend war, doch es hieß, dass Werodin ihren Rat schätze. Als ob eine Frau wüsste, wie die Angelegenheiten des Reiches zu regeln waren. Er hatte sich nie gefragt, ob Beveré eine Meinung zu solchen Dingen hatte, denn es war ihm völlig gleich.

»Euer Einwand ist berechtigt«, gab der König zu. »Aber andererseits wäre Edgiva eine sehr wertvolle Geisel für ihn. Hat er uns im Gegenzug etwas Vergleichbares angeboten? Nein. Stattdessen hetzt er seine Anhänger gegen meine auf. Ich werde Dristan kein Entgegenkommen mehr zeigen, bis er eingewilligt hat, dieses Blutvergießen zu befrieden.«

»Ich möchte Euch in Eurem Entschluss bestärken, mein König«, ließ sich Megar von Smedon vernehmen. »Und ich muss Euch an den Vorfall erinnern, von dem uns der Fürst von Gweldan berichtet hat. Ein Vorkoster an Eurer Tafel wäre dringend angebracht.«

Regin betrachtete seinen Ziehvater von der Seite. Für einen

Mann, der nur darauf wartete, dass der König und sein Kronprinz starben, um für seinen Erben den Thron freizumachen, sorgte er sich auffallend um deren Sicherheit. *Vielleicht hat er eine Schwäche für Possenspiele.*

Megar spürte den Blick und hob fragend eine Braue, die immer buschiger wurden, je mehr sich das Haar auf seinem Kopf lichtete.

»Ihr habt recht, Vater«, bestätigte Regin rasch. »Es wäre für Dristan ein Leichtes, Gift in die königliche Küche schmuggeln zu lassen. Es gibt dort zu viel Gesinde, für das man die Hand nie ins Feuer legen kann.«

Werodin wiegte nachdenklich das Haupt. »Ich weiß nicht, ob es weise ist, meinen Untertanen damit ganz offen zu misstrauen. Es könnte wie ein Akt der Furcht wirken. Ein König sollte keine Schwäche zeigen.«

Aber Ihr habt allen Grund, um Euer Leben zu fürchten! Mühsam unterdrückte Regin ein gereiztes Schnaufen. Einer der mächtigsten Getreuen Werodins in Südsarmyn war erst vor einem Weißmond elend an Rotdornfrüchten in seiner Nachspeise verreckt, die er für getrocknete Steinbeeren gehalten hatte. Wie und warum die giftigen Früchte auf seinen – und nur seinen – Teller gelangt waren, wusste bisher niemand.

»Gelöste Verlobungen und Vorkoster werden uns nicht von diesem verdammten Verräter befreien!«, platzte Narrett von Gweldan heraus. Der narbengezeichnete Hüne passte kaum zwischen die Armlehnen seines Stuhls. Über den schwellenden Muskeln spannte das fein gewebte Tuch der Tunika, als müsse es jeden Augenblick reißen. »Handelt, Werodin! Der Worte sind genug gewechselt.«

Regin schmunzelte und fing einen ebenso belustigten Blick Joromars auf. Niemand hätte jemals gewagt, so mit seinem König zu reden, außer diesem alten Bären, der offenbar nicht einmal merkte, dass alle anderen die Luft anhielten.

Doch Werodin lächelte nur grimmig. »Glaubt mir, Narrett, mein Herz fühlt wie das Eure!«

»Dann zieht das Heer zusammen und erteilt Dristan die Lektion, die er verdient hat!«

Er ist der Einzige von uns, der gesehen hat, was sich in den Küstengebieten abspielt. Vielleicht würden einige hier seine Forderung unterstützen, wenn sie selbst dort gewesen wären. Es fiel Regin schwer, sich vorzustellen, dass überall im Süden und Westen plötzlich Fehden ausgebrochen sein sollten, in denen ganz zufällig ausgerechnet Ritter, die Dristans Familie verbunden waren, Anhänger des Königs bekämpften. Der gerissene Fuchs lenkte sie, obwohl er es bestritt. Daran zu zweifeln, wäre einfältig gewesen. Zumal er ganz offen verkündete, sein Anspruch auf die Krone sei berechtigter als Werodins.

»Ich wäre der Erste, der an Eurer Seite in diesen Krieg zieht, Narrett«, behauptete Ordag. Die Augen in seinem hageren Gesicht funkelten, als hätte Gweldan ihn der Feigheit bezichtigt. »Aber die Männer sind gerade erst aus dem Kampf gegen die Phykadonier zurückgekehrt. Viele werden murren, wenn wir sie schon wieder zu den Waffen rufen, solange es für sie keine erkennbare Bedrohung gibt.«

»Außerdem fehlt ihnen die Verpflegung«, gab Megar zu bedenken. »Erst müsste die Ernte eingebracht werden, und dann wird der Winter vor der Tür stehen, bevor wir …«

Das alles haben wir schon bei der letzten Ratssitzung gehört. Gelangweilt griff Regin nach seinem Weinkelch, doch bereits in der Luft spürte er, wie sein Arm eigenmächtig die Richtung änderte. Vor Schreck drohten ihm die Gesichtszüge zu entgleisen. *Nicht jetzt!* Er hörte Tazlan in seinem Kopf lachen. *NICHT JETZT!*

Roter Wein aus dem Süden des Reiches ergoss sich über Sarmyn.

Es war spät geworden, als sich Beveré vom Fest zum Geburtstag ihres Bruders zurückzog, doch Regin konnte die Nacht mit ihren Albträumen und der Stimme aus den Tiefen des Hügels nicht lange genug aufschieben. Für einen Augenblick erwog er, sich zu den letzten Zechern um Joromar zu gesellen und mitzutrinken, bis sogar er über die Witze des Prinzen lachen konnte. Er wollte nur einmal die Last vergessen, die ihm so schwer auf der Seele lag, weil er sie mit niemandem teilen konnte. Aber er wagte es nicht. Im Rausch würde er Tazlan nichts entgegenzusetzen haben. Arutar mochte wissen, was dann geschah!

Arutar. Schnaubend erhob er sich, um seiner Frau und ihrem kichernden Rattenschwanz törichter Zofen und Hofdamen zu folgen. *Wenn Arutar, der Erste König, mehr ist, als eine Gutenachtgeschichte, warum brennt er diesen unseligen Geist nicht aus mir heraus?* Vor den Dämonen hatte sein Licht sie schließlich auch geschützt. Regin hatte in der Sonne gestanden, bis sich seine Haut gerötet und Blasen geworfen hatte, aber der Zauberer war nicht aus ihm gewichen.

Arutar wachte nicht über das Reich. Sein lächerlicher Kinderglaube hatte ihn ihm Stich gelassen.

Er musste sich nicht beeilen, um Beveré und ihre kleine Schar einzuholen, denn in den langen Kleidern konnten sie auf den Treppen nur mehr oder minder würdevoll schreiten. Die Prinzessin warf ihm einen flüchtigen, fast erschrockenen Blick zu, als er an ihre Seite trat, ging jedoch weiter. Regin hörte die Frauen hinter sich tuscheln, und einige besaßen den Anstand, sich unter gemurmelten Entschuldigungen zu entfernen. Sie nahmen die letzten Stufen und erreichten den Gang, der zu den Gemächern der Prinzessinnen und den Kammern ihres Gefolges führten.

»Schickt Eure Zofen weg, Herrin!« Er sprach entschieden und laut genug, um auch die letzten Hofdamen zu vertreiben. Nur die Dienerinnen harrten aus, warteten darauf, dass Beveré seinen Befehl bestätigte.

Sie blieb stehen und wandte sich ihm zu. Ihr Haar schimmerte im Licht des roten Mondes wie Thymianhonig. Regin versuchte, in ihren dunklen Augen zu lesen, doch ihr Blick flackerte unstet.

»Ich bitte um Vergebung, Herr«, brachte sie stockend hervor. »Ich fühle mich unwohl. Der viele Wein ist meinem Magen nicht bekommen. Darf … darf ich mich zurückziehen?«

Sprachlos sah er sie an. Traute sie ihm wirklich zu, diese Bitte abzuschlagen? »Natürlich«, entfuhr es ihm ruppiger, als er beabsichtigt hatte.

»Danke, Herr.« Sie neigte den Kopf, und er versuchte, seinen Tonfall wieder wettzumachen, indem auch er eine Verneigung andeutete. »Gute Nacht.«

»Gute Nacht, Herr.«

Regin stand verloren auf dem Treppenabsatz und starrte ihr nach, wie sie davonging und in ihrer Kemenate verschwand. Er zuckte zusammen, als hinter seiner Schulter eine Stimme erklang.

»Sie hat Euch belogen.«

»Was?« Er fuhr herum.

Beverés jüngste Zofe sah ihn nicht an. Sie hielt den Blick dort hingerichtet, wo sich die Tür hinter ihrer Herrin geschlossen hatte. »Den ganzen Abend hat sie gefürchtet, dass Ihr sie heute wieder aufsuchen werdet. Da hat Elana ihr geraten zu lügen. Ich habe gehört, wie sie es ihr zugeflüstert hat.«

Regin ballte die Fäuste. *Dieses Miststück! Das wird sie mir büßen!* Er wollte gerade hinter ihr herstürmen, als das Mädchen weitersprach.

»Es ist nicht recht, wie sie Euch behandelt.«

Er hielt inne.

»Ich würde es zu schätzen wissen, wenn ich einen so freundlichen, jungen Mann bekäme, aber mein Vater will mich mit Adalar verheiraten.«

Regin betrachtete das Mädchen genauer. Sie blickte abwesend und ein wenig gequält. Vielleicht malte sie sich gerade ihre Hochzeitsnacht mit dem triefäugigen alten Ritter aus, der ihr Großvater hätte sein können. *Was für eine Verschwendung.* Sie hatte ein gutmütiges, im Mondlicht sogar hübsches Gesicht, und unter ihrem Kleid zeichnete sich ein verlockend üppiger Busen ab. »Ihr hättet also lieber einen Mann wie mich?« Er ahnte, dass sie errötete, als sie schamhaft zu Boden blickte.

»Das liegt nicht in meiner Hand, Herr«, murmelte sie.

»Aber vielleicht in meiner.«

Überrascht hob sie den Kopf. »Das könntet Ihr für mich tun?« Aus ihren Augen leuchteten so viel Freude und Hoffnung, dass Regin lächeln musste. So sah eine willige Frau aus – eine, die ihm Vergnügen bereiten würde, statt steif und stumm wie eine Tote dazuliegen, während er sie nahm.

»Lasst Euch ein wenig genauer betrachten.« Fordernd griff er nach ihrer Hand und führte sie ein Stück von der Treppe fort. Der Gang, von dem rechter Hand die Türen zu den Gemächern der Frauen abzweigten, wies zur Linken eine Reihe mit Bänken versehener Fensternischen auf, die einen schönen Ausblick auf den Rosenhof gewährten. Regin drängte das Mädchen sanft, aber bestimmt zum ersten Fenster, durch das laue Nachtluft hereinwehte. »Ihr seid zu schön, um an diesen Tattergreis verschachert zu werden.«

Sie lächelte und ließ es geschehen, dass seine Hände nach ihrer Hüfte fassten.

»Ich sorge dafür, dass Ihr einen jüngeren Mann bekommt«, raunte er an ihrem Ohr, bevor er sich tiefer hinabbeugte, um ihren Hals zu küssen. Er war Erbe von Smedon. Irgendeiner seiner adligen Vasallen würde sich schon bereitfinden, die abgelegte Geliebte seines zukünftigen Fürsten zu heiraten. Das war nur eine Frage der Mitgift. »Verlasst Euch auf mich.«

Sie legte die Arme um ihn, als er sie näher an sich zog. »Versprecht Ihr es?«

»Wenn Ihr bis dahin mein sein wollt …«

Mit einem leisen Schrei wich sie zurück und starrte über seine Schulter. Aufgeschreckt wandte er sich um.

Prinzessin Edgiva verzog höhnisch das Gesicht. »Sieh an. Mein Schwager gefällt sich darin, die Jungfrauen meiner Schwester zu verführen.«

Grachann

Phykadonische Steppe

»Es war zu spät, um dich vor den Dämonen zu retten? Was soll das heißen?« Grachann musterte das ausgemergelte, faltige Gesicht der Weltenwanderin, ihr weißes Haar, das im letzten Sommer noch dunkel gewesen war. Die Obsidianaugen blitzten aus tiefen Höhlen, die das Mondlicht in schwarze Schatten tauchte. »Willst du behaupten, du seiest von den Toten zurückgekehrt?«

Joru wiegte nachdenklich den Kopf. »Das ist schwer zu sagen. Urteile selbst, wenn du alles gehört hast. Auch ich war von ihren Worten wie vor den Kopf geschlagen. Es war mein Pferdegeist, der mich erneut anstieß und daran erinnerte, dass ich um einen Führer gebeten hatte. Unsere Wünsche werden nur selten in der Form erfüllt, die wir uns vorgestellt haben, also folgte ich Epana, die bereits ein verblassender Schimmer in der Ferne geworden war. Die Nebel schlossen sich sogleich hinter ihr, doch als ich sie einholte, sah ich, wie die schwarzen Schlieren vor ihrem goldenen Licht zurückzuckten. Sie belagerten es wie eine feindliche Festung und wanden sich schlangengleich darum, aber sie wagten nicht, in diesen Kokon aus Licht einzudringen.

Schließlich blieb Epana stehen und ließ mir mit einer einladenden Geste den Vortritt. Geblendet von ihrem hellen Schein konnte ich hinter ihr nichts erkennen. ›Wo sind wir?‹, erkundigte ich mich und ging zögernd weiter, doch dann sah ich es. Vor mir verschwand eine baumdicke Wurzel im Boden. Das wulstige Gebilde durchzog die Steppe, verflocht sich mit seinesgleichen und verlor sich in einem gewaltigen Stamm, der in der Dunkelheit aufragte wie eine Felswand. Ich legte den Kopf in den Nacken, doch die Äste des Weltenbaums waren hinter dem schwarzen Nebel ebenso verborgen wie die neun mal neun Wurzeln in der Erde.

Furcht befiel mich. Manchmal war ich in die Obere Welt gereist, weil ich Rat suchte, aber meistens hatte ich mich dem Weltenbaum genähert, um die Seele eines Verstorbenen zum Himmel zu leiten. War ich bereits tot?

›Nein‹, behauptete Epana. ›Ich habe dich hergeführt, weil es deine einzige Rettung ist. Leb wohl, Joru!‹

Sie drehte sich um und ging davon, während ich mich noch wunderte, woher sie meinen Namen kannte. Rasch wandte ich mich ab, um nicht zu sehen, wie sich ihr tröstliches Licht in der Düsternis verlor. Es war, als ließe sie mich ohne Mantel an einem trüben Winterabend zurück. Ich fühlte mich leer und unbeschreiblich verlassen.

›Wirst du hinaufsteigen?‹, fragte mein Pferdegeist.

Ich nickte, obwohl meine Entschlossenheit schwand. Mein Körper rief nach mir. Zu lange wanderte ich schon durch die Geisterwelt. Aber ohne Antworten würde es mir nichts nutzen, in die Welt der Menschen zurückzukehren. Ich bat ihn, auf mich zu warten, und stieg auf den Rücken der aus der Erde ragenden Wurzel. Die raue Oberfläche bot meinen Füßen Halt, während ich darauf entlangbalancierte. Je näher ich dem Stamm kam, desto höher und breiter wurde die Wurzel, bis ich von ihrer Mitte aus den Erdboden nicht mehr sehen konnte.

Bald merkte ich, dass ich nicht allein war. Käfer- und Spinnengeister krabbelten gehetzt an mir vorüber und traten den beschwerlichen Weg nach oben an. Sogar ein Krötengeist stemmte sich auf krummen Beinen an den Schründen der tief gefurchten Rinde empor. Ich hatte noch nie eine Kröte auf einem Baum gesehen, und die Geister tun selten etwas, das dem natürlichen Verhalten ihrer Art zuwiderläuft, deshalb fragte ich: ›Was suchst du dort oben?‹

›Dasselbe wie du‹, gab er zurück, ohne innezuhalten.

Ich konnte mich nur wundern, da ich doch selbst nicht wusste, aus welchem Grund ich in die Obere Welt fliehen sollte. Du musst wissen, dass es nicht ungefährlich ist. Als ich begann, an den Spalten der graubraunen Rinde emporzuklettern, gingen mir die Verse aus dem Lied der Ahnen der Faitalorrem durch den Kopf, in denen von Jaruk gesungen wird – einem Kismeglarr, der sich in den neun mal neun Ästen und neuntausend Zweigen des Weltenbaums verirrt hat und niemals zurückgekommen ist. Deshalb wagen nur die mutigsten Weltenwanderer, diesen Weg regelmäßig einzuschlagen, auch wenn jener in die Untere Welt auf den ersten Blick mehr Angst einflößt.«

Grachann schwieg, aber er lauschte gebannt. Noch nie hatte ihm ein Kismeglarr so tiefen Einblick in die jenseitigen Welten gewährt. *Hätte ich den Mut, entlang der Wurzeln in das Reich der Dämonen hinabzusteigen?* Er bezweifelte es. Es war schlimm genug gewesen, ihnen in seiner eigenen Welt hilflos gegenüberzustehen.

»Der Weltenbaum ist so gewaltig, dass meine Hände und Füße bequem in den Rissen seiner Rinde Platz finden«, fuhr Joru fort. »Doch die Moos- und Flechtengeister, die für gewöhnlich im Freien sitzen und bereitwillig zur Seite rücken, hatten sich nun in die tiefsten Ritzen zurückgezogen und starrten mich angsterfüllt an. Oft mussten sie sich ihr Versteck mit den Geistern kleiner Tiere teilen, die aufquiekten, wenn mein Schatten über sie fiel. Stück für Stück zog ich mich nach oben. Die grobe Rinde rieb mir die Finger auf, und meine Füße schmerzten von den scharfen Kanten, die sich durch die Sohlen drückten. Ich wagte nicht, weiter nach unten zu blicken als bis zu meinen Zehen, damit mir nicht schwindlig wurde. Je weiter ich nach oben kam, desto öfter flogen Vogelgeister vorüber, die ich um die Leichtigkeit beneidete, mit der sie aufstiegen. Ich selbst wurde immer langsamer. Die Glieder wurden mir schwerer und schwerer, bis ich sie kaum noch heben konnte. Ich keuchte und schwitzte. Sehnsüchtig sah ich nach oben. Über mir wurde der Nebel dünner. Vor dem helleren Himmel zeichnete sich der Umriss eines der unteren Äste ab und erfüllte mich mit neuer Kraft. Bis dorthin wollte ich es noch schaffen.

Als ich endlich auf den Rücken dieses Asts kroch, der breit wie das Dach eines Hauses war, konnte ich nicht einmal mehr aufrecht sitzen. Obwohl der Untergrund hart und uneben war, musste ich mich der Länge nach ausstrecken. Noch nie war mir der Aufstieg so anstrengend vorgekommen, aber ich war auch niemals zuvor so lange durch zwei Welten geirrt, bevor ich ihn überhaupt erreichte. Ich blickte zu den höheren Zweigen hinauf, durch die das Licht des Himmels leuchtete, und hörte das Rauschen der Windgeister im Laub. Meine Gedanken trieben davon. Die Augen fielen mir zu, aber ich zwang die Lider wieder auseinander, denn ich durfte mich nicht von der Müdigkeit übermannen lassen. Ich ermahnte mich, an Jaruks Schicksal zu denken. Wer zu lange in der Oberen Welt bleibt, kehrt nicht zurück …« Ihre Stimme wurde leiser, als verlöre sie sich im lichtgesprenkelten, sachte wogenden Laubdach, das Grachann lebhaft vor sich sah. »Als ich das nächste Mal die Augen aufschlug, hatte sich über mir nichts verändert. Windgeister spielten Haschen zwischen den Zweigen, und ich empfand tiefen Frieden. Doch dann erinnerte ich mich. Ich hatte geschlafen! Ruckartig setzte ich mich auf. Wie viel Zeit mochte vergangen sein? Dass ich mich so ausgeruht fühlte, verhieß nichts Gutes.

Auf allen vieren schob ich mich näher an den Abgrund, der sich unter dem Ast auftat, und spähte hinab. Noch immer umwallten dunkle Nebel den Stamm, sodass ich nicht bis zum Boden sehen konnte, doch ich hatte den Eindruck, es sei heller geworden. Die Schwaden, die vom stumpfen, rußigen

Schwarz der Unteren Welt gewesen waren, erinnerten mich nun mehr an den Rauch eines Steppenbrands.

›Die Finsternis löst sich auf‹, sagte eine Stimme neben mir. Vor Schreck hätte ich beinahe das Gleichgewicht verloren. Neben mir saß ein Mann auf einem Wulst der Rinde und ließ die Beine über den Rand baumeln. Ich hatte mich nicht in der Stimme getäuscht. Es war Braninn.«

Grachann spürte sein Herz weit werden, doch gleichzeitig runzelte er die Stirn. »Das kann nicht sein. Er starb erst vor wenigen Reisen des Löwenmonds. Du hättest Winter und Frühling verschlafen müssen, um ihn am Weltenbaum zu treffen.«

»Aber so war es«, behauptete die Kismegla ruhig. »In der Oberen Welt vergeht die Zeit nach anderen Maßstäben als in der unseren.«

»Ich kann das nicht glauben. Woher weiß ich, dass du es nicht erfindest, um mich dir gewogen zu machen?«

Zu seiner Überraschung zuckte sie die Achseln. »Nur meine Worte können für mich sprechen. Ich kann dich nicht sehen lassen, was ich gesehen habe, und ich kann dich nicht fühlen lassen, was ich für Braninn empfinde.« Ihre Augen blickten ins Leere, als weilten sie an einem fernen Ort oder in vergangener Zeit. Plötzlich ging ein Ruck durch ihren Körper, und sie sah ihn mit einem bitteren Lächeln an. »Ich werde wohl wirklich alt. Ich frage mich zu oft, was hätte sein können.«

Grachann hatte genug von ihren Andeutungen, aber wenn sie Braninn tatsächlich begegnet war, wollte er die letzten Worte seines Freundes hören. Seine eigene Stimme klang rau und fremd in seinen Ohren. »Erzähl weiter!«

Mitgefühl zeigte sich auf Jorus Miene. »Eure Feinde müssen ihm übel zugesetzt haben. Sein linkes Auge war geschwollen und bläulich verfärbt. Blutspritzer prangten auf seiner Haut und der Kleidung, die mit kleinen Brandlöchern übersät war. Von seiner linken Hand hingen Fetzen verkohlten Fleischs.«

Wenn irgendeiner von den Hunden noch lebt, die ihm das angetan haben, verbrenne ich ihn bei lebendigem Leib!

»In seinem Hemd klaffte ein blutgerändertes Loch, doch ich konnte die Wunde in seinem Bauch nur erahnen. Und dennoch saß er da und lächelte mir zu. ›Ich sehe schlimm aus‹, sagte er. ›Aber das wird nicht lange so bleiben, nicht wahr?‹

›Nein‹, antwortete ich. ›Das wird es nicht.‹ So viele Fragen drängten sich mir auf, doch meine Kehle war für Worte zu eng geworden.« Auch jetzt versagte ihr beinahe die Stimme.

Grachann sah, wie sie schluckte, und würgte an dem Kloß in seinem eigenen Hals.

»Er sagte: ›Geh nach Hause! Sie warten dort auf dich.‹ Ich konnte nur nicken, während er aufstand. Hinter ihm saß mit einem Mal ein gewaltiger Geier auf dem Ast. Er griff in das graue Gefieder, und der grimmig blickende Geist senkte einen Flügel, um ihn auf seinen Rücken klettern zu lassen. Der Ast erzitterte unter der Wucht des Absprungs, als sich Holkis abstieß. Auf breiten Schwingen segelte er davon und nahm Braninn mit sich.«

Holkis hat Braninn zu den Sternen getragen. Tränen rannen warm über Grachanns Wangen. Erst jetzt merkte er, wie sehr er gefürchtet hatte, sein Freund könne für immer als Geist durch die Welten irren, weil sein Körper verbrannt war. »Das ist gut«, flüsterte er.

Joru blinzelte und räusperte sich. »Ja, er wacht jetzt im Kreis der Ahnen über uns.«

Grachann rieb die verbliebenen Tränen aus seinen Augenwinkeln. »Er war ein großer Krieger und ein guter Freund. Ich kann immer noch nicht glauben, dass du die ganze Zeit in der Dunkelheit gelegen haben sollst, während er an meiner Seite kämpfte.«

»Er sagte, ich solle zurückkehren, weil sich die Finsternis auflöse, und so war es. Es fällt mir selbst schwer zu verstehen, wie so etwas möglich ist, doch ich muss so lange auf einem

Ast des Weltenbaums gewesen sein, ohne es zu merken.« Die Kismegla deutete auf ihre dichte Mähne. »Als ich wieder in meinen Körper zurückfand, war mein Haar weiß geworden und meine Glieder spindeldürr und steif. Von meinem Pferd war nur ein Kadaver geblieben. Ein Dämon hat ihm das Herz herausgerissen. Wie konnte er mich übersehen? War ich so kalt und leblos, dass er mich für tot hielt? Ich weiß es nicht, aber ich danke den Ahnen jeden Tag dafür, dass sie mir Epana geschickt haben.«

»Aber wer war sie?«, rätselte Grachann. »Wenn ihr Volk in unserer Welt lebt, muss sie doch ein Mensch sein.«

Joru schüttelte den Kopf. »Ich weiß nicht, welcher Art ihr Wesen ist. Aber viel wichtiger ist, was sie mir gesagt hat. Hast du gesehen, was mit dem Land geschehen ist, das unter der Dunkelheit lag?«

»Allerdings.« Er war an der Spitze geritten, als die Späher der Adler erkundet hatten, ob ihr Stamm auf seine Weidegründe zurückkehren konnte. »Die Steppe ist tot.« Er fand kein anderes Wort dafür. Alle Gräser und Blätter hingen schlaff und farblos herab. Die wenigen Wasserstellen waren mit Leichengift verseucht, und über allem lag der Pesthauch verwesender Kadaver, die in der Sonne schwärten. Den Kriegern war nichts anderes geblieben, als umzukehren.

»Die Dämonen haben alles Leben aus ihm herausgesaugt«, erklärte Joru. »Vielleicht wird dort eines Tages wieder etwas wachsen, aber so lange können wir nicht warten.«

»Und was sollen wir tun?«

»Du musst ausziehen und Epanas Volk finden. Sie hat gesagt, dass sie die Steppe heilen können.«

Wollte sie ihn verhöhnen? »Ich? Wer weiß, ob ich morgen Abend noch am Leben bin! Warum schickst du nicht einen Faitalorrem, wenn die Angelegenheit so wichtig ist?«

Sie verzog den Mund zu einem harten Strich. »Braninn wäre meine erste Wahl gewesen, aber er ist tot.« Ihr Blick schien Grachann zu durchbohren.

Als ob ich das nicht wüsste!

»Sein Vater ist darüber so bestürzt, dass er kaum noch spricht, geschweige denn Entscheidungen trifft. Ich bin es, die jetzt die Geschicke der Faitalorrem lenken muss, bis Turr wieder zu sich kommt. Ich sehe unsere Krieger an, die wenigen, die Ertanns Werk überlebt haben, und ich entdecke keinen unter ihnen, dem ich diese Aufgabe übertragen könnte. Es erfordert Mut und Entschlossenheit, in unbekannte Länder zu reisen. Man muss an sich glauben und daran, dass man schaffen wird, was man sich vorgenommen hat. Du bist so ein Mann, Grachann.«

Er schnaubte. *Natürlich würde ich diese Epana finden und nach Phykadon bringen, wenn ich mir das vornähme.* Aber dazu musste er erst einmal den Kopf auf den Schultern behalten. »Also schön, ich werde nach diesem Volk suchen, sobald der Rat mich freigesprochen hat.«

»Das wird er nicht.«

Die Worte trafen ihn wie ein Schlag.

»Hast du das Lächeln dieses Mordek nicht gesehen? Diese Prophezeiung ist nur der erste Zug in einem Spiel. Sie soll dazu dienen, jemanden zum Heerführer zu machen, den die Löwen auserkoren haben. Wenn die Häuptlinge anerkennen würden, dass in Wahrheit Ertann der Verräter war, wärst du ein Held und stündest diesem Mann im Weg. Das werden weder die Büffel noch die Löwen zulassen. Du musst noch heute Nacht fliehen.«

»Durlach!«, fluchte Grachann. »Das werde ich nicht! Alle würden denken, dass ich schuldig bin.«

Die Weltenwanderin hielt seinem flammenden Blick stand. »Du hast sie gehört. Bis auf Lardak, Turr und einen widerwilligen Madarr sind alle gegen dich. Sie haben Ertann viele Jahre gekannt und ihn zum Heerführer gewählt. Glaubst du, dass sie jetzt eingestehen wollen, einem verfluchten Dämonenbeschwörer gefolgt zu sein?«

»Aber es ist wahr!« *Gilt das denn gar nichts mehr?* Er schüttelte den Kopf. »Ich werde es ihnen nicht so leicht machen, mich loszuwerden.«

»Willst du sinnlos sterben, statt deinem Stamm das Leben zurückzugeben? Worte können dich nicht mehr retten. Es wird Zeit, Taten sprechen zu lassen.«

Rodan

Rothjard, Drahan

Die Luft flimmerte in der Hitze des Nachmittags und verwandelte Rothjards Mauern in die glitzernde Oberfläche eines Sees aus Steinen. Rodan lenkte sein Pferd auf den Stammsitz der Gordean zu, während er in Gedanken bei Sava weilte. Dass sie nicht nur eine Adlige, sondern nun auch noch eine Heilige Deartas war, rückte sie für ihn in so unerreichbare Ferne, dass er sich selbst nicht verstand. *Ich sollte umkehren und wieder meiner Wege ziehen.* Doch er wollte nicht. Nicht, nachdem sie gewagt hatte, vor Zeugen seine Hand zu ergreifen.

Er fasste Rothjard genauer ins Auge. Es hieß, dass die Gordean stets Bedarf an Bewaffneten hatten, um ihre Ländereien gegen Übergriffe aus der Wildnis des Aldagar, des Gebirges der Riesen, zu schützen. Bevor er Sava begegnet war, hatte es ihn nie so weit nach Norden verschlagen, doch wenn die Gerüchte stimmten, würden sie ihn einstellen, denn es gab kaum einen erfahreneren Mann für diese Aufgabe.

Schon bei seinem ersten Aufenthalt, als er Savas Hilfegesuch überbracht hatte, war ihm aufgefallen, dass Rothjard in seiner Weitläufigkeit keiner anderen Burg glich. Die Mauern waren kaum höher als vier Schritt und viel zu lang, um sie mit wenigen Männern verteidigen zu können. Die beiden gedrungenen Tortürme änderten nichts daran, dass die Befestigungsanlagen niemals einem ernsthaften Angriff standhalten würden. Es gab nicht einmal einen vorgelagerten Graben. Rodan schüttelte den Kopf. Er hatte in Kurézé fahrbare Belagerungstürme gesehen, die doppelt so hoch waren.

Das breite Tor stand offen, doch als er sich näherte, kam ein Waffenknecht aus der Wachstube geeilt und trat ihm in den Weg. Anstelle des Schwerts, das er an der Hüfte trug, schwenkte der Mann nur die Arme. Für eine Gegend, in der man angeblich ständig mit Überfällen rechnete, kam Rodan dieses Betragen sehr leichtfertig vor. »Halt! Wer bist du, und was willst du hier?«

»Mein Name lautet Rodan«, stellte er sich vor und zügelte sein Pferd. »Ich will deinen Herrn sprechen, um ihn zu fragen, ob er mich in seine Dienste nimmt.«

Der Wächter sah ihn zweifelnd an. »Du bist nicht aus Drahan, oder?«

»Nein.« Rodan runzelte die Stirn. Wollten die Gordean keine Fremden unter ihren Männern?

»Dann wirst du es schwer haben«, meinte der Wachmann. »Warte hier! Ich bin gleich zurück.« Er ging seelenruhig davon und ließ das Tor Tor sein.

Rodan schüttelte den Kopf. *Das wäre die Stelle, an der ich nach meinen fünfzig versteckten Spießgesellen pfeifen sollte.* Er saß ab, um zu den Stallungen zu schlendern, wo er seinen Wallach bei einem steinernen Trog anband und tränkte. Zwei Pferdeknechte blickten vom Striegeln auf und grüßten ihn, als ob er zu ihren Kameraden gehörte. Das arglose Benehmen der Rothjarder fing an, ihm zu gefallen. Er setzte sich auf den Rand des Wassertrogs und sah sich um. Auch die Anordnung der Gebäude unterschied sich von anderen Burgen, denn sie standen nicht entlang der Außenmauer aufgereiht, sondern frei auf dem Gelände verstreut, und in ihrer Mitte ragte die mit Rundbogenfenstern geschmückte Halle der Gordean auf, die durch einen überdachten Säulengang mit dem Wohntrakt der adligen Familie verbunden war.

Es dauerte eine Weile, bis der Torwächter in Begleitung zweier Bewaffneter zurückkehrte. Die beiden Männer trugen dunkle Kleidung in Grau- und Grüntönen, aus robusten Stoffen und nach dem gleichen Schnitt gefertigt. Ihren wettergegerbten Gesichtern nach zu urteilen, hielten sie sich die meiste Zeit im Freien auf, doch wenn sie schlichte Jäger gewesen wären, hätten sie keine Schwerter gebraucht. Sie musterten ihn mit ernsten Mienen und nickten knapp.

Er lächelte schief. *Da hätten wir also die wahren Wächter Drahans.*

»Das ist er.« Der Torwächter wies fahrig auf ihn, bevor er sich zurück auf seinen Posten trollte.

»Komm mit!«, befahl der ältere der beiden Grenzer, drehte sich um und ging davon, ohne sich noch einmal umzusehen. Der andere wartete jedoch, um sich dann hinter Rodan einzureihen. Für seinen Geschmack roch ihr Vorgehen nach Verhaftung, aber sie würden ihn niemals zu ihrem Herrn vorlassen, wenn er jetzt murrte, also machte er gute Miene zum bösen Spiel. Sie führten ihn zu einer der freien Flächen, auf denen im Frühjahr die Zelte des Gordeanheers dicht an dicht gestanden hatten. Nun war auf der kleinen Wiese nicht mehr als ein paar Holzpflöcke zu sehen, auf denen Raubvögel verschiedener Größe darauf warteten, dass einer der anwesenden Falkner sie das Federspiel jagen ließ.

Rodan entdeckte mehrere Ritter unter den versammelten Männern, doch nur einer erregte seine Aufmerksamkeit. Auch ohne roten Umhang erkannte er den Gordean sofort wieder, der Sava am Morgen begleitet hatte. Der Ritter reichte seinen blau schillernden Habicht einem Knecht und kam ihm entgegen.

Wieder spürte Rodan einen Stich. Der Gordean war eine Spur größer, aber schlanker als er, und seine schwarze Kleidung aus erlesenem Tuch genäht. Seinen Bewegungen haftete etwas Tänzerisches an, gegen das sich Rodan schwerfällig vorkam. Warum sollte sich eine Frau wie Sava mit einem Bauern wie ihm abgeben, wenn ihr dieser vornehme, weltgewandte Ritter den Hof machte? Es fiel ihm nicht schwer, untertänig den Blick zu senken, wenn er dem Kerl nur nicht länger ins herablassende Gesicht sehen musste.

»Du bist also Rodan?«

»Ja, Herr.«

»Ich erinnere mich an dich.«

Er sah überrascht auf.

Der Ritter musterte ihn eingehend, aber Rodan war gewohnt, dass ihn seine zukünftigen Herren begutachteten wie ein Stück Vieh, das zum Verkauf stand. »Warst du es nicht, der mir den Brief meiner Verwandten Sava von Rédké überbracht hat?«

»Ja, das war ich, Herr.«

»Der junge Emmeraun hatte dich in seine Dienste genommen. Warum hat er dich entlassen?«

Dass es umgekehrt sein könnte, kommt dir natürlich nicht in den Sinn. Rodan unterdrückte seinen Ärger und blickte stur geradeaus. »Das hat er nicht, Herr. Ich wusste, dass er keine Verwendung mehr für mich hatte, weil der Krieg vorbei war. Deshalb habe ich meinen Abschied genommen.«

»Und bist den weiten Weg von Emmeraun nach Drahan zurückgekommen.«

Worauf wollte der Kerl hinaus? »Unter Söldnern erzählt man sich, dass hier im Norden immer Kämpfer gebraucht werden. Es gibt nicht viele Orte, an denen einer wie ich auf Arbeit hoffen kann.«

»Vor allen Dingen sind wir hier im Norden sehr gläubig. Bist du bereits in unserem Heiligtum gewesen, um zu beten?«

Es klang beiläufig, aber Rodan spürte, dass sein Gegenüber auf etwas lauerte. Wollte der Gordean seine Gesinnung prüfen? Es war ungewöhnlich, dass sich ein Ritter zu den alten Göttern bekannte, aber verglichen mit den anderen Gerüchten, die über diese Familie im Umlauf waren, wunderte es Rodan nicht. »Ja, ich war dort, Herr.«

Der Ritter lächelte spöttisch. »Wer hätte das von einem Söldner gedacht.« Sein Lächeln verwandelte sich schlagartig in eine kalte, befehlsgewohnte Miene, als er die beiden Grenzer ansah. »Sperrt ihn ein!«

Arion

Egurna

Das Sonnenbanner gleißte über Egurnas Türmen am blauen Sommerhimmel und kündete von Ruhm und Ehre der sarmynischen Könige, die Arutar seit seinem Sieg über den Toten Gott auf den Thron des Reiches gefolgt waren. Arion erinnerte sich, wie sehr ihn dieser Glanz ergriffen hatte, als er im letzten Jahr zum ersten Mal auf die Königsburg gekommen war. Er versuchte das Gefühl zurückzuholen, doch es wollte sich nicht einstellen. Alles, woran er bei dem Anblick denken musste, war die Sonnenfibel, die er ins Feuer geworfen hatte.

Wie sollte er dem König noch gegenübertreten? Dem König, der seinem Vater einen Mord befohlen hatte und dem er selbst durch einen Treueschwur verpflichtet war. Konnte er Werodin in die Augen sehen, ohne dass sein Gesicht Zweifel und Zorn verriet?

Gedankenverloren ritt er auf das Haupttor Egurnas zu. Wie stets herrschte ein reges Kommen und Gehen von Boten und Händlern, Adligen und Gesinde. Er überholte einen rumpelnden Ochsenkarren mit einer Ladung Steine für den neuen Anbau und nickte einem entgegenkommenden Ritter zu, den er nicht kannte, der sich jedoch an ihn zu erinnern schien, da er fröhlich grüßte. Die Wächter am Tor stießen sich an und flüsterten miteinander, verbeugten sich aber rasch, als er sie ansah. Zwei Mägde, die ihm hinter dem Torhaus entgegenkamen, verneigten sich errötend, bevor sie kichernd davoneilten. Verunsichert tastete Arion über seine Haare und sein Gesicht, ob vielleicht ein Zweig darin steckte oder er sich beim Mittagessen Bratensoße in den Bart gekleckert hatte, aber er konnte nichts finden. Vielleicht waren alle einfach nur in Festlaune, denn am Hof fand sich ständig ein Grund zum Feiern.

Er schlug den Weg zu den Stallungen ein und überquerte den Waffenhof, wo das Lärmen der Ritter, die sich im Kampf übten, aus der Halle der Schwerter drang. Etwas Dunkles regte sich im Schatten des Tors, das den Waffenhof vom Reithof trennte. Der Hengst spitzte die Ohren und blieb so ruckartig stehen, dass Arions Oberkörper nach vorne geworfen wurde.

»Was zum …« Er brach ab, als ein riesiger, hochbeiniger Hund aus dem Schatten hervortrat. Selbst unter der Mittagssonne blieb das dunkelgraue Fell wie ein verschwommener Riss im Gefüge der Welt, der Farben und Licht verschlang. Arion schauderte. Das Tier hob den kantigen Schädel und sah ihn mit ernsten Augen an. *Der Hund, den die Nachtschar zurückgelassen hat.* Der nächtliche Schneesturm, in dem er das Ungetüm entdeckt hatte, kam ihm unwirklich und fern wie ein Traum vor. Aber es war immer noch hier.

Der Graue Hund drehte sich um und schritt vor ihm her zum Stall. Arion konnte nicht entscheiden, ob das Tier trottete oder stolzierte. Seinen Bewegungen wohnte eine stille Erhabenheit inne, die sie gewöhnlichen Maßstäben enthob. Der Stallbursche, der herbeigelaufen kam, um sich des Pferds anzunehmen, machte mit einem argwöhnischen Seitenblick einen großen Bogen um den Hund.

»Steht er immer noch unter dem Schutz des Königs?«, erkundigte sich Arion und nickte zu dem Untier hinüber, bevor er aus dem Sattel sprang.

»Ja, Herr, sonst hätten wir ihn schon längst erschlagen. Jeder sieht doch, dass er 'n Ungeheuer is'.«

Wer wüsste das besser als ich? »Aber er verhält sich friedlich, oder?«

»Ja, Herr. Er knurrt und beißt nicht«, gab der Knecht widerwillig zu. »Aber er bringt Unglück. Schon zwei Frauen, die er angeschaut hat, haben danach ihre Kinder verloren.«

Arion nickte, doch er wusste nicht, ob er glauben sollte, dass der Hund den bösen Blick besaß. Das Tier sah unheimlich aus, aber wenn er es nüchtern betrachtete, wirkte es nicht feindselig, nur unbegreiflich ernst. »Lass mein Gepäck zum Kämmerer bringen und ausrichten, dass Arion auf Emmeraun um die Gastfreundschaft des Königs ersucht!«

»Jawohl, Herr.«

Er klopfte dem Hengst noch einmal den Hals und machte sich auf die Suche nach dem Erben von Smedon. Sicher bewohnte Regin als Prinz des Reiches nicht mehr die Kammer, die er sich noch vor einem halben Jahr mit seinem älteren Bruder geteilt hatte. Arion dachte oft an Waig und den Spaß, den sie zusammen in Egurna hatten, bevor er von Fürst Megar zum Bastard erklärt und enterbt worden war. Jetzt taten alle so, als hätte es Waig nie gegeben.

Er schüttelte den Kopf und merkte, dass sich der Hund ihm angeschlossen hatte. Aus dem Augenwinkel sah er den schwarzen Schädel schräg hinter sich. Kein Wunder, dass die Leute in seine Richtung starrten. Während er im Vorübergehen Ritter und ihre Damen grüßte, versuchte er sich zu erinnern, wo in diesem Irrgarten aus Mauern und Türmen, Höfen und Hallen die Gemächer der königlichen Familie versteckt waren. Da Regin nun ein Prinz war, hatte man ihm sicher eine Unterkunft in der Nähe seiner Frau zugewiesen, damit … Darüber wollte er lieber nicht genauer nachdenken.

Ein zarter Duft wehte ihm mit der warmen Luft entgegen, als er den Rosenhof betrat. Unter dem Meer kirschroter und dottergelber, samtig weißer und flammenfarbener Blüten waren die Sträucher und Spaliere kaum noch zu erkennen. Grüne Hecken bildeten den Rahmen, vor dem die bunte Pracht erst zur vollen Geltung kam. Doch Arions Blick wanderte unweigerlich den Turm hinauf, von dem sich Saminé in den Tod gestürzt hatte. Gab es denn nichts mehr in Egurna, das nicht mit einer trübseligen Erinnerung verknüpft war?

Er folgte den kiesbestreuten Wegen durch die Rosenbeete und hielt auf die Halle des Willkommens zu. Zu beiden Seiten standen zwischen den blütenbeladenen Rankgittern und unter schattigen Lauben vereinzelte Bänke, auf denen sich Ritter und Edelfrauen niedergelassen hatten. Lautenspiel und Gelächter weckten in ihm die Sehnsucht, sich hinzuzugesellen und seine Sorgen zu vergessen. Wehmütig spähte er in eine weitere Laube, in der junge Frauen plappernd und kichernd beisammensaßen. Nur eine saß still in ihrer Mitte, gänzlich in die Lektüre eines Briefs vertieft. Er blieb so abrupt stehen, dass ein paar Steine unter seinen Füßen wegsprangen.

»Oh, seid Ihr nicht Herr Arion?«, fragte eine Brünette in einem hellgrünen Kleid.

»Aber ja, das ist er«, rief ein Mädchen, das kaum älter als vierzehn sein konnte, und brach sogleich wieder in Kichern aus.

Arion nahm sie kaum wahr. Er rang sich ein Lächeln ab, während er näher an die hufeisenförmig aufgestellten Bänke trat und Beverés Blick erwiderte, die bei der Nennung seines Namens verwundert den Kopf gehoben hatte. Seine Zunge drohte sich zu verknoten, aber dann brachte er die erste Silbe heraus. »Ich … bin erfreut, Euch – und Euren Damen – meinen Gruß entbieten zu dürfen, Herrin.« Rasch verneigte er sich, bevor er es vor Aufregung womöglich vergaß.

»Ich danke Euch. Ihr müsst gerade erst angekommen sein«, stellte die Prinzessin lächelnd fest und rief ihm damit seine straßenstaubige Kleidung ins Bewusstsein. »Es ist mir eine Freude, Euch in Egurna willkommen zu heißen.«

»Wollt Ihr uns nicht ein wenig Gesellschaft leisten?«, bat eine der Hofdamen, die weiter hinten saß. Sie rückte auf ihrer Bank zur Seite und wies einladend auf den entstandenen Platz.

Hin- und hergerissen lächelte Arion unschlüssig. Wie hätte er dieses Angebot ausschlagen können? Aber er war verschwitzt, schmutzig und stank wahrscheinlich nach Pferd. Wenn sie es rochen, würden sie ihn schnell genug wieder loswerden wollen.

»Ja, bitte, Herr Arion«, ließ sich die Frau im grünen Kleid wieder vernehmen. »Bei der Hitze könnt Ihr doch sicher einen Becher verdünnten Wein vertragen.« Sie griff nach einem silbernen Krug, der neben ihrer Bank auf einem niedrigen Tischchen stand, und schenkte ihm ein.

Den Becher abzulehnen, wäre mehr als unhöflich gewesen, doch es war Beverés erwartungsvoller Blick, der seine Zweifel überwand. »Ihr seid sehr freundlich«, sagte er, nahm den Wein entgegen und betrat die Laube, um sich zu setzen. Den Grauen Hund, der ihm wie ein Schatten folgte, hatte er bereits vergessen, als einige Damen mit ängstlichen Schreien aufsprangen. Das Tier war so groß, das es den Sitzenden auf Augenhöhe ins Gesicht blickte. Die jüngste Zofe hüpfte sogar auf die Bank. »Nehmt das grausige Untier weg! Bitte!«

Arion war sofort wieder auf den Beinen, wusste aber nicht, was er tun sollte. Ungerührt legte sich der Hund hin.

Beveré grinste hinter vorgehaltener Hand. »Stellt Euch doch nicht so an! Es ist nur ein Hund.«

»Aber ich fürchte mich«, widersprach das Mädchen kleinlaut.

»Er ist ein Scheusal«, beschwerte sich eine der anderen Frauen. »Bitte schickt ihn weg!«

Arion sah den Grauen Hund an, der streng zurückblickte. *Er hat recht. Ich bin nicht zum Vergnügen hier.* Er stellte den Becher ab. »Ich sollte doch besser gehen. Ich werde in einer dringenden Angelegenheit erwartet.«

»Seid Ihr Dristans wegen hier?«, erkundigte sich die Prinzessin besorgt.

»Dristan? Nein, ich habe etwas mit …«, er stolperte über

das Wort, »Prinz Regin zu besprechen. Wisst Ihr, wo ich Ihn finde?«

Für einen Augenblick verdüsterte sich ihre Miene, bevor sie zu einem Lächeln zurückfand. »Wenn Ihr nicht Dristans wegen gekommen seid, habt Ihr Zeit, denn der Prinz befindet sich in einer Ratssitzung.«

Sie hat Prinz gesagt, nicht Regin oder mein Gemahl. Er merkte, dass sich das Schweigen ausdehnte. »Dann muss ich wohl auf ihn warten. Leider weiß ich nicht, wo sich seine Gemächer befinden.«

»Ich begleite Euch.« Beveré sprang förmlich auf.

»Das ... Ihr ... Ihr ehrt mich.« Er hatte erwartet, dass sie ihm den Weg beschreiben oder einer Zofe befehlen würde, ihn hinzuführen.

»Nein, nein, ich habe genug gesessen. Es wird Zeit für einen kleinen Spaziergang.« Darauf bedacht, nicht auf die großen Pfoten zu treten, raffte sie ihr Kleid und schlängelte sich an dem Hund vorbei, der sogleich aufstand, als sich Arion anschickte, ihr zu folgen.

Ängstlich wichen einige der Frauen erneut zurück.

»Wir sehen uns beim Abendessen«, warf Beveré in die Runde, woraufhin alle außer ihren drei Zofen mit langen Gesichtern zurückblieben. Sie hatte es nicht eilig, aber Arion passte seine Schritte bereitwillig an. »Der Hund scheint Euch zu mögen. Ich habe noch nie gesehen, dass er jemandes Nähe gesucht hat.«

Er blickte über die Schulter und musste schmunzeln. Das gefürchtete Untier trottete einem treuen Gefährten gleich hinter ihm her, wodurch es die drei Aufwärterinnen der Prinzessin auf respektvollem Abstand hielt. Sie folgten dem Hund aufgefächert, als trügen sie eine Schleppe hinter ihm her. »Vielleicht liegt es daran, dass ich der Erste war, der ihn gesehen hat.«

»Ihr?« Sie sah ihn überrascht an.

»Ja, ich ...« Er beschloss, seinen ungeschickten Versuch,

das Fenster zu reparieren, lieber auszulassen. »Ich war in der Nacht nach meinem Eid in der Halle, um … Schutz vor dem Sturm zu suchen. Da saß er auf einmal neben dem Thron.«

»Trotzdem glaubt Ihr nicht, dass ihn die Nachtschar zurückgelassen hat.«

»Woher wollt Ihr das wissen?« Er war sich dessen nicht annähernd so sicher.

»Ihr habt keine Angst.«

Dem wollte er nicht widersprechen, obwohl ihm der Anblick des Tiers stets leises Unbehagen einflößte.

Sie gingen eine Weile wortlos nebeneinanderher. Ihre Schritte hallten auf den Treppen und Gängen Egurnas, aber es war ein angenehmes, einvernehmliches Schweigen.

»Avank vom Stolzen Berg schreibt mir, dass sich die Menschen in Ostmarken erzählen, Ihr hättet ganz allein eine Horde Phykadonier zurückgeschlagen, die ein Dorf gebrandschatzt und Frauen geschändet haben.« Sie hob flüchtig die Hand, in der sie noch immer den Brief hielt. »Ist das wahr?«

Er krauste verwirrt die Stirn. Der berühmteste Barde des Reiches schrieb der Prinzessin über *ihn*?

»Oh, bitte verzeiht!« Beveré berührte hastig seinen Arm. »Ich wollte nicht andeuten, dass ich Euch das nicht zutraue. Ich konnte mir nur nicht erklären, wie es Euch dorthin verschlagen haben soll. Ostmarken liegt nicht auf dem Weg von Emmeraun nach Smedon.«

»Nein, ich kam von Durindag her«, bestätigte er. Sie musste nicht wissen, dass er in Drahan bei den berüchtigten Gordean gewesen war.

»Dann stimmt es? Ihr habt das ganz allein vollbracht?«

»Na ja, ich hatte den Rauch gesehen, und es war sonst niemand da, um einzugreifen – außer meinem Söldner natürlich, aber ich musste ihn zurücklassen, um Anidim – die Priesterin – zu beschützen.« *Ich konnte ja nicht ahnen, wie überflüssig das war.*

»Das war sehr mutig von Euch.« Sie warf ihm einen bewundernden Seitenblick zu.

Er zuckte verlegen die Achseln. »Ich konnte die Leute nicht einfach ihrem Schicksal überlassen.« *Und ich habe immer noch Albträume von den Leichen und den brennenden Häusern.*

»Diese Priesterin«, begann Beveré, ohne ihn anzusehen, »ist sie so schön, wie der Prinz sagt?«

Arion spürte, wie ihm das Blut in die Wangen schoss. Er konnte sich lebhaft ausmalen, was Regin über Anidim und ihn erzählte. Seine Augen fanden Beverés Blick. Sollte er es wagen? Sein Hals war plötzlich staubtrocken. »Nicht so schön wie Ihr.«

Sie sah errötend weg, lächelte jedoch. Wahrscheinlich hielt sie ihn für einen Schmeichler. »Was ist aus ihr geworden?«, erkundigte sie sich nach kurzem Schweigen.

»Sie ist dorthin zurückgekehrt, wo sie hergekommen ist.« Aber wo war das? Sie war aus dem Nichts aufgetaucht und genauso wieder verschwunden. In Wahrheit war sie nicht einmal eine Priesterin, doch die Prinzessin würde ihm vermutlich kein Wort glauben, wenn er versuchte zu erklären, *was* sie war.

»Hier ist es.« Beveré blieb vor einer Tür stehen, die mit einem geschnitzten Rankenrelief verziert war, und öffnete, ohne zu klopfen. Sie musste sehr sicher sein, dass Regin fort war.

Überrascht wich Arion zurück, als der Graue Hund ihn auf der Schwelle überholte, um das Zimmer als Erster hinter der Prinzessin zu betreten. Er folgte ihm und ließ den Blick neugierig durch den Raum schweifen. Mehrere Truhen, einige mit Eisen, die anderen mit Messing beschlagen, verbargen Regins persönlichere Besitztümer. Auf einem eher schlichten Tisch, vor dem ein ledergepolsterter Stuhl stand, steckte ein Gänsekiel in einem irdenen Tintenfass, doch anstelle von Pergament lag dort nur ein Dolch neben einem angeschnittenen, braun werdenden Apfel. Das sorgfältig gemachte Bett, über das Arion besonders rasch hinwegsah, befand sich gegenüber dem Kamin, der – als Zelt gestaltet – in das ihn umgebende

Gemälde eines Turniers eingebunden war. Nur dort, wo die Sonnenstrahlen durch das Fenster auf die Wand trafen, waren die Farben verblasst.

»Lasst uns allein!«

Beverés Befehl traf Arion ebenso unvorbereitet wie ihre Zofen, die verunsicherte Blicke wechselten, bevor sie sich rasch zurückzogen. Der Hund ließ sich neben dem Eingang auf die abgenutzten Dielen nieder, das schwere Haupt quer über die Vorderbeine gelegt, während die Prinzessin scheinbar gedankenverloren zum Fenster schritt. Arions Herz schlug bis zum Hals. Er durfte nicht mit der Frau eines anderen allein sein. Vor allem durfte *sie* es nicht, und Regin konnte jeden Augenblick hereinplatzen. Aber er würde um keinen Preis gehen, solange sie ihn nicht wegschickte!

Sie sah hinaus, als hätte sie seine Anwesenheit vergessen. Seine Unruhe wuchs. Was erwartete sie von ihm? Gerade als er zögernd zu ihr hinüberging, drehte sie sich wie in einem plötzlichen Entschluss zu ihm um. »Ich muss wissen: Seht Ihr in meinem Gemahl einen Freund?« Ihre tannengrünen Augen waren unergründlich.

War das eine Fangfrage? Sie war immerhin Regins Frau. Woher sollte er wissen, ob sie ihn nicht für ihren Mann aushorchte, der vielleicht schon wieder bereute, was er ihm in seinem Brief offenbart hatte? Er sah sie an und wusste nur, dass er diese Lippen berühren wollte. »Nein.« Das harte Wort dämpfte seine lodernden Gefühle. »Dazu hat er mir nie Grund gegeben.«

»Gut.« Sie nickte erleichtert. »Denn das ist er Euch nicht.«

Wollte sie ihn warnen? Hatte Regin ihn hergelockt, um ihm eine Falle zu stellen? Er öffnete den Mund zu einer Frage, schluckte sie jedoch, da Beveré weitersprach.

»Ich …« Sie sah auf ihre Hände hinab, deren Finger sie fahrig verflocht und wieder löste. »Ich spüre, dass ich Euch vertrauen kann …«

Arion wich unwillkürlich zurück. Er hörte Saminés Stimme.

»*Dir vertraue ich eben. Du würdest nie jemanden verraten.*« Und doch hatte er es getan. »Ich weiß nicht … ich …« Aus dem Augenwinkel sah er, wie der Kopf des Hundes in die Höhe schoss und sich zur Tür wandte. *Regin!* Hastig trat er einen weiteren Schritt zurück und hielt Beveré mit einer abwehrenden Geste davon ab, den gewonnenen Abstand wieder zu verringern. »Er kommt.«

Es traf ihn in der Seele zu sehen, wie sich ihr Blick verschloss, als sie begriff.

Sava

Drahan, Sarmyn

Sava setzte sich auf eine Bank, merkte, dass sie mit den Füßen scharrte, und sprang auf, um erneut in der Schreibstube des Heiligtums auf und ab zu laufen. Sie fürchtete sich vor ihrem Entschluss, aber sie würde nicht länger warten. Den ganzen Vormittag hatte sie sich Worte zurechtgelegt und sie wieder verworfen. Jagon war nicht dumm. Es gab keinen Weg, ihm die Wahrheit zu entlocken, ohne zu verraten, dass Rodan sie aufgesucht hatte.

Sie blieb stehen, lauschte, ob draußen endlich Hufschlag oder Männerschritte erklangen, und hoffte, ohne selbst daran zu glauben, dass es die Schritte des Söldners sein würden, damit ihr die Auseinandersetzung mit Jagon erspart blieb. Doch durch die offene Tür drangen nur das Rauschen des Winds in den Baumkronen und das Trommeln eines Spechts herein.

Er hat ihn nicht getötet. Ich wüsste es, wenn er ihn getötet hätte.

In Wahrheit konnte sie sich dessen nicht sicher sein. Die Weiße Frau hatte sie gewarnt. Ihre Sorge um Rodan war so groß, dass es ihr schwerfiel, ihre schlimmen Befürchtungen von den Bildern zu trennen, die Die Gabe ihr zeigte. Wenn sie im Gewirr fremder Gedanken und Gefühle nach den seinen suchte, stieß sie immer wieder auf Wut, auf einen dumpfen, ohnmächtigen Zorn, der an Verzweiflung grenzte. Oder war es die eigene Hilflosigkeit, über die sie sich ärgerte? Und mit jedem Tag, an dem er nicht zurückkam, wuchs der Aufruhr in ihr, wodurch es noch schwieriger wurde, Echtes von Eingebildetem auseinanderzuhalten.

Seufzend nahm sie ihr sinnloses Umherwandern wieder auf. In ihrer Not hatte sie sich Ervi anvertraut, doch die junge Priesterin war nicht so überzeugt davon, dass jemand den Söldner mit Gewalt von einem weiteren Besuch abhielt. »Auf Männer ist eben kein Verlass«, hatte sie behauptet. »Vielleicht hat er es sich einfach anders überlegt.«

Sava wollte das nicht glauben, nicht von Rodan, aber dennoch nagten Zweifel an ihr. Wie sehr sie sich schämen würde, wenn sie Jagon nach ihm fragte und sich herausstellte, dass er nie bei den Gordean vorgesprochen hatte!

»Nein!« Sie schüttelte den Kopf. *Ich muss aufhören, so etwas auch nur zu denken.*

»*Uegurer iamar, der makum!*«, ertönte Jagons Stimme von der Tür her. »Falls Ihr mit Geistern sprecht, komme ich ein anderes Mal wieder.«

Sava fuhr herum. Sein spöttisches Lächeln brachte das Fass zum Überlaufen. »Was habt Ihr mit ihm gemacht?«, brach es aus ihr heraus.

Die dunklen Brauen zogen sich zusammen. »Mit wem?«

»Stellt Euch nicht unwissend!« Sie zitterte vor Wut – und vor Angst vor seiner Antwort. »Er ist zu Euch gegangen, um nach Arbeit zu fragen.«

Sein Blick wurde kalt. »Ich habe ihn in einen Kerker geworfen, wie er es für seine Anmaßung verdient.«

Sie starrte ihn überrascht an. »Das sagt Ihr mir einfach so ins Gesicht?«

»Warum sollte ich meine Ehre dieses wertlosen Kerls wegen mit einer Lüge beschmutzen?«

In einer ratlosen Geste hob sie die Arme. »Vielleicht, um es Euch nicht mit mir zu verderben?«

Er fasste sie schärfer ins Auge. »Mag sein, dass *Ihr* es aus einem solchen Grund mit der Wahrheit nicht so genau nehmt. Immerhin habt Ihr mir weismachen wollen, er sei nicht Euer Liebhaber. Ich war geneigt, Euch zu glauben, aber Euer Verhalten straft Euch Lügen.«

»Aber es ist *wahr*!«, rief sie. »Es gibt keine Rechtfertigung für Eure Willkür.«

»Die Rechtfertigung liefert Ihr mir gerade sehr lebhaft. Glaubt Ihr wirklich, dass die Gordean mitansehen, wie sich eine Priesterin von hoher Geburt zur Hure eines Knechts macht? Begreift endlich, dass der König dieses Heiligtum nur deshalb duldet, weil wir ihm dafür die Treue halten! Wenn sich herumspricht, dass wir entlaufenen Bräuten Unterschlupf gewähren, damit sie es mit streunenden Hunden treiben können, wird man uns sehr nachdrücklich auffordern, diesen Schandfleck endlich zu tilgen. Wollt Ihr das?«

Sava schüttelte den Kopf. Ihre Wangen glühten. Er hatte kein Recht, in den Schmutz zu ziehen, was sie für Rodan empfand, aber das schlechte Gewissen machte sie sprachlos. Jeder Ritter würde genau das von ihr denken, was er gesagt hatte. Dass sie damit ihre Zuflucht in Gefahr brachte, wäre ihr nie in den Sinn gekommen. Es brauchte doch niemand zu wissen, dass …

»Wie schön, dass Ihr zur Vernunft kommt«, unterbrach Jagon ihre Gedanken. »Seid versichert, dass ich mir niemals anmaßen würde, Euch zur Keuschheit zwingen zu wollen. Aber wenn es Euch nach einem Mann verlangt, dann sucht Euch gefälligst einen Ritter!« Er machte eine ausladende Geste zum Fenster. »In Drahan gibt es genug Gordean, die zur Not auch eine Scheinehe mit Euch eingehen, falls Eure Ehre geschützt werden muss.«

Ihre Empörung war mit jedem seiner Worte gewachsen und hatte die Tränen zurückgedrängt, die bereits hinter ihren Lidern gelauert hatten. Glaubte er, dass sie eine rossige Stute war, die sich von jedem beliebigen Hengst bespringen ließ? »Wie überaus freundlich! Stellt Ihr Euch auch großzügig selbst zur Verfügung?«

Der spöttische Zug um seinen Mund kehrte zurück, aber sein Blick forderte sie heraus. »Probiert es aus.«

»Fahrt zum Totensammler! Ich verlange, dass Ihr den Söldner freilasst. Er hat nichts getan, wofür Ihr ihn einsperren dürft.«

»Diese Entscheidung liegt allein bei mir.«

Verzweifelt rang Sava die Hände. »Wenn Ihr Unschuldige so behandelt, will ich nichts mehr mit Euch zu tun haben. Verschwindet und bleibt mir aus den Augen!«

Jagon musterte sie mit einem undeutbaren Ausdruck. Sie glaubte, Kälte und Hochmut darin zu erkennen, aber es gab mehr, das sich ihren Sinnen entzog, und sie war zu aufgebracht, um sich ausgerechnet auf *seine* Gefühle einstimmen zu wollen.

Schließlich verschränkte er die Arme. »Also schön, ich hole ihn aus diesem Loch.«

Der Raum kam Sava plötzlich heller und weiter vor.

»Unter einer Bedingung«, fuhr Jagon fort. »Ich will, dass Ihr schwört. Bei der Göttin, die Euch Die Gabe verliehen hat, der Ihr ins Angesicht gesehen und deren Gebeine Ihr berührt habt, müsst Ihr schwören, dass Ihr Euch von ihm … nein, besser gleich von *allen* Männern niederen Standes fernhalten werdet.«

»Aber … aber es kommen täglich Bauern und …«, stammelte Sava, doch Jagon fiel ihr scharf ins Wort.

»Ihr wisst sehr genau, was ich meine. Schwört oder lasst es bleiben! Sein Schicksal liegt in Eurer Hand.«

Regin

Egurna, Sarmyn

Als Regin die drei Zofen auf dem Gang entdeckte, fiel die Trägheit von ihm ab, die ihm im Laufe der langen Ratssitzung in Glieder und Verstand gekrochen war. Allmählich verstand er, weshalb Joromar den ewig gleichen Schlagabtausch der Fürsten nur mit bissigen Bemerkungen ertrug. Dass seine verlogene Frau ihn in seinem Zimmer aufsuchte, war dagegen neu und versprach Abwechslung – wenn auch keine erfreuliche.

Die drei Zofen sahen ihm mit besorgten Gesichtern entgegen, bemühten sich jedoch, es unter aufgesetztem Lächeln zu verbergen. Regins Misstrauen wuchs. Er sparte sich, ihre Grüße durch ein Nicken zu erwidern, und stieß die Tür auf.

Der Graue Hund blickte ihn mit dunklen Augen an. Regin prallte zurück, als sei er gegen eine Wand gelaufen. Erst als er erfasst hatte, dass das Tier nicht im Begriff war, sich auf ihn zu stürzen, nahm er die beiden Gestalten zwischen Kamin und Fenster wahr. »Emmeraun! Das …« Er richtete die Augen auf Beveré, deren Miene kühl und verschlossen war. »Warum stehen Eure Zofen *vor* dieser Tür?«

»Sie haben sich vor dem Hund gefürchtet.«

Das kann man ihnen nicht verdenken. Regin schielte gereizt auf das Untier hinab. Es gab tausend Gründe, weshalb das keine Rechtfertigung für seine Frau war, mit einem anderen Mann allein zu sein, aber er würde sich vor dem Lumpenritter nicht die Blöße geben, mit ihr zu streiten. »Geht! Wir reden später darüber.«

»Entschuldigt mich«, wandte sie sich an Arion, bevor sie erhobenen Hauptes den Raum verließ.

Regin wich ihr aus, damit sie nicht über den Hund steigen musste. Kein Wort, kein Blick der Prinzessin für ihn, ihren Gemahl, dem sie Respekt und Gehorsam schuldig war.

Gereizt sah er wieder das Tier an, das ihm das Gefühl gab, in einen bodenlosen Abgrund zu blicken. »Du hast hier nichts verloren. Scher dich hinaus!« Er zeigte mit ausgestrecktem Arm zur Tür, wie er jeden anderen Hund des Zimmers verwiesen hätte. Ermig, der gerade eintreten wollte, wich hastig zurück, doch der Graue Hund rührte sich nicht vom Fleck. Regin starrte ihm in die Augen und wiederholte seine Geste energischer. »Raus!«

Der Blick des Tiers bohrte sich mit unerschütterlichem Ernst in seinen. Er spürte Schweiß auf seine Stirn treten und kämpfte gegen den Drang zu blinzeln an. »*Versuchst du, dich mit etwas zu messen, das du nicht verstehst?*«, höhnte Tazlan in seinem Kopf.

Der Graue Hund zeigte keine Regung. Er sah ihn einfach nur an. Regin zitterte vor Zorn. Einen seiner Hirschhetzer hätte er längst getreten oder geschlagen, doch unbewaffnet wagte er nicht, dieses Ungeheuer zu reizen. »Knappe, mein Schwert!«

»Aber, Herr, der König hat verboten, dem Tier auch nur ein Haar zu krümmen«, gab Ermig zu bedenken, der immer noch ängstlich Abstand von der Schwelle hielt.

»Soll ich ihn etwa auch noch in meinem Bett schlafen lassen?«

»Smedon, ich bin nicht hergekommen, um Euch einen friedlichen Hund abstechen zu sehen«, mischte sich Arion ein. »Ich kann später wiederkommen. Vielleicht folgt er mir dann nicht mehr.«

Gereizt wandte sich Regin zu seinem Gast um. »Warum sagt Ihr nicht gleich, dass das *Euer* Schoßtier ist? Wenn Ihr ihn auch wieder mitnehmt, soll er doch liegen, wo er will.«

»Ich fürchte, dass er das ohnehin tun wird«, meinte Arion schmunzelnd.

Regin ließ es bei einem eisigen Blick bewenden. »Ermig,

hol uns Wein, und dann sorge dafür, dass der Erbe auf Emmeraun und ich nicht gestört werden!«

»Ja, Herr.« Der Junge schloss die Tür von außen.

»Es muss jetzt Herr auf Emmeraun heißen«, berichtigte Arion nüchtern.

»Euer Vater ist gestorben? Mein Beileid. Und meine Glückwünsche.« *Megar denkt vermutlich nicht im Traum daran, mir den Gefallen zu tun.*

Arions Miene wirkte steinern. »Ihr habt mir einen Brief geschrieben.«

Ja, und es hat mich mehr Überwindung gekostet, als Ihr Euch vorstellen könnt. »Ich bedaure, dass er Euch in einem ungünstigen Augenblick erreicht hat, aber ich habe nicht übertrieben.«

»Das will ich hoffen.«

Regin knirschte mit den Zähnen. »Glaubt Ihr wirklich, dass ich mich dazu herablassen würde, ausgerechnet Euch um Hilfe zu bitten, wenn ich einen anderen Weg wüsste?«

»Immerhin habt Ihr es schon einmal getan.«

Das hatte er, und auch damals war es Tazlans wegen geschehen, wenn auch auf seinen Rat hin. Dieses Mal hatte der Zauberer ihm die Hand streitig gemacht, die die Feder führte. »Hört auf, in meinen Wunden zu bohren, und setzt Euch!« Er deutete auf seinen einzigen Stuhl.

Arion nahm Platz, während sich Regin auf der breiten Fensterbank niederließ. »Vielleicht solltet Ihr mir Eure Verbindung zu Tazlan erst einmal genauer erklären«, forderte er. »Denn ich verstehe nicht, woher Ihr wissen konntet, dass wir seinen Schädel bei Ertann finden würden – wenn es überhaupt sein Schädel ist.«

»Ach ja? Seltsam, dass Euch das gleichgültig war, solange Ihr dachtet, er sei noch am Leben. Vielleicht solltet Ihr mir zunächst Euren Wunsch, einen verurteilten Verräter zu treffen, näher erklären.«

»Ihr weicht mir aus.«

»Und Ihr mir.«

Sie starrten einander schweigend an. »*Er wurde von einem Priester unterrichtet*«, flüsterte Tazlan, »*einem Priester aus meinem Tempel. Du wirst schon sehen. Am Ende steht er auf meiner Seite.*« Regin schluckte. Wahrscheinlich stimmte es. Warum sonst war ausgerechnet Emmeraun mit der als Priesterin verkleideten Dämonin aufgetaucht? Und warum sonst klebte dieses Ungeheuer aus dem Totenheer wie eine Klette an ihm? Er betrachtete ihn mit neuen Augen. Verbarg sich hinter der Maske des harmlosen, ehrduseligen Lumpenritters ein Verschwörer?

»Wenn Ihr mir nichts zu sagen habt, verschwenden wir hier nur unsere Zeit«, befand Arion und erhob sich.

Ich Esel! »Nein, wartet! Ich …« Regin brach ab, als es an der Tür klopfte. »Herein!« Dass Ermig zurückkam, verschaffte ihm Gelegenheit, seine Gedanken neu zu ordnen. Wenn Tazlan Emmeraun so sicher auf seiner Seite wusste, warum hatte er dann den Brief verhindern wollen? Und er wäre beinahe auf diese Finte hereingefallen!

Der Knappe machte einen möglichst großen Bogen um den Grauen Hund und stellte ein Tablett mit Wein, duftendem Weißbrot und einer Schale Steinbeeren auf dem Tisch ab.

Regin wartete, bis der Junge ihnen eingeschenkt und sich die Tür wieder hinter ihm geschlossen hatte. »Er erscheint mir seit einiger Zeit in meinen Träumen.«

Arion nickte. »Hat er Euch darin auch vor dem Anschlag auf den König gewarnt?« Er setzte sich wieder und trank einen Schluck Wein. »Warum sollte er das tun, wenn er – wie Ihr sagt – selbst die Macht im Reich an sich reißen will?«

Regin verzog das Gesicht. Diese Erklärung gehörte zu den Dingen, die er auf keinen Fall preisgeben durfte. »Was weiß ich? Vermutlich irgendein Spielzug in seinen wirren Plänen. Zu jenem Zeitpunkt wusste ich nicht einmal, wer er ist. Ich hielt ihn für einen Zauberer, dem es gelang, in meine Träume einzudringen. Das ist erschreckend genug.« Den letzten Satz bereute er sofort. Er wollte nicht mehr Schwäche zeigen als unbedingt nötig.

»Und er hat Euch geraten, mich damit zu ködern, dass ich ihn bei Ertann finden könne?« Arion begann, beiläufig eine Beere nach der anderen in seinem Mund verschwinden zu lassen.

»Ja, aber erst, als wir uns anschickten, das Heerlager zu überfallen, hat er mir eröffnet, dass er selbst Tazlan ist. Ich konnte mit dem Namen ohnehin nichts anfangen. Dann bin ich in Ertanns Zelt gestürmt, hab diesen Dreckskerl gefunden, wie er Braninn erwürgte, und ihn einen Kopf kürzer gemacht.« Für einen Moment stand er wieder in Rauch und Flammen und sah auf seinen toten Freund hinab. Rasch wischte er das Bild beiseite. »Gerade als ich gehen wollte, fiel mein Blick auf diesen verfluchten Schädel.« Er stand auf, um die Truhe zu öffnen, zu der er den Schlüssel stets am Leib trug, damit kein neugieriger Knappe darin herumschnüffelte. Den Sack, in dem der gelblich bleiche Totenkopf steckte, hatte er unter den anderen Habseligkeiten verborgen und holte ihn nun zum ersten Mal hervor, seit er zu seiner Hochzeit nach Egurna gekommen war. Er musste sich überwinden, den Knochen anzufassen. Zu tief steckte ihm noch der Schreck über den heftigen Schmerz bei der ersten Berührung in den Gliedern, der ihn wie ein Blitzschlag getroffen hatte. »Ich habe wohl unter einem Bann gestanden, denn ich konnte nicht anders. Ich musste ihn in die Hand nehmen. Aber seither spricht er auch tagsüber in meinem Kopf.« Er stellte den Schädel neben dem Tablett auf den Tisch.

Arion beugte sich vor, um ihn neugierig zu betrachten, berührte ihn jedoch nicht. Offenbar nahm er die versteckte Warnung ernst. »Und er hat Euch gesagt, dass das hier seine Überreste sind und er Ertann dazu gebracht hat, Dämonen zu beschwören?«

»Ja. Allerdings meinte er, dass es wenig Überredungskunst

brauchte, um Ertann von den Vorteilen zu überzeugen, die ihm das verschaffte.«

»Das ergibt doch überhaupt keinen Sinn. Warum sollte Tazlan zuerst die Phykadonier dazu treiben, Sarmyn für ihn zu erobern, und dann uns – durch Euch als sein Sprecher – dazu verhelfen, diese Gefahr abzuwenden?«

Er glaubt mir nicht, dass es Tazlan ist. Er glaubt, dass ich mir das alles ausdenke. »Ich bin kein Narr, Emmeraun! Das habe ich ihn auch gefragt. Seine Antwort war, dass er genau das erreicht habe, was er wollte. Er hat uns alle benutzt. Vielleicht hat er ein doppeltes Spiel getrieben, für den Fall, dass Ertann scheitert. Oder er hatte es von Anfang an darauf abgesehen, dass wir ihn aus seiner Verbannung zurückholen. Er ist hier! Und er hat etwas vor, wofür er mich benutzen will.«

Nachdenklich kratzte Arion in seinem kurzen, blonden Bart. »Wenn er ohne den Schädel nicht hierher gelangen konnte, würde das heißen, dass Ihr das Ding nur wieder loswerden müsst, um Euch von ihm zu befreien.«

»Darüber habe ich auch schon nachgedacht, aber … Nehmen wir an, dass ich ihn weit wegbringe. Vielleicht plagt er mich dann nur noch in meinen Träumen, vielleicht aber auch nicht. Und was, wenn ihn ein anderer findet? Jemand wie Ertann, der sich ahnungslos von ihm einspannen lässt. Dann bringt er neues Unheil über uns. Wen kennt Ihr, der gegen die Verlockung solcher Macht gefeit ist? Das wäre der einzige Mensch, der den Schädel verwahren kann, ohne das Reich wieder in Gefahr zu bringen.«

»Ihr habt recht«, gab Arion zu. »Möglicherweise wüsste ich sogar einen geeigneten Hüter …«

»Wirklich?« Regin war skeptisch, doch er sehnte sich so sehr danach, diese Bürde abzulegen.

»Aber es wäre trotzdem zu gefährlich. Überlegt nur, wie er es geschafft hat, sich durch Euch aus Phykadonien zurückbringen zu lassen. Selbst wenn dieser Hüter absolut vertrauenswürdig wäre, könnten wir uns nicht darauf verlassen, dass

Tazlan nicht einen anderen durch solche Traumbotschaften dazu bewegt, ihn dem Hüter wegzunehmen.«

»Hol's der …« Er brach ab, um den Namen des verfluchten Gottes nicht auszusprechen, dem Tazlan diente.

Arion blickte versonnen auf das grinsende Knochengesicht. »Die einzige Möglichkeit, den Schädel ein für alle Mal loszuwerden, wäre, ihn zu zerstören.«

Grachann

Phykadonische Steppe

Sie werden mich für einen Feigling halten, der vor seinem gerechten Urteil flieht. Grachanns Stolz bockte bei dieser Aussicht wie ein Wildpferd, doch sein Herz trieb ihn bereits davon, wollte aufbrechen.

Warum sollte er sich das fruchtlose Gerede im Rat, die Lügen und falschen Anklagen länger anhören, während sein Stamm noch immer unter Ertanns Frevel litt und nur er dies beenden konnte? »Ich werde gehen.«

Die Weltenwanderin nickte ernst. »Epanas Volk soll in den Bergen nordwestlich der Steppe leben. Frage nach ihr! Sie kennt meinen Namen und weiß, wie dringend wir ihre Hilfe brauchen.«

»Gut.« Er wollte sich schon abwenden, aber die Kismegla trat ihm in den Weg. Die Bronzeplättchen mit den Abbildern ihrer Hilfsgeister klimperten an ihrem Gürtel. »Es gibt noch etwas.«

Er verzog das Gesicht. Seine Gedanken eilten bereits voraus in die mondbeschienene Steppe und ließen sich nur widerstrebend zügeln.

»Seit die Dunkelheit heraufgezogen ist, habe ich mich gefragt, wer dieses Unheil über uns gebracht hat. Du sagst, es sei

Ertann gewesen, doch woher stammte seine Macht? Der Windgeist hat mir erzählt, es sei der Geist gewesen, der im Schädel haust. Ich verstehe nicht, was er damit meint. Weißt du etwas darüber?«

Der Geist, der im Schädel haust? Grachann war sicher, noch nie von diesem Wesen gehört zu haben. Welcher Schädel? Ertanns? Plötzlich sah er die Kammer im Haus des Heerführers vor sich, in der er dessen Mutter bei einem Blutopfer überrascht hatte. »Da war ein Totenkopf. In Ertanns Haus.«

Die Augen der Kismegla weiteten sich. »Die Erdmutter steh uns bei! Wenn dieser Schädel noch dort ist … Nein, wenn er ihn für seine Zauberei gebraucht hat, ist er wohl mit ihm in seinem Zelt verbrannt. Aber wie können wir sicher sein?«

Grachann hörte ihr kaum zu. Er versuchte sich an die Worte des alten Weltenwanderers der Büffel zu erinnern. Hatte er nicht von einem Toten gesprochen, in dem er die Quelle für Ertanns schwarze Magie vermutete? »Vielleicht war es der Mann aus Sarmyn, der sich *brister* oder *priesta* nannte? Er soll mit mächtigen Geistern gesprochen haben, bis Ertann ihn getötet hat.«

»Woher weißt du davon?«

»Der Kismeglarr der Büffel hat es uns erzählt.«

Ihr Blick schweifte in die Ferne, wo Steppe und Nachthimmel in der Dunkelheit miteinander verschwammen. »Das ist seltsam. Ich muss versuchen, mehr darüber herauszufinden.« Mit einem Ruck wandte sie sich wieder Grachann zu. »Komm wieder hierher, sobald der weiße Mond untergegangen ist! Ich werde dir ein Pferd und Vorräte besorgen. Es wäre zu auffällig, wenn du es selbst tust. Die Büffel könnten etwas ahnen und dich aufhalten wollen.«

»Das haben sie schon früher versucht«, meinte Grachann leichthin, doch er würde es nicht darauf ankommen lassen. Dieses Mal war er allein. *Aber ich reite für dich, Braninn.*

»Mögen die Ahnen geben, dass die alte Frau recht hat«, murmelte Grachann, als sich die gedrungenen, grasbewachsenen Häuser der Büffel wie niedrige schwarze Hügel vor dem Sternenhimmel abzeichneten. Wenn die Kismegla der Löwen so eiskalt eine Weissagung vortäuschte, wie konnte er noch sicher sein, dass andere Weltenwanderer über ihre Reisen die Wahrheit sagten? Der Stachel des Zweifels hatte ihm den ganzen Tag im Fleisch gesessen, seit die Kismegla bei seinem Aufbruch von einer neuen Botschaft der Geister berichtet hatte. War es möglich, dass sie ihn in eine Falle schickte, um ihm vor dem Rat die letzte Glaubwürdigkeit zu nehmen?

Grachann knurrte gereizt, als könne er die lästigen Gedanken damit verscheuchen. Ihm blieb keine Wahl, als ihr zu vertrauen. Wenn es stimmte, was die Geister ihr offenbart hatten, wenn der Schädelgeist nicht zerstört, sondern nach Westen gezogen war, dann drohte ihnen allen noch immer Gefahr. Wie erbärmlich nahm sich dagegen das Wagnis aus, in das verlassene Winterlager der Büffel zu reiten.

Sein Pferd hielt plötzlich inne, starrte und lauschte in die Dunkelheit zwischen den Häusern. Grachann kniff die Augen zusammen. Täuschten sie ihn, oder war da gerade etwas in die Schatten gehuscht? *Vielleicht ein Schakal.*

Er wollte weiterreiten, doch das Pferd tänzelte mit geblähten Nüstern auf der Stelle und drohte seitlich auszubrechen. Das Schnaufen und Stampfen klang in Grachanns Ohren wie eine aufgeregte Herde Büffel. Innerlich fluchend, brachte er den Wallach zum Stehen und sprang aus dem Sattel. Das Lager war leer. Das Pferd musste vor irgendeinem Tier scheuen.

Wieder versuchte er, mit seinem Blick die Schatten der hügelartigen Häuser zu durchdringen. Nichts regte sich außer den Grillen, die mit ihrem Zirpen jedes leisere Geräusch übertönten. Grachann glaubte darin das spöttische Kichern der Geister zu hören, die sich über sein Zögern lustig machten. *Ihr jagt mir keine Angst ein!* Er zog den Säbel und zerrte das widerstrebende Pferd weiter, an der Gästehalle des Heerführers vorüber. Die Eingänge der Grubenhäuser gähnten im rötlichen Licht des Löwenmonds wie Höhlen, die in die Untere Welt hinabführten, die Heimat der Dämonen.

Dämonen … Die Erinnerung jagte Grachann einen Schauer über den Rücken. Zu oft hatte er ihre tödliche Kälte gespürt, war ihnen zu knapp entronnen, hatte gesehen, wie sie Angehörige seines Stammes zerrissen und ausgesaugt hatten. Ertann war tot, aber was, wenn er vor dem Heerzug einen Wächter beschworen hatte, um seine Geheimnisse zu hüten? Musste er sich ebenso aufgelöst haben wie die Dunkelheit?

Gleich werde ich es wissen. Grachann packte seine Waffe fester, obwohl er nur zu gut wusste, dass Stahl gegen Dämonen nutzlos war.

Ertanns Haus ragte vor ihm auf wie der Buckel eines verendeten Büffels. Drei Stufen führten hinab zur Tür, die im Schatten verborgen lag. Er ließ das Pferd zurück und schlich die kurze Treppe hinunter, den Körper kampfbereit gespannt. Das Herz schlug ihm langsam, aber umso kräftiger gegen die Rippen. Vorsichtig streckte er die freie Hand aus. Seine Fingerspitzen trafen auf raues Holz, das auf seinen leichten Druck nachgab. Warum war die Tür nicht verriegelt? Aus dem Innern drang kein Laut zu ihm heraus.

Er drückte fester. Mit leisem Knarren schwang die Tür auf. Ein schwacher, kühler Luftzug wehte ihm entgegen, ein Hauch von Erde und kalter Asche, getrockneten Kräutern und modernden Fellen. Es roch entfernt nach Tier, nach Verfall und Verlassenheit. Grachann spähte in die Finsternis der fensterlosen Halle. Ein wenig Licht spiegelte sich auf seiner Säbelklinge, doch das vertiefte nur die Schwärze vor ihm. Vorsichtig tappte er in dieses Nichts. Seine Sohlen scharrten über die festgestampfte, staubige Erde, sein Atem … Er stockte. War das *sein* Atem?

Er fuhr herum, blickte in alle Richtungen. Ein Schatten glitt zwischen ihn und das spärliche Licht, das durch die Tür hereinfiel, ein großer, zottiger, vierbeiniger Umriss, aus dessen

Kehle ein Grollen aufstieg. Blasse Augen glühten auf, als hinter Grachann eine matte Flamme aufflackerte. Sie enthüllte einen klobigen, spärlich behaarten Schädel auf einem gedrungenen Rumpf, der auf krummen Beinen kauerte wie eine misslungene Chimäre aus Hyäne und Bär. Im nächsten Augenblick sah Grachann die mit gelben Zähnen gespickten, klaffenden Kiefer auf sich zurasen. Er ließ Säbel und Hände vorschnellen, um die Bestie mit der Klinge zu empfangen, doch sie war bereits über ihm, knickte seinen Waffenarm wie einen Grashalm. Die Wucht riss ihn von den Füßen, als er auch schon auf dem Boden aufschlug, dass ihm die Luft mit einem keuchenden Laut aus den Lungen entwich. Sein Kopf kam schmerzhaft auf, einen Lidschlag lang taumelte er in innerer Schwärze.

Das Untier begrub ihn unter sich, stützte sich mit den Pranken auf seine Brust, die nach Atem schrie. Ein heißer, fauliger Hauch streifte feucht sein Gesicht, als der geöffnete Rachen auf ihn niederstieß. Hastig riss Grachann eine Hand in die Höhe, rammte sie in die Kehle der Bestie, bekam Hautfalten zu fassen und krallte sich darin fest, stemmte den Kopf des Untiers in die Höhe, während er mit dem Säbel nach dem Leib stach.

Er fühlte die Klinge Widerstand durchdringen, dann glitt sie an einem Knochen ab. Die Bestie brüllte auf und zerrte, um sich aus Grachanns Griff zu befreien, doch er hielt nur noch fester. Seine Fingernägel gruben sich in behaarte Haut. Er spürte, wie sie ihr Gewicht nach hinten verlagerte, sich mit den Hinterläufen an ihm abstützte, was ihm die Krallen wie stumpfe Messer in die Beine trieb. Er achtete nicht darauf, sog nur gierig die Luft ein, die endlich wieder freier in seine Lungen strömte, während die Vorderpranken ihm Kleider und Haut an Brust und Arm zerrissen. Es war, als senge erneut glühendes Eisen durch sein Fleisch. *Töte oder stirb!*, schrie es in ihm.

Er führte den Säbel über den Kopf, zielte und stieß zu, als

die Bestie wütend nach der auf sie gerichteten Spitze schnappte. Bis fast zur Hälfte verschwand die gekrümmte Klinge im geifernden Rachen, bevor sie feststak. Blut schäumte aus dem Maul, troff auf Grachann herab, spritzte ihm in Augen und Nase. Blinzelnd und nach Luft schnappend ließ er den Hals des Untiers fahren, dessen Krallen ihn in Raserei zu zerfetzen drohten. Es setzte sich auf, Grachanns Beine unter sich einklemmend, und schlug mit den Pranken wild auf den aus seinem Schlund ragenden Säbel ein. Unter dem Blutregen, den jeder Atemzug der Bestie versprühte, stützte sich Grachann auf die Ellbogen, strampelte, trat und wand sich. Das Blut rann nun in Strömen hervor. Das Toben des Untiers verlor an Kraft. Gerade als er seine Beine frei glaubte, brach es über ihm zusammen und presste ihn auf den Boden zurück. Mit beiden Armen stemmte er erneut den schweren Schädel in die Höhe. Während das Blut versiegte, fielen plötzlich winzige schwarze Körner auf ihn herab und stachen wie Nadeln in seine Haut. Im nächsten Augenblick zerfiel der Körper der Bestie zu Staub, rieselte ihm durch die Finger, um sich noch auf dem Weg nach unten vollkommen aufzulösen.

Hinter ihm ertönte ein zorniges Kreischen. Er war noch immer nicht allein! Hastig griff er nach seiner Waffe und rappelte sich auf. Aus dem Augenwinkel sah er ein Messer aufblitzen, wirbelte herum, führte den Säbel in einem weiten Bogen. Die Schneide glitt quer über den Körper des Angreifers durch Kleidung und Fleisch, als tauche sie in Wasser. Fast durchtrennte sie den dürren, gebrechlichen Leib. Grachann wich zurück, starrte auf das faltige, hassverzerrte Gesicht, in das verfilzte graue Strähnen fielen.

»Du!«, keifte Ertanns Mutter. Ihr Gesicht war selbst im honigfarbenen Licht der Talglampe plötzlich bleich.

Er wagte nicht, den Blick auf die Wunde zu senken, die er geschlagen hatte. *Ich habe eine Frau getötet. Eine alte, schwache Frau.*

»Drei Mal verflucht sollst du sein!«, zischte sie. »Mögen

die *sivassabarr* dein Herz fres…« Mitten im Wort sackte sie zusammen.

Stumm sah Grachann auf das Bündel aus Haut und Knochen, zerzaustem Haar und blutgetränkten Lumpen zu seinen Füßen. Sein Kopf war ein leerer, verlassener Saal, durch den der eine Gedanke hallte: *Ich habe eine alte, schwache Frau getötet.* Er lauschte dem Klang, stand einfach nur da, bis sich ihre Stimme hineinmischte. *Mögen die sivassabarr dein Herz fressen!*

Rodan

Drahan, Sarmyn

Zielstrebig hangelte sich die Spinne mit ihren langen, fadendünnen Beinen durch das Gespinst, das ihre Vorgängerinnen unter dem gemauerten Gewölbe gewebt hatten. Rodan beobachtete ihre staksigen Bewegungen so lange, bis sie aus seinem Blickfeld verschwand. Das Licht, das durch ein kleines Fenster unter der Decke hereinfiel, genügte ohnehin nicht, um sie bis in die dunklen Ecken seines Gefängnisses zu verfolgen. Er lag auf lehmverkrustetem Ziegelboden, dessen feuchte Kälte ihm bis in die Knochen drang, und starrte in das Gewölbe hinauf. Ein morscher Holzeimer, in den er sich erleichtern konnte, war alles, was außer Spinnen und Ungeziefer seine Einsamkeit teilte. Und er wusste nicht einmal, warum.

Er ballte die Rechte zur Faust und schlug damit auf den Boden. *Diese götterverfluchten Ritter!* Wer gab ihnen das Recht, mit anderen Menschen zu tun, was ihnen gerade einfiel? Der Dreckskerl konnte ihn hier verrotten lassen, ohne ihm einen Grund zu nennen.

Der Grund… Die Frage trieb Rodan seit Tagen um. Er

hatte sie wieder und wieder gestellt, hatte sie der gesichtslosen Gestalt entgegengebrüllt, die jeden Mittag altes Brot hereinwarf und einen Krug Wasser aufs Fenstersims stellte. Doch eine Antwort hatte er nicht bekommen. Hielt der Gordean ihn für einen Lügner? Oder gar einen Spitzel? Aber für wen sollte er denn spionieren? Es war absurd. Er hatte kein Verbrechen begangen, niemanden beleidigt oder auch nur schief angesehen. Ihm fiel nur ein Vergehen ein, aber der Ritter konnte unmöglich wissen, dass er eine Frau begehrte, die ihm verboten war.

Schritte rissen ihn aus den Grübeleien. Er erhob sich so rasch, wie es seine kältesteifen Glieder zuließen, und trat zum Fenster, das sich in Höhe seiner Stirn befand. Es war kaum drei Handbreit hoch, nur wenig breiter und mit zwei eingemauerten Eisenstangen versperrt. Schon erschienen zwei nackte Füße davor – schwielig, schmutzverkrustet und behaart. Der Unbekannte ließ ein angebissenes Stück Brot fallen und schob es mit dem Fuß zwischen die Stäbe, um es von dort mit einem leichten Tritt über den Rand zu befördern.

Das wirst du büßen! Rodan rückte näher ans Fenster. Sein Wärter bückte sich mit einem Ächzen, und eine ebenso schwielige, schmutzige und behaarte Hand wollte einen irdenen Krug auf dem Sims abstellen. Blitzschnell packte Rodan zu. Er erwischte den Kerl am Handgelenk und zog mit einem heftigen Ruck, während der Krug am Boden zerschellte. Aufschreiend brach der Mann vor dem Fenster in die Knie, was Rodan erlaubte, mit der zweiten Hand zuzugreifen und den gefangenen Arm noch weiter zu sich hineinzuziehen. »Sag mir, warum ich hier festgehalten werde!«, brüllte er in das fremde Gesicht, das mit einer Wange auf dem Boden vor ihm aufgeschlagen war. »Sag es mir, oder ich brech dir die Knochen!« Er drückte den Unterarm seines Gegners gegen die Mauerkante.

»Ich weiß es nicht!«, schrie der Wärter und zappelte wild, um sich zu befreien. »Lass mich los!«

»Ich mein es ernst.« Rodan verstärkte den Druck. »Ich will eine Antwort!«

Sein Gegner versuchte, ihm den Arm zu entziehen, indem er sich mit dem anderen gegen die Mauer stemmte. »Hilfe! Helft mir! Er hält mich fest.«

Rodan hängte sein volles Gewicht an das umklammerte Handgelenk, indem er sich plötzlich fallen ließ. Knochen knackten. Der Wärter heulte so erbärmlich auf, dass sich Rodan schnell wieder aufrichtete, doch er gab den nun ganz still gehaltenen Arm nicht frei.

»Ich weiß nichts«, jammerte der Wärter.

Hastige Schritte näherten sich. Mehrere Männer und Frauen beugten sich zu dem Verletzten hinab, riefen, fragten, schimpften durcheinander, wollten ihn wegziehen, was ihn nur noch lauter schreien ließ, und blickten feindselig auf Rodan herab.

»Sagt mir endlich, was mir vorgeworfen wird!«, herrschte er sie an.

Schritte eilten die Treppe herab. »Blutiger!« Rasch ließ er den Wärter los und lief zur Wand neben dem Eingang hinüber, um sich mit dem Rücken gegen die Mauer zu pressen. Mehrere Riegel wurden jeweils mit einem Knall zurückgeschoben, bevor die Tür aufflog und zwei Männer hereinstürmten. Rodan sprang hinter ihnen zur offenen Tür und zuckte entsetzt zurück. Er sah direkt in die Zinken einer Mistgabel.

Etwas Hartes prallte von hinten gegen seinen Schädel und ließ Blitze aus Schmerz hindurchschießen. Im nächsten Augenblick fand er sich benommen auf dem Boden wieder. Ein Tritt fuhr wie eine feurige Lanze in seine Seite, ein zweiter traf ihn von hinten gegen die Schulter, dann waren seine Sinne so weit zurückgekehrt, dass er den Fuß, der auf seine Brust zuflog, mit den Händen packen und zurückstoßen konnte. Die Arme ausgebreitet, fiel der Angreifer fluchend rückwärts, da spürte Rodan die Mistgabel in seine Haut stechen.

»Halt still, oder ich spieß dich auf!«, knurrte der Knecht, der sie hielt.

»Ihr sperrt mich grundlos ein und wollt, dass ich stillhalte?« Rodan starrte ihn an, wagte jedoch nicht, sich zu rühren.

»Du bist hier, weil Herr Jagon es befohlen hat. Einen anderen Grund braucht es nicht.«

Es dauerte zwei Tage, bis wieder Schritte die Treppe herabkamen. Rodan stand auf, um erhobenen Hauptes der Strafe entgegenzusehen, die sie sich für ihn ausgedacht hatten. Wie viele Stockhiebe mochte der gebrochene Arm eines Knechts wert sein? Zwanzig? Dreißig? Er konnte nur raten. Wie sie über ihre Untertanen richteten, stand den Rittern frei.

Die Riegel schabten hörbar in ihren Führungen, dann öffnete sich die Tür. Jagon von Gordean besaß den Mut, selbst voranzugehen, doch die beiden Grenzer in seiner Begleitung erstickten jeden Fluchtgedanken im Keim. »Du lässt dich dafür bezahlen, dein Leben wegzuwerfen? Dann habe ich Arbeit für dich.«

Was zum Henker … Rodan beherrschte mühsam seinen Zorn, aber er brachte es nicht fertig, demütig den Blick zu senken. »Fällt Euch das nicht etwas spät ein?«

Jagon sah ihn scharf an. »Wenn du glaubst, dass du dir Stolz leisten kannst, sollte ich dein Gesicht vielleicht in diesen Eimer tunken lassen.«

Rodan starrte hasserfüllt zurück. »Ihr könnt hier tun und lassen, was Ihr wollt, aber ich werde Euch nicht die Stiefel dafür lecken. Ich bin ein freier Mann. Ihr habt kein Recht, mich hier einzusperren.«

Der Ritter lächelte herablassend. »Du bist so frei, wie ich es will. Im Augenblick hast du nur die Wahl, meinen Auftrag anzunehmen oder hier in deinem Gestank umzukommen.«

»Was ist das für ein Auftrag?«

»Ich stelle hier die Fragen«, erklärte Jagon ungerührt. »Ja oder nein?« Die Sache musste einen Haken haben, doch die Miene des Gordean verriet nichts.

»Ich nehme an.«

»Gut. Dir sollte bewusst sein, dass du mich besser nicht hintergehst. Falls du dich aus dem Staub machst, werde ich einen Preis auf deinen Kopf aussetzen, der selbst Ritter auf deine Fährte locken wird. Hast du verstanden?«

Rodan nickte. *Keine Sorge. Solange Sava in Drahan ist, wirst du mich nicht so schnell los.*

Arion

Egurna, Sarmyn

»Meine Güte, Emmeraun, müsst Ihr die ganze Zeit essen? Ihr scheint die Sache nicht sehr ernst zu nehmen«, beschwerte sich Regin und packte den Schädel zurück in den Sack, in dem er ihn schon aus Phykadonien mitgebracht hatte.

Trotzig biss Arion ein weiteres Mal von dem noch warmen Brot ab. »Ich habe seit dem Frühstück nichts mehr zwischen die Zähne bekommen. Außerdem kann ich beim Kauen besser denken.« Er spülte mit Wein nach und folgte Regin zur Tür, wo sich sogleich der Graue Hund erhob. Zum ersten Mal musste er beim Anblick des Tiers lächeln – des Tiers, das Beveré als Ausrede für ihr Gespräch unter vier Augen gedient hatte. Vielleicht war es doch kein Ungeheuer.

»Ermig, komm mit!«, fuhr Regin den Knappen an, der verloren auf dem Gang herumstand.

Arion musste sich eingestehen, dass der Zorn nicht unberechtigt war. Er nahm die Angelegenheit tatsächlich nicht so ernst, wie es Regin offenbar für angemessen hielt. *Er hat selt-*

same Träume und behauptet, mit einem Geist zu sprechen. Was erwartet er von mir? Alles, was Regin ihm darüber erzählt hatte, konnte frei erfunden sein. Und der Schädel war nur ein Totenkopf, wie man sie auf vielen Totenhügeln fand. Trotzdem hatte er nicht gewagt, ihn zu berühren. Womöglich war er doch verflucht und Regin nun von einem Geist besessen. Aber Tazlan? In jedem Fall war es besser, sicherzugehen und den Schädel zu zertrümmern, bevor er noch mehr Unheil anrichtete.

Sie gingen zum Werkhof, wo Egurnas Werkstätten aufgereiht waren. Zwar besaß die Königsburg neben der Halle der Schwerter eine Schmiede, in der Rüstungen und Waffen hergestellt und ausgebessert wurden, und bei den Stallungen einen Hufschmied, doch sie waren sich einig, dass dort zu viele Ritter verkehrten, die neugierige Fragen gestellt hätten. Auf den Werkhof verirrte sich dagegen selten ein Adliger. Hier tönten ihnen das Hämmern der Steinmetze und das Sägen der Zimmerleute entgegen, das Schnaufen des Blasebalgs und der Rauch aus den Essen. Auch hier erregten sie Aufmerksamkeit, doch den Handwerkern, die sich ehrfürchtig vor ihm verbeugten, war der Prinz keine höfliche Antwort schuldig, falls sie sich über sein Anliegen wunderten.

Der Grobschmied, für dessen Werkstatt sich Regin entschied, zog mit einem furchtsamen Blick auf den Grauen Hund hastig ab, als er und seine Gehilfen des Raums verwiesen wurden.

»Mach die Tür von außen zu, Ermig, und pass auf, dass keiner von diesen Kerlen durch irgendwelche Ritzen späht!«, befahl Regin und schloss die Läden des einzigen Fensters.

Der Junge eilte gehorsam hinaus. Das Sonnenlicht floh mit ihm und ließ die beiden Ritter im roten Schein der Esse zurück.

Arion musterte die aufgereihten Werkzeuge des Schmieds. Wenn im Kampf ein Streitkolben genügte, um einem Mann den Kopf einzuschlagen, musste fast jeder dieser Hämmer für ihre Zwecke ausreichen. Regin holte den Schädel hervor und stellte ihn auf den Amboss. Der Graue Hund, der sich bei der Tür niedergelassen hatte, beobachtete jede seiner Bewegungen.

»Versucht es mit diesem hier!« Arion reichte Regin einen Hammer mit faustgroßem Kopf, der schwer in der Hand lag. Er richtete den Blick wieder auf den Totenkopf und blinzelte überrascht. Im Glimmen der Glut waren die Schatten in den leeren Augenhöhlen zum Leben erwacht. *Das ist nur das unstete Licht.* Er sah zu Regin, auf dessen Stirn Schweiß glänzte, doch das konnte auch der Hitze geschuldet sein, die mit jedem Augenblick größer wurde, solange Tür und Fenster geschlossen blieben.

»Tut Ihr es!« Mit beiden Händen hielt Regin ihm den Hammer hin.

Wie von selbst wich Arion zurück. So viel wollte er mit dieser Sache nicht zu tun haben. »Ich bin ja nicht einmal sicher, ob es stimmt, was Ihr mir erzählt habt.«

Regins Finger krampften sich um den Stiel. »Zwingt mich nicht, Euch anzuflehen, Emmeraun! Ich ... kann es nicht. Ihr habt den Schmerz nicht gespürt, als ich ihn angefasst habe, und wer weiß, was jetzt geschehen wird!«

Arion las die Furcht in Regins Augen. *Er spielt das nicht. Er glaubt das alles wirklich. Totensammler auch!* Regin hatte ihn beleidigt, übervorteilt, und er hatte Saminé auf dem Gewissen. Warum sollte er das geringste Mitleid mit ihm haben? »Reißt Euch zusammen, Smedon, und bringt es zu Ende! Ihr werdet Euch für den Rest Eures Lebens vor mir schämen, wenn Ihr jetzt kneift.«

Zorn flammte in Regins Blick auf. Seiner Kehle entrang sich ein Knurren, und für einen Moment glaubte Arion, er werde sich auf ihn stürzen. Schützend riss er die Arme vors Gesicht, doch der Hammer fuhr auf den Totenschädel nieder, der knackend zerbarst. Knochensplitter prallten von seinen Armen ab, dann waren nur noch Regins beschleunigter Atem und das Knistern in der Glut zu hören.

Vergeblich versuchte Arion, Regins Miene zu deuten. »Und? Habt Ihr etwas gespürt?«

»Nein.« Regin legte den Hammer zur Seite. »Ich merke überhaupt nichts. Genau das macht mich stutzig. Er hätte kämpfen können – wie damals, als ich den Brief an Euch geschrieben habe.« Er schüttelte den Kopf. »Das hier reicht nicht. Es darf nichts als Staub übrig bleiben. Wir müssen ihn verbrennen.« Entschlossen griff er sich einen Reisigbesen aus einer Ecke und begann, die Knochenscherben zusammenzufegen.

Zweifelnd trat Arion an den Blasebalg, um das Feuer in der Esse anzufachen. Nicht einmal bei den Totenfeuern gelang es, Knochen bis auf den letzten Rest zu verbrennen, aber Regin würde wohl keine Ruhe geben, bis sie es versucht hatten.

Gerade als er nach dem Hebel griff, mit dem der große Blasebalg betätigt wurde, hörte er hinter sich ein lautes Knacken. *Wie ungeschickt, auf den Splittern herumzutrampeln.*

»Verdammt, nein!«, rief Regin.

Es knackte erneut.

Arion fuhr herum. Regin sprang – den Besen abwehrend vor sich haltend – zwischen die verstreuten Knochenstücke und den Grauen Hund, aus dessen kauendem Maul ein morsches Knirschen drang. *Die Hunde der Nachtschar fressen die Toten.*

»Schluss damit, du Scheusal!« Doch Regins Stimme schwankte. Er sah aus, als könne er jeden Moment in irres Gelächter ausbrechen oder dem Tier den Besenstiel um die Ohren schlagen. Ungerührt hob der Graue Hund mit den Zähnen eine weitere Scherbe der Schädeldecke auf, warf sie mit einem Schlenkern des Kopfs in seinem Maul nach hinten und zermahlte sie.

Die Hunde der Nachtschar fressen die Toten und nehmen sie mit sich fort. »Vielleicht … vielleicht ist das gut«, hoffte Arion. »Das Verbrennen hätte ohnehin nicht geklappt.«

Regin erwiderte nichts, wich jedoch zurück, Schritt für

Schritt, bis er mit dem Arm gegen den Amboss stieß. Plötzlich fegte er die darauf verbliebenen Bruchstücke zu Boden. »Ja, friss ihn! Ein Ungeheuer verschlingt ein Ungeheuer. Wie schmeckt dir das, Zauberer?«

Arion fragte sich erneut, ob Regin über den Krieg und ihre Begegnungen mit Dämonen womöglich dem Wahnsinn verfallen war. Stumm beobachteten sie, wie sämtliche Scherben und Splitter, selbst die Kiefer mit den Zähnen, im Maul des Grauen Hundes verschwanden. Es geschah ohne Eile, ohne Gier, so ernst und ruhig wie alles an diesem Tier, aber mit der Gründlichkeit eines gewissenhaften Knechts, der beim Tennfegen auch noch die letzten Spelzen vom Vorjahr aus der Scheune beförderte.

»Das wäre dann wohl erledigt«, meinte Arion, als sich der Hund durch eine Runde um den Amboss vergewissert hatte, dass es kein weiteres Stück Knochen mehr gab.

Regin antwortete nicht. Er stand zitternd da, die Augen halb geschlossen, die Miene vor Anstrengung verzerrt. Seine Hände ballten sich wie um unsichtbare Griffe, fast als hielte er Schwert und Schild. »Besten Dank, Herr Arion, dass Ihr mich aus diesem tristen Gefängnis befreit habt.« Es war Regins Stimme und doch nicht ganz.

Arion lief es eisig den Rücken hinab. »Das ist kein passender Moment für Scherze, Smedon.«

Regin bewegte die Lippen, aber es kamen keine Worte. Sein ganzer Körper war angespannt, als stemme er sich gegen einen heftigen Wind. Sein zuvor blasses, übernächtigtes Gesicht lief immer dunkler rot an. »Langweilt mich nicht! Ihr wisst, wer ich bin. Es wird Zeit, Eure Wahl zu treffen, Schüler Tominks. Die Rückkehr des … RAUS! RAUS! RAUS!« Regins Arme flogen hoch, als wäre ein Hindernis verschwunden, das sie zuvor zurückgehalten hatte. Der abwesende Ausdruck verschwand aus seinem Blick.

Arion konnte ihn nur anstarren. *Ich kann nicht mit Tazlan gesprochen haben. Das kann nicht sein.*

»Er … er ist stärker als zuvor«, keuchte Regin und krümmte sich zusammen. Ein verzweifeltes Aufheulen schwang darin mit. »Dieses Ungeheuer und Ihr, er hatte recht! Ihr steckt mit ihm unter einer Decke!« Er wollte sich auf Arion stürzen, doch der Graue Hund stand plötzlich neben ihnen und knurrte. Erschrocken wichen sie gleichzeitig zurück.

Als das Tier nicht angriff, wandte sich Arion wieder an Regin.

»Ich schwöre Euch, dass ich keine Ahnung habe, was hier vorgeht. Ihr wart es doch, der mich hergerufen hat!«

Angst und Wut schlugen ihm aus Regins Augen entgegen. »Dann tut irgendwas! Helft mir!« Sein Blick zuckte zum Fenster, als erinnere er sich der möglichen Lauscher vor den Läden. Er dämpfte seine Stimme. »Unter dieser Burg ist etwas eingesperrt, etwas Böses und Mächtiges. Er hat mir die Tür zu diesem Kerker gezeigt. Seitdem ruft es nach mir, Tag und Nacht. Er will es befreien, und dafür braucht er meinen Körper. Versteht Ihr? Er steckt in mir, und ich weiß nicht, wie lange ich ihn noch aufhalten kann.«

Erschöpft ließ sich Arion auf die Bank unter einer alten Linde am Rande des Reithofs fallen. Ihm schwirrte der Kopf. Der Graue Hund war ihm gefolgt und schickte sich an, sich vor die Bank zu legen.

»Nein! Verschwinde endlich!«, fuhr er das Tier an, das innehielt, um ihn anzusehen. »Ich gehöre nicht zu dir und deinem Herrn. Mit Dämonenbeschwörern will ich nichts zu tun haben. Sag ihm das!«

Ein stummer Vorwurf lag in den dunklen Augen, als sich der Hund abwandte und davonging. Arion atmete auf, obwohl er auch leises Bedauern spürte. Die ganze Angelegenheit verwirrte ihn. Es war verlockend einfach zu glauben, dass der Tote Gott den Hund gesandt hatte, um seinen treuen Diener

Tazlan aus seinem beinernen Gefängnis zu befreien. Und er, Arion, war auf den glorreichen Einfall gekommen, der das Unheil erst ermöglicht hatte – er, der Ritter mit dem zweifelhaften Treueid und dem auffälligen Interesse an diesem Hochverräter. Wie passend! Und warum sollte ein Gott, der aus Rache für seinen Tod durch Arutars Schwert über den Himmel brauste, Ernten verwüstete und Menschen verschleppte, nicht auch Dämonen auf die Ritter hetzen, die das Erbe des Ersten Königs weiterführten? Wie viel wusste er schon über den Zornigen, den die Bauern Dur nannten? Tomink hatte ihn in vielen Dingen unterrichtet, doch über seinen Glauben hatte er nur selten mit ihm gesprochen, weil sein Vater es verboten hatte. War Tazlan schon damals entschlossen gewesen, den König mithilfe von Dämonen zu beseitigen, sollte er sich nicht dem Toten Gott unterwerfen? Hatte Tomink davon gewusst – und was hatte er davon gehalten?

Arions Gedanken jagten einander immer schneller. Wenn Regin ihm über diese verborgene Macht die Wahrheit gesagt hatte, war das Leben des Königs und womöglich auch vieler anderer in Gefahr. Aber selbst wenn es nur Einbildung war, trieb es den Erben von Smedon offensichtlich in den Wahnsinn. Beveré war mit einem Besessenen verheiratet! Was würde geschehen, wenn er in ihrer Gegenwart einen Anfall bekam wie heute in der Schmiede?

Arion barg das Gesicht in den Händen, um es sogleich wieder zu heben. So konnte es nicht weitergehen. Er musste wissen, ob es wirklich Tazlans Geist war, der hinter dem Ganzen steckte. Etwas *hatte* durch Regin gesprochen, aber wie konnte er sicher sein? Er ließ sich die Worte noch einmal durch den Kopf gehen. »*Ihr müsst Eure Wahl treffen, Schüler Tominks.*« Hatte er Tomink je Regin gegenüber erwähnt? Nein. Von wem hätte er sonst den Namen des Priesters erfahren können? Hatte Saminé ihn genannt? Er konnte sich nicht vorstellen, dass sie bei ihren Stelldichein mit Regin ausgerechnet über einen alten Mann gesprochen hatte, dem sie selbst nur wenige Male begegnet war. Damit blieben nur jene, die alt genug und damals vielleicht in die Blutnacht verwickelt gewesen waren. Doch sie hatten geschworen, darüber zu schweigen. Wer würde diesen Eid brechen, um dem Prinzen etwas über Emmeraun zu erzählen? *Fürst Megar. Er weiß viel, und er ist Regins Vater.*

Arion sprang auf und machte sich auf den Weg zu den Gemächern, in denen der Herr von Smedon hoffentlich noch immer untergebracht war. Was seine Vergangenheit und Tomink anging, durfte er Megar nicht ins Vertrauen ziehen, sonst verdächtigte jener ihn womöglich noch, Regin verhext zu haben. Zum Glück hatte er einen guten Vorwand, dessentwegen er ohnehin vorgehabt hatte, den Fürsten aufzusuchen. *Der wird Augen machen!*

Zu seiner Überraschung empfing Megar ihn sofort. Der Fürst saß in einer Nische auf einer gepolsterten Fensterbank und lud ihn ein, ihm gegenüber Platz zu nehmen.

»Dass Ihr so rasch wieder an den Hof gekommen seid … Mein aufrichtiges Beileid! Der Tod eines so vorbildlichen und ehrbaren Ritters ist ein Verlust für das ganze Reich.«

Vorbildlich und ehrbar. Arion verzog das Gesicht, aber seine Überraschung überwog. »Ich danke Euch, Herr. Wie konntet Ihr so schnell davon erfahren?« Schnüffelte Regins Knappe seinen Herrn etwa für den Fürsten aus?

»Fürst Narrett hat es mir gerade erst erzählt. Ein Bote aus Gweldan brachte die betrübliche Nachricht mit.«

Vermutlich der Bote, der mir Regins Brief gebracht hat. Doch der Gedanke war nicht geeignet, sein Misstrauen zu beschwichtigen. »Ja, es … ist ein großer Verlust. Vor allem meine Mutter hat es hart getroffen. Aber wir haben eine große Verwandtschaft, die uns beisteht.«

Megar nickte. »Trotzdem dürft Ihr nicht zögern, Euch an mich zu wenden, falls Ihr irgendeine Form von Hilfe braucht. Ihr habt gemeinsam mit meinem Sohn das Reich vor einem langen, verlustreichen Krieg bewahrt. Wer weiß, ob er ohne Euch überhaupt zurückgekehrt wäre. Dafür gebührt Euch nicht nur der Dank des Königs.«

»Das ist sehr großzügig von Euch.« Arion deutete eine Verneigung an. »Ich komme allerdings nicht als Bittsteller, sondern um Euch an etwas zu erinnern, das Ihr in der Schreibstube zu mir gesagt habt.« Er öffnete seine Gürteltasche und fischte einen kleinen Lederbeutel daraus hervor, den er dem Fürsten reichte.

Megar nahm den Beutel mit fragendem Blick entgegen, aber er öffnete ihn schweigend und schüttete sich den Inhalt auf die Handfläche. Glänzende, scharfkantige Splitter, durchsichtig wie dünnes Eis, kamen zum Vorschein. Verblüfft riss der Fürst die Augen auf. Er tippte mit einem Fingernagel auf das größte Stück. Es gab ein leises Klicken. »Wo habt Ihr das her?«

Arion lächelte. Für wie dumm hielt Megar ihn? »Von einem streng gehüteten Ort. Gilt Euer Wort noch?«

»Das sind nur ein paar Splitter. Für sich genommen, sind sie nichts wert.« Der Fürst streute sie in den Beutel zurück. »Aber wenn Ihr mir tatsächlich das Geheimnis bringt, wie man *bera* herstellt, dann habt Ihr mein Wort. Dann werdet Ihr nicht nur Herr über Emmeraun, sondern auch über eine zweite Burg in Smedon sein.«

»Ich werde es Euch bringen. Verlasst Euch darauf! Im Augenblick muss ich mich jedoch erst um dringendere Angelegenheiten kümmern.«

»Natürlich. Es kostet Zeit, ein Erbe anzutreten und die Verhältnisse zu ordnen. Ihr müsst hart durchgreifen. Manche Untertanen glauben, sie könnten sich mit einem so jungen Herrn einiges herausnehmen.«

»Ich danke Euch für den Rat – und für Euer Angebot.« Arion erhob sich. »Eins …«

Der Fürst fiel ihm ins Wort. »Da Ihr mir gerade unsere Begegnung in der Schreibstube ins Gedächtnis gerufen habt:

Ihr wisst nicht zufällig, warum mich mein Sohn vor Kurzem nach Tazlan gefragt hat?«

»Äh …« Arion spürte, wie ihm Hitze in die Wangen stieg. »Nein. Aber ich verstehe, warum Ihr *mich* das fragt.« *Jetzt oder nie!* »Ich hätte auch noch eine Frage. Habt Ihr je zu ihm über einen Tomink gesprochen?«

Megar runzelte die buschigen Brauen. »Tomink? Es könnte sein, dass es in meinen Ställen einen Knecht dieses Namens gibt. Warum? Müsste ich einen anderen kennen?«

Regin

Egurna, Sarmyn

Regin taumelte und suchte Halt an einer Säule, die den Treppenabsatz flankierte. Beinahe wäre er die Stufen hinuntergestürzt. *Ich könnte mir den Hals brechen! Was dann, Zauberer? Fährst du dann in das nächste Opfer?*

»*Gib mir, was ich will, und du kannst deinen Körper behalten.*«

Reizend! Doch Regin war nicht nach Scherzen zumute. Er hatte keine Erinnerung daran, wie er von seinem Zimmer vor die Treppe gekommen war, während er mit Tazlan um die Vorherrschaft über seine Bewegungen gerungen hatte. Schwer atmend lehnte er sich an die Säule. Seit der verfluchte Köter den Schädel gefressen hatte, konnte er kaum noch schlafen, aus Angst, dass der Zauberer währenddessen seinen Körper übernahm. Es verging kaum ein Tag, an dem Tazlan es nicht versucht hätte. Offenbar war er nicht dumm, denn der Übergriff in der Ratssitzung blieb eine einmalige Warnung. Wer wollte einen Prinzen als König sehen, der vor den Augen aller seltsame Krampfanfälle bekam?

Doch die Angst und der fehlende Schlaf höhlten Regin aus. Bei den Waffenübungen hatte er bereits an Kraft und Geschick verloren, und er sah in seinem Bronzespiegel, wie seine Wangen allmählich einfielen. *Ihr solltet Euch besser beeilen, Emmeraun.* Genau dies hatte Arion versprochen, aber Regin wusste nicht, ob er ihm nach allem, was Tazlan über ihn gesagt hatte, noch trauen sollte. Er hatte ihm nicht einmal verraten, wo oder wen er um Hilfe bitten wollte – angeblich, um Tazlan nicht zu warnen. Regin bezweifelte, dass man vor diesem scheinbar allwissenden Geist überhaupt etwas geheim halten konnte. Doch er spürte, dass er nicht mehr lange durchhalten würde – er musste Egurna verlassen, bevor es zu spät war. Wenn er nur einen glaubwürdigen Vorwand hätte!

Schritte und Stimmen drangen die Treppe herauf. Rasch richtete sich Regin auf und sah prüfend an sich herab. Sein Gewand saß noch hinreichend ordentlich.

»Ah, Regin, wo seid Ihr gewesen?« Prinz Joromar kam mit seiner Schwester Edgiva am Arm die Stufen herauf. Sein Knappe und ein Leibdiener folgten ihm.

»Ihr habt eine herausragende Beizjagd verpasst«, behauptete die Prinzessin. Ihre blauen Augen funkelten lebhaft, und der Ausritt hatte eine zarte Röte auf ihren Wangen hinterlassen. Die aufgesteckten, weißblonden Locken drohten, sich jeden Moment aus der kunstvollen Anordnung zu befreien. »Aber Ihr scheint Euch ja lieber bei Mondschein zu betätigen und scheut das Tageslicht.«

Regin lächelte gequält, während Joromar lachte.

»In der Tat, Smedon, Ihr solltet öfter Euer Pferd als schöne Frauen beglücken. Obwohl ich Eure Wahl verstehen kann …«

Hatte Edgiva dem Prinzen erzählt, wobei sie ihn ertappt hatte? Regin glaubte nicht, dass Joromar, der als Schürzenjäger galt, ihm einen Strick daraus drehen würde, aber wenn es dem König, der Königin oder gar Beveré zu Ohren kam, konnte er sich Ärger einhandeln. Väter schickten ihre Töchter an den Hof, um sie verheiraten zu lassen, nicht, damit sie entehrt wurden.

»Vielleicht schlafe ich auch nur schlecht, weil ich mir Sorgen um das Reich mache«, gab Regin gereizt zurück.

»Ist das denn nötig?«, erkundigte sich Edgiva.

Regin schloss sich den beiden an, um in sein Zimmer zurückzukehren. Er musste herausfinden, ob Tazlan durch ihn mit dem Knappen gesprochen hatte, der ihm sonst sicher gefolgt wäre. »Ich will Euch nicht beunruhigen.«

Joromar lachte auf. »Köstlich! Regin, wenn Ihr meine Schwester beunruhigen wollt, müsst Ihr ihr eröffnen, dass Dristan uns vom Nachschub an dalanischer Seide abgeschnitten hat.«

»Ich frage mich, wen von uns beiden das mehr treffen würde«, stichelte Edgiva und entzog ihrem Bruder den Arm. »Also, lieber Schwager, ist Euch etwas Neues über Dristans Ränke zu Ohren gekommen, von dem wir noch nichts wissen?«

»Es gibt keine großen Neuigkeiten, aber wir erhalten ständig Kunde von neuen blutigen Auseinandersetzungen, die seine Handlanger vom Zaun brechen. Jeder, der nicht vollkommen einfältig ist, kann darin einen Plan erkennen, die königstreuen Ritter in den westlichen und südlichen Regionen des Reichs zu bekämpfen, ohne offen Krieg gegen Euren Vater auszurufen.«

»Und was unternimmt der König dagegen?«

Sie erreichten die Tür zu Joromars Gemächern, der über ein Schlaf- und ein Empfangszimmer verfügte.

»Bislang beschränkt sich unser Vater auf die höchst einschüchternde Strategie, den Streithähnen Briefe zu schreiben«, erklärte der Kronprinz verächtlich.

Edgiva warf Regin einen ratlosen Blick zu.

»Er meint, dass der König jene Herren, die in diese Fehden verwickelt sind, auffordert, die Kämpfe einzustellen und die Streitigkeiten bei Hof schlichten zu lassen.«

»Und wie steht Ihr dazu?«, fragte sie.

»Ich erwäge, mich im Rat für Narrett von Gweldans Vorschlag einzusetzen.« *Nein, eigentlich werde ich das ganz sicher tun.* »Der Fürst erbittet die Erlaubnis, ein kleines Heer nach Süden zu führen, um die am schlimmsten betroffenen Gebiete mit Gewalt zu befrieden.« *Dann werde ich mich ihm anschließen und endlich von hier verschwinden können.*

»Ausgezeichnet!«, rief Joromar. »Lasst uns gleich beim Abendessen besprechen, wie wir den alten Herrn dazu bewegen können, endlich das Heft in die Hand zu nehmen! Ich muss mich nur umziehen, sonst rümpfen die Damen ihre Nasen über meinen neuen Duft. Regin. Liebste Schwester.« Er deutete eine Verneigung an und verschwand mitsamt seinem Gefolge in seinen Gemächern.

Edgiva hakte sich bei Regin unter. »Ich muss ebenfalls dafür sorgen, dass meine Zofen mich wieder in einen vorzeigbaren Zustand versetzen. Galoppieren schadet jeder höfischen Haartracht.«

»Ich kann Euch versichern, dass Ihr dennoch sämtliche Frauen am Hof in den Schatten stellt.« Es war nur eine leichte Übertreibung, die kaum ein Mann bestritten hätte.

Die Prinzessin drückte kurz seinen Arm und lachte. »Täuscht Euch nicht! Ich stelle sie nur in den Schatten, weil ich so groß bin. Nein, antwortet darauf nicht! Ich will keine Schmeicheleien von Euch hören – jedenfalls nicht jetzt.«

Frauen und ihre Launen!

»Habt Ihr Euch noch einmal mit dem Mädchen von neulich Nacht getroffen?«

Regin wäre fast gestolpert. »Natürlich nicht«, brachte er heraus. »Ich bereue meinen Fehler und werde mich bessern. Ihr habt es doch nicht Eurer Schwester verraten, oder?«

»Aber nein.« Sie hatten Regins Tür erreicht, doch Edgiva nahm die Hand nicht von seinem Arm. »Solange Ihr mir keinen Grund gebt, Euch ernstlich böse zu sein, werde ich Euer Geheimnis wahren.« Sie lehnte sich näher zu ihm. »Ihr seht müde aus, Regin. Kommt heute Abend zu mir, statt zu meiner langweiligen Schwester. Ich werde dafür sorgen, dass Ihr danach ausgezeichnet schlafen werdet.« Ihre freie Hand strich über seinen Bauch nach unten und verhielt erst wenige Fingerbreit über seinem Schritt, um sich dann zu der anderen Hand auf seinem Arm zu gesellen, als wäre nie etwas geschehen.

Regins Herz schlug schneller. Mit einem Mal war ihm in seiner sommerlich leichten Tunika sehr warm. Er sah der Prinzessin in die herausfordenden Augen. Sie roch nach Blumen und einem Hauch askanischer Duftöle. »Wäre … das nicht ein wenig gewagt? Was ist mit Euren Zofen?«

»Wie Ihr seht, bestimme ich selbst darüber, wann mich neugierige Augen und Ohren bespitzeln dürfen und wann nicht. Wagt es ja nicht, mich zu versetzen!« Sie löste sich von ihm, was unmittelbar Bedauern in ihm auslöste. »Ihr wollt Euch doch nicht des Raubes meiner nicht mehr vorhandenen Jungfräulichkeit angeklagt sehen.«

Grachann

Norden Phykadoniens

Er wendete sein Pferd und spähte gen Süden. Dunst verwischte den Horizont, wo der Himmel die Steppe berührte. Von Sturm und Regen rund geschliffene Steinblöcke ragten vereinzelt aus der Erde hervor, in deren Windschatten sich Sträucher und verkümmerte Bäume duckten – genug Deckung für einen Verfolger, um sich Grachanns Blick zu entziehen.

»Holkis' Schnabel!«, fluchte er und wischte sich mit dem Handrücken den Schweiß aus den Brauen. Er hätte schwören können, dass er beobachtet wurde. Seit er das Winterlager verlassen hatte, fühlte er immer wieder fremde Augen auf sich gerichtet. War ihm ein Aufgebot des Rats auf den Fersen? Oder hatte eine weitere von Ertanns Ausgeburten der Unteren Welt seine Fährte aufgenommen? »Zeigt euch endlich, wenn ihr euch traut!«, rief er, doch außer zwei Zeterkrähen, die ihn von einem nahen Felsbrocken aus beäugten, rührte sich nichts.

Grachann löste den Wasserbeutel vom Sattel und gönnte sich einige Schlucke warmen, abgestandenen Wassers. Der Sonnengeist hatte den höchsten Punkt seiner täglichen Reise längst überschritten, aber seine Strahlen stachen noch immer herab, als wolle er alles Leben auf der Steppe verbrennen. Vielleicht war es seine Art, sich für die menschengemachte Finsternis zu rächen.

Vergeltung, dachte Grachann und ritt weiter. Das musste auch der Antrieb seiner Verfolger sein. Er war vom Stammestreffen zum Winterlager der Büffel ausschließlich auf harten, zertrampelten Viehpfaden und Wildwechseln geritten, um seine Spuren zu verbergen. Wenn die Kismegla ihn nicht verraten hatte, sollte niemand wissen, in welche Richtung er verschwunden war. Oder hatte ihn zufällig jemand beobachtet, ein Hirte der Büffel oder der Löwen?

Gedankenversunken wedelte er die Fliegen weg, die ihn umschwirrten. Sie gierten nach Schweiß und dem Schorf auf den Hyänenkratzern, die sich mit den Narben aus dem Kampf gegen Ertann zu einem kriegerischen Muster verwoben. Die zerfetzte Tunika, die ihn vor tieferen Schnitten bewahrt hatte, wäre ein Schutz vor den Plagegeistern gewesen, doch das durch Blut und Schweiß steif gewordene Leder hatte über die Wunden gerieben und sie gereizt, bis sie brannten. Seitdem blieb sie hinter dem Sattel verstaut.

Dass dieselben Fliegen, die vielleicht eben noch über verwesendes Fleisch wie das der Leiche von Ertanns Mutter gekrochen waren, nun über seine Haut krabbelten, widerte Grachann an. War es das, was ihn verraten hatte? War ein Krieger der Büffel auf die Tote gestoßen und jagte nun den Mörder? *Dann soll es eben so sein.*

Er war in jener Nacht versucht gewesen, die Leiche im Boden der Kammer zu vergraben, unter der er die Knochen des Schädelgeists gefunden hatte – die Knochen, von denen Joru behauptete, dass sie den Geist zu bannen vermochten. Doch der Frevel wäre zu gewaltig gewesen. Stattdessen hatte er sie hinaus in die Steppe getragen, wo ihre Seele ungehindert aufsteigen konnte, und gehofft, dass die Aasfresser die Art ihres Todes verschleiert haben würden, bevor die Büffel im Herbst zurückkehrten. »Es war richtig«, murmelte er. Lieber legte er sich mit neun mal neun Kriegern an, als Umai, die Erdmutter, zu erzürnen, indem er eine lichte Seele in ihren Schoß sperrte. Selbst wenn es die einer Hexe war, an deren Fingern Blut klebte.

Grachann musterte die verwitterten Steinblöcke, die wie Gebeine aus Umais Fleisch ragten. Wenn sich sein Verfolger nicht zeigen wollte, würde er ihm eben auflauern. Hinter dem ersten Felsen, der groß genug war, um einen Reiter zu verbergen, band er sein Pferd an einen Strauch. Es konnte ohnehin eine Rast vertragen.

Schenke mir deinen scharfen Blick, dem weder Feind noch Opfer entgeht, bat er den Geist des Adlers, während er seinen Bogen und den Köcher mit Jagdpfeilen an sich nahm und die Sehne aufzog. Darauf bedacht, sich nicht durch eine schnelle Bewegung zu verraten, schob er sich auf der Schattenseite des Felsens zwischen Gestrüpp und Gestein. Vorsichtig pirschte er sich vor, bis ihm die Zweige ausreichend Sicht auf seine eigene Spur gewährten. Nun würde sich zeigen, ob er sich alles nur eingebildet hatte.

Bedächtig wanderte der Sonnengeist gen Westen. Die beiden Zeterkrähen waren Grachann gefolgt und zankten sich im strohigen Gras keckernd um eine tote Eidechse, die sie immer wieder in die Luft warfen, als wollten sie mit ihrer Beute prahlen. Je länger er vergeblich über die Steppe starrte, desto stärker wurde der Drang, seine Pfeile wenigstens in die beiden lästigen Vögel zu jagen. Eine Handvoll Wildpferde, die mit hängenden Köpfen in der Ferne durch die Hitze trotteten, war alles, was sich im Gräsermeer bewegte.

Endlich verloren die Krähen die Lust an ihrem Spiel und flogen davon. Rastlos beschloss Grachann, ihrem Beispiel zu folgen. Er hatte genug Zeit damit vergeudet, auf ein Hirngespinst zu warten. Die Sonne sank bereits als glühender Feuerball dem Horizont entgegen, wo er die Lange Narbe wusste. Er schwang sich wieder in den Sattel und galoppierte dem Verlauf der Schlucht folgend nach Norden, hielt sich jedoch von ihren steilen Hängen fern, über die man zu leicht in den Tod getrieben werden konnte. Aber wenn er nicht bald eine Quelle fand, würde er seinen Plan ändern müssen, denn unter den Steinen an ihrem Grund floss selbst im heißesten Sommer noch frisches Wasser.

Nach einer Weile blieben die Felsbrocken hinter ihm zurück, und die Ebene wich allmählich sanften Wellen, als kräuselte der Wind einen See. In einem der Täler schlängelte sich ein dunkles Band durch die Dämmerung, in dem Grachann das saftigere Grün entlang eines Bachlaufs erkannte. Erleichtert dankte er den Ahnen für diese Fügung. Aus der Nähe betrachtet entpuppte sich der Bach zwar als kaum handbreites Rinnsal zwischen Schlamm und fauligen Pfützen, doch mit etwas Geduld genügte es, um die Vorräte aufzufüllen und sich zu erfrischen.

Grachann entschied, an diesem Ufer zu lagern. Er bezweifelte, dass er viel Schlaf finden würde, solange er nicht sicher sein konnte, nicht verfolgt zu werden, aber er musste es wenigstens versuchen. Den gezogenen Säbel bereitgelegt, wickelte er sich in seinen Umhang und blickte zu den Sternen hinauf. Sein letzter Gedanke galt dem Druck, den er seit einer Weile im Kiefer spürte. *Das verfluchte Biest hat mich doch gar nicht im Gesicht getroffen.*

Jemand ist hier. Schon während er die Augen aufschlug, wusste er, dass ihn ein Geräusch geweckt hatte, obwohl er sich nicht an den Klang erinnerte. Er lag auf der Seite, den Blick gen Sonnenaufgang gerichtet, und lauschte in die mondrote Nacht. Das Heer der Grillen hatte sich gelichtet, doch einige unentwegte hielten das endlose Zirpen aufrecht, das der Bach mit leisem Rinnen untermalte. Hinter sich hörte Grachann das Pferd aufstampfen und mit dem Schweif schlagen, dann war es wieder still. Nie wäre es so ruhig geblieben, wenn es ein Raubtier gewittert hätte. Bildete er sich schon wieder etwas ein?

Da! Beinahe unhörbar hatte es jenseits seiner Füße, von der offenen Steppe her geraschelt. Mit angehaltenem Atem tastete er nach seinem Säbel. Ein rhythmisches, leises Schaben im hohen Gras näherte sich. Grachanns Finger schlossen sich um den Griff seiner Waffe. Er schloss die Lider bis auf einen schmalen Spalt und schielte in die Richtung der herankommenden Schritte, die immer langsamer und behutsamer wurden. Zu seinen Füßen tauchte eine dunkle, hochgewachsene Gestalt auf. Den Umhang von sich schleudernd, schnellte Grachann auf die Beine und riss den Säbel vor, die Spitze auf die Kehle des Gegners gerichtet.

»Stich zu!« Die eisige Stimme traf Grachann ins Mark. »Du scheinst ja Gefallen daran zu finden, Frauen zu töten.«

»Du bist keine Frau!«, schnappte er. »Du bist ein Dämon.«

Sie lächelte spöttisch. »Aber auch eine Frau.«

Er schnaubte. Nur weil sie mit ihrem langen schwarzen Haar und dem schlanken, katzenhaften Körper in der grünweißen Robe wie eine aussah, hieß das längst nicht, dass sie eine Frau war. Sie hatte sich in Ertanns Heerlager vor seinen Augen in einen Durlach verwandelt, den Schatten eines enthaupteten Reiters, der seinen Opfern das Dämonenschwert ins Herz stieß.

»Sicher würden die Götter aufatmen, wenn du mich vom

Angesicht der Erdmutter tilgst. Man könnte sagen, dass du nur dein Werk zu Ende bringst, Ertanns Familie auszulöschen.«

Grachanns Arm zitterte vor Zorn. »Dieser Abschaum hatte es verdient! Es wäre die Aufgabe des Rats gewesen, sie für Dämonenbeschwörerei zu richten. Aber diese verblendeten Aufschneider können ja nichts anderes als große Reden schwingen.«

»Dafür, dass du mein Todfeind bist, sind wir erstaunlich oft einer Meinung. Jetzt erlöse mich und bring es hinter dich, oder hör auf, mir zu drohen!«

Die Säbelklinge glänzte im Licht des Löwen, als hätte er sie bereits in Blut getaucht. Anidims Kehle schimmerte wie rötliches Elfenbein. Sie hatte recht. Ihr ganzes Sein war eine Verhöhnung der Götter, ihr Anblick ein Dorn in den Augen der Geister und Ahnen. Sie musste sterben, um die Stämme von dem Makel reinzuwaschen, mit dem Ertann sie befleckt hatte.

Rodan

Nördliches Drahan, Sarmyn

Die Mittagssonne blendete ihn, als er aus dem ewigen Dämmerlicht des alten Vorratskellers trat, der nun als Kerker diente.

»Dort entlang!« Der ältere der beiden Grenzer stieß ihn in Richtung Pferdeställe.

Rothjard lag wie ausgestorben. Die Hunde hatten sich in schattigen Eingängen ausgestreckt, und die Hühner schliefen unter den Hecken in Sandkuhlen, als seien sie dort verendet. Nicht einmal die Blätter der Hoflinde rührten sich in der hitzegeronnenen Luft. Nur vor den Stallungen herrschte gereizte

Betriebsamkeit. Rossknechte führten gesattelte Pferde heraus, Bewaffnete luden Gepäck auf, wischten sich den Schweiß von den Stirnen und fluchten über die sengende Sonne. Schilde, Speere und Lanzen lagen neben ihnen bereit.

Rodan zählte elf Mann. Zwei davon erkannte er an ihren Kettenhemden als Ritter, obwohl sie ansonsten nicht unterschiedlicher hätten sein können. Der ältere war schlicht, aber schwarz gewandet wie Jagon, sein ergrauter Bart kürzer gestutzt als Rodans seit Tagen unrasierte Stoppeln. Der jüngere Ritter, dessen dunkle Haar- und Barttracht länger und sorgfältig gekämmt war, trug dagegen eine leuchtend blaue Hose und eine Tunika aus rostfarbenem Tuch. Der Rest der Truppe setzte sich aus Waffenknechten, Dienstmannen und abgerissenen Gestalten jeden Alters zusammen.

»Herr Garédar!«, rief der ältere Grenzer, worauf sich der schwarz gekleidete Ritter umsah. »Das ist der Söldner.«

Garédar nickte den Grenzern zu. »Lasst ihn hier! Du«, er fasste Rodan ins Auge, »such dein Pferd und reih dich ein!« Ohne zu warten, ob sein Befehl Wirkung zeigte, wandte er sich wieder ab.

Rodan zuckte die Achseln. Irgendwann würden sie ihm schon erzählen, worum es ging. Er hatte seinen Braunen bereits entdeckt und schlängelte sich zwischen den anderen Männern und Pferden zu ihm durch. Plötzlich schlug ihm ein Tritt gegen den Kiefer die Zähne aufeinander. Die Fäuste zur Abwehr hochreißend, wich er zurück und blickte wütend zu dem Reiter auf, der feindselig vom Pferderücken auf ihn herabstarrte.

»Das nächste Mal brech ich dir den Arm«, knurrte der Kerl, in dem Rodan einen der Männer erkannte, die sein Verlies gestürmt hatten.

Ein alter Waffenknecht in Lederweste und geflickter, aber sauberer Kleidung schob sich dazwischen und drängte Rodan weiter. »Vergiss ihn! Is' genauso 'n armes Schwein wie wir. Der weiß es nur noch nich'.«

Rodan warf dem Alten, dessen graues Haar nur noch einen Kranz von Ohr zu Ohr bildete, einen fragenden Seitenblick zu, doch sein neuer Gefährte gab ihm nur einen Klaps auf die Schulter.

»Willkommen bei den Entbehrlichen«, sprang ein junger Mann mit auffallend hellblauen Augen ein. »Ich bin Nidag.« Er winkte mit dem Stumpf seines rechten Unterarms. »Der Dieb.«

»Rodan«, stellte sich Rodan vor. Der bartlose Junge konnte kaum älter als siebzehn sein. Hatte man ihm tatsächlich bereits die Hand abgehackt?

»Schwingt keine Reden, sonst gibt's Ärger!«, mahnte der Alte. Mühsam hob er das Bein, um den Fuß in den Steigbügel zu setzen, und hievte sich grunzend in den Sattel.

»Soll ich schieben, Herke?«, feixte der Dieb, wofür er einen bösen Blick erntete.

»Womit denn?«, zog ihn ein anderer auf.

»Noch hab ich eine Hand.«

Schmunzelnd erreichte Rodan sein Pferd und wühlte in den Satteltaschen. Es schien nichts zu fehlen. Selbst seine Waffen – Schwert und Dolch – gab man ihm zurück. Erleichtert stieg er auf. Als ein Knecht ihm Schild und Speer reichte, kam es ihm beinahe vor, als wären die Tage im Kerker nur ein Albtraum gewesen. *Fehlen nur noch ein Bad und eine Rasur.*

Der graubärtige Ritter hob die Hand, deutete zum Tor und setzte sein Pferd in Bewegung.

»Herr Garédar spricht wohl nicht viel«, stellte Nidag fest. Die Knechte hatten ihm einen Schild an den Armstumpf geschnallt, doch es sah ungewohnt aus, dass er nun Zügel und Speer in derselben Hand halten musste.

»Die Unsichtbaren sind auch unhörbar«, erklärte Herke und lenkte seine stämmige Stute neben Rodans Braunen.

»Unsichtbar, hm?« *Dafür sehe ich ihn aber ziemlich deutlich.*

Nidag wandte sich grinsend im Sattel um. »Du hast wohl noch nie von ihnen gehört.«

Sein Nebenmann langte hinüber und schlug ihm mit der flachen Hand an den Kopf. »Das ist nicht für fremde Ohren bestimmt, Langfinger!«

»Au! Außerdem bin ich wohl eher ein Kurzarm.«

»Wohin reiten wir?«, erkundigte sich Rodan bei Herke, während sie Rothjards Mauern hinter sich ließen.

Der alte Kämpe schnaubte. »Auf'n Pfad zu den Sternen hinauf.«

Ein Sternenpfad also. Rodan nahm den ersten Schluck des dunklen, fast schaumlosen Biers, das der Wirt vor ihm abgestellt hatte, bevor er an den Bratspieß zurückgeeilt war. Es schmeckte so süßlich wie es roch. Aufs Neue fragte er sich, warum dieser Jagon ihn beseitigen wollte. Aber wenn der Ritter seinen Tod wünschte, weshalb ließ er ihn nicht einfach abstechen und an einem abgelegenen Ort verscharren? Nach einem verschwundenen Söldner würde kein Hauler heulen. »*Wir sind hier sehr gläubig.*« Das musste der Grund sein. Der Gordean würde sich vor der Göttin nicht versündigen, indem er einen Mord an einem Unschuldigen befahl. Das Opfer auf einen Sternenpfad zu schicken, war dagegen eine Art Gottesurteil. Dann lag es in der Hand höherer Mächte, ob der Betreffende zurückkam oder starb.

Rodan musterte die Männer, die an den drei Tischen der kleinen Schankstube verteilt saßen. Der Rauch des Herdfeuers und der fettige Dunst, der aus dem Spanferkel entwich, trübten die Sicht und brannten in den Augen, doch nachdem er tagelang nichts als trockenes Brot bekommen hatte, nahm er nur den köstlichen Bratenduft wahr. Die Ritter hatten einen großen Tisch für sich allein, während sich ihr Gefolge die beiden anderen teilen musste. Gerade trug die Magd ihnen Wein auf, den sie den einfachen Männern gar nicht erst angeboten hatte. Einzelne Strähnen ihres blonden Haars hatten sich aus den aufgesteckten Zöpfen gelöst und umwehten ihr erhitztes, rosiges Gesicht. Das Kleid aus ungefärbtem Tuch, das sie mit einer Schürze gegürtet hatte, klebte ihr am Leib, sodass sich jede Rundung deutlich abzeichnete. Als sie dem jungen Ritter einschenkte, legte er ihr den Arm um die Hüfte und machte eine Bemerkung, über die sie kicherte.

Rodan wandte sich angewidert ab. Es war immer dasselbe, egal, wohin er kam.

»Was ist? Schmeckt dir das Bier nicht?«, wollte Nidag wissen, der sich neben ihn gesetzt hatte.

»Für einen, der in den angeblich sicheren Tod reitet, siehst du ziemlich vergnügt aus«, lenkte Rodan ab. »Wohin schicken sie uns? Und sag nicht: ›In die Berge.‹ Das hab ich selbst gemerkt.« Er hatte längst danach fragen wollen, doch sie hatten das weite, flache Tal im Galopp durchquert und dann im Gänsemarsch die ersten Hänge überwunden. In der Hitze waren selbst die redseligsten Männer bald verstummt, bis sie am späten Nachmittag dieses abgeschiedene Gasthaus erreicht hatten.

Der Junge grinste wieder schelmisch. »Aber da schicken sie uns hin. Genauer wissen es selbst die Ritter noch nicht – glaub ich.«

»Unfug! Sie wollen ins Erltal«, mischte sich Herke ein, der ihnen gegenübersaß. »Die Riesen ham es überfallen und alle hingemacht.«

»Außer dem Buckligen«, behauptete ein anderer Waffenknecht, dessen Gesicht noch rötlicher war als seine Locken.

Herke schüttelte den Kopf. »Der Bucklige is' ausm Moosgrund und hat bloß die Nachricht gebracht. Sonst wüssten wir doch gar nich', dass was passiert is'.«

»Woher weiß man, dass es Riesen waren?«, erkundigte sich Rodan. Er war auf seinen Reisen vielen seltsamen Wesen begegnet, aber noch nie einem Riesen. Die anderen sahen ihn an, als hätte er gefragt, ob der Tag auf die Nacht folgt.

»Vielleicht hat er Fußabdrücke gefunden«, riet Nidag. »Oder einer von ihnen hat seine Keule verloren.«

»Wenn's Riesen waren, erkennt man's daran, dass die Leute weg sind«, erklärte Herke, worauf die übrigen Rothjarder mit betretenen Mienen schwiegen.

In die Stille hinein knallte die Magd einen Brotkorb auf den Tisch und wollte wieder verschwinden.

»He!« Ein bulliger Knecht, dessen Gesicht aussah, als sei es mit einem Beil aus einem Holzklotz gehauen worden, hielt sie an der Schürze fest. »Das reicht doch nur für zwei.«

»Finger weg!«, schnappte sie und riss sich los. »Ich bring schon gleich mehr.« Doch statt Brot zu holen, lief sie zum Tisch der Ritter hinüber, um lächelnd die halb leeren Pokale aufzufüllen.

Rodan sah die vom Waschwasser rissigen Finger seiner Schwester vor sich, wie sie bunte Seidenbänder in ihr Haar flochten – Bänder, die sie niemals hätte bezahlen können. *Zeig ihnen einen prallen Geldbeutel, und sie machen sich alle zu Huren.*

»Ich versteh nicht, warum *wir* jetzt unser Leben wegwerfen sollen«, murrte der Rothaarige, der Lanenk hieß. »Der hohe Herr is' doch längst tot.«

»Welcher Herr?«, fragte Rodan gereizt. Es wurde Zeit, dass ihm endlich jemand erzählte, worum es bei diesem Auftrag ging.

»Ein Gordean«, schmatzte Nidag zwischen zwei Bissen Brot. Rodan fragte sich, wann der Junge zuletzt gegessen hatte. Selbst er aß mit mehr Anstand, obwohl ihm der Magen knurrte.

»Soll der Schwager des jungen Herrn sein, der mit uns reitet«, ergänzte Herke. »Is' seit dem Überfall verschwunden, und jetz' will ihn seine Familie wiederhaben.«

»Scheiß drauf!« Der Knecht mit dem eckigen Kinn spuckte auf den Dielenboden. »Soll er die Knochen von sei'm Schwager doch selber suchen! Ich will nich' gefressen werden.«

»Pass auf deine Zunge auf, Arrer!«, mahnte Herke. »Garédar wird sie dir sonst noch rausschneiden. Das is' genau der Grund, warum du hier bist.«

Lanenk lehnte sich vor. »Ach, und warum bin *ich* hier? Ich reiß nie mein Maul auf.«

Herke zuckte die Achseln. »Solltest vielleicht nich' so oft verschwunden sein, wenn's Arbeit gibt.«

Der Knecht zog eine beleidigte Miene, doch er sagte nichts.

»Wie hast du das mit dem Gefressenwerden gemeint?«, fragte Rodan in das betretene Schweigen hinein.

»Du hast wohl von gar nichts Ahnung«, knurrte Arrer. Seine dunklen Brauen trafen sich beim geringsten Ärger über der breiten Nasenwurzel. »Die Riesen sin' Menschenfresser. Das weiß doch jeder!«

Rodan zuckte die Achseln. »Wer ist das nicht.« Ob es die *drakarr* der Kurézéer waren, die Dämonen der Unteren Welt oder die Hauler der tiefen Wälder – alle hatten es auf Menschenfleisch abgesehen. Es änderte nichts daran, dass man sie besiegen oder ihnen entkommen musste, um zu überleben.

Der Dieb warf ihm einen undeutbaren Seitenblick zu, während die anderen mit grimmigen Gesichtern nach ihrem Bier griffen. Vom Tisch der Ritter drang das Lachen der Magd herüber, die den hohen Herren gerade die ersten Stücke des Spanferkels vorsetzte. Dabei beugte sie sich so weit vor, dass sie dem jungen Ritter einen großzügigen Blick in ihren Ausschnitt gewährte. Rodan knirschte mit den Zähnen. Die Magd holte beim Wirt weitere Schalen mit Bratenfleisch ab und kam damit herüber.

»Uns fehlt noch Brot«, erinnerte Nidag sie mit vollem Mund. »Ja, gleich.« Gereizt stellte sie eine Schale vor ihm ab.

»Was bietet er dir?«, fragte Rodan und nickte zu den Rittern hinüber. »Ein paar Kupfermünzen? Ein abgetragenes Kleid seiner Frau?«

»Was geht's dich an?«, gab sie zurück, doch das Blut stieg ihr in die Wangen.

Die anderen Männer lachten.

»Vielleicht will er den hohen Herrn ja überbieten«, johlte der Rothaarige.

Die Magd eilte mit zusammengepressten Lippen zum Nachbartisch weiter.

»Nein, aber mir wird nun mal übel, wenn sie sich an die Ritter verkaufen.« Rodan zog den Dolch, um sein Bratenstück zu zerteilen.

Herke runzelte die Stirn. »Wüsste nicht, was wir anders machen.«

Rodan sah verblüfft auf. Das eben noch verlockend duftende Fleisch roch plötzlich schal.

Arion

Norden Sarmyns

»Darf ich Euch noch was bringen, hoher Herr? Vielleicht mehr Wein?«

Bloß nicht! Schon der Gedanke schüttelte Arion. Bei dem verdünnten Essig, der in diesem kleinen Gasthaus ausgeschenkt wurde, erinnerte nur die Farbe an Trauben. »Nein, ich habe mehr als genug.« *Und ich habe nicht vor, diesen Krug zu leeren.*

Der Wirt, ein kleiner Mann, dem die Schürze über einem beeindruckenden Bauch spannte, zog sich mit einer ungelenken Verbeugung zurück, um sich den anderen Gästen zu widmen. Sie saßen wie Arion auf dem Vorplatz des Hauses, wo Tische und Bänke einluden, den Sommerabend im Freien zu genießen. Der Sonnenuntergang färbte den westlichen Himmel in Flieder und Türkis, die Grillen zirpten im nahen Gras, und von den Feldern wehte der Geruch reifen Getreides herüber. Arion seufzte. Hier saß er, während Regin jederzeit den

Verstand verlieren oder Tazlans Drängen unterliegen konnte. Die Vorstellung, dass Beveré dadurch in Gefahr schwebte, trieb ihn zur Eile an, aber selbst wenn er ritt, so schnell es Pferd und Wege erlaubten, fürchtete er, zu spät zu kommen. Am liebsten wäre er in Egurna geblieben, um die Lage im Auge zu behalten und im Notfall zur Stelle zu sein. Das Vernünftigste wäre gewesen, Regin zu seiner eigenen Sicherheit einzusperren.

Den Erben von Smedon und Prinzen des Reiches einsperren! Er schnaubte. *Dafür bräuchte ich schon verdammt gute Zeugen oder Beweise.* Regin würde sich kaum freiwillig dazu bereit erklären, denn womöglich würde der König die Handreichung widerrufen, wenn er von der Besessenheit seines Schwiegersohns erfuhr.

Ein Reiter näherte sich und sprang vor dem Stall vom Pferd. Der Wirt – mit dampfenden Suppenschalen beladen – scheuchte einen Knecht, sich um das Tier zu kümmern. Im Dämmerlicht wirkte es zunächst, als sei der Neuankömmling bucklig, doch als er näher an das Feuer trat, über dem zwei Gänse brieten, erkannte Arion, dass dem Mann eine große Tasche über den Rücken hing.

»Willkommen in meinem bescheidenen Haus, hoher Herr!«, rief der Wirt ihm entgegen. »Ich steh ganz zu Euren Diensten.«

»Kann hier ein hungriger Barde eine Mahlzeit und ein Nachtlager gegen eine Kostprobe seiner Kunst eintauschen?«, erwiderte der Fremde erwartungsvoll und weckte damit Arions Neugier.

»Wenn Ihr mein Haus mit Eurem Spiel beehrt, bekommt Ihr auch reichlich Wein obendrauf.«

Arion verkniff sich ein Grinsen. *Der Ärmste!*

»Das gilt!«, lachte der Barde und ließ den Blick über die Gäste schweifen. Er trug vornehme, aber abgewetzte Kleider aus grünem und gelbem Tuch, die ihm ein Gönner geschenkt haben mochte, denn sie waren für seinen schlaksigen Körper ein wenig zu weit. Das wellige braune Haar reichte bis weit in den Nacken, während der Bart nach höfischer Sitte sauber und kurz gestutzt war. Arion schätzte ihn kaum älter als sich selbst.

Als der Blick des Barden auf ihn fiel, kam er freundlich lächelnd auf Arion zu.

»Gestattet Ihr?« Er deutete auf die leere Bank auf der anderen Seite des Tischs.

»Natürlich. Setzt Euch!«, forderte Arion ihn auf, obwohl er hin- und hergerissen war, ob er wirklich wollte, dass der Fremde seine Grübelei störte.

»Illar vom Wintergrund«, stellte sich der Barde vor und legte die in Leder gehüllte Laute ab, die er über den Rücken getragen hatte.

»Arion auf Emmeraun. Ihr stammt aus Smedon, nicht wahr?«

Der Barde hatte überrascht die Brauen gehoben, während er sich setzte. Er öffnete den Mund zu einer Antwort, klappte ihn jedoch wieder zu, als sich der Wirt schnaufend über den Tisch beugte, um einen Krug Wein und einen bereits gefüllten Becher vor ihm abzustellen.

»Was wünscht Ihr zu speisen, Herr?«

»Bring mir von der Gans und das übliche Drumherum dazu! Mit leerem Magen singt es sich so kläglich.«

»Sollt Ihr haben, Herr.« Geschäftig lief der Wirt ins Haus zurück.

»Ihr gebt Eure Lieder für das Volk zum Besten wie ein einfacher Spielmann?«, wunderte sich Arion. Viele Barden waren jüngere Söhne weniger wohlhabender Adliger, die nicht darauf hoffen konnten, ein auskömmliches Erbe zu erhalten. Sie zogen von Burg zu Burg, wo man sie als unterhaltsame Gäste willkommen hieß, und niemand hätte sie wie fahrende Spielleute niederen Standes behandelt.

»Aber ja! Es bereitet mir Freude, wenn mein Vortrag die Menschen zum Lachen und Tanzen bringt – oder zum Weinen. Aber das bitte nur kurz.«

Vielleicht ist ein bisschen Abwechslung gar nicht schlecht. Wenn man fröhlichen Liedern lauschte, schmeckte der Wein wahrscheinlich nur halb so sauer.

Der Barde nahm einen Schluck aus seinem Becher und verzog das Gesicht. »Meiner Treu, darin kann man ja Gurken einlegen.«

Arion grinste. »Damit wäre der Wirt wohl besser beraten.«

Illar sah ihn forschend an. »Verzeiht, wenn ich unhöflich erscheine, doch ich muss Euch das fragen. Seid Ihr wirklich *der* Arion auf Emmeraun, der allein mit Regin von Smedon mitten ins Heerlager der Phykadonier geritten ist?«

»Äh …« Wenn der Barde dabei das Tausende Zelte umfassende Lager des sarmynischen Heeres vor Augen hatte, erklärte das seinen ungläubigen Blick. »Ich will doch hoffen, dass es nur einen Mann meines Namens gibt. Sonst müsste ich befürchten, dass ein anderer Emmeraun für sich beansprucht, während wir hier sitzen.«

»Ja, das war eine dumme Frage«, gab Illar zu. »Es ist nur … Nach allem, was ich gehört habe, hatte ich mir einen anderen Ritter vorgestellt, einen Hünen wie Fürst Narrett, von Narben gezeichnet …«

Arion verzog das Gesicht. *Sehe ich etwa aus wie ein … zartbesaiteter Barde?* »Ich *habe* ein paar Narben davongetragen, aber ich bin eigentlich ganz froh, dass mein Gesicht verschont blieb.«

»Zurecht«, versicherte Illar. »Bei allen Heldentaten, die der Fürst von Gweldan vollbracht hat, war er doch nie ein Mann, der die Frauenherzen höher schlagen ließ.«

»Das lasst ihm mal nicht zu Ohren kommen«, warnte Arion belustigt.

»Gewiss nicht.«

Der Wirt kam mit gebratener Gans, Linseneintopf und Brot zurück, die den Barden einen Moment ablenkten, bevor er wieder das Wort ergriff. »Dieser König der Phykadonier, den Ihr getötet habt …«

»Diese Ehre gebührt wohl eher Braninn, einem phykadonischen Krieger, der mit seinem Leben dafür bezahlte, Ertann ein Messer in den Leib zu stoßen, oder auch Regin, der den Sterbenden enthauptet hat – zur Sicherheit, wenn Ihr versteht.«

»Vollkommen«, behauptete Illar. »Worum es mir ging, war die Frage, ob dieser König tatsächlich Dämonen auf Euch gehetzt hat.«

»Ja, das hat er.«

»Wie sehen sie aus? Wie besiegt man sie?«

»Gar nicht. Ich habe in dieser Nacht gegen mehr Männer gekämpft, als ich zählen konnte, aber wir wären niemals lebend zurückgekommen, wenn Anidim nicht die Dämonen abgewehrt hätte. Euer Schwert gleitet hindurch, als seien sie Luft. Ihr könnt nichts tun, wenn sie mit ihren körperlosen Klauen nach Euch greifen. Ihr spürt nur Kälte, als ob Ihr nackt in einer frostigen Winternacht steht, während der Dämon das Leben aus Euch heraussaugt.« Schaudernd drängte Arion die Erinnerungen zurück.

Die Augen des Barden hatten sich geweitet. »Unfassbar! Woher habt Ihr nur den Mut genommen? Aber daran scheint es Euch nicht zu mangeln, denn wie ich hörte, habt Ihr auch in Ostmarken …«

Arion fiel ihm ins Wort. »Ja, ich bin ganz allein in dieses brennende Dorf geritten. Ich weiß, dass sich das dumm und waghalsig anhört, aber ich konnte die überfallenen Bauern nicht einfach sterben lassen.«

»Aber ich habe doch gar nicht …«

»Lasst mich raten! Eure nächste Frage lautet, ob Anidim wirklich so schön ist, wie alle sagen.«

»Ist sie es denn?«

»Sie ist schön wie der Sternenhimmel um Mitternacht und ebenso dunkel. Gefällt Euch das?«

»Ja, darunter kann ich mir etwas vorstellen. Ihr müsst sie sehr lieben.«

»Das geht jetzt wirklich zu weit!«

Illar hob begütigend die Hände. »Entschuldigt. Ich wollte Euch nicht zu nahe treten.«

»Ich bitte um Verzeihung, hoher Herr.« Der Wirt war wieder an ihren Tisch gekommen. »Aber es wird langsam spät. Würdet Ihr so gnädig sein und Eure Lieder vortragen? Bevor die Gäste zu müde werden?«

»Ja«, pflichtete Arion ihm bei. »Es wird höchste Zeit.«

Der Schatten des Heiligen Hains legte einen grauen Schleier über die weißen Gebäude. Im Gegenlicht der Nachmittagssonne türmten sich die mächtigen Bäume zu einem dunkelgrünen Gebirge auf, vor dem sich Arion sehr jung und unbedeutend fühlte. Wieder plagten ihn Zweifel, ob er richtig war. Dearta mochte von den Bauern für ihre Güte verehrt werden, doch sie war auch die Gemahlin des Toten Gottes. Durften sich ihre Priesterinnen dem Zornigen in den Weg stellen? *Ich weiß ja nicht einmal, ob Tazlan für sein Vorgehen das Wohlwollen seines Gottes genießt.* Den ganzen Ritt von Egurna nach Drahan hatte er immer wieder darüber nachgedacht und war stets zum gleichen Ergebnis gelangt. Er musste hier im Heiligtum um Hilfe bitten, weil es sonst niemanden gab, an den er sich in dieser Sache wenden konnte. Und er musste Gewissheit haben, ob Tazlan ein Abtrünniger war oder die Priester – und damit Tomink – Dämonenbeschwörung gutgeheißen hätten, wenn sie ihren Zielen diente.

Innerlich unruhig, aber nach außen, wie er hoffte, gefasst, näherte er sich den niedrigen Häusern, zwischen denen einige Frauen in einem Garten werkelten. Als sie Arion entdeckten, kamen zwei von ihnen herbei, während er vor dem Hauptgebäude aus dem Sattel sprang. Eine der beiden war an ihrer grün-weißen Robe als Priesterin zu erkennen.

»Den Segen der Göttin, Herr Ritter«, grüßte sie und stutzte. »Seid Ihr nicht …«

Arion verdrehte die Augen. *Nicht schon wieder!*

»… Savas Bruder?«

»Der bin ich«, bestätigte er erleichtert. »Arion auf Emmeraun. Wäret Ihr so freundlich, mich der Herrin Hervind zu melden?«

»Sehr gern. Gebt Euer schönes Pferd nur Pera. Sie wird sich gut darum kümmern.«

Arion reichte die Zügel der Magd, die den Hengst wegführte.

Die zierliche Priesterin machte eine einladende Geste. »Wollt Ihr mich begleiten? Ihr könntet in unserem Speisesaal warten.«

»Danke. Das ist sehr freundlich von Euch«, antwortete er, doch er kam kaum dazu, den Satz zu beenden, denn die junge Frau plapperte bereits weiter.

»Vala bringt Euch gern etwas zu essen. Wir sind Euch alle so dankbar, dass Ihr Eure Schwester zu uns gebracht habt, wisst Ihr? Sie ist wahrhaft gesegnet. Immer mehr Pilger kommen aus ganz Drahan, weil sie geheilt werden wollen, oder auch nur, um ihren Segen zu erhalten. Ihr habt Glück, dass es heute so ruhig zugeht.«

Verwundert ging er neben ihr her auf den Eingang zum Innenhof zu. Sava sollte eine begnadete Heilerin sein? Er erinnerte sich noch daran, wie ihre Mutter geschimpft hatte, als Sava Leibkraut mit Bockswurz verwechselt und seine Bauchschmerzen verschlimmert hatte.

»Sie kann freilich nicht jedem die Hand auflegen, der mit einem … Oh, seht! Da kommt sie ja!«

Sava kam mit einem aufgeregten Bauernjungen über den Hof gelaufen. Mit dem nach Art der Priesterinnen aufgesteckten Haar und der ungewohnten Tracht sah sie seltsam fremd aus. Oder hatte sie sich in der kurzen Zeit verändert? Sie war schmaler geworden und ihr Blick sorgenvoller. Doch als sie ihn erkannte, trat ein Leuchten in ihre Augen, das ihr ganzes Gesicht erstrahlen ließ. Ihre Freude steckte ihn an, und für einen Moment vergaß er, was ihn hergeführt hatte. Lächelnd umarmte er sie, als sie ihm um den Hals fiel.

»Arion! Ich bin so froh, dich zu sehen.«

Er spürte, wie sie sich versteifte, und gab sie besorgt frei. Ging es ihr etwa nicht gut hier?

Sie sah ihn mitfühlend an. »Bist du hergekommen, um mir von Kunmag zu berichten?«

»Du weißt, dass er tot ist?«, staunte er.

»Ich habe Mutters Kummer gespürt und bin ihm nachgegangen. Da wusste ich es.«

Er verstand überhaupt nichts mehr.

»Es tut mir sehr leid«, beteuerte sie. »Auch wenn ich ihn so oft enttäuscht habe, war er lange wie ein Vater zu mir.«

Auch er hat andere Menschen enttäuscht. »Ja, es … ich werde dir alles darüber erzählen, aber das ist nicht der Grund meines Kommens.«

Der Junge, der noch immer neben ihr wartete, zupfte mit drängendem Blick an Savas Ärmel. Sie nickte. »Bitte entschuldige mich! Sein Vater ist unter einen Erntewagen geraten. Ich muss schnell nachsehen, ob ich ihm helfen kann.«

»Ganz allein?«, erkundigte er sich besorgt.

»Es werden genug Leute auf dem Feld sein.« Sie eilte bereits davon. »Bleib nur hier und warte!«

Arion sah ihr hin- und hergerissen nach. Er fühlte sich nicht gern überflüssig.

»Kommt!«, forderte die redselige Priesterin ihn auf. »Ihr müsst doch müde und hungrig sein. Sava kommt schon zurecht. Die Leute bei uns im Dorf wissen, dass sie sie behutsam behandeln müssen.«

»Behutsam?«, wiederholte er, während er ihr zu einer der vielen offenen Türen folgte. »Ist sie etwa krank?«

»Nein, nein. Es geht ihr gut. Ich meine, weil sie nach den Wundern doch immer so geschwächt ist. Ihr wisst schon.«

Wunder? »Ich fürchte, ich habe keine Ahnung, wovon Ihr sprecht.«

»Habt Ihr denn nie gesehen, wie die Göttin durch sie wirkt?« Sie schien das kaum glauben zu können. Kopfschüttelnd führte sie ihn in einen großen Raum und bedeutete ihm, auf einem der Kissen Platz zu nehmen, die entlang der Wände auf dem Boden lagen. Ein langer, niedriger Tisch, um den geflochtene Schilfmatten ausgebreitet waren, vervollständigte die karge Einrichtung.

»Wollt Ihr mir wirklich erzählen, dass meine Schwester durch Handauflegen heilen kann?«

»Aber ich habe es doch selbst gesehen! Warum hätte sie denn sonst ausgerechnet hierherkommen sollen?«

Weil sie nicht wusste, wo sie sonst der Ehe mit Ritter Berenk entgehen konnte? Vielleicht hatte sie das den anderen Priesterinnen verheimlicht, und er drohte gerade, ihre Geschichte auffliegen zu lassen. »Ja, Ihr habt natürlich recht. Schon als Kind hat man über sie gesagt, dass sie hierher gehöre.« Hatte Tomink etwas gesehen, das ihnen allen entgangen war? *Wahrscheinlich übertreibt sie einfach nur.*

Die Priesterin entfernte sich, um Hervind und eine Mahlzeit zu holen, doch die Hohepriesterin hatte offenbar bereits von seiner Ankunft erfahren, denn sie kam nur wenige Augenblicke später herein.

Arion sprang auf, um sich vor ihr zu verneigen. Wie schon bei ihrer ersten Begegnung beeindruckte ihn, wie erhaben sich die kleine, untersetzte Frau bewegte. Sie trug das aufgesteckte weiße Haar wie eine Krone und flößte ihm Respekt ein, obwohl sie ihm nur bis zur Brust reichte.

»Herr Arion, die Göttin möge Euch segnen! Wir sind erleichtert, dass Ihr unversehrt aus dem Krieg zurückgekehrt seid. Sava hat ihr Möglichstes dazu beigetragen, doch gegen einen tödlichen Treffer wäre auch sie machtlos gewesen.«

»Äh … ja, auch ich bin erfreut, Euch alle bei guter Gesundheit zu sehen. Und es wird unsere Mutter sehr erleichtern, dass sich Sava gut hier eingelebt hat. Das hat sie doch, oder?« Er musste an den Kummer in ihren Augen denken, bevor sie ihn entdeckt hatte, aber womöglich hatte er nur die Sorge um den verunglückten Bauern gesehen.

Hervind lächelte und ließ sich mit für ihr Alter erstaunlicher Anmut auf ein Kissen nieder. »Ihr dürft sicher sein, dass sie hier ihre wahre Bestimmung gefunden hat. Seid Ihr gekommen, um Euch nach ihrem Befinden zu erkundigen? Das ist sehr fürsorglich von Euch.«

»Leider bin ich nicht deshalb hier«, gab er mit echtem Bedauern zu. »Ich bin gekommen, weil ich dringend Euren Rat und Eure Hilfe brauche.«

Eine Magd erschien in der Tür und brachte ein Tablett mit Brot, Früchten und einem Krug Wasser, das sie vor Arion auf dem Boden abstellte. Nachdem sie ihm einen Becher eingeschenkt hatte, zog sie sich mit einer Verbeugung zurück.

»Wir sollten auf Sava warten, damit Ihr nicht alles doppelt erzählen müsst«, riet die Hohepriesterin.

»Nein, es geht nicht um eine Familienangelegenheit«, wehrte er ab. »Tazlan ist zurückgekehrt und will durch schwarze Magie das Reich unter seine Herrschaft zwingen.«

Hervind betrachtete ihn prüfend. »Ich sehe, dass Ihr Eure Worte ernst meint. Schwarze Magie ist ein schwerer Vorwurf, für den Ihr sicher gute Gründe habt. Ich habe Tazlan stets vieles zugetraut, aber wenn es wahr ist, was Ihr sagt, sollten wir erst recht auf Sava warten. Sie wird es ohnehin erfahren müssen – und auch die Gordean.«

»Nein!«, entfuhr es Arion. »Ich traue Jagon nicht, und ich frage mich, ob es ein Fehler war, zu Euch zu kommen, wenn Ihr keine Entscheidung ohne ihn treffen könnt.«

»Ihr verkennt die Lage, junger Herr«, erwiderte sie ruhig. »Der König sollte doch wohl selbst mit einem alten Mann fertig werden, der in irgendeinem Versteck sitzt und Magie wirkt. Da Ihr trotzdem zu uns gekommen seid, muss die Gefahr sehr viel größer sein, und Ihr werdet jede Hilfe brauchen, die Ihr bekommen könnt, auch wenn sie Gordean heißt. Doch wann es so weit ist, können wir entscheiden, wenn Sava mehr über Tazlans Pläne herausgefunden hat.«

»Sava? Aber wie soll sie denn …«

»Ihr unterschätzt Eure Schwester. *Ich* bin nur noch dem Namen nach die oberste Priesterin hier. Ich war die Statthalterin, die das Heiligtum für sie bewahrt hat. Sava hat Die Gabe, und ich werde mein Amt schon bald in ihre Hände legen.«

Sava

Drahan, Sarmyn

Der Mann war tot. Sie wusste es, bevor sie die aufgeregten Leute erreichte, die den hoch mit Garben beladenen Karren umringten. Einige schimpften auf die Pferde, die sich – erschreckt vom Aufschrei ihres gestürzten Herrn – erst recht ins Geschirr geworfen hatten. Andere machten sich gegenseitig Vorwürfe, nicht schnell genug eingegriffen zu haben. Die Übrigen standen in stummer Fassungslosigkeit oder ergingen sich in Wehklagen wie die Witwe des Toten, die sich schluchzend über den Leichnam geworfen hatte. Von allen Seiten drangen die heftigen Regungen auf Sava ein, der Schreck, das Leid, der Zorn, die Verzweiflung, sie beutelten ihr Innerstes wie Sturmböen, die an Kleidern und Haaren zerrten. Die Brust wurde ihr eng, die Kehle wund, Tränen liefen über ihre Wangen.

Ehrfürchtig wichen die Menschen vor ihr zurück, doch die Vergeblichkeit ihres Erscheinens fachte die Trauer nur stärker an. Sie spürte die wortlose Anklage des Jungen: »*Du bist nicht schnell genug gekommen!*« Es hatte keinen Sinn, ihm erklären zu wollen, dass sie keine Schuld traf, dass sein Vater bereits tot gewesen war, als sie ihn unter dem Rad hervorgezogen hatten. Vielleicht würde er es später begreifen, aber jetzt brauchte er jemanden, den er für das Furchtbare hassen konnte.

Sie las in seiner Seele, dass nur das der Grund für seine Vorwürfe war, doch es linderte ihren Schmerz über seinen Hass und sein Leid nicht, die an ihre eigene Wunde rührten. Die Wunde in ihrem Herzen, die unter dem Ansturm fremder Gefühle aufbrach und Blut verströmte, das ihr als Tränen aus den Augen floss. Jagon hatte sie gerissen, berechnend und unerbittlich. Wie hätte sie den Eid nicht leisten können, den er gefordert hatte? Sie war es Rodan schuldig gewesen, der nur ihretwegen im Kerker gesessen hatte. Und wie könnte sie ihn jemals brechen, geschworen bei der Göttin, der sie ihr Leben geweiht hatte? Sie hasste ihn dafür, und noch mehr, weil er sie betrogen hatte. Statt ihn einfach freizulassen, hatte er Rodan auf einen Sternenpfad geschickt. Er hatte es ihr gesagt, sie hatte es nicht einmal aus seinen Gedanken lesen müssen. Ihr einziger Trost war, dass sie spürte, dass Rodan noch lebte. Doch zugleich war es ihre größte Angst. Was würde sie tun, wenn er zurückkam? Sie musste ihn fortschicken und damit ihr eigenes Herz brechen.

»Sava! Gütige Göttin! Sava, geht es dir gut?«

Ervis Stimme schnitt durch den Wall aus übermächtigen Gefühlen. Ihre aufrichtige Sorge und Zuneigung fielen wie Lichtstrahlen durch die Dornenhecke, hinter der Savas Himmel verschwunden war. *Nein, es ist der Himmel der Witwe. Trennen! Ich muss mich trennen!* Durch tränenverklebte Wimpern begann sie, ihre Umgebung wieder mit den Augen zu sehen. Sie war auf die Knie gefallen, und Ervi schob die Hände unter ihre Arme, um ihr aufzuhelfen. Die Stimmen und das Weinen der Angehörigen schwächten sich in ihren Ohren von betäubendem Lärm auf ein erträgliches Maß ab, obwohl sich nichts verändert hatte. Die erdrückende Last auf ihrer Brust wurde leichter. »Ja.« Es war nur ein Krächzen, aber sie rappelte sich zuerst auf, bevor sie es mit kräftigerer Stimme wiederholte. »Ja, mir fehlt nichts.«

»Erzähl keinen Unsinn! Du bist zusammengebrochen. Ach je, ich hätte dich niemals allein gehen lassen sollen!« Fahrig klopfte sie Sava den Staub vom Gewand. »Wie du aussiehst! Was …« Sie sah auf, als seien ihr gerade die Umstehenden wieder in den Sinn gekommen, und brach ab.

Zwei Männer stritten, wie man die Leiche am besten ins Dorf bringen könne. Einige Frauen versuchten, die Witwe und den Jungen zu trösten. Sava zog ein Tuch aus ihrer Gürteltasche und schneuzte sich, um wieder ein würdevolleres Bild abzugeben. Eine Priesterin mit triefender Nase! Sie konnte sich Hervinds tadelnden Blick vorstellen.

»Komm, lass uns gehen«, bat Ervi. »Du kannst hier nichts mehr tun.«

Sava gab dem sanften Druck ihrer Freundin nach, die den Arm um sie legte und den Weg zurück zum Heiligtum einschlug. Es war besser zu gehen, als den Leuten weiter vor Augen zu führen, was vielleicht hätte sein können, wenn … Wenn was? Unter keinen Umständen wäre das Leben des Mannes zu retten gewesen. Damit musste die Witwe nun leben. *Und ich hatte nichts Besseres zu tun, als über mein eigenes Schicksal zu heulen.* Beschämt senkte sie den Blick. Sie hatte immer noch viel zu lernen. Die Gabe zu meistern, bedeutete vor allem, die eigenen Gefühle von fremden zu trennen. Sie machte Fortschritte darin, doch es gab genug Rückschläge wie heute, die ihr verdeutlichten, wie viel Arbeit noch vor ihr lag. Ob es ihr jemals gelingen würde?

Im Heiligtum flackerte Arions Ungeduld bereits wie eine Fackel. Sie bemerkte den seltsamen Blick, mit dem er sie bedachte, als sie den Speisesaal betrat, doch angesichts ihrer verquollenen Augen wich der nachdenkliche Ausdruck sofort Besorgnis.

»Was ist passiert?«, fragte er schon im Aufspringen. Auch Hervind erhob sich mit beängstigter Miene von ihrem Kissen.

»Es geht mir gut«, wehrte Sava ab. Sie mied Arions Berührung, weil sie fürchtete, erneut in Tränen zu zerfließen, wenn er sie in den Arm nahm. »Der Mann war bereits tot, als der Junge loslief.« *So viel Hoffnung, die enttäuscht wurde.*

»Das tut mir leid«, murmelte Arion, aber sie spürte, dass er nicht verstand, weshalb sie wegen eines Fremden – noch dazu eines Bauern – geweint hatte.

»Es ist tragisch«, sagte Hervind ernst. »Seine Familie wird Unterstützung brauchen. Wir werden ein Auge darauf haben, aber zunächst stehen wichtigere Aufgaben an. Gehen wir in die Schreibstube. Wir wollen die anderen nicht vom Abendessen abhalten. Ervi, lass Sava etwas bringen, damit sie uns nicht zusammenbricht!« Sie wandte sich an Sava. »Dein Bruder hat schlechte Neuigkeiten. Du wirst herausfinden müssen, wie schlimm es steht.«

Wie von selbst griff Sava mit der Gabe hinaus, um mehr zu erfahren, doch sie sammelte sich sogleich wieder. Sie würde ihre Kraft noch früh genug brauchen.

»Hervind hat versucht, mir zu erklären, dass ... welche Gabe du hast. Aber ich kann das nicht glauben«, gab Arion zu, während sie zur Schreibstube gingen. »Ich meine, warum haben wir es nie bemerkt? Du warst doch ein ganz gewöhnliches Mädchen.«

Sie lächelte schwach. »Man muss die Zeichen kennen, um sie zu lesen. Und verglichen mit dem, was seit meiner ... Begegnung mit der wahren Göttin möglich ist, war das, was ich zuvor mehr geahnt als beherrscht habe, nur ein Funke in einer dunklen Nacht.«

Er warf ihr einen verwirrten Seitenblick zu, aus dem sein ratloser Unglaube sprach, schwieg aber, bis sie sich in dem kargen Raum, der außer einem Stehpult und ein paar Truhen mit alten Schriften leer war, auf Schilfmatten niedergelassen hatten. Sava fand es noch immer unbequem, auf dem Boden zu sitzen, doch sie wagte nicht, die überlieferten Bräuche des Heiligtums offen infrage zu stellen. Aufmerksam lauschte sie

Arions Bericht über die Wahrträume des fremden Ritters, der darüber zu einem Prinzen aufgestiegen war. Es hätte ein Märchen sein können, wären da nicht der abfällige Ton ihres Bruders und seine unterschwellige Eifersucht gewesen. Die Sonne ging unter, während er von Regins Brief, dem Schädel und dem Grauen Hund erzählte, von der Stimme, die durch den Prinzen gesprochen hatte, und der Gefahr durch verborgene Mächte und Dämonen. Ein weit aufgerissener Rachen, der sich mit gefletschten Reißzähnen auf sie herabsenkte, sprang sie aus seiner Erinnerung so lebhaft an, dass sie zusammenzuckte.

»Ihr habt recht, Herr Arion«, stimmte die Hohepriesterin schließlich zu. »Wir müssen uns vergewissern, von welchem Geist der junge Smedon besessen ist. Es ist ein Glück, dass er noch nicht die Hilfe eines Austreibers gesucht hat. Das hätte alles verschlimmern können, wenn wir es wirklich mit Tazlan zu tun haben.«

»Ich glaube, dass sein Misstrauen gegen jede Zauberei zu tief sitzt, um auch nur an eine Austreibung zu denken«, erwiderte Arion. »Aber warum wäre es gefährlich?«

»Weil er Tazlan vielleicht an einen anderen losgeworden wäre und Euch niemals benachrichtigt hätte. Dann wüssten wir jetzt nichts von dem drohenden Unheil.«

»Aber ich verstehe nicht, wie er noch immer in dieser Welt sein kann, wenn er tot ist«, mischte sich Sava ein. »Er sollte doch längst zu den Sternen aufgestiegen sein.«

»Denke an die Weiße Frau, mein Kind!«, mahnte Hervind. »So wie sie sich über ihr Leben hinaus der Göttin verschrieben hat, hat auch er dem Toten Gott ein Versprechen gegeben. Er war der letzte Vorsteher des letzten Tempels. Sein Schwur bindet ihn, bis er einen Nachfolger findet, den es nicht mehr geben kann.«

Und dasselbe wird mir zustoßen, wenn sich keine Nachfolgerin mit der Gabe findet. Sie schob den Gedanken rasch von sich. Noch war dieser Tag fern.

»Außerdem wurde er nie verbrannt«, gab Arion zu bedenken. »Ertann hat ihn verscharren lassen. Heißt es nicht, dass die Geister der Toten, die man in der Erde vergräbt, gefangen sind, bis der Totensammler sie mit sich nimmt?«

»Und da hätte er ausgerechnet seinen Hohepriester bisher übersehen?«, zweifelte Sava. »Es wird sein, wie Hervind sagt: Er ist an diese Welt gefesselt, bis Duraman ihn von seinen Verpflichtungen entbindet. Aber ... was können wir dann überhaupt tun?«

»Zuerst müssen wir wissen, woran wir sind«, wiederholte Hervind ruhig. »Glaubst du, dass du in das Innere des Prinzen sehen kannst? Wenn du siehst, was er sieht, weißt, was er weiß, erfahren wir vielleicht, ob es Tazlan ist und welche Pläne er hat.«

»Ich kann es versuchen, aber es ist schwierig, weil ich ihn noch nie gesehen habe und nicht einmal den Ort kenne, an dem er sich aufhält.« Sava überlegte. Sie hatte den Dämon in Arions Gedanken deutlich sehen können. »Gib mir deine Hand!«, forderte sie ihn auf. Verwundert reichte er sie ihr. »Stell dir Regin von Smedon vor, sein Gesicht! Du musst es vor dir sehen, als ob er hier bei uns säße, dann kann ich es auch.«

Sie schloss die Augen und bemühte sich, an nichts mehr zu denken, sich treiben zu lassen und offen zu sein. Es dauerte einen Moment, bis aus dem verwaschenen Nichts ein helles, von rotem Haar umrahmtes Gesicht hervortrat. Nach und nach erkannte sie große, grüne Augen, Sommersprossen und ... »Fehlt ihm ein Teil seines rechten Ohrs?«

»Woher ...«

»Schhhh«, machte Hervind leise.

Sava betrachtete das Bild vor ihrem geistigen Auge. »*Der Mann, der Saminé auf dem Gewissen hat*«, hörte sie Arions Stimme. Hatte er das? Mit einem Mal sah sie das hübsche Mädchen mit den krausen Locken vor sich, das Gesicht gerötet, Liebe und Vertrauen in den Augen, die weißen Brüste im Schein einer Kerze entblößt. Und sie sah die Hände, die sich darum schlossen, *seine* Hände, als wären es ihre. *Bei der Göttin, sie war seine Geliebte!* Und Arion hatte es gewusst? Sie musste sich zwingen, den Gedanken fallen zu lassen, der sie von Regin fortzureißen drohte.

Er war erfüllt von Angst und Zorn, Zorn auf jene, die ihm Furcht einflößten. Sie sah zu einem Ritter mit dunklem Bart und buschigen Brauen auf, der finster auf sie herabblickte, dann ein anderer, hager und streng, der eine Weidenrute drohend über ihre – *seine* – Hand hielt, die sich um eine Feder krampfte. Plötzlich sprang ein drittes Gesicht hervor und sah sie an. Eiseskälte schlug ihr entgegen. Erschrocken wich sie zurück.

Dieser Mann war keine Erinnerung, er war zugegen, wo immer sie war, und er konnte sie sehen! Das schüttere Haar, der lange Bart, die faltige Haut, alles schimmerte matt im selben Grau, in das die schwarzen Augen wie Löcher in eine Maske geschnitten waren. Leere Höhlen, die dennoch einen Blick in den ihren bohrten. Sein Mund öffnete sich, doch die Worte erklangen in ihrem Kopf, ohne den Umweg über die Ohren zu nehmen. Sie schlugen wie Hiebe auf sie ein. »Wer bist du? Du solltest nicht hier sein, du bist nicht tot!« Er kam näher, betrachtete sie noch schärfer.

Sava konnte ihn nur anstarren. Sie durfte nicht weichen, solange sie nicht wusste, wer dieser Geist war, doch Kälte und Furcht lähmten ihre Gedanken.

»Ha! Ich weiß, wer du bist. Du gehörst zu mir. Du bist *ihre* Magd und damit seine!« Graue Nebelfäden ringelten sich aus seiner Gestalt hervor. Fordernd streckte er eine Hand nach Sava aus.

Bist du Tazlan? Sie brachte keinen Ton über die Lippen, aber er hörte es und lächelte grimmig. Einige Fäden räkelten sich träge seinen Arm entlang, andere krochen über das, was Boden und Himmel sein mochten, und gewannen an Dichte und Dunkelheit.

»Ich bin der Diener des Zornigen, und seine Rache wird grausam sein, wenn du dich seinem Willen nicht beugst.«

Wie Schlangen schossen die Fäden mit einem Mal auf sie zu. Sava zuckte zurück, doch in diesem Augenblick traf sie ein Stoß vor die Brust, wie eine riesige Eisfaust, und sie sah nur noch Weiß.

Regin

Egurna, Sarmyn

Narrett von Gweldans große Pranke landete auf Regins Schulter wie ein besitzergreifendes Tier. »Sagt mal, was Ihr da gestern Abend vorgeschlagen habt, das war doch nicht ernst gemeint, oder?«

Sie befanden sich auf dem Weg zur Ratssitzung, die nun täglich stattfand, und Regin war in Gedanken bereits in einen weiteren Streit mit den Zauderern vertieft. »Gestern Abend?« Er erinnerte sich, dass er mit dem Fürsten um einen ansehnlichen Batzen Gold gewürfelt hatte. Gewürfelt! Ein Spiel für Bauern und Waffenknechte, aber Narrett liebte die einfachen Formen der Unterhaltung. »Ich fürchte, dass ich so einiges gesagt habe. Würdet Ihr mir auf die Sprünge helfen?«

»Ihr wollt mir doch nicht weismachen, dass Ihr so betrunken wart. Ich meine Euren Plan, einen kurézéischen Fürsten dafür zu bezahlen, dass er unsere Südgrenze angreift, um Dristans Verräterbande und ihre königstreuen Nachbarn gegen einen neuen Feind wiederzuvereinen.«

Verdammt! »*Das* habe ich vorgeschlagen? Ich muss in der Tat mehr Wein getrunken haben, als mir bewusst war. Das kommt davon, wenn man mit Euch mithalten will.« Er bemühte sich um ein Grinsen, aber so wie er sich fühlte, geriet es vermutlich eher zur Grimasse. Dieser verfluchte Tazlan musste durch ihn gesprochen haben, ohne dass er die fehlende Zeit bemerkt hatte. Schon wieder! Es wurde immer gefährlicher. Er musste Egurna endlich verlassen.

Narretts Hand landete erneut schwer auf seiner Schulter. »Es beruhigt mich, dass Ihr so etwas nicht ernsthaft in Erwägung zieht – obwohl der Plan nicht dumm ist. Er könnte sogar Erfolg haben. Aber ein König darf keine Fremdländer auf seine eigenen Leute hetzen. Das wäre ein Verrat, den ihm viele nicht verzeihen würden – selbst ich nicht.«

Der Fürst entließ ihn mit einem dritten festen Schulterklopfen aus seiner bärenhaften Umarmung, doch Regin kam nicht zum Aufatmen. Vor dem offenen Eingang zum Ratssaal stand Megar und hielt offensichtlich nach ihm Ausschau. »Auf ein Wort, mein Sohn!«

Hoffentlich hat sich mein verwegener kurézéischer Plan nicht schon zu ihm herumgesprochen! Er konnte sich denken, was sein Ziehvater, den alle für seinen leiblichen Vater hielten, von solchen Eskapaden hielt.

Megar nahm ihn einige Schritte beiseite, sodass die Männer, die im Ratssaal auf den König warteten, sie nicht belauschen konnten. Ein schwerer, harziger Duft stieg Regin in die Nase.

»Ihr riecht nach Weisrauch, Vater.«

»Na und? Wen sollte das stören? Außer dir erkennt wahrscheinlich höchstens der Bewahrer des Erbes, was es ist, und der lässt ihn sich von mir besorgen, um seine eigenen Orakel zu befragen.«

Regin zuckte die Achseln, doch er freute sich diebisch, den Fürsten dazu getrieben zu haben, sich einer solchen Nichtigkeit wegen zu rechtfertigen. Die Rollen wandelten sich.

»Ich muss dich warnen«, eröffnete Megar ihm.

Edgiva! Regins Herz schlug schneller. *Er hat von meinen Besuchen in ihren Gemächern erfahren.* »Das ist …«

»Hör auf, mich zu unterbrechen! Wir haben nicht viel Zeit.«

Der Fürst dämpfte seine Stimme. »Der König wird jeden Moment hier sein, und ich weiß, dass du und Joromar es wieder darauf anlegen werdet, mit Narrett in den Kampf ziehen zu dürfen.«

»Falls Ihr mir das ausreden wollt …«

»Halt endlich den Mund! Ich habe heute Morgen im Traum gesehen, wie das Sonnenbanner auf blutgetränkte Erde sank. Verstehst du, was das bedeutet? Ihr werdet verlieren! Halte dich aus diesem Wahnsinn heraus, wenn dir dein Leben lieb ist!«

Man könnte glatt glauben, dass ihm etwas an mir liegt. »Eure Sorge geht mir zu Herzen, Vater, aber nur weil Ihr schlecht geträumt habt, kann ich jetzt keinen Rückzieher mehr machen. Das würde aussehen, als sei ich ein Maulheld, oder schlimmer: als wolle ich zusehen, wie Joromar sein Leben riskiert, um dann fröhlich Kronprinz zu werden, falls er nicht zurückkommt.«

Megar nickte ernst, doch sein Blick verriet, wie wenig ihm die Antwort schmeckte. »Diesen Eindruck solltest du in der Tat vermeiden. Man könnte denken, dass wir wussten, was geschehen wird.«

»Was nicht stimmt«, betonte Regin und wandte sich ab, um seinen Platz im Ratssaal einzunehmen. Er hörte, wie der Fürst ihm folgte. Die Botschaft des Traums beunruhigte ihn, aber auch Megar war nur ein Mensch, der sich irren konnte. Selbst wenn es mehr als ein Hirngespinst war, konnte sich das Bild auf alles Mögliche beziehen.

Werodin der Dritte und seine Gemahlin betraten den Raum durch eine Seitentür, die in ein Empfangszimmer führte. Sämtliche Fürsten erhoben sich und neigten vor ihrem König das Haupt, bevor er ihnen gestattete, sich wieder zu setzen. Er ließ sich am Kopf der Tafel auf seinem schweren, mit Samtpolstern und goldenen Beschlägen versehenen Lehnstuhl nieder, während die Königin auf ihrem schlichter gehaltenen Pendant im Hintergrund Platz nahm.

»Nun, Rotger, welche Neuigkeiten habt Ihr uns heute zu verkünden?«, erkundigte sich Werodin bei seinem Vetter, dem die königliche Schreibstube unterstand.

Die Feder hatte sich gar nicht erst gesetzt. Sein rundliches Gesicht, dem ein dunkler Bart Strenge verlieh, verhieß wenig Gutes, als er auf einen Stapel Pergamente wies, der vor ihm auf dem Tisch lag. »Zu meinem Bedauern kann ich nur dort fortfahren, wo wir gestern aufgehört haben, mein König. Graufels schreibt Euch, dass er nur zu gern an den Hof käme, um Euch sein Zerwürfnis mit Arvian schlichten zu lassen, doch er wagt nicht, seine Familie durch seine Abreise der Hinterhältigkeit seines Gegners preiszugeben. Arvian antwortet Euch im Grunde dasselbe. Aus Prameran erfahren wir, dass Urdinau die Burg Amberge eingenommen hat. Was aus den Bewohnern wurde, wissen wir noch nicht. Gorwan auf Allarn bittet um Eure Hilfe in seinem Streit mit Unlap und …«

Werodins Miene verfinsterte sich mit jedem neuen Namen. Der ohnmächtige Zorn über Dristans Dreistigkeit, sein geschicktes Vorgehen und die täglichen Nadelstiche, trieb ihm eine dunkle Röte ins Gesicht. In Gedanken rieb sich Regin bereits die Hände. Heute würde der König die Geduld verlieren. Es war zu beschämend, wie machtlos er dastand.

Ein lautes, dringlich klingendes Klopfen an der Tür unterbrach jäh Rotgers Aufzählung. Sein Sohn, ein jüngeres Ebenbild des Vaters, stürmte herein, gefolgt von einem windzerzausten, atemlosen Botenreiter. »Fürst Dristan hat Urdjard verlassen und ruft seine Anhänger zum Sturm auf Egurna!«

Grachann

Norden Phykadoniens

Sie musste sterben. Ein Wesen, halb Dämon, halb Mensch, widersprach nicht nur allem, was den Stämmen heilig war. Es lief auch den Gesetzen aller Welten zuwider. Menschen und Dämonen waren wie Feuer und Wasser. Wo die Schatten der Unteren Welt auftauchten, löschten sie das Leben aus.

Aber Anidim stand vor ihm, ein atmender, warmer Körper, in dem ein Herz schlug. Sie war das, was nicht sein durfte, doch auf ihre frevelhafte Art auch eine Frau, eine, die weder eine Waffe in der Hand hielt noch ihn bedrohte.

Ein gleichermaßen zorniger wie gequälter Laut entrang sich seiner Kehle, als er zurückwich und den Säbel senkte. *Sollen doch die verfluchten Büffel ihren Schandfleck selbst beseitigen!*

Anidim sah ihn schweigend an. Ihr Gesicht verriet keine Erleichterung, keinen Triumph. War es Enttäuschung? Er zuckte die Achseln. Was gingen ihn die Gefühle dieses Ungeheuers an? »Warum bist du mir gefolgt?«

»Für dich mag es so aussehen, als ob ich dich verfolge, aber wir haben nur zufällig denselben Weg.«

»Ach ja? Wieso glaube ich das nur nicht? Was hattest du in Ertanns Lager zu schaffen? Familienbesuche?«

Sie lächelte schief und freudlos. »Von einem gewissen Standpunkt aus könnte man tatsächlich sagen, dass du meinen Bruder und meine Großmutter in ihrem eigenen Haus ermordet hast.«

Grachann fühlte den Stich und furchte gereizt die Stirn. Er *war* ein Eindringling gewesen. Die alte Hexe hatte jedes Recht gehabt, mit dem Messer auf ihn loszugehen, und er fürchtete ihren Fluch ebenso sehr wie die Strafe, die Götter und Geister ihm auferlegen mochten. Doch das würde er nicht ausgerechnet einer Dämonin eingestehen.

»Mir hast du damit einen Gefallen getan«, fuhr Anidim fort. »Ertanns jämmerlicher Versuch, einen *forkoschdurr* in eine Hyäne zu sperren, hat mich immer nur daran erinnert, was ich bin. Und seine Mutter habe ich dafür gehasst, dass sie seine willige Helferin war. Warum sollte ich mich an dir rächen wollen?«

Grachann machte eine ratlose Geste. »Was weiß ich, was in einer *karraskesa* vorgeht? Und es interessiert mich auch nicht.« Insgeheim beschloss er, ihr nicht zu verraten, was er wirklich in Ertanns Haus gesucht hatte. Womöglich hatte sie Verwendung für die Knochen des Priesters und würde versuchen, sie ihm zu stehlen.

»Eine *karraskesa* bezeichnet eine dämonische Erscheinungsform, die einer Frau ähnelt«, berichtigte sie ihn. »Ich kann diese Form ebenso annehmen wie jeder andere Dämon, aber du solltest es nicht mit dem verwechseln, was du gerade vor dir siehst.«

Eine Erscheinungsform? Was zur ewigen Dunkelheit sollte das sein? Ihm fiel auf, dass sie nicht auf seine Fragen geantwortet hatte. Sie war immer noch dasselbe undurchsichtige Miststück. »Deine Haarspaltereien sind mir egal. Was willst du von mir?«

»Da wir dasselbe Ziel haben, könnten wir ebenso gut gemeinsam reisen. Ich weiß, wo jene leben, die du suchst.«

Er versuchte in ihren Zügen zu lesen, doch er hätte genauso gut probieren können, in dem Rinnsal hinter sich einen Hecht zu fangen. »Du kennst Epana?«

»Nein. Ist sie eine von ihnen?«

Grachann hatte nicht vor, sich noch einmal ablenken zu lassen. »Du warst schon einmal dort?«

»Nein, aber ich kenne den Weg.«

»Warum bietest du mir das an?« Eher würde der Weltenbaum schwarze Blüten tragen, als dass Grachann ihr eine selbstlose Tat zutraute. »Welchen Vorteil ziehst du daraus?«

»Das sage ich dir, wenn wir dort sind.«

»Vergiss es! Ein Adler lässt sich nicht von dir benutzen wie dein sarmynischer Welpe. Spiel mit Arion, wenn du einen Narren brauchst!« Er wandte sich ab, um seine Sachen einzusammeln. In ihrer Gegenwart würde er sich ohnehin nicht wieder hinlegen.

»Sollte ich ihm je wieder begegnen, werde ich ihm ausrichten, was du von ihm hältst.«

Grachann biss verärgert die Zähne aufeinander, was den dumpfen Schmerz in seinen Kiefern verstärkte. Er hatte den jungen Eisenmann als treuen und mutigen Gefährten schätzen gelernt und nicht ihn beleidigen wollen, sondern sie. »Das wirst du nicht ...« Als er sich ihr wieder zuwandte, ging sie bereits davon.

Mit jedem Tag, den Grachann weiter nach Norden ritt, wurde die Steppe welliger. Immer öfter kreuzte er Bäche, die aus den Waldhügeln kamen und der Langen Narbe entgegenflossen. Entlang der Ufer wuchs selbst in der hochsommerlichen Hitze noch saftiges Grün. Einzelne Sträucher und Haine bildeten die Vorposten des schattendunklen Reichs der Bäume, das kein Angehöriger der Stämme je ohne Not betrat.

Von einer Anhöhe aus, die wie ein verirrtes Schaf aus der nördlichen Herde ihrer Artgenossen wirkte, sah Grachann die Ausläufer des riesigen Waldes dunklen Fingern gleich nach der Steppe greifen. Dahinter dehnten sich die sanften, in Laubwolle gehüllten Hügel bis zum Horizont, wo bläulicher Dunst die fernen Hänge mit einem hauchdünnen Schleier überzog. *Ein Land, das seine Geheimnisse eifersüchtig hütet. Im Gegensatz zur Steppe, die alles offen darlegt.*

Als Grachann die Grenze zwischen der lichten Weite und der grünen Dämmerung überschritt, war ihm, als schlössen sich erneut sarmynische Mauern um ihn. Die feuchte, dumpfe

Luft in der Senke, der er nach Nordwesten folgte, erinnerte ihn an Kreons Kerker. Kein Windhauch drang mehr zu ihm herab. Das Blätterdach raubte ihm die Sicht zum Himmel und schnitt ihn damit von den Ahnen ab, während es Raubtieren und Feinden unzählige Verstecke bot. Die Erdmejek, die Waldleute, mussten ein düsteres, engherziges Volk sein, dass sie dieses bedrückende Verlies der Freiheit der Steppe vorzogen.

Grachann kam kaum voran. Wo die Bäume lichter standen, kostete es Zeit und Kraft, sich den Weg durch das Unterholz zu bahnen. Oft musste er absteigen, weil die Äste zu niedrig hingen, und entlang der Wasserläufe versank er immer wieder bis über die Knöchel in Morast. Sein Pferd schlug mit Schweif und Kopf um sich, als würde es von den Stechmücken aufgefressen, die auch ihn piesackten. *Dieser Wald muss die Treppe zur Unteren Welt sein.*

An einer Stelle des Bachufers, die weder sumpfig noch völlig überwuchert war, saß er ab, um den Wallach saufen zu lassen. Das Tier roch misstrauisch am Wasser, schlug plötzlich mit einem Vorderhuf hinein, dass es spritzte, und wirbelte scharrend den schlammigen Grund auf, bevor es trank. Kopfschüttelnd ging Grachann ein paar Schritte bachaufwärts, wo das Wasser noch klar war. Sein Magen knurrte, aber er zögerte, sich einen Streifen Trockenfleisch aus seinen Vorräten zu holen. Die Schmerzen in seinen Kiefern hatten nachgelassen, aber Kauen war noch immer eine Folter. Er kniete sich ans Ufer und schöpfte mit den hohlen Händen Wasser, das den Hunger eine Weile dämpfen würde. Um die Müdigkeit und das Jucken zu vertreiben, wusch er Gesicht und Arme, als er oberhalb des linken Ellbogens einen daumenlangen, blassen Fleck entdeckte. Beiläufig rieb er über die Stelle, doch der graue Schatten blieb. Er half mit etwas sandiger Ufererde nach, bis sich die Haut wund anfühlte, aber vergebens. Verwundert spülte er die Erde wieder ab.

»Wenn ich ein Erdmejek wäre, wärst du jetzt tot.«

Schon beim ersten Laut sprang Grachann erschrocken auf und wirbelte herum. »Durlach, Dämonenweib! Schleichst du immer noch hinter mir her?«

Anidim setzte eine gleichgültige Miene auf. »Ich sagte doch, dass wir den gleichen Weg haben.«

»Und ich sagte, dass du dich von mir fernhalten sollst.«

»Wie du meinst.« Sie wandte sich ab und ging weiter. »Ich wollte dich nur daran erinnern, dass es manchmal von Vorteil ist, wenn einem jemand den Rücken freihält.«

»Einen Dämon habe ich lieber vor mir, wo ich ihn sehen kann«, rief Grachann ihr nach. Ihm fiel auf, dass er sie zum ersten Mal bei Tag ohne die Kapuze sah, die sie sich stets so tief ins Gesicht gezogen hatte. Wenn Dämonen den Sonnengeist hier nicht fürchten mussten, hatte er einen Grund mehr, diesem götterverfluchten Wald nicht zu trauen.

Gereizt schnappte er sich den Zügel seines Pferdes und folgte ihr in einigem Abstand. Ein Specht trommelte auf das morsche Innere einer abgestorbenen Drudenbuche ein. Der Bach murmelte in seinem Bett, und in den Zweigen zwitscherten winzige Vögel, die Grachann nicht kannte. Plötzlich blieb Anidim stehen. Angespannt spähte sie kurz zum Ufer, dann sehr viel länger in die entgegengesetzte Richtung. Grachann zog seinen Säbel. Als er sie einholte, kauerte sie auf einem schmalen Pfad, der zum Wasser führte, und suchte nach Spuren.

»Dieser Weg wird von Tieren und Menschen benutzt.«

Er ging in die Hocke, um im schlechten Licht besser sehen zu können. Es gab Reste von Fußabdrücken, deren Umrisse bereits zerfielen. Einige Klauen und Pfoten hatten deutlich frischere Fährten hinterlassen. »Drei Tage, vielleicht auch länger.«

Anidim nickte. Sie richteten sich gleichzeitig wieder auf und blickten den Pfad entlang, der am Bach zu enden schien, denn Grachann konnte am jenseitigen Ufer keine Fortsetzung erkennen. »Sieht aus, als ob jemand herkommt, um Wasser zu holen«, schätzte er.

»Erdmejek. Aber wenn sie in der Nähe leben, warum waren sie dann so lange nicht mehr hier?«

Er zuckte die Achseln. Was gingen ihn die Eigenarten der Waldleute an? Der Pfad führte ungefähr in seine Richtung, und er hatte es satt, sich durch unwegsames Gelände zu schlagen. Sollte Anidim weiter grübeln, wenn es ihr gefiel, er steckte die Waffe weg, schwang sich in den Sattel und trieb sein Pferd zu einem ruhigen Trab. Laub und Zweige streiften ihn, aber er genoss es, endlich wieder schneller voranzukommen.

Mit jedem Augenblick verdunkelten sich die Schatten. Grachann stutzte. Ging die Sonne bereits unter? Das konnte nicht sein. Vor ihm wurde es zwischen den Bäumen wieder heller. *Eine Lichtung?* Dann befand sich dort wohl tatsächlich ein Lager der Erdmejek. Er zügelte den Wallach zum Schritt. Die Kismegla hatte ihm mehrere kleine Beutel Salz eingepackt, mit denen er sich die Gastfreundschaft der Waldleute erkaufen sollte – aber würden sie ihn überhaupt so friedlich empfangen? Ganz offen in ihr Dorf zu reiten, war immerhin besser, als beim Herumschleichen im Wald erwischt zu werden, denn wer sich versteckte, konnte nichts Gutes im Schilde führen.

Die Bäume endeten jäh und gaben den Blick auf eine kreisrunde Rodung unter einem düster verhangenen Himmel frei. Grachann hielt überrascht an. Rauch und Aschegeruch stiegen ihm in die Nase. Geschwärzte Pfähle ragten aus den Trümmern eingestürzter, verbrannter Rundhütten. Letzte Rauchschwaden waberten über versteckten Glutnestern. Kein Mensch, kein Tier war zu sehen, nur schwarze Brandmale in umgebendem Grün und rötlichem Lehm, deren größtes auf dem freien Platz in der Mitte der Rodung hockte wie ein lauerndes Ungeheuer.

Es zog Grachann auf eine Weise an, die abstoßend und zugleich unwiderstehlich war. Mit jedem Schritt, den sich das Pferd dem Scheiterhaufen näherte, wuchs der würgende

Klumpen in seinem Hals. Sein Blick blieb an einem seltsam geformten Ast hängen. Irgendetwas stimmte nicht damit. Er kniff die Lider zusammen. *Ein verkohltes Bein!* Es gehörte zu einem ganzen Leichnam, von dessen Oberkörper nur Knochen geblieben waren, während der Rest nicht tief genug in den Flammen gesteckt hatte. Überall entdeckte Grachann nun Gebeine und verbranntes Fleisch zwischen den Resten des Totenfeuers. Zumindest hoffte er, dass die Menschen gestorben waren, bevor man sie ins Feuer geworfen hatte.

Er schluckte seine Beklemmung herunter und zog das Zeichen der aufgehenden Sonne vor seiner Brust. *Ich wandle im Licht.*

»Hast du je davon gehört, dass die Erdmejek ihre Toten verbrennen?«

Verwundert blickte er sich um, da er keinen Hufschlag gehört hatte. Sie war zu Fuß. Hatte sie den ganzen Weg durch die Steppe ohne Pferd zurückgelegt? »Nein«, antwortete er, »aber selbst wenn es ihr Brauch wäre, bezweifle ich, dass sie dabei auch das eigene Lager zerstören.«

»Also ein Überfall?« Anidim ging an ihm vorbei, beugte sich über die Asche und zog das verkohlte Bein heraus, das mit einem leisen Knacken am Knie brach, sodass sie nur noch Wade und Fuß in der Hand hielt.

Grachann spuckte angewidert aus. »Möge seine dunkle Seele deine Träume heimsuchen! Was soll das?«

Sie schwieg und schloss die Augen. Ihre Nasenflügel bebten wie bei einem witternden Tier. »An diesem Ort war etwas, das nicht mit Waffen getötet hat.« Achtlos warf sie das grausige Überbleibsel zurück.

Der Anblick versetzte Grachann endgültig in Wut. Rasch sprang er aus dem Sattel und stieß sie vom Scheiterhaufen weg. »Du hast genug Leichen geschändet! Wenn du nicht genauer weißt, was hier passiert ist, erspar mir dein Geschwätz!«

Sie lachte bitter auf. »Ja, wenn ich dir nützlich bin, dann sieht die Lage gleich anders aus. Habe ich meinen Zweck erfüllt, soll mich doch der Sonnengeist auslöschen. Du bist keinen Deut besser als ich, Grachann.«

»Lächerlich! Was weißt *du* schon von der Ehre eines Kriegers?«

»Dass er mir etwas Dankbarkeit dafür schuldet, dass ich ihm geholfen habe, Ertann zu besiegen.«

»Das haben wir doch gar nicht!«, ereiferte sich Grachann. »Braninn hat es getan. Er allein ist zu ihm vorgedrungen und hat unsere Stämme gerächt. Dich hat er überhaupt nicht gebraucht!«

Ihr Blick wurde kalt. »Ohne mich wärt ihr niemals in seinem Lager angekommen, du hirnloser Adlerdreck.«

Die Flamme seines Zorns fegte jeden Gedanken hinweg. Mit einem erbosten Schrei wollte Grachann den Säbel herausreißen, doch Anidim packte seinen Arm, bevor die Klinge zur Hälfte heraus war, und hielt ihn fest. Ihr Gesicht war so nah, dass er ihren Atem spürte.

»Du bist für mich nichts als ein Stück Fleisch, dem ich das Leben aussauge.« Im selben Lidschlag zerfiel ihr Körper zu Staub, der lauernd schwebte. Es dauerte keinen Atemzug, da verband er sich zu neuer Gestalt.

Rodan

Aldagar, nördlich Sarmyns

Vorsichtig schabte Rodan mit dem Dolch über die schon wunde Haut an seinem Kinn. Er hatte sich seit den Jahren in Phykadonien, wo man Bärte für widerliche Schmutzfänger hielt, keinen mehr wachsen lassen, und tilgte diese Überbleibsel seiner Gefangenschaft nur zu gern aus seinem Gesicht. Obwohl die scharfe Klinge seine volle Aufmerksamkeit erfordert hätte, lauschte er auf Schritte hinter seinem Rücken. Er traute einigen der Dienstmannen nicht, am wenigsten dem, der ihn getreten hatte. Ein kleiner, beiläufiger Stoß – und die Schneide an seiner Kehle schickte ihn womöglich zu den Sternen. Doch im Augenblick hielten sie sich fern; er hörte ihre Stimmen unter denen der anderen, die die Lagerfeuer schürten und ihre Rationen hervorkramten. Die östlichen Gipfel glühten kupfern im Licht der untergehenden Sonne, während sich die Täler mit Schatten füllten. Erst jetzt hatte er Zeit gefunden, die Klinge zu schleifen und sich den störrischen Stoppeln zu widmen. Herr Garédar – der Unsichtbare, wie die Männer ihn nannten – hatte sie früh von ihren Lagern in der Scheune des kleinen Gasthofs gescheucht, um sie den ganzen Tag voranzutreiben, tiefer ins Aldagar, das Gebirge der Riesen. Immer seltener waren sie auf die kleinen Dörfer und verstreuten Viehherden der Bergbauern gestoßen, die der Wildnis jenseits Drahans die Stirn boten.

Rodan tauchte seine Hände in den klaren Bach, an dessen steinigem Ufer sie das Nachtlager aufgeschlagen hatten, und wusch sich die Spuren der Rasur von den Wangen. Trotz der Sommerhitze, die widerstrebend der abendlichen Kühle wich, war das von der schroffen Bergflanke herabfließende Wasser so kalt, dass er eine Gänsehaut bekam. Ob es ihm gelungen wäre, ein guter Bauer und Sohn zu werden, wenn er in der Einsamkeit des Aldagars aufgewachsen wäre, wo er als Hirte gegen Wölfe und Bären, Riesen und Lorke hätte kämpfen können, anstatt tagaus, tagein hinter Pflug und Egge herzutrotten? Er schüttelte den Kopf. Die Frage war müßig.

Sorgfältig rieb er den Dolch mit einem geölten Tuch ab, bevor er ihn einsteckte und sich erhob. Einige Schritte hinter ihm hatten sich Herke, Arrer, Lanenk und ein weiterer Knecht um ein Feuer versammelt, über dem in einem schwarzen, gusseisernen Topf eine sämige Graupensuppe kochte. Nidag saß neben Rodans Habseligkeiten und fingerte mit seiner verbliebenen Hand daran herum. Rodan runzelte die Stirn. Erschrocken sah der Dieb auf, als hätte er den Blick gespürt. Er riss die Arme in einer Geste der Unschuld nach oben und wich so weit zurück, wie es im Sitzen möglich war. »Ich wollte nichts nehmen – ehrlich!«

Die Knechte lachten grimmig. »Die nächste Hand hack ich dir ab«, prophezeite Arrer, der sich auf Rothjard einen Ruf als hartgesottener Schlachter und Fleischhauer erworben hatte. »Wird so schnell gehen, dass du kaum was merkst.«

Der Dieb erbleichte. »Aber ich hab wirklich nichts stehlen wollen. Ich schwör's!« Mit geweiteten Augen starrte er zu Rodan auf.

Also doch nicht immer einen frechen Spruch auf den Lippen, dachte er und fragte sich, ob er dem Jungen glauben sollte. »Wenn ich dich noch mal mit den Fingern in meinen Sachen erwische, halt ich deinen Arm für Arrer fest.«

»Es tut mir leid! Ich war bloß neugierig, warum dein Schwert so seltsam aussieht.«

»Seltsam, hm?« Rodan sah zweifelnd zuerst auf die Waffe hinab, die er abgelegt hatte, um bequemer sitzen zu können, dann auf den Jungen.

»Ich meine die Strähnen da, die um die Scheide geknotet sind.« Nidag strich mit dem Daumen darüber. »Ist das Mähnenhaar? Für Schweifhaare sind sie zu dünn.«

»Es ist Menschenhaar«, beschied Rodan ihm und ließ sich im Kreis um das Feuer nieder.

Hastig zog der Dieb die Hand von den Strähnen weg, von denen einige bereits struppig und dünn gerieben waren, wo sie an Rodans Kleidung scheuerten.

»Menschenhaar? Etwa von Toten?«, wollte der rothaarige Lanenk wissen.

»Zum Teil.« Rodan konnte den prahlerischen Unterton des phykadonischen Kriegers nicht völlig aus seiner Stimme heraushalten, obwohl er sich Mühe gab. »Manche waren noch nicht ganz tot, aber ich hatte keine Zeit, auf ihren letzten Atemzug zu warten.«

Verstohlen wischte sich Nidag die Finger an seiner Tunika aus ungefärbtem, schmutzfleckigem Leinen ab.

»Was bist du denn für einer?«, fragte Lanenk. »Das is' Leichenschändung.«

Arrer winkte ab. »Ach was! Vielleicht sollt ich auch 'n Andenken von jedem Viech sammeln, das ich hinmach. Hörner oder Schwanzquasten oder so.« Nachdenklich rieb er sich das Kinn.

»Du hebst Haare von den armen Schweinen auf, die du abgestochen hast?« Herke schüttelte den Kopf. »Diese Art Stolz gefällt der Göttin bestimmt nich'.«

Der Pfeil traf, doch Rodan zuckte die Achseln, als ob es ihn nicht berührte. »Ist eine phykadonische Sitte. Je mehr getötete Feinde, desto größer dein Ansehen.«

»Aber warum machst *du* das?«, fragte Nidag. »Du bist doch kein Phykadingsda, oder?«

»Nein, bin ich nicht«, bestätigte Rodan schmunzelnd. »Aber du weißt doch am besten, wie das mit schlechten Angewohnheiten ist. Man wird sie einfach nicht los.«

Der Dieb grinste. »Nicht so schnell wie Hände.«

»Ich kapier trotzdem nich', wie du so widerliche Sachen machen kannst«, beharrte Lanenk. »Toten Haare abschneiden, das gehört sich nich'!«

Konnten sie die Angelegenheit nicht endlich auf sich beruhen lassen? Rodan sah dem Knecht herausfordernd in die Augen. »Ich bin ein freier Mann und tue, was *ich* will. Ist mir gleich, was irgendjemand dazu sagt.«

Lanenks rötliches Gesicht lief noch dunkler an. »Freier Mann, pah!« Er spuckte aus. »Willst wohl 'n Ritter sein mit deinem Pferd und deinem Schwert. 'n Dreck bist du! Wie wir alle.«

»Du hältst dich also für Dreck«, erwiderte Rodan bemüht gelassen. »Ganz wie du meinst, aber ich sehe das anders. Du bist ebenso frei wie ich. Du bist kein Dienstmann und könntest Rothjard jederzeit verlassen, wenn es dir dort nicht gefällt. Du könntest machen, was du willst. Es liegt bei dir.«

Lanenk starrte ihn verständnislos an.

»Warum sollt er denn woandershin wollen?«, mischte sich Herke ein. »Er is' Drahaner und gehört hierher.«

»Genau«, stimmte der vierte Knecht zu. »Is' doch gleich, für welchen hohen Herrn man Mist schaufelt.«

»Woher willst du das wissen, wenn du's noch nie versucht hast?«

»Weil Jauche überall stinkt«, lachte Arrer.

»Vielleicht würde ein anderer Herr dir deine langen Dienstjahre besser lohnen, als dich auf einen Sternenpfad zu schicken«, wandte sich Rodan an Herke.

Im Gesicht des Alten zuckte es. »Mag sein. Vielleicht aber auch nich'.«

»Was sollt ich denn anderes machen? Ich bleib lieber, wo meine Wurzeln sind«, brummte Lanenk. »Wenn du auch dort geblieben wärst, hättest du jetzt keinen Ärger.«

Rodan lachte auf. *Ja, weil sie mich schon vor elf Jahren gehenkt hätten.*

»Blutiger Dur«, fluchte Rodan und fasste Schild und Speer fester.

Von den vier Höfen, die sich gegen Stürme und Lawinen in den Schutz eines bewaldeten Hangs gekauert hatten, waren nur noch Ruinen übrig. Flechtwerkzäune lagen zertrampelt, als hätte eine fliehende Herde Büffel sie unter sich begraben. Zerstampfte Kräuter und Blumen bedeckten die Erde mit welkem Trauerflor. Zersplitterte Bretter und wie Zahnstocher geknickte Balken ragten aus eingestürzten Scheunen und Ställen hervor. Krähen pickten an einem Kadaver herum, der die Luft mit süßlichem Gestank erfüllte. Hinter ihnen hingen Türen und Tore in Stücke gehauen in den Angeln wie gebrochene Flügel.

Rodans Blick wanderte nach oben. In den Dächern der niedrigen Häuser klafften ausgefranste Löcher in der Schuppenhaut aus Holzschindeln und beschwerenden Steinen. Sogar ein ganzer Giebel war aufgerissen worden und die Bretterwand heruntergeklappt wie eine Zugbrücke. Das Bild eines Riesen, der hineinlangte, um nach den schreienden Frauen und Kindern zu greifen, die sich auf dem Dachboden versteckt haben mochten, stand ihm plötzlich so deutlich vor Augen, dass ihm ein Knurren entfuhr. Garédar, der graubärtige Ritter, hob seinen Speer und bedeutete den Männern, ihm zu folgen.

Immerhin führt er seine Leute an, statt sich wie die kurézéischen Feiglinge hinter ihnen zu verstecken.

Sie rückten vor, Herke zu Rodans Linker, der Dieb hinter seiner rechten Schulter, als wolle er dort in Deckung gehen. Die Pferde hatten sie im letzten Dorf zurückgelassen, da sie nicht wussten, über welche Steilhänge und Schluchten die Spur der Riesen sie führen würde. Der polierte Helm des jüngeren Ritters gleißte vor ihnen in der Sonne, während Garédars geschwärzt und damit stumpf war. Die Unsichtbaren wussten offensichtlich, wie man sich vor unliebsamen Augen verbarg. Rodan fragte sich wieder einmal, was es mit ihnen auf sich haben mochte. Gehörte dieser Jagon auch zu ihnen? Hoffentlich würde Herke ihm wenigstens darauf eine Antwort geben.

Er spürte die Anspannung seiner Kameraden, als sie sich schweigend den zerstörten Gebäuden näherten. Es war so still, dass er das Säuseln des Windes in den Tannen hören konnte. Selbst die Vögel waren in der Hitze verstummt. Wovor fürchteten sich die Männer? Der Überfall lag mindestens drei Tage zurück. Wer auch immer hier gewütet hatte, war längst weitergezogen.

Krächzend flatterten die Krähen auf, als Garédar ihnen zu nahe kam, und ließen sich auf dem First des nächsten Hauses nieder, um ihre Beute und die Eindringlinge leise schimpfend im Auge zu behalten.

»Was ist es?«, fragte Nidag flüsternd.

»Nur ein toter Hund«, antwortete Herke, der von ihnen dreien den besten Blick auf den Kadaver hatte.

»Bärenspuren.« Einer der Dienstmannen deutete in ein verwüstetes Linsenbeet.

Rodan merkte auf. Der Aasgeruch konnte das Raubtier angelockt haben, und womöglich trieb es sich noch in der Nähe herum.

»Wie in Hilarn«, stellte Herke grimmig fest.

Rodan sah ihn fragend an.

»Das war'n anderer Überfall. Is' viele Jahre her. Ein paar konnten fliehen und ham erzählt, wie's war. Die Riesen stehen vor'm Haus wie der Jäger vorm Dachsbau. Also schicken sie einen abgerichteten Bären rein, der ihnen die Leute raustreibt. Manche flüchten auch unters Dach. Dann schlagen die Dreckskerle Löcher rein.« Vielsagend wies der alte Waffenknecht mit dem Kinn nach oben.

Rodan folgte der Geste mit dem Blick. *Dumm sind sie demnach nicht.*

»Der Riese hat da reingelangt wie der Bär in den Bienenstock?« Es sollte wohl heiter klingen, doch Nidags Stimme zitterte kaum wahrnehmbar.

»So groß sind se nun auch wieder nich'«, murmelte Arrer hinter ihm.

Im Innern des Hauses fiel etwas klappernd zu Boden. Rodan fuhr herum, doch durch das Loch im zertrümmerten Fensterladen konnte er nur Dunkelheit erkennen.

»Fünf Mann hinters Haus!«, rief Garédar und sandte die Handvoll Dienstmannen, die neben ihm standen, mit einer energischen Geste davon. »Ihr drei!« Er zeigte mit dem Speer auf Rodan, Herke und Lanenk. »Seht nach, wer sich da drin zu schaffen macht!«

Der Rothaarige setzte an, zur Tür zu stürmen, doch Rodan hielt ihn mit dem Schaft seines Speers auf. »Langsam!«, mahnte er.

Lanenk warf einen halb gereizten, halb ängstlichen Blick auf die Ritter, aber Herke schob sich dazwischen. »Wir ham keine Eile. Wer da drin is', sitzt eh in der Falle.«

»Ich dacht ja nur …« Lanenk schielte erneut zu Garédar, dessen Miene zunehmende Ungeduld verriet. »Soll mir recht sein, wenn unser Totensammler vorangeht.«

Totensammler. Rodan schnaubte belustigt, doch seine Gedanken galten bereits dem, was ihn jenseits der Schwelle erwarten mochte. Während er sich an den Türrahmen lehnte, um in die Schatten dahinter zu spähen, erwog er, den auf engem Raum unvorteilhafteren Speer gegen sein Schwert zu tauschen. Aber wenn sie es tatsächlich mit einem Bären zu tun hatten …

Er beließ es beim Speer und sprang in den engen, dämmrigen Flur, den Schild abwehrend erhoben, die Waffe zum Stoß bereit. Der Gang, von dem zu beiden Seiten je ein Durchlass abzweigte, führte nur wenige Schritte weit, bevor er vor einer eingedrückten Tür endete. Helle Linien leuchteten quer über das nachgedunkelte Holz, wo sich die Krallen des Bären hineingegraben hatten.

Aus einem der Räume drang ein mürrisches Grummeln. Kam es von links? Rodan pirschte sich vor, die rechte Wand im Rücken, Waffe und Wehr der linken Tür zugewandt. Aus dem Augenwinkel sah er, wie Herke vorsichtig über die Schwelle stieg – ein schwarzer Umriss vor dem grellen Mittagslicht.

Wieder ertönte ein Brummen. Diesmal war Rodan sicher, dass es von links kam, doch das bedeutete nicht, dass von rechts keine Gefahr drohte. Angespannt schob er sich näher an den Rahmen der rechten Tür, ohne die linke aus den Augen zu lassen. Noch konnte er hinter ihren Überresten nicht mehr als ein paar Flecken gekalkten Mauerwerks erspähen, über die plötzlich ein Schatten huschte. Rodan erstarrte. Hoch aufgerichtet, zweibeinig, mehr hatte er nicht erkannt. »Halt mir den Rücken frei«, wisperte er Herke zu und deutete dabei mit dem Kopf nach rechts.

Der Waffenknecht nickte. Hinter ihm drängte Lanenk herein. Rodan atmete ein letztes Mal tief ein, dann warf er sich durch die zertrümmerte Tür. In dem schmalen Durchlass schlug das Ende des Speerschafts gegen die Wand und prellte fast aus Rodans Hand. Es schabte über Holz und Stein, als er die Waffe wieder in Position riss, um auf die Gestalt zu zielen, die sich vor dem blendenden Lichtfleck des einzigen kleinen Fensters abzeichnete. Knurrend wich sie zurück, den Kopf tief zwischen die Schultern gezogen. Ein ausladender Filzhut, zerzaustes Haar und Bartgestrüpp verdeckten einen Großteil des ohnehin im Schatten verborgenen Gesichts. Der ausgemergelte Körper steckte in zerrissenen Lumpen, die nur noch der Schmutz zusammenhielt. Die leeren Hände waren in einer abwehrenden Geste erhoben.

Ein Bettler, der ein paar Krumen sucht. Rodan ließ Schild und Speer ein wenig sinken, behielt die Waffe jedoch auf den Fremden gerichtet, der mit verärgerter Stimme unverständliche Worte in seinen Bart murmelte.

»Was is' los?«, wollte Lanenk aufgeregt wissen, während Herke hinter ihm hereineilte.

»Nur ein alter Mann«, rief Rodan so laut, dass es auch Garédar draußen hören musste.

»Ein Überlebender?« Der Ritter trat ans Fenster, doch der Fremde drehte sich nicht zu ihm um.

»Wohl eher ein Plünderer«, urteilte Rodan angesichts der leeren oder mit Vorräten gefüllten Körbe, Säcke und Krüge, die in der Kammer lagerten. Viele Behälter waren umgeworfen worden. Eierschalen und mehlige Pfotenabdrücke zeugten von hungrigen Mäulern, die sich bereits vor dem Bettler an einem unverhofften Festmahl gelabt hatten.

»Bringt ihn raus!«, befahl Garédar.

Der Unbekannte wandte ihm nun doch das Gesicht zu. Bart und Haare waren schütter, aber noch nicht völlig grau. Obwohl Sonne, Wind und Kälte die Haut gegerbt und in Falten gelegt hatten, wirkte der Mann nicht so betagt, wie ihn

Rodan zunächst geschätzt hatte. Weder Tränen noch die Wolkenkrankheit des Alters trübten die graublauen Augen, die den Ritter zornig anfunkelten.

»Das is' der Steinfresser!«, rief Herke überrascht.

»In der Tat«, bestätigte Garédar. »Raus mit ihm!«

»Steinfresser?«, wiederholte Rodan zweifelnd. *Vermutlich isst er so viele Steine, wie der Ritter unsichtbar ist.*

Herke drängte sich an ihm vorbei und wechselte den Speer in die Schildhand. »Wir nennen ihn so, weil keiner weiß, wovon er lebt. Jedes Mal, wenn alle denken, dass der Winter ihn hingerafft hat, taucht er wieder auf. Wie machst du das?«, wandte er sich an den Fremden, der ihn nur feindselig anstarrte.

»Im Moosgrund sagen sie, dass er 'n Berggeist is'«, gab Lanenk mit besorgter Miene zu bedenken.

»Berggeister kann man nich' anfassen.« Herke packte Steinfresser am Arm, um ihn aus dem Haus zu zerren. Wieder schimpfte der Mann in fremder Sprache vor sich hin. Oder nuschelte er bloß so, dass es die Worte entstellte? Rodan glaubte, doch den einen oder anderen Brocken aufzuschnappen.

»Ich wär da nich' so sicher.« Lanenk wich hastig aus, als wolle er ihren Gefangenen auf keinen Fall berühren.

Auch Rodan hielt Abstand, denn nach dem Gestank zu urteilen, der Steinfresser umgab, hatten Flöhe und Läuse bei ihm ein sorgenfreies Leben. Das Tageslicht enthüllte, dass nicht nur seine zerschlissene Kleidung mit Schmutz verkrustet war, sondern auch seine Haut, die unter dem Dreck vermutlich nicht dunkler war als die jedes anderen Drahaners.

»Dieser klapprige Lumpensack soll der berühmte Steinfresser sein?« Der jüngere Ritter verzog verächtlich das Gesicht. »Ich hatte ihn mir immer als halben Riesen vorgestellt.«

»Irgendeinen Grund muss es jedenfalls haben, dass er seit dreißig Jahren allein in den Bergen überlebt«, versetzte Garédar und wandte sich an den Landstreicher, der sich noch immer halbherzig gegen Herkes Griff wehrte. »Warst du hier, als der Überfall stattfand?«

Steinfresser starrte zu Boden und murrte weiter in seinen Bart. »Ist die Sonne oben? Der Tag unten?«, glaubte Rodan zu verstehen. »*Ye gid ruwarer?* Hier ist nicht hier ist dort, dort, wo ich war, ich bin, ist hier.«

»Will er uns zum Narren halten?«, fragte der jüngere Gordean.

Garédar wiegte nachdenklich den Kopf. »Manchmal bin ich nicht sicher, aber ich fürchte, dass er den Verstand schon vor einer ganzen Weile verloren hat. Trotzdem *kann* man mit ihm reden. Er muss sich nur ein wenig Mühe geben.« Mit größerem Nachdruck richtete er sich wieder an den seltsamen Gefangenen. »Hast du gesehen, was hier vorging? Ja oder nein?«

»Hände«, erwiderte Steinfresser und wedelte mit seiner freien Hand vor dem Gesicht des Ritters. »Alles packen sie mit ihren Händen, reißen, zerren, quetschen, biegen. *Kaea* – Hände.« Er schüttelte sich, zerrte wieder an Herkes Griff. »Lässt er mich jetzt los? Ich falle nicht um, wenn er mich loslässt.«

»Das war wohl ein Ja«, schätzte Garédar.

War es das? Rodan musterte den seltsamen Kauz, den er gefangen hatte. Offenbar hatte der Ritter schon öfter mit ihm zu tun gehabt. Woher kam er? Er sah aus wie ein Sarmyner, aber die andere Sprache ging ihm leichter von der Zunge. War er ein Verstoßener, dem nichts anderes geblieben war, als sich allein im Aldagar zu behaupten? Ein Mann aus einem Land jenseits der Berge? *Aber es heißt, das Gebirge der Riesen sei unüberwindlich.*

»War hier ein Ritter? Haben die Riesen ihn mitgenommen?«, fuhr Garédar mit seinem Verhör fort, doch Steinfresser blickte nur abwesend in die Ferne.

Der jüngere Ritter packte ihn bei den Lumpen und hob die Faust zum Schlag. »Rede, verdammt!«

Steinfresser mied den Blick seines Angreifers, während sein

Kopf noch tiefer zwischen den Schultern versank. Nur die Stimme, mit der er zweifellos fremdländische Verwünschungen ausstieß, verriet seinen ohnmächtigen Zorn. Plötzlich sprach er wieder sein stockendes Sarmynisch. »Der Kopf ist schwarz. Welcher Riese hat einen schwarzen Kopf? Kein Riese. Fell und Blut. Blut läuft über seine Haut. Woher kommt das Blut? Sie sind wütend. Alle sind wütend. *Durin.* Eisen ist gut. Du hast Eisen.« Er deutete auf das Schwert des Ritters. »Sie werden es nehmen.«

»Hör mit dem Schwachsinn auf!«, brüllte der junge Gordean und schüttelte ihn. »Sag mir, was mit meinem Schwager passiert ist!«

»*Durin.* Sie nehmen alles Eisen. Eisen ist gut.«

»Ich fürchte, dass er Eure Frage damit beantwortet«, vermutete Garédar.

»Wollt Ihr behaupten, dass Ihr aus diesem Mist klug werdet?«

»Nicht so, wie ich es gern hätte, aber seht Euch doch um! Falls es Tote gab, hat man sie ebenso verschleppt wie die Überlebenden.« Garédar wehrte mit einer Geste ab, als sein Verwandter zum Widerspruch ansetzte. »Wir werden gründlicher suchen, doch ich erwarte, nichts zu finden. Wichtiger scheint mir dieses Gerede über Eisen zu sein. Ich frage mich … Verstehst du, was die Riesen sagen, Steinfresser?«

»*Durin mer on*«, antwortete der Gefangene. »Eisen ist gut. Wir töten sie, dann werden wir gesund. Ich weiß nicht, woher das Blut kommt. *Don* …«

»Das reicht!«, schnitt Garédar ihm das Wort ab. »Ich gehe jede Wette ein, dass sie genau das gesagt haben. Wir nehmen ihn mit. Vielleicht kann man mit diesen Ungeheuern doch verhandeln.«

Der jüngere Ritter schüttelte zweifelnd den Kopf.

»Pst, Rodan!« Nidag stand mitten in den zertrampelten Überresten eines Lauchbeets, zeigte auf den Boden und bedeutete Rodan eifrig, zu ihm hinüberzukommen.

Rodan ahnte, was der Dieb ihm zeigen wollte. In der ausgetrockneten Erde, die vor ein paar Tagen noch weich gewesen sein musste, prangte ein Abdruck.

Nidag stellte grinsend seinen Fuß hinein. Es sah aus, als versuche ein Säugling, in die Fußstapfen des Vaters zu treten.

Arion

Drahan, Sarmyn

Er erschrak, als Sava keuchend die Augen aufriss, und erstarrte, als vor ihnen plötzlich eine im Dämmerlicht der Kerze durchscheinende Gestalt über dem Boden schwebte. Die Frau schimmerte kreideweiß, selbst ihr langes Haar und das weite Gewand, die im Wind einer anderen Welt wehten. Ihn fröstelte, als sie sich herabbeugte und anklagend auf Sava zeigte. Ihre Lippen bewegten sich, doch sie rief in seinem Kopf, nicht in sein Ohr. »Halte dich von ihm fern! Er hat nach dir gegriffen und wird es wieder tun. Du bist noch zu schwach, um ihm zu trotzen.«

»Aber ihm muss Einhalt geboten werden, Herrin«, mischte sich die Hohepriesterin ein. »Was können wir tun?«

Die Weiße Frau richtete sich auf. »Sein Gott ist zornig, und sein Tempel liegt in Trümmern. Nichts wird ihn besänftigen, bis Arutars Nachkomme das Knie vor ihm beugt, was niemals geschehen wird. Ich weiß keinen anderen Rat, als die Kinder der Götter um Hilfe zu bitten. Folge dem Pfad der Schwäne, Sava!« Mit den verklingenden Worten löste sich auch die Erscheinung auf.

Arion war, als werde es wärmer im Raum. »War … war das die Göttin?«

Sava schüttelte den Kopf, aber sie sah noch immer ein wenig abwesend aus.

»Nein«, ergriff Hervind erneut das Wort. »Wie könnt Ihr nur glauben, dass Dearta so kalt und furchterregend ist? Sie, die Leben und Fruchtbarkeit schenkt! Die Weiße Frau war vor mir Hohepriesterin an diesem Ort, und sie besaß wie Sava Die Gabe. Deshalb bleibt sie nach ihrem Tod an diese Welt gebunden, bis ihre Nachfolgerin bereit ist, das Amt zu übernehmen.« Sie wandte sich an Sava. »Du musst in großer Gefahr gewesen sein. Sie hat sich noch nie außerhalb des Heiligen Hains gezeigt.«

»Ich hatte Tazlan wohl gefunden«, sagte Sava tonlos.

Arion spürte, dass sie zutiefst erschrocken war, und legte ihr den Arm um die Schultern. »Ich hätte dich da nicht mit hineinziehen sollen. Ich habe schließlich gesehen, was er Smedon antut.«

Sava schmunzelte, aber ihre Augen blickten erschöpft. »Du hast doch nicht einmal geglaubt, dass ich solche Fähigkeiten habe.«

»Trotzdem«, beharrte er. »Diese Weiße Frau hat gesagt, dass er dich angegriffen hat. Ich will nicht, dass er sich am Ende auch noch in deinem Kopf festsetzt.«

»Schon gut. Ich habe nicht vor, ihm noch einmal so nah zu kommen. Wir wissen ja nun, wohin wir uns wenden müssen.«

Arion fand auf der Schilfmatte der Schreibstube keine bequeme Haltung. In Jagons Gegenwart fiel es ihm zu schwer, sich zu entspannen. Alles in ihm sträubte sich dagegen, den Gordean in diese heikle Angelegenheit einzuweihen, doch die Hohepriesterin bestand darauf. Sie hatte sogar behauptet, dass es ohne die Gordean unmöglich sei, den Rat der Weißen Frau zu befolgen.

Er wusste noch immer nicht, was er von Savas angeblicher Gabe halten sollte. Irgendetwas *war* am Vorabend mit ihr geschehen, und sie hatte plötzlich von Regins abgeschnittenem

Ohr gewusst – ganz zu schweigen vom Geist der toten Priesterin, der einem Dämon beunruhigend ähnlich war. Aber wirkte tatsächlich Dearta durch seine Schwester? War die Göttin mehr als nur der Aberglaube der Bauern, wie sein Vater stets behauptet hatte? Doch was konnte er seinem Vater schon noch glauben? Wenn es die Götter, wenn es Tominks Gott gab, was bedeutete das für *ihn*? Wie stand er zu ihnen? Er hatte keine Antworten auf diese Fragen.

Nachdem Hervind ihm die Lage erklärt hatte, schüttelte Jagon den Kopf. »Das kann ich nicht zulassen.«

Arion verzog das Gesicht. *Was auch sonst?*

»Ich verstehe nicht, dass Ihr es überhaupt in Erwägung zieht, Hervind. Eine Priesterin ist erst dann bereit, dem Pfad der Schwäne zu folgen, wenn sie Die Gabe ebenso wie die Sprache der Morahn beherrscht. Von beidem ist Sava noch weit entfernt.«

Wer sind die Morahn?

»*Uawarero*, Jagon!«, sagte Sava hitzig. »Ihr übertreibt maßlos.«

»Auch ich bin nicht völlig davon überzeugt, dass Ihr gehen solltet«, gestand Hervind. »Aber die Umstände …«

Jagon fiel ihr ins Wort. »Die Umstände rechtfertigen nicht, ihr Leben aufs Spiel zu setzen! Es gibt andere Möglichkeiten, mit Smedon fertig zu werden. Wir können ihn beschatten und beseitigen, falls es nötig wird. Dann hat der Spuk ein Ende.«

»Ach, so einfach ist das also für Euch?« Arion schwankte zwischen Hohn und Entsetzen. »Ihr bringt ihn um, und das war's? Bitte, wenn Ihr Mordgelüste habt, nur zu! Ich bin gespannt, wie Ihr das seinem Vater oder dem König beibringen wollt.«

»Ich sagte: falls es nötig wird«, gab Jagon scharf zurück. »Damit meine ich, dass er im Begriff sein muss, jemandem ernsthaft zu schaden.«

»So leicht wird das aber vielleicht nicht zu beweisen sein,

wenn Ihr keinen sehr glaubwürdigen Zeugen von Rang habt. Er ist ein Prinz!«

»Dieser Streit ist müßig, Ihr Herren«, mahnte Hervind. »Selbst wenn wir als Priesterinnen Deartas seinen Tod gutheißen könnten, böte er uns keine Gewähr, dass Tazlan auch verschwindet. Woher sollen wir wissen, ob er nicht in ein anderes Opfer fährt?«

Jagon verschränkte die Arme. »Trotzdem wäre es zu gefährlich, diese Reise zu überstürzen. Es ist nicht grundlos Brauch, den Pfad der Schwäne im Frühsommer zu beschreiten. Nur dann hat man genug Zeit, um vor dem Herbst zurückzukehren. Mit dem Aldagar ist nicht zu spaßen. Wenn Ihr so unvernünftig seid, muss ich als Euer Schutzherr es eben verbieten.«

Arion sah, wie Sava zu einer wütenden Antwort ansetzte, doch Hervind war schneller. Ihr Ton war schneidend. »Es steht Euch nicht zu, Eure Schutzbefohlene einzusperren! Über den Zeitpunkt dieser Reise entscheidet immer noch die Priesterin selbst. An Euch ist nur, sie zu begleiten.«

Jagons Miene verdüsterte sich, doch er sagte nichts.

»*Ich* werde Sava begleiten«, verkündete Arion. »Das steht doch außer Frage, schließlich bricht sie auf, um Rat in *meinem* Anliegen einzuholen.«

»Gar nichts werdet Ihr!«, fuhr Jagon auf. »Das ist allein die Aufgabe eines Gordean. Einem Arutarverehrer ist es nicht gestattet, diese heilige Pilgerfahrt zu unternehmen!«

Sava sprang auf. »Ich bin die Oberste Priesterin Deartas, und ich werde gehen, wann ich will und mit wem ich will! Er kommt mit mir!« Sie stürmte hinaus, ohne den Gordean eines weiteren Blickes zu würdigen.

»Ihr wollt erlauben, dass ein Ungläubiger die Kinder der Götter sieht?«, rief Jagon ihr nach, aber sie antwortete nicht.

Hervind schüttelte besorgt den Kopf. »Es gefällt mir nicht, aber wer sind wir, den Rat der Weißen Frau infrage zu stellen?«

»Die Stimme der Vernunft«, knurrte Jagon und erhob sich.

Arion tat es ihm gleich, denn er befürchtete, dass der Gordean Sava folgen wollte, um ihr die Reise doch noch auszureden.

Jagon sah ihn feindselig an. »Ihr wisst überhaupt nicht, in welche Gefahr Ihr Eure Schwester bringt.«

Arions schlechtes Gewissen regte sich. Es war dem Gordean ernst, das konnte er nicht leugnen. Aber welche Wahl hatten sie? Sava vertraute dieser Weißen Frau, also würde er es auch, solange sich kein sinnvollerer Weg abzeichnete. »Wenn Ihr Angst habt, könnt Ihr ja zu Hause bleiben.«

Jagon lächelte grimmig. »Im Gegensatz zu Euch kann ich genau das nicht!«

Regin

Urdintal, südwestlich Egurnas

Die Zeltbahnen bauschten sich, dass Regin fürchtete, sie könnten reißen und davonfliegen, doch Joromar hatte befohlen, den Eingang offen zu lassen, damit er den Fluss und das Heerlager überblicken konnte. Dunkle Wolkenfetzen glitten wie riesige Vögel über den grau verhangenen Himmel, getrieben vom Sturm, der das Wasser des Urdin aufpeitschte und die Uferwiesen in schimmernden Wellen wogen ließ. Die Trosskähne schaukelten und rissen an ihren Leinen, Planen knatterten im Wind, Zelte zitterten, Pferde tänzelten, und über allem flatterten die Banner der Ritter, die der König auf die Schnelle hatte zusammenrufen können. Die meisten stammten aus der Umgebung Egurnas, doch es befanden sich auch Vasallen Smedons, Gweldans und Gerwerons darunter, die ihren Fürsten an den Hof gefolgt waren. Hinzu kamen ihre Waffenknechte, die mit Bögen und Schwertern zu Fuß gegen Dristans Heer antreten sollten, über dessen Stärke noch immer Ungewissheit herrschte.

»Nach allem, was wir wissen, werden uns seine Schiffe in drei Tagen erreichen, falls wir ihn hier erwarten«, schätzte Joromar und stützte sich mit beiden Händen auf die steinbeschwerte Karte. »Vielleicht auch schneller, wenn dieser günstige Wind für ihn anhält.«

Ordag auf Gerweron schüttelte energisch den Kopf. »Davon rate ich Euch dringend ab! Wenn wir nicht wollen, dass er zu früh von uns erfährt und sich vorbereiten kann, müssen wir in Bewegung bleiben. Nur wenn wir ihm entgegenfahren, können wir darauf hoffen, ihn zu überraschen.«

»Das sehe ich genauso«, pflichtete Narrett bei. »Bereits jetzt könnte er wissen, dass Euer Vater Truppen entsandt hat, und vorsichtiger sein. Je schneller wir über ihn kommen, desto besser.«

»Ihr seid sicher, dass Ihr mir das nicht nur deshalb ratet, weil Euch drei Tage Rast tödlich langweilen würden?«, stichelte der Kronprinz.

Das narbige Gesicht des Hünen verzog sich zu einem Grinsen. »Hätte wohl wenig Sinn, das zu leugnen.«

Regin schnaubte belustigt. »So viel zum besonnenen Rat des erfahrenen Kämpen.« Er nahm einen Schluck aus seinem Weinkelch, reichte ihn seinem Knappen und beugte sich ebenfalls über die Karte. Der Wind wehte ihm Haare in die Augen, die er gereizt zurückstrich. »Gibt es entlang des Flusses eine Stelle, an der wir einen Geländevorteil auf unserer Seite hätten?« Er musterte den Verlauf des Urdin, doch daraus ließ sich nicht erkennen, an welchen Stellen das meist sumpfige oder mit Auwald bewachsene Ufer trockener und höher gelegen war, sodass es sich als Kampfplatz anbot.

»Wir könnten hier lagern.« Ordag deutete auf eine Biegung des Flusses. »Bei Unlap ragt ein Hügel ins Wasser, den der

Feind erstürmen müsste, wenn wir ihn besetzt halten. Dort oben gibt es genug offene Fläche für eine Schlacht.«

»Vorausgesetzt, dass Dristan nicht einfach vorübersegelt«, wandte Joromar ein. Es sollte scherzhaft klingen, doch Regin hörte die Unsicherheit heraus.

»So dumm wird er nicht sein«, schätzte Narrett. »Er hätte uns in seinem Rücken und müsste befürchten, zwischen uns und den Verteidigern Egurnas eingekeilt zu werden.« Nachdenklich blickte er auf die Karte. »Was mir nicht gefällt, ist die Vorstellung, dass der Feind auf dem bewaldeten Hang Deckung haben wird. Das behindert ihn zwar, aber wir können unsere Schützen nicht wirkungsvoll zum Einsatz bringen. Wir müssten warten, bis Dristans Leute oben angekommen sind. Das macht den Vorteil zunichte.«

»Aber sie werden einen Teil ihrer Kraft verbraucht haben, um den Hügel zu erklimmen«, verteidigte der Fürst von Gerweron seinen Vorschlag. »Und sie werden keine geordneten Schlachtreihen bilden können, während sie sich durch das Unterholz schlagen.«

»Trotzdem wäre es besser, wenn …«

»*Gweldan hat recht.*« Tazlans Stimme platzte so unvermittelt in seinen Kopf, dass Regin zusammenzuckte. Seit sie Egurna verlassen hatten, war der Geist so still geworden, dass er ihn beinahe vergessen hatte. Sein Körper gehörte wieder ihm allein, und keine dunkle Macht rief in seinen Träumen nach ihm. Es musste mehrere Rotmonde zurückliegen, dass er sich zuletzt so stark und ausgeruht gefühlt hatte. *Ich wünschte, ich müsste niemals an den Hof zurückkehren.*

»*Mit solchen Wünschen wäre ich an deiner Stelle vorsichtiger. Wenn man in eine Schlacht reitet, werden sie allzu leicht erfüllt. Nicht einmal ich kann daran etwas ändern.*«

Wie tröstlich zu hören. Regin schwor sich zu überleben. Sie würden Dristan besiegen und dem Reich den Frieden zurückgeben. Dann konnte ihn niemand mehr davon abhalten, nach Smedon zu gehen, wo …

»Mein lieber Schwager, schlaft Ihr neuerdings mit offenen Augen? Bewundernswert, wenn man bedenkt, dass wir unterwegs sind, um einen Gegner unbekannter Stärke zu stellen.«

Narrett lachte. »Wer gegen Dämonen und eine Übermacht Phykadonier gekämpft hat, ist wohl nicht mehr so leicht aus der Ruhe zu bringen.«

Regin rang sich ein schiefes Lächeln ab. »Es liegt mir fern, diese Viehtreiber mit sarmynischen Rittern zu vergleichen, auch wenn es Verräter sind. Ich nehme die Lage durchaus ernst.«

»Dann seid Ihr herzlich eingeladen, Euch …« Eine heftige Böe fuhr ins Zelt, griff unter die Karte und blähte sie auf, dass mehrere Steine vom Tisch rollten.

Rasch griff Joromar nach dem Pergament, das sich flatternd wehrte. Knappen sprangen vor, um die Steine aufzusammeln, als sich draußen schneller Hufschlag näherte. Regin wechselte einen alarmierten Blick mit Gweldan und trat vor, um dem Reiter entgegenzublicken. Er hatte den Mann nie zuvor gesehen, doch der einfachen Kleidung nach musste es einer der Späher sein, die Joromar ausgeschickt hatte. Schaumiger Schweiß klebte im dunklen Fell des Pferdes, das vor Schwäche schwankte. Der Kundschafter sprang aus dem Sattel, bevor es stand, und wäre selbst fast gestürzt. Nur ein rascher Griff in die Mähne des Braunen hielt ihn auf den Füßen. »Dristan«, keuchte er, »hat das Urdintal verlassen und marschiert auf Allarn zu.«

»Allarn?« Hektisch strich Joromar die Karte glatt.

Die Knappen wichen zurück, um den Fürsten Platz zu machen, die dem Kronprinzen über die Schultern sahen. Regin blieb auf seiner Seite des Tischs und beobachtete, wie Joromars Finger suchend über Hügel und Wälder fuhr.

»Der feige Hund versucht, uns zu umgehen, um von hinten anzugreifen«, knurrte Narrett.

Fürst Ordag strich sichtlich nervös über seinen grauen Schnurbart.

»Wo befindet er sich jetzt?«, wollte Joromar wissen.

Der Späher deutete auf einen Punkt zwischen dem Fluss und Burg Allarn. »Hier etwa, mein Prinz.«

Einen Augenblick lang starrten alle schweigend auf die Karte.

»Blast zum Aufbruch!«, rief Joromar. »Wir lassen den Tross zurück und schneiden ihnen den Weg ab!«

»Junge, du sollst kein Geschenk einpacken«, murrte Regin beim Anblick der Schleifen, in die Ermig das breite weiße Seidenband legte, das ihn im Kampfgetümmel als Ritter des Königs ausweisen sollte. »Das muss eine Schlacht überstehen.«

Erschrocken ließ der Knappe die Enden fallen. »Ja, Herr. Ich …«

»Mach einfach einen zweiten Knoten! Aber zieh es nicht zu fest!«

Gehorsam knotete der Junge das Band um Regins Oberarm, den Unterzeug und Kettenhemd schützten. Die Binde saß straff, doch als Regin prüfend den Arm beugte und wieder streckte, konnte er keine Beeinträchtigung feststellen. »Gut«, brummte er und stand von dem umgestürzten Baumstamm auf, der weit und breit die einzige Sitzgelegenheit bot. Hoch über ihm rauschte das Laub im Wind, der nur wenig abgeflaut hatte, doch unter den Bäumen war kaum etwas zu spüren. Selbst der Regen, der über Nacht gefallen war, hatte die raschelnde Blätterschicht zu ihren Füßen kaum erreicht. Dennoch war der Wald licht genug, um ihnen einen Blick auf die Felder und Wiesen südlich Allarns zu gestatten, wo Prinz Joromar Dristans Heer stellen wollte.

Regin fand den Ort gut gewählt, obwohl es bessere geben mochte. Der Boden war abschüssig, aber nicht steil, und der das offene Gelände bogenförmig umschließende Waldrand erlaubte ihnen, die Flanken des Feindes aus der Deckung heraus anzugreifen und unter Beschuss zu nehmen.

»Haben sich die Schützen verteilt?«, erkundigte sich Joromar, als Narrett von Gweldan zwischen den Bäumen auftauchte.

Der Hüne nickte. »Sie sind bereit.«

»Ausgezeichnet. Ordag sollte jetzt auch genug Zeit gehabt haben, seine Männer an eine günstige Position zu führen.«

»Darüber müsst Ihr Euch keine Sorgen machen«, behauptete Narrett. »Solange er sich nicht von Dristans Spähern entdecken lässt, hat er alle Zeit der Welt, ihm in den Rücken zu fallen.«

»Dann möge die Sonne mit uns allen sein!« Der Prinz setzte seinen Helm auf, dessen tief hinabreichender Nasenschutz sein Gesicht verfremdete, ihm einen strengeren, härteren Zug verlieh. Der Schatten des Helmrands vertiefte die dunklen Ringe, die der anstrengende Ritt und die kurze Nacht unter seinen Augen hinterlassen hatten. Auch Regin spürte sie in den Knochen, doch der Gedanke an die bevorstehende Schlacht erstickte jeden Anflug von Müdigkeit bereits im Keim. Überall unter den Bäumen saßen oder standen die Ritter verteilt und trafen letzte Vorbereitungen, ließen sich Beinschienen anlegen, zogen Handschuhe über oder prüften den Sitz ihres Helms. Regin war, als verdichte die Anspannung der Männer die Luft zu einer leise summenden Masse, die sie alle verband.

»Bringt mir mein Pferd!«, forderte Joromar.

Wie auf einen lautlosen Befehl wich Regin mit den anderen Umstehenden zurück. Er wollte nicht in die Reichweite der Hufe des Hengstes geraten, der schon zwei Stallburschen auf die Reise zu den Sternen geschickt hatte. Nur der Kronprinz sah dem Tier mit stolzem, zufriedenem Lächeln entgegen, als zwei Knechte es heranführten. Sie hatten dem Streitross ein Tuch um die Augen gebunden, um es zu beruhigen und ihm Attacken zu erschweren, doch das hinderte es nicht daran, die wallende helle Mähne zu schütteln und tänzelnd die Muskeln unter dem fahlgelben Fell spielen zu lassen. *Wahrlich ein Pferd für einen König.* Aber Regin hätte niemals tauschen wollen.

Joromar trat an den Hengst heran, ergriff die Zügel und schwang sich in den Sattel. »Nun aber Schluss mit dem Mummenschanz! Nehmt das Tuch runter und lasst ihn los!«

Einer der Knechte zog sich hastig zurück.

»Jede Wette, dass sie darum gelost haben, wer zuerst die Beine in die Hand nehmen darf«, meinte Narrett. Er machte auch vor dem Kronprinzen keinen Hehl daraus, was er von Pferden hielt, die durch Schläge nur noch unberechenbarer wurden.

Regin nickte, ohne den Blick von dem Hengst abzuwenden, dessen Zügel Joromar kurz und straff hielt, während der verbliebene Knecht mit einer Hand den mächtigen Schädel von sich wegstemmte und mit der anderen den Knoten löste. Noch bevor das Tuch zu Boden gesegelt war, schoss ein Vorderbein des Pferdes vor, um nach dem Mann zu treten, der sich zu seinem Glück zur richtigen Seite warf. Auf allen vieren kroch der Knecht davon, was einigen Rittern höhnisches Gelächter entlockte. Anscheinend ungerührt trieb Joromar den Hengst vorwärts, auf den Weg, der durch den Wald auf die Felder hinausführte und auf dem sie Dristans Männer wussten. Jeden Augenblick konnte das Heer jenseits der offenen Fläche auftauchen.

Regin bedeutete seinem Rossknecht, ihm ebenfalls sein Pferd zu bringen. Er nahm einen letzten Schluck verdünnten Weins und warf den Becher fort. Der Knappe konnte sich darum kümmern, wenn alles andere erledigt war. Ein letztes Mal rückte er Schwertgurt und Helm zurecht, dann saß er auf, ordnete seinen Umhang und nahm von Ermig Schild und Lanze entgegen. Viele Ritter nickten ihm zu, als er vorüberritt, um seinen Platz am Waldrand einzunehmen. Er wusste, dass sie die Lieder gehört hatten, die am Hof darüber gesungen wurden, wie er den König der Phykadonier besiegt und Beverés Hand gewonnen hatte, und dass sie ihn dafür bewunderten. *Verdammte Narren! Jetzt erwarten sie neue Heldentaten von mir.*

Die Vasallen seines Vaters schlossen sich ihm an, folgten dem Feldzeichen Smedons, einem vergoldeten Hirschschädel mit schwarzem Geweih, das auf einer mit goldenen Bändern umwundenen Stange saß, die Ertwan, Fürst Megars Bannerträger, für ihn trug. Über ihnen jagte der Wind die Reste der aufgerissenen Wolkendecke über den Himmel.

Regin brachte sein Streitross drei Pferdelängen vor den Bäumen zum Stehen und sah sich nach Joromar um, der auf dem breiten Karrenweg aus dem Wald hervorritt. Unter Arutars Sonnenbanner scharten sich die engsten Freunde des Kronprinzen als Leibwache um ihn, während auf der anderen Seite des Wegs Fürst Narrett mit seinen Männern unter den Bäumen hervorkam. Einer seiner Söhne hielt das Feldzeichen der Gweldans in die Höhe, die schwarze Pranke eines Bären, die auf einer rot umwickelten Stange mit ihren Krallen nach den Wolken kratzte. Ritter aus der Umgebung Egurnas schwärmten aus, um die Lücken zwischen den drei mächtigsten Anführern zu füllen. Das Einzige, was sie über ihre verschiedenen Standarten hinweg verband, war die weiße Seide an ihren Armen.

»Seht, Herr!«, rief Ertwan und deutete mit einem Nicken zum weit entfernt gegenüberliegenden Waldrand, wo im Morgenlicht etwas aufblitzte.

Dann waren wir keinen Augenblick zu früh. Oder hatte Dristan nur darauf gewartet, dass sie sich endlich zeigten? Bewegung und weiteres Aufblinken von poliertem Metall verriet, dass immer mehr Ritter aufs freie Feld hinausströmten.

»Die Sonne blendet die Verräter«, rief Joromar. »Arutar steht auf unserer Seite!«

Zustimmender Jubel ertönte aus den Reihen der Männer, doch Regin blieb stumm. Die Sonne war ein Vorteil, der sich aus Dristans Marschrichtung ergab. Das Schicksal des Reiches war Arutar gleichgültig, sonst hätte er ihm einen Weg gezeigt, Tazlan zu vernichten. *Wir sind es, die den Lauf der Dinge bestimmen.*

Schweigend blickte er dem anrückenden Feind entgegen. Es fiel ihm schwer, die Zahl zu schätzen. Es mochten mehr sein, als auf ihrer Seite versammelt waren, und niemand konnte wissen, wie viele sich womöglich im Wald verbargen, um sie einzukreisen, wie Fürst Ordag es umgekehrt plante. Er sah die wehenden Bänder und Banner, die prächtigen Streitrösser, die blitzenden Lanzen und Rüstungen, die bunten Waffenröcke, deren Farben um die Wette leuchteten, und hielt nach Dristans Feldzeichen Ausschau. Wo war das goldene Schiff auf grünem Grund? Noch waren sie zu weit entfernt, um es eindeutig zu erkennen, doch Regin glaubte, es bereits zwischen den anderen Bannern zu erahnen. Er spürte, wie die Männer ungeduldig wurden, hörte ihr schnelleres Atmen, das Knarren der Steigbügelriemen, wenn sie sich im Sattel zurechtsetzten, das rastlose Stampfen der Pferde. Die Lanze wurde ihm schwer. Er richtete sie auf, um das Gewicht mit dem stumpfen Ende auf seinem Fuß abzustützen.

Die vorderste Reihe des Feindes erreichte die Mitte des offenen Geländes und damit die Reichweite der Schützen, die sich zu beiden Seiten versteckt hatten. Allmählich drangen ihre Stimmen, der Hufschlag und das Schnauben der Pferde herüber. Noch immer wartete Joromar ab. Aus Dristans Gefolge tönten erste höhnische Herausforderungen über das Feld. Endlich erklang das königliche Horn. Regin senkte die Lanze und klemmte sie unter seinen Arm, während die Bogenschützen unter den Bäumen hervortraten. Zwei Schwärme von Pfeilen flogen in hohem Bogen auf den Gegner zu, Männer schrien, Hörner schallten, Befehle wurden gebrüllt, und über allem hörte Regin Joromars Ruf, den seine Ritter lauthals aufnahmen: »Für König und Reich!«

Er musste sein Streitross kaum antreiben, um es im Galopp auf den Feind zurasen zu lassen. Zu mitreißend war der Sog, in dem sich die Schlachtreihe nach vorn warf. Der Boden dröhnte unter ungezählten Hufen, die aufeinander zujagten. Regin fasste einen Gegner ins Auge, einen kräftigen, untersetzten Ritter, unter dem das hochbeinige Pferd schmächtig aussah. Zwei gekreuzte Schwerter prangten auf dem ovalen weißen Schild. Ihre Blicke trafen sich. Der Fremde nahm die Herausforderung an. Nur noch wenige Lidschläge trennten sie. Regin zielte, nahm nichts mehr wahr als den richtigen Punkt auf der Brust des Gegners.

Der Aufprall war hart. Die Lanze bockte, Schmerz schoss durch seine Rippen, während die feindliche Waffe an seinem Schild abglitt. Irgendwie gelang es ihm, den Schaft, der ihm schon aus der Hand geprellt war, wieder zu erwischen. Erschrocken umklammerte er ihn. Sein Gegner musste im letzten Augenblick den Schild vor sich gerissen haben, statt einen sauberen Stoß auszuführen. Regins Pferd raste weiter, sprang direkt in die Lanze eines zurückgefallenen Ritters hinein. Regin spürte den Ruck im gleichen Moment, da er den Mann wie zufällig aufspießte, bevor er begriff, wie ihm geschah. Der abrupte Halt hatte ihn nach vorn, der Treffer des Gegners zurückgeworfen, sodass er immer noch im Sattel saß, als das Streitross unter ihm zusammenbrach. Hastig befreite er seine Füße aus den Steigbügeln. Die Lanze war ihm endgültig entglitten.

Er rappelte sich über dem sterbenden Pferd auf und riss das Schwert heraus. Dristans Ritter waren vorübergeprescht. Sie wendeten bereits, ebenso wie Joromars Reiter, hinter denen Regin Dristans heranstürmendes Fußvolk ausmachte. Zu beiden Seiten ertönte das Kampfgebrüll der Schützen, die ihre Bögen weggeworfen hatten und sich nun mit Schwertern auf die Gegner stürzten.

Rasch wog Regin ab, welcher Feind ihn schneller erreichen würde. Vermutlich die Reiter, doch auch Joromars Ritter hatten gewendet, und die gelichteten Reihen galoppierten erneut aufeinander zu. Regin fühlte die Erde unter den donnernden

Hufen zittern. Er hob sein Schwert und sah den heranrasenden Feinden entgegen, als auch schon zwei Vasallen seines Vaters hinter ihm hervorstoben. Sie ließen ihn in einem Hagel aufgewirbelter Erdbrocken zurück, gegen die er sich schützend hinter den Schild duckte. Ein zweites Mal prallten die Schlachtreihen aufeinander. Panik griff nach Regin. Wohin sollte er sich wenden? Er wusste in seinem Rücken die Waffenknechte anrennen, konnte ihre Rufe bereits beängstigend nah hören, und vor ihm flogen Dristans im Sattel verbliebene Ritter heran. Sicheren Stand suchend, entschied er sich für den Reiter, der gerade eine gebrochene Lanze fortwarf und das Schwert zog. Das Streitross schoss schnaufend direkt auf ihn zu. Regin trat hastig zur Seite. Die feindliche Klinge fuhr auf ihn herab, während er den Schild hochriss. Mit einem Knall traf Stahl auf Holz. Regin wollte zustechen, doch das Bein des vorüberjagenden Ritters streifte seine Wehr, und die Wucht genügte, um ihn taumeln und seinen Stich ins Leere gehen zu lassen. Noch während er sein Gleichgewicht suchte, drehte er sich um, doch Dristans nahendes Fußvolk war bereits von Joromars Waffenknechten in die Zange genommen worden. Die zurückkehrenden Ritter des Verräters fuhren nun wie Löwen in eine Meute geifernder Jagdhunde, um die Männer des Königs zurückzuschlagen.

Regins Blick fiel auf ein lediges Pferd, das mit geweiteten Augen an den Zügeln zerrte, die sein am Boden liegender Reiter noch immer umklammert hielt. Er hetzte hinüber, trennte die Lederriemen mit dem Schwert von der Hand ihres Besitzers und schwang sich in den Sattel, als Ertwan neben ihm auftauchte. »Smedon zu mir!«, brüllte Regin in den Schlachtenlärm hinein. Ertwan reckte das Feldzeichen in die Höhe. Einige Ritter brachen ihren neuerlichen Angriff ab, um in seine Richtung zu schwenken. »Wir fallen den Kerlen in den Rücken, die das Fußvolk niedermetzeln!«, rief er ihnen zu und deutete mit dem Schwert die Richtung an.

Plötzlich ertönte ein neues Hornsignal zum Angriff. Ordag?

Verwirrt blickte sich Regin um. Anstatt hinter Dristans Heer aufzutauchen, brachen die Ritter des Fürsten aus dem Wald hinter Joromar hervor. Keiner trug ein weißes Band am Arm.

Sava

Drahan, Sarmyn

Sie drehte sich ein letztes Mal im Sattel um und winkte. Schon waren die Priesterinnen nur noch kleine, puppenhafte Gestalten vor dem Heiligtum mit seinen in den Himmel ragenden Bäumen. Sie verschloss sich den Ängsten der Älteren, dass sie nicht zurückkehren könnte, wie es in der Vergangenheit mit anderen Priesterinnen geschehen war, und sperrte auch Ervis Traurigkeit aus, die ihre Freundin schon jetzt vermisste. Früher oder später hätte sie diese Reise ohnehin antreten müssen. Warum also nicht jetzt?

Sie richtete den Blick wieder nach vorn, wobei er Arion streifte, der ebenfalls die Hand zu einem letzten Gruß gehoben hatte. Vor ihnen lag der Weg nach Rothjard, auf dem Jagon ihnen entgegenkommen wollte, um sie an der Kreuzung zu treffen, wo sie gen Norden abbiegen mussten. Ihre Stute schritt ebenso flott aus wie der eisengraue Hengst ihres Bruders, dessen silbrige Mähne in der Sonne glänzte. Sie konnte nicht umhin, die Schönheit des Tiers zu bewundern. *Ein wahrhaft königliches Geschenk.* Doch warum hatte Arion dann nicht glücklich gewirkt, als er ihn ihr gezeigt hatte? Sie hatte eine Mischung aus Ärger, Neid und Enttäuschung in ihm gespürt, die mit dem Pferd und Regin zusammenhing. Hatte er etwa darauf gehofft, ebenfalls die Hand einer Prinzessin zu gewinnen? Es schien ihr nicht zu seinem Charakter zu passen, doch sie wollte nicht ungefragt in seinen Gefühlen herumschnüffeln.

»Da wären wir also wieder unterwegs«, sagte Arion in ihr Schweigen hinein. »Nur leider nicht lange allein.«

Sava hörte auch den gedachten Vorwurf hinter dem bedauernden Tonfall und seufzte. »Bist du mir immer noch böse, weil ich Jagon gegenüber Tomink erwähnt habe?« Sie hatte es dem Gordean an den Kopf geworfen, als er erschienen war, um über die Abreise zu sprechen, und erneut darauf bestanden hatte, wenigstens ihren Bruder zurückzulassen, weil es Frevel sei, ihn mitzunehmen. Sein bestürztes Gesicht hatte ihr tiefe Genugtuung verschafft. Jagon musste nicht glauben, dass seine Familie die einzige mit Verbindungen zu den alten Göttern war. Wenn nur Arion nicht so wütend auf sie geworden wäre …

»Das ist mein Geheimnis, und du hast ihm damit etwas gegeben, das er am Hof gegen mich einsetzen kann, wenn ihm danach ist. Aber jetzt ist es zu spät, also lass uns nicht mehr darüber sprechen.«

Es drängte Sava, ihm zu versichern, dass Jagon ihn nicht verraten würde, weil er in dieser Hinsicht selbst genug zu verbergen hatte, doch sie verkniff es sich, um ihn nicht weiter zu reizen. Außerdem musste sie zugeben, dass der Gordean sehr wohl in der Lage war, anderen Übles zuzufügen, um seine eigenen Interessen zu wahren. *Zum Beispiel mir und Rodan.* Aber davon durfte sie Arion nichts erzählen. Er hätte sich nur auf Jagons Seite geschlagen.

Sava erkannte ihn schon von Weitem an seinem Rappen und den schwarzen Kleidern, die in der Sommerhitze eine Qual sein mussten, auch wenn der Stoff der Tunika sehr dünn war. Nur der blutrote Umhang fehlte, den sie zusammengerollt hinter dem Sattel erwartet hatte. Stattdessen lag dort ein grauer, der vor jedem Hintergrund gleichsam zu verschwinden schien. Der Ritter führte ein Packpferd mit sich und bog an der Kreuzung ab, ohne auf sie zu warten. Ihr war es recht, denn sie legte keinen Wert auf eine Unterhaltung, doch Arion trieb sein Pferd zu schnellerer Gangart an, um aufzuholen. Gereizt folgte sie ihm.

»Warum müsst Ihr uns Eure Gesellschaft aufdrängen?«,

fragte ihr Bruder Jagon geradeheraus. »Erklärt uns den Weg, dann können wir uns alle wieder um unsere eigenen Angelegenheiten kümmern.«

Der Gordean warf ihm einen herablassenden Blick zu. »*Ihr* seid es, der die Nase gerade sehr tief in meine Angelegenheiten steckt. Es wäre angemessener, *Ihr* würdet einfach umkehren und mich meine Arbeit tun lassen.«

»Kommt überhaupt nicht infrage«, mischte sich Sava ein. »*Er* ist hier, weil ich ihn dabeihaben will. Ihr seid nur hier, weil Ihr der Einzige seid, der den Weg kennt. Und fangt nicht wieder davon an, dass Ihr mich beschützen müsst! Ich kann es nicht mehr hören.«

Er lächelte spöttisch. »Wir werden sehen, ob Ihr das auch noch sagt, wenn wir dem ersten Riesen begegnet sind oder die erste Schlucht überwunden haben.«

»Es mag Euch nicht gefallen, aber wenn ich im vergangenen Jahr eines gelernt habe, dann, dass mich niemand vor irgendetwas beschützen kann. Herian wurde bei dem Versuch von Haulern zerrissen und gefressen, Arion konnte nicht verhindern, dass ich beinahe in der Juna ertrunken wäre, und wenn ich mich nicht selbst davor geschützt hätte, wäre ich jetzt mit Ritter Berenk verheiratet. Warum glaubt Ihr, dass Ihr das besser könnt?«

Sie merkte, dass sie Arion mit ihren Vorwürfen verletzt hatte, doch sie hatte die Gedanken so lange zurückgehalten, dass sie nun wie ein Sturzbach unaufhaltsam hervorgesprudelt waren. Nur Jagon nahm sie nicht ernst. *Zum Totensammler mit ihm!*

Er zuckte gelassen die Achseln. »Ich habe keine Wahl. Wie schon mein Vater, mein Großvater und Unzählige vor ihnen wurde ich aufgezogen und ausgebildet, um eines Tages die Auserwählte der Göttin auf den Pfad der Schwäne zu begleiten, damit sie sicher ans Ziel gelangt. Eure mangelnde Einsicht ändert nichts daran.«

Jagon führte sie auf Wegen, die Sava nicht kannte, gen Norden. Lichter Bergwald wechselte sich mit steilen, grasüberzogenen Hängen ab, auf denen die Hirten das Vieh weideten, und jenseits der felsigen Grate gleißten schneebedeckte Gipfel in der Ferne. Weiße Wolkenfedern trieben hier und da am tiefblauen Himmel, dessen Einsamkeit die Schreie der darin schwebenden Adler noch unterstrichen. Nur selten stießen sie auf eine Handvoll gedrungener Häuser, die sich unter schwere, steingesprenkelte Dächer duckten und an deren Südseiten kleine, mit Zäunen aus Flechtwerk geschützte Gärten farbige Kleckse bildeten. Barfüßige Kinder in ungefärbten Kitteln hüteten Gänse, Hühner scharrten auf dem Dorfplatz und stoben gackernd vor den Pferden davon. Wo sie auch vorbeikamen, wurden sie ehrfürchtig von den Menschen gegrüßt. So manche Bäuerin eilte mit einem Säugling herbei, um das Neugeborene von Sava segnen zu lassen, die sie an der grün-weißen Robe als Priesterin erkannten. Sie sah Arions Erstaunen und musste darüber lächeln, wie sehr sich ihr Leben verändert hatte. Manchmal fand sie es selbst noch immer befremdlich, dass sie verehrt und um ihren Segen gebeten wurde, doch die Freude der Menschen über ihr Erscheinen wärmte auch ihr eigenes Herz.

Nach zwei Tagen waren die Berge höher und die Pfade schmaler geworden. Die Pferde erklommen schnaufend einen steilen Hang, den selbst die zahllosen Kehren des Steigs kaum milderten. Sava blickte empor und entdeckte, dass der Pfad zu einer Lücke führte, die wie ein Axthieb in der Kante der grasbedeckten Anhöhe klaffte. Erst im Näherkommen erkannte sie, dass der Durchbruch einem Tor glich, das absichtlich angelegt worden war. »Ist das ein Eingang?«, rief sie Jagon zu und zeigte hinauf. Sie hatte feststellen müssen, dass es zu anstrengend war, den Gordean zu hassen, wenn sie den ganzen Tag in seiner Gesellschaft verbrachte. Vielleicht waren auch das Wetter und die Landschaft zu schön für trübe Gedanken, jedenfalls gelang es ihr nicht, ständig zwischen Freundlichkeit gegenüber Arion und schneidender Kälte für Jagon zu wechseln. *Es ist nur eine Art Waffenstillstand.* Rodan war noch immer in Gefahr, und den Schwur, der sie von ihm trennte, würde sie dem Gordean niemals vergeben.

»Ja, zu einer Fluchtburg«, antwortete Jagon.

»Eine Fluchtburg?«, wiederholte Arion erstaunt.

Auch Sava sah verwundert hinauf. Wo waren die Mauern und Türme?

»Ihr werdet es gleich sehen.«

Der Eingang entpuppte sich als Bresche in einem drei Mann hohen Wall, der ein Hochplateau umschloss. Es war groß genug, um einer Burg wie Egurna Platz zu bieten. Ein Rudel Hirsche schreckte auf, als die Reiter im Tor der Anlage erschienen, und floh mit weiten Sätzen ans andere Ende, wo es witternd stehen blieb, die Geweihe ein wehrhaftes Dickicht.

»Das nächste Mal sollten wir schneller sein«, meinte Jagon und tippte vielsagend auf einen der beiden Köcher mit Pfeilen, die am Packpferd baumelten.

Die Hirsche wandten sich erneut zur Flucht. Mühelos überwanden sie den Wall und verschwanden dahinter. Ohne sie wirkte die Hochfläche bedrückend einsam, ein leerer Ort unter einem ebensolchen Himmel.

»Und wo ist nun die Burg?«, wollte Arion wissen.

»Ihr seid darin«, behauptete Jagon und ritt auf eine Rampe zu, die auf den Wall hinaufführte. »Sie stammt aus dem Krieg gegen die Riesen. Wenn Gefahr drohte, trieben die Bauern ihr Vieh zusammen und kamen mit ihren Familien und allem, was sie tragen konnten, hierher. Durch den Geländevorteil und den Wall lässt sich der Platz gut verteidigen. Doch es ist einige Generationen her, dass er zuletzt gebraucht wurde. Die Zeit der Riesenheere scheint vorüber. Aber wer weiß …«

Sava las die Sorge hinter seiner nach außen getragenen Gelassenheit. Es hatte einen Vorfall gegeben, der ihn beunruhigte, und nun würde er ihretwegen nicht zur Stelle sein, falls noch mehr Menschen in Gefahr waren. *Ich kann es nicht ändern. Er hat selbst gesagt, dass es sein Schicksal ist.*

»So ein Erdwall ist schön und gut, aber eine ordentliche Mauer würde entschieden besseren Schutz bieten«, urteilte Arion.

»Mag sein«, gab Jagon zu.

Ihre Pferde erreichten den Rücken des Walls, vor dem der Hang schwindelerregend tief abfiel. Er bot einen weiten Blick über das Tal und auf die dahinter aufragende Bergkette, in deren Felszacken sich mehr und mehr Wolken verfingen. Rauch stieg an einigen Stellen aus dem Talgrund auf, der weitgehend gerodet und mit Wiesen und Schutthügeln bedeckt war. Sava konnte kleine Gebäude entdecken, aus denen der Qualm aufstieg, doch auffälliger war ein breiter, bereits wieder grün überwucherter Graben, der einen Teil des Tals durchschnitt wie ein ausgetrockneter Flusslauf. In seiner Nähe führte ein Karrenweg entlang, auf dem nicht nur Ochsengespanne, sondern auch einige Wanderer und Maultiertreiber unterwegs waren. Zahlreiche Pfade zweigten von dem Weg zu den vereinzelten Hütten ab, bevor er an einem hölzernen, turmartigen Gestell endete.

»Was ist das alles?«, fragte sie ratlos.

»Vermutlich der Grund für den Krieg.« Jagon deutete hinab. »Seht Ihr den Graben? Das ist eine Pinge. Meine Vorfahren haben dort Kupferkies abgebaut. Die Hohlräume sind eines Tages eingestürzt. Viele Bergmänner kamen bei dem Unglück ums Leben.«

»Ihr betreibt hier Kupferbergbau?« Ihr Bruder trieb seinen Hengst neugierig weiter vor. »Dann sind das alles Schmelzöfen und Schlackehalden?«

»Ihr versteht etwas vom Bergbau?«

Arion schüttelte den Kopf. »Nein, das wäre zu viel gesagt, aber ich habe in der Nähe Durindags Ähnliches gesehen, wo sie Eisenerz abbauen. Der Ritter, der dort die Arbeit beaufsichtigt, hat mir ein wenig darüber erzählt.«

»Aber was hat das Kupfer mit den Riesen zu tun?«, hakte Sava nach. »Wollten sie es für sich haben?«

»Wer weiß? Sicher ist nur, dass meine Familie immer wieder versucht hat, weiter in das Aldagar vorzudringen. Wir wissen von einigen Erzvorkommen, die sehr ergiebig sein könnten. Aber bis jetzt ist jeder Vorstoß daran gescheitert, dass die Riesen auftauchten, alles Gerät zerstörten und die Bergleute umbrachten, bevor die Arbeit nennenswert in Gang kam. Es würde Befestigungsanlagen und viele Bewaffnete erfordern, um ihnen zu trotzen.« Er lächelte versonnen. »Die Bauern sagen, dass den Riesen die Berge heilig sind. Sie wollen einfach nicht, dass wir darin herumgraben. Vielleicht verstehe ich das sogar.«

Grachann

Die Waldhügel

Eben noch ein fester, lebendiger Körper, hing der Staub nun vor Grachann in der Luft, schien einen Lidschlag lang auseinanderzustreben, nur um sich im nächsten zu neuer Form zu verdichten. *Sie verwandelt sich in einen Dämon.* Grachann hatte niemals einen ruhigeren, klareren Gedanken gehabt. Er wusste, dass er ihr ausgeliefert war. Weder Waffen noch Flucht konnten ihn retten, nur ein Sonnenstrahl, doch in der dichten Wolkendecke wollte kein Loch für ihn aufreißen.

Der Schatten wuchs vor ihm empor, überragte ihn bald um Haupteslänge, eine schwarze Männergestalt, die sich plötzlich in ebensolche Flammen hüllte. Überall züngelten sie aus Rumpf und Gliedern hervor, dunkle Zungen, die nach ihm leckten, höher und höher tanzten, bis sie den Dämon in eine lodernde Feuersäule hüllten.

Es ging schnell, und doch kam es Grachann langsam vor, wie das Schlüpfen einer Schlange aus dem Ei. Er sah zu, spürte die Kälte, die von den Schattenflammen ausging, ihren eisigen Kuss, der seinem Körper alle Wärme entzog. Doch das Einzige, was er fühlte, war Wut, trotzige, in den Adern kochende, die Welt und das Schicksal verfluchende Wut. Keinen Schritt würde er vor dem Tod zurückweichen, dieser Missgeburt keinen ängstlichen Blick, keine hilflose Geste der Abwehr gönnen.

Die Feuersäule glitt näher, strich wie einst der Folterknecht mit glühenden Eisen über seine Haut. Der Schmerz brannte sich ein, löschte sein Denken aus, und noch immer starrte er durch die dunklen Flammen in das schwarze Gesicht des Dämons, das weder Augen noch Mund besaß. Sein Zorn gefror. Plötzlich wich die Feuersäule zurück. Schmerz und Kälte lockerten ihren Griff. Unter Grachanns Haut prickelte es wie von tausend Nadeln, doch berauscht von seinem unerwarteten Sieg nahm er es kaum wahr.

»Ha!« Mit dem Mantel der Überlcgenheit um die Schultern trat er nun doch einen Schritt zurück, um sich der frostigen Aura zu entziehen. »Wenn das alles war, stiehl mir nicht länger die Zeit! Ich habe Wichtigeres zu tun.«

Als der Abend dämmerte, suchte sich Grachann einen Lagerplatz abseits des überwucherten Pfads, dem er in westliche Richtung gefolgt war. Anidim verfluchend, betrachtete er erst jetzt die Spuren, die ihre Berührung hinterlassen hatte. Die Haut sah an diesen Stellen weißlich aus und hatte einige Blasen gebildet, aber sie brannte nicht mehr. Sein Blick fiel auf den grauen Fleck auf seinem Arm. Unwillkürlich runzelte er die Stirn. Er hatte sich auf die Größe einer Handfläche ausgedehnt, während die Mitte dunkler, fast schon schwarz geworden war. »Durlach«, knurrte Grachann und betastete die verfärbte Haut. Sie tat weder weh noch juckte sie. Hatten ihm die Erdmejek eine Krankheit angehext? Aber von der Erschöpfung durch den langen Marsch abgesehen, fühlte er sich nicht schlecht.

Er opferte einige Bissen Trockenquark von seinem Abendessen, um die Geister des Waldes zu besänftigen, die womöglich hinter dieser seltsamen Angelegenheit steckten, und trat ihnen am Morgen auch einen Teil seines Frühstücks aus Dörrfrüchten ab. Misstrauisch musterte er seinen Arm, doch er hätte nicht sagen können, ob der Fleck über Nacht weiter gewachsen war. Er ertappte sich dabei, den Mund zu öffnen, um über die Stelle zu lecken wie ein verwundetes Tier, und schloss ihn verwirrt wieder. Was ging nur in ihm vor?

Im Licht der ersten durch das Laub fallenden Sonnenstrahlen folgte er erneut dem alten Pfad, der bald auf eine weitere Lichtung zu münden schien. Vorsichtig näherte er sich dem Waldrand. Der Boden war steiniger geworden. Einige Fichten wurzelten auf nacktem Fels, wo sich die Spur des Wegs endgültig verlor. Die Luft roch frischer, nach taunassem Gestein und Fichtennadeln. Grachann trat unter die letzten Bäume, die sich waghalsig über den Rand des Abhangs lehnten, der zu Grachanns Füßen in die Tiefe stürzte. Wasserrauschen drang aus dem Abgrund herauf. *Die Lange Narbe. Wer hat erzählt, sie verliere sich in den Wäldern?* Die Schlucht war hier steiler und enger als draußen in der Steppe. Vereinzelt klammerten sich Sträucher und Bäume an den schroffen Felswänden fest, zwischen denen ein Sperber auf der leichten Brise dahinglitt, doch sie boten kaum einem Menschen genug Halt, um hinabzuklettern, und schon gar keinem Pferd.

Vielleicht wird sie ja bald flacher. Grachann wandte sich nach Norden. Die Sonne stand bereits hoch über der Schlucht, als er auf einen weiteren Weg der Erdmejek stieß. Auf dem trockenen Untergrund fand sich zwar keine Spur eines Menschen mehr, doch für einen Wildwechsel war der Pfad zu breit. Er kam von Osten und führte direkt auf die Lange Narbe zu.

Gab es in der Nähe eine zum Abstieg geeignete Stelle? Erleichtert wollte Grachann dem Weg folgen, um nachzusehen, als er aus dem Augenwinkel eine Bewegung wahrnahm. Dort, wo sich der Pfad in entgegengesetzter Richtung unter den Bäumen verlor, schälte sich eine in Grün und Weiß gekleidete Gestalt aus dem Spiel des Lichts im Laub. Das jettschwarze Haar rahmte ihr Gesicht wie ein seidener Schleier. Nichts erinnerte an den flammend frostigen Dämon.

Grachann verzog verächtlich die Lippen und sah ihr entgegen. »Spuckst du immer noch so große Töne, oder kannst du mich gar nicht töten?«

»Ich kann. Aber ich hatte meine Gründe, es nicht zu tun.« Sie warf im Vorübergehen einen bedeutungsvollen Blick auf seinen verfärbten Arm.

»Du weißt, was das ist?« Dass es eine, wenn auch noch so vage Verbindung zwischen Anidim und diesem Fleck gab, verlieh ihm eine neue, unheilvollere Bedeutung.

»Ja«, antwortete sie, ohne anzuhalten.

Hastig folgte Grachann ihr und zog das Pferd hinter sich her. »Dann sag es mir!«

Sie sah stur geradeaus. »Warum sollte ich? Etwa aus Dankbarkeit?«

»Sag es mir!« Grachanns Hand ließ den Führstrick los und fuhr ihr an die Kehle, doch Anidim war schneller, wich mühelos aus.

»Wirst du dann auch mir behilflich sein?«, fragte sie, aber der Tonfall verriet, dass sie nicht daran glaubte.

»Bei etwas, das ich nicht einmal wissen darf?« Er schüttelte den Kopf. *Wahrscheinlich behauptet sie das nur, um mich zu ködern.* Ein lächerlicher Rußfleck war nicht wert, auf sie hereinzufallen. »Nein, bestimmt nicht.«

»Dann wäre das ja geklärt.«

Grachann richtete den Blick wieder nach vorn und stieß einen Fluch aus. Der Weg endete in zwei schmalen, grob in den Felsen gehauenen Stufen, die in den Abgrund führten.

Die Lange Narbe durchschnitt die bewaldeten Hügel hier ebenso unüberwindbar wie zuvor, doch zu beiden Seiten der Stufen war je ein dickes Seil über die Schlucht gespannt. Beide waren durch kürzere Stricke mit einem dritten Seil verbunden, das die Erbauer dieses Übergangs am Fuß der kurzen Treppe vertäut hatten. Sie hingen in leichtem Bogen durch und wirkten bereits verwittert. Einzelne braune Fasern standen von ihnen ab wie Schweineborsten.

Grachann trat auf die untere Stufe und sah schaudernd in die Tiefe. Wenn es in ein oder zwei Tagesmärschen Entfernung eine weniger gefährliche Möglichkeit gab, diesen Abgrund zu überwinden, würden die Waldleute ihr Leben wohl kaum einem solchen menschengemachten Spinngewebe anvertrauen. Bei der Vorstellung, den Fuß auf das mittlere Seil zu setzen, wurde ihm flau. Es fiel ihm schwer genug, vom Rand aus hinunterzublicken. Rasch zog er sich zurück.

Anidim hatte sich auf einen niedrigen, flechtenüberzogenen Felsblock gesetzt und sah ihm belustigt zu. »Angst vor der Höhe, Adler?«

Er knirschte mit den Zähnen. »Ich frage mich nur, wie ich das Pferd hinüberbringen soll. Sieh eben zu, dass du weiterkommst, wenn dir das hier zu lang dauert.«

Sie grinste boshaft. »Nein, ich finde es viel unterhaltsamer, dir zuzuschauen.«

Grachann verspürte erneut den Drang, sie zu würgen, doch auch daraus würde sie nur wieder eines ihrer Spielchen machen. Sie war Abschaum, übelster Dreck, den Ertann aus einem Winkel der Unteren Welt gezerrt hatte, in dem sie besser geblieben wäre. Im Grunde war sie seine Aufmerksamkeit nicht wert. Er hatte eine schwierige Entscheidung zu treffen, die sein Herz spaltete.

Noch einmal musterte er die Seile, die Bäume und Wurzelstrünke, um die sie geschlungen waren. Sollte er es wagen? Oder weiterziehen, bis er womöglich feststellte, dass es keinen besseren Weg nach Nordwesten gab? Wenn er den Wallach zurückließ, war er ein Krieger ohne Pferd. *Genauso gut könnte ich mir die Füße abhacken!* Aber er musste sich eingestehen, dass er ohnehin die meiste Zeit gelaufen war. »Es sei«, seufzte er und nahm dem Wallach Gepäck, Sattel und Zaumzeug ab. »Du bist frei.«

Das Tier sah ihn einen Augenblick lang fragend an, dann wandte es sich ab, um die frischen Triebe einer Buche abzurupfen. Grachann hing sich seinen Bogen und Köcher um, zurrte seinen Umhang an den Packtaschen fest und lud sie sich auf die Schultern, den Steg um den Nacken gelegt. Wie er sie später tragen würde, wusste er noch nicht, aber fürs Erste brauchte er freie Hände. Er atmete tief durch und trat erneut an den äußersten Rand der unteren Stufe.

»Vergiss nicht, die Schwingen auszubreiten, wenn du aus dem Nest fällst.«

Grachann ballte die Fäuste, aber der Abgrund unmittelbar vor ihm nahm seine Sinne bereits so sehr gefangen, dass sein Zorn nur fernes Wetterleuchten am Horizont seines Geistes blieb. Entschlossen griff er nach den beiden Halteseilen und setzte – deutlich zögernder – den ersten Fuß auf die luftige Brücke. Sogleich begann die ganze Konstruktion sachte zu schwingen. Er spürte das Seil durch die Ledersohle seines Stiefels. Sein Fuß krümmte sich, als wolle er das Seil umfassen, obwohl es dazu der Klaue eines Adlers bedurft hätte. *Das ist Irrsinn.* Aber wenn die Waldleute auf diese Art die Schlucht überquerten, durfte ihnen ein Krieger der Steppe an Mut nicht nachstehen. Er gab sich einen Ruck und löste auch den zweiten Fuß vom sicheren Boden, um ihn hastig vor den anderen zu setzen. Schweiß brach ihm aus allen Poren, als die Stricke noch heftiger schwankten. Mit feuchten Händen umklammerte er die rauen, gedrehten Faserstränge, bis sich die heftigsten Schwingungen gelegt hatten. Solange er stillhielt, hing auch die Brücke halbwegs ruhig, doch er musste sich bewegen, wenn er jemals auf der anderen Seite ankommen wollte.

Mühsam versuchte er, seine Lage nüchtern zu betrachten. Das glatte, runde Trittseil gab ihm kaum Halt, aber die Knoten, die es mit den beiden anderen verbanden, sahen vielversprechender aus. Vorsichtig schob er sich weiter. Seine Beine gewannen an Sicherheit, federten das Buckeln des Seils ab, während sein Oberkörper das Gleichgewicht wahrte. Es erinnerte ihn an das verwegene Gefühl, auf einem galoppierenden Pferd zu stehen, ein Spiel, in dem sich die Jungen aller Stämme maßen. Ein Lächeln stahl sich auf sein Gesicht. Er ging schneller. *Nur nicht an den Abgrund denken …* Die Hälfte hatte er bereits hinter sich.

Plötzlich riss etwas heftig an dem Umhang, der zusammengerollt um seinen Nacken lag, und im gleichen Augenblick blitzte Stahl neben seiner Wange auf. Ungläubig schielte Grachann auf die Pfeilspitze, die aus dem Stoffbündel ragte, während er um sein Gleichgewicht rang. Er hörte weitere Geschosse sirren.

»Lauf!«, brüllte Anidim, als der Pfeilhagel auch schon niederging.

Rodan

Aldagar

Was zum Totensammler … Hellwach schlug Rodan die Augen auf. Irgendetwas musste ihn geweckt haben, doch um ihn herum schien alles friedlich. Das Atmen und Schnarchen der schlafenden Männer vermischte sich mit dem Rauschen eines nahen Wasserfalls, das ihn an das beruhigende Prasseln des Regens auf ein Dach erinnerte. Die Lagerfeuer waren heruntergebrannt, aber die schlummernde Glut verlieh der klaren, kalten Nachtluft noch immer eine Ahnung von Rauch.

Rodan setzte sich auf, sah sich um und lauschte. Arrer, der sich mit einem der Dienstmannen die letzte Wache teilen sollte, lehnte schlummernd an einem abgestorbenen Baumstamm, den Sonne und Sturm gebleicht und poliert hatten, bis er einem gebrochenen Knochen gleich aus der Erde ragte. Die aufrechte Gestalt des zweiten Wachpostens zeichnete sich dunkel vor den Felsen ab, die auf der anderen Seite des Lagers blass im Mondlicht schimmerten. Kein ungewöhnliches Geräusch drang an Rodans Ohren. War er nur aus einem bösen Traum aufgeschreckt?

Er streckte sich wieder aus und verschränkte die Arme hinter dem Kopf. Die volle Scheibe des rostroten Monds leuchtete durch die Wolkenschleier, die gegen Abend von Westen her aufgezogen waren. *Wieder zwei Tage vergangen.* Zwei Tage, in denen sie der Spur der Riesen gefolgt waren, die sie an felsigen Hängen und in geröllbedeckten Talgründen ständig zu verlieren drohten. Nur die Asche ihrer Kochfeuer war stets unübersehbar – und die abgenagten menschlichen Knochen, die darum verstreut lagen.

Zwei weitere Tage, an denen er nicht in das Heiligtum zurückgekehrt war. Der verfluchte Gordean hatte Sava sicher nicht erzählt, dass er alles daransetzte, einen gewissen Söldner von ihr fernzuhalten. *Wahrscheinlich glaubt sie, dass ich wieder abgehauen bin. Was soll sie sonst davon halten?* Wenn sie sich überhaupt Gedanken über sein Verschwinden machte … War es nicht vermessen anzunehmen, dass er ihr ebenso im Kopf herumspukte wie sie ihm? Von der Göttin durfte er so viel Gnade nicht erwarten. Aber vielleicht von ihrer Priesterin?

Er sah sie vor sich, die schlanke Gestalt in der grün-weißen Robe, Unsicherheit in den dunklen Augen, die ihre stolze Haltung Lügen strafte. Was empfand sie für ihn? Der Drang, aufzuspringen und zurück nach Drahan zu laufen, um es herauszufinden, war plötzlich so stark, dass sein Bein zuckte, als wolle es sich zur Not ohne sein Einverständnis auf den Weg machen.

Hol's der Dur! Wenn er sich jetzt von dieser todgeweihten Truppe absetzte, durfte er nie wieder einem Gordean unter die Augen kommen. Jagon hatte ihn deutlich genug gewarnt. Um in Savas Nähe bleiben zu können, musste er diesen Irrsinn durchstehen und den Rittern seine Zuverlässigkeit beweisen. Vielleicht würden sie ihn dann zu einem Grenzer machen.

Doch er hatte noch einen weiteren Grund, vorläufig bei seinen Kameraden zu bleiben. Die Worte dieses närrischen Einsiedlers gefielen ihm nicht. Was hatte dieses Gefasel über einen schwarzen Kopf, Blut und Fell, die nicht den Riesen gehörten, zu bedeuten? Waren es doch keine Riesen, denen sie folgten? Aber die Abdrücke, die sie gelegentlich in weicher Erde fanden, sahen aus wie jene gewaltiger menschlicher Füße. Kein anderes Ungeheuer, das er wenigstens vom Hörensagen kannte, hinterließ solche Spuren.

Und dann war da noch die Sache mit dem Eisen. Als sie das zerstörte Dorf nach Toten und verletzten Überlebenden durchsucht hatten, war ihm aufgefallen, dass die Riesen viele Gerätschaften mitgenommen hatten. Sensen, Sicheln, Töpfe, Pfannen, alles, was auf einem Hof aus Eisen gefertigt war, fehlte. Auch Garédar hatte es bemerkt und versucht, aus Steinfresser herauszubringen, was die Riesen mit dem Metall vorhatten, doch entweder sprach dieser Kauz zu wirr oder er wusste es einfach nicht.

Der Gedanke, dass sie es einschmelzen und etwas Neues daraus schmieden wollten, lag auf der Hand. *Sie sind auf Waffen aus.* Er hätte sein Schwert darauf verwettet, dass er richtiglag. Diese Riesen hatten etwas vor, wofür sie bessere Waffen brauchten. Das konnte nichts Gutes sein. Wollten sie etwa Drahan angreifen? Dann war auch Sava in Gefahr. Er musste es herausfinden und sie nötigenfalls in Sicherheit bringen – egal, was der selbstgefällige Gordean dazu sagte. *Soll ihn doch der Totensammler holen!*

Rodan spähte die Felswand hinauf, die sich in grauem Dunst verlor. Seit dem Morgen wogte und wallte dieser Nebel über ihren Köpfen wie Dampf in einer Waschküche. Feiner Nieselregen fiel daraus herab, wirbelte schwerelos herum und überzog alles mit einer glänzenden Schicht winziger Tropfen. Rodan sah sie aufgereiht auf dem Rand seiner Kapuze und spürte sie kühl auf seinem Gesicht. Sie hatten den Speerschaft aufquellen lassen, bis er so stumpf in der Hand lag, dass er die aufgeweichte Haut abrieb, und auch der Schild sog sich allmählich voll und wurde schwerer. Argwöhnisch blinzelte Rodan gegen den Regen nach oben. Das einzige Zeichen von Leben waren kleine Pflänzchen, die sich in Gesteinsritzen und auf schmalen Felsvorsprüngen festkrallten.

»Kannst du was erkennen?«, erkundigte sich Herke, der ebenfalls den Blick in die Höhe gerichtet hatte und vergeblich versuchte, die Augen mit der Hand abzuschirmen.

»Nein. Das ist sinnlos. Die Wand könnte ebenso gut zweihundert Schritte hoch sein wie zwanzig.«

Der alte Waffenknecht nickte. »Wir sollten umkehren.«

Rodan sah wieder auf den kaum sichtbaren Pfad, der sich auf dem losen Geröll zwischen dem Fuß des Abhangs und dem steinigen Bett eines Wildbachs abzeichnete. Das Tal verengte sich an dieser Stelle, sodass es ihnen keinen Vorteil verschafft hätte, das Ufer zu wechseln. Auf beiden Seiten ragten die Hänge wie eine Drohung über ihnen auf. »Lass uns noch ein Stück weitergehen und dort vorn um die Biegung schauen!«

»Ich weiß nich'.« Auf Herkes Miene zeichnete sich Widerwillen ab. »Das riecht nich' mehr nach Hinterhalt, das stinkt schon!«

»Allerdings.« Die Ahnung naher Gefahr hatte sich wie ein kühler Umhang um Rodans Schultern gelegt, unter dem sich die Muskeln versteiften. »Aber was willst du Garédar sagen? Könnte sein, dass sie uns auflauern, aber uns haben die Knie zu sehr geschlottert, um nachzusehen?« Das dürfte kaum die Vorstellung des Ritters von guten Kundschaftern sein.

»Ich bin vielleicht alt, aber wenn mich einer Feigling nennt, kann ich immer noch ungemütlich werden«, knurrte Herke.

Rodan verdrehte die Augen. »*Ich* bin es nicht, der dich feige nennen wird.« Glaubte Herke etwa, dass er erpicht darauf war, sein Leben wegzuwerfen? Dazu hatte er schon mehr als genug bessere Gelegenheiten gehabt. Doch mit jedem Augenblick, den sie länger an diesem Fleck standen, wuchs das Gefühl, dass er schnellstens verschwinden sollte. »Machen wir es so: Du bleibst hier, und ich werfe einen Blick um die Ecke. Dann kannst du wegrennen und die anderen warnen, wenn mir was zustößt.« *Falls du schnell genug bist.*

Der Alte brummte etwas Unverständliches, bevor er den gebeugten Rücken straffte. Die Kraft und Zähigkeit, mit der er auf diesem Marsch mithielt, nötigte Rodan Respekt ab. »Sieh zu, dass du's hinter dich bringst! Ich will nich' den ganzen Tag im Regen rumstehn.«

Schmunzelnd hob Rodan den Speer zum Abschiedsgruß und folgte der vagen Spur aus festgetretenen Steinen und umgeknickten Pflanzen, die die schweren Ungeheuer im Geröll hinterlassen hatten. Sein kleines Lächeln verflog so rasch, wie es gekommen war. Kampfbereit hielt er Speer und Schild ein wenig höher. Vor ihm wand sich das Tal so scharf nach links, dass die vorspringende Felswand völlig die Sicht versperrte. Die kantigen, vom Berg herabgefallenen Steine, von denen einige größer waren als sein Kopf, knirschten und klapperten unter seinen Schritten. Er versuchte, die Füße behutsamer aufzusetzen, um sich der Biegung leiser zu nähern. Mit angespanntem Nacken horchte er nach verräterischen Geräuschen eines wartenden Feindes, doch nur das Plätschern und Rinnen des Bachs drang an seine Ohren.

Plötzlich ertönte ein lauter, dreifacher Pfiff. Rodan erstarrte. Sein Blick schoss durch die Schlucht, aber außer dem strömenden Wasser und der träge wabernden Feuchtigkeit in der Luft regte sich nichts. Er hatte dieses Fiepen in den letzten Tagen bereits einige Male gehört. *Der Warnruf der Wampen,* hatte Lanenk ihm erklärt. Stets pfiffen sie, bevor er sie zu Gesicht bekommen konnte, und versteckten sich in ihren Bauen.

Hatten Herke und er sich von ein paar pelzigen Blumennagern ins Bockshorn jagen lassen? Er glaubte es nicht.

Die Augen fest auf die Stelle gerichtet, wo der Abhang ihm mit jedem Schritt ein kleines Stück mehr Sicht freigab, ging er weiter. Aus der Nähe betrachtet, war die Biegung weniger abrupt. Rodan umrundete wachsam die vorstehenden Felsen und atmete unwillkürlich auf. Vor ihm lag das Ende der Schlucht. Der Talgrund stieg langsam an, um schließlich vom grauen Dunst zwischen den Gipfeln verschluckt zu werden. Der Bach sprang ihm über schmutzige Eisklumpen und Felsblöcke entgegen. Die Sonne drang wohl nur selten in diese Welt aus Nässe und Schatten vor. Kaum ein grüner Klecks unterbrach das eintönige Grau des Gesteins. *Hier fühlen sich höchstens Lorke wohl.* Doch Rodan entdeckte weder große Spalten noch Höhleneingänge, die den Krötenhäutigen als Unterschlupf dienen konnten. Nichts deutete auf eine Gefahr hin.

Aber kaum hatte er sich abgewandt, um zu Herke zurückzukehren, saß ihm die dunkle Ahnung wieder im Nacken. Gereizt sah er sich noch einmal um. Nichts.

Warum zum Dur erwartete er dann jeden Moment einen Hieb in den Rücken? Zornig ballte er die Faust fester um den Speer und verkniff sich, erneut über die Schulter zu blicken. *Stell dich nicht an wie eine Memme!*

»Und? Was is' dahinten?«, wollte Herke wissen, der noch immer beunruhigt aussah.

Rodan zuckte die Achseln. »Dasselbe wie hier.«

»Nichts?« Der Alte runzelte die Stirn. »Aber ich könnt schwörn …«

»Ich auch. Irgendetwas geht hier nicht mit rechten Dingen zu. Vielleicht weiß dieser Wirrkopf mehr darüber.«

Sie gingen am Bach entlang zurück, zu dessen Seiten das Tal rasch breiter und die Hänge weniger steil wurden. Nur der

Nebel hing unverändert über ihnen und erniedrigte die Sonne zu einer blassen Erinnerung.

Es dauerte nicht lange, bis Garédar und seine Männer ihnen entgegenkamen, ein schweigsamer Zug in Kapuzen gehüllter Gestalten, die die Witterung ebenso niederdrückte wie das Gewicht ihrer Kraxen und Schilde. Der graubärtige Ritter marschierte an der Spitze, während der jüngere Gordean weit zurückgefallen war. *Hoffentlich treiben ihm die Blasen an den Füßen bald den Wahn aus, seinen toten Schwager finden zu wollen.*

»Ihr seid früh dran«, stellte Garédar fest und brachte seine Truppe mit erhobener Hand zum Stehen. »Habt ihr etwas zu berichten?«

Rodan warf Herke einen fragenden Blick zu und überließ ihm das Wort. »Ja, Herr. Sind aufn Engpass gestoßen, der wie gemacht is', um uns aufzulauern. Wir glauben, dass da was nich' stimmt, aber wir ham nichts Verdächtiges finden können.«

»Davor und dahinter?«, hakte der Ritter nach.

»Die Schlucht is' leer – davor und dahinter«, bestätigte der Waffenknecht.

»Woher wollt ihr dann wissen, dass an dieser Stelle Gefahr droht?«

»Ich wär nich' so alt geworden, wie ich bin, wenn ich so was nich' im Gespür hätt.« Herke warf sich stolz in die Brust. Rodan musste sich ein Grinsen verkneifen, als ihm auffiel, dass er genau dasselbe geantwortet hätte, obwohl er so viel jünger war.

Garédar sah ihn scharf an. »Du scheinst das wohl eher amüsant zu finden.«

»Nein, Herr. Ich habe ebenfalls ein ungutes Gefühl, was diese Stelle angeht. Mein Rat wäre, Euren Gefangenen zu befragen, ob es mit dem Ende dieses Tals irgendetwas auf sich hat.«

»Es steht Knechten nicht zu, uns Ratschläge zu erteilen!«,

tadelte der junge Gordean, der zu ihnen aufgeschlossen hatte. »Wir werden auf keinen Fall noch mehr Zeit mit diesem Narren verschwenden.«

»Nein, ich glaube auch nicht, dass uns das weiterbringt.« Nachdenklich blickte Garédar die Abhänge zu beiden Seiten des Tals hinauf. »Sollte er etwas wissen, wird er uns höchstens durch sein Verhalten warnen, wenn er um sein eigenes Leben fürchtet. Geh ein paar Schritte mit ihm voran, Söldner! Der Rest folgt mir. Haltet die Augen offen, Männer! Herke, du übernimmst mit Korwin die Nachhut. Achtet besonders darauf, dass uns niemand von hinten den Weg abschneidet!«

Der Waffenknecht eilte zum Ende des Zugs, während Rodan von dem Dienstmann, den der Ritter Korwin genannt hatte, die Aufsicht über Steinfresser übernahm.

»Viel Glück da vorn«, wünschte Korwin hämisch.

Rodan fragte sich, ob der Kerl jemals vergessen würde, dass er seinem Freund den Arm gebrochen hatte. Wortlos wies er dem an den Handgelenken gefesselten Gefangenen den Weg. Wer war dieser Mann, dessen Haut aussah wie das Leder lange getragener Stiefel? Regentropfen glitzerten in seinem schütteren Haar, da er weder Hut noch Kapuze besaß.

»Diese Riemen bringen mich noch um«, beschwerte sich Steinfresser. »So kann man kein Gleichgewicht halten.« Manchmal sprach er so klar, dass Rodan argwöhnte, er täusche den Irrsinn nur vor.

»Diese Fesseln waren nicht meine Idee, mein Freund. Deshalb darf ich sie dir auch nicht abnehmen.«

»*Diasid*, pah! *Yune mer hem uemin diasid.* Kalt ist es geworden. Die Reifriesin hat ihren Atem übers Land gehaucht, *sigarerala*. Feuer. Geht an und aus, an und aus …«

»Hör mal …« Sollte er ihn wirklich Steinfresser nennen? Rodan entschied sich dagegen und deutete mit der Speerspitze auf die heranrückenden Felswände, denen sie sich näherten. »Kennst du diese Schlucht? Warst du schon einmal hier?«

»Er fragt mich was. Ständig fragen sie mich was, aber sie hören nie zu. *Belarea*, alle haben Ohren, aber sie hören nie zu …«

»Doch, doch, ich hör dir zu«, beteuerte Rodan und versuchte, gleichzeitig auf Steinfresser und ihre Umgebung zu achten. »Sag mir einfach, ob es hier gefährlich ist.«

Sie betraten den kaum drei Schritte breiten Geröllstreifen zwischen Steilhang und Ufer.

»Waffen sind gefährlich. Alle haben Waffen …«

»Wer? Die Riesen? Oder meinst du uns?« Wieder befiel Rodan die Ahnung drohenden Unheils. Es dräute über ihm wie ein aufziehendes Gewitter. Beunruhigt blickte er zu den weiß-grauen Nebeln hinauf. *Die Atemwolke der Reifriesin?*

»*Zaparea mer ramea.* Hörner auch, und Zähne. Ich hab mein Messer abgebrochen, *ganib* …«

Rodan gab auf, sich einen Reim auf Steinfressers Gerede machen zu wollen, und hörte nicht mehr hin. Seine Sinne waren nur noch darauf gerichtet, den kleinsten Hinweis auf ihren lauernden Gegner zu erhaschen. Nur noch wenige Schritte trennten ihn von der Biegung der Schlucht.

Das Geräusch kam beiläufig, wie etwas Fernes, das nichts mit ihm zu tun hatte. Klack. Klack. Das Aufprallen eines fallenden Steins auf Felsen hoch über ihm. Entsetzt riss Rodan den Schild über den Kopf. »Achtung!«

»Steinschlag!«, brüllte Garédar hinter ihm.

Etwas landete im Geröll, dass es Steine spritzte.

»Lauf!«, fuhr Rodan den Gefangenen an, während über ihm immer mehr Steine auf den Steilhang eintrommelten. Er rannte an Steinfresser vorbei, der in fremden Zungen fluchte, hörte hinter sich das Geschrei seiner Kameraden, den Aufschlag größerer Brocken und das Platschen und Glucksen, wenn sie ins Wasser fielen. Plötzlich knallte etwas Hartes gegen seinen Schild. Der Stein prallte ab, sprang gegen die Felswand, dann war Rodan auch schon vorbei. Er hetzte um die Ecke und kam schlitternd auf dem Geröll zum Stehen.

Zwei riesige Gestalten, die wuchtige Keulen schwangen, eilten ihm vom Ende der Schlucht entgegen. Der Schutt knirschte und bebte unter ihren Füßen. Einen verwirrenden Moment lang kämpfte Rodan gegen den Eindruck, seine Augen spielten ihm einen Streich, weil die Männer im Verhältnis zur Umgebung unmöglich so groß sein konnten. Sie stießen ein tiefes, dröhnendes Gebrüll aus, das er bis in den Magen spürte. Es hallte von den Wänden wider und vermischte sich mit dem Poltern und Prasseln des Gesteins, das hinter ihm zu Tal stürzte. Die Erde zitterte. Rodan hob seinen Speer.

Arion

Aldagar

Der Wind heulte um den Turm und rüttelte am Fensterladen, dass Holz gegen Stein klapperte. Weißes Licht gleißte für einen Lidschlag durch die Ritzen, bevor das Zimmer wieder im Dämmer eines glimmenden Kienspans versank. Arion lag reglos unter seiner Wolldecke und wartete auf den Donner, der grollend näher kam. Ein weiterer Blitz flackerte auf, dicht gefolgt von einem lauten Krachen, das ihm wie ein Schlag in den Körper fuhr. Er zuckte sogleich noch einmal zusammen und setzte sich auf, als etwas leise auf seinem Bett landete. Erleichtert stieß er die Luft aus, als er Wulf erkannte, den Welpen mit den großen Pfoten, den sein Vater ihm geschenkt hatte.

»Hast du mich erschreckt«, wisperte er und spähte zu dem Bett auf der anderen Seite der Kammer hinüber, das Sava und Mari teilten. Er konnte ihre tiefen, gleichmäßigen Atemzüge hören. War er denn der Einzige, der sich vor dem Gewitter fürchtete? Aber vor den Mädchen wollte er das nicht zugeben, indem er zu ihnen unter die Decke kroch. Wulf wedelte zaghaft und rollte sich zu seinen Füßen zusammen. Das warme Knäuel spendete ein wenig Geborgenheit in dem großen, leeren Bett.

Arion legte sich wieder hin. Noch immer jaulte der Wind in den wildesten Tönen, und in der Ferne donnerte es erneut. Plötzlich spürte er, wie ein Ruck durch den kleinen Hund ging. Alarmiert sah er nach dem Welpen, der den rundlichen Kopf gehoben hatte und die Ohren zur Tür hin spitzte. Kam Mutter die Treppe herauf, um nach ihnen zu sehen? Arion lauschte, doch der Sturm übertönte, was auch immer Wulf bemerkt haben mochte. Da! Durch die Ritzen der Tür wurde ein Lichtschein sichtbar und wanderte vorüber. Jemand stieg noch weiter nach oben, doch wer und warum? Ein gedämpftes Husten drang zu ihm herein. *Der alte Mann! Vielleicht kann er bei Gewitter auch nicht schlafen.*

Arion schlug die Decke zurück und kletterte aus dem Bett, um auf bloßen Füßen zur Tür zu tappen. Wulf sprang mit erwartungsvollem Blick hinter ihm her. Ein scharfer Luftzug schwoll an und ab und ließ die Tür in den Angeln beben. Stolz, dass er mittlerweile an den Riegel reichte, ohne sich strecken zu müssen, öffnete Arion ihn. Er brauchte seine ganze Kraft, um die Tür gegen den Wind aufzuziehen. Fast wäre er eingeklemmt worden, als sich der Welpe an ihm vorbeidrückte und ihn damit ins Stolpern brachte. Er taumelte vorwärts, die schiebende Tür hinter sich, da wurde sie mit einem Mal weggerissen, nur um im nächsten Moment mit einem Knall hinter ihm zuzuschlagen. Das Herz pochte ihm bis zum Hals. Er hatte nicht geahnt, dass selbst Türen in einem Sturm gefährlich waren.

Auf der Treppe pfiff der Wind besonders schrill. Arions Angst wuchs. Waren das die Schreie der Totenvögel, die mit der Nachtschar über den Himmel flogen? Es war so dunkel, dass er sich beinahe freute, wenn ein Blitz die Stufen erhellte.

Umso drängender wurde sein Wunsch, bei dem alten Mann Schutz zu suchen, der immer so ruhig und zuversichtlich war. Mit seinen kurzen Beinen stemmte er sich die steilen, hohen Stufen hinauf, die Wulf nur springend erklimmen konnte.

Oben auf der zinnenumwehrten Plattform unter dem knarrenden Dachgebälk schlug ihm der Sturm mit neuer Heftigkeit entgegen. Der Wind zerrte an seinen Haaren und dem Nachthemd, Kälte fuhr ihm wie eine Böe in den Leib. Er sah sich um und entdeckte die Silhouette des alten Mannes vor dem von einem Blitz erleuchteten Himmel. Sein graues Gewand flatterte wie eine Fahne. Arion näherte sich ihm. Plötzlich aufblühende schwarze Kleckse auf dem Boden verrieten hereingewehte Tropfen des nahenden Regens. Ein besonders dicker platschte Arion wie ein schmelzender Schneeball ins Gesicht, als er an die Brüstung trat. Er konnte gerade über die Mauer zwischen den Zinnen hinwegblicken.

Zaghaft sah er zu dem faltigen Gesicht auf, das versonnen in den Sturm lächelte, obwohl das weiße Haar und der lange Bart wild umhergewirbelt wurden. Das Lächeln vertiefte sich, als die gutmütigen Augen ihn entdeckten. »Du bist entweder ein sehr tapferer oder ein sehr dummer Junge, dass du in einer solchen Nacht hier draußen bist. Hat dir deine Amme nicht die Schauermärchen vom Totenheer erzählt, das jeden mitnimmt, der sich nicht hinter geschlossenen Türen versteckt?«

Arion schluckte. »Doch.«

»Dann musst du wohl sehr tapfer sein«, befand der Alte, »und sehr klug, denn sonst könntest du nicht wissen, dass das Unsinn ist. Ein Heer, das Lebende verschleppt, wäre schließlich kein Totenheer mehr.« Bei dem letzten Wort tippte er neckend auf Arions Nase.

»Aber … die Nachtschar kann die Menschen doch umbringen, damit sie auch Geister sind.«

Der alte Mann lachte auf. »Du bist wirklich schlau. Hast du denn den Zornigen schon einmal gesehen?«

Arion schüttelte den Kopf.

»Weißt du, warum er der Zornige genannt wird?«

Er war sicher, dass Oda es ihm schon erzählt hatte, aber es fiel ihm nicht mehr ein. »Weil er immer böse ist?« Es kam ihm vor, als brause der Wind bei diesen Worten noch lauter. Mehr Tropfen klatschten gegen die Mauern. Ein Blitz spaltete die schwarzen Wolkengebirge, der Turm zitterte unter dem Hieb des Donners.

»Jetzt *hast* du ihn wütend gemacht«, behauptete der alte Mann. »Hör genau hin! Hörst du seine Stimme im Wind?«

Arion lauschte dem Heulen im Dachgebälk. Er fror und fühlte sich allmählich elend dabei. Die Klage des Windes hallte in ihm wider. »Ist er traurig?«

Der Alte nickte. »Traurig und verzweifelt, weil man ihm alles genommen hat, was in seinem Leben gut und schön war – sogar das Leben selbst.«

Wie konnte ich das vergessen? Die Traumbilder verblassten bereits, als er mit Sava und Jagon beim Frühstück saß, doch er wusste, dass es mehr, dass es eine Erinnerung gewesen war. So deutlich hatte er Tominks Gesicht seit Langem nicht mehr vor sich gesehen. *Wie alt war ich damals? Vier? Höchstens fünf.* Wulf war schon einige Jahre tot. *Ähnlich lange wie Tomink.* Der Priester hatte ihm offenbar doch einiges über den Toten Gott erzählt, obwohl sein Vater es verboten hatte. War der Zornige mit seiner Schar tatsächlich in jener Nacht über Emmeraun gezogen? Lag darin der Grund für seine merkwürdige Verbindung mit dem Grauen Hund?

Schweigend löffelte er den mit Honig und Rahm verfeinerten Haferbrei, den die Bäuerin für ihre hohen Gäste gekocht hatte. Sie und ihre Familie hatten ihnen die Schlafstube überlassen und in der Rauchküche genächtigt, wo sie nun um den großen Tisch saßen. Jagon hatte bereits am Vortag angekündigt, dass sie die Pferde an diesem Morgen zurücklassen würden, weil das Gelände von nun an zu unwegsam sei. Jetzt breitete er ein Pergament vor sich aus und musterte eine bestimmte Stelle eingehend.

Arion merkte auf. »Ist das eine Karte?« Er wartete die Antwort nicht ab, sondern ging um den Tisch herum, um dem Gordean über die Schulter zu blicken. »Habt Ihr nicht gesagt, dass Ihr den Weg kennt?« Neugierig sah er auf das Gewirr unzähliger Berge, Täler und Namen, zwischen denen unbekannte Zeichen allerlei Punkte markierten.

»Es ist nicht gestattet, dem Pfad der Schwäne ohne die Begleitung der erwählten Priesterin zu folgen«, erklärte Jagon brüsk und rollte das Pergament wieder zusammen. »Aber ich kann Euch beruhigen. Ich kenne die Landmarken auswendig, die uns den Weg weisen. Sollte die Karte verloren gehen, werden wir unser Ziel trotzdem erreichen.«

Sava runzelte die Stirn. »Aber wie bleibt der Pfad offen, wenn er nie begangen wird? Wenn er zuletzt von unseren Vorgängern benutzt wurde, muss er doch längst zugewachsen sein.«

»Das ist wahr«, bestätigte Jagon. »Wir werden unseren eigenen Weg finden müssen. Umso wichtiger ist es, dass Ihr Euch an meine Anweisungen haltet und immer ein Auge auf den Boden habt. Außerdem habe ich Euch eine Hose mitgebracht. Die Reise wird auch ohne hinderliche Röcke noch gefährlich genug.« Er stand auf und ging zu ihrer Ausrüstung, um eine lederne Hose hervorzukramen, die er Sava in den Schoß warf.

Arion überkam Empörung. Seine Schwester sollte sich vor dem Gordean in so ungebührlicher Weise entblößen? »Das ist ein Kleidungsstück für einen Mann! Sava wird es nicht tragen!«

»Allerdings nicht«, pflichtete Sava ihm bei und klatschte Jagon die Hose vor die Brust. »Ich kann in meiner Tracht reiten und sogar im Kräutergarten arbeiten, dann werde ich damit wohl auch laufen können.« In der Tat verbargen die weiten Falten der Robe ihre Beine fast so gut wie ein höfisches Reitkleid, obwohl ihr der geteilte Überrock fehlte.

Jagon lächelte spöttisch. »Wie schön, dass Ihr Euer Schamgefühl wiederentdeckt habt, aber es ist in diesem Fall weitaus weniger angebracht als im Umgang mit gewissen …«

»Ich werde sie nicht tragen!«, unterbrach Sava ihn wütend. »Jedes weitere Wort ist überflüssig und wird nichts daran ändern.« Mit geröteten Wangen wandte sie sich wieder ihrem Frühstück zu.

Jagon stopfte die Hose in den Beutel eines Tragegestells, das er schon am Abend zuvor gepackt hatte, stapfte hinaus und warf die Tür hinter sich zu. Die Bäuerin tat, als müsse sie geschäftig in einem Kessel rühren.

»Was hat er gemeint?«, erkundigte sich Arion befremdet.

»Nichts.« Sava starrte stur in ihre Breischüssel. »Ein alter Streit über den Umgang mit Besuchern des Heiligtums.«

»Muss ziemlich heftig gewesen sein«, meinte er, aber als sie schwieg, bohrte er nicht weiter. Ihm war lieber, sie stritt mit dem Gordean als mit ihm, und es wurde Zeit aufzubrechen.

Der Weg erwies sich als beschwerlicher, als Arion erwartet hatte. Es ging steile Hänge hinauf, um dem dichten Gestrüpp der Täler zu entgehen, die hier nicht mehr von weidendem Vieh freigehalten wurden. Auf Wildwechseln und oft auch ohne erkennbaren Pfad kämpften sie sich durch den Bergwald, wo umgestürzte Bäume und Unterholz das Fortkommen erschwerten. Arion verstand nun, warum der Gordean ein Beil griffbereit am Gürtel trug, und bewunderte Savas Standhaftigkeit, denn wie sehr sie auch aufpasste und ihr Gewand raffte, blieb sie doch ständig an Dornen und Nadelzweigen hängen. Anfangs murmelte sie Flüche, wenn sie sich erneut verheddert hatte, dann gingen ihr entweder die Verwünschungen oder die Puste aus. Jagon hatte ihr nur ihren eigenen Umhang, die beiden Köcher mit Pfeilen und die Bögen aufgebürdet, um sie zu schonen, während er und Arion jeder eine Kraxe mit Proviant, Kleidung und Seil auf dem Rücken und einen Speer in der Hand trugen, der zugleich als Wanderstab diente. Das ungewohnte Gewicht des Gestells lastete so schwer auf Arion, dass ihm schon bald Schultern und Nacken schmerzten. Dabei würden die Vorräte darin nur wenige Tage reichen!

Als sie das Fichten- und Kieferngehölz endlich hinter sich gelassen hatten, folgten sie einem breiten Bergrücken, dessen felsige Oberfläche an vielen Stellen mit Gras und blühenden Kräutern überzogen war. Doch darunter verbargen sich lose Steine aller Größen. Sich darauf nicht den Knöchel zu verrenken, erforderte ihre ganze Aufmerksamkeit. Obwohl hier oben ein kühler Wind wehte und über den Himmel segelnde, bauchige Wolkenschiffe immer wieder Schatten warfen, lief Arion der Schweiß in Strömen.

Nach einer Rast ging es wieder ein Stück bergab, den nächsten Hang hinauf und wieder hinab, bis er aufhörte, darüber nachzudenken. Jagon versuchte sich stets zwischen dem Waldrand und den Gipfeln zu halten, doch es gelang nicht immer. Dann mussten sie sich erneut durch den Wald schlagen oder über schartige Felsen klettern. Gegen Abend begannen die Schulterriemen der Kraxe Arion das Kettenhemd durch die Unterkleidung in die Haut zu scheuern. Der Gordean riet ihm, dicke Grasbüschel zwischen Kettenhemd und Tunika zu stopfen, was den Druck tatsächlich linderte. Trotzdem war Arion froh, als sie unter einem Felsüberhang endlich ihr Nachtlager aufschlugen. Der Saum von Savas Gewand hing an zwei Stellen in Fetzen.

»Ihr habt gewonnen. Morgen ziehe ich die Hose an«, murmelte sie nur noch, bevor ihr die Augen zufielen.

Arion spürte selbst zu viele Knochen im Leib, um ihr deshalb Vorwürfe zu machen, und Jagon schien sich am nächsten Morgen Mühe zu geben, ihnen seinen Triumph nicht zusätzlich unter die Nase zu reiben. Über Nacht war es so kalt geworden, dass der Atem in kleinen Wolken zum Nebel aufstieg, der sich über die Berge gelegt und die Gipfel gleichsam abgeschnitten hatte. Da es keinen Weg gab, der ihnen die Richtung weisen konnte, mussten sie warten, bis die Sonne durch den Dunst brach. Das Laufen vertrieb Kälte und Steifheit aus Arions Gliedern, doch es dauerte nicht lange, bis Jagon wieder stehen blieb.

Der eben noch grüne und sanft anmutende Hang, den sie querten, fiel vor ihnen in steilen Geröllrinnen zu Tal. An zwei Stellen hoben sich Schneefelder leuchtend vom dunklen Gestein ab, bevor sich jenseits des Schutts die Bergwiese fortsetzte. Arion sah aufwärts. Über ihnen wurde der Abhang noch steiler und ging in die Felsen über, aus denen gewaltige Massen abgebrochen und als Geröll talwärts gerutscht waren. Konnten sie die Stelle vielleicht unterhalb umgehen? Er blickte dorthin zurück, wo sie hergekommen waren, und den Berg hinab. Es ging beinahe senkrecht hinunter.

»Wir kommen nur vorwärts weiter«, bestätigte Jagon seinen Eindruck. »Es sieht schwieriger aus, als es ist. Seht Ihr die Linie dort? Die Hirsche und Bergschafe queren den Hang auch. Wir folgen einfach ihrer Spur.«

Erst jetzt entdeckte auch Arion den kaum sichtbaren Steig. Er machte einen Schritt auf den Schutt, der ihm prompt unter dem Fuß wegrutschte und zu Tal prasselte. Schwankend stieß er den Speer ins Gestein, um das Gleichgewicht wiederzufinden. »Das nennt Ihr nicht schwierig?«, fuhr er Jagon an.

Der Gordean setzte die spöttische Miene auf, die Arion hasste. »Wir können immer noch umkehren.«

Sava nagte besorgt an ihrer Unterlippe. »Das würde nichts ändern. Dieser Weg wäre auch im nächsten oder übernächsten Jahr nicht besser, und irgendwann *muss* ich ihn ohnehin gehen. Also kann ich es ebenso gut jetzt gleich tun.«

Jagon nickte und setzte seine Kraxe ab, um das Seil abzunehmen, das daran befestigt war. »Es besteht wirklich kein Grund, sich zu fürchten. Ich kann Euch an die Hand nehmen, aber noch besser ist es, wenn wir durch einen Strick verbunden sind, weil ich mich dann nicht ständig nach Euch umdrehen muss. Ihr werdet merken, dass Ihr sicherer lauft, wenn Ihr wisst, dass ich Euch jederzeit festhalten kann. Der größte Feind auf einem solchen Weg ist die Angst, denn sie saugt Euch die Kraft aus den Beinen und lähmt den Verstand.«

Arion sah zu, wie der Gordean Sava das Seil um die Taille legte und verknotete. »Und wenn Ihr selbst abrutscht? Es gefällt mir nicht, dass Savas Leben an Euch hängen soll. Ihr könntet sie mit Euch reißen.«

»Daran habe ich gedacht, obwohl ich nicht daran glaube«, behauptete Jagon. »Wir werden uns alle drei zusammmenbinden, dann können gleich zwei von uns sichern, falls jemand stürzt.« Er reichte Arion das eine Ende des Seils, wickelte sich das andere um den Leib und nahm sein Gepäck wieder auf. »Auftreten und einfach rutschen lassen! Seht Ihr? Der Schutt verkantet sich, und Ihr könnt weitergehen.«

Arion beobachtete, wie der Gordean beherzt in das lose Geröll marschierte und Sava hinter ihm herschlitterte. Sie stieß einen überraschten Schrei aus, schwankte, gewann aber mit ausgebreiteten Armen die Balance zurück. Den nächsten Schritt setzte sie vorsichtiger, hielt sich aufrechter, und er folgte ihrem Beispiel. Als er merkte, dass der Schutt tatsächlich stets nur ein Stück nachgab, bevor er wieder Halt bot, schritt er rascher aus. Der Speer bot ihm eine zusätzliche Stütze. Nachdem er sich daran gewöhnt hatte, machte das Schlittern sogar Spaß. Trotzdem richtete er die Augen stur geradeaus und vermied es, in den Abgrund zu blicken. Es war beunruhigend genug, ihn so nah zu wissen.

Bald erreichten sie den Rand des ersten Schneefelds, das nur zwei Schritt breit war, aber in seiner Rinne ein gutes Stück weiter nach oben und sehr weit nach unten reichte. Obwohl der Hang im Schatten lag, fragte sich Arion, wie sich der Schnee mitten im Sommer halten konnte, während er schwitzte. Die Schicht schien eine gute Elle dick und an den Rändern ein wenig zu tauen.

»Wartet, bis ich drüben bin!«, befahl Jagon, bevor er den Schnee überquerte. Er sank nur einen oder zwei Fingerbreit ein, darunter musste der Schnee zu einer harten Masse gefroren sein. »Tretet in meine Fußstapfen!«

Arion wartete, bis Sava sicher auf der anderen Seite war, dann folgte er ihr. Unter der obersten weichen Schicht spürte er glattes Eis. Rasch drehte er den Speer, um sich mit der Spitze mehr Halt zu verschaffen. Gegen das Eis wirkte selbst das Geröll vertrauenerweckend. Schneller, als ihm lieb war, standen sie vor dem zweiten Schneerest, der zu breit war, um ihn einzeln zu überwinden.

Sava hielt Jagon am Ärmel zurück. »Ich weiß nicht, ob ich das schaffe. Es ist so glatt.«

»Euch kann nichts geschehen«, behauptete er. »Euer Bruder wird auf dieser Seite stehen bleiben, bis ich auf der anderen angekommen bin und wieder sicheren Stand habe. So wird Euch immer einer von uns halten können. Aber Ihr solltet lieber an ein gutes Gelingen denken, anstatt Euch Unfälle auszumalen! Das wird Euch mehr helfen.«

Sie nickte, aber ihre Schultern hingen mutlos herab.

»Sein Plan ist gut«, versuchte Arion, ihr Zuversicht zu geben. »Er weiß schon, wie er dich zu diesen Götterkindern bringt.« Er rang sich ein Lächeln ab, doch sie erwiderte es nur matt.

Jagon setzte ihren Weg fort und betrat das Schneefeld. Auch er benutzte den Speer nun mit der Spitze nach unten als Wanderstock. Sava zögerte, bis das Seil schon fast gespannt war, bevor sie den ersten Schritt machte.

»Lass den Strick nicht straff werden!«, warnte Arion, denn jeder Ruck konnte sie auf dem Eis das Gleichgewicht kosten. Angespannt beobachtete er, wie sie unsicher einen Fuß vor den anderen setzte. Der Schreck fuhr ihm bis ins Mark, als sie plötzlich wankte. Er sah sie schon fallen, doch sie fing sich mit einer gauklerhaften Verrenkung und ging langsamer weiter. Beinahe hätte Arion darüber versäumt, dass Jagon die andere Seite erreicht hatte. Das Seil wurde bereits gefährlich straff. Rasch folgte er ihr und erwischte den zweiten Fußstapfen nicht richtig. Blitzschnell glitt sein Bein unter ihm weg, sein anderer Fuß rutschte auf dem tückischen Eis einfach ab. Schon prallte er auf den hart gefrorenen Schnee, der seiner Halt suchenden Hand nichts als kalte Nässe bot, und sauste bergab. Das Seil ruckte hart. Sava schrie.

Regin

Nahe Burg Allarn, Sarmyn

»Wer noch eine Lanze hat: Vor!«, brüllte Regin und deutete mit dem Schwert Ordags angreifenden Rittern entgegen. »Wir anderen fangen jene ab, die durchkommen. Los!« Er wusste Dristans Reiter in seinem Rücken, aber die größere Gefahr ging nun von Gerwerons Vasallen aus, die in geschlossener Reihe heranbrausten. »Tod den Verrätern!«, rief er, das Streitross hinter seinen letzten Lanzenreitern herjagend.

Schilde und Lanzen brachen, Männer brüllten, Pferde wieherten, Blutspritzer und Holzsplitter flogen durch die Luft. Regin sah, wie der Ritter vor ihm durchbohrt und aus dem Sattel geworfen wurde, doch der siegreiche Gegner musste die Lanze fahren lassen, um nicht selbst vom Pferd gehebelt zu werden. Im nächsten Augenblick fegten er und Regin aneinander vorbei, die Schilde auf der jeweils falschen Seite. Schützend riss der Verräter den Arm vor sein Gesicht, als Regins Hieb niederging. Die Klinge fraß sich durch behandschuhte Finger bis in den Hals, dann war Regin vorbei und im Rücken der Feinde.

Ein schneller Blick zeigte ihm, dass Ertwan noch bei ihm war. Blut tropfte vom Schwert des Bannerträgers, der seinen Schild weggeworfen haben musste, um die Stange mit der Linken und die Waffe mit der Rechten führen zu können. Weitere Vasallen Smedons wendeten und sammelten sich erneut um ihn, als auch schon Dristans Ritter angriffen, die ihnen gefolgt waren.

Regin wehrte einen schlecht gezielten Lanzenstoß mit dem Schild ab, hob das Schwert darüber hinweg und stach nach dem Gesicht des Gegners. Erst als eine Klinge seitlich über sein Kettenhemd kratzte, merkte er, dass ihn diese Bewegung davor bewahrt hatte, von einem Hieb gegen die Schulter getroffen zu werden. Wieder war er durch die feindliche Linie hindurch. Vor sich erblickte er das wilde Getümmel des kämpfenden Fußvolks, versprengte Ritter und gefallene Reiter und Pferde.

Er riss das Streitross herum, um nach einem neuen Gegner Ausschau zu halten, als aus Joromars Richtung Jubel an seine Ohren drang. *Was …* Regin sah hinüber und erschrak. Arutars Sonnenbanner lag im Staub. Fürst Ordag und seine Leute johlten siegesgewiss über dem gefallenen Bannerträger. Prinz Joromar und seine Getreuen wehrten sich noch, aber sie waren von Feinden eingekreist, während Narrett von Gweldans und Dristans Feldzeichen über einem anderen Knäuel verbissener Kämpfer aufragten.

»*Ihr werdet verlieren*«, hörte Regin die Stimme seines Vaters. »Werden wir nicht«, knurrte er. »Ertwan! Hierher!« Er wartete nicht ab, wie viele Männer ihm folgten. Alles, was er sah, war der hagere Fürst, der gestern noch mit ihm angestoßen hatte. Das Pferd trug ihn pfeilschnell auf den Verräter zu, sprengte zwischen die Ritter, deren Tiere erschrocken zur Seite sprangen.

»Ordag!«

Der Fürst drehte den Kopf, wendete sein Pferd, doch es war zu eingekeilt, um es rasch genug herumzubringen. Regin stieß die Klinge vor. Der Schwung des Streitrosses, das gegen Ordags prallte, trieb den Stahl durch Kettenhemd und Rippen. Dem Fürsten fiel das Schwert aus der Hand. Sein verwirrter Blick traf Regins, der nichts als Wut spürte und die Klinge in der Erwartung neuer Angriffe herausriss. »Das geschieht mit Verrätern!«, brüllte er, noch während er die Waffe nach dem Ritter wirbelte, den er aus dem Augenwinkel neben sich gesehen hatte.

»Das geschieht mit Verrätern!«, nahm Joromar den Ruf auf. Weitere Ritter stimmten ein und drangen mit neuer Kraft auf Ordags Männer ein. Regins Gegner wich zurück, wehrte seinen Hieb nur ab, um das Pferd wenden und davonjagen zu können. Der Drang, den Feigling zu verfolgen, packte Regin, doch er besann sich im letzten Augenblick. Um ihn her ergriffen immer mehr Ritter Gerwerons die Flucht. Der Kreis der Feinde um den Kronprinzen lichtete sich.

Regin streckte einen Vasallen Dristans nieder, der angesichts der fliehenden Verbündeten nur noch halbherzig kämpfte. Über den aus dem Sattel rutschenden Ritter hinweg sah er, wie Joromar umgeben von seinen kämpfenden Freunden vom Pferd stieg und sich nach dem in den Acker getretenen Sonnenbanner bückte. Die Hand, die bereits das Schwert hielt, griff nach der weiß-goldenen Seide, als gebleckte Zähne in die kettenbewehrte Schulter schlugen. Regin vermeinte das hässliche Knirschen des Metalls zu hören, doch der Hengst biss zu und hielt fest, riss mit einem Ruck des Halses den eigenen Schädel und sein Opfer hoch. Joromars Schrei gellte Regin noch in den Ohren, als der Prinz bereits fiel, ausgespuckt wie die Maus, mit der die Katze noch spielen will. Doch nichts Verspieltes haftete den angelegten Ohren und dem wilden Blick des Pferdes an, das mit den Vorderhufen auf den am Boden Liegenden eintrommelte, als gelte es, eine giftige Schlange zu zerstampfen, bevor sie zubeißen konnte. Wie gelähmt starrte Regin auf das Unfassbare, bis endlich ein Hieb in den Nacken des Hengstes dem Spuk ein blutiges Ende setzte.

Stille lag über dem Hof hinter Egurnas Haupttor, als Regin sein neues Streitross zügelte – Stille, so bedrückend wie das gedämpfte Licht des wolkenverhangenen Tages. Als hätte Arutar selbst sein Antlitz verhüllt, um mit dem Reich um seinen Kronprinzen zu trauern, fielen einzelne dicke Tropfen aus dem Himmel. Regin starrte auf die Bahre, die vier enge Freunde Joromars auf ihren Schultern getragen und nun vor dem König abgestellt hatten. Blut und Erde befleckten das Banner, unter dem sich der Körper des Toten abzeichnete. Sie hatten es bis über das bleiche Gesicht gezogen, damit kein Regen den Prinzen erreichen konnte.

Warum habe ich geglaubt, dass ich mich über Joromars Tod freuen würde? Regin wusste es nicht mehr. Nichts war erfreulich an diesem kalten, zerschlagenen Leichnam. Stattdessen schämte er sich dafür, die Attacke des gelben Hengstes nur verdattert mit angesehen zu haben. *Es hätte mein Schwert sein müssen, das die Bestie richtete. Ich bin der Einzige, der einen Vorteil aus diesem Tod zieht.* Er hatte die Blicke gesehen, mit denen die Männer ihn seitdem bedachten, doch er wusste nicht, was sie zu bedeuten hatten. War es Neid? Vorwurf? Ehrfurcht vor dem neuen Kronprinzen, dem zukünftigen König?

Nur Narrett von Gweldan hatte ihn behandelt wie immer. »Ich wünschte, ich hätte ihn richtig erwischt«, knurrte der Hüne, dem sie den knappen Sieg über Dristan verdankten.

Regin warf ihm einen Blick zu. Zorn und Trauer zeichneten das narbige Gesicht. Die Erinnerung schürte auch Regins Wut. Der Aufrührer war geflohen, nachdem Narrett ihn verwundet hatte. Nach Ordags Verrat und Joromars Tod schmeckte der Triumph deshalb dreifach schal. Die Vorstellung, dass Dristan in der sicheren Burg eines Verbündeten saß und sich zufrieden die Hände rieb, während die königliche Familie mit gramvollen Mienen an die Bahre trat, ließ Regin mit den Zähnen knirschen.

Beveré versteckte ihr Gesicht hinter einem Schleier, doch ihre sonst so stolzen Schultern hingen herab wie die Flügel eines waidwunden Vogels. Die Königin neben ihr hielt sich würdevoll aufrecht. Regin hätte nicht sagen können, ob sie die Hand tröstend oder Halt suchend auf die Schulter Edgivas gelegt hatte. Vielleicht beides zugleich. Nur ihre geröteten Augen verrieten, dass sie geweint haben musste. Er suchte den Blick der jüngeren Prinzessin, aber Edgiva sah ihn nicht an. Tränen perlten über ihre Wangen und tropften ungehindert auf ihr Kleid, wo sich die Flecken mit jenen der Regentropfen mischten.

Auch Werodins Miene trug die Spuren der Trauer. Seine Lider waren geschwollen, die Nase gerötet und seine Lippen zu einem Strich zusammengepresst, als er einen weiteren Schritt vortrat. Zögernd streckte er die Hand aus. Einen Moment lang schwebte sie über dem Banner, dann griff er danach und schlug es zurück, um seinen toten Sohn anzusehen. Ein gepresster Laut entrang sich seiner Kehle. Plötzlich krampften sich seine Finger in die Seide. Er schnappte hörbar nach Luft, die freie Hand fuhr zur Brust, seine Augen weiteten sich.

»Helft ihm!«, schrie die Königin und stürzte vor, als Werodin zusammenbrach.

Sava
Aldagar

Das Seil schnitt schmerzhaft in Savas Rippen und erschwerte das Atmen. Sie fühlte sich ausgeliefert und hilflos wie eine Marionette, die nur noch an einem Faden hing, doch plötzlich drang durch ihre Panik die Erkenntnis, dass sie nicht über einem Abgrund schwebte, sondern an einer leicht geneigten Wand lehnte. Das änderte nichts daran, dass sie wie die Kinder beim Rodeln weiter ins Tal rutschen und womöglich auf einen Felsen prallen würde, wenn der Strick nachgab, aber die Vorstellung war dennoch tröstlicher. Wenn sie nur irgendwie …

»Sava!« Jagons Stimme klang erstaunlich nah.

Sie blickte auf und merkte, dass sie nur drei oder vier Schritte Höhenunterschied von ihm trennten. Er stand nach hinten gelehnt, die Füße gegen einen größeren Felsblock im Geröll gestemmt, das Seil zusätzlich in den Händen. »Seht zur Seite! Der Rand ist ganz nah. Ihr müsst vom Schnee runter!«

»Was ist mit …«

»Mir geht's gut!«, rief Arion unter ihr, aber es klang gepresst.

Sie wagte einen Blick hinab, wo ihr Bruder mit einer Hand an seinem Speer hing, den er irgendwie in den verdichteten Schnee getrieben haben musste, und sich gerade daran emporzog. Erst jetzt fiel ihr auf, dass sein Gewicht deshalb nicht auch noch im Seil hing.

»Sava!«, drängte Jagon.

Der Rand des Schneefelds war tatsächlich nur zwei Schritte entfernt. Sie versuchte, sich mit den Fingern hinüberzuziehen, doch sie fand keinen Halt. Ihre Nägel sanken durch die schmelzende obere Schicht und kratzten wirkungslos über das darunterliegende Eis. *Mein Messer!* Hastig friemelte sie mit einer Hand ihre Gürteltasche auf, und beinahe wäre ihr die kleine Klinge, mit der sie sonst ihr Essen schnitt, aus den nassen Fingern geglitten. Sie packte fester zu und stieß das Messer in den Schnee. Es drang nicht weit ein, gab ihr aber den nötigen Halt, um sich ein Stück näher an den Rand zu winden, obwohl ihre Zehen nutzlos über den glatten Untergrund strichen.

»Gut!«, lobte Jagon. »Mit dem Fuß könnt Ihr schon runter.«

Sava spreizte das zum Rand gelegene Bein ab, bis ihr Fuß ihn erreichte und an der rutschigen Kante ausreichend Halt fand, damit sie sich eine weitere Handbreit hinüberziehen konnte. Nun war der Abstand so weit geschrumpft, dass sie auch mit ausgestrecktem Arm den Rand zu fassen bekam. Mit einer letzten Anstrengung zog sie sich hinüber und fand sich auf allen vieren auf dem befreiend festen Schutt wieder, der aus diesem Blickwinkel gar nicht so abschüssig wirkte. Als der Druck auf das Seil wegfiel, atmete sie auf.

»Bleibt dort, bis Euer Bruder auch so weit ist!«, mahnte Jagon. »Ruht Euch aus!«

»*Wenn er noch mal abstürzt, kann er Euch dann wenigstens nicht mehr mitreißen*«, hörte sie seine unausgesprochenen Worte. Erschreckt setzte sie sich, so gut es an dem steilen Hang ging, und sah wieder nach unten. Arion hatte weiter vom Rand entfernt gehangen als sie, weshalb er ihn von seinem Speer aus längst nicht erreichen konnte. Er hatte sich die Waffe nun unter den Arm geklemmt und mit der anderen Hand seinen Dolch gezogen, um Savas Beispiel zu folgen. Sie beobachtete ihn mit angehaltenem Atem, bis auch er das rettende Geröll erreicht hatte. Allmählich beruhigte sich ihr rasendes Herz. Auf Händen und Füßen kletterte sie zu Jagon hinauf, der ihr die Hand reichte und sie auf die zittrigen Beine zog. Der Schreck des Sturzes steckte ihr noch so tief in den Knochen, dass sie kaum stehen konnte. Arion kam dicht hinter ihr. Seine Wangen waren gerötet, doch die Haut darunter blass.

»Das war verdammt knapp!«, fuhr Jagon ihn an. »Begreift Ihr jetzt endlich, in welche Gefahr Ihr Eure Schwester bringt? Ich verstehe nicht, wie Ihr ihr Leben aufs Spiel setzen könnt, um diesen nichtsnutzigen Smedon zu retten.«

»Es geht nicht um Smedon, es geht um das Reich, um den König!«, hielt Arion dagegen.

»Warum sollte sein Leben wichtiger sein als ihres?«

»Ich will Sava nicht in Gefahr bringen, aber ich habe einen Eid geschworen. *Ihr* habt einen Eid geschworen!«

»Zum Totensammler mit diesem Schwur! Was hat dieser

König je für Euch getan? Vielleicht ginge es dem Reich viel besser, wenn Tazlan darüber herrschen und den Zornigen versöhnen würde. Habt Ihr darüber einmal nachgedacht? Und Ihr wollt von einem Priester unterrichtet worden sein.«

»Das reicht jetzt!«, schrie Sava. »Ihr habt Tazlan nicht getroffen, ich schon, und ich weiß, dass dieses Wesen niemals über Sarmyn herrschen darf. Geht endlich weiter! Ich will von diesem elenden Hang hinunter.«

Den Rest des Tages wanderten sie meist schweigend, was Sava gelegen kam, denn sie hatte genug mit sich selbst zu kämpfen. Ihre Beine waren von den Anstrengungen des Vortags schon schwer gewesen, doch seit den Schneefeldern fehlte ihr nicht nur die Kraft, sondern auch die Zuversicht, mit der sie zuvor schwierige Stellen betreten hatte. Sie war erschöpft, fühlte sich in der Männerhose entblößt und zürnte Jagon mehr denn je, weil er stets aussprach, was niemand hören wollte.

Am Nachmittag zog von Westen her eine schwarze Wolkenwand heran, die einen Gipfel nach dem anderen vom Himmel tilgte, bis sie Dunstwogen über die Felsen auf den Hang schwappen ließ, auf dem Sava, Arion und Jagon hastig abstiegen, um im Wald Schutz zu suchen. Unter einer dichten Tanne fanden sie Zuflucht vor dem Hagelschauer, der prasselnd und knisternd niederging. Donner hallte, als polterten riesige leere Fässer von den Bergen zu Tal. Frierend wickelte sich Sava in ihren Umhang, unter dem sie kurz zuvor noch geschwitzt hätte.

Der Hagel ging erst in Regen, dann in Nieseln über, doch der Himmel blieb düster verhangen und das Tal in Nebel getaucht, sodass ihnen wenig anderes übrig blieb, als auch die nahende Nacht unter den Bäumen zu verbringen. Sie teilten Wachen ein und legten sich auf Polstern aus Tannenreisig schlafen.

Als Sava am nächsten Morgen erwachte, sah sie als Erstes in Jagons Gesicht, der kauend neben ihr saß. Der salzig-rauchige Geruch des Specks, von dem er sich eine Scheibe abgeschnitten hatte, lag in der feuchten Luft. Hatte er sie beobachtet? Unwillkürlich runzelte sie die Stirn.

Jagon schüttelte spöttisch den Kopf. »Seht mich nicht so finster an, sonst jagt Ihr mir noch Angst ein! Im Schlaf seid Ihr entschieden schöner.«

Der aufwallende Zorn vertrieb die letzte Müdigkeit. »Das ist auch der einzige Zustand, in dem Ihr zu ertragen seid!« Sie stand auf und stapfte davon, um sich zu erleichtern. Der Dunst hing noch immer in den Zweigen wie Wollflocken, die darauf warteten, gesponnen zu werden. Blätter und Spinnweben waren mit feinen Wassertropfen überzogen, die sich verbanden und auf Sava herabregneten, wenn sie einen Ast streifte. Es roch nach nasser Erde, moderndem Holz und Pilzen. Sie fragte sich, wo Arion steckte, der nicht bei Jagon gewesen war, und fand ihn auf einem umgestürzten Baumstamm sitzend, wo er einzelne Nadeln von einem Fichtenzweig pflückte, um sie gedankenverloren wegzuschnipsen. Er war in eine Wolke der Traurigkeit gehüllt, die Sava kaum ertragen konnte. Bekümmert ließ sie sich neben ihm nieder, aber sie wusste nicht, was sie sagen sollte.

»Was Frauen angeht, mache ich immer alles falsch«, sagte er nach einer Weile.

»In Liebesangelegenheiten?« Sie spürte ein solches Durcheinander widerstreitender Gefühle in ihm, dass sie nicht einordnen konnte, worauf er sich bezog.

»In allem!«, fuhr er auf und warf den Zweig weg. »Jagon hat doch recht! Ich benutze dich, um meinen Eid zu erfüllen. Dabei weiß ich nicht mal, ob dieser König das verdient hat. Seinetwegen ist Vater zum Mörder geworden, seinetwegen musste Tomink sterben!«

Sava las die Wahrheit in seinen Gedanken und legte erschüttert den Arm um seine Schulter. »Das … tut mir so leid.«

»Lass mich!« Ruppig schüttelte er sie ab und rückte weg. »Warum bringst du dich für mich in Gefahr? Ich hätte dich wegen dieses Eids nicht einmal vor der Ehe mit Berenk bewahrt, wenn du mich nicht erpresst hättest.«

»Aber du machst das doch nicht in böser Absicht. Du versuchst nur, deine Pflicht und das Richtige zu tun. Es ist nur nicht immer leicht, sie zu erkennen.«

»Ich verstehe euch Frauen nicht. Was seht ihr in mir? Ich habe dieses ganze Vertrauen nicht verdient!«

»Aber du bist …«

»Ich bin ein Feigling«, fiel er ihr ins Wort. »Beveré wollte mir etwas anvertrauen, bevor Regin hereinplatzte, und soll ich dir was sagen? Ich war fast erleichtert, dass er zur Tür hereinkam. Sie ist seine Frau, sie sollte überhaupt nicht allein mit mir sprechen, und wenn ich es noch sosehr will. Deshalb bin ich abgehauen, verstehst du? Ich hätte versuchen sollen, noch einmal mit ihr zu reden. Ich hätte sie fragen sollen, was sie mir sagen wollte, ob sie vielleicht meine Hilfe braucht. Stattdessen habe ich meine verdammte Pflicht getan und bin so schnell wie möglich losgeritten, um das Reich vor dem Geist eines toten Priesters zu retten.«

»Du liebst sie«, stellte Sava verblüfft fest. »Die Frau eines anderen.«

»Wenn ich sie lieben würde, wäre ich wohl kaum davongaloppiert, als ob die Nachtschar hinter mir her wäre.«

Oder gerade deshalb, dachte sie.

»Du verstehst es nicht«, behauptete er. »Ich mache das immer so. Ich habe sie im Stich gelassen. Ich benutze *dich*. Ich habe Saminé verraten, weil ich so dämlich war, mir von Regin etwas zu versprechen, und ich …« Er brach ab, aber sie sah die Erinnerung, die plötzlich übermächtig aus dem dunklen Winkel hervordrang, in die er sie gesperrt hatte: eine Schankstube, nur vom Herdfeuer und Kienspänen erleuchtet, die Luft schwer von Rauch und Bier- und Bratendunst, lachende Halbstarke, die sich um ihren Anführer scharten, der ein

Mädchen gegen einen Tisch stieß. »Erinnerst du dich an Rodmar?«

»Saminés ältester Bruder.« Savas Hände zitterten. »Ihr seid eine Weile unzertrennlich gewesen. Alle Jungen wollten sein wie er.«

»Ich auch – bis zu diesem Abend vor drei Jahren. Wir hatten einen Keiler erlegt, den ersten, ohne dass einer unserer Väter dabei war. Darauf mussten wir natürlich anstoßen. Wir kamen uns furchtbar erwachsen vor. Ich war so betrunken, dass ich erst nicht mitbekam, was vorging. Er ... wollte unbedingt dieses Mädchen, hinter dem er schon eine Weile her war. Der Wirt redete auf ihn ein, aber wir waren alle Ritter und Rodmar sein zukünftiger Herr, also jagten ihn zwei von uns einfach vor die Tür. Dann ... dann hat er sich über sie hergemacht. Ein paar haben ihn noch angefeuert und ... Nein, das willst du nicht hören. Sie hat geschrien und sich gewehrt, und ich stand dort mit meinen benebelten Sinnen und habe überhaupt nichts getan.« Er blinzelte gegen Tränen an. »Gar nichts. Ich wusste, dass sie ihr wehtun, und ich hab nicht ein Wort herausbekommen, nur dumm geglotzt.«

Und es hatte ihn erregt. Doch dafür schämte er sich so sehr, dass Sava Die Gabe dafür verfluchte, ihr die Gefühle ihres Bruders dermaßen offenzulegen. Sie hatte kein Recht, das zu wissen. Bildfetzen von nackten Schenkeln und dem darübergebeugten Rodmar drängten sich ihr auf, und sie schnitt die Verbindung mit einer heftigen Geste ab. War das der Arion, den sie kannte?

»Nun weißt du, wie vertrauenswürdig ich wirklich bin.« Er stand auf. »Ich kann dir nicht verübeln, wenn du jetzt umkehren willst.«

Grachann

Die Lange Narbe, Waldhügel

Grachann duckte sich hastig und glitt prompt mit den Füßen ab. Sein Herz setzte einen Schlag aus, als er fiel, die Finger panisch um die Halteseile gekrallt. Die Geschosse sausten über ihn hinweg, während sein rechtes Schienbein auf eine Querstrebe traf und daran entlangrutschte, bis es auf dem Trittseil zu liegen kam. Halb kniend hing Grachann zwischen den Seilen, das linke Bein über dem Abgrund baumelnd. Hinter ihm ertönten Laubrascheln und Kampfgeschrei. Eisern unterdrückte er den Drang, sich nach den Feinden umzusehen. Die Tiefe unter ihm war noch immer der gefährlichste Gegner. Er richtete den Körper auf, spannte die Arme an und zog im gleichen Augenblick das hängende Bein nach oben, um den Fuß vor das Knie des anderen zu setzen. Erneut schwankten die Seile, verwanden sich, so weit es die Querstricke gestatteten, doch Grachann konnte nicht warten, bis sie sich beruhigten. Er dachte nicht länger, rannte einfach los. Seine Füße schienen plötzlich Flügel zu haben, oder war es das Seil, das ihnen immer wieder entgegenflog? Neue Pfeile pfiffen vorüber, prallten gegen die Wand der Schlucht, blieben darin stecken oder fielen klappernd hinab. Mit einem letzten Sprung hechtete Grachann auf festen Boden und warf sich hinter den Baum, um den das linke Halteseil geschlungen war.

Keuchend spähte er aus dieser Deckung zur anderen Seite des Abgrunds. Anidim und sein Pferd waren nirgends zu sehen. Dafür drängten sich etliche Frauen und Männer mit langen, zu Zöpfen gebundenen Haaren und grün bemalten Gesichtern darum, ihm auf die Brücke folgen zu können. Ihr Gebrüll hallte durch die Schlucht. Ein bärtiger Kerl, den Stiel seiner Axt zwischen den Zähnen, stürmte bereits über das Trittseil, als sei es ein breiter Pfad.

Grachann rappelte sich auf und riss seinen Säbel heraus, um den Krieger gebührend zu empfangen, als sein Blick das Seil um den Baum streifte. Bevor es ihm selbst klar war, zog sein Arm die Klinge bereits im besten Winkel über die spröden Faserbündel, die aufplatzten wie Blüten nach dem Frühlingsregen. Die beiden Enden fielen herab und verschwanden hinter dem Baumstamm. Mit zwei Sätzen war Grachann auf der anderen Seite der Stufen, die auch hier in den Felsen gemeißelt waren. Wutgeheul ließ ihn aufblicken. Der Axtkämpfer schaukelte über dem Abgrund und klammerte sich an das verbliebene Halteseil. Das Geschrei kam von seinen Gefährten, die neue Pfeile auflegten.

Grachann drehte sich rasch seitlich zum Baumstamm, um kein Ziel zu bieten. Er durchschnitt das Seil, während die Geschosse in Holz schlugen oder über Felsen schabten, bis sie irgendwo liegen blieben. Vorsichtig lugte er aus seiner Deckung hervor. *Durlach!* Der Bastard von einem Waldmann saß immer noch rittlings auf dem Trittseil. Als er den Blick seines Gegners spürte, fletschte er die in das Heft der Axt geschlagenen Zähne und knurrte wie ein Tier. Grachann ahnte, dass dieser Kerl über die Schlucht kommen würde, selbst wenn er sich kopfüber am Seil entlanghangeln musste.

»Na warte!« Rasch vergewisserte er sich, dass die Bogenschützen noch nicht wieder angelegt hatten, und eilte zum Rand des Abgrunds. Die gekrümmte Schneide fraß sich in das unter dem Gewicht des schweren Mannes gespannte Seil, dessen letzter Strang plötzlich riss.

Grachann sah nicht zu, wie sein Verfolger fiel. Er wirbelte herum und sprang zurück in Deckung, bevor neue Pfeile auf die Stufen prasselten.

Auf den ersten Blick unterschied sich das Dorf nicht von den anderen, auf die Grachann in den letzten Tagen gestoßen war.

Er kauerte im Farn zwischen den Brettwurzeln einer riesigen Drudenbuche und spähte auf die Lichtung hinaus. Je weiter er in dieses verwunschene Waldreich vorgedrungen war, desto höher ragten die Bäume in den Himmel. Im Schatten ihrer gewaltigen Stämme fühlte er sich zu klein, fast wie eine Ameise, und verglich seine Größe mit jener der Tiere, die ihm begegneten, um sich zu vergewissern, dass er nicht geschrumpft war. Wie konnte er sonst sicher sein, dass der grauschwarze Fleck, der mittlerweile seinen halben Arm bedeckte, nicht die Verwandlung seiner Haut in einen Ameisenpanzer bedeutete?

Ich hätte aus dem Dämonenweib herauspressen sollen, was sie darüber weiß, bevor es zu spät war. Er glaubte zwar nicht ernstlich, dass ihr bei dem Überfall an der Langen Narbe etwas geschehen war, doch er hatte sie seitdem nicht mehr gesehen. War es nun vier Tage her oder schon fünf? Die einsame Wanderung durch das ewig dämmerige Grün raubte ihm allmählich das Zeitgefühl. Manchmal fragte er sich, ob er seit Tagen im Kreis lief.

Geduckt huschte er hinter die nächstgelegene der runden Hütten und legte ein Ohr an die Wand aus mit Moos und Lehm abgedichtetem Flechtwerk. Kein Laut drang aus dem Innern der Behausung. Stille hing darüber wie über dem ganzen Dorf – kein Kinderlachen, kein Hundegebell, keine knisternden Herdfeuer und leise bei der Arbeit singenden Frauen. Das Herz wurde ihm eng und schwer vor Sehnsucht nach seinen Freunden, seinen Verwandten, nach irgendeinem Menschen, der bewies, dass er nicht allein auf der Welt zurückgeblieben war.

Eine jähe Aufwallung erfasste ihn. Er rannte auf den freien Platz zwischen den Hütten hinaus und brüllte: »Ist dieser neun Mal verfluchte Wald denn ausgestorben? Wo seid ihr?«

Nur Schweigen antwortete ihm. Zornig trat er gegen einen leeren, wie fallen gelassen herumliegenden Korb, der in hohem

Bogen davonflog. Grachann sah sich um und stutzte. Alle Lager der Waldleute, die er gefunden hatte, waren verlassen gewesen, und in ihrer Mitte hatte ein abgebrannter, mit Knochen und Leichen durchsetzter Scheiterhaufen geschwelt. Doch hier konnte er keine Reste eines Totenfeuers entdecken. Auf dem von eifriger Nutzung festgetrampelten Platz lag Hausrat verstreut, als wären die Bewohner aus heiterem Himmel geflohen.

Grachann beschloss, die Hütten zu durchsuchen. Vielleicht fand er etwas Essbares, um seine mühsam durch Jagen gestreckten Vorräte aufzufüllen. Er näherte sich dem erstbesten der Eingänge, die weder durch Türen noch Vorhänge verschlossen waren. Im Innern herrschte Zwielicht, das durch ein enges Rauchloch im rindengedeckten Dach gespeist wurde. Um eine kleine Feuerstelle in der Mitte waren an den Wänden Lager aus Fellen und Laubpolstern angeordnet. Ein Kessel mit Wasser stand in der kalten Asche, auf einem halbfertigen Kleidungsstück aus Leder lag noch die Knochennadel samt eingefädeltem Zwirn. Unter dem Deckel eines nach kunstvollem Muster geflochtenen Korbs fand Grachann längliche Wurzelknollen, die er einsteckte, obwohl er sie nicht kannte, und ging zur Nachbarhütte weiter.

Der Anblick eines hingestreckten Körpers ließ ihn auf der Schwelle zurückprallen. Eine Spur süßlichen und zugleich widerwärtigen Geruchs wehte ihm entgegen. Der Erdmejek musste tot sein, aber noch nicht allzu lange. Grachann wagte sich näher und trat zur Seite, damit durch den Eingang ungehindert Licht hereinfallen konnte. Es enthüllte ein Heer Fliegen, das geschäftig auf der Leiche herumkrabbelte, deren Blöße nur ein Lendenschurz bedeckte. *Gütige Erdmutter, eine Frau!* Hatten die Waldleute einfach eine Kranke ihrem Schicksal überlassen? Im Todeskampf hatten sich ihre Finger in das Fell gekrallt, auf dem sie lag. Die verschlungenen, mit grüner Paste aufgemalten Zeichen hoben sich nur noch schwach von der verfärbten Haut ab. Grachann betrachtete ihr Gesicht, die geschlossenen Augen, und erschrak. Hastig das Zeichen des Lichts vor seiner Brust ziehend, stürzte er aus der Hütte. *Ein Dämon! Sie ist zum Dämon geworden!*

Wie Fremdkörper hatten die beiden kurzen Hörner aus ihrer Stirn geragt, als wäre *emschalorr* in sie eingedrungen, um aus ihrem Innern hervorzubrechen.

Selbst im warmen Sonnenlicht, das die Wesen der Unteren Welt auszulöschen vermochte, wurde Grachann von einem heftigen Zittern geschüttelt. Verstört taumelte er auf die nächste Hütte zu. War das der Grund, warum die Erdmejek flohen und ihre Leichen verbrannten? Eine Seuche, die sie in Dämonen verwandelte?

Ein weiterer Leichnam lag bäuchlings in der Tür, auf die Grachann zuhielt. Er sah den Kopf und einen Arm über der Schwelle, als ob der Tote noch im Sterben aus seiner Behausung hatte kriechen wollen. War auch dieser Mann entstellt? Die bärtige, Grachann zugewandte Miene wies nicht darauf hin. Noch umgab die Leiche kein Gestank, doch Blutkrusten auf ihrer Haut lockten bereits Fliegen an. Aus der ihm halbwegs sicher erscheinenden Entfernung von zwei Schritten musterte Grachann, was er vom Rest des Körpers sehen konnte. Von einem Schulterblatt bis hinunter zur Hüfte dehnte sich ein dunkler, fast schwarzer Fleck aus, in dessen Mitte schütteres, rötliches Fell gewachsen war.

Grachann wurde kalt. Sein Herz gefror zu einem eisigen Klumpen. Ungläubig richtete er den Blick auf seinen verfärbten Arm und fuhr mit der Hand über die älteste Stelle. Unter seinen Fingern spürte er feine Stoppeln. Hell rötlich blitzten sie in der Sonne.

Ein Wutschrei gellte über die Lichtung, doch er drang nur gedämpft, wie durch die Klappen einer Pelzmütze an Grachanns Ohren. Weitere Stimmen gesellten sich hinzu. Grachann sah auf, als erwache er aus einem Traum.

Erdmejek rannten mit erhobenen Äxten auf ihn zu. Andere legten Pfeile auf. Der Anblick zerriss den Nebel, der sich lähmend um ihn gelegt hatte. Wie von selbst hastete er hinter der Hütte in Deckung und von dort zum Waldrand. Zum ersten Mal empfand er Dankbarkeit, in das schattig grüne Gewirr einzutauchen, das sich wie eine Zeltklappe hinter ihm schloss. Blindlings rannte er durch das Unterholz, setzte über niedrige Sträucher und überkletterte umgestürzte Baumriesen. Die Taschen und Beutel, durch die er in früheren verlassenen Dörfern seine unhandlichen Satteltaschen ersetzt hatte, tanzten und baumelten um seinen Körper. Zweige peitschten ihm ins Gesicht, überzogen Brust und Arme mit Striemen, während Wurzeln und Ranken nach seinen Füßen angelten. Er duckte sich unter Ästen hindurch, stolperte über verborgene Steine, sprang über Rinnsale, schlitterte Böschungen hinab. Wie flüchtendes Wild raste er durch den Wald, bis die Luft flammengleich seine Lungen versengte. Sein Herzschlag flog wie die Hufe eines durchgehenden Pferdes. Wütend jagte er auf seinen erlahmenden Beinen weiter. Er war ein Krieger der freien Steppe. Er würde nicht in diesem garstigen Wald mit seinem dichten Blätterdach sterben, das ihn vor Holkis' Augen verbarg.

Der Boden veränderte sich, wurde steiniger. Ein Geflecht langer, verzweigter Ranken überzog die Schicht alten Laubs. Ganze Baumstämme verschwanden unter seinen dunkelgrünen Blättern, als hätten sie sich in zottigen Pelz gekleidet. Wie erstarrte grüne Wasserfälle hing es an schmalen Felsblöcken herab, die hier und dort aufragten. Immer mehr Steine lagen herum und zwangen Grachann, langsamer zu laufen. Ganze Haufen moosbefleckter Gesteinsbrocken türmten sich auf, von Ranken und den Wurzeln darauf wachsender Bäume zusammengehalten wie von Netzen. Vor ihm schälte sich eine Felswand aus den Schatten, in der eine Höhle klaffte. Bäume wuchsen auf dem oberen Rand. Ihre dicken, den Boden suchenden Wurzeln und die allgegenwärtigen kletternden und kriechenden Ranken prangten als wuchernde Reliefe daran. Noch während Grachann überlegte, ob er in eine Falle lief und eine andere Richtung einschlagen sollte, entdeckte er, dass er durch das Loch im Felsen weiteres Grün sehen konnte. Die vermeintliche Höhle war ein von Wurzeln umrahmter Durchgang. Erleichtert schleppte er sich darauf zu. Je näher er kam, desto seltsamer wirkte die Felswand auf ihn, bis er die schnurgeraden Fugen unter dem Pflanzengewirr entdeckte. Er stand vor einer Mauer, vor den Resten eines aus großen, glatt geschliffenen Blöcken errichteten Bauwerks – vor einer Pforte, die einlud, längst vergangene Räume zu betreten.

Rodan

Aldagar

Die Dämmerung verlieh dem Nebel die Farbe dunklen Rauchs, als die Riesen ihre Gefangenen einen weiteren Hang hinab auf eine felsdurchsetzte Wiese trieben. Doppelt mannshoch ragten sie über Rodan auf, ihre Beine stämmig wie Fichten, die Körper so kräftig, dass sie ein Pferd schultern konnten wie ein Müller einen Sack Mehl. Einer von ihnen hatte Rodans Speer mit den Händen geknickt wie einen dürren Zweig. Sein Schild war schon unter dem ersten Hieb einer gewaltigen Keule zerbrochen. Seitdem pochte es in seinem Arm, der sich steif und geschwollen anfühlte. Doch mit gefesselten Händen konnte Rodan nicht entscheiden, ob die leichte Taubheit von den Verletzungen oder den strammen Riemen herrührte. Wenigstens hatte es nicht den Schwertarm erwischt. Falls er sich befreien und an eine Waffe gelangen konnte, war er immer noch in der Lage zu kämpfen. Höhnisch verzog er das Gesicht. *Ungefähr so wie vorhin.* Sein Speerstich hatte nur die Leiste des Riesen erreicht und offenbar kaum mehr beeindruckt als ein Hundebiss.

Hinter ihm keuchte einer der Dienstmannen auf, und er hörte ihn stolpern. Bei jedem Schritt ächzte der Mann oder zog zischend die Luft ein, denn ein Keulenhieb hatte seine Rippen zerschmettert.

Immer noch besser als tot. Ein Blick im Vorübergehen hatte gereicht, um Rodan das Bild des halb unter Steinen begrabenen Herke einzuprägen. Blut war in den grauen Haarkranz gesickert, und die leeren Augen hatten in die Höhe gestarrt, in das dunstige Nichts, aus dem der Tod über ihn gekommen war. Mochte seine Seele zu den Sternen finden, bevor der Totensammler ihn auflas!

Arrer, der vor ihm herstapfte, blieb so überraschend stehen, dass er beinahe mit ihm zusammenstieß. Rodan sah auf. Die Riesen an der Spitze des kleinen Trupps hatten angehalten und ließen achtlos die drei Leichen fallen, die sie geschultert hatten wie erlegte Hasen. Garédars Helm prallte mit einem metallischen Laut auf einen Stein.

»Verfluchte Bastarde«, knurrte Arrer.

Ein ängstlicher Aufschrei ließ Rodan herumfahren. Nidag lag mit aufgerissenen Augen am Boden und blickte zu der über ihn gebeugten Riesin auf, die ihn an einem Unterschenkel gepackt hielt. Seine Wade wurde völlig von ihrer gewaltigen Hand bedeckt. Dass sie eine Frau war, verrieten nur das Fehlen des Bartgestrüpps, das die Gesichter der meisten anderen überwucherte, und die Rundungen der Brüste, die sich unter der ärmellosen Tunika aus grobem Stoff abzeichneten. Mit ihren klobigen Fingern verknotete sie einen dünnen Strick um Nidags Knöchel.

Rodans Gedanken rasten. Sollte er die Flucht wagen, bevor sie auch ihm Fußfesseln anlegte? Aber mit gebundenen Händen rannte es sich schlecht – Korwin hatte es unterwegs versucht. Noch bevor die Riesen ihn eingeholt hatten, war er auf dem steinigen Grund gestolpert und in einen Abgrund gestürzt. *Es muss einen besseren Weg geben.*

Während sich Nidag hastig mit den Füßen von ihr wegschob, wandte sich die Riesin dem jungen Gordean zu, der mit bleichem Gesicht seinen verletzten Arm umklammerte. Gesplitterte Knochen ragten aus der blutverkrusteten Wunde. Er sah so elend aus, dass sie ihn nicht einmal gefesselt hatten. Die Riesin griff nach ihm. Entsetzt wich er zurück, doch sie erwischte ihn dennoch am gebrochenen Arm. Wie vom Blitz getroffen sackte er zusammen. Ein anderer Riese, der mit seinem Speer – einem jungen Baumstamm, der angespitzt und in Feuer gehärtet worden war – darüber wachte, dass die Menschen nicht flohen, trat näher und stieß ihn mit dem Fuß an, aber der Ritter rührte sich nicht.

Die beiden Riesen wechselten ein paar unverständliche Laute. Der schwer atmende Dienstmann neben Rodan ließ sich vorsichtig im Gras nieder. »Werden … werden sie ihn jetz' umbringen?«

»Werden sie nich'«, brummte Arrer. »Wenn ich 'n krankes Vieh schlachten will, treib ich's auch erst nach Haus. Lebend bleibt's länger frisch.«

Der Verletzte murmelte einen Fluch. Die Riesin drehte sich zu ihnen um, und Rodan wurde bewusst, wie wenige von ihnen noch übrig waren. Von Lanenk und dem vierten Dienstmann hatte er nach dem Hinterhalt keine Spur mehr gesehen. Vielleicht lagen sie unter dem Schutt begraben, der auf sie herabgestürzt war.

Gleich würde sich die Riesin ihm zuwenden und ihm wie Nidag die Beine wegziehen, um ihn einfacher fesseln zu können. Lieber wollte er sterben, als sich wie ein Tier behandeln zu lassen, das seine Lage nicht verstand. Zähneknirschend setzte er sich auf die regennasse Wiese, bevor sie ihn zu Fall bringen konnte. Das verfilzte, struppige Haar fiel ihr bis auf die breiten Schultern. Was von ihrem Körper nicht gnädig durch die fleckige Tunika verdeckt wurde, war lehmverschmiert und mit dunklen Borsten bestanden, und unter dem kunstlos gewebten Stoff kroch ein mausgroßes Etwas herum, das sie nicht zu stören schien. War sie von riesenhaftem Ungeziefer befallen? Der Gestank, den sie in der feuchten Luft ausdünstete, erinnerte ihn jedenfalls an einen nassen Hund.

Als sie nach seinem Bein fasste, wallte tiefe Abscheu in ihm auf, obwohl sie dank Hose und Stiefeln wenigstens nicht seine Haut berührte. Alles an diesem Wesen war hässlich, abstoßend, einfach *falsch*. Sie sah aus wie eine Frau und doch wieder nicht. Ihre Nase war zu grob, zu fleischig, und Haarbüschel wucherten aus den Löchern. Wie bei den anderen Riesen lagen die Augen zu tief unter dicken Brauenwülsten, während das fliehende Kinn zu klein wirkte. Aber was sie von ihren Gesellen unterschied, war ihr schwarzes Gesicht. Bis zur Mitte des Halses hatte die Haut eine stumpfe, grauschwarze Farbe, selbst die Lippen. Das Weiß der Augen glänzte daraus hervor, als ob es von innen leuchtete. Hatte sie sich mit Kohle eingerieben? War sie der »schwarze Kopf«, von dem Steinfresser gefaselt hatte?

Während sie sich daranmachte, zu guter Letzt auch Arrers Beine zu binden, der trotzig gewartet hatte, bis sie ihn umwarf, sah sich Rodan nach dem närrischen Einsiedler um. Wie ein Kind unter Erwachsenen bewegte sich Steinfresser zwischen den Riesen. Er trug keine Fesseln und half ihren Peinigern, am Bachufer angeschwemmtes Holz für das Lagerfeuer aufzulesen. *Also hatte Garédar recht. Er kann mit ihnen sprechen.*

Arrer spuckte aus, sobald die Riesin von ihm abließ, und folgte seinem Blick. »Der dreckige Saukerl! Hat die ganze Zeit Bescheid gewusst.«

Rodan schüttelte den Kopf. »Glaub ich nicht. Dann hätte er sich nicht so erschrocken vor ihnen auf den Boden geworfen, als sie uns angriffen.«

»Aber er ist doch auf ihrer Seite«, wandte Nidag kleinlaut ein, der nun wagte, mit den kleinen Schritten, die ihm noch möglich waren, zu ihnen herüberzukommen. Er hatte blutige Schrammen auf Armen und Wangen, schien aber ansonsten unverletzt.

»Könnte sein«, gab Rodan zu. »Vielleicht will er aber auch

einfach nur sein Leben retten.« *Und unseres dazu.* Doch die Hoffnung war so verzweifelt, dass er nicht wagte, sie auszusprechen.

Der junge Dieb hielt inne und starrte zu den Riesen beim großen Feuer hinüber, dessen Licht über sein Gesicht flackerte. Nur die Flammen erhellten noch die mond- und sternenlose Nacht.

»Göttin verdamm mich«, murmelte Arrer, und Rodan hörte ein Klirren wie von einem Kettenhemd. Übles ahnend, richtete er den Blick wieder auf die grobschlächtigen Ungeheuer.

Drei Riesen, unter ihnen die Schwarzgesichtige, beugten sich über die Leichen, die sie mitgenommen hatten, und schälten sie mit langen Messern aus den Kleidern, wie ein Jäger dem Wild das Fell abzog. Als Nächstes würde das Ausweiden folgen, damit die erlegte Beute nicht verdarb. Rodan wandte sich ab, als die Riesin über Garédars Bauch zum Schnitt ansetzte.

Nidags Augen weiteten sich. »Das kann nicht sein«, wisperte er. »Er ist ein Unsichtbarer. Unsichtbaren geschieht so etwas nicht.«

»Sieh nicht hin, Junge!«, riet Rodan, aber Nidag schien ihn nicht zu hören. Er verfluchte die Fesseln, die ihn daran hinderten, den Dieb zu packen und von dem Anblick loszureißen, der ihn bannte. Spürte er, wie die Klinge sein eigenes Fleisch durchtrennte? »Dreh dich gefälligst zu mir um!«, fuhr er ihn an.

Der Riese mit dem Speer, der sie bewachte, warf ihm einen finsteren Blick zu. Nidag sah ihn an, als nehme er ihn nicht wahr.

»Setz dich!«

Der Junge gehorchte. Wegen der gebundenen Glieder fiel er unsanft auf sein Hinterteil, aber seine Augen blieben auf Rodan gerichtet, als hinge sein Leben davon ab. »Wenn sie das mit ihm machen, werden sie a…«

»Das werden sie nicht.« Rodan legte so viel Bestimmtheit

in die Worte, wie er nur aufbringen konnte. »Und zwar, weil wir vorher fliehen werden.« Er wagte einen Seitenblick zu ihrem Bewacher, doch der Riese zeigte kein Anzeichen dafür, dass er ihn verstanden hatte. Trotzdem senkte er die Stimme. »Diese Fesseln sind lächerlich. Wir können uns gegenseitig befreien. Wir müssen nur darauf warten, dass ihre Wachsamkeit nachlässt. Hast du verstanden?«

Nidag nickte.

»Ich bin dabei«, ließ sich Arrer vernehmen.

»Darauf zähle ich«, erwiderte Rodan ernst. Sein Blick wanderte zu dem verletzten Dienstmann, der hintenübergesunken war und mit geschlossenen Augen dalag. Hatte er sie überhaupt gehört? War es Regen oder Fieberschweiß, der auf seiner Stirn glänzte? *Er kann kaum atmen, wie soll er da laufen?* Rodan verhärtete sein Herz. *Wir werden ihn zurücklassen müssen.*

Arion

Aldagar

»Das ist ja ein richtiger ausgetretener Weg!« Arion schützte seine Augen mit der Hand vor dem nicht enden wollenden Nieselregen und spähte die Bergflanke entlang, auf deren halber Höhe sie sich befanden. Vor ihnen kam ein etwa einen Schritt breiter Pfad aus dem Tal herauf, der gen Norden führte und sich weiter oben im Nebel verlor.

»Dämpft Eure Stimme!«, riet Jagon. »Dieser Steig ist zwar so alt, dass er auf der Karte verzeichnet ist, aber offenbar wird er immer noch benutzt. Wir müssen ihm folgen, um die Bärenscharte zu überwinden, und das wird einfacher, wenn Ihr nicht die Riesen herbeischreit, die ihn ausgetrampelt haben.«

Ja, ja, die gefährlichen Riesen, die in dieser Gegend ja für alles verantwortlich sind. Arion verdrehte die Augen. Es gelang ihm nicht, sich diese Ungeheuer vorzustellen. Wenn sie keinen breiteren Pfad brauchten, konnten sie auch nicht übermäßig groß sein. Trotzdem wäre es besser gewesen, er hätte seinen Speer nicht in dem verdammten Schneefeld stecken lassen müssen. Es ärgerte ihn ohnehin, dass er Jagon durch seinen Sturz darin bestätigt hatte, sich als Anführer zu betrachten. Der Gordean kostete es ständig aus, ihn seine Unterlegenheit in diesem Gelände spüren zu lassen.

»Komm! Er ist es nicht wert, sich zu viele Gedanken zu machen«, meinte Sava und folgte Jagon, der bereits den neuen Weg eingeschlagen hatte.

Arion zog die Kapuze wieder tiefer ins Gesicht, bevor er sich ihnen anschloss. *Er ist es nicht wert …* Ob sie das jetzt auch über ihn dachte? Warum hatte er ihr diese beschämende Geschichte erzählt, die er nie zuvor jemandem anvertraut hatte? Jetzt konnte er es kaum mehr ertragen, wenn sie auch nur den Blick auf ihn richtete. Er fürchtete die Anklage und Abscheu darin, die er gar nicht erst sehen wollte.

Immerhin hatte sie nicht umdrehen wollen. Das war das Einzige, was sie gesagt hatte, bevor Jagon hinzugekommen war und zum Aufbruch gedrängt hatte. »*Dieser Geist führt etwas Übles im Schilde. Wir müssen seine Pläne vereiteln.*« Sie schien sich darin ebenso sicher wie Regin. Doch Jagons Vorwürfe steckten wie Stacheln in seinem Fleisch. Hatte der Zornige dafür gesorgt, dass sein Eid am Hof in Zweifel gezogen wurde, weil er selbst Anspruch auf ihn erhob? Weder Tomink noch Tazlan oder gar die Priesterinnen hatten bisher etwas Schlechtes von ihm verlangt, während der König seinen Vater zum Mörder und ihn zum Attentäter gemacht hatte. Ertann mochte dieses Schicksal verdient und sein Tod vielen anderen das Leben gerettet haben, aber es war kein Auftrag gewesen, den Obersten Heerführer Phykadoniens zu einem Zweikampf herauszufordern. Im Grunde hatte Werodin ihm genauso einen

Mord befohlen wie zuvor Kunmag. *Und ich habe zumindest geholfen, ihn auszuführen.*

Der Riesensteig führte in einer beschwerlichen Abfolge scharfer Kehren zur Bärenscharte hinauf, die sich als schroffer Einschnitt zwischen turmhohen, schneebestäubten Felsnadeln erwies, deren Spitzen die Wolken aufspießten. Ein eisiger Wind pfiff ihnen hier oben entgegen und piekte mit feinem Graupel in die Haut. Jenseits der Passhöhe lag mehr Schnee, doch auf dem Pfad waren die Überbleibsel des Winters längst geschmolzen, sodass nur eine hauchdünne neue Schicht darauflag, die nicht ausreichte, das raue Gestein schlüpfrig zu machen. Der Steig führte in weiteren Kehren hinab, um bald darauf wieder in das gewohnte Auf und Ab eines Höhenwegs überzugehen. Arion grübelte gerade, ob seine Gedanken bereits Verrat an Arutar und dem Reich darstellten, als Sava stehen blieb, um auf ihn zu warten.

»Ich habe lange darüber nachgedacht, was du mir erzählt hast.«

Arion nickte nur.

»Durch Die Gabe konnte ich deine Erinnerungen sehen und fühlen, was in dir vorging. Du warst betrunken und verwirrt. Das soll keine Entschuldigung sein!«, versicherte sie rasch, als er widersprechen wollte. »Du bist nicht Rodmar, der Bauernmädchen für sein Spielzeug hält, deshalb wäre es deine Pflicht gewesen, ihr zu helfen. Dein Vater hätte dir solches Verhalten niemals durchgehen lassen. Vielleicht hättest du ihm davon erzählen sollen, damit Rodmar seine gerechte Strafe erfahren hätte ...«

»Das war nicht nötig«, unterbrach er sie. »Der Wirt hat sich bei Onkel Wigan darüber beschwert, und Rodmar musste eine Entschädigung zahlen. Soweit ich von seinen Brüdern gehört habe, nahm ihr Vater die Angelegenheit nicht besonders ernst.«

»Oh«, machte Sava nur und schwieg einen Augenblick. »Das ist traurig, aber eigentlich wollte ich dir sagen, dass es nun einmal geschehen ist und du es nicht mehr ändern kannst. Es war gut, dass du Rodmar wenigstens im Nachhinein getadelt und dich von ihm ferngehalten hast.«

»Ich glaube nicht, dass er begriffen hat, warum ich nichts mehr mit ihm zu tun haben wollte.«

»Wie dem auch sei, ich kann dir nur raten, dich nicht länger damit zu quälen. Lass die Vergangenheit ruhen! Was zählt, ist, dass du es in Zukunft besser machst. Du bist es nicht, der hier mein Leben riskiert. Ich bin es. Es ist meine Entscheidung gewesen, den Rat der Weißen Frau zu befolgen.« Sie griff nach seiner Hand und drückte sie. Ihre Finger waren nass und viel zu kalt. »Sprich mit der Prinzessin, wenn du zurück nach Egurna kommst! Vielleicht braucht sie wirklich deine Hilfe.«

»Du solltest Handschuhe anziehen. Warum hast du nicht gesagt, dass du frierst?« Er setzte die Kraxe ab und fischte Fäustlinge aus Lammfell daraus hervor. An Beveré dachte er ohnehin öfter, als für seinen Seelenfrieden gut war.

Der Tag neigte sich dem Ende zu, und der Regen war stärker geworden. »Wir müssen langsam nach einem Lagerplatz Ausschau halten«, mahnte er Jagon.

»Das tue ich«, behauptete der Gordean. »Auf der Karte ist etwas eingezeichnet, das sich ›Alte Mauern‹ nennt. Ich hoffe, dass wir dort …«

»Da! Das könnte es sein!«, rief Sava und deutete auf einen grauen Fleck im Regendunst, den Arion zuerst für einen Haufen groben Gerölls hielt. Doch dann erkannte er, dass die Umrisse des Felsens zu rechtwinklig waren, die einzelnen Trümmer zu gleichmäßig. Er hatte die Reste einer eingestürzten Mauer vor sich, und mit jedem Schritt schälten sich mehr Ruinen aus dem Nebel. Zum Gipfel hin, dessen Höhe die dichten Wolken verbargen, stand kaum mehr ein Stein auf dem anderen, während die Gebäude Richtung Tal noch ihr ursprüngliches Aussehen erahnen ließen – als sei ein gewaltiger Ansturm von oben herabgefegt und gegen die Mauern geprallt.

Neugierig sah sich Arion um. Die Häuser waren klein gewesen, bessere Hütten aus Stein mit nur einem Stockwerk, und die vermutlich aus Holz errichteten Dächer längst eingestürzt und zu Staub zerfallen. Ein lange aufgegebenes Dorf Drahans? Ein Versuch, tiefer in die unwirtlichen Berge vorzudringen und den Riesen die Stirn zu bieten? Doch warum gab es dann keine Befestigungsanlage, hinter der man sich verschanzen konnte?

Ein weiteres Gebäude schälte sich aus dem Dunst, und Arion stutzte. Auch Sava blieb mit überraschter Miene stehen. Es überragte die anderen nur unbedeutend und war aus demselben Gestein errichtet, aber während für die meist rechteckigen Häuser eine Mischung unscheinbarer Natursteine und behauener Blöcke verwendet worden war, hatten die Baumeister für dieses Werk nur sorgfältig bearbeitete Steine eingesetzt. Eine Kuppel wölbte sich über einem achteckigen Grundriss, dessen Ecken in die Wand eingearbeitete Säulen markierten. Der Eingang unter einem ebenfalls säulenflankierten Rundbogen stand offen, es gab keine Spur einer Tür, mit der man ihn hätte schließen können. Arion betrachtete die Art, wie Bogen und Kapitelle beschaffen waren. Sie erinnerten ihn an die ältesten Bauten Egurnas, die schon zu Arutars Zeit dort gestanden haben sollten.

»Es sieht aus wie …« Sava brach ab und warf ihm einen undeutbaren Blick zu.

»Wie was?«

»Ein Gebäude, das du nicht kennst – in Rothjard«, behauptete sie rasch und ging darauf zu.

Jagon betrat bereits die Schwelle, den Speer mit beiden Händen gepackt, als erwarte er einen Angriff. Hastig folgte Arion Sava, überholte sie und griff nach seinem Schwert, um sie zu beschützen, falls der Gordean ein Raubtier aufscheuchte. Doch Jagon bedeutete ihnen lächelnd, näher zu kommen. »Scheint, als hätten wir einen trockenen Schlafplatz gefunden.«

Abgesehen von der Stelle, an der durch eines der schmalen Fenster Regen hereingeweht wurde, war der Boden aus achteckigen Steinplatten zumindest nur klamm, nicht nass. Arion blickte zur Kuppel hinauf, deren Gewölbe ihn erneut an Egurna erinnerte, aber die schmucklose Decke und glatten Wände gaben keinen weiteren Hinweis auf die Menschen, die dieses Dorf bewohnt hatten.

»Es ist leer.« Auch Sava klang enttäuscht und sah Jagon fast vorwurfsvoll an.

Der Gordean zuckte nur die Achseln.

»Was hast du denn erwartet?«, fragte Arion.

»Ich weiß auch nicht. Können wir wenigstens ein Feuer machen?«

»Wir müssen sogar, sonst wird es zu kalt«, befand Jagon. »Hoffen wir, dass bei dem Wetter niemand außer uns unterwegs ist. Wir befinden uns immer noch an einem Pfad der Riesen.«

»Im Nebel sollte das Licht nicht weit zu sehen sein«, hoffte Arion.

Jagon nickte. »Ich werde sehen, was ich an Brennholz auftreiben kann. Bleibt Ihr bei Eurer Schwester.« Er setzte Tragegestell und Speer ab, nahm sein Beil zur Hand und verschwand hinaus in den zunehmenden Regen. Arion war erleichtert, ebenfalls seine Kraxe loszuwerden, die ihm noch immer schmerzende Schultern bereitete. Sava wickelte sich fester in ihren Umhang, setzte sich und streckte seufzend die Beine aus.

»Glaubst du, dass die Gordean dieses Dorf gebaut haben?«, wollte Arion wissen, während er sich neben ihr niederließ.

»Nein.« Sie grinste. »Dann wüsste Jagon das, und wir müssten uns wieder einen Vortrag über die glorreiche Vergangenheit seiner Familie anhören.«

»Ja, wahrscheinlich«, lachte er. »Aber vielleicht haben sie es auch vergessen. Es muss sehr lange her sein, dass die Häuser verlassen wurden.«

»Glaub mir, die Gordean vergessen nichts. Sie haben Aufzeichnungen, die bis in die Zeit vor Arutar zurückreichen.«

»Vor Arutar?« Er konnte es nicht glauben. »Aus der Zeit, als der Tote Gott noch lebte und über Sarmyn herrschte?«

»Ich konnte mir das auch nicht vorstellen«, gab Sava zu. »Ich war nicht einmal sicher, ob es vor der Gründung des Reichs schon Menschen gegeben hat, aber wenn man genauer darüber nachdenkt, ist das ziemlich albern. Arutar war nur der Erste König, nicht der erste Mensch. Niemand hat je etwas anderes behauptet, nicht wahr?«

Arion nickte nachdenklich. »Ja, es müssen zwei Heere aufeinandergestoßen sein, sonst würde es nicht heißen, dass er den Gott in einer Schlacht besiegte. Ist das der Grund, warum die Gordean so seltsam sind? Ich meine, warum sie an der Göttin festhalten? Wenn man Jagon hört, hat der König allen Grund, an ihrer Treue zu zweifeln.«

Sava warf ihm einen gequälten Blick zu. »Ich weiß nicht, ob ich dir das sagen darf. Es gibt viele Gründe, warum die Gordean anders sind, und Geheimnisse, die ich hüten muss, aber ...« Sie lächelte wieder. »Es gibt eine Sage, von der ich selbst nicht weiß, ob ich sie glauben soll. Die Drahaner erzählen sich, dass sich vor sehr langer Zeit, als die alten Götter Duraman und Dearta noch lebten, einer ihrer Söhne in eine sehr schöne und sehr weise Frau verliebt haben soll. Der Sohn der Götter war noch immer jung, als die Frau längst alterte und starb, aber sie hatte eine Tochter bekommen, die Alva genannt wurde. Es heißt, dass Alva die Stammmutter der Gordean war, und deshalb fließt in ihnen das Blut der Götter.«

Arion verzog das Gesicht. »Das haben sie sich ja fein ausgedacht. Kein Wunder, dass Jagon der Inbegriff der Hochnäsigkeit ist.«

Sava lachte. »Du beleidigst meine Verwandten! Meine Urgroßmutter war schließlich auch eine Gordean.«

»Ja, ja, schon gut«, wehrte er grinsend ab. »Ich verneige mich in Ehrfurcht.« *Wenn die Gordean das wirklich glauben, er-*

klärt das einiges. Musste ihnen Arutar dann nicht wie ein Thronräuber vorkommen, der sich gewaltsam angeeignet hatte, was ihm nicht zustand? War er nicht der hehre Befreier gewesen, als der er von den Rittern gefeiert wurde? Wieder versank er in den Rätseln, die jeder neue Tag aufwarf. Sava lehnte den Kopf an seine Schulter und schloss die Augen.

Nach einer Weile näherten sich Schritte. Endlich würden sie ihre kalten Hände und Füße am Feuer wärmen können.

»Habt Ihr …«, setzte Arion an, doch die Worte erstarben auf seinen Lippen. Der Mann, der ihn anstarrte, war nicht Jagon.

Regin

Egurna

Edgivas Kopf an seiner Schulter, ihre Hand auf seiner Brust, ihre Hüfte und die Schenkel an die seinen geschmiegt … Es hatte Frauen gegeben, bei denen er nach der ersten Nacht nicht mehr ertragen hatte, so viel von ihnen zu spüren. Er hatte sie gekostet wie einen Wein und den Jahrgang für mäßig befunden. Doch wäre Edgiva Wein gewesen, er hätte die Fässer karrenweise in Smedons Kellern eingelagert. Er schmunzelte über den Vergleich in ihr Haar hinein.

»Heute so heiter?«, fragte sie, ohne aufzublicken. Ihr warmer Atem streifte seine Haut und hinterließ eine kühle Stelle. »Ich bin in Trauer um meinen Bruder, du gefühlloser Klotz.«

»Immer noch?« Er drückte sie enger an sich, obwohl seine von der Lanze geprellten Rippen dabei schmerzten. »Und ich habe geglaubt, ich sei der einzige Mann in deinem Leben.«

Ihr Körper bebte, als sie gluckste. »Wer hat dir nur solche Flausen in den Kopf gesetzt? Bist du nicht auch zutiefst betrübt – weil mein Vater noch lebt? Du könntest bereits auf dem Thron sitzen.«

Die Worte versetzten ihm einen Stich. Ja, für einen Augenblick hatte er geglaubt – erhofft? –, dass sich Werodin nach seinem Zusammenbruch nie wieder erheben würde. Er hatte sich bei der Krönung in der Halle der Rechtsprechung gesehen. Aber seltsamerweise hatte er auch Erleichterung verspürt, als der König vom Krankenlager an seinen Platz an der abendlichen Tafel zurückkehrte. *Ich wünsche Werodin den Tod nicht*, wollte er gerade sagen, als sich andere Worte den Weg aus seinem Mund bahnten. »Ich brauche die Hilfe eines schwachen Herzens nicht, um den Thron zu erringen.«

Verdammt! Nicht vor ihr! Edgivas Gemach war der einzige Bereich, in dem ihm Tazlan seit seiner Rückkehr an den Hof noch nicht in die Quere gekommen war. Bei dem Gedanken, es könne plötzlich der Geist sein, der sie durch seine Finger berührte, trat ihm Schweiß auf die Stirn.

Edgiva richtete sich ein Stück auf, um ihn ansehen zu können. »Wie meinst du das?«

Fahrig spielte er mit Strähnen ihres Haars. »Ich … ähm, ich meinte, dass ich doch nur warten muss, bis dein Vater irgendwann stirbt. Ich habe keine Eile. Auf ein paar Jahre mehr oder weniger kommt es nicht an, nicht wahr?«

Sie lächelte und strich sanft über seine Brust. »Dann hast du keine Angst vor Dristan?«

Hatte er? »Nein, wir werden ihn besiegen.« *Und wenn nicht, bleibt mir immer noch Tazlans Angebot.*

Edgiva bedachte ihn mit einem undeutbaren Blick. »Hast du darüber nachgedacht, was dann geschehen wird? Sollte sich Dristan unterwerfen oder fallen, wird Vater den Frieden mit einem Bündnis besiegeln müssen. Erinnerst du dich? Er wird mich dem Erben der Seelande zur Frau geben.«

Regin sah in ihre Augen, die kein Gefühl verrieten. Daran hatte er noch nicht gedacht. Seine Hand glitt ihren Rücken hinab und drückte ihre Hüfte enger an sich. Werodin würde sie nach Urdjard in Werengars Bett schicken, während er mit der verlogenen, frostigen Beveré zurückbleiben musste. *Zur Ewigen mit ihr!*

»Wäre es nicht viel schöner, wenn ich *deine* Frau werden könnte?« Sie verlagerte ihr Gewicht und rieb sich wie beiläufig an ihm. »Ich wäre dir eine sehr viel amüsantere – und willigere – Königin.«

Er schloss die Augen und atmete tief durch. Der Gedanke war so verlockend wie ihr warmer, an ihn gedrängter Körper. »Ich kann deine Schwester nicht verstoßen. Das weißt du doch. Wenn ich es täte, wäre ich nicht mehr der Kronprinz.«

»*Ausreden*«, höhnte Tazlan. »*Du könntest alles haben, wenn du nur endlich auf mich hörtest.*«

Edgiva lächelte versonnen. »Es gibt noch andere Wege, um eine ungeliebte Frau loszuwerden.«

Sava

Aldagar

Der Fremde stand mit einem Fuß bereits auf der Schwelle und starrte sie an wie Gespenster. Wasser tropfte ihm von Umhang und Kapuze, die ebenso wie seine restliche sichtbare Kleidung in dunklem Braun gehalten war. Hinter seinem Rücken ragten befiederte Pfeile und ein Bogen hervor, und in der Rechten hielt er einen Speer, während er mit der Linken ein pelziges, pummeliges Tier geschultert hatte. Was sie in den Schatten der Kapuze von seinem Gesicht erkennen konnte, war glatt rasiert, die Nase lang und schmal, der Mund ein wenig verkniffen. Er hätte ein sarmynischer Wilderer sein können, wenn nicht zu beiden Seiten ein daumenbreiter, dunkler Strich unter seinen Augen geprangt hätte.

Arion sprang bereits auf, als sie noch ebenso erschreckt starrte wie der Jäger. »Wer bist du?«, forderte ihr Bruder zu erfahren. Seine Hand lag schon am Schwertgriff. Rasch rappelte auch sie sich auf.

»*Yon tiumer?*«, erwiderte der Fremde, den Blick auf Arions Waffe geheftet. Es dauerte einen Moment, bis die Silben plötzlich Sinn ergaben. Die Aussprache war anders als Jagons, aber verständlich.

»Er spricht Morahn!«, rief sie und griff nach Arions Arm, um ihn zurückzuhalten. Fieberhaft suchte sie nach den passenden Worten. Sie wusste, dass es stockend herauskam, aber sie musste es versuchen. »Den Segen der Göttin mit dir! Ich bin ihre Priesterin Sava, und das ist mein Bruder Arion.«

Misstrauisch sah der Fremde zwischen ihr, Arion und dem Schwert hin und her.

»Er hat Angst vor deiner Waffe«, erklärte sie Arion.

»Er hat einen Speer in der Hand«, gab er verständnislos zurück. »Ich habe mein Schwert nicht einmal gezogen.«

Sie wandte sich wieder an den Jäger. »Wir sind Freunde. Wenn du deine Waffe ablegst, wird mein Bruder seine ebenfalls weglegen.«

»Welcher Göttin dienst du?«, wollte der Fremde wissen.

Welcher Göttin? Gab es denn mehr als eine für die Morahn? »Ich diene Dearta, die das Töten verabscheut. Bitte lege deine Waffe nieder!«

Der Fremde fuhr plötzlich herum.

»Wer bist du?«, ertönte Jagons Stimme.

»Er ist ein Morahn«, rief Sava und versuchte, den Gordean durch die Tür oder das nächste Fenster zu erspähen, doch sie sah ihn erst, als er näher trat. Er musste das Holz fallen gelassen haben, denn er hielt sein Schwert in der Hand.

»Du bist Morahn?«, wandte er sich an den Jäger, der sich einen Schritt zurückgezogen hatte. »Dann bist du an unserem Feuer willkommen.« Er schob die Klinge in die Scheide zurück, legte eine Hand mit gespreizten Fingern auf die Brust und deutete eine Verneigung an.

Es kostete den Fremden sichtlich Überwindung, doch er warf den Speer ins Gras, um Jagons Geste erwidern zu können. »Ich bin Merahen. Woher kommt ihr?«

»Mein Name ist Jagon von Gordean. Wenn du nichts dagegen hast, werde ich das Holz holen, damit wir alles Weitere im Trockenen besprechen können.«

Der Jäger nickte zögernd, nahm seinen Speer wieder auf und betrat das verlassene Gebäude, dessen Zweck Sava noch immer rätselhaft war. Es sah dem Grabmal der Göttin sehr ähnlich, doch offensichtlich gab es keinen Sarkophag. »Dein Schwert«, flüsterte sie Arion zu.

Widerwillig legte er den Gurt mit der Waffe ab, woraufhin auch der Morahn seinen Speer an der Wand ablegte und die Kapuze abnahm. Sava musste sich zwingen, ihn nicht anzustarren, denn sein Kopf war kahl geschoren. Sie konnte die nachwachsenden dunklen Stoppeln erkennen.

»Erweist mir die Priesterin die Ehre, dieses *sabel* mit ihren Begleitern und mir zu teilen?«, fragte Merahen, der sie dabei nicht ansah.

Sie erriet, dass er seine Beute meinte, die er nun von der Schulter nahm. Das Tier, dessen Gesicht sie an einen Hasen erinnerte, war bereits ausgenommen, aber noch nicht gehäutet. »Ich danke dir für dein Angebot, das wir gern annehmen.«

»Was, bitte, ist ein Morahn?«, wollte Arion gereizt wissen.

Sie spürte, dass es ihn verunsicherte, nicht zu verstehen, was gesprochen wurde. »Die Morahn haben in Sarmyn gelebt, bevor Arutar kam und das Land erobert hat. Viele sind geblieben – wie die Gordean. Andere sind nach Norden geflohen. Ich glaube, dass wir bei ihnen finden werden, was wir suchen. Deshalb musste ich ihre Sprache lernen.«

»Ah, es gibt Wampe«, freute sich Jagon, der gerade mit zwei Armen voll Äste und Reisig hereinkam.

Merahen hatte sich neben den Eingang gesetzt und begonnen, dem Tier das Fell abzuziehen. »Bist du ein Sternenwächter?«, fragte er.

Sava musste Die Gabe bemühen, um zu verstehen, dass er Jagon wegen seiner silbernen, mit einem Elbenstern verzierten Mantelschließe für eine Art Krieger hielt, vor der er großen Respekt hatte.

Die Miene des Gordean verriet Ratlosigkeit. »Ich ... bin ein Wächter Deartas und ihrer Priesterinnen.«

Der Jäger nickte, als sei damit alles erklärt.

»War dies hier einst ein Dorf der Morahn?«, erkundigte sich Sava.

»Ja, aber das ist schon viele Leben her. Man sagt, dass eine *rol* den Ort unter sich begraben hat. Danach wollte niemand mehr hierbleiben.«

»Eine *rol*?«

»Eine Lawine«, sprang Jagon ein, der das Holz für ein Feuer zurichtete.

Sava übersetzte für Arion, damit er sich weniger ausgeschlossen fühlte. »Und wozu diente dieses Haus?«

Der Morahn sah sich kurz um, bevor er sich wieder seiner Arbeit zuwandte. »Das weiß ich nicht. Kommt ihr aus Sarmyn?«

»Wir kommen aus Drahan vom Grabmal der Göttin«, antwortete Jagon, was Sava Arion verschwieg. »Mein Großvater ist vor vielen Jahren mit einer anderen Priesterin auf diesem Pfad zu deinem Volk gezogen. Vielleicht erinnern sich die Morahn daran.«

Merahen kratzte sich mit dem Knauf seines Messers am Kopf. »Ich habe nicht davon gehört, aber ich weiß nicht viel über die Angelegenheiten der Priester.«

»Und ich wusste nicht einmal, dass es sein Volk gibt«, brummte Arion.

Sava schoss Jagon einen scharfen Blick zu, bevor er die spöttische Antwort geben konnte, die sie vorausahnte. Diese Begegnung war zu wichtig, um sie durch einen Streit zwischen ihren Begleitern zu stören. »Meine Lehrmeisterin hat mir aufgetragen, dem Sternbild der Schwäne nach Norden zu folgen und die Kinder der Götter in einer dringenden Frage um Rat zu bitten. Kannst du uns zu ihnen führen?«

»Es ist mir nicht erlaubt, die Götter zu sehen«, bedauerte Merahen und mied dabei erneut ihren Blick. »Aber es wird mir eine Ehre sein, die Priesterin nach Yarsegata zu begleiten. Dort kann sie ihr Anliegen den anderen Priestern vortragen.«

Als Sava am nächsten Morgen nach den Pfeilen und Bögen griff, die sie bisher getragen hatte, erschrak der Jäger so heftig, dass sie selbst vor den Waffen zurückzuckte.

»Was ist?«, fragte Jagon spöttisch. »Sitzt da eine Spinne?«

Sie verzog das Gesicht. »Sehr lustig. Zur Strafe dürft Ihr Eure Bögen jetzt selbst tragen, denn Merahen hat mir gerade deutlich gemacht, dass die Morahn es für einen unfassbaren Frevel halten, wenn eine Priesterin eine Waffe berührt.«

Er warf dem Jäger einen erstaunten Blick zu. »Wenn das so ist, sollten wir Eure Glaubwürdigkeit nicht untergraben.«

»Ich werde sie tragen«, mischte sich Arion ein, der den unrühmlichen Verlust des Speers noch immer nicht verwunden hatte.

Sava war es gleich, wer die Köcher trug, doch sie kam sich nutzlos vor, weil sie den Männern nun gar keine Last mehr abnahm. »Ich könnte stattdessen eine Weile deine Kraxe …«

»Kommt nicht infrage!«, fuhr Arion auf.

»Findet Euch damit ab, dass Ihr die Königin seid und wir Eure Diener«, riet Jagon zwinkernd. »Wie würde es denn vor unserem neuen Freund aussehen, wenn wir Euch das Gepäck schleppen ließen?«

Darauf wusste sie nichts zu erwidern. Der Regen hatte aufgehört, und der ruinengesprenkelte Hang dampfte in der Sonne. Merahen führte sie zunächst auf dem Riesensteig weiter, doch schon nach kurzer Zeit schlug er andere, kaum sichtbare Pfade ein, die sie immer weiter nach Norden führten. Der Neuschnee schmolz von den Felsen, die weißen Kappen der Gipfel schrumpften, und die Bergwiesen rochen in der neuerlichen Hitze nach Thymian und Askangras. Einige Male mussten sie Stellen passieren, an denen sie es vorzogen, sich anzuseilen, was Merahen in Erstaunen versetzte. Der Jäger kletterte leichtfüßig wie ein Bergschaf, womit er selbst Jagon beeindruckte. Bei jeder Rast stellte Arion Fragen über die Morahn, die Sava nicht beantworten konnte, weshalb sie sie an Merahen weitergab, doch der Jäger weigerte sich, viel über sein Volk preiszugeben. Offenbar hatte man ihm eingeschärft, Fremden gegenüber verschwiegen zu sein. Unangenehmer fand Sava jedoch, dass er sie nie direkt ansah oder ansprach, auch wenn es nicht aus Ablehnung, sondern aus Ehrfurcht geschah.

Am nächsten Tag schoss Arion einen unvorsichtigen Junghirsch, den er und Merahen zerlegten, um mitzunehmen, was sie tragen konnten. Sie mussten einen Teil der Beute zurücklassen, und als sich Sava nach einer Weile umsah, kreisten bereits zwei Raben und ein Geier über dem Hang. Abends am Lagerfeuer bemerkte sie, wie der Jäger einen seiner Finger musterte und daran saugte. »Hast du dich geschnitten?« Besorgt griff sie nach seiner Hand. Auch kleine Verletzungen konnten schwären und damit ganze Glieder oder sogar das Leben des Verwundeten bedrohen.

»Nein!« Der Morahn wich so hastig zurück, dass er beinahe auf den Rücken kippte.

»Aber ich will doch nur …« Sie brach ab, als sie spürte, dass er nicht aus Furcht vor *ihr* zurückgeschreckt war.

»Die Priesterin darf mich nicht berühren«, erklärte er mit aufgerissenen Augen. »Ich bin *yungar.*«

»Was sagt er?«, wollte Arion wissen.

»Ich weiß nicht.« Sava blickte fragend zu Jagon, der ebenfalls verwirrt aussah. »Sagte er *nicht rein*?«

»Nicht rein, unrein, schmutzig – etwas in der Art.«

»Du meinst, dass ich dich nicht anfassen darf, weil du dich nicht gewaschen hast?«, hakte Sava ungläubig nach.

Merahen schüttelte verwundert den Kopf. »Nein, ich bin Jäger. Ich bin unrein.«

»Oh«, machte Sava und wandte sich wieder Arion zu. »Er will mir wohl sagen, dass Priesterinnen seinesgleichen nicht berühren, weil er gegen die Gebote der Göttin verstößt, indem er tötet.«

»Und wenn er nun in Lebensgefahr wäre?«

Sie übersetzte Arions Frage.

Merahen kratzte sich am kahlen Schädel. »Das weiß ich nicht. Hat es das jemals gegeben?«

»Jedenfalls solltet Ihr froh sein, dass unsere Priesterinnen anderen Regeln unterliegen«, meinte Jagon verschmitzt. »Sonst dürftet Ihr nie wieder einen Mann berühren. Ich kenne jedenfalls keinen, der noch nicht getötet hätte.«

Es ist wahr. Alle Ritter töten, und wenn es nur bei der Jagd ist. Und die Bauern und Knechte schlachten Vieh. Aber wie konnten Priesterinnen dann ihre Aufgaben erfüllen? Wurden Männer nur von Männern gepflegt?

»Heute erreichen wir Yarsegata«, hatte Merahen ihnen am Morgen eröffnet.

Savas Aufregung wuchs, was ihr half, die Sorge um Rodan zu verdrängen, von dem sie in der vorletzten Nacht geträumt hatte, er kämpfe gegen ein Untier, das ihm die Arme zerfetzte, und sie müsse die Wunden heilen. Seitdem spürte sie Hunger, Erschöpfung und große Eile, wenn sie mit der Gabe nach ihm suchte. War er auf der Flucht? Doch selbst wenn es stimmte, konnte sie ihm nicht helfen und floh förmlich in die Neugier auf ihre Ankunft bei den Morahn. Nach Merahens Ankündigung hatte sie den Aufbruch damit verzögert, ihr Haar noch einmal sorgfältiger nach Art der Priesterinnen aufzustecken und wieder ihre weiten Gewänder anzulegen. Sie wollte nicht den Eindruck erwecken, eine nachlässige Dienerin Deartas zu sein, die ihr Amt nicht ernst nahm.

Bald stießen sie an einem steilen Hang auf eine Herde zahmer Ziegen, die ihnen neugierig entgegenkamen. Das dunkelbraune Fell war ungewöhnlich lang, und sie waren größer und ihr Gehörn kräftiger als bei ihren Verwandten in Drahan.

»Wo ist der Hirte?«, erkundigte sich Sava, nachdem sie sich vergeblich nach ihm umgesehen hatte.

Merahen zuckte die Achseln. »Vielleicht versteckt er sich.«

»Vor uns?«

»Nicht vor der Priesterin, aber vor den gefährlichen Fremden.«

»So ungewöhnlich finde ich das nicht«, erwiderte Arion, als sie es ihm erzählte. »Wenn einer unserer Hirten zwei phykadonische Krieger sieht, sucht er wahrscheinlich auch das Weite.«

Kurz darauf überstiegen sie einen Grat, hinter dem sich die Aussicht auf ein breites Tal und die dahinter gen Himmel strebenden Berge eröffnete. Viel Wald war gerodet worden, wo nun Schafe und graue Rinder an den Ufern eines schmalen Flusses weideten, der sich in Schleifen durch ein Geröllbett mit zahlreichen Kiesbänken wand. Einige Bergflanken waren noch immer von dichtem Tann überzogen, doch an anderen führten grüne Stufen wie gigantische, der Form des Hangs angepasste Treppen zum steinigen Gewirr der Gipfel hinauf.

Auf einer Anhöhe, über der im Hintergrund einschüchternd hohe, schneebedeckte Berge aufragten, thronte eine Stadt – grau wie der Fels, aus dem sie errichtet worden war, und doch so hell, dass sie in der Sonne leuchtete. Ihre Dächer türmten sich übereinander auf, als wollten sie die schroffen Gipfel des Aldagar nachahmen, die sie umringten. Silbern blitzende Banner flatterten darüber im Wind.

»Das ist Yarsegata«, verkündete Merahen stolz.

Sava merkte erst jetzt, dass es ein sprechender Name war, der Die Zuflucht bedeutete. Der Anblick raubte ihnen für eine Weile die Sprache.

»Es muss so groß sein wie Egurna«, schätzte Jagon schließlich. »Und das mitten im Land der Riesen.«

Arion schüttelte ungläubig den Kopf. »Unfassbar, wie wenig wir über das wissen, was jenseits unserer Grenzen liegt.«

»Aber warum haben die Berge Stufen?«, erkundigte sich Sava.

»Haben das diese Riesen gebaut?«, riet ihr Bruder. Sie richtete die Frage an Merahen, der abwehrend mit der Hand wedelte.

»Nein, die Riesen kommen nicht nach Yarsegata. Mein Volk hat diese Stufen errichtet, damit die gute Erde an den Hängen bleibt. Die Priester sagen, dass Yarsegata unser Teil des Gartens ist, den die Götter einst angelegt haben. Er ernährt uns, solange wir ihn pflegen.«

Der Gedanke gefiel Sava, doch während sie in das Tal hinab- und dann zur Stadt hinaufwanderten, genügte er nicht, um ihr zu erklären, wie Menschen diese unzähligen Mauern erbaut und darauf Erde geschüttet haben konnten, bis die Treppen dieses riesigen Gartens in den Himmel zu führen schienen. Die Leute, die sie dort oben bei der Arbeit sah, waren so weit entfernt, dass sie aussahen wie Spielfiguren.

Auf dem breiten Weg, der sich zur Stadt hinaufschlängelte, kamen ihnen nur wenige Menschen entgegen. Wer sie erblickte, drehte auf der Stelle um und hastete zurück nach oben. Warum waren sie so furchtsam, obwohl sie von einem Morahn begleitet wurden, der offensichtlich nicht ihr Gefangener oder eine Geisel war? Einer der Bauern ließ vor Schreck sogar seine Hacke fallen, bevor er davonlief, aber immerhin hatte Sava sehen können, dass er keine dunklen Striche unter den Augen hatte, wie sie sich Merahen jeden Morgen mit einer fettigen Paste zog.

»Ein seltsames Volk von Feiglingen ist das«, brummte Jagon. »Sind alle mutigen Morahn im Kampf gegen Arutar gefallen oder in Sarmyn geblieben?«

Arion schnaubte. »Ich hoffe, dass ihre Würdenträger tapferer sind, sonst wird niemand mehr dort oben sein, den wir um Rat fragen können.«

Endlich tauchten die ersten Häuser über ihnen auf. Der Weg war nun mit akkurat verlegten Steinplatten befestigt und führte auf eine Gasse zu, aus der in diesem Augenblick drei Gestalten hervortraten, deren Haltung keine Angst verriet. Die vorderste blieb stehen, woraufhin die anderen beiden links und rechts hinter ihr Aufstellung nahmen. Die Schwerter an ihren Seiten waren unübersehbar. Alle drei trugen dasselbe Dunkelbraun wie Merahen, doch ihre Gewänder hatten einen weiteren Zuschnitt und glänzten in der Sonne wie Rohseide. Als sie näher kam, sah Sava, dass ihre Jacken mit breiten, mehrfach gewickelten Stoffgürteln geschlossen wurden und auf der linken Brust mit einem silbernen Elbenstern bestickt waren.

Die vordere Gestalt hob gebieterisch die Hand. »Bleibt stehen!«

Die Stimme gehörte eindeutig einer Frau! Sava sah verblüfft in das maskenhaft weiße Gesicht, aus dem nur die Augen und Brauen dunkel hervorstachen. Das lange, braune Haar hatte die Fremde ganz ähnlich aufgesteckt wie sie selbst. Auch die beiden anderen Schwertträger waren schneeweiß geschminkt, und zumindest einer war ebenfalls eine Frau.

»Jäger, du wagst es, bewaffnete Fremde nach Yarsegata zu führen?«

Merahen legte seine gespreizte Linke auf die Brust und verneigte sich. »Die Priesterin hat darum gebeten. Die Sternenwächterin möge mir verzeihen.«

Sava fand, dass es an der Zeit war, dem Jäger zu Hilfe zu kommen, und trat vor. »Den Segen der Göttin mit dir! Ich bin Sava, eine Dienerin Deartas, und diese Männer sind meine Wächter. Sie begleiten mich in friedlicher Absicht.«

Die Fremde entbot ihr den Gruß der Morahn. »Mein Name ist Pramein. Die Priesterin ist uns willkommen, doch ihre Wächter müssen alle Waffen ablegen, bis sie sich der Schwerter würdig erwiesen haben.«

Rodan

Aldagar

Rodans Magen fauchte wie ein hungriger Mondlöwe, als der Geruch gebratenen Fleischs zu ihnen herüberwehte. Übelkeit würgte seine Kehle, doch es gab nichts zu erbrechen. Seit fast drei Tagen hatte er nichts als ein paar Beeren vom Wegrand und einen harten Kanten Brot gegessen, den Steinfresser beim Durchwühlen der Rationen weggeworfen hatte. Die Riesen gaben ihnen nichts, außer der Gelegenheit, hin und wieder wie Tiere aus einem Bach zu trinken, denn mit gefesselten Händen konnten sie das Wasser nicht schöpfen.

Rodan sah Nidags hohle Wangen und wusste, dass es sein Spiegelbild war. Der Junge saß neben ihm an die Wand der Höhle gelehnt, in deren Eingang die sieben Riesen lagerten, um dem Regen zu entgehen, der draußen herabrauschte wie ein breiter Wasserfall. Er hatte längst begriffen, dass es nicht dieselben Unholde sein konnten, die das Dorf überfallen hatten, denn sie führten weder einen Bären noch das erbeutete Eisen mit sich. Doch an seiner Lage änderte das nichts.

Arrer hockte ihm gegenüber, hatte die buschigen schwarzen Brauen zusammengezogen und brütete vor sich hin. *Wahrscheinlich denkt er dasselbe wie ich.* Würden sie überhaupt noch kräftig genug sein zu entkommen, wenn ihnen heute Nacht nicht endlich die Flucht gelang? Schon hatten seine Schritte die gewohnte Festigkeit verloren. Er fror und war gefährlich müde. Wenn ihn vor Erschöpfung der Schlaf übermannte, würde er den richtigen Augenblick verpassen.

»Als ich ein kleiner Junge war, wollte ich einer der Unsichtbaren werden«, sagte Nidag in ihr Schweigen hinein. Rodan hatte Mühe, ihn zu verstehen, weil das Prasseln des Regens und die lauten, grollenden Stimmen der Riesen von den Höhlenwänden widerhallten. Verblüfft bemerkte er, dass Nidag Garédars bronzene Umhangschließe in seiner einzigen Hand hielt und andächtig mit dem Daumen über das Abbild einer fünfblättrigen Blüte strich, das die Fibel verzierte. *Wie der Elbenstern am Hut des Pilgers.*

»Du meinst wohl, du wolltest unsichtbar werden«, brummte Arrer. »Welcher Dieb wünscht sich das nich?«

Nidag lächelte matt. »Manchmal wär's nicht schlecht gewesen.« Abwesend starrte er ins Leere.

»Es wäre auch jetzt ziemlich hilfreich«, meinte Rodan, aber er wollte sich nicht länger damit quälen, dass ihnen die Zeit davonlief. »Warum wolltest du einer der Unsichtbaren werden? Was hat es mit ihnen auf sich?«

»Die Unsichtbaren nehmen nur die tapfersten und geschicktesten Männer in ihre Reihen auf.« Ein verklärtes Leuchten war in Nidags Augen getreten. »Und die verschwiegensten, weil sie nicht darüber sprechen dürfen, was ihre Aufgabe ist.«

»Hm. Du wolltest einer werden, obwohl du nicht weißt, was sie überhaupt tun?«

»Sie hüten für die Göttin ein Geheimnis in den Bergen. Jeder in Drahan weiß das.«

Rodan nickte. *Deshalb also der Elbenstern.* »Du bist alt genug. Warum bist du keiner geworden?«

Arrer schnaubte. »Da hätt er sich mal nich' beim Stehlen erwischen lassen sollen.«

»Ja«, murmelte Nidag. »Das hätt ich wohl.« Bitterkeit schlich sich in seine Züge. Er schloss die Augen und lehnte den Kopf gegen das Gestein.

»Wie … wird man denn ein Unsichtbarer?«, fragte Rodan,

einer Eingebung folgend. Wenn dieser Jagon darüber zu entscheiden hatte, brauchte er nicht zu hoffen, aber wenn es eine Prüfung der Bewerber vor Zuschauern gab …

Ein Schatten fiel auf den Höhlenboden. Steinfresser sah kauend in die Runde. Fett glänzte in seinem Bart, und in der Hand hielt er ein Stück Braten an dem daraus hervorlugenden Knochen. Rasch wandte Rodan den Blick ab. Er wollte nicht wissen, welchen Teil des jungen Gordean dieser Wahnsinnige verspeiste. Der Ritter war am Tag zuvor nach kurzem Marsch zusammengebrochen und musste gestorben sein, während ein Riese ihn auf der Schulter weitergetragen hatte.

»Kein Regen mehr«, schmatzte Steinfresser zufrieden. »Schnee auf den Bergen. *Diakea.* Schnee macht blaue Füße.« Er setzte sich mit gekreuzten Beinen zwischen sie.

»Wenn du mich frisst, ich schwör's dir, ich werd dir im Hals stecken bleiben und dich ersticken!«, drohte Arrer mit wutverzerrtem Gesicht.

Steinfresser schüttelte verständnislos den Kopf. »Ich esse keine Menschen.«

»Ach nein? Und was ist das?« Arrer wies mit dem Kinn auf den zur Hälfte abgenagten Knochen.

Rodans Magen krampfte sich noch heftiger zusammen, als Steinfresser seine Mahlzeit anhob und wie etwas betrachtete, das er nie zuvor gesehen hatte.

»Das ist Fleisch.«

»Menschenfleisch, du bescheuerter Hornochse!«

Wieder schüttelte Steinfresser den Kopf. »Fleisch.« Er zog mit den Zähnen einen Streifen davon ab und stopfte es sich in den Mund.

Das Schmatzen geißelte Rodans angeschlagene Geduld. *Wenn er noch lange damit vor mir herumwedelt, bring ich ihn um.* Mühsam zwang er sich, an anderes zu denken. Er musste ausnutzen, dass der Wirrkopf offenbar in der Stimmung war, mit ihnen zu plaudern. »Sag mal, wozu brauchen die Riesen das ganze Eisen?«

»Weiß ich nicht.«

»Dreckiger Lügner!«, schimpfte Arrer. »Die reden doch den ganzen Tag mit dir!«

»Ich lüge nicht! *Muegeser!*« Steinfresser fuchtelte mit dem Knochen vor dem Knecht herum, als sei es eine Waffe. »Ich sage die Wahrheit. Es war nicht recht, dass sie mich weggeschickt haben.«

Rodan stutzte. »Wer hat dich weggeschickt? Dein Volk?«

»*Sarea*«, spuckte Steinfresser. »Sie müssen die Götter fragen. *Iuminharea.* Götter kennen die Wahrheit. Die Riesen gehen zu ihrem Gott.«

Was hatte das nun wieder zu bedeuten? Waren sie auf dem Weg zu einem Tempel, um ihre Beute zu opfern? Dann musste er sich wenigstens nicht mehr um Sava sorgen. »Sie bringen das Eisen ihrem Gott?«

»*Eahiler.* Sie sterben. Viele sterben. Eisen ist gut. *Durin.*«

»Wir wer'n auch bald sterben, wenn wir nichts zwischen die Zähne kriegen«, murrte Arrer.

»Iss doch Fleisch!«, meinte Steinfresser und biss erneut in sein grausiges Mahl.

Rodan weigerte sich aufzuwachen. Er wollte diesen kalten, steifen Körper leugnen, den er nicht spüren musste, solange der Schlaf ihm Vergessen schenkte. *Lass mich in Ruhe!*, dachte er, ohne zu wissen, wen er meinte. Er hielt die Lider geschlossen und sank zurück in die warme, konturlose Finsternis.

Plötzlich wurde er durchgeschüttelt, dass sein Schädel auf dem harten, unebenen Höhlenboden hin- und herrollte. Alarmiert riss er den Kopf hoch und die Augen auf. Ein wütendes »Au!« formte sich in seiner Kehle, doch eine Hand presste sich rasch auf seinen schon geöffneten Mund, bevor er den Laut herausgebracht hatte. Ihm fiel wieder ein, wo er war und wie es um ihn stand.

Zögernd wurde die Hand weggenommen, als ob ihr Besitzer noch bezweifelte, dass Rodan nun schweigen würde. Für Arrers schwielige, raue Pranken war sie zu schlank und zu glatt. Der schwarze Umriss, der sich in der Dunkelheit über ihn beugte, musste Nidag sein. Die Finger des Diebs tasteten nach den Riemen um Rodans Handgelenke und begannen, an dem Knoten zu friemeln. Wie hatte sich der Junge befreit? *Die fehlende Hand!* Er musste den Armstumpf aus der locker gewordenen Fessel gezogen haben. Aber war der Moment für eine Flucht günstig? Der Regen hatte nachgelassen, doch das unablässige Rauschen und das Schnarchen einiger Riesen, das er bis in die Eingeweide spürte, übertönten jedes leise Geräusch. Der Rauch des Lagerfeuers hatte sich verzogen. Es roch nach warmer Asche und feuchten Riesen, nach Harn, kaltem Braten und … *Räucherwurst?*

Die Riemen aus schlecht gegerbtem Leder gaben plötzlich nach. Nidag wich zurück, während sich Rodan hastig aufsetzte, um sie abzustreifen. Die wiedergewonnene Bewegungsfreiheit jagte Schmerzen durch den geprellten Arm. Seine Hände setzten unwillkürlich an, die geschundenen Gelenke zu reiben, doch er hielt sofort inne und zog stattdessen die Beine an, um sich den Fesseln um seine Knöchel zu widmen.

Ein Klopfen an seiner Schulter lenkte seine Aufmerksamkeit zurück auf Nidag. *Was …* Der Dieb hielt ihm eine der salzigen Trockenwürste unter die Nase, die zu ihren Rationen gehört hatten.

Rodan riss sie ihm aus der Hand und biss hinein. Seine Vernunft heulte auf, dass ihnen dafür keine Zeit blieb, aber der Räucherduft hatte eine Gier in ihm geweckt, die jeden Gedanken hinwegfegte.

Nidag fischte eine weitere Wurst und einen steinharten Fladen Reisebrot unter seiner Tunika hervor und reichte sie ihm. »Nicht zu viel auf einmal«, wisperte er besorgt. »Ich kenn mich mit Hunger aus. Dir kommt alles wieder hoch.«

Rodan war jetzt schon übel, obwohl er immer mehr hinunterschlingen wollte. Mühsam beherrschte er sich und verstaute den Rest unter seinem Lederwams.

»Kümmer dich um Arrer! Ich besorg uns Waffen«, flüsterte Nidag und huschte davon.

Rodan hätte ihm am liebsten »Nein!« nachgerufen, doch er biss sich auf die Zunge und wandte sich wieder seinen Fesseln zu. Mit den Klingen zu hantieren, die auf dem Felsboden klirren und scheppern konnten, war kein guter Einfall. *Lass die Finger davon, Junge, und verschwinde!*

Plötzlich dröhnte ein Warnruf durch die Höhle, der Rodan erschreckt aufblicken ließ. Die gebückte Gestalt eines Riesen schwang eine Keule nach dem fliehenden Dieb.

Grachann

Waldhügel

Neun Erdmejek – fünf Männer und vier Frauen – standen vor der Mauer, die Grachann für eine Felswand gehalten hatte. Sie trugen lederne Beinlinge, die vom selben Gürtel gehalten wurden wie ihre Lendenschurze, doch ihre Oberkörper waren nur von verschlungenen grünen Mustern bedeckt, die im Schweiß der Verfolgungsjagd zerflossen. Das blonde oder braune Haar lag zu Pferdeschwänzen gebunden im Nacken, während die Bärte der Männer frei auf die Brust herabwallten. Blätter, Holzstückchen und die Geister mochten wissen, welche widerlicheren Dinge noch darinsteckten, die Grachann eine Grimasse des Ekels abnötigten. Von seinem Versteck auf der breiten, überwucherten Mauerkrone aus blickte er auf die mit Bögen, Pfeilen und Äxten bewaffneten Waldleute hinab. Er war sicher, dass keine Spur zu ihm heraufführte. Zu sorgfältig hatte er darauf geachtet, jenseits der Pforte keine mehr zu hinterlassen. Doch die Erdmejek, die nach und nach schwer atmend eingetroffen waren, hatten noch keinen Fuß in den Durchgang gesetzt. Misstrauisch beäugten sie die Mauer, murmelten Worte, die Grachann für Flüche und Verwünschungen hielt.

Einer der Männer, drahtig und mit den geschmeidigen Bewegungen eines Jägers, der sich an die Beute heranpirscht, baute sich vor der Pforte auf. Sein Bart bebte, als er mit harscher Stimme und auffordernden Gesten auf seine Gefährten einsprach. Einige Waldleute griffen mit geweiteten Augen nach den Tierpfoten, die sie wie Amulette an Schnüren um den Hals trugen, andere gaben aufgebrachte Antworten. Ein großer, in sich ruhender Krieger, den Grachann für den Anführer hielt, schüttelte nur den Kopf, was den Jäger in noch größeren Zorn versetzte, dem er lautstark Ausdruck verlieh. Die Mienen der anderen verfinsterten sich, Streit brach aus, dem der Häuptling mit wütenden Befehlen ein Ende setzte. Schließlich wandte er sich ab und stapfte davon. Nur eine der Erdmejek zögerte, ihm zu folgen. Sie warf dem Jäger noch einen bedauernden Blick zu, bevor auch sie sich zurückzog. Er brüllte ihnen etwas nach, das nach Beleidigung klang, aber die Entscheidung war gefallen.

Siegesgewiss beobachtete Grachann seinen letzten Verfolger. Sollte er nur kommen! Vor einem einzelnen Mann würde ein Adler niemals fliehen. Der Jäger, um dessen Hals eine breite, krallenbewehrte Pranke hing, drehte sich zur Pforte um, straffte sich und verschwand aus Grachanns Blickfeld, um einen Augenblick später im Innern der Ruine wieder aufzutauchen. Die Axt kampfbereit in der Hand, schlich er durch die Überreste einer Halle, von der nur mannshohe, halb eingestürzte Mauern geblieben waren. Sein Blick huschte hierhin und dorthin, der Körper glich einer gespannten Sehne. *Ein würdiger Gegner*, dachte Grachann und spähte noch einmal nach den anderen Erdmejek, die der Wald wieder verschluckt hatte, als wären sie nie dagewesen. Er musste warten, bis sie weit genug entfernt waren, dass ein Ruf sie nicht mehr erreichte.

Der Jäger überquerte den freien Platz und kletterte über eine Bresche in der rückwärtigen Wand. Grachann erhob sich in eine geduckte Haltung, aber Laub und Mauerwerk gestatteten ihm keine Sicht mehr auf seinen Feind. Vorsichtig balancierte er auf der zerbröckelnden, mit Ranken und Wurzelgeflecht überzogenen Mauerkrone entlang, hangelte sich um Baumstämme und näherte sich dem Geviert, in welchem der Waldmann verschwunden war. Kaum ein Vogel zwitscherte, nur ein leises Windrauschen aus den höchsten Zweigen untermalte die Stille. Jedes Rascheln, jedes Knirschen der Steine unter seinen Füßen kam ihm verräterisch laut vor. *Holkis' Schnabel!* Was schlich er hier herum wie der Meuchler, der den König Sarmyns im Bett hatte erstechen wollen? »Ich bin hier!«, rief er seinem unsichtbaren Gegner zu. »Und mir fehlt noch eine blonde Strähne an meiner Säbelscheide.«

Der Erdmejek stürmte über die Bresche, während Grachann noch die Waffe zog. Über etliche Schritt und den Höhenunterschied hinweg starrten sie einander abschätzend an.

»Du hast Mut«, lobte Grachann grinsend und sprang von der Mauer. Der Aufprall zwang ihn tief in die Knie, obwohl Erde und altes Laub seine Landung dämpften. Er riss den Säbel in der Erwartung eines Angriffs hoch, doch der Jäger erwartete ihn noch immer an derselben Stelle, die Beine hüftweit gespreizt und leicht gebeugt, um ihnen gleichermaßen Beweglichkeit und Standfestigkeit zu verleihen. Sein Blick war auf Grachanns linken Arm gerichtet.

Grachann knurrte. »Arrr, das!« Er schob die Schulter vor, um den grauschwarzen Fleck in seiner vollen Ausdehnung zu zeigen. »Das kennst du, was? Hast du Angst davor?«

Der Erdmejek wich einen halben Schritt zurück, als Grachann mit dem verfärbten Arm in seine Richtung zuckte, aber er schwieg.

»Du *hast* Angst davor. Durlach! Soll ich dir was verraten? Ich auch. Eine verfluchte Scheißangst habe ich davor! Vielleicht sollte ich mich besser von dir umbringen lassen.« Er ließ den Säbel sinken und trat auf den Jäger zu. »Sterben muss ich wohl sowieso.«

»*Na-a!*«, rief der Waldmann und hob abwehrend seine Axt, während er sich einen weiteren Schritt zurückzog.

»Was? Hast du Angst, dich anzustecken?«, höhnte Grachann, blieb jedoch stehen. Er wusste, was er für einen Anblick bot. Brust und Arme von alten und neuen Narben überzogen, die Adlerfedern im Nacken längst zerzaust und zerfleddert, und dazu der halb schwarze Arm, mit dem ihn die tödliche Seuche gezeichnet hatte. Neuer Zorn regte sich in ihm. »Komm her und werde ein Dämon wie ich!« Er bleckte die Zähne und sah den Jäger erbleichen.

Nicht wagend, ihn aus den Augen zu lassen, stolperte der Mann seitwärts, bis seine tastende Hand die Mauer spürte. Erst dann wandte er sich ab, um Hals über Kopf durch die Pforte zu fliehen.

Grachann schickte ihm einen Laut zwischen Grollen und Aufschrei nach und schlug sich mit der Säbelfaust auf den entstellten Arm. Er wünschte, er könnte ebenso einfach vor dem Unheil davonlaufen, das sich unbemerkt in seinen Körper gestohlen hatte. Wann war es passiert? Lauerte die Krankheit im Schatten der Bäume? Oder hatte ihn der Fluch der sterbenden Hexe getroffen? Aber warum wütete die Seuche dann unter den Waldleuten?

Ratlos schüttelte er den Kopf. Wenigstens hatte er den einzigen Gegner in die Flucht geschlagen, der sich traute, die Ruinen zu betreten. Die Erdmejek schienen die Geister dieser Stätte zu fürchten, aber es war Grachann gleich. Er hatte nichts mehr zu verlieren. Müde schob er die Klinge in ihre Hülle zurück und gönnte sich einen Schluck aus dem Wasserbeutel, bevor er sich aufmachte, um seine Zuflucht genauer zu erkunden.

Je weiter Grachann in die Ruinen vordrang, desto größer wurde sein Staunen. Hinter jeder Mauer, jedem Durchlass stieß er auf weitere Reste einstiger Bauwerke. Mal waren es nur noch zu Geröllwällen zerfallene Mauern, dann wieder Trümmer sorgfältig behauener Portale und Säulen, über die sich flammenzüngelnde und wellenschlagende Ornamente wanden. Es war, als hätte eine riesige Faust einen Ort von der Größe und Pracht Egurnas in Stücke geschlagen und der Wald seine grünschattige Decke darübergebreitet, um die Überbleibsel der versunkenen Kultur in aller Stille zu verdauen.

Grachann kletterte auf eine weitere Mauer, deren einzige Tür eingestürzt war, und hielt überrascht inne. Hastig ließ er sich auf die Knie fallen, um sich hinter die Zweige eines Strauchs zu ducken, aber er konnte den Blick nicht von den beiden riesigen Kreaturen lösen, die eine Pfeilschussweite entfernt zwischen den Bäumen standen, als würde der Wald selbst respektvollen Abstand zu ihnen halten. Sie schimmerten, wie feiner Sand in der Sonne glitzert, schienen beinahe zu leuchten. Ihre Körper waren bauchig, die Beine krumm und ungelenk. Selbst die schlangengleich auslaufenden Schwänze trugen durch ihr schieres Gewicht zur Erdenschwere dieser Wesen bei, doch über ihren Rücken wölbten sich gewaltige Schwingen, zu sperrig, um sie jemals gänzlich zusammenzulegen. Ihre gleichermaßen an Pferde wie an Echsen gemahnenden Schädel saßen auf kräftigen Hälsen und waren einander halb zugewandt, als blickten sie auf die gleiche Stelle: den gedachten Pfad, den ein Wanderer nehmen musste, um zwischen ihnen hindurchzugehen.

Grachann blinzelte ungläubig. In langen Winternächten erzählten die Alten beim Feuer von den riesigen *drakarr* Kurézés, die kein lebender Phykadonier jemals gesehen hatte. Doch *drakarr* waren kriechende Kreaturen der Höhlen und felsigen Schründe, sie besaßen keine Flügel. Er hatte keinen Namen für die Wesen, denen er sich gegenübersah. Wieder blinzelte er. Lebten sie überhaupt? Solange er sie nun betrachtet hatte, war ihm keine Regung aufgefallen. Und ihre Farbe war von den Schnauzen bis zu den Schwanzspitzen vollkommen gleichmäßig, wenn man vom Spiel der Schatten absah. Hatten Steinmetze sie aus Felsblöcken gemeißelt?

Zögernd richtete er sich auf, ohne die seltsamen Wesen aus den Augen zu lassen. Als sie sich nicht rührten, sprang er von der Mauer herab und verharrte fluchtbereit an ihrem Fuß. Keinem Tier wäre die schnelle Bewegung entgangen, aber diese standen noch immer unverändert da. Misstrauisch pirschte er sich näher heran. Er hörte kein Atmen, sah kein Heben und Senken der Rippen. Der Schädel, so groß wie er selbst, ragte reglos vor ihm auf. Er wagte sich weiter. Die sandfarbenen Augen blickten pupillenlos ins Nichts – toter Stein zwischen ebensolchen Lidern. Aber war es wirklich Stein? Warum sahen die Statuen dann aus, als hätte ihr Schöpfer eben erst das Werkzeug niedergelegt? Kein Moos, nicht die kleinste Flechte befleckte ihre Makellosigkeit. Unwillkürlich streckte Grachann eine Hand aus, um die schimmernde Oberfläche zu berühren, strich mit den Fingerspitzen über das baumdicke Bein. Es fühlte sich rau an. Sandkörner lösten sich, aber darunter rieben sie über harten Stein. Nichts erinnerte an den Schuppenpanzer einer Echse. Aber … Gerade als er weiterging, fing seine Haut noch eine schwache Ahnung auf. Rasch legte er die Hand flach an den gigantischen Leib. Wärme!

Grachann rannte, obwohl ihn seine Beine kaum noch tragen wollten, und stürzte einige unter dem alten Laub verborgene Stufen hinauf. Im Aufrappeln warf er einen Blick zurück. Die steinernen Kolosse standen unverändert, aber er traute diesem Zauberwerk nicht, hastete weiter, der gut erhaltenen Fassade eines Gebäudes entgegen, die sich in grünen Blätterpelz hüllte. Äste naher Bäume reckten sich wie die Arme Hilfesuchender durch die oberen Fenster. Erst hinter dem säulenflankierten Eingang, der zu eng war, um einem erwachten Ungeheuer Durchlass zu gewähren, verlangsamte Grachann seine Schritte. Wohin sollte er sich wenden? Ziellos stolperte er weiter einen Hang hinauf, durch einen Irrgarten aus Mauern und Arkaden, die hier den steinsprengenden Kräften der Wurzeln und Schösslinge besser zu trotzen schienen. Ein Hain aus lebendigen, mit Rinde überzogenen und toten, mit Flammenrelief verzierten Säulen zwang ihn, in Schlangenlinien weiterzutorkeln, bis er unvermittelt vor einem in die Baumkronen aufragenden und sich dort verlierenden Turm stand.

Grachann runzelte die Stirn. Das Bauwerk war grau, aber glatt wie menschliche Haut. Keine Fuge deutete auf einzelne Steinblöcke hin, nur wenige Ranken und Flechten fanden daran Halt. Weiße Flecken unter einem schmalen, dunklen Fensterloch verrieten ein verborgenes Eulennest. *Wo der Eulengeist lebt, wohnt auch die Weisheit.*

Das Licht unter den Bäumen war schwächer geworden. Er brauchte einen Lagerplatz für die Nacht, wo ihn die Zauberechsen nicht erreichen konnten, falls sie wie Dämonen in der Dunkelheit jagten, und die Tür in den Turm bot ihnen kein Durchkommen. Mit gezogenem Säbel näherte er sich dem Portal, der einzigen Abwechslung in der eintönigen Fassade des Bauwerks. Die Schwelle war mit Wellenmustern bedeckt, als müsse der Eintretende einen Wildbach überschreiten. Zu beiden Seiten wachten gerade, schmucklose Halbsäulen, die in einen Bogen aus Flammenzungen mündeten. Aus dem Feuerornament stiegen wiederum Wirbel gen Himmel, so lebensecht, dass Grachann sogleich die heiße Luft über einem Brand vor Augen hatte. Doch er war zu müde, um die Kunstfertigkeit des Bildhauers zu bewundern. Angespannt trat er über die Schwelle in das dahinterliegende Zwielicht. Der Gestank von Fledermauskot schlug ihm entgegen. Er tappte weiter, fand eine Treppe, die sich dem Innern einer Schnecke gleich in die Höhe schraubte. Fahles Licht drang von oben herab. Wie von selbst machte sich Grachann an den Aufstieg. Dort oben würde sicher kein Raubtier auf ihn lauern.

Stufe für Stufe peitschte er sich nach oben, obwohl seine Beine so schwer und steif waren, als hätten die Geister dieses Ortes auch ihn in Stein verwandelt. Mit jeder Windung pochte ihm das Herz höher in den Hals hinauf. Er schnaufte wie ein altersschwacher Bulle, aber über ihm wurde es heller. Keine Tür, kein Fenster zweigte aus der Röhre ab, bis sie plötzlich im Freien endete, als ob ein gigantischer Riese die Spitze des Turms abgebrochen hätte. Die letzten Stufen führten ins Leere. Hinter der Mauer, aus der sie ragten, hatte sie einst ein ringförmiger Raum umgeben, dem nun zum größten Teil Decke und Wände fehlten, sodass er einer Plattform mit bröckelnder Balustrade ähnelte.

Grachann sackte auf den obersten Stufen zusammen, doch es gelang ihm, sich dabei zu drehen, sodass er mit einem breiten Lächeln zum Himmel aufblicken konnte, von dem ihn endlich kein Blätterdach mehr trennte. Ihm war, als hätte er bereits vergessen, wie Wolken aussahen und wie weit sich das Firmament über die Welt spannte. Er badete im rötlichen Licht der Sonne, die im Westen hinter wolkenumsponnenen Gipfeln unterging. Es dämmerte ihm, dass diese Berge das Ziel seiner Reise waren. Gedankenverloren berührte er seinen verfärbten Arm und zweifelte zum ersten Mal daran, dass er sie jemals erreichen würde.

Als Grachann erwachte, roch er gebratenes Fleisch, noch bevor er die Augen geöffnet hatte. Sein Magen ballte sich schmerzhaft zusammen, während er das Zischen und Knacken eines Feuers hörte und sich einen Moment lang fragte, wo er sich befand. Das Letzte, woran er sich erinnerte, war, dass er über die abgebrochene Mauer neben der Treppe geklettert war und sich unter einem Rest der ursprünglichen Zimmerdecke todmüde in seinen Umhang gewickelt hatte – allein. Hastig setzte er sich auf, tastete nach dem Säbel.

»Wenn ich dein Feind wäre, hätte ich nun wirklich lange

genug Zeit gehabt, um dich zu rösten«, meinte Anidim und warf ihm über die Feuerstelle hinweg einen knusprigen, fettig glänzenden Schenkel zu, den sie gerade von dem Tier am provisorischen Bratspieß abgebrochen hatte.

Geistesgegenwärtig fing Grachann ihn auf. Es mochte ein großer Nager oder ein Fuchs sein, ohne Schädel und Pfoten konnte er es nicht erkennen, aber es war ihm gleich. Um seinen Magen zu besänftigen, hätte er selbst eine rohe Sandkröte geschluckt. »Ich hatte schon geglaubt, ich sei dich endgültig los«, gab er zwischen zwei Bissen zu.

Statt ihren Anteil wie ein hungriger Wolf hinunterzuschlingen, wie Grachann es von ihr gewohnt war, kaute sie nur abwesend darauf herum. »Es erfordert mehr als eine Axt im Rücken, um mich lange aufzuhalten.«

»Willst du damit prahlen, dass du unsterblich bist?« Er warf ihr über die zunehmend abgenagte Keule hinweg einen geringschätzigen Blick zu.

»Das bin ich nicht. Ich altere sogar schneller als du. Wie könnte ich sonst aussehen, als wäre ich in deinem Alter, obwohl ich erst vor zehn Jahren geboren wurde?«

Grachann zuckte die Schultern. *Zehn Jahre, das glaubt sie doch selbst nicht.* »Magie? Was weiß ich.«

Sie funkelte ihn zornig an. »Ich weiß, dass es dir gleichgültig ist. Aber solange mich niemand mit dem ersten Hieb tötet, werde ich dir weiter lästig fallen.«

»Ach, daran lag es? Ich werd's mir merken.« Er hielt den blanken Knochen mit den Zähnen fest und brach ihn ab. Der Geschmack des Marks traf ihn wie eine Offenbarung. Gierig saugte er es heraus, bis ihm plötzlich aufging, was er gerade getan hatte. Ungläubig zog er den abgebissenen Knochen zwischen den Lippen hervor und starrte ihn an.

»Beeindruckend. Darf ich mal sehen, was von deinen Zähnen noch übrig ist?«

Grachann fuhr mit der Zunge an seinen Zähnen entlang. Hatten sie sich früher anders angefühlt?

Anidim kam um das Feuer herum und packte ihn unterm Kinn. »Nun zeig schon her!«

Gereizt schlug er ihren Arm weg. »Ich bin kein verfluchtes Pferd, das du kaufen willst!«

»Nein, du bist ein Mann, der sich in einen *forkoschdurr* verwandelt.«

»Du meinst, dass ich ein Hyänengebiss bekommen habe?« Entsetzt betastete er seine Zähne. Es genügte, um Anidim einen Blick darauf zu gewähren.

»Du solltest dir dein Spiegelbild auf einem ruhigen Teich anschauen, solange du noch kannst. Ich habe noch nie einen Kerl mit so kräftigen Zähnen gesehen.« Sie lächelte spöttisch auf ihn herab.

Grachann wurde heiß und kalt zugleich. Er wusste nicht, ob er verzweifelt aufschreien oder sich wütend auf sie stürzen sollte. *Ich werde sterben.* Weder die Knochen, die ihn vor dem Geist des Schädels schützen sollten, noch seine Waffen konnten ihm jetzt noch helfen. Warum hatten die Ahnen das zugelassen? Er hatte doch nichts Falsches getan! Bei allem hatte er immer nur seinen Stamm retten wollen. Er starrte Anidim an, ohne sie zu sehen.

»Du hast einen Dämon in dir, der dich langsam aushöhlt. Seine Anwesenheit beeinflusst deinen Körper, deshalb verändert er sich. Doch auf die Dauer entzieht dir der Dämon immer mehr Lebenskraft, weil du seine einzige Nahrung bist. In ein paar Tagen wirst du zu schwach sein, um zu laufen. Ich … könnte dich von ihm befreien. Aber ich erwarte eine Gegenleistung dafür.«

Ihre Worte ließen Hoffnung aufflackern, doch auch die Wut fand neue Nahrung. Es sah ihr ähnlich, seine Not auszunutzen. »Was willst du?«

»Du wirst mit mir zusammen Epanas Volk aufsuchen und für mich bürgen. Du wirst ihnen versichern, dass ich harmlos und vertrauenswürdig bin, denn wenn sie spüren, was ich in mir trage, werden sie mich vernichten wollen.«

»Ich soll also für dich lügen?«

»Wenn du es für eine Lüge hältst, ja.«

Grachann knirschte mit den Zähnen, aber sie hätte Schlimmeres verlangen können. Ein paar Worte waren nicht wert, dass er sein Leben fortwarf. Zu viel hing von ihm ab. »Also gut. Vollbring dein Hexenwerk!«

Sie schüttelte den Kopf. Ihr ernster Blick warnte Grachann bereits, bevor sie sprach. »Ich bin eine Dämonin, kein Zauberer. Die einzige Art, wie ich den Schatten aus dir verjagen kann, ist, selbst in dich einzudringen.«

Er starrte sie noch sprachlos an, als sie bereits zu grauem Staub zerfiel, der auf ihn herabregnete. Kälte stach wie Klingen in seine Haut, fuhr tief hinein, bis in die Knochen, brannte sich frostig durch seinen schreienden Körper. Wie eine schwarze Woge schlug der Schmerz über ihm zusammen.

Arion

Yarsegata

Keine Befestigungsanlagen, war Arions erster Gedanke gewesen, als er die Stadt aus der Nähe gesehen hatte. Weder wurde sie von einer Mauer oder einem Wall umgeben, noch konnte er eine Burg entdecken, wie sie in Sarmyn jedes größere Dorf überragte. Entweder waren die Morahn so ängstlich, weil sie um ihre Schutzlosigkeit wussten, oder sie waren mutiger, als es den Anschein hatte. Ihre Häuser ähnelten jenen in dem verlassenen Dorf, waren meist mit Stroh oder Holzschindeln gedeckt, kunstvoll aus weitgehend naturbelassenen Steinen errichtet und nur an den Ecken, Türen und Fenstern aus rechtwinkligen Blöcken gefügt. Fast alle hatte man einstöckig belassen, doch es gab auch höhere und weitläufige Gebäude. Vereinzelt erhoben sich die Dächer großer Hallen darüber, die Arion mit ihren Rundbögen und Säulen an jene der Königsburg erinnerten. Aber während über Egurna der Prächtigen Arutars weiße Fahnen mit der goldenen Sonne wehten, schmückte sich Yarsegata die Zuflucht mit nachtblauen Bannern, auf denen silbern die Blüte des Elbensterns prangte.

»Eine Frau, die ein Schwert trägt«, flüsterte Sava ihm zu, als sie von den drei Wächtern in die Stadt geleitet wurden. »Wie Haduri in den alten Sagen!«

Als ob man es übersehen könnte … Er wusste nicht, was er davon halten sollte. Ja, Tomink hatte ihnen die Legenden um Gorwan und Haduri erzählt, und er hätte auch Sava im Schwertkampf unterrichtet, wenn Kunmag es nicht verboten hätte. Doch kein anderer Mann, den Arion kannte, wäre je auf diesen Gedanken gekommen. Die Frau eines Ritters musste nicht kämpfen, das war die Aufgabe ihres Gemahls. Sie sollte schön sein und sanft – und Kinder gebären. »Frauen sind nicht dafür gemacht.«

»Sie anscheinend schon. Oder glaubst du, dass sie mit ihren Waffen nicht umgehen können? Seit wann bist du so selbstherrlich?«

Arion rollte mit den Augen. Vermutlich konnten auch Frauen lernen, eine Klinge zu führen, wenn sie stark genug waren und ausgiebig übten, aber würden sie auch töten, wenn es darauf ankam? Hatten sie den Mut, einem wild entschlossenen Feind entgegenzutreten? Er traute das weder seiner Mutter noch Sava oder Beveré zu. Die Einzige, die er sich tötend vorstellen konnte, war Anidim. *Und die ist ein halber Dämon.*

Pramein, die Wächterin, die vor ihnen herging, blieb an einer Kreuzung stehen und wandte sich zu ihnen um. Sie sagte etwas, wogegen Jagon empört Einspruch erhob. Auch Sava sah ein wenig erschrocken aus, was Arion noch mehr beunruhigte. »Gibt es Ärger? Was sagt sie?«

»Wir sollen uns trennen«, übersetzte Sava. »Jagon hat das

abgelehnt, aber sie sagt, dass eine Priesterin nicht Gast im unreinen Haus der Schwerter sein kann. Ihre Begleiterin soll mich zum Inneren Tempel bringen.«

»Dann gehen wir eben auch zu diesem Tempel«, beschloss er.

Sava schüttelte den Kopf. »Der Innere Tempel ist der Priesterschaft vorbehalten.« Sie umarmte ihn und drückte ihn kurz an sich. »Es macht mir Angst, aber wenn wir ihr Vertrauen gewinnen wollen, dürfen wir keinen Streit anfangen. Ich spüre keine Falschheit in ihnen. Sie sind nur vorsichtig, und sie haben strenge Regeln.«

Er sollte sie mit diesen seltsamen Leuten allein lassen? »Es sind ihre Regeln. Was ist mit unseren?«

»Ihr sprechet unsere Sprachen nicht?«, erkundigte sich Pramein in holprigem, altertümlich anmutendem Sarmynisch.

Überrascht drehte sich Arion zu ihr um. »Nein, leider nicht.« Er versuchte sich in dem Gruß mit der gespreizten Hand auf der Brust. »Ich bin Arion auf Emmeraun, und ich bin hier, um den Kindern der Götter eine dringende Angelegenheit vorzutragen.«

»Arion?« Die Wächterin runzelte die Stirn, dann erwiderte sie seinen Gruß. »Es dauert mich, aber da Ihr unrein seid, sind Euch die meisten Türen Yarsegatas verschlossen. Ich kann Euch nur die Gastfreundschaft der Schwertmeister anbieten, deren Oberste ich bin.«

Sie ist die Anführerin der Wächter? Er musterte sie eingehender. Ihr Alter war unter der weißen Schminke schwer zu schätzen, aber sie kam wohl nahe an seine Mutter heran. »Es wäre mir eine Ehre, Euer Gast zu sein.« Er warf Sava einen Blick zu. »Ich bin nur in Sorge um meine Schwester.«

»Da Eure Schwester den Göttern dienet, ist sie meinem Volk willkommen. Wir wissen, dass andere Priesterinnen aus Drahan vor ihr hier waren, denn es ist die Aufgabe der Schwertmeister, sich dessen zu erinnern, was einst gewesen ist.«

»Es ist gut, Arion«, versicherte Sava. »Du und Jagon solltet mit ihr gehen.«

Das Haus der Schwerter ähnelte dem Hauptgebäude des Heiligtums von Drahan. Es umschloss einen Innenhof, von dem zahlreiche Türen zu den Kammern der Wächter und den größeren, gemeinschaftlich genutzten Räumen abzweigten. Der Hof selbst war von einem schlichten, streng anmutenden Säulengang umgeben und mit Pflastersteinen befestigt. Zwischen immergrünen Sträuchern in Steinkübeln und einigen Bänken standen sich zwei Schwertkampfschüler gegenüber, denen ihr Lehrer gerade den Unterschied zwischen zwei Hiebarten verdeutlichte, als Arion und Jagon Pramein zum Ausgang folgten.

»Die Priester erwarten uns im Äußeren Tempel«, erklärte sie. »Sie werden Euer Anliegen anhören und darüber befinden, ob Ihr zu den Kindern der Götter vorgelassen werdet.«

Die Priester sind also nicht die Kinder der Götter. Aber wer dann? Die königliche Familie der Morahn? Irgendjemand musste schließlich hier herrschen, und wenn sich schon die Gordean für Nachfahren eines Göttersohns hielten …

»Ihr habt gesagt, dass wir unsere Waffen zurückerhalten werden, wenn wir uns ihrer würdig erwiesen haben«, rief Jagon ihnen ins Gedächtnis. »Was habe ich mir darunter vorzustellen?«

Arion hatte angesichts der vielen neuen Eindrücke längst vergessen, dass sie davon gesprochen hatte. Pramein hatte ihnen eigene Kammern zugeteilt, sie waren mit Speise und Trank versorgt worden und hatten Gelegenheit bekommen, sich in einem Badehaus zu waschen und für den Besuch im Tempel umzuziehen – auch wenn sie nur zerknitterte Reisekleidung aufbieten konnten. Gebadet und vom Kettenhemd befreit, war auch ein Teil der Anspannung von Arion abgefallen. Die Morahn mochten seltsame Sitten haben, aber sie schienen gastfreundlich zu sein.

»In Yarsegata ist nur Schwertmeistern das Tragen eines Schwerts erlaubt«, antwortete Pramein, während sie auf die Straße hinaustraten und den Weg hangaufwärts einschlugen. »Ein Morahn tötet nicht. Wer ein Tier schlachtet oder einen Menschen ermordet, verstößt gegen die Gesetze der Götter und wird damit unrein. Das Schwert ist eine Waffe, die ausschließlich geschaffen wurde, um Menschen zu töten, deshalb ist schon sein Besitz ein Frevel. Wir Schwertmeister nehmen diesen Makel in Kauf, um unser Volk und die Götter vor Feinden zu schützen, die keine Hemmungen haben, Blut zu vergießen.«

»Wir sind in friedlicher Absicht gekommen. Behaltet unsere Schwerter bis zu unserer Abreise«, bot Jagon an. »Wir werden sie nicht brauchen.«

»Ihr werdet sie zurückerhalten, wenn Ihr Euer Wort darauf gebt, sie in Yarsegata nicht zu tragen.«

Arion nickte. Eine Klinge musste den Morahn sehr bedrohlich erscheinen, wenn sie so friedliebend waren. »Darauf sollt Ihr mein Wort gern haben.« Aber er fragte sich, ob es nicht grausam war, dass alle Bauern, die schlachteten, und alle Jäger zu Ausgestoßenen wurden, obwohl ihre Taten lebensnotwendig waren. »Findet Ihr es nicht ungerecht, für etwas bestraft zu werden, das dem Schutz aller dient?«

»Nein. Ungerecht wäre, wenn wir ungestraft gegen die Gebote verstoßen dürften und andere nicht.«

Das war einleuchtend, auch wenn ihm die Vorstellung nicht behagte, dass die Morahn ihn als Verbrecher betrachteten, an dessen Händen Blut klebte. *Ich habe noch nie etwas Unrechtes mit meiner Klinge getan.*

Wenigstens sprangen die Menschen, denen sie in den Gassen begegneten, nicht mehr zur Seite oder rannten gar davon. Sie hielten zwar Abstand, grüßten jedoch respektvoll, obwohl dies eher Pramein galt als Jagon und ihm. Offenbar genoss sie doch einiges Ansehen. Ihm fiel auf, dass niemand außer ihr eine Waffe trug, das Gesicht mit weißer oder dunkler Farbe bemalt oder den Kopf geschoren hatte.

»Gibt es viele Sternenwächter?«, wollte Jagon wissen. »Es muss doch oft Schwierigkeiten mit den Riesen geben.«

»Die einfachen Leute nennen uns Sternenwächter, aber wir ziehen den Namen Schwertmeister vor. Er ist älter und stammt noch aus der Zeit, bevor mein Volk in diese Berge kam. Aber das war nicht Eure Frage. Ihr werdet verstehen, dass ich einem Fremden unsere Anzahl nicht verraten darf.«

Jagon schmunzelte. »Selbstverständlich.«

»Was die Riesen anbelangt, haben wir nur wenig zu beklagen«, fuhr sie fort. »Manchmal kommt es vor, dass ein Hirte oder Jäger verschwindet, aber wer will sagen, ob er abgestürzt, erfroren, von einem Bären gefressen oder einem Riesen zum Opfer gefallen ist? Meist bleibt es ungewiss. Die Riesen meiden Yarsegata. Dazu gibt es eine Sage, die ich Euch gern erzählen will, doch jetzt reicht uns die Zeit nicht. Dort vorne ist der Äußere Tempel.«

Arion sah die sich weitende Straße entlang, die vor einem beeindruckend breiten und hohen, achteckigen Gebäude endete, über dem kein Dach zu sehen war. Es war aus glatten Blöcken hellen und dunklen Gesteins errichtet, was den massiven Wänden etwas von ihrer Schwere nahm. Selbst die scheinbar von Pfeilern getragenen Rundbögen, die jede Seite überspannten, waren nur das Ergebnis geschickt eingesetzter Farbunterschiede in der Mauer.

Lediglich das Portal war echt und gewährte ihnen Einlass in einen Bogengang, der an der Innenseite der Wände rundum führte. Bäumen nachempfundene Säulen aus braunem Marmor trugen die grüne Decke dieses Gangs, in der die Rippen des Gewölbes als Äste in einem Blätterrelief getarnt waren. Der Boden war dagegen weiß, was dem Bauwerk mehr Helligkeit verlieh. Das Licht fiel durch die hohen Bögen zwischen den Säulen herein, die einen ebenfalls achteckigen

Innenhof umstanden. Ein Garten war darin angelegt, den die hohen Mauern vor den eisigen Winden des Aldagar beschirmten.

Arion folgte Pramein in den Garten, der ihn mit dem Duft später Sommerblumen empfing. Aus meisterhaft angelegten Beeten leuchteten sie ihm entgegen. Mehrere Priester und Priesterinnen erwarteten ihn in einem Halbrund steinerner Stufen, die als Bänke dienten. Sie trugen Gewänder aus demselben leicht glänzenden Stoff, aus dem auch die Tracht der Schwertmeister gefertigt war, doch neben dem Grün und Rot ihrer Roben und den bunten Blüten sah die Sternenwächterin mit ihrem weißen Gesicht und dem dunklen Braun wie ein Geist aus.

Pramein entbot den versammelten Priestern ihren Gruß, und die beiden Ritter beeilten sich, es ihr gleichzutun. Zu Arions Enttäuschung sprach der alte Priester, der sich rasch als Wortführer entpuppte, kein Sarmynisch, weshalb die Schwertmeisterin und Jagon für ihn übersetzen mussten. Er hatte kein gutes Gefühl bei diesem Gespräch. Schon als Pramein ihn vorstellte, sahen die Priester ihn zweifelnd an, und zwei steckten tuschelnd die Köpfe zusammen. Ihm war bewusst, dass er jedes Wort auf die Goldwaage legen musste. Wenn schon Jagon geneigt war, Tazlan freie Hand zu lassen, weil er ein Diener des Toten Gottes war, was dachten dann erst die Morahn darüber? »Wir erbitten den Rat der Kinder der Götter, weil dieser Priester über dunkle Mächte gebietet, die alles Leben vernichten«, fasste er schließlich sein Anliegen zusammen. »Ich selbst habe die Dämonen gesehen und ihre Kälte am eigenen Leib gespürt. Nur durch großes Glück stehe ich heute vor Euch, um davon zu berichten. Selbst wenn er einst ein Priester war, so ist er jetzt nur noch ein Wahnsinniger, der Phykadonien mit Tod und Verderben überzogen hat und nun auch Sarmyn in solches Unheil stürzen will. Wir wissen nicht, wie wir ihn aufhalten können, und wenden uns deshalb um Hilfe an Euch.«

Der alte Priester, dessen weißer, sorgfältig gekämmter Bart bis auf seine Brust reichte, nickte.

»Eure Botschaft wurde gehört, Arion«, erklärte Pramein. »Wir werden darüber beraten, ob diese Umstände rechtfertigen, dass ein Nachfahre des Mörders Arutar vor die Götter treten darf.«

»Aber ich bin kein direkter …«, wollte er widersprechen, doch die Schwertmeisterin fiel ihm ins Wort.

»Eure Botschaft wurde gehört, Arion«, wiederholte sie. »Jetzt könnt Ihr nur noch das Urteil abwarten.«

Sava

Yarsegata

Alle Augen waren auf die Wange des jungen Mannes gerichtet, als Sava den letzten Ton summte und ihre Hand wegzog. Die feste, lila unterlaufene Schwellung, die zuvor das Gesicht des Morahn entstellt hatte, war verschwunden.

Ein Raunen ging durch die versammelten Priester. Sie spürte das Staunen und die Aufregung. »Hast du noch Schmerzen?«, fragte sie lächelnd den jungen Mann, der vor ihr lag und ungläubig seine Wange betastete. Er schüttelte den Kopf. Durch die Fenster fielen die letzten Strahlen der untergehenden Sonne herein und umgaben sie mit rotgoldenem Licht. Sie konnte sich sehen, wie er sie sah, eine Erscheinung, von einer schimmernden Aura umgeben. Er rappelte sich auf, um sich vor ihr auf die Knie zu werfen und ihre Hand zu umklammern. »Ich bitte um Vergebung! Sie haben mir gesagt, dass sie eine fremde Priesterin ist, aber sie ist eine Göttin. Ich bitte um Vergebung, wenn ich … Danke für ihre Gnade!«

Behutsam löste Sava ihre Hand aus seinem Griff. »Ich bin

keine Göttin. Dearta hat mir diese Gabe verliehen und wirkt durch mich.«

Wieder schüttelte er ungläubig den Kopf, aber nun waren ein Priester und eine Priesterin zur Stelle, die ihn aufhoben und hinausführten. Sava unterdrückte ein Gähnen. Das Lied der Heilung hatte an ihren Kräften gezehrt, und der Aufstieg nach Yarsegata war anstrengend gewesen. Doch der alte Priester, der seinen Missmut vor den anderen hinter einer undeutbaren Miene verbarg, hatte von drei Prüfungen gesprochen, die beweisen sollten, dass sie über Die Gabe verfügte, die auch unter den Morahn eine rare Kostbarkeit war. Sava wünschte, sie könnten die restlichen Aufgaben auf den nächsten Morgen verschieben. Selbst die Neugierigsten unter den Priestern hätten ihr diese Bitte nicht abgeschlagen, wenn es nicht der Tag des Erntefests gewesen wäre. Abgesandte aller Familien wurden im Äußeren Tempel erwartet, um acht Mal den gesegneten Garten zu umschreiten und eine Opfergabe für eine reiche Ernte zu hinterlassen. Von der jüngsten Schülerin bis zum alten Hohepriester würde niemand Zeit haben, sich mit der Fremden zu befassen, die behauptete, eine Gesegnete zu sein.

»Die erste Prüfung ist bestanden«, verkündete der weißbärtige Alte. Wie alle Priester trug er sein langes Haar in ähnlicher Art aufgesteckt wie Sava, doch bei den Männern gesellte sich noch eine grüne Kappe hinzu. Auch ihre weit geschnittenen grünen Hosen und Mäntel unterschieden sich kaum von der Tracht der Priesterinnen in Drahan. Nur ihre Unterjacken und Gürtel leuchteten rot, während Savas weiß gehalten waren.

»Es folgt die zweite Aufgabe, wie sie im *Vermächtnis Deartas* verzeichnet ist.« Der Hohepriester bedeutete einer Jüngeren, aus dem brüchigen Pergament vorzulesen, das sie auf dem niedrigen Tisch ausgebreitet hatte, vor dem sie kniete.

Savas Abneigung gegen den alten Mann wuchs mit jedem Augenblick, den seine Gefühle offen vor ihr lagen. Neid erfüllte sein Herz. Wie konnte sie – eine Fremde aus dem Stamm des verhassten Schlächters Arutar – eine Gabe haben, die sie in die Nähe der Götter rückte? Näher, als er ihnen je gekommen war. *Er fürchtet, dass ich seinen Platz einnehmen will!* Würde sie ihn davon überzeugen können, dass ihr nichts ferner lag? Die Verehrung des Geheilten hatte seine Ängste nur bestätigt. Er hoffte, dass sie doch noch versagen und mitsamt ihres anmaßenden Bruders wieder verschwinden würde.

»Die zweite Prüfung soll die Frage nach fremden Gedanken sein«, las die Priesterin vor. »Einer aus eurer Mitte, der das Vertrauen aller genießt, soll einen Satz aufschreiben und ihn dann acht Mal denken. Wer über Die Gabe verfügt, wird die richtige Antwort sogleich geben. Nur ein Versuch ist zulässig.«

Ein Priesterschüler wurde nach Pergament und Tinte geschickt. Savas Müdigkeit wich Besorgnis. Es gelang ihr nicht immer, Gedanken zu lesen – besonders, wenn sie aufgeregt war. *Hoffentlich wählen sie Nojaranen.* Der Alte glich einem offenen Buch. Er hatte ihre Unruhe bemerkt und freute sich insgeheim bereits. Angewidert zog sie sich innerlich vor ihm zurück. Sie würde es schaffen! Seit sie Yarsegata betreten hatte, war sie sich der Gabe bewusster als je zuvor. Lag es am Tempel? Verstärkte die Nähe des gesegneten Gartens ihre Fähigkeiten? *Nicht überheblich werden! Hochmut kommt vor dem Fall.*

Der Schüler kehrte mit einem unbeschriebenen Bogen und einem Federkiel in einem Tintentopf zurück. Die Priester hatten sich auf die Älteste in ihren Reihen geeinigt, die mit zitternder, knotiger Hand die Feder führte. Leise kratzte der Kiel über das Pergament.

Sava stellte sich die helle Fläche vor und wartete darauf, dass die Wörter erschienen. Doch das matte Weiß blieb leer. Stattdessen hörte sie eine Stimme in ihrem Kopf: »*Meine Mutter war hier, als die letzte Dienerin Deartas kam.*«

Sie sprach es nach: »Meine Mutter war hier, als die letzte Dienerin Deartas kam.«

Alle Blicke richteten sich auf die alte Priesterin mit dem gelblich weißen Haar. Ihre tränenglitzernden Augen versanken noch tiefer in den zahllosen Falten ihres Gesichts, auf dem sich ein Lächeln ausbreitete. »Es stimmt!«

Der Priester neben ihr riss ihr das Pergament aus der Hand, starrte kurz darauf und gab es verblüfft weiter. Einige konnten nicht glauben, dass ihr Gast ein Wunder nach dem anderen vollbrachte, doch nur bei Nojaranen spürte Sava Furcht und Ablehnung. Sie wagte, ihn geradeheraus anzusehen. »Ich weiß auch, was *du* denkst, aber das Anliegen meines Bruders ist gerecht. Ihm seine Bitte abzuschlagen, stünde dem Willen der Göttin entgegen, die ihn durch mich hergeführt hat.«

Der Hohepriester erwiderte ihren Blick mit beherrschtem Zorn. »Darüber haben weder du noch ich zu befinden. Die zweite Prüfung ist bestanden. Es folgt die dritte Aufgabe, wie sie im Vermächtnis Deartas verzeichnet ist.«

Wieder las die jüngere Priesterin vor: »Die dritte Prüfung soll der Ruf der Götter sein.«

Der Ruf der Götter? Sava erschrak. Was war damit gemeint?

»Lasst den Prüfling einen Tag und eine Nacht allein! In dieser Zeit muss es ihm gelingen, die Kinder der Götter durch Die Gabe – und *nur* durch Die Gabe – zu erreichen. Die Aufgabe gilt als erfüllt, sobald sie nach dem Prüfling schicken.«

Sava biss sich auf die Unterlippe. Wie sollte sie mit der Gabe jemanden finden, den sie weder kannte noch je gesehen hatte? Sie wusste nicht, wo sich die Kinder der Götter befanden, und war nicht einmal sicher, wer oder was sie waren.

Nojaranen lächelte angesichts ihrer verzagten Miene siegesgewiss. »Nun werden wir sehen, was von dir und deinem Bruder zu halten ist.«

Rodan
Aldagar

Die Sonne erhob sich über die gegenüberliegenden Felsnadeln und sandte ein paar Lichtspeere in das Innere der kalten Höhle. Rodan sehnte sich nach der Wärme, die sie versprach. Bei Sonnenschein würde seine heimliche Mahlzeit länger anhalten und ihm mehr Kraft für die nächste Nacht bleiben. In der vergangenen hatte er nach Nidags Tod viel Zeit damit verbracht, das von dem Dieb stibitzte Brot zwischen seinen Zähnen aufzuweichen, weil es sonst höchstens ein Pferd hätte zermahlen können. Bei jedem Schlucken hatte er sich gefragt, ob der Bissen so sperrig oder ihm der Hals wegen des Jungen so eng war. Ganz gleich, wie viele Kameraden er schon auf Schlachtfeldern verloren hatte, bei manchen tat es immer noch weh.

Der Riese, der Nidag erschlagen hatte, saß jetzt am Ausgang der Höhle und kratzte sich im buschigen braunen Bart, der bis zum Bauch hinabreichte. Auf seiner Schulter tauchte eine kleine, längliche Erhebung unter der grauen Tunika auf, um zielstrebig unter dem Haargestrüpp zu verschwinden. An seinen stämmigen Beinen klebte schon seit Tagen immer wieder Blut, obwohl Rodan beobachtet hatte, dass er die Krusten abwusch, wenn sie Bäche durchquerten. Doch die Haut war unversehrt. Woher kam dieses Blut? Der Kerl beteiligte sich nicht einmal am Schlachten.

Das Wort erinnerte Rodan an das, was unweigerlich mit Nidags Leiche geschehen würde – dasselbe, was mit Garédar, dem jungen Ritter und dem Dienstmann passiert war, der wegen seiner Verletzungen nicht auf dem Marsch hatte mithalten können. Er und Nidag hatten ihm und Arrer einen weiteren Tag erkauft. Sie mussten endlich fliehen. *Koste es, was es wolle.*

Die erwachenden Riesen regten sich, rissen gähnend die Mäuler auf und stapften verschlafen vor die Höhle, um sich zu erleichtern. Nur eine der großen Gestalten rührte sich nicht. Die anderen beugten sich über die Schwarzgesichtige, schubsten sie, gaben drängende und fragende Worte von sich. Rodan merkte auf. Hatte Nidag etwa … Nein. Als die Riesen ihn erwischt und Rodans Fesseln erneuert hatten, waren alle noch am Leben gewesen.

Eine zweite Riesin legte den Kopf auf die Brust der Reglosen, um dem Herzschlag zu lauschen, doch sie setzte sich mit trauriger Miene wieder auf und sprach aus, was offensichtlich war. Drei der Riesen reckten ihre Waffen, um sie mit zornigem Gebrüll zu schütteln, als wollten sie einem unsichtbaren Gegner drohen.

»Einer weniger«, knurrte Arrer.

Rodan nickte. Er hoffte nur, dass niemand ihnen die Schuld an diesem Unglück gab.

»Sollen sie alle verrecken!« Der Knecht spuckte aus. Die verbliebene Wurst, die Rodan ihm im Schutz der Dunkelheit überlassen hatte, hatte ihm neue Kraft verliehen.

Nacheinander hockte sich jeder der Riesen neben Schwarzgesicht nieder, nahm mit ernstem Blick ihre Hand und sagte dieselben Worte. Wünschten sie ihr einen guten Weg zu den Sternen, oder gingen die Seelen der Riesen an einen anderen Ort?

Erst als Steinfresser im Eingang auftauchte, fiel Rodan auf, dass der Wirrkopf fort gewesen war. Auch er verabschiedete sich von der Toten und sah dabei sogar betrübt aus. Glaubte er etwa, er sei einer der ihren? Zuzutrauen war es ihm.

Steinfresser wandte sich ab, worauf der Älteste der Riesen gewartet zu haben schien. Rodan hielt ihn für den Anführer. Er war nicht der Größte, aber der Kräftigste unter ihnen. Breite, doppelt genähte Lederbänder, die als Fassung für flache, milchige Steine dienten, spannten um seine Oberarme. Graue Strähnen durchzogen sein dunkelbraunes Haar, aber im Gegensatz zu manchem anderen besaß er noch alle Zähne, was ihm ein gleichermaßen beeindruckendes wie bedrohliches Lächeln verlieh. Nun hatte er ein grimmiges Gesicht aufgesetzt und näherte sich der Verstorbenen mit einer klobigen Axt. Sogar die Riesen senkten die Lider, als er das Beil hob.

»Das glaub ich nich'«, murmelte Arrer.

Die schwere Waffe fuhr herab und trennte das Haupt der Toten vom Rumpf.

Das kann nicht sein, dachte Rodan, während der Schädel an ihm vorüber in den hintersten Winkel der Höhle getragen wurde, wo sich der Riese bücken musste. Sorgfältig lehnten die großen Hände Schwarzgesichts Kopf so an die Wand, dass die Augen zum Ausgang gerichtet waren. *Sie können sich nicht auch noch gegenseitig fressen.* Doch er sah, wie ein anderer Riese bereits ihre Tunika aufschnitt.

Nidags blonder Schopf wippte im Takt der Schritte des Riesen, der den Leichnam geschultert hatte. Rodan bemühte sich, nicht hinzusehen, denn der Anblick schürte nur Bedauern und ohnmächtigen Zorn.

»Er war halt 'n lausiger Dieb«, brummte Arrer.

»Gut genug, um uns was zu essen zu stehlen!«, gab Rodan scharf zurück. *Tapfer, geschickt und verschwiegen – du hättest einen guten Unsichtbaren abgegeben, Nidag.*

Die Sonne hatte sich wieder hinter dichten Schleiern verborgen wie eine kurézéische Totenpriesterin. Auf den Gipfeln, deren höchste Spitzen der Nebel verbarg, war der Regen als Schnee niedergegangen und hatte mehlgleich Felsen bestäubt, die sich am Tag zuvor noch dunkel über die grünen Hänge erhoben hatten. Oben auf dem Grat, von dem die Riesen gerade herabgestiegen waren, wehte ein feuchter, kühler Wind den Wanderern noch vereinzelte Flocken ins Gesicht, doch auf dem ausgetrampelten Pfad durch den Bergwald boten ihnen die Bäume willkommenen Schutz.

»Ich hab Hunger«, ließ sich Steinfresser vernehmen.

»Halt's Maul, Leichenschänder!«, fuhr Arrer ihn an. »Wenn hier einer Hunger hat, dann ich!«

»Geben die Riesen dir etwa kein Fleisch mehr?«, fragte Rodan, ohne eine sinnvolle Antwort zu erwarten.

»Ich hab Hunger auf Brot. *Pol mer on.* Brot haben nur Menschen. Ich habe Brot gebacken. *Uegosani pol.*«

»Hör endlich auf, von Brot zu reden, sonst stopf ich dir das Maul mit Steinen!« Arrer sah aus, als wolle er sich trotz der Fesseln jeden Augenblick auf ihren Plagegeist stürzen.

»Wir haben jedenfalls keins«, erklärte Rodan, um weiteren Bitten zuvorzukommen.

»Riesen haben kein Brot, weil sie kein Korn haben. Man braucht Mehl zum Backen.«

Hastig schob sich Rodan zwischen Steinfresser und den wütenden Knecht. »Lass ihn! Du wirst nur Ärger bekommen.«

»Dann bring ihn zum Schweigen!«

Rodan verzog das Gesicht. Den Wirrkopf vermochte wohl nur ein Knebel verstummen zu lassen, aber vielleicht konnte er seine Gedanken in eine andere Richtung lenken. »Wie kommt es, dass die Riesen deine Freunde sind?«

»*Iuminharea.*« Steinfresser lächelte versonnen. »Wir haben dieselben Götter. *Viardian mer iuminharion.* Tot, lange tot. Die *sarea* sagen, Viardian ist tot. Aber hier ist er doch.« Er deutete vage in das Hochtal, das sich vor ihnen zu einem breiten, von bewaldeten Hängen begrenzten Trog weitete. Mehrere aus Baumstämmen und dichten Tannenzweigen errichtete Unterstände erhoben sich zu beiden Seiten des Bachs, der sich in geröllgesäumten Schleifen durch den Talgrund schlängelte. Dazwischen lagerten so viele Riesen, dass Rodan kalter Schweiß auf die Stirn trat. Auch Arrer erbleichte und blieb selbst den üblichen Fluch schuldig. Es mussten mindestens hundert Ungeheuer sein, die hier zusammengekommen waren. Einige hüteten auf den Wiesen zwischen Wald und Bach rotbraune Bergschafe, die einem Menschen bis zur Hüfte reichten, andere fällten Bäume am Waldrand. Rauch stieg von mehreren Feuerplätzen auf, und das Hämmern eines Schmieds auf seinem Amboss tönte ihnen entgegen.

Also hatte ich recht. Sie schmelzen das Eisen ein und machen Waffen daraus. Dieser Haufen war zu groß, um sich zu einem friedlichen Zweck versammelt zu haben. Und doch …

Je näher sie den notdürftigen Schutzdächern kamen, desto mehr Zweifel befielen ihn. Kinder, manche kleiner als er, andere bereits höher gewachsen, hielten gaffend im Spiel inne. Welches Volk würde seine Frauen und Kinder mitnehmen, wenn es zu einem Raubzug aufbrach? Selbst die Alten und Siechen hatten sie mitgebracht. Überall lagen sie, sogar Kinder, denen das Leid aus den Augen sprach. So viele Kranke? »Göttin bewahre«, murmelte er. *Das muss eine Seuche sein.*

»*Gutiak rit.* Alle krank.« Steinfresser schüttelte bedauernd den Kopf und eilte an das Lager einer weißhaarigen Alten, deren Atem rasselte wie eine rostige Kette.

»Heilige Herrin, gib, dass dieses Elend nur Ungeheuer befällt!«, betete Arrer inbrünstig.

Der Riese, auf dessen Beinen schon wieder frisches Blut glänzte, stieß Rodan mit dem Speer an und trieb ihn und Arrer weiter. Zu ihrer Rechten war der Talgrund zu Füßen einer schroffen Felswand leer geblieben. Rodan fragte sich, ob die Riesen dort Steinschlag befürchteten, und blickte auf. Ein riesiges Gesicht sah aus den Felsen auf ihn herab.

Wie angewurzelt blieb Rodan stehen und blinzelte ungläubig. Manchmal bildete er sich ein, in verwittertem Gestein bestimmte Formen zu erkennen. Dann genügte es, den Blickwinkel ein wenig zu verändern, und schon erkannte er nichts mehr. Doch wie er diese Felswand auch ansah, das Antlitz, gegen das selbst die Riesen unbedeutend wirkten, blieb. Hatten unbekannte Steinmetze es aus dem Berg geschlagen? Dafür kam es ihm wiederum seltsam verschwommen vor, als sei es doch eher von der Kraft der Elemente in den Stein geschliffen worden.

»Vrdan«, grollte der Riese und nickte.

»Ewig Dunkle!«, entfuhr es Arrer. »Das muss der Bergvater sein.«

»Wer zum Henker ist der Bergvater?« Rodan bekam einen weiteren Stoß mit dem Speerschaft in den Rücken und ging weiter.

»Das is' der Urahn aller Berge und Berggeister«, erklärte der Knecht. »Irgendjemand muss sie doch gezeugt haben.«

Zumindest wenn man daran glaubte, dass Berge geboren wurden wie Kinder. Rodan war nicht sicher, was er davon halten sollte. Alles hatte einen Anfang und ein Ende, also wohl auch ein Gebirge, aber er konnte sich diese Vorgänge nicht ausmalen. *Klar ist nur, wie* unser *Ende aussehen wird, wenn wir hier nicht bald verschwinden.*

Vor ihnen tauchten ein weiterer Unterstand und ein Gewirr aus Pferchen, gestapelten Baumstämmen und aufgehäuften Eisenwaren auf. Es roch nach Schafdung und frischem Tannengrün, vermischt mit beißendem Raubtiergestank und Rauch, der von der Esse des Schmieds herüberwehte. Die beiden Riesen, die von ihren ursprünglichen Begleitern übrig geblieben waren, trieben sie auf einen kruden Käfig aus armdicken Holzstangen zu. War das gut oder schlecht? Rodan blieb kaum Zeit abzuwägen, bevor er durch die Öffnung gedrängt wurde. Sie waren noch immer an den Händen gefesselt, aber das konnten sie rasch ändern, wenn man sie hier unbeaufsichtigt ließ. Die Tür wurde zugeworfen, und Blutbein verschloss sie mit dafür vorgesehenen Stricken. Arrer grinste. Argwöhnisch beobachtete Rodan, wie der Riese die knirschenden Knoten festzog. Das konnte nicht alles sein.

Ein Brummeln, dessen Klang ihm bekannt vorkam, lenkte Rodans Blick auf den anderen Riesen, der sich an den Pferchen zu schaffen gemacht hatte. Das massige, in trügerischer Gemächlichkeit dahinschwankende Tier, dem er den Weg zum Käfig wies, setzte sich vor den Gitterstäben aufs Hinterteil und schnüffelte mit der feuchten Nase, als könnten die zu klein geratenen Augen die Gefangenen nicht sehen.

Ein Bär als Wachhund. Probehalber trat Rodan näher zur Tür. Dolchartige Zähne kamen hinter lose flatternden Lefzen zum Vorschein. Grunzend wiegte das Tier den mächtigen, schwarz bepelzten Schädel. *Droh mir nur! Du hältst mich nicht hier drin.*

Grachann

Waldhügel

»Aufwachen! Los, aufwachen! Ich weiß, dass du noch lebst. Dein Herzschlag verrät dich.«

Die leichten Schläge auf seine Wange erschwerten Grachann, den Sinn der Worte zu begreifen, mit denen die unbarmherzig fordernde Stimme ihn aufstachelte, als pieke sie ihn fortwährend mit einer Nadel. Die Stiche stießen wie rote Blitze durch den Nebel, der seinen Geist umgab.

»Bist du überhaupt ein Mensch, du flügellahmer Vogel? Du solltest mal deine Haut anfassen. Ich glaube, du bist ein verfluchter Dämon. Hörst du? Ein Dämon! Wach endlich auf!«

Ich bin kein … Plötzlich erinnerte er sich, wem die Stimme gehörte und was sie getan hatte. Ihm war kalt, er spürte seine Glieder nicht mehr. Als läge er in einem Eisblock eingeschlossen und könnte sie nicht bewegen, aber vielleicht waren sie auch einfach zu steif gefroren. Mühsam öffnete er die Augen, zwang sie auf, obwohl es so viel verlockender war, die Gedanken zurück in die selbstvergessene Dunkelheit treiben zu lassen.

Er sah zu dem Überbleibsel der eingestürzten Decke hinauf, in dessen Schatten er lag, doch schon beugte sich Anidim von hinten über ihn und schob ihre Hände unter seine Achseln.

»Na endlich«, knurrte sie unter der Anstrengung, seinen Oberkörper anzuheben. »Die Sonne ist aufgegangen.« Sie begann, ihn über den mit feinem Schutt bedeckten Steinboden zu schleifen, was Grachann endgültig aus seiner Versunkenheit riss. »Du … brauchst … Wärme.«

»Lass das!«, schnappte er, während er noch damit rang, die Herrschaft über seine Muskeln zurückzuerlangen. Für ihre Statur bewies sie erstaunlich viel Kraft, aber Grachann wäre eher gekrochen, als sich wie ein erlegtes Wild von ihr herumzerren zu lassen. »Hilf mir lieber auf die Füße!«

Schwerfällig setzte er sich auf. Schon das Anziehen der Beine bescherte ihm einen Schweißausbruch.

Anidim kniete sich neben ihn und packte seinen linken Arm, der noch immer aussah, als hätte er ihn mit Ruß eingerieben.

»Durlach! Was hast du getan, außer mich halb umzubringen?« Er sah vorwurfsvoll auf das Dämonenmal.

»Das wird vergehen«, behauptete sie gereizt. »Vorausgesetzt, dass du aufhörst, deine letzte Kraft zu verschwenden, bevor wir sie auffüllen können.« Energisch legte sie sich seinen Arm über die Schulter. »Hoch jetzt mit dir!«

Es beschämte ihn, wie sehr er sich auf sie stützen musste, um sich auf die Beine zu stemmen. Hätte er sich nicht an ihr festgehalten, wäre er schon beim ersten der drei schwankenden Schritte hinaus ins Sonnenlicht wieder zusammengebrochen. Er ging in die Knie und ließ sich zögernd nach hinten kippen, bis er nach einem kurzen Fall wieder auf dem Boden saß. Obwohl er die wärmenden Strahlen wie Balsam auf seiner Haut spürte, klapperte er immer noch vor Kälte mit den Zähnen.

Anidim warf ihm seinen Umhang zu, in den er sich zitternd hüllte. »Dass ich in dir war, hat dir noch mehr Lebenskraft geraubt. Es geschieht, sobald ich als Dämon ein lebendes Wesen berühre. Ich kann es nicht verhindern.« Wenn es eine Entschuldigung sein sollte, klang es nicht reuig genug. »Aber ich habe den Schatten, der in dich gefahren war, ausgetrieben. Alles, was du jetzt brauchst, sind Hitze und eine warme Mahlzeit.« Sie wandte sich der Glut des erloschenen Feuers zu, um es neu zu entfachen.

Beim Frost der Unteren Welt! Soll sie sich endlich nützlich machen und etwas kochen. Er streckte sich in der Sonne aus, schloss die Augen und wartete darauf, dass das schmerzhafte Beben seines Körpers endlich nachließ.

Anidim behielt recht. Nachdem er sich aufgewärmt und gestärkt hatte, ging es ihm rasch besser. Sie verließen den Turm und das Ruinenfeld in westlicher Richtung, ohne auf weitere seltsame Standbilder zu stoßen, und tauchten erneut in den dunklen, unwegsamen Wald ein. Doch mit dem Dämon war auch die Düsternis aus Grachanns Seele gewichen. Das grüne Schattenreich kam ihm nun weniger erdrückend und feindselig vor. Er konnte die Schönheit der Lichtspiele im Laub und den Tanz der Nebeltropfen in den Sonnenstrahlen sehen, die durch Löcher im Blätterdach fielen. Anstatt es zu hassen, weil es die Annäherung eines Raubtiers überdecken konnte, lernte er die Stimmen der Windgeister im Rauschen der Bäume zu hören, die von der weiten Steppe und hohen Bergen erzählten.

Das Gebirge rückte näher. Er merkte es daran, dass die Dörfer der Waldleute seltener und die Hügel höher wurden. Manchmal gewährte ihm auch ein Windbruch auf einer Anhöhe einen Blick auf die schneebedeckten Gipfel, die nun zum Greifen nah waren. Doch wo sie auch vorüberkamen, hatte die Seuche bereits Ernte gehalten. Die Hütten der Erdmejek standen verlassen oder lagen in Schutt und Asche. Grachann mied die Leichen aus Angst, sich erneut anzustecken. Nur eine Axt nahm er aus einem der Lager mit, um seinen Säbel nicht länger dazu missbrauchen zu müssen, sich einen Weg freizuschlagen.

Obwohl sie gut vorankamen, wurde er mit jedem Tag unzufriedener. Ständig begutachtete er sein Spiegelbild in Quellen und Tümpeln, doch weder der dunkle Fleck noch seine größer und spitzer gewordenen Zähne veränderten sich. »Gib es zu! Ich werde für immer gezeichnet bleiben«, fuhr er Anidim an, als sie am Fuß der Berge rasteten.

Sie schoss ihm einen verärgerten Blick zu. »Das ist nicht meine Schuld. Vielleicht musst du nur etwas mehr Geduld haben. Immerhin sind die Haare nicht weiter gewachsen, sonst hättest du jetzt Fell am Arm.«

»Du hast gesagt, dass es verschwinden wird! Ich hätte wissen sollen, dass deinem Wort nicht zu trauen ist.«

»Und ich hätte dich verrecken lassen sollen, du undankbare Zeterkrähe. Kannst du eigentlich noch etwas anderes, als dich zu beschweren?«

Grachann knirschte mit den Zähnen. Plötzlich wurde ihm bewusst, warum er so gereizt war. Sie hatte ausgesprochen, was er fühlte, seit sie ihn begleitete. »Wenn man mit dir unterwegs ist, bleibt einem doch nichts anderes übrig!« Jeden Abend verschwand sie nach Sonnenuntergang, um in Dämonengestalt zu jagen oder den besten Weg auszukundschaften. Er konnte ihr nur folgen und von ihrer Beute essen wie ein Kind, das von der Mutter versorgt wurde. Es gab nichts, worum er sich noch kümmern musste, außer einen Fuß vor den anderen zu setzen, ohne zu stolpern.

Sie schüttelte den Kopf und schlang einen dicken Brocken Fleisch hinunter. Ihr Hunger war wieder so unersättlich wie eh und je. »Ich verstehe nicht, was du meinst. Du nörgelst den ganzen Tag, obwohl ich dir alle Sorgen abnehme. Ich kann nicht auch noch deine Hauer schrumpfen lassen.«

Hauer? Er tastete erneut nach seinen Zähnen, bevor er merkte, was er tat, und sich über sich selbst ärgerte. »Genau das ist es doch! Ich bin kein Säugling, den du hätschelnd durch die Gegend tragen sollst. Du tust alles, und für mich bleibt nichts. Das ist kein Leben für einen Krieger.«

»Soll ich einen Bären aufscheuchen, damit du dich austoben kannst?«

»Mach dich nicht über mich lustig, Dämonenweib! Lass mich einfach selbst den Weg finden!«

Sie schüttelte den Kopf. »Dann verlieren wir zu viel Zeit. Der Herbst kommt in den Bergen früh.«

»Durlach, Dämonin, gib mir etwas zu tun, sonst kannst du auch selbst dieses Volk von deiner Harmlosigkeit überzeugen!« *Das ist ohnehin lächerlich. Ich glaube ja selbst nicht, dass du es bist.*

Ein neuer Ausdruck zeigte sich auf ihren Zügen. Zum ersten Mal vermeinte Grachann, einen Riss in ihrer Maske zu entdecken, der sie verletzlich machte. »Wenn du mir etwas dafür zurückgeben willst, dass ich dein Leben gerettet habe, fang an, mich wie einen Menschen zu behandeln.«

Grachann verzog das Gesicht. »Aber das bist du nicht.« *Bei allen Geistern und Ahnen!* Wollte sie die Wahrheit verleugnen? »Und du wirst es auch nie sein.«

Ihre Miene verschloss sich. »Wir werden sehen.«

Arion

Yarsegata

Wie die Priesterinnen in Drahan saßen auch die Sternenwächter zum Essen kniend an einem niedrigen Tisch. Arion verstand immer besser, woher viele seltsame Bräuche im Heiligtum stammten. Die meisten Schwertmeister und ihre Schüler hatten bereits gegessen, als Jagon und er zum Frühstück erschienen, doch Pramein blieb sitzen, um ihnen Gesellschaft zu leisten. Mit gekreuzten Beinen nahm er auf einer Filzmatte

Platz. Knien war ihm zu unbequem, außerdem würden ihm dabei wieder die Füße einschlafen, was ihm vor den Morahn peinlich gewesen wäre.

Jagon und Pramein wechselten höfliche Worte, die Arion bald langweilten. Zu vieles hatte seine Neugier erregt, und es verlangte ihn nach Antworten. »Verzeiht mir, falls diese Frage eines Eurer Geheimnisse betrifft, aber warum müssen die Jäger dunkle Striche unter ihre Augen ziehen und die Schwertmeister ihre Gesichter weiß färben?«

Pramein lächelte. »Die Jäger müssen zeigen, dass sie gegen die Gebote der Götter verstoßen, damit niemand sie versehentlich berührt. Im Grunde genügt dazu ihre Tracht in der Farbe des Todes, aber damit man sie nicht mit uns verwechselt, bemalen sie auch ihre Gesichter. Es ist ihnen nicht vorgeschrieben, wie das zu geschehen hat. Striche unter den Augen sollen jedoch bei grellem Licht zu besserer Sicht beitragen.«

»Dunkelbraun gilt Euch als Farbe des Todes?«, hakte Jagon nach. »Bei uns ist das Schwarz. Ich trage es deshalb zu Ehren Diuramans.«

Diuraman? Meint er Duraman, den Toten Gott? Ist er etwa ein Priester? Arion musterte den Gordean aus dem Augenwinkel. Was verbarg er noch vor ihm? Und vor allem vor dem König?

»Das ehrt Euch«, sagte Pramein ernst. »Doch wir ziehen Dunkelbraun vor, weil es die Farbe der Erde ist, in der die Toten ruhen, bis sie selbst zu Erde werden.«

Arion verschluckte sich an dem herben Kräutertee, der nach Bergwiesen roch. »Ihr sperrt die Seelen der Toten in der Erde ein?«

»Das erklärt einiges«, meinte Jagon rätselhaft.

»Ist es denn unter den Erben der Heerwölfe nicht üblich, die Verstorbenen zu begraben?«, wunderte sich Pramein. »Wie sollen sie denn dann dorthin zurückkehren, wo alles Leben seinen Ursprung hat?«

»Aber wie sollen denn die Seelen zu den Sternen aufsteigen, wenn Ihr sie eingrabt?«, hielt Arion dagegen und hob sich die Frage nach den Heerwölfen für später auf.

Die Schwertmeisterin sah ihn nachdenklich an. »Wir glauben, dass die Seele den Körper bereits im Augenblick des Todes verlässt. Es sollte sie deshalb nicht mehr aufhalten, wenn wir die sterbliche Hülle einpflanzen wie ein Samenkorn, aus dem neues Leben erwächst.«

Bei der Vorstellung eines Leichnams, in dem etwas Lebendiges keimte, lief es Arion kalt den Rücken hinab. Er hatte zu viele verwesende Kadaver gesehen, um dabei an etwas anderes als Maden und Fliegen zu denken. »Mir gefällt unsere Sitte besser. Ein Totenfeuer hat etwas Reinigendes. Und der Rauch trägt die Seele zum Himmel.«

»Ihr lasst Euch verbrennen? Von Flammen verzehren?« Pramein erschauerte sichtbar. »Nein, das wollte ich nicht.«

»Das ist kein Gespräch für ein Frühstück«, warf Jagon ein. »Sicher finden wir etwas Erfreulicheres, über das sich reden lässt.«

»Ich hatte nach den weißen Gesichtern gefragt.«

»Die allerdings eng damit zusammenhängen«, behauptete Pramein. »Bei uns ist Weiß die Farbe der Trauer und der Scham, weil wir uns Asche ins Gesicht reiben, wenn ein Verwandter oder Freund stirbt – oder wenn wir etwas getan haben, das uns entehrt. Je größer die Qual, desto heller muss die Asche sein. Wir Schwertmeister tragen das Weiß seit den Tagen Arutars. Es erinnert uns an den Tod Diuramans, um den wir noch immer trauern, und an die Schande, dass wir als seine Wächter versagt haben. Diese Schmach darf niemals vergessen werden, damit sie sich nicht wiederholt. Jeden Morgen, wenn ich die weiße Paste und das Puder auftrage, werde ich daran erinnert, was meine Aufgabe ist.«

Arion schwieg betroffen. Der Kummer der Schwertmeisterin war unübersehbar tief empfunden und rührte ihn. Konnte der Tote Gott eine Schreckensherrschaft über Sarmyn geführt haben, wenn die Morahn nach Hunderten von Jahren noch um ihn trauerten? Immer mehr deutete darauf hin, dass Arutar kein Retter, sondern ein Eindringling gewesen war, der sich mit dem Schwert genommen hatte, was anderen gehörte. *Aber das gibt Tazlan nicht das Recht, mithilfe von Dämonen dasselbe zu tun! Duraman ist lange tot, und nun ist Werodin der rechtmäßige König des Reiches.*

Pramein hatte ihm erklärt, dass die Priester an diesem Tag nicht über sein Anliegen beraten würden, da im Tempel Abgesandte aus dem ganzen Tal und anderen, in den Bergen verstreuten Dörfern der Morahn zum Erntefest erwartet wurden. Um sich die Wartezeit zu verkürzen, beschlossen er und Jagon, ebenfalls zum Tempel zu gehen, um nach Sava zu fragen und das festliche Treiben zu beobachten. Die Schwertmeisterin bestand darauf, dass sie ihre Gesichter nach Art der Jäger kennzeichneten, um auf ihre Unreinheit hinzuweisen, woraufhin Arion widerwillig den Finger in einen Tiegel dunkler Salbe tauchte und zwei Striche unter seinen Augen zog.

»Hoffentlich sieht es bei mir nicht genauso albern aus wie bei Euch«, feixte Jagon.

»Und ob es das tut«, gab er barsch zurück.

In den Gassen und Straßen der Stadt wimmelte es von Menschen in ihren besten Kleidern, sodass sie als Fremde weniger auffielen, doch schon ihre Bärte hoben sie aus der Masse der meist glatt rasierten Morahn heraus. Immer wieder warf man ihnen erstaunte oder misstrauische Blicke zu, die Arion mit der Zeit nicht mehr beachtete. Männer und Frauen trugen gleichermaßen stolz Körbe mit ersten Erträgen ihrer Ernte herbei und standen dann in der Menge, die vor dem Äußeren Tempel darauf wartete, den gesegneten Garten umschreiten zu dürfen. Spielleute mit Flöten und kleinen Trommeln zogen umher. Grüße wurden gerufen, Menschen lachten miteinander und tauschten Neuigkeiten aus, wie es Arion vom Erntefest in Emmeraun kannte.

Der Innere Tempel lag am äußersten Ende der Stadt wie ein Riegel, der den Zugang zu einer dahinter erahnbaren Scharte zwischen zwei hohen Gipfeln versperrte. Das Gebäude passte sich durch Abstufungen dem Gelände an und reichte von einer Seite des Bergrückens zur anderen. Es wirkte abweisend, obwohl es einer verschachtelten Kette gewöhnlicher Häuser glich, wie sie überall in Yarsegata standen. Vielleicht lag es daran, dass Arion nur einen Eingang ausfindig machen konnte. Der Priester, der ihnen auf ihr Klopfen öffnete, schickte sie trotz Jagons scharfer Nachfrage wieder fort.

»Er sagt, Eure Schwester dürfe nicht gestört werden, weil sie auf Die Gabe geprüft wird.«

»Sollen wir das glauben? Nach allem, was wir wissen, ist sie einfach verschwunden.« Arion erwog, durch eines der Fenster zu steigen, um sich selbst davon zu überzeugen, dass es Sava gut ging.

Auch Jagon sah unzufrieden aus. »Mir gefällt es auch nicht, aber ich habe einige Zeit mit Sava verbracht und weiß, wie schwierig es noch für sie ist, ihre Gabe gezielt einzusetzen. Wenn wir sie stören, sind wir am Ende dafür verantwortlich, dass sie diese Prüfung nicht besteht.«

Sieh an, er besucht also ausgiebig meine Schwester – natürlich nur, weil er ihre Fortschritte sehen will. »Ein überzeugender Beschützer seid Ihr«, knurrte er.

»Was wollt Ihr tun?«, fragte Jagon gereizt. »In den Tempel stürmen, den nur Priester betreten dürfen? Dann wird man Euch bestenfalls aus der Stadt jagen. Wolltet Ihr hier nicht um Hilfe bitten? Dazu gehört wohl mehr Demut.«

»Ach, schert Euch zum Totensammler, Jagon!« *Dort wollt Ihr doch am liebsten sein.*

Es gefiel Arion nicht, unverrichteter Dinge ins Haus der Schwerter zurückzukehren, aus dem ihnen das Klirren von Klingen und das Schaben Stahls auf Stahl entgegenklang. Unwillkürlich beschleunigte er seine Schritte. Schon als die Sternenwächter sie am Stadtrand empfangen hatten, war ihm aufgefallen, dass ihre Schwerter und deren Griffe länger als sarmynische waren. Allein die breitere Kreuzstange genügte, um einen Kenner aufmerksam zu machen. Ob sich ihr Kampfstil ebenso unterschied? Neugierig betrat er den Innenhof.

Zur Linken ahmten zwei junge Schülerinnen mit ihren Waffen die langsamen Bewegungen ihres ergrauten Lehrmeisters nach, sodass es aussah, als wiegten sich alle drei in einem andächtigen Tanz. Wie Arion vermutet hatte, hielten sie die Schwerter mit beiden Händen. Gegen einen größeren Feind wie einen Riesen konnte die längere Klinge ein Vorteil sein, aber lohnte es sich, dafür auf einen Schild zu verzichten? Andererseits hatte Merahen gesagt, dass die Riesen ihnen aus dem Weg gingen. Vielleicht übertrieb Jagon diese Gefahr, um seine Familie in ein ruhmreicheres Licht zu rücken.

Zur Rechten übten sich eine Schwertmeisterin und ein älterer Schüler unter der Anleitung Prameins im Kampf, und auch aus einer der vielen Türen drangen die eindeutigen Geräusche herüber. Fasziniert beobachtete Arion, wie die beiden Gegner immer wieder entschlossen aufeinander zutraten. Es ging so schnell, dass schwer zu erkennen war, wer angriff und wer sich verteidigte. Die Klingen schwangen vor, die junge Frau ließ ihre im letzten Augenblick zurück und zur anderen Seite zucken und deutete einen Treffer in die Schulter des Schülers an. Pramein gab einen Befehl. Sie nahmen erneut Aufstellung. Wieder traten sie beinahe gleichzeitig vor, aber der junge Mann unterband dieses Mal das Zucken, indem er rascher auf sie zukam, woraufhin die Frau blitzschnell ihre Klinge zur anderen Seite brachte, indem sie sie an seiner abgleiten ließ und dabei die Arme hob. Schon zeigte die stumpfe

Spitze des Übungsschwerts direkt in sein Gesicht. Hastig wich der Schüler zurück, doch der Kampf war entschieden.

»Sie ist gut«, urteilte Jagon und ging zu einem Holzständer hinüber, auf dem weitere Schwerter bereithingen. Er nahm eins herunter, um es in der Hand zu wiegen.

»Sind sie schwer?«, erkundigte sich Arion und konnte doch nicht widerstehen, selbst eines auszuprobieren.

»Sie müssen wohl schwerer sein, aber man merkt es kaum«, stellte Jagon fest.

Arion nickte. Die Waffe war gut ausbalanciert, vor allem wenn man bedachte, dass sie nicht scharf geschliffen und deshalb klobiger war als vorgesehen. Die Blutrinne und die sich verjüngende Klinge trugen wohl ihren Teil dazu bei. Er brachte ein wenig Abstand zwischen sich und Jagon, ergriff das lange Heft mit beiden Händen und versuchte sich an einer Abfolge von Hieben und Grundhaltungen. Verblüfft starrte er das Schwert an. Alles, was Tomink ihn gelehrt hatte, ergab plötzlich Sinn. Was sich einhändig oder mit der zweiten Hand am zu kleinen Schwertknauf stets ungelenk angefühlt hatte, gelang nun flüssig. Jeder Hieb ließ sich zu beiden Seiten gleichermaßen ausführen, und die zweihändige Führung verlieh mehr Stabilität.

»Dieser Priester hat Euch das beigebracht?« Jagon wirkte enttäuscht, nachdem er ebenfalls einige Hiebe erprobt hatte. »Deshalb habt Ihr den königlichen Waffenmeister auch mit Euren Schwertparaden zur Verzweiflung gebracht.«

»Na ja, er hat ja recht. Wenn man einen Schild hat, sollte man ihn auch benutzen, statt seine Deckung durch unnötige Paraden zu öffnen. Und auf einem Pferd kann man ohnehin nicht sinnvoll zweihändig kämpfen.« Nachdenklich ließ Arion erneut die Klinge kreisen. »Aber in den Bergen hat man wohl keine Pferde.«

»Schon gar nicht, um darauf in die Schlacht zu reiten«, stimmte Jagon zu.

»Was ist mit Euch?«, mischte sich Pramein ein, die näher

gekommen war. »Wollt Ihr uns die Ehre erweisen, mit uns zu üben?«

Jagon wehrte lachend ab. »Nein, ich kenne meine Grenzen. Für mich käme höchstens das Schattenfechten infrage, bis ich die Knoten in meinen Armen wieder auflösen kann.« Er deutete auf den alten Meister und die beiden Mädchen.

Pramein verneigte sich lächelnd. »Eure Weisheit wird nur noch durch Eure Bescheidenheit übertroffen.«

Der Gordean erwiderte das Lächeln spöttisch. »Meine Bescheidenheit reicht nur so weit, wie der nächste Schild und *mein* Schwert entfernt sind.« Aber auch er verneigte sich.

»Und wie steht Ihr zu dieser Frage?«, erkundigte sich Pramein bei Arion.

Er sah zweifelnd zu der jungen Schwertmeisterin hinüber. »Ich … Habt Ihr vielleicht einen männlichen Gegner für mich? Ich … kann nicht auf eine Frau einschlagen.«

»Ihr würdet Euch nicht wehren, wenn ich Euch angriffe?«, wunderte sich Pramein.

»Äh, doch, natürlich, aber …«

»Nun, *sie* wird Euch angreifen, wenn Ihr es nicht tut. Also nur zu!« Sie wies ihm einladend den Weg auf das Übungsviereck.

»Viel Glück, mein Freund«, wünschte Jagon grinsend.

Arion sparte sich eine Antwort. Während er hinüberging und Aufstellung nahm, musterte er die junge Frau, deren maskenhaft weißes Gesicht keine Regung verriet.

»*Hasanea!* – Beginnt!«, forderte Pramein. So viel hatte er bereits verstanden.

Noch während er überlegte, wie er angreifen sollte, trat seine Gegnerin rasch vor und hieb nach seiner linken Seite. Überrumpelt schlug Arion hastig ihr Schwert weg, doch sie ließ es kippen, sodass sein Hieb über ihre Klinge abglitt, was ihr Zeit verschaffte, sie mit einem Schritt vorwärts-seitwärts über den Kopf zur anderen Seite zu wirbeln, wo die Schneide plötzlich an seiner rechten Schläfe lag. Er schüttelte mit schiefem Lächeln den Kopf. *Ausgetrickst wie ein blutiger Anfänger.*

»Wir lehren hier, nicht abzuwarten, was der Gegner tun wird«, erklärte Pramein. »Ihr müsst den Angriff des Feindes unterbinden, bevor er gefährlich werden kann, sonst ist er Euch stets voraus. Der Sieg gehört dem Entschlossenen.«

Oder dem Trickreicheren.

»Bereit für einen neuen Versuch?«

»Ja.«

Dieses Mal gelang es Arion, die Schwertmeisterin in einen etwas längeren Schlagabtausch zu verwickeln, bevor sie ihn mit einem seitlichen Heben der Arme überraschte, das ihre Klinge auf seinen Bauch ausrichtete. Er konnte nicht rasch genug ausweichen. Ein angedeuteter Stoß genügte, um zu zeigen, dass sich in einem Gefecht Stahl in seine Eingeweide gebohrt hätte.

»Ihr seid schnell«, befand Pramein. »Ihr könntet sogar schneller als Godyé sein, wenn Ihr lerntet, Euren rechten Fuß ebenso flink zu benutzen wie den linken. Das wäre mein Rat an Euch, hätte ich Euch zum Schüler.«

Das ist seit Tomink niemandem mehr aufgefallen. Ich habe geglaubt, dass ich es überwunden hätte!

»Bereit für einen neuen Versuch?«

»Ja.«

Regin

Egurna

»Ihr könnt Euch darauf verlassen, Herr«, versicherte der Bote. »Euer Vater war stets zufrieden mit meinen Diensten.«

»Deshalb habe ich dich ausgewählt«, hörte sich Regin erwidern, obwohl er nicht gesprochen hatte. Er wollte schreien, toben, den Kerl davonjagen oder schwören lassen, nie ein Wort darüber zu verlieren, was ihm gerade aufgetragen worden war. Doch alles, was ihm gelang, war ein Zucken seines Arms, als Tazlan nach dem versiegelten Pergament auf dem Tisch griff.

War es dem Boten aufgefallen? Sah er mehr als einen in kostbare Stoffe gekleideten Kronprinzen, der ihm vertrauliche Befehle erteilte? Sah er die Anspannung, die glühende Haut, das Zittern? *Und wenn schon. Er wird glauben, ich sei krank.*

Er spürte die Bewegung seines Körpers wie etwas, das fern von ihm stattfand. Tazlan reichte dem ahnungslosen Diener den Brief. »Das ist die Botschaft. Ich erwarte dich noch vor dem Winter mit einer Antwort.«

»Es wird geschehen, wie Ihr befohlen habt, Herr.« Der Bote schob das Pergament unter sein Wams, wo es vor Dieben und Witterung sicherer war als in einer Tasche, und verbeugte sich tief, bevor er das Zimmer verließ.

Regin kämpfte gegen seine Ohnmacht an. Vergeblich befahl er seinen Beinen, dem Mann zu folgen, hinter ihm herzurennen und ihm das Schreiben wieder zu entreißen. Seine Füße scharrten einen stockenden Tanz, seine Hände öffneten und schlossen sich, als wollten sie sprechen. Er kannte den Boten. Sein Ziehvater schätzte ihn, weil er zuverlässig war und keine Fragen stellte, wenn es darum ging, seltsame Dinge zu beschaffen. Er musste ihn aufhalten! Wie sollte er Megar jemals erklären, warum und wohin er den Mann geschickt hatte?

»Da wird uns schon etwas einfallen.«

»Uns?« Er erschrak vor dem unerwarteten Klang seiner eigenen Stimme. Sofort versuchte er, zur Tür zu rennen, doch seine Beine gehorchten ihm noch nicht ganz. Er stolperte und schlug der Länge nach hin. Wütend krallte er die Fingernägel in die Dielen. »Es gibt kein uns! Ich brauche dich nicht, um …« Regin brach ab. Ermig konnte jeden Moment zurückkommen. Schlimm genug, wenn der Junge ihn auf dem Boden fand wie einen gelähmten Greis, der aus dem Bett gefallen war.

»*Steh auf!*«

Er versuchte es, und sein Körper gehörte wieder ihm.

»*Denk nicht mal daran!*«, warnte Tazlan, noch während er überlegte, ein weiteres Mal loszulaufen. Vor Zorn schlug Regin mit der Faust gegen die Wand. Der Schmerz beruhigte ihn ein wenig. Es war immer noch *er*, der ihn fühlte, *er*, der sich die Fingerknöchel am rauen Putz blutig gerissen hatte.

»Was steht in dem Brief?«, fragte er ins Leere.

»*Das weißt du nicht? Aber du hast ihn doch selbst geschrieben.*«

Ja, in gewisser Weise hatte er das – krakelig, die Tinte verspritzend, während die Feder in seiner widerstrebenden Hand über das Pergament kratzte. »Ich verstehe die Sprache dieses verfluchten Landes nicht«, knurrte er, als ob der ebenso verfluchte Zauberer das nicht genau wusste.

»*Du wirst es früh genug erfahren.*«

»Wann? Wenn die Antwort aus Kurézé hier ist? Wahrscheinlich kehrt der Bote nicht einmal zurück. Jeder weiß, wie gefährlich ...« Er brach ab, als sich die Tür öffnete.

»*Dann musst du dir ja keine Sorgen machen*«, höhnte Tazlan.

Regin wandte sich dem Knappen zu, der mit schuldbewusster Miene eintrat.

»Der Truchsess bedauert, aber es gibt keine kandierten dalanischen Früchte mehr, Herr.«

»Ist nicht so wichtig«, wehrte Regin ab. Was für ein Glück, dass Ermig ihn noch nicht lange genug kannte, um zu wissen, wie sehr er kandiertes Obst verabscheute. *Das solltest du dir merken, Zauberer!* »Es ist ohnehin zu spät. Ich werde im Rat erwartet.« Er ertappte sich dabei zu zögern, erwartete, dass Tazlan ihn immer noch nicht aus dem Raum entließe, doch er konnte sicheren Schritts die Schwelle überschreiten. Solange er nicht versuchte, den Weg zu den Stallungen einzuschlagen, schien der Kampf vorerst zu ruhen. *Bis heute Abend.* Wenn die dunkle Macht wieder nach ihm rufen würde. Ein Ruf, in den sich ein neuer Ton geschlichen hatte, seit ihm klar geworden war, dass er Edgiva an Werengar verlieren konnte.

Warum musste Beveré auch so abweisend sein? Hätte sie ihm gegeben, was Edgiva so freizügig verschenkte, wäre er vielleicht niemals in diese verzwickte Lage geraten. Jedes Mal, wenn er ihr einen Pflichtbesuch abstattete, um den Erben zu zeugen, den das Reich und Smedon brauchten, ärgerte er sich von Neuem über ihre Gleichgültigkeit. Was er auch tat, sie nahm es hin, ergeben, manchmal gequält, aber stets schweigend. Wenn er wütend auf sie hinabsah, konnte er die Versuchung, Edgivas Verlangen nachzugeben, nicht leugnen. *Mach es mir nicht so leicht, Beveré!*

Er hörte Saminés Lachen, gedämpft, hohl, wie aus großer Tiefe, dann lauter und schriller. »*Leicht? Du brauchst niemanden, der es dir leicht macht.*« Sie lachte ihn aus, ein hässlicher Laut, der ihn die Hände über die Ohren legen ließ, obwohl das Lachen nur in seinem Kopf hallte.

Die ersten gelben Blätter leuchteten aus dem Grün der Wälder und Wiesen Egurnas, über denen sich ein tiefblauer Himmel wölbte wie aus Seide aufgespannt. Regin blinzelte in die Sonne und fragte sich, wie das Wetter in so krassem Gegensatz zu seinen Gefühlen stehen konnte. Er empfand die Wärme und Schönheit des Spätsommertags als so fremd und lästig wie die hellen Stimmen und das Kichern der Zofen und Hofdamen. Der König hatte gut daran getan, in seiner Trauer bis auf Weiteres alle Feste und Jagden abzusagen, die sonst das Leben in Egurna bestimmten. Doch es war nicht verboten, auszureiten, und da Edgiva weder seine Schwester noch seine Gattin war, konnte Regin sie nur begleiten, wenn diese schnatternde Gänseschar sie umringte, was wiederum unweigerlich weitere Ritter anzog, die ihnen den Hof machten oder sich auf der Burg langweilten.

»Stimmt es, dass ein Burgherr aus dem Süden dem König gestern eine in Wein eingelegte Hand geschickt hat?«, fragte eine der Edelfrauen halb ängstlich, halb aufgeregt.

»So heißt es«, bestätigte einer der jungen Männer. »Habt Ihr sie im Rat gesehen, Prinz Regin?«

»Gesehen, geschüttelt und am Hof willkommen geheißen«, erwiderte Regin, wofür er nervöses Gelächter erntete. Sollten sie sich ruhig vorstellen, wie er die schlaffe, aufgeschwemmte Hand gedrückt hatte. Das war es doch, was sie wollten: sich vor der abgehackten Hand eines Toten gruseln.

»Das ist ja schauderhaft«, ließ sich eine andere Dame vernehmen. »Weiß man denn, wem sie gehörte?«

»Einem Verräter.« Regin drehte sich im Sattel um, um sie anzusehen. »Beredin hat uns Adaldags verkrüppelte Rechte geschickt, um dem König seine Treue zu beweisen. Vermutlich wünscht er, dafür ein paar lobende Worte zu hören, die er zweifellos bekommen wird, weil wir jeden aufrechten Mann im Süden brauchen.«

»Wenn Adaldag ein Verräter war, hatte er den Tod verdient«, ließ sich einer der Ritter vernehmen, der an Joromars Seite gekämpft hatte. »Ich wünschte, es wäre Dristans Hand – oder noch besser sein Kopf!«

»Hört auf, mich ständig an meinen Bruder zu erinnern!«, fuhr Edgiva auf. »Stellt Euch vor, man hätte seine …« Die Stimme brach ihr. Sie schüttelte den Kopf und trieb ihr langmähniges weißes Pferd plötzlich in den Galopp. »Wer zuerst an Arutars Eiche ist!«

»Edgiva!« Regin jagte ihr nach. Die Baumstämme am Wegrand flogen verschwommen vorüber. Unter ihm trommelten die Hufe rasend schnell auf den Lehmboden. Er musste die Lider gegen den Wind zusammenkneifen, um den davonpreschenden Schimmel im Auge zu behalten. Das Tier fegte um eine Biegung, dass er es bereits straucheln und sich überschlagen sah, und nur noch ein weißes Leuchten verlor sich zwischen den Bäumen. *Sie muss wahnsinnig sein!* Sollte sie sich umbringen, wenn es ihr Freude bereitete. Er verspürte keine Lust, ihrer Launen wegen zu sterben. Entschlossen nahm er die Zügel kürzer und lenkte sein Pferd in weniger halsbrecherischer Geschwindigkeit um die Kurve. Weit vor ihm galoppierte der Schimmel an Arutars Eiche vorüber, einem riesigen, von Jahr zu Jahr alterskahleren Baum, unter dem bereits der Erste König einen Hirsch erlegt haben sollte.

Wo wollte Edgiva hin? Erneut verschwand sie um eine Biegung, und er folgte ihr. Als er sie wieder entdeckte, ritt sie endlich langsamer. Sie warf einen Blick über die Schulter, hielt ihr Pferd an und sah ihm mit geröteten Wangen entgegen. Sicher klopfte ihr Herz so schnell wie das des schwer atmenden Schimmels. Regin war versucht, die Hand auszustrecken, um es in ihrer Brust zu fühlen, doch er besann sich eines Besseren. Jeden Augenblick konnte ein weiterer Reiter auftauchen.

»Hast du den Verstand verloren?«, keuchte er.

»Ich brauchte Luft.« Sie wandte sich ab und ließ ihr Pferd im Schritt weitergehen.

»Kein Grund, sich umzubringen«, murmelte Regin, doch wenn er an Tazlan und den Kampf der letzten Nacht dachte, war er sich nicht mehr so sicher. Einmal, als der Zauberer wieder einmal mit *seiner* Hand nach dem Riegel der Tür gegriffen und er ihn aufgehalten hatte, da hatte ihn der Gedanke gestreift, dass er es nicht mehr ertrug, dass er nur noch wünschte, diese Qual möge für immer vorbei sein. Nachgeben oder sterben – nur dann würde er je wieder seine Ruhe haben.

»Warum sollte mir mein Leben etwas bedeuten, wenn du lieber Beveré glücklich siehst als mich?« Edgiva sah ihn nicht an.

Regin stieß gereizt die Luft aus. »Beverés Glück ist mir völlig gleich! Und *du* weißt überhaupt nicht, was die Zukunft bringen wird. Dristans Familie könnte ausgelöscht werden, oder du heiratest Werengar und verliebst dich in ihn!«

»Hast du das auch dem Mädchen gesagt, das sich vom Turm geworfen hat?«

Getroffen knirschte er mit den Zähnen. »Und wenn schon! Du bist weder so einfältig noch so …« … *schwanger wie sie.* Beinahe wäre es ihm herausgerutscht, doch dieses Geheimnis würde er nicht mir ihr teilen. Falls es überhaupt stimmte. Nur weil Tazlan es behauptet hatte, musste es nicht wahr sein. »Ich fasse es nicht, dass du von mir verlangst, deine Schwester zu töten.«

Sie warf ihm einen zornigen Blick zu. »Tut mir leid, dass ich dein Zartgefühl unterschätzt habe. Wenn du mich lieber mit Dristans Welpen im Bett sehen willst, als …«

»Hör auf damit!«, fiel er ihr ins Wort. »Glaubst du, ich wüsste nicht, dass du das nur sagst, um mich vor Eifersucht blind zu machen? Ja, ich würde lieber Werengar in Stücke schlagen, als dich ihm zu überlassen, aber deshalb muss Beveré …« Er senkte seine Stimme und sah sich um, ob sie entdeckt worden waren. »… nicht sterben.«

»Spielst du damit auf diese andere Möglichkeit an, von der du heute Nacht gesprochen hast?«

Regins Herz setzte einen Schlag aus. »Ich habe was?«

Sie runzelte die Stirn. »Willst du jetzt so tun, als erinnertest du dich nicht? Du hast gesagt, du hättest andere Möglichkeiten, mich zu deiner Königin zu machen.«

Totensammler auch! Wie viel hat er ihr erzählt? »Edgiva, das … das war Unsinn. Vergiss das wieder!«

»Und du vergisst am besten, wo meine Tür ist.« Mit versteinerter Miene wandte sie sich ab.

Das soll es gewesen sein? Der Zauberer sollte ihm das Einzige genommen haben, was sein Leben noch erträglich machte? *Nein!* »Edgiva, du verstehst das nicht. Das … das war nicht ich, der zu dir gesprochen hat. Ich bin besessen. Du kannst nicht ernst nehmen, was dieser Geist zu dir sagt.«

»Das ist die dümmste Ausrede, die ich je gehört habe, Regin.«

»Aber es ist wahr! Was glaubst du, warum ich so schlecht schlafe? Weil ich jede Nacht mit diesem Irren ringe, der Dämonen über uns bringen und die Herrschaft des Toten Gottes wiedererrichten will!«

Sie sah ihn zweifelnd an. »Wenn es diesen Geist wirklich gäbe, warum sollte er *mir* Versprechungen machen?«

»Um mich unter Druck zu setzen. Er will, dass ich mich seinen Zielen unterwerfe. Dafür ist ihm jedes Mittel recht.«

»Du erwartest allen Ernstes, dass ich dir das glaube? Wie könnte ich dann sicher sein, dass ich nicht mit diesem Dämon im Bett gelegen habe? Das ist widerlich, Regin. *Du* musst derjenige sein, der den Verstand verloren hat.«

Rodan

Aldagar

Wer ist dieser Kerl? Widerwillig darauf bedacht, den Stäben nicht zu nahe zu kommen, spähte Rodan durch das Käfiggitter zu dem freien Platz vor dem Monument hinüber. Alle Riesen, die nicht zu schwach waren, um aufzustehen, hatten sich in einem weiten Halbkreis vor dem Angesicht ihres Gottes versammelt und lauschten der flammenden Rede einer seltsamen grauen Gestalt. Er schätzte, dass sie die meisten Menschen um Haupteslänge überragte, doch für die Riesen war sie nicht größer als ein Kind. Trotzdem hörten sie andächtig zu, was die raue, manchmal fast schrill werdende Stimme ihnen zurief. Einige nickten, andere klopften immer wieder mit ihren Waffen auf Steinbrocken zu ihren Füßen. Vielleicht spendeten sie damit Beifall.

»Hast du den Mann schon einmal gesehen?«, wollte Rodan von Arrer wissen.

Der Knecht schüttelte den Kopf. »Das is' so wenig 'n Mann, wie ich 'n verdammter Bär bin.« Er spuckte in Richtung des zotteligen Schwarzpelzes, der vor ihrem Gefängnis saß und sich mit einer Pranke den Wanst kratzte.

Rodan sah genauer hin. Arrer war einfach ein abergläubischer Bauer. Nichts an der Gestalt deutete darauf hin, dass sie kein Mensch war – zumindest, soweit sich das unter der weiten, viele Falten werfenden Robe erkennen ließ. Eine ebenso großzügig geschnittene Kapuze verdeckte Haare und Gesicht. Auf die Entfernung konnte Rodan nicht sicher sein, aber selbst die Hände, bis hin zu den Fingern, schienen mit grauem Stoff umwickelt zu sein.

Der Mann rief etwas und deutete nach oben, wo das steinerne Gesicht in den schrägen Strahlen der tief stehenden Sonne besonders lebendig hervortrat. Alle Augen richteten sich auf das Antlitz des Gottes. Plötzlich löste sich ein kleines Stück Fels, kullerte klackernd über die riesige Wange und landete in geringer Entfernung des verstummten Redners, der mit einer Hand das Gestein über sich berührte. Raunen ging durch die Reihen der Riesen.

Halten sie das etwa für ein Zeichen? Rodans überhebliches Lächeln gefror, als er den Blick wieder zu den groben Zügen des Steingesichts hob. Der Fels bewegte sich! Mehr lose Brocken prasselten herab, während sich die gewaltigen Lippen einen Spalt weit öffneten. Ein Knirschen und Rumpeln ertönte, dass Rodan fürchtete, der Berg werde einstürzen. Der Bär vor ihrem Käfig brummte und äugte unruhig zu den Riesen hinüber, die mit offenen Mündern nach oben starrten. Nur die kleinsten Kinder klammerten sich jammernd an die Beine ihrer Eltern.

Arrer fiel auf die Knie und barg seinen Kopf mit den Händen, als ginge eine neue Steinlawine auf ihn herab. »Hab Erbarmen mit uns, Bergvater!«

Ein leichtes Beben ging durch den Boden, dann wurde es still. Als hätte sich der Felsenmund niemals geöffnet, blickte das strenge Gesicht wieder stumm auf die erschütterten Riesen herab. Die verhüllte Gestalt stand mit verschränkten Armen und gesenktem Haupt vor ihnen. Der grau strähnige Riese, den Rodan für einen Anführer hielt, brüllte etwas und stieß sein schweres Beil in die Luft. Blutbein nahm den Ruf auf und schwenkte seinen Speer. Immer mehr Riesen stimmten ein, bis ihre dröhnenden Stimmen erneut die Erde zittern ließen.

Steinfresser eilte auf gewundenem Weg durch die aufgebrachte Menge, als irre er durch einen sturmgepeitschten Wald. Mit wehendem Haar und Bart näherte er sich dem Käfig. Unwillkürlich trat Rodan ihm entgegen. Sofort stemmte sich der Bär auf die Hinterbeine, um in seiner ganzen Größe aufzuragen, und riss grollend das Maul auf. Gereizt musterte ihn Rodan, ohne zurückzuweichen.

Arrer hatte sich aufgerappelt und drohte dem Tier mit geballter Faust. »Aus solchen wie dir hab ich schon Schinken gemacht!«

Knurrend schlug der Bär gegen das Gitter, dass die morschen Stricke, die die Stäbe zusammenhielten, knirschten. Scharfe Krallen kratzten über das Holz. Rasch zog sich Rodan aus der Reichweite der tödlichen Pranken zurück. Konnten sie die Bestie den Käfig zertrümmern lassen, wenn sie sie nur genug reizten? Aber der Lärm würde vermutlich schnell die Riesen auf den Plan rufen.

Steinfresser warf sich neben dem Bären gegen ihr Gefängnis und umklammerte zwei Stangen mit den Händen, als wäre er der Eingesperrte, der verzweifelt am Gitter rüttelte. Das Tier beachtete ihn nicht, funkelte nur Rodan noch einmal an, um sich dann brummelnd wieder zu setzen.

»Sie wollen sie töten«, flüsterte Steinfresser. Aus seinen Augen sprach blankes Entsetzen.

Rodan ahnte Übles, doch bei dem Wirrkopf konnte man nie sicher sein, auf wessen Seite er stand. »Wer will wen töten?«

»*Iuminharea.* Seca. Sie wollen Seca töten.«

»Die Riesen«, vergewisserte sich Rodan, »wollen jemanden namens Seca umbringen?«

Steinfresser nickte eifrig.

»Der Bergvater hat zu ihnen gesprochen«, ließ sich Arrer ehrfürchtig vernehmen.

Nachdenklich sah Rodan zu der grauen Gestalt hinüber, die noch immer zu Füßen des Steingesichts stand. In der Felswand mochte ein mächtiger Geist hausen, dessen Wesen er nicht verstand, aber er hatte in Kurézé gesehen, wie die Priester Dämonen heraufbeschworen, um die beeindruckten Menschen für eigene Ziele einzuspannen.

»Wer ist Seca?«, unterbrach er Steinfressers zweisprachiges Hadern.

»*Iuminhara!* Alle sterben. Götter darf man nicht töten. *Iuminharea mer sakar!* Ich lüge nicht. Ich sage immer die Wahrheit …«

»Hör mit dem Geheul auf! Willst du, dass die Riesen dich zu uns hier reinstecken?«

Steinfresser verstummte und sah sich ängstlich um.

»So, jetzt hör mir zu!« Rodan wartete, bis er die volle Aufmerksamkeit des Wirrkopfs hatte. »Wenn du mir heute Nacht eine Waffe bringst, werde ich dir helfen, Seca zu retten. Ich gebe dir mein Wort darauf.«

»*Men!* Nein, keine Waffe. Das darf ich nicht …«

»Dann eben nicht. Wenn du mir nicht hilfst, helfe ich dir auch nicht.« Achselzuckend wandte sich Rodan ab, obwohl er Steinfresser am liebsten gepackt und durchgeschüttelt hätte. *Es ist zum Verzweifeln mit diesem Kerl.*

Mit der Nacht waren die Wolken zurückgekehrt. Nur hin und wieder schimmerte der weiße Mond durch einen Riss in der schwarzen Decke. Stille herrschte im Tal des Steinernen Gottes, nachdem die letzten Feuer erloschen und die tiefen Stimmen verstummt waren. Wie ein dunkles Gestirn zog ein Wächter seine Kreise um das Lager. In den Pferchen raschelten schlafende Tiere im Stroh, und selbst der Bach rann sachter dahin.

»War schlau, Steinfresser einspannen zu wollen«, flüsterte Arrer, während er mit befreiten Händen in der Erde nach einem brauchbaren Stein suchte. »Aber der is' einfach zu daneben. Der kommt nich' mehr.«

»Wäre eben zu schön gewesen.« Rodan prüfte mit dem Daumen die Schärfe des Steins, den er aus dem Boden gepult hatte. Um sich daran zu schneiden, hätte er sich ungeschickt anstellen müssen, aber mit etwas Geduld konnte er vielleicht einen morschen Strick damit durchtrennen. Fragte sich nur, wie der Bär reagierte, wenn sie anfingen, die Rückwand des Käfigs zu bearbeiten.

Das Tier hatte sich vor der Tür zusammengerollt, doch die Ohren waren auf die Gefangenen gerichtet, und gelegentlich sah Rodan die kleinen Augen funkeln. Sie wurden beobachtet, so viel war sicher.

»Hätt auch klappen können«, sinnierte Arrer. »Bei Leuten, die vom Nachteber gebissen sind, weiß man nie.«

Rodan schob sich ein wenig näher an das rückwärtige Gitter, ohne den Bären aus den Augen zu lassen. »Red weiter! Wir dürfen nicht so wirken, als hätten wir etwas vor. Der spürt das.«

»Äh … also … is' vielleicht besser, dass er nich' kommt. Bringt nichts Gutes, wenn man sein Wort nich' hält. Auch wenn man's nur 'nem Narren gegeben hat.«

Behutsam tastete Rodan nach den Stangen hinter sich. »Ich hatte nicht vor, mein Wort zu brechen. Auf wen auch immer es die Riesen abgesehen haben, wir müssen die Leute warnen.«

»Wir wissen doch nich' mal, wer das is'!« Arrer hatte hörbar Mühe, leise zu bleiben. »Seca – das könnt auch 'n verfluchter andrer Riese sein.«

»Möglich«, gab Rodan zu. Er war jetzt nah genug, um die stumpfe Steinklinge über eines der aufgequollenen, zähen Seile zu reiben. »Dann können wir immer noch abhauen.«

»Ohne mich! Ich werd schnurstracks …«

Ein Stoß in den Rücken ließ Rodan heftig zusammenzucken. Vor Schreck entglitt ihm der erdverschmierte Stein. Hastig zog er ein Bein an, warf sich zur Seite und rollte über die Schulter ab. Hinter der Tür erhob sich grummelnd der Bär, aber Rodans Blick war auf die Gestalt gerichtet, die an der Rückwand ihres Gefängnisses stand.

»Ich habe den Tod nicht berührt«, flüsterte Steinfresser. Er schob ein schmales Bündel zwischen den Stangen hindurch, aus dem eine Art Stock hervorragte. Rodan ahnte mehr, dass es die Spitze seiner Schwertscheide war, als dass er es in der Dunkelheit erkennen konnte. Ungläubig griff er danach, wickelte die Waffe aus einem abgewetzten Stück Fell und fand die verknoteten Haarsträhnen überwundener Gegner. Nie hätte er zu hoffen gewagt, dass ihm der Wirrkopf ausgerechnet *sein* Schwert aus der Beute der Riesen holte. Das vertraute Heft in der Hand zu halten und die Klinge hervorzuziehen, erfüllte ihn mit neuer Kraft und Zuversicht. Der Wachposten war erst vor Kurzem in der Nähe vorübergekommen. Sie mussten fort sein, bevor er zurückkehrte.

Arrer entfernte sich rasch von der Tür, als Rodan vortrat. Drohend richtete sich der Bär auf und zeigte mit kehligen Lauten seine Zähne. Rodan ergriff das Schwert mit beiden Händen. Wenn der Lärm nicht unweigerlich den Wächter alarmieren sollte, hatte er nur einen Versuch. Er richtete die Spitze auf die Brust des Bären und ließ sie herausfordernd vorzucken. Grollend warf sich das Tier gegen das Gitter, dass sich die Stangen bogen.

Rodan sprang ihm entgegen, legte sein ganzes Gewicht in diesen einen Stoß. Pranken schlugen nach ihm. Der faulige Atem der Bestie wehte ihm ins Gesicht, als die Klinge tief in den mächtigen Leib drang. Wütend brüllte der Bär auf und zwängte die aufgerissene Schnauze mit neuer Wucht zwischen die Stäbe.

»Stirb endlich!«, keuchte Rodan, als das Tier plötzlich niedersank. Geistesgegenwärtig riss er das Schwert aus dem fallenden Ungetüm. Sicher war der Wächter schon auf dem Weg, um nach dem Rechten zu sehen. Schnelle Schnitte durchtrennten die Stricke, mit denen der Käfig verschlossen war, als Rodan aufging, dass ihnen der tote Bär nun den Ausgang versperrte. Steinfresser eilte herbei, spähte in die Dunkelheit und winkte hektisch. Arrer presste die Schulter gegen die Tür, doch der massige Kadaver drückte mit seinem Gewicht eher dagegen, als nachzugeben.

»Zieh nach innen!«, rief Rodan und zerrte mit der freien Hand. Die aus Stricken geknoteten Angeln sperrten sich. Arrer packte die Tür an der äußersten Stange, stemmte die Beine in den Boden und zog, dass sich seiner Kehle ein Ächzen entrang. Ein Spalt – kaum breiter als ein Fuß – entstand.

»Nicht nachlassen!« Rodan zwängte sich in die Lücke, spreizte und wand sich, um sie zu vergrößern. Mit jedem Fingerbreit sackte der Bär mehr gegen das Gitter, was ihnen nun zu Hilfe kam. Endlich war er hindurch.

»*Etorer!* Er kommt!«, rief Steinfresser.

Bebte die Erde bereits unter den schweren Schritten? Rodan nahm sich nicht die Zeit, nach dem Wächter zu spähen. Rasch trat er auf den zotteligen Kadaver, um das Gewicht zu erhöhen, und stemmte sich gegen die Tür. Dröhnend tönte die Stimme eines Riesen durch die Nacht.

Grachann

Aldagar

Die Berge stürzten Grachann in einen Zwiespalt. Es gefiel ihm, wie sie ihn ständig herausforderten. Endlich war es gleich, ob Anidim den Weg zuvor erkundet hatte oder nicht, denn trotzdem lag es oft genug allein bei ihm, eine gefährliche

Stelle zu überwinden oder bei dem Versuch den Tod zu finden. Holkis, der Geist des Geiers, der die Seelen der Toten in die Obere Welt trug, schwebte manchmal über ihm, um ihn daran zu erinnern, dass sein Leben davon abhing, nach dem richtigen Halt zu greifen, den Fuß auf den richtigen Felsvorsprung zu setzen. Doch gerade in diesen Augenblicken fühlte er sich lebendiger, als wenn er gemütlich beim Feuer saß. Es war ein Kampf, bei dem der Berg einen ruhigeren, gelasseneren Gegner abgab als ein Krieger – einer, der alle Zeit der Welt hatte, um auf den entscheidenden Fehler zu warten und dann kalt und erbarmungslos beim Sterben zuzusehen. Wenn Grachann eine schroffe Anhöhe bezwang und vom Grat herabschaute, war der Himmel beinahe so weit wie über der Steppe. Dann grüßte er die Adler, die darin segelten, mit seinem Schrei, auf den sie zu Anidims Erstaunen antworteten.

Aber je tiefer sie in ein Tal hinabstiegen, desto enger wurde ihm die Brust. Der Himmel und die Freiheit rückten in weite Ferne, die Gipfel türmten sich immer bedrohlicher auf, bis er fürchtete, sie würden einstürzen und ihn unter sich begraben. Dann war er fast froh, wenn ihm Wolken oder Baumkronen die Sicht raubten.

»Wir sind nicht mehr weit von unserem Ziel entfernt«, verkündete Anidim an diesem Morgen.

Grachann sah sich um, doch er konnte nicht erkennen, dass sich etwas von der Landschaft der letzten Tage unterschied. »Was ist das für ein Volk, von dem man weder Lager noch Herden sieht?«

»Du hättest längst welche entdeckt, wenn ich uns nicht absichtlich auf anderen Pfaden geführt hätte. Ich wollte nicht früher auffallen als unbedingt notwendig.«

»Auffallen und abgewiesen werden, meinst du wohl.«

»Ja, das war in der Tat mein Gedanke. Doch er betrifft dich ebenso wie mich. Nur weil du ein … gewöhnlicher Mensch bist, heißt das noch lange nicht, dass man dich anhören wird.«

Grachann straffte sich. »Niemand weist einen Häuptlingssohn der Faitaschaschem ab.«

Sie betrachtete ihn, als hätte sie Mitleid. »Nicht bei jedem Volk erkennt man in einem verdreckten, narbenübersäten, mit Taschen behangenen Mann, der mit nackter Brust herumläuft und Federn im Haar hat, einen hochrangigen Abgesandten.«

Was sollte an seinem Aussehen falsch sein? »Dann haben sie keine Augen im Kopf.«

»Jedenfalls haben sie keine Raubtierzähne.«

Grachann warf ihr einen strafenden Blick zu, doch er wollte sich nicht herablassen, schon wieder mit ihr darüber zu streiten, warum sich sein Gebiss nicht zurückbildete.

Sie folgten dem Tal eines Bachs, den Grachann tief unter ihnen in einer engen Schlucht tosen hörte, während sie sich oberhalb des Waldstreifens, der die Klamm säumte, auf einer steinigen Wiese hielten. Auf der dem Wald abgewandten Seite ragten steile Felsnadeln in die tief hängenden Wolken, zwischen denen Flecken blauen Himmels hervorleuchteten. Ein paar Bergschafe brachen plötzlich ein gutes Stück vor ihnen aus dem Dickicht, entdeckten sie, erstarrten und jagten im nächsten Augenblick gen Gipfel davon, um zwischen den Felsen zu verschwinden. Steine lösten sich und fielen klackend herab, bevor sich wieder Stille über den Hang legte.

Grachann sah Anidim an und wusste, dass sie sich dieselbe Frage stellten. Was hatte die Tiere aufgescheucht? Welche Jäger mochte es hier geben? »Ein Bär?«

»In Sarmyn sagen sie, dass es in diesen Bergen Riesen gibt.«

Riesen? Er spähte den Waldrand entlang. Nichts rührte sich, doch wo die Bäume höher waren, konnte sich auch ein großes Wesen unbemerkt anschleichen. Wie von selbst legte sich seine Hand um den Griff des Säbels.

»Es könnten auch Menschen sein«, gab Anidim zu bedenken. »Verbergen wir uns unter den Bäumen, bis wir wissen, woran wir sind. Hier draußen geben wir ein zu gutes Ziel ab.«

Grachann nickte und zog seine Klinge, während er ihr rasch durch kniehohes Kieferngestrüpp zum schützenden Wald folgte. Seit die Erdmejek hinterrücks auf ihn geschossen hatten, traute er jedem fremden Volk solche Heimtücke zu. Er verfluchte sich für jeden trockenen Zweig, der unter seinen Füßen brach, aber es war unmöglich, sich leise und eilig zugleich durch das Unterholz zu bewegen.

Anidim blieb unter einer alten, halb kahlen Fichte stehen. »Warte hier! Ich sehe nach, womit wir es zu tun haben.«

»Wenn du glaubst, dass ich …« Er brach ab, denn sie zerfiel bereits zu Staub und wehte lautlos davon, bevor sich ihre Schattengestalt gänzlich ausgeformt hatte. »Durlach!« Erwartete sie wirklich, dass er untätig herumstand, während sie …

Totes Holz knackte. Grachann merkte auf. Er hörte ein Rascheln, das über dem Rauschen des Bachs in der Tiefe kaum zu vernehmen war. Es kam vom Rand der Schlucht.

Vorsichtig pirschte er sich zum nächsten Baum, setzte die Füße mit höchster Sorgfalt auf und zuckte zusammen, als plötzlich neben ihm ein Tannenast schwankte. Er hatte ihn mit seinem über die Schulter hinausragenden Bogen gestreift. Innerlich fluchend kauerte er sich hinter den Baum und lugte um den Stamm herum. *Ein Geist!* Körperlos hing das knochenbleiche Gesicht im schattigen Gesträuch.

Hastig malte Grachann das Zeichen der aufgehenden Sonne vor seiner Brust. *Ich wandle im Licht.* Doch das Gespenst verschwand nicht. Schwarze Augen richteten sich auf ihn. Neben dem Geist brach etwas durch das Gebüsch.

Grachann sprang auf und hielt den Säbel bereit. Er blickte in ein zweites totenblasses Angesicht, das ihn mit seinem Blick durchbohrte. »Weicht zurück, ihr Unglücklichen! Ich war es nicht, der euch umgebracht hat!«

Erst als sein Gegenüber ein Schwert zog, nahm er den Körper des Geistes richtig wahr, der in dunklen Gewändern steckte. Auch der zweite näherte sich mit blanker Klinge. »*Razane ramea beher!*«, sagte eine weibliche Stimme scharf.

Überrascht sah Grachann genauer hin. Einer der beiden war im Leben tatsächlich eine Frau gewesen. »Ich verstehe dich nicht.« Ratlos trat er einen Schritt zurück. Hatte er wirklich Geister vor sich? Ihren ausdruckslosen weißen Mienen nach zu urteilen, konnten sie keine Menschen mehr sein.

Seitlich hinter ihm raschelte es. Grachann fuhr herum, ohne die Geister ganz aus den Augen zu lassen. Ein Mann mit breiten schwarzen Strichen unter den Augen – ein Zeichen der Dämonenseuche? – richtete einen aufgelegten Pfeil auf ihn. Auch er trug dunkle Kleidung, die ihn mit den Schatten des Waldes verschmelzen ließ.

»*Razane ramea beher!*«, wiederholte der weibliche Geist.

Wollen sie, dass ich mich ergebe? Blieb ihm etwas anderes übrig? Sie hatten ihn fast eingekreist, und dem Schützen konnte er auf die kurze Entfernung nicht entrinnen. Zögerlich hob er die freie Hand zum Gruß. Er musste Zeit schinden, bis Anidim zurückkam. Wenn sie den Bogenschützen ablenkte, würde er die Geister schon abschütteln. »Ich bin auf der Suche nach Epana. Kennt ihr Epana?« Er sah das Aufflackern des Erkennens in den Augen der anderen.

»*Yuhemoger renepana?*« Es klang wie eine Frage.

Trockene Zweige knisterten unter weiteren Schritten. Ein zweiter Bogenschütze zielte auf ihn.

Plötzlich trat Anidim in menschlicher Gestalt hinter einem Baum hervor, und ein weiterer Geist tauchte neben Grachann aus dem Dickicht auf. Angespanntes Schweigen lag über dem Wald. Anidim hob die Arme, um zu zeigen, dass sie keine Waffen in den Falten ihrer von der Reise zerschlissenen grünweißen Robe versteckte. Grachann fiel auf, wie sehr ihre Kleider den Gewändern der Geister ähnelten.

»Seied Ihr eine Priesterin?«, wollte in diesem Augenblick einer der Geister wissen. Es war gebrochenes Sarmynisch, aber es genügte, um die Sprache zu erkennen.

Grachann starrte Anidim an.

Arion

Yarsegata

Jagons Züge versteinerten. Er drehte sich um und ging wortlos über den Hof davon. Arion sah ihm betroffen nach. Er fühlte sich wie ein Dieb, denn obwohl er es nicht absichtlich getan hatte, war Jagon durch ihn der Krönung seiner Lebensaufgabe beraubt worden. Die Priester hatten ihn in den Tempel geladen, um gemeinsam mit Sava sein Anliegen den Kindern der Götter vorzutragen. Jagon wurde diese Ehre verwehrt, da sie so wenigen Menschen wie möglich gewährt wurde.

»Die meisten Morahn verbringen ihr ganzes Leben in Yarsegata, ohne je die Gnade einer Audienz zu erfahren«, hatte Pramein ihnen erklärt.

Ich habe ihn um das gebracht, worauf er sich sein ganzes Leben vorbereitet hat. Sicher hätte er an Savas Seite sein dürfen, wenn er ihr einziger Begleiter wäre … Der Gordean mochte manchmal eine Plage sein, und er wusste nicht, wie weit er ihm trauen konnte, doch er spürte, wie tief ihn diese Zurückweisung getroffen hatte. Niemand hatte einen solchen Schlag verdient. »Gibt es keine Möglichkeit, die Priester umzustimmen?«, fragte er. »Es bedeutet ihm sehr viel.«

Die Schwertmeisterin schüttelte den Kopf. »Ihr werdet Geheimnisse sehen, die wir vor der Welt verbergen, so gut es uns möglich ist. Dankt den Göttern, dass sie *Euch* erlauben, ihnen zu begegnen!«

»Mhm«, brummte er abwesend. Er hatte keine Vorstellung davon, wie es sein mochte, Göttern gegenüberzutreten. Wenn es letztendlich Menschen aus Fleisch und Blut waren, wie er annahm, erwartete er kaum einen erhebenderen Moment als damals, als er zum ersten Mal dem König begegnet war. *Damals …* Wie das klang! Dabei war es nicht einmal ein volles Jahr her.

Bewegungen und eine Stimme lenkten seine Aufmerksamkeit auf den Eingang des Innenhofs. Auch die Schüler und Meister unterbrachen ihre Übungen, um zwei Sternenwächtern entgegenzublicken, die einen großen, drahtigen Mann hereinführten, dessen freier Oberkörper von weißen und roten Narben gezeichnet war. Er trug Stiefel und speckige Lederhosen, darüber hingen nur mehrere Taschen, ein zusammengerollter Umhang und ein Köcher mit Pfeilen. Zerzauste Adlerfedern steckten in seinen schwarzen Locken, sodass sie wie ein Fächer den Nacken bedeckten, und auch seine Nase erinnerte an einen Raubvogel. Arion kniff die Augen zusammen. War das möglich? Irgendetwas stimmte nicht mit dem Gesicht, aber der stolze Blick war unverwechselbar.

»Grachann?«, fragte er in die morahnischen Worte des Schwertmeisters hinein, der Pramein wohl berichten wollte, was vorgefallen war.

Der Phykadonier stutzte, bevor ein breites Lächeln sein Gesicht erhellte. Hatte er schon immer so beeindruckende Zähne gehabt? »Arion! Ich grüße dich, Freund. Wo hast du dein Eisenhemd gelassen?«

Arion fand sich in einer kurzen, harten Umarmung wieder, die er überrascht erwiderte. »Das Eisen darf ein wenig rosten, solange ich hier bin.« Er deutete vage auf die Schwertmeister, die sie misstrauisch ansahen.

»Ihr kennt diesen Mann?«, vergewisserte sich Pramein.

»Ja, das ist Grachann, Sohn des Lardak. Wir haben gemeinsam gegen den Dämonenbeschwörer gekämpft, von dem ich Euch erzählt habe.«

»Wusstet Ihr, dass er kommen würde?« Prameins Blick verriet deutlich ihren Ärger.

Glaubte sie, dass eine Art Verschwörung im Gang war? »Nein«, beteuerte er. »Ich leiste jeden Eid, dass ich ebenso ahnungslos war wie Ihr.« Er wandte sich wieder Grachann zu, der mit einem weiß verschmierten Zeigefinger auf die Schwertmeisterin zeigte.

»Ist sie der Anführer hier? Das Volk muss arm an starken Kriegern sein, wenn es von Frauen verteidigt wird.«

»Ich bin die Akiriol, Oberste der Schwertmeister, und wir wählen unsere Schüler nach der Stärke ihres Willens und ihrer Hingabe aus.«

Der Phykadonier zuckte die Achseln. »Sage ich doch.«

Pramein wechselte einige Worte mit dem Schwertmeister, der ihn hergebracht hatte.

»Warum ist dein Finger weiß?«, wollte Arion wissen.

»Ich musste prüfen, ob diese Männer Geister sind. Sie sind es nicht.«

Geister?

»Du kommst aus dem Land im Osten, das jetzt Phykadonien genannt wird?«, fragte Pramein.

»So ist es.«

»Was hat dich hergeführt? Man sagt mir, dass du nach der Göttin Epana gefragt hast.«

Grachanns Miene wurde ernst. »Epana ist eine Göttin? Sie hat zu einer Weltenwanderin meines Volkes gesprochen und gesagt, dass sie uns helfen kann. Die Dämonen haben unser Land vergiftet. Das Vieh findet kein Futter mehr, weil das Gras nicht wächst. Ich bin hier, weil ich Epana um Hilfe bitten will.«

Pramein sah ihn etwas freundlicher an. »Viele scheinen in diesen Tagen der Hilfe der Götter zu bedürfen. Die Not deines Volkes muss Epana berührt haben, dass sie zu einer fremden Priesterin gesprochen hat. Ist es jene, die Godyé gerade zum Tempel geleitet?«

»Äh, nein, das ist … eine andere. Die Kismegla ist zu alt für eine solche Reise.«

»Nun gut«, gab die Schwertmeisterin nach. »Wir werden sehen, ob du zu Epana vorgelassen wirst. Gehen wir! Die Priester erwarten uns schon.«

Arion folgte ihr hinaus, und Grachann schloss sich ihm an, ohne den Wächtern, die sich hinter ihnen einreihten, Beachtung zu schenken.

Der Krieger klopfte ihm auf die Schulter. »Ist es nicht eine seltsame Fügung der Geister, dass sie uns an diesem Ort wieder zusammenführen?«

Arion lächelte schief. »Ich wünschte, ich wäre aus einem erfreulicheren Anlass hier, aber offenbar hat uns wieder einmal ein ganz bestimmter Geist in dieselbe Richtung getrieben. Sein Name ist Tazlan. Er war es, der Ertann die dunkle Zauberei gelehrt hat.« Erneut hoffte er, dass alle Schriften über diese Kunst in Flammen aufgegangen waren, als sein Vater und die anderen Ritter Tominks Tempel niedergebrannt hatten.

»Du meinst den alten Mann, den Ertann aus Wut über seine Beleidigungen getötet hat?«

»Ja, sein Geist ist mit Regin nach Sarmyn zurückgekehrt und versucht nun, ihn ebenso zu benutzen, wie er Ertann benutzt hat.«

»Der Geist des Schädels ist nach Westen gegangen«, murmelte Grachann. »Es ist also wahr.«

»Woher weißt du von dem Schädel?«

»Ein Windgeist hat es der Kismegla verraten.«

Arion warf Grachann einen prüfenden Blick zu. Wollte er ihn auf den Arm nehmen? Doch wenn es Dämonen und Weiße Frauen gab, warum sollte es nicht auch Windgeister geben? »Regin und ich haben den Schädel zerstört, aber es hat nicht geholfen. Wir wissen nicht mehr weiter. Deshalb bin ich hergekommen, um die Götter um Rat zu fragen, die sie hier verehren.«

Grachann schwieg und starrte eine Weile vor sich hin, während sie durch die Gassen schritten. Plötzlich blieb er stehen, um eine seiner Taschen abzunehmen, die er Arion reichte. »Das sind die Knochen des Mannes, den Ertann in seinem Haus vergraben hat. Viele sind nicht übrig, die diesen

Frevel bezeugen. Die Kismegla sagt, dass mit ihnen der Geist des Schädels gebannt werden kann. Du kämpfst jetzt gegen ihn. Du sollst sie haben.«

Pramein hatte gemerkt, dass sie stehen geblieben waren, und drehte sich um. »Was ist in diesem Beutel?«, fragte sie scharf, als Arion ihn sich umhing.

»*Hesurea*«, ließ sich einer der Schwertmeister vernehmen, die Grachann entwaffnet hatten.

»Knochen?«, wiederholte Pramein. »Was habt Ihr damit vor?«

»Wenn ich das wüsste.« Arion sah ratlos von ihr zu Grachann. »Hat diese Kismegla auch gesagt, *wie* man Tazlan damit bezwingen kann?«

Der Krieger schüttelte den Kopf. »Nein.«

»Dann kann ich nur hoffen, dass die Kinder der Götter einen besseren Rat wissen.«

»Wenn es die Knochen dieses toten Priesters sind, wäre es wohl angemessen, sie zur Ruhe zu betten, um auch den Geist zu befrieden«, meinte Pramein und ging weiter.

So einfach dürfte es kaum werden. Immerhin waren sie schon vergraben. Wenn die phykadonische Priesterin sagte, dass man den Geist mithilfe der Knochen bannen konnte, musste man ihn wohl auf irgendeine Weise hineinsperren. Aber wie? Mit einem Zauberspruch? Konnte ein Austreiber das tun? Und was sollte anschließend mit den Knochen geschehen, um Tazlans Seele endlich zu den Sternen zu schicken? Begraben oder verbrennen? Oder gingen seine Gedanken in eine völlig falsche Richtung?

Sie näherten sich dem Inneren Tempel, der so unpassend am äußersten Rand der Stadt lag. Eine Abordnung aus mehreren Priestern erwartete sie vor dem Tor. Neben Godyé, der jungen Schwertmeisterin, stand eine schlanke Gestalt, die Haar und Gesicht trotz des warmen Wetters mit einer Kapuze verhüllte. Der grün-weißen Robe wegen hielt er sie zuerst für Sava, doch je näher er kam, desto deutlicher sah er, dass die

Gewänder sehr viel zerrissener waren als jene seiner Schwester. *Anidim!*, durchfuhr es ihn. »Warum hast du mir nicht gesagt, dass Anidim bei dir ist?«

Grachann zog ein halb leidendes, halb gereiztes Gesicht. »Ich vergesse sie, wenn ich kann.«

Die Priester waren offensichtlich verärgert. Der Älteste deutete vorwurfsvoll auf den Phykadonier und wollte wohl von Pramein wissen, weshalb sie einen weiteren Fremden mitbrachte. Doch Arion, der ohnehin nur raten konnte, was vorging, hörte nicht zu. Er trat zu Anidim, die ihm unter ihrer Kapuze hervor abwartend entgegensah. Das schöne, aber maskenhafte Gesicht und der ernste Blick hielten ihn auf Abstand. Freute sie sich nicht, ihn wiederzusehen? »Ich fürchtete, Ihr wäret tot.«

Sie deutete ein Lächeln an. »Das bin ich nicht.«

»Aber Ihr seid in dieses brennende Zelt gerannt. Warum?«

»Ich brauchte Gewissheit, dass Ertann seine gerechte Strafe gefunden hat.«

»Ihr hättet Euch wenigstens verabschieden sollen. Ich habe mir Sorgen gemacht.«

Ihr Blick wurde spöttisch. »Um mich?«

Arion wandte sich ab. Sie hatte sich nicht verändert. *Wirklich dumm von mir, mich um jemanden zu sorgen, dem es gleichgültig ist.*

Der Hohepriester gestikulierte in Anidims Richtung. Alle Augen richteten sich auf sie.

»Der ehrwürdige Nojaranen wünscht zu erfahren, weshalb der Krieger für die Priesterin spricht«, übersetzte Pramein.

»Der Krieger spricht nicht für mich, sondern für unser Volk«, erklärte Anidim. »Er ist der Sohn eines großen Anführers, weshalb ihm diese Ehre gebührt. Ich bin nur eine unbedeutende Schülerin, die ihn begleitet, um zu lernen.«

Arion musterte sie, während die Morahn erneut die Lage besprachen. Warum war sie hier? Er glaubte keinen Lidschlag lang daran, dass sie mit Grachann als Botschafterin der Phykadonier gekommen war. Sie gab sich wieder als Priesterin aus, um zu den Kindern der Götter vorgelassen zu werden, aber welches Ziel verfolgte sie damit? Ganz sicher würden die Morahn sie niemals in ihren Tempeln dulden, wenn sie wüssten, wer – oder besser was – sie war. Wie hatte sie Grachann dazu gebracht, ihre Lüge zu decken? Ausgerechnet Grachann, der ihr nie getraut hatte! Und wenn sie etwas plante, was den Kindern der Götter schadete? Beunruhigt sah er zwischen ihr und den Morahn hin und her. War er nicht verpflichtet, die Priester zu warnen?

Anidim schien seine Zerrissenheit zu spüren, denn für einen Augenblick trat ein flehender Ausdruck auf ihre Züge. Ihre Lippen formten lautlos ein Wort: »Bitte!«

»Grachann, Sohn des Lardak«, wandte sich Pramein wieder an den Phykadonier, »die Priester sind zu der Überzeugung gelangt, dass die Göttin deinem Volk wahrhaftig eine Botschaft gesandt haben muss, denn außerhalb des Tempels wird sie als Deapana verehrt. Der Name Epana ist nur Eingeweihten bekannt, zu denen du und die Schülerin nun gehören. Da sie euch also eingeladen hat, wird euch gewährt, ihr eure Bitte selbst vorzutragen.«

Der Krieger sah ein wenig verwirrt aus. Arion fragte sich, ob Grachann womöglich nicht alles verstanden hatte. Sein Sarmynisch umfasste nicht allzu viele Wörter.

»Wir danken euch«, sprang Anidim für ihn ein und verneigte sich.

»Ich muss Euch, Arion und Grachann, daran erinnern, dass Ihr unrein seid«, fuhr Pramein fort, während zwei Priester das Tor öffneten. »Deshalb dürft Ihr nichts berühren.«

»Ich bin was?« In Grachanns Blick flackerte Empörung auf.

»Das soll keine Beleidigung sein«, beeilte sich Arion zu versichern. »Dies ist ein heiliger Ort, der Männern, die getötet haben, eigentlich verboten ist. Es ist eine große Ehre, dass wir ihn trotzdem betreten dürfen.«

»Du würdest ihre Götter und Ahnen beleidigen, weil Blut an deinen Händen klebt«, erklärte Anidim.

Der Krieger sah nur halbwegs besänftigt aus, schwieg aber.

»Außerdem muss ich von Euch – auch von Euch, Anidim – verlangen, dass Ihr bei Euren Göttern schwört, niemals jemandem davon zu berichten, was Ihr hinter diesen Mauern sehen werdet.«

Bei meinen Göttern … Arion kratzte sich grübelnd die bärtige Wange. Vor nicht allzu langer Zeit wäre ein Eid auf Arutar für ihn der heiligste gewesen. Doch mittlerweile war seine Bewunderung für den Ersten König Enttäuschung und Ratlosigkeit gewichen. »Ich schwöre es bei meinem Leben, denn ich habe keine Götter.«

»Ich schwöre es bei Ülgen und Umai und meinen Ahnen«, verkündete Grachann ernst.

Anidim senkte den Blick. »Ich schwöre es bei allen Göttern, die über wahre Macht verfügen.«

»Dann dürft Ihr nun eintreten.« Pramein ging voran, während sich die übrigen Schwertmeister hinter ihnen einordneten.

Plötzlich spürte Arion Anidims Hand für einen kurzen Druck in seiner. »Danke«, flüsterte sie.

Hinter dem Tor führte ein hoher, breiter Gang, von dem zu beiden Seiten Türen abzweigten, durch den Inneren Tempel und mündete auf der anderen Seite in einen gepflasterten Weg. Dort warteten weitere Priester auf sie, unter denen Arion endlich auch Sava entdeckte. Sie trug neue Gewänder aus dem leicht glänzenden Stoff, von dem Pramein behauptete, er werde aus der Wolle der Seidenziege gesponnen, aber sie trug noch immer Weiß und Grün, die Farben des Heiligtums von Drahan. Ob die Priesterinnen wussten, dass Weiß bei den Morahn die Farbe der Trauer und Schande war?

Sava umarmte ihn zur Begrüßung. Arion sparte sich die Frage, wie es ihr ergangen war. Ihre Augen leuchteten in einem Glanz, den er seit dem Moment seiner Ankunft in Drahan nicht mehr darin gesehen hatte.

»Heute ist ein großer Tag. Du wirst schon sehen.« Ihr Lächeln schwand, als ihr Blick auf Anidim fiel.

Sie weiß alles!, fürchtete Arion, als er sah, wie ihre Augen größer wurden. *Jetzt werden sie uns alle davonjagen.*

Sava warf ihm einen undeutbaren Blick zu und hakte sich bei ihm ein, als der Hohepriester auf dem befestigten Weg voranschritt. »Du hattest kein Recht, sie herzubringen«, flüsterte sie. »Ich muss ihre Anwesenheit ankündigen.«

»Dann werden sie uns vielleicht …«

»Sprich es nicht aus! Du begreifst überhaupt nicht, was du getan hast. Sie hätten allen Grund, dich als Verräter zu richten.« Sie löste sich von ihm, um mit abwesendem Blick weiterzugehen.

Arions Gedanken rasten. Was sollte er tun, wenn die Sternenwächter glaubten, er habe eine Dämonin eingeschmuggelt, weil es die unauffälligste Waffe war? Aus ihrer Sicht musste es wie ein Anschlag auf die Kinder der Götter aussehen. *Warum hab ich Esel nicht gleich daran gedacht?*

Der Weg führte auf eine Kluft zwischen zwei Gipfeln zu, die ihre Spitzen in weiße Wolkenhauben gehüllt hatten. Der steile Anstieg trieb Arion bald Schweiß auf die Haut, die der kühle Wind, der von den schneeigen Flanken herabwehte, wieder trocknete. Die Priester und Schwertmeister wanderten in andächtigem Schweigen, während er darauf wartete, dass Sava sprechen und das Unheil seinen Lauf nehmen würde.

Jenseits der Passhöhe öffnete sich der Blick auf ein von steilen Bergen gesäumtes Tal, das sich wie ein grüner Edelstein von den grauen Felsen abhob. Unzählige Bäche fielen in nebelsprühenden Kaskaden von den Hängen herab, durchzogen hier und da zwischen Wald und Wiesen aufblitzend das satte Grün mit einem silbrig schimmernden Netz und sammelten sich in einem schmalen, lang gezogenen See, in dem sich der blaue, wolkenbetupfte Himmel spiegelte.

Ein Sausen erfüllte plötzlich die Luft, als hinter ihnen sieben Schwäne auf breiten Schwingen über den Pass geflogen kamen. Die majestätischen weißen Vögel glitten über ihre Köpfe hinweg dem Talgrund entgegen und landeten in der Ferne auf dem See. Nur das leise Rauschen der Wasserfälle, denen sie sich näherten, blieb zurück. Beim ersten Rinnsal, das von Felsen zu Felsen herabsprang, fing ein kleines, gemauertes Becken das klare Wasser auf, bevor es überlief und weiterrann.

»Arion und Grachann«, wandte sich Pramein erneut an sie, »der Brauch will es, dass Ihr Euch innerlich und äußerlich reinigt, indem Ihr vom Wasser des Verborgenen Tals trinkt und Eure Hände und Gesichter darin vom Blut befreit, das an ihnen haftet.«

Der Krieger nickte und befolgte ihre Anweisung mit feierlichem Ernst. Arion konnte sich nur schwer vom Anblick der verzauberten Landschaft lösen, aber auch er tauchte seine Hände in das kalte Nass. Insgeheim wartete er noch immer darauf, dass seine Schwester ihre Drohung wahr machen würde. Sie kam an seine Seite, während sie vom Pass in den lichten Wald hinabstiegen. »Du hast Glück, dass sie so verzweifelt ist«, wisperte sie, bevor sie sich wieder unter die Priester einreihte.

Verblüfft drehte er sich nach Anidim um, doch sie hielt den Kopf gesenkt, sodass ihr Gesicht unter der Kapuze kaum zu sehen war. Unwillig, sich weiterhin Gedanken über sie zu machen, richtete er seine Aufmerksamkeit auf das Verborgene Tal. War dieser Pass der einzige Zugang? Die abweisenden Felsbastionen, die es ringsherum einfassten, legten diesen Schluss nahe. *Ein versteckter königlicher Garten*, dachte er beim Anblick des merkwürdig lieblich anmutenden Tanns. Das Grün des Laubs wirkte leuchtender, die Kronen ausladender, und dazwischen staken weniger kahle, bleiche Äste abgestorbener

Bäume hervor. Während sich in Yarsegata bereits erste Blätter verfärbten, Pilze sprossen und die Spinnfäden des Spätsommers gewoben waren, konnte er hier keine Vorboten des nahenden Herbstes entdecken. Je näher sie dem Talgrund kamen, desto größer wurde Arions Staunen. Zwischen die Kiefern und Lärchen mischten sich nicht nur Bergeichen und Ebereschen, sondern auch Kirsch- und Apfelbäume. Auf einer mit Blüten übersäten Lichtung ästen Hirsche, die nach einem kurzen Blick gemächlich weiterfraßen. Waren sie noch nie von Menschen gejagt worden?

Der Weg führte über die Wiese, auf der es in allen Farben des Regenbogens blühte, als habe der Sommer gerade erst begonnen. Bienen und Hummeln summten vorüber, Schmetterlinge gaukelten wie trunken umher. Ein Specht stieß seinen lachenden Ruf aus, segelte, bis er zu viel Höhe verlor, und flatterte wieder gen Himmel, um erneut dahinzugleiten. Er flog ihnen voran auf ein Halbrund aus Birken zu, deren im Licht flirrende Kronen eine hohe Laube bildeten. Nie zuvor hatte Arion so mächtige, alte Birken gesehen. Mehrere Männer wären nötig gewesen, um einen der weißen Stämme zu umfassen. Noch seltsamer fand er jedoch den Flor blühender Elbensterne zu ihren Füßen. *Herrscht in diesem Tal ewiger Frühling?*

Unter den Bäumen warteten mehrere schlanke, hochgewachsene Gestalten, die ihnen schweigend entgegensahen, doch das Zwitschern der Vögel nahm der Stille die bedrohliche Note. Waren dies die Kinder der Götter? Neugier beflügelte Arions Schritte, aber er achtete darauf, Pramein nicht zu überholen. Ihre Gewänder umflossen sie wie Seide und glänzten in hellem Grün. Oder lag es daran, dass sie von innen heraus leuchteten? Nein, das musste eine Täuschung sein.

Vier Frauen und vier Männer standen vor den acht Birken des Hains. Das lange, offene Haar legte sich ihnen wie schimmernde Schleier um Haupt und Schultern. Ihre Gesichter ähnelten sich in ihrer makellosen Schönheit, als seien sie Geschwister. In keinem Antlitz hatte das Alter Spuren hinterlassen, und doch wirkte ein Paar jünger, geradezu jugendlich, ein anderes reifer und ernster. Dieses Paar stand in der Mitte, flankiert von einer Frau, deren sichtbar unter ihrer Robe gewölbter Bauch eine Schwangerschaft verriet, und einem Mann, in dessen feingliedriger Hand sich ein kleines Tier zu einem Pelzknäuel zusammengerollt hatte. Eine Aura des Friedens und der inneren Ruhe umgab sie, als könne nichts ihre freundliche Gelassenheit erschüttern.

Die Priester stellten sich in respektvollem Abstand vor den Wartenden auf und neigten sich zum Gruß, dem sich auch die Schwertmeister anschlossen. Die Kinder der Götter lächelten huldvoll. Nojaranen richtete das Wort an sie. Die Frau in der Mitte nickte und lud Arion mit einer Geste ein, näher zu kommen. »*Tritt vor!*« Die Stimme erklang in seinem Kopf, obwohl er mit den Ohren hörte, dass sie in einer fremden Sprache gesprochen hatte. Jedes Wort fiel in sein Herz wie ein Tropfen in einen Teich, und die Bedeutung breitete sich darin aus wie ein Wellenkreis. »*Sei uns willkommen, Ewiger König!*«

»Nein, nein, ich bin kein König«, wehrte Arion ab, doppelt verwirrt, weil er nicht wusste, ob sie ihn verstand.

Sie hob anmutig eine zart geschwungene Braue. »*Aber Arion bedeutet Ewiger König. Bist du nicht der König Sarmyns?*«

Er schüttelte den Kopf. »Es … ist doch nur ein Name. Ich bin der Sohn … der Herr der bescheidenen Burg Emmeraun. Ich bitte um Verzeihung, wenn Ihr mich nur aufgrund eines Missverständnisses für würdig befunden habt, vor Euch zu erscheinen.«

»*Vor uns sind alle Menschen gleich*«, erklärte der Mann an ihrer Seite. »*Ich bin Dialas. Meine Augen haben gesehen, wie Arutars Hand meinen Vater niederstreckte. Deshalb hatten wir zu hoffen gewagt, sein Nachfolger wäre gekommen, um sich für dieses Unrecht zu entschuldigen.*«

Arion starrte Dialas sprachlos an. So viele Gedanken stürmten auf ihn ein, dass er keinen davon fassen konnte.

Die Frau, die zuerst gesprochen hatte, lächelte wieder. »*Ich sehe, dass man dich nicht darauf vorbereitet hat, wer wir sind. Mein Name ist Epana, Tochter Deartas und Diuramans, wie die Menschen sie nennen. Du bist gekommen, um unseren Rat zu erbitten, obwohl du das nicht wusstest. Suchst du ihn immer noch?*«

Wie konnten sie so alt sein und so jung aussehen? Waren sie keine Menschen? Mussten sie ihn nicht für das hassen, was er war, ein Ritter des Reiches, der auf Arutar geschworen hatte? Überfordert schob er die Fragen beiseite. »Ich erkenne, dass ich kein Recht habe, Hilfe von Euch zu erwarten, aber ich bitte Euch dennoch darum.« Die Schuld Arutars wog so schwer, dass er das Knie vor den Kindern des Toten Gottes beugte und beschämt zu Boden sah.

»*Dann lass uns wissen, was du weißt, und sehen, was du gesehen hast, damit wir verstehen, worum du bittest.*«

Und Arion ließ seinen Erinnerungen freien Lauf.

Sava

Verborgenes Tal

Es war seltsam, Epana, die ihr zuvor im Geiste als strahlende Lichtgestalt erschienen war und noch immer erschien, wenn sie die Augen schloss, gleichzeitig als lebendes Wesen vor sich zu sehen. Die Elbin war, wie ihre Verwandten, auch leibhaftig von unvergleichlicher Anmut und Schönheit. Es gab Sava eine Vorstellung davon, wie Dearta einst ausgesehen haben musste, die sie nur als steinernes Abbild einer schlafenden Göttin kannte. Ein kaum wahrnehmbarer Schimmer ihres inneren Lichts umgab Epana auch hier, der durch ihre blasse Haut und selbst die zarten Kleider schien. Sie stand aufrecht wie eine Königin, doch in ihrer Haltung lagen weder Stolz noch

Überheblichkeit. Mitgefühl und Verständnis sprachen aus ihrem Blick, als sie Arion bat, sich wieder zu erheben.

»*Wir danken dir für den Einblick, den du uns gewährt hast*«, sagte Dialas. »*Wir werden darüber beraten, ob wir in die Geschicke Sarmyns eingreifen können.*«

Sava spürte, dass Arion noch immer verwirrt war, und bedauerte, ihm nicht früher von den Elben erzählt zu haben. Doch sie hatte das Geheimnis bewahren müssen, solange die Kinder der Götter nicht selbst zugestimmt hatten, es ihm zu offenbaren. Sie ging zu ihm hinüber, als er zurücktrat, um dem phykadonischen Krieger Platz zu machen, und berührte ihn tröstend am Arm. »Ich bin sicher, dass sie dir irgendwie helfen werden.«

Er nickte wenig überzeugt, sagte aber nichts, aus Respekt vor Grachann, der nun davon sprach, wie die dämonenverseuchte Dunkelheit die Steppe verwüstet hatte, sodass dort kein Leben mehr gedeihen konnte. »Mein Volk wird an Hunger sterben, weil das verbliebene Vieh und die Weidegründe nicht alle ernähren können, wenn kein Wunder geschieht.«

Sava konnte in seinen, aber auch Arions Gedanken lesen, was das bedeutete. Aus Verzweiflung würden die Krieger erneut sarmynische Dörfer überfallen oder mit den Völkern des Ostens um neues Land kämpfen müssen. Leid und Tod wären unausweichlich.

»*Wie ich Joru sagte, können wir dein Land heilen, Grachann, Sohn Lardaks*«, erklärte Epana. »*Aber werden wir dort willkommen sein?*«

Der Krieger schlug sich mit der Faust gegen die Brust. »Bei meinen Ahnen! Ich, Grachann von den Faitaschaschem, lade euch in das Zelt meines Vaters ein, der euch wie Brüder und Schwestern empfangen wird. Ich biete euch die Gastfreundschaft der Adler, die euer Leben mit dem eigenen verteidigen werden, sollte jemand wagen, es zu bedrohen.«

»*Wir danken dir, Grachann von den Adlern. Dass wir deinem Volk helfen wollen, wurde bereits beschlossen. Nun werden wir darüber beraten, wie es geschehen soll.*«

Grachann nickte und zog sich zurück. Nojaranen wollte gerade die Audienz für beendet erklären, als Epana mit einer Geste die Frau näher bat, die Sava eisige Schauer über den Rücken jagte. Für Sava umgab das Grauen, das den Dämonen innewohnte, die falsche Priesterin wie eine unsichtbare Wolke. Wie hatte Arion je auf sie hereinfallen können? Doch sie spürte auch, was die Elben bewogen hatte, dieses Wesen dennoch zu empfangen.

Anidim trat zögernd vor. Sava konnte von hinten ihr Gesicht nicht sehen, aber sie wusste, dass die Halbdämonin überrascht war.

»*Wir sehen, was du bist*«, behauptete Epana. »*Es zu fühlen, schmerzt uns, aber wir fürchten dich nicht. Warum bist du hergekommen?*«

Die falsche Priesterin fiel auf die Knie. »Ich ertrage nicht länger, was ich bin. Ich flehe Euch an, mich zu heilen!«

Ihre übergroße Verzweiflung zerriss Sava schier das Herz. Entsetzt zog sie sich vor der dunklen Woge zurück, die aus Anidim hervorfloss und ihre eigenen Gefühle hinwegzuschwemmen drohte. Sie spürte, wie auch Arion davon ergriffen wurde, der aus Mitleid bereits nicht vermocht hatte, die Morahn zu warnen, die das Geschehen nun mit ansahen, ohne zu begreifen, was vorging.

Die Elben blickten mitfühlend auf Anidim herab.

»*Dein Schicksal berührt uns*«, versicherte Dialas. »*Wenn wir einen Weg finden, dich von deiner Bürde zu erlösen, werden wir es tun.*«

Viele Fragen – nicht alle ihre eigenen – schwirrten Sava auf dem Rückweg über den Pass im Kopf herum. Als sie nach Yarsegata hinabgingen, konnte sie ein Gähnen nicht länger unterdrücken, aber sie war auch ein wenig aufgeregt, weil Epana sie eingeladen hatte, am nächsten Tag allein ins Verborgene Tal zu kommen, da die Elben sie den Umgang mit der Gabe lehren wollten. Sie freute sich darauf, endlich Fragen stellen zu können, und war gespannt, was sie ihr über das Wissen der Weißen Frau hinaus beibringen konnten.

Eine Schwertmeisterin, die ihnen entgegenrannte, riss sie aus ihren Gedanken. Schon bevor sie die Worte verstand, die die Frau rief, spürte sie die Dringlichkeit und die Sorge hinter der Botschaft. »Oberste, du musst schnell kommen! Ein Angriff steht bevor! Wir wissen nicht, wie viel Zeit uns noch bleibt.«

Sofort eilten alle den Hang hinab.

»Was ist los?«, wollten Arion und Grachann gleichzeitig wissen, während sie mit den anderen auf den Tempel zuhetzten.

»Yarsegata soll angegriffen werden«, übersetzte Sava.

»Von wem?«

Sie lief hinaus, aber sie konnte nicht gleichzeitig rennen und ihre Aufmerksamkeit auf die inneren Bilder richten. »Ich weiß es nicht.«

Die beiden fluchten – jeder in seiner Sprache –, weil sie keine Waffen bei sich hatten. Die älteren Priester um Nojaranen blieben rasch zurück. Das Tor stand offen, und auf der anderen Seite warteten vier weitere Schwertmeister und Jagon, versammelt um zwei Fremde, die müde und abgezehrt aussahen. Den einen umgab ein Wust ergrauender Haare. Er hatte nichts als Lumpen am Leib und kauerte wimmernd am Boden, während sich der andere aufrecht hielt, um Jagons finsteren Blick hasserfüllt zu erwidern. Auch ihm stand das kurze braune Haar in wirren Strähnen vom Kopf, und lange Stoppeln, die man schon fast einen Bart nennen konnte, bedeckten Wangen und Kinn. Savas Herz schlug schneller, als sie Rodan erkannte. *Er hat überlebt – Jagon zum Trotz!* Sie sah zu dem Ritter, der sie gerade entdeckt hatte. »*Denkt an Euren Schwur!*«, hörte sie die Worte hinter den zornigen Augen.

Rodan blickte im gleichen Moment in ihre Richtung und

erschrak, doch bevor sie den Grund dafür erkennen konnte, lenkten ihn Arion und Grachann ab, die ihn bereits erreicht hatten.

»Wer ist das?«, verlangte Pramein lautstark zu wissen, um die Begrüßung zwischen Krieger und Söldner zu übertönen, die einander erfreut die Schultern klopften.

»Dieser Mann heißt Rodan«, stellte Arion vor. »Den anderen kenne ich nicht.«

Einer der Schwertmeister deutete auf den verängstigten Bettler. »Das ist Yunmar. Erinnerst du dich? Wir haben die beiden beim Winterbach aufgelesen.«

»Yunmar? Er wurde verbannt und darf Yarsegata nicht betreten. Und was hat es mit diesem Rodan auf sich?«

»Er war von mir ausgeschickt, um nach einem Überfall der Riesen nach Überlebenden zu suchen«, mischte sich Jagon ein.

»Ein Auftrag, für den Ihr mich noch nicht bezahlt habt.« Rodan starrte den Gordean herausfordernd an.

Sava musste nicht Die Gabe einsetzen, um zu spüren, dass er dem Ritter sehr viel mehr vorwarf als das.

»Du wirst dein Geld bekommen«, knurrte Jagon, »wenn Garédar mir bestätigt, dass du nicht hier bist, weil du dich davongemacht hast.«

»Dann werdet Ihr seine abgenagten Knochen befragen müssen, denn er ist tot!«, fuhr Rodan ihn an. »Sie sind alle tot. Ihr wusstet, dass das geschehen würde!«

Jagon erbleichte. »Garédar wurde …«

»Gefressen! Ausgebeint wie ein Mastschwein haben sie ihn. Wollt Ihr noch mehr hören?« Seine Erinnerungen sprangen Sava an und vermengten sich mit ihren eigenen an Herian und Nielte in den Fängen der hungrigen Hauler. Die Geräusche und der Gestank steckten ihr plötzlich wieder in Nase und Ohren. Keuchend rang sie Bilder und aufsteigende Übelkeit nieder, doch in der Aufregung bemerkte es niemand.

»*Ich* verlange, endlich zu hören, warum Ihr und Yunmar hergekommen seid!«, rief Pramein herrisch dazwischen. »Er ist seit über zwanzig Jahren verbannt und weiß, dass er hier nicht erwünscht ist.«

»Deswegen macht er sich ja auch gleich in die Hosen vor Angst«, gab Rodan gereizt zurück. »Vielleicht solltet Ihr freundlicher zu ihm sein, er ist nämlich der Einzige, der weiß, warum ein Heer der Riesen auf dem Weg hierher ist und jemanden namens Seca umbringen will.«

Die oberste Schwertmeisterin verzog das Gesicht. »Hat *er* Euch das erzählt? *Er* war es, der besessen von ihr war! Nur deshalb wurde er aus Yarsegata vertrieben.«

Sava hielt den Atem an. Der Mann hatte einer der Elbinnen nachgestellt?

»Das mag sein, wie es will«, wehrte Rodan ab. »Aber *ich* habe diese Riesen gesehen. Irgendein Kerl hat sie zu einem Feldzug aufgestachelt, und er«, – er deutete auf den Ausgestoßenen –, »behauptet, dass sie es auf diesen Ort hier abgesehen haben.«

»Welcher Kerl?«, fragte Pramein verwirrt. »Ein Mensch?«

Rodan zuckte die Achseln. »Er war kein Riese und hat sein Aussehen hinter grauem Tuch verborgen. Keine Ahnung, wer er ist. Vielleicht weiß es unser wirrer Freund hier. Er hat ja verstanden, was der Kerl sagte.«

»Wir haben schon versucht, mehr aus ihm herauszubringen«, berichtete einer der Schwertmeister. »Es ist sinnlos. Er stammelt nur zusammenhangloses Zeug.«

Sava drängte sich an Arion vorbei zu Pramein, Rodan und Yunmar. »Lasst es mich versuchen! Ich kann hinter seine Worte sehen.«

Pramein nickte. »Einverstanden, aber falls er recht hat, müssen wir handeln. Godyé, sorge dafür, dass alle Wege nach Yarsegata überwacht werden, und sende Späher aus!«

Die jüngere Schwertmeisterin eilte davon, während sich Sava neben den verschreckten Geächteten in den Staub kniete. Rodan ging in die Hocke und legte dem Mann beruhigend eine Hand auf die Schulter. Sava sah, dass seine Ärmel zerfetzt waren und die Haut darunter von rötlichen Striemen überzogen war. *Es war kein Traum!* Etwas hatte seine Arme aufgeschlitzt, und sie hatte ihn geheilt. Er folgte ihrem Blick, schmunzelte, schüttelte jedoch kaum merklich den Kopf. »*Nicht jetzt.*«

»Er hat wohl schon länger den Verstand verloren«, sagte er laut. »Aber seit er die Weißgesichter hier gesehen hat, ist er außer sich vor Angst.«

»Ihr müsst ihm sagen, dass es keine Geister sind«, schlug Grachann vor.

»Er hält sie nicht für Geister«, wehrte Sava ab. »Er fürchtet, dass sie ihn töten werden. Seid alle still und lasst mich auf das hören, was ihm nicht über die Lippen kommt!«

Yunmar richtete sich ein wenig auf, um sie mit geweiteten Augen anzusehen. »Bist du eine Göttin?«, fragte er auf Morahnisch.

Sie lächelte. »Nein, ich bin keine von ihnen, aber ich kann auf ihre Art mit ihnen sprechen. Ich kann sie warnen. Warum glaubst du, dass sie in Gefahr sind?«

Er brach in einen Schwall aufgeregter Worte und halber Sätze in drei verschiedenen Sprachen aus und sprang dabei so wild von einem Gedanken zum anderen, dass Sava schwindelte. Sie hörte nicht mehr zu, suchte stattdessen nach den Bildern, die in seinem Kopf herumspukten. Grobe, hässliche Gesichter und entstellte Körper erschienen, ragten über ihr auf und blickten auf sie herab. Tiefe, dröhnende Stimmen klagten ihr Leid. Borstige Haut färbte sich dunkel, Blut rann aus unsichtbaren Wunden, seltsame Wülste wuchsen aus Schultern und Hüften hervor. Eine in Grau gehüllte Gestalt stand vor den Riesen und redete sich in Rage. Die Worte waren so unfassbar, dass sich Yunmar vor Entsetzen die Haare raufte. Dann erwachte ein riesiges Gesicht in einer Felswand zum Leben. *Wie kann das sein?*

Der Gedanke warf Sava aus ihrer Entrückung, doch sie hatte genug gesehen. »Die Riesen leiden unter einer schrecklichen Krankheit, für die sie kein Gegenmittel haben. Sie sterben daran. Ein ... ich weiß nicht, was es ist, aber es könnte ein Mann sein. Sie verehren ihn als großen Zauberer, der mit den Berggöttern spricht. Er ...« Die Kehle wurde ihr eng. »Er sagt ihnen, dass sie geheilt werden, wenn sie die Elben fressen, weil diesen das Ewige Leben innewohnt.«

Regin
Egurna

»Soll ich rasch hinlaufen und nachfragen, Herr?«

Nachfragen? Wo? Bei wem?

Der Junge sah ihn erwartungsvoll an, und gerade als Regin ahnte, dass Tazlan mit dem Jungen gesprochen haben musste, hörte er seine eigene Stimme: »Ja, geh und sag ihm, dass mir viel daran liegt!«

Nein, bleib hier!, wollte Regin rufen, doch die Worte erreichten seine Zunge nicht. Ermig eilte hinaus und schloss die Tür hinter sich. *Woran liegt mir viel, verdammt?*

»Oh, an nichts Besonderem«, hörte er sich selbst. »Ich habe den Jungen geschickt, um den Stallmeister nach dem Pferd zu fragen, das Ordags Neffe dir als Versöhnungsgeschenk gesandt hat. Er wäre mir nur im Weg, wenn wir jetzt hinuntergehen und es endlich hinter uns bringen.«

Nein! Sein Körper setzte sich in Bewegung, obwohl er glaubte, noch immer am selben Fleck zu stehen. Waren es noch seine Augen, durch die er sah? Nicht einmal die Lider gehorchten seinem Befehl, sich zu schließen. *Nein, nein, NEIN!* Seine Beine gingen stur weiter auf die Tür zu. Seine Hand hob sich, um sie zu öffnen. Plötzlich erstarrte sie, als hätte sie vergessen, was sie wollte. Verblüfft nahm Regin sie herab. Er sah an sich hinunter, hob zögerlich einen Fuß, drehte sich um … Kein Widerstand. Erleichtert ging er zum Tisch und ließ sich auf den Stuhl fallen, doch zugleich beschlich ihn Misstrauen. *Warum ist er mit einem Mal fort gewesen? Einen Augenblick zuvor entschlossen, es zu Ende zu bringen, und dann …*

Die Tür flog auf. Regin zuckte zusammen, als sie krachend gegen die Wand prallte, und sprang auf. »Edgiva!«

Flammenden Blicks stürmte sie herein, warf im Vorübergehen die Tür zu und baute sich vor ihm auf, die Fäuste auf die Hüften gestützt. »Verabschiede dich von deinen Titeln und jeglicher Aussicht auf den Thron, Regin Ohneverstand! Vielleicht kannst du bei deinem getretenen Bruder unterkriechen und dir mit ihm die Wunden lecken.«

Bei Waig? Hat Vater jetzt auch mich enterbt? »Was redest du da? Was soll das bedeuten?«

Sie sah ihn triumphierend an. »Ich habe es getan. Ich habe meinem Vater alles erzählt. Wie du mich verführt hast. Wie du Joromar nach dem Leben getrachtet und mit Ordag unter einer Decke gesteckt hast. Dass du die Marionette dieses phykadonischen Dämonenbeschwörers bist, den du angeblich getötet hast.«

Regin konnte es nicht fassen. Seine Gedanken überschlugen sich. »Aber … aber das stimmt doch alles nicht!«

Edgiva lächelte höhnisch. »Wem wird er wohl mehr glauben, wenn er mich zur Zeugin hat?«

»Du kannst überhaupt nichts bezeugen! Willst du Meineide schwören? Warum?«

»Ich bin hier, weil ich will, dass du genau das weißt. Du bist wirklich so verblendet, dass du es nicht selbst erkennst, nicht wahr? Für wen hältst du dich? Du willst mich nicht zu deiner Königin machen, also sorge ich dafür, dass ein anderer den Thron besteigt. Ich werde schon jemanden finden, der mich mehr zu schätzen weiß!«

Zornerfüllt packte Regin ihren Arm und schüttelte sie.

»Du weißt ja überhaupt nicht, was du da tust! Du hast mich des Hochverrats angeklagt. Dein Vater wird mich hinrichten lassen!«

Sie wand sich vergeblich in seinem Griff, doch aus ihrem Blick sprach nur Trotz. »Geschieht dir recht! Ich lasse mich nicht zurückweisen.«

Elende Hure! Er holte aus, um sie zu schlagen, als er Schritte vor der Tür hörte. In seinem Herzen wurde es still und kalt. Ein lautes Pochen hallte durch den Raum. Seine Hand sank herab.

»Prinz Regin?«, rief Narrett von Gweldan.

Er ließ Edgiva los, die zufrieden lächelte, und ging zur Tür, als wate er durch die Nebel eines bösen Traums. Vielleicht war es besser so. Vielleicht konnte ihn nur dieser Weg davor bewahren, zu Tazlans willenlosem Werkzeug zu werden.

Er öffnete und sah in die grimmigen Gesichter des Hünen und seiner Begleiter.

Grachann

Yarsegata

»Bei den Göttern! Wer ist dieser Zauberer, dass er den Riesen einen solchen Wahnsinn einredet?« Die Schwertfrau, die dieses seltsame Volk anführte, blickte ratlos in die Runde ihrer Krieger und Gäste. Sie hatten sich in ihrem Haus versammelt, wo Grachann nun zwischen Rodan und Arion an einem langen, niedrigen Tisch saß.

»Es muss jemand sein, der die Elben so sehr hasst, dass er sie tot sehen will«, befand der Ritter mit dem schwarzen Haar, den sie Jagon nannten.

»Wem sollten die Götter Anlass zu solchem Hass gegeben

haben?«, zweifelte ein alter Geisterkrieger. »Wann hätten wir jemanden vorgelassen, dem sie nicht gütig und friedlich begegnet wären? Ich kann mich an keinen solchen Fall erinnern.«

»Das ist wahr«, stimmte Pramein zu. »Aber dennoch gibt es diesen Mann. Vielleicht haben die Götter ihm kein Leid zugefügt, sondern er ist einfach nur von Sinnen.«

»Wenn er ernsthaft glaubt, dass er Kranke heilen kann, indem er sie die Leichen der ...« Arion brach ab. »Auf einen solchen Einfall kann nur ein Wahnsinniger kommen.«

Grachann sah nachdenklich auf die Narben an seinen Armen. Am Morgen hatte er selbst die ältesten noch deutlich gesehen, doch nun waren sie fast verschwunden und die jüngeren flacher und heller geworden. Er hatte gespürt, wie sich seine Haut in der Gegenwart dieser Wesen erwärmt und die Narben ein wenig gejuckt hatten. Sogar sein dunkler Fleck am Arm war verblasst. Sie mussten entweder Götter oder mächtige Geister sein. Für was er sie halten sollte, wusste er noch nicht, aber wenn ihren Körpern eine solche Kraft innewohnte, lag es dann nicht nahe zu glauben, dass es heilsam war, sie zu essen? Gemahlene trockene Echsenfüße vermochten schließlich auch böse Fiebergeister auszutreiben.

»Das wirklich Schlimme daran ist, dass die Riesen offenbar bereit sind, diesen unfassbaren Frevel zu wagen!«, klagte eine andere Schwertfrau. »Es kann doch nicht das erste Mal sein, dass einige sterben. Warum müssen sie deshalb über uns herfallen?«

»Sie sind verzweifelt«, vermutete Rodan. »Ich habe in diesem Lager Kranke jeden Alters gesehen, Männer, Frauen, Kinder. Diese Seuche scheint selbst vor den Stärksten nicht haltzumachen, also würden sie *alles* tun, um sich zu retten.«

»Diese Krankheit ...« In Grachann keimte ein übler Verdacht. »Woran erkennt man sie?«

»So genau kann ich das nicht sagen«, behauptete Rodan. »Ich weiß ja nicht, wie ein gesunder Riese aussieht. Aber wahrscheinlich läuft ihnen für gewöhnlich kein Blut an den Beinen runter, obwohl man keine Verletzung sieht. Und ihnen wächst wohl auch kein Fell an seltsamen Stellen.«

»Hatten ... einige dunkle Flecken?«, hakte Grachann nach. »Große, fast schwarze Stellen auf der Haut?«

»Woher weißt du das?«, wunderte sich der Söldner.

Grachann fühlte alle Blicke auf sich gerichtet und hoffte, dass sie seinen Arm für dreckig halten würden. »Es ist Dämonenwerk – sagt Anidim. Wir sind auf dem Weg hierher durch viele Dörfer der Waldleute gekommen. Alle waren verlassen. Nur die Leichen mit diesen Malen lagen noch dort. Anidim hat mir erklärt, dass ein Dämon in den Kranken eindringt. Das ist die einzige Möglichkeit, wie er dem Tod durch das Sonnenlicht entgehen kann, seit Ertanns Dunkelheit fort ist.«

»Dann ist das alles Ertann zu verdanken?«, fragte Arion aufgebracht.

Grachann nickte.

»Und damit Tazlan«, fügte Arion hinzu und warf Jagon einen flammenden Blick zu.

Herrschte zwischen den Rittern Streit?

»Das ist sehr schlimm, aber es ändert nichts an unserer Lage«, stellte Pramein fest. »Seit den Tagen Viardians haben die Riesen stets den Anschein des Friedens gewahrt. Ich kann nicht glauben, dass Viardian zum Leben erwacht ist, um diesem Unheil seinen Segen zu erteilen.«

»Wer ist Viardian?«, erkundigte sich Jagon.

»Das Gesicht im Felsen«, antwortete die Schwertfrau. »So wollen es zumindest unsere Legenden wissen. In den Tagen nach der Flucht aus Sarmyn, als unser Volk auf der Suche nach einer neuen Heimat durch das Aldagar streifte und Yarsegata fand, kämpften die Schwertmeister oft gegen die Riesen, die uns jagten, als seien wir Wildbret. Viele starben, und die Götter konnten es nicht länger ertragen. Da zog Viardian, Sohn Deartas und Diuramans, aus, um die Riesen zum Frieden zu bewegen. Er ist niemals zurückgekehrt, doch seit dieser Zeit hatten die Überfälle ein Ende. Der Sage nach ist Viardian in einen Berg gefahren, um ihn zum Leben zu erwecken und durch ihn zu sprechen. Die Riesen hörten auf seine Worte, denn sie glaubten, einer ihrer Berggötter spreche zu ihnen. Deshalb verehren sie sein Gesicht noch heute in diesem Felsen, obwohl es lange nicht gesprochen hat. Es ist viele Leben her, dass sich Viardian für Menschen und Götter geopfert hat. Was Ihr gesehen habt, Rodan, kann nur Blendwerk dieses Zauberers gewesen sein.«

Der Söldner zuckte die Schultern. »Davon verstehe ich nichts. Aber ich verstehe etwas von Kriegsführung, und deshalb sehe ich, dass wir hier mit alten Legenden unsere Zeit verschwenden. Diese Stadt hat keine Verteidigungsanlagen. Die Riesen werden sie einfach überrennen. Ihr solltet Eure Schwester wegbringen, bevor es zu spät ist, Herr Arion.«

»Die Herrin Sava ist nicht deine Angelegenheit, Söldner!«, erklärte Jagon scharf.

Arion warf ihm einen gereizten Blick zu. »Ausnahmsweise muss ich dem Gordean zustimmen. Wir werden hier sicherer sein, als wenn wir ihnen irgendwo dort draußen über den Weg laufen. Außerdem habe ich nicht vor, unsere neuen Freunde im Stich zu lassen, wenn ihnen eine solche Gefahr droht.«

»Das sagt Ihr nur, weil Ihr noch keinen Riesen gesehen habt«, hielt Rodan dagegen. »Mit ihrer größeren Reichweite fegen sie Euch von den Füßen, bevor Ihr ihnen auch nur die Haut geritzt habt. Lanzenreiter könnten vielleicht etwas ausrichten, aber hier gibt es weit und breit kein Pferd.«

Grachann verstand nicht, weshalb der Söldner so schwarz sah. Was waren diese *Riesen* für ein Volk? Den Namen hatte er nie zuvor gehört. »Auch ich kämpfe lieber vom Sattel aus, aber du hast bestimmt nur den Mut verloren, weil du hungrig bist und dir die Geisterkrieger dein Schwert genommen haben. Lass uns …«

Rodan fiel ihm wütend ins Wort. »Durlach, Grachann, diese Riesen sind *groß*, kapierst du? Da sind Kerle dabei, die schultern einen Büffel und erschlagen dich immer noch mit der anderen Hand! Die könnten in diesem Raum nicht einmal aufrecht stehen!« Er wechselte ins Phykadonische. »Es sind echte Riesen.«

Echte Riesen! »Dann wird es mir eine besondere Ehre sein, gegen sie zu kämpfen.«

»Aber Ihr habt recht, Rodan«, gab Pramein zu. »Wir verschwenden Zeit. Mit wie vielen Riesen werden wir es zu tun haben?«

»Rechnet mit vierzig, vielleicht sogar fünfzig! Selbst die Kranken sind bis zum Ende noch gefährliche Gegner.«

In den Gesichtern der Geisterkrieger spiegelte sich grimmiger Ernst.

»Wie viele Schwertmeister habt Ihr?«, fragte Arion. Seine Miene verriet, dass er Schlimmes ahnte.

»Fünfzehn«, erwiderte Pramein. »Ich habe fünfzehn.«

Grachann hatte wenig Schlaf bekommen. Die halbe Nacht war er mit den Rittern und der Schwertfrau durch die Stadt gelaufen, um nach gut zu verteidigenden Stellungen Ausschau zu halten, während Boten von Haus zu Haus geeilt waren und die Nachricht des bevorstehenden Angriffs verbreitet hatten. Seit dem Morgengrauen hallten nun Axtschläge durch das Tal, in den Straßen wurde gehämmert, Befehle ertönten und viele hastige Schritte wurden von ängstlichen Stimmen begleitet. Pramein hatte angeordnet, dass die Kinder und Alten Yarsegata verlassen und in entlegenere Dörfer gebracht werden sollten. Da es die Riesen auf die Götter abgesehen hatten, hoffte sie, dass alle, die sich weit genug von der Stadt entfernten, sicher sein würden.

Auch aus dem Hof des Hauses der Schwerter schallte bereits Lärm in die Kammer, die er sich eigentlich mit Rodan teilen sollte, doch das Lager des Söldners war unberührt. Er hatte ihn in der Nacht zuletzt umringt von Handwerkern gesehen, denen Rodan mithilfe einer übersetzenden Schwertfrau den Bau einer besonderen Waffe erklärte. Grachann gähnte und zog sich an. An Schlaf war ohnehin nicht mehr zu denken. Um gegen die Riesen gerüstet zu sein, beschloss er, von den Geisterkriegern nicht nur Säbel und Bogen zurückzuverlangen, sondern sich auch nach Speeren umzusehen. Wenn niemand welche für ihn übrig hatte, würde er in den Wald gehen und ein paar Stangen holen, die sich anspitzen ließen.

Ob Anidim wieder für uns kämpfen wird?, fragte er sich, während er bei einem kargen Frühstück im leeren Speisesaal saß. Sie war bei den Priestern zurückgeblieben, und er hatte sie nicht vermisst, aber während er sich die bevorstehende Schlacht ausmalte, fiel ihm ein, dass sie gegen übermächtige Gegner nützlich sein konnte. Vielleicht sollte Arion sie bitten, seine Schwester zu beschützen. Das eigennützige Dämonenweib hatte eine Schwäche für ihn.

»Grachann, Sohn des Lardak?«, rief ein Geisterkrieger von der Tür her. »Pack deine Sachen und komm mit mir! Die Götter erwarten dich!«

Überrascht sprang er auf und beeilte sich, seine wenigen Habseligkeiten zu holen. In den Gassen wimmelte es von Menschen. Die meisten strömten aus der Stadt, schleppten dicke Bündel, hielten mit besorgten Rufen ihre Familien zusammen oder trugen kleine Kinder auf den Armen. Kaum jemand schenkte dem Krieger Beachtung, den sie am Tag zuvor noch mit furchtsamer Neugier bestaunt hatten.

Auch vor dem Inneren Tempel herrschte hektische Betriebsamkeit, doch hier überwog der Anblick entschlossener Frauen und Männer, die Balken und Bretter herbeischafften, Seile festzurrten und mit Geräten hantierten, die Grachann auf die Schnelle nicht zu deuten wusste. Er folgte dem Geisterkrieger durch das Tor, hinter dem einige Priester sie erwarteten, darunter auch Sava und Anidim. Gemeinsam liefen sie weiter, wenn auch langsamer, denn der Weg über den Pass war zu weit, um die ganze Strecke zu rennen. Grachann fragte sich, was die Götter dieses Volkes so Dringendes vorhatten, dass sie vor der Ankunft des Feindes unbedingt noch mit ihm sprechen wollten. Wurden die Krieger zusammengerufen, um sie mit einem besonderen Segen in den Kampf zu schicken?

Über dem Verborgenen Tal lag noch immer tiefer Friede. Kein Geräusch drang aus Yarsegata herüber. Die Götter hatten sich wieder unter den Birken versammelt und blickten Grachann mit derselben Gelassenheit entgegen wie am Tag zuvor. Sie mussten entweder so mächtig sein, dass sie keine Angst vor den Riesen hatten, oder sie fürchteten den Tod nicht. Es erfüllte ihn mit Stolz, an ihrer Seite kämpfen zu dürfen.

»*Grachann, Sohn Lardaks*«, erklang Dialas' Stimme in seinem Kopf. »*Dein verheertes Land schmerzt uns. Du sollst wissen, dass dies nicht zum ersten Mal geschehen ist. Doch die Menschen erinnern sich nicht mehr an die Zeiten, bevor aus verwüsteten Landstrichen die Steppe geworden war. Damals waren die Elben nicht willkommen, um das Land zu heilen. Dieses Mal aber hast du uns eingeladen, und wir wollen unser Versprechen halten.*«

Phykadon war schon einmal von Dämonen heimgesucht worden? Grachann schüttelte ungläubig den Kopf. Bevor das Land Steppe geworden war? Das Lied der Ahnen begann mit der Ankunft der Urmutter Adler und des Urvaters Lardak in der Steppe. Was sollte davor gewesen sein?

»*Heute ist nicht der Tag, von fernen Zeitaltern zu künden*«, befand Epana, »*denn heute soll ein neues beginnen. Feinde nahen, und wir wissen nicht, ob wir den nächsten Sonnenaufgang sehen werden. Deshalb, Grachann, Sohn Lardaks, vertrauen wir dir und deinem Volk meine Tochter Seca*« – sie deutete auf jene Frau, die am jüngsten aussah – »*und ihren Gefährten Ciaman an, die euer Land erblühen lassen werden.*«

Es dauerte einen Augenblick, bis Grachann der vollen Bedeutung ihrer Worte gewahr wurde. Sie legte das Schicksal ihrer Familie in die Hand der Faitaschaschem. »Die Adler werden dein Vertrauen nicht enttäuschen. Eher werde ich mich allein einem Heer von Feinden entgegenstellen, als zuzulassen, dass deiner Tochter und ihrem Mann ein Leid geschieht!«

»*Wir wollen hoffen, dass dies niemals nötig sein wird*«, sagte Epana ernst, »*aber wir danken dir. Ich sehe in dein Herz und weiß, dass Falschheit darin keinen Platz hat.*«

Grachann lächelte zufrieden und nickte. Gerade als ihm auffiel, dass er für diese Aufgabe Rodan und Arion im Stich lassen musste, wandte sich Epana an Anidim, die im Schatten der Bäume ihre Kapuze abgenommen hatte. Er betrachtete ihre dunkle Schönheit, die im Angesicht der lichten Götter umso düsterer wirkte. Zu erfahren, dass sie sich selbst hasste, hatte seine Abscheu gemildert. Wenn sich der Dämon durch mächtige Magie austreiben ließ, würde er sie vielleicht sogar mit zu seinem Stamm nehmen, falls sie nicht zu den Büffeln zurückkehren wollte.

»*Anidim, Tochter des Unaussprechlichen, was du in dir trägst, ist für uns schwer zu ertragen. Wir teilen deinen Kummer, der größer sein muss, als jeder andere zu begreifen vermag, und wir haben in dein Inneres geblickt. Es ist zu eng mit dem Dämon verwoben. Wenn wir ihn ausbrennen würden, wäre dies dein Todesurteil. Du müsstest mit ihm sterben. Wir bedauern es zutiefst, aber wir können dein schreckliches Los nicht von dir nehmen.*«

Schweigen lastete schwer auf dem Hain. Anidim starrte Epana und Dialas an. »Aber ich will, dass ihr es tut!«, schrie sie plötzlich. »Versucht es wenigstens! Es ist mir gleich, ob ich dabei sterbe.«

Dialas schüttelte den Kopf. »*Es steht in unserer Macht, Dämonen zu vernichten, aber nicht, Lebewesen zu töten. Wir können dir nicht helfen.*«

Anidims Gesicht verzerrte sich vor Wut. Ihre Hände ballten sich zu Fäusten. »Irgendjemand wird mich vernichten müssen!« Ihr Körper zerfiel, als fahre der Wind in einen Haufen Asche, die wild umherwirbelte. Staub ballte sich, suchte nach einer neuen Form. Aus der Wolke griff eine Klaue nach Epana.

Rodan

Yarsegata

Drei weitere Ochsengespanne quälten sich den Hang herauf. Die Karren waren mit Baumstämmen beladen, sodass die Tiere schnauften wie Blasebälge und immer wieder mit Flüchen und Schlägen von ihren Führern angetrieben werden mussten. Rodan peilte über die Führungsrinne, die fleißige Hände über Nacht in den Balken gekerbt hatten, einen der Wagen an. *Das wird gehen.* Er nickte der Frau zu, die den Befehl über diese Gruppe seiner Helfer übernommen hatte. Der übergroße Bogen, den sie nach seiner Anleitung gefertigt und waagrecht auf dem Balken befestigt hatten, sah stabil genug aus, dem nötigen Zug standzuhalten. Der Balken war jedoch zu schwer, um ihn längere Zeit zu halten, vor allem in der Hocke oder wenn man gebeugt stand, wie Rodan es gerade tat. *So kann man unmöglich gleichzeitig die Spannkurbel drehen.* »Wir brauchen eine Stütze«, erklärte er, obwohl er wusste, dass die Morahn kein Wort verstanden. »Stütze.« Er deutete zwischen dem angehobenen Balken und dem Boden hin und her.

Sogleich sahen sich einige seiner Helfer suchend um, bis sie ein halbwegs passendes Balkenstück gefunden hatten, das sie unter das Geschütz klemmen konnten.

»Gut«, freute er sich, aber das Lächeln kam nur noch widerwillig auf seine Lippen. Als er sich aufrichtete, wurde ihm für einen Augenblick schwindlig. Wenn es so weiterging, würde er im Stehen einschlafen. Er riss sich zusammen und musterte noch einmal die Kurbel, mit der das Seil, das die Bogensehne spannen sollte, aufgewickelt wurde. Sie wirkte etwas zierlich, aber nicht zwangsläufig zu schwach. *Wir werden das ausprobieren müssen, sobald wir freies Schussfeld haben.*

Drei Gruppen Helfer, darunter offenbar Tischlerinnen und Stellmacher, aber auch seltsame Kerle in fleckigen weißen

Kleidern, denen die anderen auswichen, und Burschen, die sich einfach nur nützlich machen wollten, hatten die ganze Nacht mit ihm daran gearbeitet, vor der Stadt drei Geschütze zu errichten, mit denen er Speere auf die Riesen schießen wollte, wenn sie den Berg heraufkamen. Er hatte diese Riesenbögen in Kurézé kennen- und schätzen gelernt, um Festungen zu verteidigen, und fand sie einfacher nachzubauen als die Steinschleudern, die sarmynische Belagerer manchmal einsetzten.

Jemand tippte ihm auf die Schulter. Rodan merkte, dass er wieder fast eingedöst war, und sah in das zahnlückige Grinsen eines alten Mannes, der die vierte Gruppe leitete. Diese hatte versucht, ein solches Katapult zu bauen, das mit gedrillten Seilen einen Hebelarm antreiben sollte. Mit schweren Lidern stapfte Rodan an der Seite des Alten hinüber, um die Fortschritte zu begutachten. »Der Rahmen ist prächtig.« Lobend tätschelte er das Holz. »Sehr stabil.« *Wenigstens muss dieses Ding nicht höhenverstellbar sein.* Das machte die Angelegenheit einfacher, aber da sich nicht damit zielen ließ, war das Wurfgeschütz auch nicht annähernd so nützlich. *Gegen fünfzig Riesen ist das ohnehin alles lächerlich.* Müde rieb er sich die Augen. Es musste weitergehen. Arion hatte gesagt, dass Sava ausgerechnet bei diesen Kindern der Götter war, auf die es die Riesen abgesehen hatten. Warum konnten die verdammten Ritter nicht ein einziges Mal vernünftig sein und einen verlorenen Posten aufgeben, bevor es zu spät war? Mehrfach hatte er im Lauf der Nacht mit dem Gedanken gespielt, Sava zu suchen und zur Flucht zu überreden. Aber er wusste nicht, wo sich die Elben, wie Jagon sie nannte – was zum Henker waren Elben? –, versteckten, und er hatte auch nicht übers Herz gebracht, die Menschen zu enttäuschen, die sich so viel Mühe gaben, seine mit Händen und Füßen unterstützten Worte zu verstehen. Gerade sahen sie ihn wieder erwartungsvoll an und harrten seines Urteils, ob er mit ihrem Werk zufrieden war.

»Das sieht so weit wirklich gut aus, aber wenn …«

»Rodan!«

Alarmiert blickte er sich um. Arion kam die breiteste Straße herunter auf ihn zugelaufen. Der Ritter trug ein Kettenhemd und hatte sein Schwert zurückbekommen. »Die Riesen sind gesichtet worden!«

Blutiger Dur! Jetzt schon? »Wo?«

»Der Ort sagt mir nichts«, brachte Arion atemlos hervor. »Aber die Schwertmeister schätzen, dass sie heute Abend oder spätestens heute Nacht hier sein werden.«

»Dann bleibt uns nicht mehr viel Zeit.«

»Allerdings. Wie kommt ihr voran?« Der Ritter ließ den Blick über die notdürftig zusammengezimmerten Geschütze schweifen.

»Nicht schlecht, aber ob die Bögen etwas taugen, müssen ein paar Probeschüsse erst noch zeigen. Dieses Ding hier ...«, Rodan zeigte auf die Schleuder, »... macht mir mehr Sorgen.«

Arion musterte sie. »Warum? Übersehe ich da etwas?«

»Es geht um die Seile«, erklärte Rodan. »Der Einfall, sie mithilfe dieser Knebel verdrillen zu wollen, ist ganz pfiffig. Das gibt genug Schwung, um einen Brocken ordentlich weit zu schleudern. Es wird nur sehr viel Kraft erfordern, die Spannung aufzubauen und dann zu halten, bis der Hebelarm ausgelöst ist.«

»Verstehe«, behauptete Arion. »Ich habe die Katapulte in Egurna gesehen. Für gewöhnlich verwendet man wohl Zahnräder mit einer Sperrvorrichtung.«

»So ist es.«

»Rodan, du siehst aus, als ob du gleich zusammenbrichst. Geh ins Haus der Schwerter und sieh zu, dass du Schlaf bekommst! Ich löse dich hier ab.«

Ablösen? Er sah den Ritter zweifelnd an. War das nun ein Befehl oder eine freundliche Geste? *Oder glaubt er nur, dass er es besser kann?*

»Was ist?«, drängte Arion gereizt. »Ich werde das schon schaffen. Sie brauchen dich hier ausgeschlafen, wenn es ernst wird.«

»Dann vergesst nicht, mich zu wecken«, brummte Rodan,

aber er war so müde, dass es einem Teil von ihm gleichgütig war, ob er den Angriff verschlafen und erst auf dem Weg zu den Sternen erwachen würde.

Ein Schlag auf die Brust, der ihm den Atem nahm, riss ihn aus dem Schlaf. Er schnappte nach Luft, während er erschrocken die Augen aufschlug, doch ein Gewicht presste seine Rippen nach unten. Es war noch immer Tag, noch immer hell in der Kammer, und er blickte in Jagons grimmiges Gesicht, das sich über ihn beugte. Ein Knie des Ritters bohrte sich in seinen Brustkorb und drückte ihn auf sein Lager, während das andere seinen rechten Arm unter sich zerquetschte. Sein erster Drang, den Gegner irgendwie von sich zu stoßen, endete jäh beim Anblick des Dolchs, dessen Spitze in diesem Moment seine Kehle berührte.

»Wenn ich herausfinde, dass du Garédar auf dem Gewissen hast, bist du ein toter Mann«, zischte Jagon. »Warum solltest ausgerechnet du den Riesen entkommen sein?«

»Vielleicht, weil ich mich beim Sterben nicht immer vordrängle«, knurrte Rodan. »Fragt Arrer, falls er es zurück nach Drahan schafft! Er wollte auf dem schnellsten Weg nach Hause.«

»Wer hat sonst noch überlebt?«

»Keiner, von dem ich weiß.«

»Dann hör jetzt gut zu, denn das hier ist meine letzte Warnung! Solltest du dein armseliges Leben irgendwie auch aus dieser Schlacht retten, wirst du aus Drahan verschwinden und nie wieder zurückkommen. Wenn ich dein dreckiges Halunkengesicht noch einmal auf meinem Land sehe, wird mich keine Göttin mehr davon abhalten, dich abzustechen!«

Wir werden ja sehen, ob du es kannst. Rodan starrte den Ritter trotzig an.

»Ich weiß, was du denkst«, behauptete Jagon. »Du gehörst

zu denen, die es darauf ankommen lassen. Aber du spielst mit Savas Leben, hörst du? Priesterinnen kommen und gehen. Was zählt, ist das Heiligtum und die Ehre der Gordean. Bringt Sava das deinetwegen in Gefahr, nützt sie mir tot mehr als lebendig.«

Der Kerl ist wahnsinnig! Ich muss Sava vor ihm warnen.

Der Ritter lächelte. »Ich sehe, du hast mich verstanden.« Mit einem Ruck verlagerte er sein Gewicht wieder auf die Füße und stand auf.

Rodan sog die Luft tief ein. »Ja, ich habe Euch sehr gut verstanden.«

Jagon ging mit einem letzten drohenden Blick hinaus, während sich Rodan aufsetzte. *Hol dich der Totensammler, Gordean!* Sein Blick fiel auf die Narben, die der zornige Bär auf seinen Armen hinterlassen hatte. Wenn die Göttin durch Sava kein Wunder gewirkt hätte, wäre er auf der Flucht verblutet oder beim Versuch, die Wunden zu verbinden, noch im Tal des Felsgesichts von den Riesen eingeholt worden. Er hatte sie in dieser Nacht gespürt, ihre Stimme wie aus weiter Ferne gehört. Sie war auf seiner Seite, ganz gleich, was der Ritter davon hielt.

Plötzlich schallten aufgeregte Rufe über den Hof. Rodan sprang auf und griff nach dem Schwert, das sie ihm zurückgegeben hatten. *Sie greifen an!*

Arion

Yarsegata

Die Sonne näherte sich bereits dem gezackten Horizont, als einer der Jäger einen Ruf ausstieß und gen Westen deutete. Seine Augen mit der Hand schützend, spähte Arion ins Gegenlicht. Erste Schatten fielen auf die Hänge am westlichen Talausgang, wo letzte Ausläufer der von den Morahn angelegten Terrassen in Wald übergingen. Was hatte der Jäger dort entdeckt? Zunächst sah Arion nur die hell herausleuchtenden Stützmauern und im Schatten verschmelzende Baumkronen.

»Sie haben den Talgrund erreicht«, behauptete Pramein neben ihm und wandte sich auf Morahnisch mit Befehlen an Godyé, die davoneilte.

Er blickte tiefer hinab, wo sich lange Schatten dunkel von den noch immer sonnenbeschienenen Wiesen abhoben. Eine Bewegung erregte seine Aufmerksamkeit. Da waren sie – eine wogende Masse, die Staub aufwirbelte. Hier und dort blinkte Metall darin auf. Mehr konnte er noch nicht erkennen.

Hinter ihm wurden Stimmen laut. Einige Priester waren zwischen den Häusern hervorgekommen und hatten den Ausgestoßenen mitgebracht. Gegen dessen verdreckte, graubraune Lumpen sahen sie in ihren glänzenden rot-grünen Roben wie große, bunte Vögel aus, die eine Fledermaus umringten. Zwischen ihrem Anführer und Pramein entspann sich ein kurzer Streit, bis die Schwertmeisterin ergeben nickte. Unter den Morahn, die sich vor der Stadt hinter hastig errichteten Bretterzäunen verschanzt hatten, wurde aufgeregt geflüstert. Arion wünschte, er würde auch nur ein Wort verstehen. Einer der Priester straffte sich und forderte den Verbannten auf, ihm zu folgen.

»Was wird das?«, erkundigte er sich bei Pramein, die mit versteinerter Miene zusah, wie die beiden den Weg ins Tal einschlugen. »Das ist nicht der richtige Moment, um diesen verwirrten Mann fortzuschicken. Wäre es für seine Warnung nicht angemessener, ihn zu begnadigen?«

»Er wird nicht fortgejagt. Die Priester haben mich zurecht daran erinnert, dass wir Morahn sind, die dem Vorbild der Götter nachstreben. Bevor wir leichtfertig töten, müssen wir unseren Feinden Gelegenheit geben, die Angelegenheit friedlich beizulegen. Yunmar soll für unseren Unterhändler übersetzen. Er hat dieser Aufgabe zugestimmt, um die Götter zu retten.«

»Ein Mann, der keinen sinnvollen Satz zustande bringt? Das ist doch Selbstmord!« Arion drängte an Pramein vorbei, um diese Wahnsinnigen aufzuhalten, aber die Schwertmeisterin packte ihn mit überraschend hartem Griff am Arm.

»Er ist der Einzige, der die Sprache der Riesen beherrscht, und er hat sich frei dafür entschieden. Wer bist du, dass du ihn daran hindern willst zu versuchen, was getan werden muss?« Ihr Blick war so unnachgiebig wie ihre Hand.

Arion zweifelte plötzlich nicht mehr daran, dass sie töten würde, wenn es darauf ankam. »Dieser Versuch ist zum Scheitern verurteilt. Das wisst Ihr.«

»Wir glauben, es zu wissen«, erwiderte sie. »Wenn sie scheitern, werden sie nur zwei Tote mehr von vielen sein. Aber wenn sie Erfolg haben, wird niemand sterben müssen. Wollt Ihr uns alle dieser Möglichkeit berauben?«

Er sah die ängstlichen, unbewaffneten Helfer hinter den notdürftigen Barrikaden und schluckte seinen Trotz hinunter. »Natürlich nicht.« Diese Leute waren keine Krieger, die sich wie Grachann todesverachtend in den Kampf stürzten, und sie waren keine Ritter, die sich ihr ganzes Leben darauf vorbereitet hatten, eines Tages in die Schlacht zu ziehen. Die wenigen, die nicht mit den Gebrechlichen und Kindern die Flucht ergriffen hatten, waren geblieben, um Götter zu schützen, die das Töten ablehnten. Ihre letzte Hoffnung lag auf dem Priester und seinem seltsamen Begleiter. *Ich darf sie ihnen nicht nehmen.*

Er trat zurück, und Pramein ließ ihn los. Die Jäger, die wie er entschlossen waren, die Riesen mit einem Pfeilhagel zu empfangen, sobald sie in Reichweite der Bögen kamen, nickten ihm zu. Sie hatten über Nacht aus Brettern einen mannshohen Schutzschild zusammengenagelt und mit Schießscharten versehen. Eine zweite solche Stellung hatten sie jenseits der Geschütze errichtet, um ein breiteres Schussfeld abzudecken. Für mehr reichte die Zahl der Jäger nicht aus. Arion hatte sich den Jagdbogen und die Pfeile bereitgelegt, die Jagon ihm überlassen hatte, aber wie die meisten anderen war er schon zu unruhig, um sich hinter der Barrikade zu verstecken. Die Sonne berührte nun die westlichen Gipfel und schickte sich an, dahinter zu versinken. Letzte Strahlen erreichten den Talgrund, wo sich der Zug der Riesen heranwälzte. Mittlerweile waren sie nah genug, um sie als Horde einzelner Wesen zu erkennen.

Rasch wandte sich Arion um, als hinter ihm eilige Schritte erklangen. Mehrere Schwertmeister und ihre Schüler, angeführt von Godyé, die sie geholt haben musste, weil der Angriff bevorstand, kamen mit Bögen und Pfeilen aus der Stadt herbeigelaufen. Auch Jagon und Rodan waren bei ihnen, der eine in sein Kettenhemd gewandet und mit einer Handvoll Speeren, der andere nur mit seinem Schwert bewaffnet.

»Wie sieht es aus?«, wollte Jagon schwer atmend wissen.

»Ihr habt gut geschätzt, Rodan«, lobte Pramein und wies ins Tal hinunter. »Unsere Kundschafter sagen, dass es über vierzig sind.«

Arion musterte den Söldner, der immer noch hohlwangig, aber nicht mehr völlig übermüdet aussah. »Du wirst den Befehl über die Geschütze übernehmen müssen. Du bist der Einzige von uns, der jemals eines benutzt hat.«

»Ihr wollt ihm so viel Verantwortung übertragen?«, fuhr Jagon auf. »Ich verbiete es! Er ist nur ein Söldner.«

»Das bin ich nicht.« Rodan funkelte den Gordean hasserfüllt an. »Ihr habt mich heute entlassen, falls Ihr das schon vergessen habt, und ich werde nie wieder einen Auftrag von Euch oder irgendeinem anderen Ritter annehmen.« Er wandte sich abrupt ab und ging zu den Geschützen hinüber.

Was sollte das nun wieder bedeuten? Hieß das, dass sich Rodan nie wieder dem Befehl eines Ritters beugen wollte? *Wenn man ein Mal freundlich zu ihm ist, handelt man sich nur noch mehr Ärger ein!*, grollte Arion, doch es gab jetzt Wichtigeres.

»Lasst ihn!«, forderte Pramein schneidend, als Jagon Rodan folgen wollte. »Ich brauche ihn dort und Euch hier, wenn Euch das Schicksal der Götter etwas bedeutet.«

Der Gordean zögerte einen Augenblick, dann deutete er eine Verneigung an. »Vergebt mir! Ihr habt recht.«

Damit wäre das hoffentlich erst einmal geklärt. Arion spähte wieder zu ihrem nahenden Feind hinab. Er war versucht, sich ungläubig die Augen zu reiben, denn dort unten stimmten die Proportionen nicht mehr. Mittlerweile war die Ähnlichkeit der Riesen mit Menschen nicht mehr zu übersehen, doch unter den Füßen der bulligen Gestalten, die wie Männer mit Zottelhaaren und wuchernden Bärten in groben Kitteln aussahen, wirkte der breite Karrenweg wie ein schmaler Trampelpfad. Sie hatten wuchtige Keulen und Speere, die wie ihre Besitzer erst im Vergleich mit den Bäumen am Wegrand ihre wahren Maße verrieten, und einige trugen gewaltige Streitäxte, deren geschärfte Schneiden im Licht der untergehenden Sonne so rot glühten wie die felsigen Gipfel über dem Tal.

»Wer zum Henker ist *das*?« Jagon deutete den Hang hinab, an dessen Fuß gerade der Priester und Yunmar hinter einem Vorsprung auftauchten und nun den Riesen entgegengingen. Aus dieser Entfernung waren sie nur noch an der leuchtenden Robe zu erkennen.

»Unterhändler«, antwortete Pramein, ohne den Blick von ihnen zu nehmen.

»Ein Priester, dem der Ausgestoßene übersetzen soll«, fügte Arion hinzu und machte keinen Hehl daraus, wie wenig er von dieser Wahl hielt.

Jagon schüttelte nur den Kopf.

Schweigen legte sich über die wartenden Verteidiger. Alle blickten auf die beiden Männer hinab, die immer kleiner und schmächtiger aussahen, je näher sie den Riesen kamen. Tiefe, grollende Stimmen drangen allmählich gedämpft zu ihnen herauf. Hob der Priester den Arm, um dem Gegner Einhalt zu gebieten? Es war nur noch schwer zu erkennen.

Die Riesen blieben stehen. Arions Herz schlug rascher. Würden sie den Unterhändler anhören? Fünf gewaltige Kerle bauten sich vor den beiden Menschen auf, die vor ihnen standen wie Kinder vor hünenhaften Kriegern. Was sagten sie? Was sagte der Priester?

Plötzlich schob sich eine weitere Gestalt zwischen den Riesen nach vorn. Auch sie reichte ihnen nur bis an die Leibesmitte, doch sie war kräftiger als die Menschen und von entschiedenem Auftreten. Arion kniff die Augen zusammen, um besser zu sehen, doch die grauen Gewänder verhüllten alles, was mehr über den Unbekannten hätte verraten können.

»Das muss der Zauberer sein«, murmelte Pramein.

Die Gestalt rief etwas, woraufhin die Riesen drohend die Stimmen erhoben und ihre Waffen schwenkten.

»Dieser verfluchte Hund!«, zischte Jagon.

Arion starrte auf die beiden winzigen Gestalten vor der zornigen Menge, als könne er ihre Worte hören, wenn er nur scharf genug hinsah. Wedelte Yunmar abwehrend mit den Händen? Reckte der Priester die Arme beschwörend empor?

Erneut schrie der Zauberer und zeigte auf die Menschen. Die Riesen antworteten ihm mit einem Gebrüll, das wie Donner durch das Tal rollte. Ihre Keulen und Äxte schwingend, stürmten sie los und rannten die Unterhändler einfach nieder. Arion sah die Männer fallen und unter der heranwogenden Flut riesiger Leiber verschwinden. Er glaubte, das Bersten und Brechen der Knochen über den Lärm hinweg zu hören, obwohl es unmöglich war.

»Sie kommen!«, rief Pramein. »Macht euch bereit!«

Sava

Verborgenes Tal

Eben noch hatte nur eine Ahnung des Schrecklichen Anidim umwabert wie Nebel, der sich vor dem Licht der Elben auflöste, doch nun brach es hervor, fegte die Frau, ihre Gefühle, ihre mühsam verteidigte Lebendigkeit hinweg, als sei sie nur Schein gewesen, der die Ausgeburt der Unterwelt verborgen hatte. Das Grauen packte Sava mit eisigem Griff, als sie auf die unbegreifliche Verwandlung starrte. Aus der wirbelnden Wolke griff eine graue Krallenhand nach Epana. Grachann und der Schwertmeister schrien auf und sprangen vor, um sich zwischen den Dämon und die Elbin zu werfen.

»*Halt!*« Epana hob gebieterisch die Hand. »*Tretet zurück! Euer Tod wäre sinnlos.*«

Der Krieger und der Sternenwächter blieben verwirrt und ratlos stehen. Sava sah fassungslos zu, wie die Klaue ins Leere langte und zerfiel, während sich der Staub darüber zu einem Kopf mit einem riesigen spitzen Schnabel verdichtete. Blitzschnell pickte er zu. Doch ohne Hals reichte er nicht an Epana heran. Schon verblasste der Storchenschädel, und ein gewaltiger Flügel erwuchs aus dem formlosen Grau. Die Elben fassten sich bei den Händen. Wie konnten sie so ruhig, so furchtlos sein?

Ein Flügelschlag trieb den Dämon auf Dialas zu. Die Schwinge verging im gleichen Maß, wie vor den Elben eine verzerrte Fratze entstand, die drei Rachen zugleich aufriss.

»*Und wenn du uns alle auslöschst*«, sagte Dialas, »*wir werden es nicht tun! Wir werden dich nicht töten.*«

Sava hörte die fauchenden Schreie der drei Kehlen aus dem Ewigen Abgrund herüberhallen. Sie lösten sich im wallenden Aschewirbel auf, aus dem eine neue, zierliche Hand hervorstieß und Dialas' Arm packte. Die Kälte fuhr in Savas Knochen, als berühre der Dämon ihre eigene Haut. Krallen schossen aus den Fingerspitzen, gruben sich in Dialas' Fleisch. Blut färbte die Robe des Elben rot. Wärme und Kraft wurden ihr – ihm – aus dem Körper gesogen, doch noch immer war die Angst allein ihre eigene. Neue Wärme, neue Kraft flossen ihr – ihm – von den anderen Elben zu.

»*Du kannst uns alle töten*«, wiederholte er. »*Wir werden es nicht tun.*«

Ein Kreischen, das ihr schier die Ohren zerriss, gellte durch die Welten. Klauen wurden mit einem Ruck aus Elbenhaut gezogen, und im nächsten Augenblick wehte die Wolke davon wie von einer Sturmböe gepeitscht. Es war, als ziehe eine unsichtbare Hand einen Schleier vor der Sonne fort, sodass das Tal mit neuem Licht durchflutet wurde.

Fröstelnd kam Sava zu sich. Außer dem Blutfleck auf Dialas' Ärmel, der nicht mehr größer wurde, wirkte alles unverändert. Doch den Schwertmeister ergriff nach dem Entsetzen die Wut. »Wie konntest du einen Dämon zu den Göttern bringen?«, herrschte er Grachann an. »Und dir sollen wir Deaseca und Ciaman anvertrauen?«

»Dieses Weib ist unberechenbar wie die Grasschlange«, verteidigte sich der Krieger. »Sie wollte nur eine Bitte vortragen.«

»*Es gibt keinen Grund, Grachann zu tadeln*«, erklärte Epana. »*Wir haben entschieden, sie anzuhören, obwohl wir wussten, was sie war.*«

»Aber warum?«, wollte der Schwertmeister wissen. »Sie hätte euch beinahe umgebracht!«

»*Unsere Liebe gilt allen lebenden Wesen, und ein solches ist sie.*«

Der Mann verneigte sich wortlos, obwohl er es noch immer nicht verstand.

»Wäre es denn das eine – Anidims – Leben wert, dass Ihr alle sterbt?«, wagte Sava einzuwenden. Die Priester hatten ihr erzählt, dass die Götter das Leben in die Welt gebracht hatten und dass es erlöschen würde, wenn der letzte Elb diese Welt verließ. Wenn der Preis tatsächlich so hoch war, hatten sie nicht die Pflicht, bis ans Ende der Zeit zu überdauern?

Epana nickte. »*Es ist wahr. Wir sind in diese Welt gekommen, um Leben zu geben. Wenn wir auch nur eines nehmen, überschreiten wir die Grenze, hinter die es keine Rückkehr gibt. Wir würden unsere Kraft verlieren und zu gewöhnlichen Wesen werden, die wieder und wieder töten. Denn es gab heute einen Grund dafür, und es würde sich wieder ein Anlass finden. Es gibt immer einen Grund, wenn man ihn finden will. Deshalb ist es die trügerischste Grenze von allen.*«

Sava glaubte zu begreifen, doch sie konnte nicht fassen, wie die Elben ihren eigenen Tod so nüchtern betrachten konnten. »Habt Ihr denn keine Angst zu sterben?«

»*Der Tod ist nur ein Tor, das wir alle durchschreiten*«, sagte Dialas. »*Doch es steht uns nicht zu, für andere darüber zu entscheiden, wann es so weit ist.*«

»*Aber manchmal können wir darüber bestimmen, wann unsere eigene Zeit gekommen ist*«, ließ sich Deaseca vernehmen. »*Und deshalb wollen Ciaman und ich uns nun verabschieden. Unsere Aufgabe liegt nicht mehr hier.*«

Rodan
Yarsegata

»Ich werde nie wieder einen Auftrag von Euch oder irgendeinem anderen Ritter annehmen.« Die Worte waren im Zorn aus ihm hervorgebrochen, aber er bereute sie nicht. Er würde ein neues Leben beginnen und sich nie wieder für Gold zum Knecht machen lassen. Doch dazu musste er erst einmal diese Nacht überleben.

Mit prüfendem Blick schritt er die Geschütze ab. An der Steinschleuder gab es jetzt Hebel, um die verdrillten Seile daran zu hindern, sich von selbst in ihren ursprünglichen Zustand zurückzudrehen, aber die Vorrichtung sah mehr als notdürftig aus. *Hol's der Blutige! Es muss reichen.*

»Gut!« Er lächelte seinen Helfern aufmunternd zu und ging weiter. In den Seilen, die die Bogensehnen mithilfe der Winden spannen sollten, sah er keine Knoten. Wie hatten sie Probeschüsse abgefeuert? Hatten sie die Seile etwa einfach abrollen lassen, statt sie zu durchtrennen und die Spannung auf diese Art jäh zu entladen? Dann ging zu viel Wucht verloren.

Hektisch bedeutete er der Schwertmeisterin, die ihm am nächsten stand, herüberzukommen. »Verstehst du mich?«

Sie sah ihn halb verärgert, halb verwundert an. »Ja.«

»Die Riesen wirst du noch ausgiebig genug sehen. Ich muss den Leuten hier letzte Einweisungen geben, und zwar flott. Kannst du übersetzen?« Er wartete ihre Antwort nicht ab, sondern wandte sich den Männern und Frauen zu, die die Geschütze bedienen sollten. Einige waren blass und zitterten, andere blickten entschlossen. Nur jenen in den weißen Gewändern steckten Beile in den Gürteln.

»Gleich könnt ihr beweisen, dass wir gute Arbeit geleistet haben. Es muss alles sehr schnell gehen. Jeder an seinen Posten!«

Die Helfer hasteten einen Moment durcheinander, dann standen sie so, wie er sie in der Nacht eingeteilt hatte: einer an den Geschossen, zwei an der Spannvorrichtung, von denen einer eine Axt haben musste.

»Wenn ich die Hand hebe …«, Rodan reckte den Arm, »… müsst ihr laden.«

»Was heißt *laden*?«, unterbrach die Schwertmeisterin.

»Einen Speer nachlegen und spannen.«

Die Morahn drehten an den Kurbeln. Seile knarrten, Holz knirschte.

»Das reicht!«, rief Rodan. »Wenn ihr zu fest spannt, fliegt uns das Zeug um die Ohren.«

Aus dem Tal drangen die Stimmen der Riesen herauf. Rasch warf er einen Blick über die Schulter. Noch standen sie – mit dem verfluchten Zauberer an ihrer Spitze.

»Wenn ich den Arm senke …« Wieder machte er die Geste vor. »… schießt ihr. Nein! Nicht die Kurbel loslassen!«, herrschte er einen jungen Mann an, der verschreckt auf die Winde starrte, die sich nun rasend schnell drehte, dabei in ihren Lagern rüttelte und den Strick abspulte, mit dem die Bogensehne zurückgezogen worden war. In seine alte Form zurückschnellend, jagte der Bogen einen Speer den Hang hinab.

Rodan sah hinterher, um die Reichweite eines korrekt durchgeführten Schusses abzuschätzen. »Wer das noch mal macht, den erschlag ich selbst! Wenn ich den Arm senke, durchtrennt ihr den Strick mit dem Beil! Zack! Verstanden?«

Die Schwertmeisterin übersetzte, doch das Gebrüll der Riesen ertönte, und erschreckt wandten sich die Blicke dem Tal zu.

»He!«, schrie Rodan. »Durchhacken und neu verknoten! Habt ihr das kapiert?«

Wenigstens einige hörten noch zu und nickten.

Durlach! Was für ein ängstlicher Haufen! Erst jetzt gestattete er sich, länger zu den Riesen hinabzusehen. Der Zauberer war feige wieder in der Menge untergetaucht oder einfach überholt worden. Die Riesen stürmten mit donnerndem Getöse auf den Fuß der Anhöhe zu, wie eine Horde Büffel bereit, alles niederzuwalzen, was sich ihnen in den Weg stellte. *Zeit, das Katapult zu erproben.*

Rodan winkte den Helfern am Wurfgeschütz. »Ihr!« Er hob den Arm. Der zahnlückige Alte sah es und machte die anderen krächzend aufmerksam.

»Schießt!« Rodan ließ den Arm fallen, als hielte er selbst das Beil. Der Hebelarm prallte dumpf gegen den gepolsterten

Querbalken und schleuderte einen kopfgroßen Stein in hohem Bogen davon. Noch während sich das Geschoss in der Luft befand, riss Rodan den Arm wieder nach oben. »Nachladen!«, schrie er, während sein Blick den Weg des Steinbrockens verfolgte, bevor er ihn vor den wogenden Riesenleibern aus den Augen verlor.

»Sag ihnen …« Er brach ab, denn die Schwertmeisterin war zu den Bogenschützen geeilt und nahm gerade ihre Waffe auf. *Was soll's?* »Schießt!« Wieder senkte er den Arm, obwohl die Mannschaft am Katapult noch nicht fertig war, aber er musste sich um die anderen kümmern. Er rannte hinter allen drei Ballisten vorbei, um zu prüfen, ob die grobe Ausrichtung stimmte. »Jetzt ihr«, schrie er, »schießt!«

Zwei Beile fuhren nieder und knallten durch die Stricke ins Holz, das dritte folgte einen Lidschlag später. Drei Speere sausten in die Tiefe. Rodan riss den Arm hoch – »Laden!« –, während er ihnen nachspähte. Einer schlitterte über den Hang, einer bohrte sich hinein, doch der Dritte fuhr zwischen den vordersten Riesen hindurch und fällte einen in der zweiten Reihe. Rodan sah nur einen bärtigen Kopf plötzlich zwischen den anderen versinken – das genügte.

Das Katapult ruckte unter einem zweiten Schuss.

»Schießt!«, rief er auch den anderen zu und gab das Zeichen, aber als er sich umsah, schwangen nur zwei Helfer ihre Beile. Am dritten Geschütz friemelten zwei Leute gleichzeitig an einem neuen Knoten herum, weil ihnen der erste wieder aufgegangen war. Er sprang hinüber, um ihnen den richtigen zu zeigen. »Nachladen! Nachladen!«, herrschte er die anderen an. Glaubten die, sie hätten ewig Zeit? Schon zitterte der Boden unter dem Getrampel der Riesen. Mit fliegenden Fingern verband Rodan die beiden Seilenden. Zu beiden Seiten wurden andere Befehle gebrüllt, aber er sah erst auf, als er den Knoten festgezogen hatte. »Schießt!«

Er rannte zwischen den Geschützen nach vorn. Wieder war mindestens ein Riese getroffen worden. »Laden!« Ein erster Pfeilhagel prasselte auf die wutschnaubenden Feinde hinab. Der steile Hang hatte ihnen Schwung geraubt, weshalb sie nun langsamer liefen, aber sie kamen unaufhaltsam näher. Die Pfeile, die aus einigen Schultern und Armen ragten, beeinträchtigten sie offenbar kaum.

Zwei Erntewagen, hoch mit Heu beladen, unter das die Morahn einige Eimer mit Pech gemischt hatten, holperten den Riesen entgegen. Feuer breitete sich auf ihnen aus, während sie immer schneller über die Unebenheiten des Hangs hinabschwankten. Der erste kippte, als er eine Kehre des Wegs streifte. Nutzlos ergoss sich seine Fracht über Steine und Gras. Der zweite rollte weiter, prallte gegen einen Felsbrocken und überschlug sich. Brennendes Heu und Pech spritzten den vordersten Riesen entgegen, die schützend die Arme vor die Gesichter rissen.

»Schießt!«, brüllte Rodan im selben Augenblick, als es neben ihm knallte. Wie von selbst duckte er sich, hörte drei Beile aufschlagen, den Schrei eines Menschen und den gedämpften Aufprall des Hebelarms. Geschosse sausten durch die Luft, weitere Pfeile schwirrten, doch er hatte nur Augen für die Trümmer des Bogens, der unter der Anspannung gebrochen war, und die Frau, die sich den blutenden Oberarm hielt. Ein Teil des berstenden Holzes hatte sie getroffen. Der Arm baumelte unterhalb der Wunde schlaff herab. *Verdammt!*

»Nachladen! Ladet, verflucht noch eins!«, fuhr er die anderen an, die ebenfalls gafften. »Ihr zwei, helft ihr! Bringt sie weg, bevor die Riesen hier sind!« Er jagte die ganze Mannschaft des zerstörten Geschützes mit wilden Gesten davon. Ein mehrstimmiger Aufschrei lenkte seine Aufmerksamkeit nach rechts, wo ein Speer wie ein junger Baumstamm in einen Bretterzaun eingeschlagen hatte. Die Bogenschützen waren offenbar mit dem Schrecken davongekommen und formierten sich neu. Rodan wandte sich wieder zu seinen Untergebenen um. Die Riesen waren so nah, dass er Blutbein unter ihnen zu erkennen glaubte. »Schießt! Worauf wartet ihr?«

Ein Speer fuhr einer Riesin mitten in den Leib, der andere fegte zwischen die Beine der brüllenden Horde, doch das Katapult schoss längst über den Feind hinweg. »Verschwindet!«, rief Rodan auch diesen Helfern zu und scheuchte sie weg, während zwei weitere brennende Wagen auf abschüssigen Boden geschoben wurden und die wilde Fahrt abwärts antraten. Einer rollte an der Flanke der Riesen vorbei, bevor er zerschellte. Der andere schrammte über einen Buckel, wankte bedenklich und raste doch noch mitten unter die Gegner, die hastig auszuweichen versuchten.

»Laden! Die sind gleich hier!«

Pfeile regneten den Hang hinab. Wieder übertönten Befehle kurz den Lärm. Axtschläge hallten. Plötzlich rollten Baumstämme polternd dem Feind entgegen, sprangen von Buckeln und Felsbrocken ab, sodass sie immer wilder über den Abhang tanzten. Riesen wurden von den Beinen gerissen, andere stolperten beim Ausweichen auf dem unebenen Boden.

»Schießt!«, rief Rodan, und zugleich senkte sich eine weitere Wolke Pfeile wie ein Hornissenschwarm auf die Gegner. Doch noch immer drängten zu viele Riesen auf die lächerlichen Barrikaden zu. Der Hang bebte unter ihren Füßen. Krachend schlug einer ihrer Speere ins Katapult, dass Rodan zusammenzuckte. Es war zu spät, neu zu laden. »Lauft!«, brüllte er seinen verbliebenen Helfer zu.

Regin

Egurna

Er sah in Narrett von Gweldans ernste Miene und hörte Edgiva hinter sich näher treten. Sie musste sehr zufrieden mit sich sein. Die Kiefer des Hünen vor ihm mahlten, als ringe er um Worte. Wie lange wollte er ihn noch schweigend anstarren? Auch die anderen Männer – Regin erkannte einige Ritter, die dem König nahestanden, und Vasallen Narretts – sahen ihn stumm an oder hielten den Blick zu Boden gerichtet.

Als sich der Fürst plötzlich bewegte, wich Regin zurück. Doch anstatt ihn zu ergreifen, sank Gweldan auf ein Knie, und seine Begleiter folgten seinem Beispiel. »Der König ist tot … mein König.«

Regin sah auf die gebeugten Rücken und Häupter. Dem Bild haftete etwas Unwirkliches an. Oder täuschte ihn nur die Leere in seinem Kopf?

»Nein!«, schrie Edgiva und erinnerte ihn daran, was er eben noch erwartet hatte. Er blickte über die Schulter zu ihr, eine zitternde Gestalt mit aufgerissenen Augen, die eine Hand vor den Mund hielt, um ihren eigenen Schrei zu ersticken.

»Es ist wahr, Herrin«, bekräftigte Narrett. »Er hat im Sterben nach Euch verlangt, mein König, aber noch bevor ein Diener nach Euch geschickt werden konnte, verschied er.«

»Er hat …« *Was für ein Missverständnis!* Der Zorn musste Werodin förmlich zerrissen haben, und seine Diener hatten nicht begriffen, weshalb ihr Herr mit dem Namen des Prinzen auf den Lippen gestorben war! Regin rang das irrsinnige Lachen nieder, das in ihm aufsteigen wollte. »Aber … wie? Er kann doch nicht einfach umgefallen sein. Wurde er vergiftet? Habt Ihr nach dem Vorkoster gerufen?«

Narrett erhob sich. »Der Mann erfreut sich bester Gesundheit.«

Regin warf Edgiva einen kalten Blick zu. *Du hast ihn auf dem Gewissen. Ich hoffe, du bist immer noch zufrieden.* In ihren Augen schimmerten Tränen. *Wie war das doch gleich? Geschieht dir recht?* Er wandte sich von ihr ab. Jetzt, da er König war, konnte er sich später um sie kümmern. Sollte sie sich erst einmal fürchten und bedauern, was sie getan hatte!

»Erhebt Euch!«, befahl er den knienden Rittern. »Ich will

den König sehen. Ich kann nicht glauben, dass er uns verlassen haben soll.« Solange er Werodins Leiche nicht gesehen hatte, kam ihm dieses Treiben wie ein schlechter Scherz vor, ein Possenspiel, bei dem jeden Moment der Narr hervorspringen und ihm eine lange Nase drehen würde. Während er zu den königlichen Gemächern voranging, wartete er nur darauf, dass ihnen ein Diener entgegeneilte, um überglücklich Werodins Rückkehr von der Schwelle des Todes zu verkünden.

Der Weg schien ihm doppelt, ja dreifach so lang wie gewöhnlich. Die Schritte der Ritter hallten in den Gängen, die so gespenstisch still waren, als hätte Egurna den Atem angehalten. So still wie der Zauberer in seinem Kopf.

Gegenüber der Eingangstür verunzierte ein dunkler Fleck, schmal und hoch, den Gang vor den Räumen des Königs. Im Näherkommen erkannte Regin den Grauen Hund, der dort saß und ihm entgegensah. Der ernste Blick schien ihn anzuklagen, zu durchbohren, ihn aufzufordern, alles zu bekennen, was er vor der Welt verbarg. Zornig machte Regin eine abwehrende Geste. *Das muss ich mir einbilden.* Dieses Untier gehörte der Nachtschar und damit Tazlans Totem Gott an. Ganz sicher wollte es nicht, dass er die Pläne seines Herrn verriet. *Wart's nur ab! Der König, der dich geschützt hat, ist nicht mehr.*

Er kehrte dem Grauen Hund den Rücken zu und betrat Werodins Gemächer, wo er bereits in der Tür Flüstern und leises Schluchzen vernahm. Ritter und Bedienstete standen mit betroffenen Gesichtern im Vorzimmer herum. Als Regin eintrat, sanken einige sofort auf ihr Knie, was die anderen so hastig nachahmten, dass er sich zwischen ihnen hindurchschlängeln musste. Niemand sagte ein Wort. Nur das Rascheln der Kleider und das Scharren der Füße waren zu hören. Das gleiche Bild erwartete ihn im nächsten Zimmer, wo Werodin nur engste Freunde empfangen hatte. Die bleichen Mienen der Höflinge hingen wie Geister in dem mit bunten Wandgemälden geschmückten Raum, in dessen Mitte ein polierter Tisch samt gepolsterten Stühlen zu geselliger Runde einlud.

Ein Weinkrug und eine zur Hälfte geleerte Obstschale standen noch darauf.

Es kam Regin seltsam vor, dass er diese Dinge sah, und doch hatte er nie zuvor das Schnitzwerk an der Tür zu Werodins Schlafgemach so deutlich wahrgenommen. Dahinter kniete die Königin am Bett ihres Gemahls, den jemand daraufgelegt haben musste, um den unwürdigen Anblick seiner Leiche auf dem Fußboden zu beenden. Über seinen Arm gebeugt, hielt sie seine Hand umklammert, und ihre Schultern bebten unter verhaltenem Schluchzen. Nur zwei Schritte hinter ihr stand Beveré mit dem Rücken zur Tür. Elana, ihre vertrauteste Zofe, hatte tröstend eine Hand an ihren Rücken gelegt. Die Geste versetzte Regin einen Stich. *Ich sollte es sein, bei dem sie Trost findet.* Doch er wagte nicht, sie zu berühren, aus Angst, dass sie sich ihm vor aller Augen entzog. Alles hätte so einfach sein können, wenn Edgiva an ihrer Stelle gewesen wäre.

Rotger, Die Feder, saß auf einer mit aufwendigen Beschlägen verzierten Truhe und barg das Gesicht in den Händen. Er sah auf, als Regin eintrat. Tränen liefen ihm über die Wangen in den dunklen Bart. Dennoch erhob er sich, um gemeinsam mit seinem Sohn dem neuen König die Ehrerbietung zu erweisen. Regin ging hinüber und legte ihm kurz eine Hand auf die Schulter, bevor er – gegenüber der Königin, um sie nicht zu stören – an Werodins Totenbett trat. Er hatte geglaubt, der Anblick werde ihm Gewissheit geben, doch den König in voller Bekleidung wie schlafend dort liegen zu sehen, war nur befremdlich, nicht mehr. Schwer zu glauben, dass Werodin im Zorn gestorben war – im Zorn auf ihn! Musste sein Geist nicht hier in diesem Zimmer schweben und ihn mit den schlimmsten Verwünschungen überschütten? Regin schloss die Augen. *Wenn Ihr mich hören könnt, Werodin, bitte glaubt mir, dass ich Euren Tod nicht gewünscht habe. Nichts von dem, was Edgiva Euch gesagt hat, ist wahr!*

Rasche Schritte ließen ihn die Augen wieder öffnen. Hinter Narrett von Gweldan eilte sein Vater herein, um angesichts des toten Königs innezuhalten. Fürst Megars Wangen waren vom schnellen Lauf gerötet, aber darunter war die Blässe zu erkennen, die allen Anwesenden zu eigen war. *Dabei muss er sich doch freuen. Seine Weissagung ist in Erfüllung gegangen.*

Auch Beveré sah sich nach dem Neuankömmling um. Enttäuschung zeigte sich in ihren vom Weinen geröteten Zügen. »Wo ist meine Schwester?«, wandte sie sich leise an Narrett. »Hat denn niemand nach ihr geschickt?«

Der Hüne sah sich suchend um und blickte verwundert zu Regin hinüber.

»Ist sie uns nicht gefolgt?«, gab Regin die stumme Frage zurück. »Sie hat doch alles mit angehört.«

»Ihr habt sie einfach mit der Nachricht allein gelassen?« Beverés Stimme zitterte. Regins Herz verkrampfte sich.

»Ich werde sofort nach ihr sehen«, versprach Narrett und eilte hinaus.

Arion

Yarsegata

»Rückzug!«, rief Pramein und blies in ein Horn, damit ihr Befehl das Gebrüll der Riesen übertönte. »Zieht euch zurück!«

Arion ließ einen letzten Pfeil von der Sehne schnellen, doch er wartete nicht ab, ob er sein Ziel – einen gedrungenen Kerl, dem seltsame Buckel über die Schultern ragten – traf. Schon während er den Bogen fallen ließ, wandte er den heranstürmenden Feinden den Rücken zu, obwohl sich alles in ihm dagegen sträubte. Umso heftiger erschrak er, als wenige Schritte neben ihm ein gewaltiger Speer vorüberflog und gegen eine Hauswand prallte, dass feine Steinsplitter abplatzten.

Er rannte los, Merahen würde schon folgen oder war vielleicht längst weg. Vor ihm hetzten mehrere Jäger und Schwertmeister die gewundene Straße entlang, die am Inneren Tempel die letzte Verteidigungslinie bilden sollten. Die anbrechende Dämmerung erfüllte die leere Stadt mit Schatten. Seine Schritte hallten ungewöhnlich laut von den Mauern wider und vermischten sich mit dem Lärmen der Riesen, das hier noch ein fernes Echo war. Er zählte die Abzweigungen, bog in eine Gasse ein und fand die Leiter, die er dort an ein einstöckiges Haus gelehnt hatte. Sie stand wacklig, aber er hatte niemanden, der sie festhalten konnte. Hastig stieg er hinauf und kletterte auf das Strohdach, das unter seinem Gewicht knisterte. Die drei Speere, deren Spitzen er zwischen die Halme geschoben hatte, damit sein Waffenvorrat nicht abrutschte, waren noch an ihrem Platz. *Drei lächerliche Speere.* Doch mehr hatten die Morahn nicht auftreiben können. Er nahm zwei in die linke, einen in die rechte Hand und kroch höher, um über den First zur anderen Straßenseite zu spähen.

Auf dem gegenüberliegenden Dach pirschte sich Merahen auf seinen Posten. Der Jäger entdeckte ihn und nickte ihm zu. Arion erwiderte den stummen Gruß, bevor er zurück zum Stadtrand sah, wo in diesem Augenblick der Kopf eines Riesen zwischen den Dächern auftauchte. Wieder hatte er das verwirrende Gefühl, mit seinen Augen stimme etwas nicht. Als müsse er nur den richtigen Blickwinkel finden, um die Größenverhältnisse wieder zurechtzurücken.

Weitere Riesen erreichten die Häuser, schüttelten die klobigen Waffen, brüllten ihren Triumph heraus – und ihre ungebrochene Drohung. Es gab mehrere Wege durch die Stadt zum Inneren Tempel, aber einige Angreifer würden an *ihm* vorüberkommen, dessen war Arion sicher. Er kauerte sich hinter den First, bis er gerade noch darüber hinwegblicken konnte. Die Riesen rannten weiter, doch im unübersichtlichen Gewirr der Straßen und Gassen teilten sie sich immer mehr auf. Stampfen, das das Haus unter ihm erzittern ließ, näherte sich. Noch einmal sah er rasch zu Merahen hinüber, der einen Pfeil auf die Sehne gelegt hatte und sie nun langsam zurückzog, als habe er ein scheues Wild vor sich, das vor jeder schnellen Bewegung die Flucht ergriff.

Eine Riesin, die einen beindicken Knüppel schwang, stürmte die Straße herauf. Mit ihrem wogenden Busen unter dem Kittel, den stämmigen Hüften und bloßen Füßen ähnelte sie auf verstörende Weise einer aufgebrachten Magd, die einen Fuchs vom Hof jagte. Doch aus ihrem groben, wutverzerrten Gesicht sprach gnadenlose Mordlust.

Merahen richtete sich auf und schoss. Der Pfeil traf zwischen Brust und linke Schulter der Riesin, die sich aufbrüllend nach dem unerwarteten Gegner auf dem Dach umsah.

Arion erhob sich. Sie wandte ihm den Rücken zu und drosch mit dem Knüppel nach dem Jäger, der hastig hinter dem First in Deckung ging. Balken barsten krachend unter ihrem Schlag. Hatte sie Merahen erwischt? Die Angst um den Jäger fegte Arions letzte Hemmungen beiseite. Er warf den Speer und legte seine ganze Kraft hinein. Mit Wucht bohrte sich die Spitze in den breiten Rücken, als Arion des zweiten Riesen gewahr wurde, der mit einem Wutschrei eine gewaltige Streitaxt nach ihm schwang.

Blindlings warf er sich zur Seite, verlor das Gleichgewicht und fiel. Er ließ die Speere fahren, um sich in das Stroh zu krallen, während sich neben ihm das Blatt der Axt balkenspaltend in den First fraß. Seine Finger glitten an den dicht gepackten Halmen ab, schon fühlte er seine Füße über die Traufe baumeln, als Teile des Dachs krachend, knisternd, knirschend unter dem Gewicht des Riesen einbrachen, dessen Kopf plötzlich über den Resten des Firsts aufragte, unwirklich groß und so nah, dass Arion den fauligen, heißen Atem roch. Mit grimmigem Blick hob der Riese die Axt zu einem neuen Hieb. Arion stieß sich ab und rutschte über die Kante des Dachs. Schmerz fuhr ihm durch Füße und Knöchel, als er auf steinernem Pflaster landete, doch die Traufe war nur wenig höher als er selbst. Über ihm spaltete das Beil Strohbündel und Dachlatten. Der Boden bebte unter dem Trampeln weiterer Riesen, die vor dem Haus vorüberrannten. Das Schwert herausreißend, zog sich Arion rasch ein Stück zurück, schaute sich auf dem Hof um, der einen Durchgang zur Gasse besaß. Sollte er fliehen?

Plötzlich gab es einen lauten Knall, dem unmittelbar ein ohrenbetäubendes Getöse folgte. Holz barst und knirschte, die Donnerstimme dröhnte, Metall schepperte kurz, als der Dachboden unter dem Riesen nachgab und einstürzte. Die Arme schützend über dem Kopf, sprang Arion vom Haus weg. Staub und Stroh wirbelten durch die Luft. Der Riese wütete mit der Axt in den Trümmern des Dachs, die ihm nun bis zur Brust reichten. *Jetzt oder nie!* Arion stürmte zur Hintertür, trat sie auf und stürzte sich in das dämmerige Durcheinander. Zwischen zerbrochenen Brettern und Balken, verbeultem Kochgeschirr und Tonscherben standen wie Säulen die Beine des Riesen. Dunkel und selbst im Zwielicht glänzend, lief Blut daran herab. Etwas krachte auf die verbliebene Decke, dass neuer Staub herabrieselte. Hastig wich Arion zur Wand zurück und eilte daran entlang, um einen Bogen um den tobenden Gegner zu schlagen, der einen Tisch und noch mehr Geschirr zerstampfte. Zwei riesige Hände griffen unter weitere Bretter, brachen sie entzwei, vergrößerten das Loch, in dem der Riese steckte. *Schneller!* Arion bahnte sich den Weg durch die Trümmer. Schon beugten sich die baumgleichen Beine. Nach dem verschwundenen Gegner suchend, ging der Riese gerade in die Hocke, als Arion vorsprang, sich von einem quer liegenden Balken abstieß und ihm – das Schwert mit beiden Händen haltend – die Klinge in die Seite rammte. Der Schlag des brüllenden Riesen traf ihn an der Schulter wie ein Pferdetritt. Für einen kurzen Augenblick flog er, dann stieß er mit dem Rücken gegen etwas Hartes, sein Kopf prallte daran, und alles Licht erlosch.

Sava

Verborgenes Tal

Immer höher krochen die Schatten die Hänge der östlichen Gipfel hinauf, bis deren rotgoldenes Feuer zu Rosa und schließlich zu Grau verblasste. Der See lag blank und unbewegt wie ein Spiegel, über den lautlos die Schwäne glitten, als seien sie Federn, die der Wind darüberblies. Doch kein Lufthauch störte die Stille über dem Ufer, die in so scharfem Gegensatz zu Savas aufgewühltem Inneren stand. Sie spürte die Sorgen und Ängste der Priester, die nicht den Mut gefunden hatten, sich beim Tempel den Riesen entgegenzustellen. Sie saßen ein wenig abseits im Gras, hingen ihren Gedanken nach oder flüsterten sich ihre Befürchtungen zu. Es war wie ein leises Rauschen, das im Tumult der Kämpfe in Yarsegata unterging. Bilder von furchterregenden, wilden Gestalten, schwirrenden Pfeilen, fliehenden Menschen, von Feuer und geschwungenen Äxten bedrängten sie, wurden von Schreien, Schlägen, Sirren und Gebrüll untermalt. Rauch und der metallische Geruch von Blut hingen in der Luft. Rodan, Arion, Jagon, Merahen, von allen flogen ihr Gefühlsfetzen zu, Angst, Wut, Aufregung, Entschlossenheit und Zaudern. Sie wurde mitgerissen und wagte doch nicht, sich zurückzuziehen, klammerte sich an jedes Lebenszeichen. Und plötzlich war Arion fort.

»Nein!« Fieberhaft suchte sie nach der Gegenwart ihres Bruders. War sie nicht vor Sorge so außer sich, dass sie einfach nicht mehr zwischen ihren Ängsten und den wahren Eindrücken der Gabe unterscheiden konnte? Es musste irgendetwas geben!

Eine Hand legte sich sanft auf ihre Schulter, und Epanas ruhige, lichtvolle Gegenwart linderte den Aufruhr in ihr. »*Du musst lernen, die anderen ihr eigenes Leben führen zu lassen. Du bist nicht sie, und es hilft ihnen nicht, wenn du ihretwegen leidest.*«

»Aber ich kann hier nicht einfach sitzen, als sei nichts. Sie sterben!« Sie hörte das Zittern in ihrer Stimme. Es auszusprechen, ließ die Tränen über ihre Wangen rinnen.

»*Noch weißt du es nicht. Und sollte es so sein, dann haben sie dieses Schicksal gewählt, als sie entschieden, die Riesen aufhalten zu wollen.*«

Sava spürte die unausgesprochenen Worte dahinter. Die Elben hatten nicht darum gebeten, beschützt zu werden. »Ihr seid undankbar! Sie sterben für euch!«

Epana kniete sich neben sie ins Gras. Es war, als schwebe ein Blatt schwerelos von einem Baum herab. »*Wir sind nicht undankbar. Wir bedauern jeden Tod, der unseretwegen gewählt wird. Es ergreift uns, dass wir den Menschen so viel bedeuten, dass sie bereit sind, dieses Opfer für uns darzubringen, obwohl wir es niemals von ihnen verlangt haben. Sie wissen, dass wir nicht wollen, dass sie Riesen töten. Jeder Tod schmerzt uns. Trotzdem tun sie es, weil sie sich davor fürchten, uns zu verlieren. Wir geben ihnen Hoffnung, dass das Leben friedvoll und frei von Gebrechen sein kann. Dafür geben sie sich hin.*«

»Sie haben doch recht! Ohne euch wäre das Leben der Morahn völlig anders.«

»*Sollten wir sterben, wäre bald das Leben aller Menschen anders*«, sagte Epana. »*Und selten waren wir so kurz davor wie heute. Der Zorn und die Verzweiflung der Riesen sind groß.*«

Ferne Rufe drangen durch das Verborgene Tal. Sie klangen aufgeregt und furchtsam und hingen unwirklich unter dem dunkelnden klaren Himmel, an dem die ersten Sterne schimmerten. Sava sprang auf, um sich nach den Stimmen umzusehen, und hörte Epanas Robe hinter sich rascheln. Vom Pass her tanzten gelbe Lichter heran, in deren Schein bald auch ihre Träger sichtbar wurden. Priesterinnen und Priester, die im Inneren Tempel zurückgeblieben waren, eilten mit Laternen herbei. »Sie kommen! Sie sind schon in der Stadt gewesen, als wir losgelaufen sind. Es sind zu viele, um sie aufzuhalten.«

»*Dann wird es Zeit, dass wir uns zu ihrem Empfang versammeln*«, beschloss Dialas und erhob sich von seinem Sitz, der von einem lebenden Ast eines niedrigen, ausladenden Apfelbaums gebildet wurde.

»Was sollen wir tun, Herr?«, fragte der Hohepriester ratlos.

»*Ihr könnt nichts tun*«, erklärte der Elb. »*Ihr würdet die Riesen nur wütender machen. Mein Rat an euch ist, hierzubleiben und abzuwarten.*«

Nojaranen verneigte sich. Es erleichterte ihn, dass nicht mehr von ihm erwartet wurde, aber Sava spürte auch seine ungemilderte Angst, von den Riesen erschlagen und gefressen zu werden. Diese Furcht türmte sich wie ein unsichtbarer Grabhügel über den Priestern auf, die sich bangend zusammenscharten und ohnmächtig auf der Wiese kauerten. Sie drückte Sava nieder, schnürte ihr den Atem ab, bis es unerträglich wurde. Plötzlich sehnte sie sich nach der stillen Gelassenheit Epanas, die weder ernst noch heiter und doch beides zugleich war. Sie wandte sich von den Priestern ab und folgte den Elben, die durch die hereinbrechende Nacht zum Birkenhain schritten. Ein schwaches, warmes Licht umspielte ihre schmalen Gestalten.

Sie erreichten den Hain, als Surin, der weiße Mond, über den Bergen aufging. *Diuraman blickt auf seine Kinder herab.* Würde er ihr Ende sehen? Sava schauderte in der kälter werdenden Nachtluft. Die Elben stellten sich unter den Bäumen auf, wie sie auch die Menschen und selbst Anidim empfangen hatten.

»*Wir heißen dich in unserem Kreis willkommen, wenn du die Stimme mit uns erheben willst*«, sprach Epana in ihr.

Zögernd trat Sava neben die schwangere Deamatia. »Ich weiß nicht, ob ich das kann.«

»*Du hast das Lied der Heilung und das Lied des Lebens in dir gefunden. Du wirst auch das dritte Lied im Herzen tragen.*«

Der erste Ton entstieg den Kehlen der Elben, als Sava das Nahen der ersten Riesen hörte. Steine prasselten den Passweg hinab, flüchtende Hirsche brachen durchs Dickicht, Zweige und Äste brachen, Blätter raschelten. Die Stimmen der Elben waren klar wie das Wasser des Spiegelsees und ebenso weich und anschmiegsam. Sie hoben sich zum Himmel, spielten im Laub der Birken, woben feine Klanggebilde, die herabperlten wie warmer Sommerregen. Ihre Weise kündete von der Stille des Tals im Mondlicht und dem fernen Rauschen der Wasserfälle, von der Anmut der Schwäne und dem Glitzern des Morgentaus auf einer Elbensternblüte.

Sehnsucht und Glückseligkeit zogen zugleich in Savas Herz ein und breiteten sich darin aus, als könne sie mit den Tönen verschmelzen, mit ihnen zerfließen und sich in der Schönheit des Verborgenen Tals verlieren. Die Riesen waren nur noch Steine, die von der Weise umspült wurden wie vom Wasser eines Bachs. Sie stutzten, hörten, kamen langsam näher. Die sanften Klänge fanden in ihrer Verzweiflung einen Widerhall. Ihre Wut hatte sich im Brüllen und Toben, im Rennen und Kämpfen erschöpft, löste sich auf vor ihrem Staunen über die sechs leuchtenden Wesen, die sie mit einem Gesang empfingen, der Trost in ihrer Trauer versprach.

Sava nahm die riesigen Schemen vor dem Hain erst wahr, als das Lied des Friedens verebbte. Dunkel und bedrohlich ragten sie vor ihr auf, doch in ihren Herzen waren sie hilflose Kinder, die auf ein Wunder hofften.

»*Wir können eure Krankheit heilen. Seht her!*«, forderte Epana und wollte auf einen der Riesen zugehen.

In diesem Augenblick bahnte sich zwischen ihnen eine kleinere Gestalt, hochgewachsen wie ein Elb, doch deutlich kräftiger, umso vehementer den Weg nach vorn. Sava erschrak doppelt – vor der Leere im Schatten der Kapuze und vor dem seltsam toten Fleck, der das Wesen für Die Gabe blieb, obwohl sie eine Ahnung von Hass daraus lesen konnte. Anstelle eines Gesichts fand sich nur grauer Stoff, von dem auch die

Hände umhüllt waren. Kein Fingerbreit Haut, keine Haare, nichts als grobes Tuch bot sich dem Auge dar. *Der Zauberer, von dem Rodan und Yunmar gesprochen haben!*

Der Fremde zeigte anklagend auf die Elben und rief den Riesen Worte zu, die Sava nicht verstand. Sie suchte nach ihm, nach dem, was er dachte und empfand, doch es flog ihr nur von den Riesen zu, dass er Epana der Lüge bezichtigte und ihr Lied als magisches Blendwerk geißelte, um sie zu täuschen. Misstrauen regte sich. Der Zauberer reckte die Faust.

Savas Gedanken rasten. Was konnte sie tun?

»Schluss jetzt!«, brüllte plötzlich eine Stimme hinter der grauen Gestalt. »Sei still, oder ich sorge dafür, dass du nie wieder das Maul aufreißt!«

Der Zauberer verstummte und wandte sich um. Die Riesen waren etwas zurückgewichen, um stirnrunzelnd auf den jungen Schwertmeister herabzuschauen, der mit blanker Klinge vor dem Magier stand. Entsetzt spürte Sava, wie der Anblick neuen Zorn in den Riesen weckte. »Nein! Keine Waffen!«, schrie sie im gleichen Moment, in dem der Zauberer auf seinen Gegner zeigte. Plötzlich verbog sich die Klinge und wand sich wie eine Schlange. Die graue Hand zuckte vor, und als sei sie ihr Schatten, stieß die stählerne Spitze ins Herz des Wächters.

Sava keuchte unter dem Schreck und Schmerz des Mannes auf. Noch während er fiel, wirbelte die graue Gestalt mit wehender Robe herum und stürzte sich auf Epana, die hastig zurückwich. Schon rissen die Elben die Arme hoch, um auf den Zauberer zu zeigen. Sava fühlte, wie Kraft sie durchströmte und in die Erde floss, aus der knisternd Wurzeln hervorschossen, die sich wie Peitschenschnüre um die grauen Knöchel legten. Vergeblich versuchte der Magier, die Füße freizuzerren. Um ihn herum brachen Schösslinge aus dem Boden. Dünne Birkenstämme strebten zum Himmel. Zweige mit jungem Grün entfalteten sich im Mondlicht wie schlüpfende Falter, wuchsen sich zu armdicken Ästen aus, bis sie sich über dem Zauberer zu einem lebendigen Gitter verbunden hatten.

Wieder schrie er wütend von Lüge und Verrat. Zornig hoben die Riesen ihre Waffen, um ihn zu befreien. »*Tötet die Elben! Der Berggott will es!*«, schallte es in Savas Kopf. Abwehrend hob sie die Hände, als die gewaltigen Leiber vordrängten. Einer der Riesen brüllte so dröhnend, dass sie sich krümmte und die Ohren zuhielt. Sie schloss die Augen in der Erwartung des tödlichen Hiebs.

Doch stattdessen hielten die Riesen widerwillig inne. Sava sah auf. Alle Blicke hatten sich auf jenen gerichtet, der Epana am nächsten stand. Er trug nur einen Lendenschurz am haarigen Körper und überragte die Elben um ihre eigene Größe. Die Streitaxt in seiner Hand musste so schwer sein, dass kein Mann sie heben konnte. Das verfilzte dunkle Haar hatte er zu einem dicken Zopf gebunden, während der Bart abstand wie wucherndes Gestrüpp. Auffordernd zeigte er mit der Waffe auf seinen linken Unterarm, den er für alle sichtbar hochhielt. Sava konnte im Mondlicht nichts Auffälliges daran erkennen. Der Riese rief seinen staunenden Gefährten erneut etwas zu.

»*Ja, wir können eure Krankheit heilen*«, bestätigte Dialas. »*Und wir werden es tun, solange ihr Frieden bewahrt.*«

Rodan

Yarsegata

Rodan spähte über die Traufe zur Straße hinab. Der Riese, dem ein Speer aus dem Rücken und ein zweiter aus der Brust ragte, lag reglos auf dem Pflaster, doch Rodan fühlte keine Erleichterung. Er hatte auf jenen Riesen zielen wollen, den die Jägerin vom gegenüberliegenden Dach aus angeschossen hatte, doch eine ganze Horde vorbeistürmender Ungeheuer war ihm dazwischengekommen. Nur noch ein eingeschlagener First deutete an, was auf der anderen Straßenseite geschehen war. Sie musste geflohen sein, denn er hatte gesehen, wie der Riese in die Gasse abgebogen und in die falsche Richtung davongerannt war.

Mit einem raschen Blick vergewisserte er sich, dass keine weiteren Feinde nahten, bevor er – den letzten Speer in der Hand – hastig vom Dach kletterte. Die Leiter zitterte unter seinen Füßen, wankte und fiel klappernd zu Boden, als er die letzten Sprossen übersprang. Viel zu viele Riesen waren durchgekommen, als dass die wenigen Verteidiger am Inneren Tempel ihnen standhalten konnten. Sava war in höchster Gefahr! Er rannte die leere Straße entlang und hörte das Gebrüll der Riesen vor sich. *Ich komme zu spät.* Andere Jäger und ein Schwertmeister tauchten aus anderen Straßen und Gassen auf, eine atemlose Handvoll, die Rodan die Vergeblichkeit ihres Kampfes noch deutlicher vor Augen führte. Trotzdem lief er schneller.

Ein heller Schein flackerte vor ihm über den Häusern. Endlich kam der Innere Tempel in Sicht. Die Dächer standen in Flammen – die vereinbarte letzte Hürde, wenn alles andere versagte. Das gewaltige Feuer erleuchtete ein Bild der Zerstörung. Eine sterbende Riesin hatte eine Barrikade unter sich begraben und hing nun halb in den tosenden Flammen. Ein anderer war – mit Pfeilen gespickt – auf dem Vorplatz zusammengebrochen. Mehrere Dächer lagen bereits in Trümmern, andere stürzten erst jetzt ein und sandten Wolken glühenden Strohs in den Himmel. Steine waren aus Mauern gebrochen, die Torflügel hingen zerschmettert in ihren Angeln, und dahinter brannte ein Heuwagen, der den Durchgang versperrte. Doch das alles hatte die Riesen offenbar nicht aufhalten können, denn sie waren fort, unerreichbar hinter diesem lodernden Wall.

Rodan trat mit einem Wutschrei gegen das eingeschlagene Tor. Glimmende Asche und Heu wirbelten durch die Luft, die Flammen brüllten und fauchten, die Hitze drohte, ihm die Haut zu versengen, aber er spürte es nicht. Noch einmal versetzte er den geborstenen Brettern einen Tritt und schrie seinen ohnmächtigen Zorn heraus.

Es muss einen Durchgang geben! Es muss! Er lief an der Front des Tempels entlang, sprang über einen erschlagenen Schwertschüler und wich der toten Riesin aus, während er nach einem Fenster suchte, das nicht verbarrikadiert war.

»Rodan!« Die Stimme war über dem Prasseln des Feuers kaum zu hören. »Hilf mir!«

Er entdeckte eine winkende Gestalt in einem Fenster, die sich schwarz vor flackerndem Feuerschein abzeichnete. *Blutiger Dur!* Das halb eingestürzte Dach über dem Raum hatte bereits Feuer gefangen. Er eilte hinüber und erkannte Godyés weißes Gesicht. »Warum kommst du nicht raus?«, fragte er und griff nach ihr, um sie durch das Fenster zu ziehen.

Die Schwertmeisterin wich mit verzweifelter Miene zurück. »Jagon ist noch hier. Er ist unter einem Balken eingeklemmt.«

Rodan warf einen Blick an ihr vorbei in die Trümmer des eingestürzten Dachbodens. Der halbe Oberkörper des Ritters ragte darunter hervor. Seine Augen waren geschlossen. *Lebt er überhaupt noch?* »Zur Ewigen mit dem Gordean! Willst du wegen ihm sterben?«

»Er hat eine Riesin abgelenkt, um mich zu retten. Hilf mir endlich!«

»Das ist verflucht schwer für einen allein.« Rasch sah er sich um. Die wenigen verbliebenen Schwertmeister und Jäger schleppten Verletzte vom brennenden Tempel weg. Gerade wollte er ihnen zurufen, als Arion auf Merahen gestützt aus einer Gasse wankte. Rodan lief ihnen ein Stück entgegen. »Schnell! Der Gordean steckt im Feuer unter einem Balken fest.«

»Wo?«, schnappte Arion.

Rodan eilte zurück und deutete voraus zum Fenster. Die beiden Männer folgten ihm, so schnell der Ritter konnte. »Hier!« Er reichte Godyé seinen Speer, um die Hände frei zu haben, und kletterte durch das Fenster. Von oben schwappten Rauch und Hitze herunter, Flammen leckten an den Dielen des Dachbodens. Noch brannten sie nicht, aber immer mehr schwelendes Stroh fiel in die Trümmer. Der Jäger half Arion herein, der blinzelnd den Kopf schüttelte. Blut klebte ihm im Haar. *Er kann sich kaum auf den Beinen halten.* Rodan beugte sich über Jagon, den Godyé mittlerweile bis zum Bauch befreit hatte, und schlug ihm leicht gegen die Wange, doch der Ritter rührte sich nicht.

»Er atmet noch«, rief die Schwertmeisterin über den Lärm des Feuers hinweg. »Sein Bein klemmt unter dem Balken. Hebt ihn an! Dann kann ich ihn rausziehen.«

Arion zog ein weiteres Brett weg, während Rodan und Merahen vorsichtig über die Trümmer stiegen, um den Balken packen zu können. Über ihnen polterte eine brennende Latte auf die verbliebenen Dachbodendielen herab. Rodans Blick streifte die Rückwand und blieb an einem weiteren Fenster hängen, durch das er auf das Schattenspiel der Flammen auf der Wiese hinter dem Tempel blicken konnte. *Sava!*

»Rodan! Merahen! Los – *tir*!«, drängte Godyé hustend.

Arion trat an ihre Seite, und gemeinsam bückten sie sich, um unter Jagons Arme zu greifen. Rodan legte die Hände neben jenen des Jägers um den Balken und nickte. »Los!« Er spannte die Arme und Schultern, den Rücken, die Beine, und zerrte mit ganzer Kraft. Das Holz gab widerwillig nach.

»Weiter! Ihr habt's gleich«, rief Arion.

Merahen ächzte vor Anstrengung. Rodan verzerrte das Gesicht und spürte, wie ihm Schweiß über die Schläfe lief. Brennendes Stroh fiel auf seine Schulter und flackerte in seinem Augenwinkel. Plötzlich hörte er ein schleifendes Geräusch und erhaschte eine Bewegung. Jagon wurde neben ihm weggezogen. Rasch ließ er den Balken los und schlug nach der schwelenden Stelle auf seinem Wams, doch es war nur das Stroh, das glomm. Das Leder hatte noch kein Feuer gefangen. Prasselnd stürzte ein weiterer Teil des Dachs ein. Funken und Glut regneten herab.

Rodan sprang zur Seite, hastete über die Trümmer zum rückwärtigen Fenster. Bretter rutschten unter seinen Füßen weg oder brachen, er strauchelte und fand erst an der Mauer wieder Halt. Ein letztes Mal blickte er durch Rauch und wirbelnde Asche zurück. *Die kommen jetzt auch ohne mich zurecht.*

Sava

Verborgenes Tal

Erneut tanzten Lichtkugeln wie Glühwürmchen durch die mondhelle Nacht, als die Priester ausschwärmten, um die Botschaft des Friedens mit den Riesen nach Yarsegata und in die Verstecke der Geflohenen zu tragen. Auch Sava eilte die Passhöhe hinauf. In Surins Schein brauchte sie keine Laterne, um den Weg zu finden. Steine rollten unter ihren Füßen davon, hervorstehende Kanten angelten nach ihren Zehen, doch die Angst um Rodan und Arion, die ihre Gabe trübte, verlieh ihr Flügel. Das Herz hämmerte ihr gegen die Rippen, der rasche Atem trocknete die Kehle aus. Sie überholte zwei Priesterinnen, die es weniger eilig hatten und sich über die unverhoffte Rettung freuten.

»Was ist passiert?«, rief eine hinter ihr her.

Sava antwortete nicht, hob nur kurz die Hand, um die beiden zu beruhigen. Vor ihr ertönten weitere Stimmen. Mehrere Priester umringten im Laternenschein eine dunklere Gestalt. »Nein, es ist verboten!«

»… gar nicht hier sein …«

»Wie kannst du wagen das …«

Alle sprachen durcheinander und versuchten, den Mann in ihrer Mitte aufzuhalten, der verwirrt und zornig aussah.

»Rodan!«

Die Priester wandten sich nach ihr um.

»Lasst ihn! Er versteht nicht, was ihr sagt«, rief sie. »Ich werde es ihm erklären.«

»Seine Anwesenheit ist ein Frevel!«, empörte sich eine Priesterin.

»Ein Schwert hierher zu bringen!«, rügte ein anderer, doch sie gaben den Weg frei und wichen nur zu gern vor dem unreinen Fremden zurück.

Als ob nicht eine Horde Riesen gerade dasselbe getan hätte! »Er hat auch für euch gekämpft«, keuchte Sava atemlos. »Ihr solltet euch schämen!« Sie schenkte den beleidigten Mienen nicht länger Beachtung und ging auf Rodan zu, der ebenso schwer atmete wie sie.

»Was wollen sie von mir?« Er deutete auf die Priester.

»Ihr habt eine Waffe ins Verborgene Tal gebracht, das Ihr nicht einmal betreten dürftet. Kommt!« Sie nahm seine Hand, um ihn zurück auf den Pass zu führen. »Sie werden erst zufrieden sein, wenn Ihr geht.«

»Er ist eingedrungen, ohne den Schwur abzulegen!«, beschwerte sich die älteste Priesterin. Sava hörte auch die unausgesprochenen Vorwürfe. »*Sie ist eine Heilige. Wie kann sie ihn berühren?*«

»Ich werde dafür sorgen, dass er den Eid leistet«, versprach sie gereizt. *Warum können sie uns nicht einfach in Ruhe lassen?* »Habt ihr nichts Besseres zu tun? Es gibt Verwundete zu versorgen und Ängste zu lindern!«

»Sie hat recht«, ließ sich eine der jüngeren Priesterinnen vernehmen, die sie eingeholt hatten. »Die Menschen fürchten noch immer um die Götter, während ihr hier redet.« Sie lief los, und die anderen folgten ihr – erst widerstrebend, dann schneller. Unwillkürlich beschleunigte auch Sava ihre Schritte. Sie glaubte wieder, dass Arion lebte, aber er musste verletzt sein.

»Sava, ich …« Rodan blieb stehen.

Sie drehte sich zu ihm um. »Habt Ihr Arion gesehen? Geht es ihm gut?«

»Ja, der wird schon wieder, aber …«

Er verstummte, als sie ihn erleichtert umarmte und ihr Gesicht an seinem Hals barg. »Es tut mir leid, dass ich schon wieder weglaufen wollte. Glaubt mir, ich bin so froh, dass Euch nichts geschehen ist.«

Zögernd legte er die Arme um sie und zog sie näher an sich. Sein warmer Atem verfing sich in ihrem Haar, als er eine Wange daranschmiegte. Sie nahm seinen Geruch in sich auf, nach dem sie sich seit jenem Tag gesehnt hatte, als sie gegen Narretts Verbot mit ihm allein gewesen war, und legte den Kopf zurück, um in seine dunklen Augen zu sehen. Er blickte sie ernst, fast streng an, doch sie fühlte sich in der Liebe geborgen, die sie in seinem Herzen las. Sehnsüchtig hob sie sich ihm entgegen, als er den Kopf neigte, um sie zu küssen. Sie verlor sich im Gefühl seiner warmen Lippen auf ihren, schwelgte in der Freude und der Hitze, die sie erfüllten. Berauscht wankte sie, als sie sich lösen musste, um Atem zu schöpfen, und war dankbar für die Arme, die sie hielten.

»Sava, du …« Er stockte unsicher, ob er sie so ansprechen durfte. Sie lächelte ermutigend, doch er erwiderte es nur flüchtig. »Du bist bei diesem Gordean in Gefahr. Er …«

Gütige Göttin! Erschrocken zuckte sie zurück. *Vergib mir, Dearta! Ich habe es in deinem Namen geschworen.*

»… wird dich umbringen! Er hat es mir selbst gesagt.«

Mich? Das muss er falsch verstanden haben. »Nein, er wird keine Ruhe geben, bis er dich umgebracht hat. Ich darf …« Sie wich weiter zurück, doch er hielt sie an den Schultern fest.

»Sava, hör mir zu! Männern wie ihm darfst du nicht trauen. Komm mit mir! Wir können irgendwohin gehen, wo uns niemand kennt, und …«

»Das kann ich nicht.« Sie schüttelte den Kopf und mied seinen Blick. »Ich dürfte nicht hier bei dir sein. Ich musste es ihm schwören.«

Zorn und Reue wallten mit dem Bild eines blassen, reglosen Jagon in ihm auf, über dessen Gesicht das rötliche Licht der Flammen flackerte. »Dann muss ich dafür sorgen, dass er dich zu nichts mehr zwingen kann.« Er ließ sie los und wollte gehen, die Hand am Schwertgriff.

»Nein!«, entfuhr es Sava. Hektisch packte sie ihn am Arm. »Du darfst ihn nicht töten.«

Er sah sie an, und es schnitt ihr wie ein Messer ins Herz. Sein Ton war kalt wie die Wut, die er auf Jagon hegte. »Wenn er Euch so viel bedeutet.« Wieder hörte sie, was er nur dachte. »*Natürlich. Er ist ein Ritter, ich bin nur ein Knecht.*«

Tränen stiegen ihr in die Augen, als er sich abwandte und ihre Hand abschüttelte. »Nein, bitte, Rodan! Das ist nicht der Grund.« Sie lief ihm nach, zerrte an seinem Ärmel, doch er marschierte unbeirrt weiter. »Versteh doch! Ich bin Priesterin. Ich kann nicht zulassen, dass du ihn tötest.«

Er fuhr mit wildem Blick herum. »Dann komm mit mir!«

»Das geht nicht«, schluchzte sie. »Ich kann das Heiligtum nicht einfach verlassen.«

Zum zweiten Mal wandte er sich ab. Es war, als risse er ihr damit das Herz heraus, obwohl sie wusste, dass es umgekehrt war und sie ihn nicht aufhalten durfte. Mit jedem Wort vergrößerte sie nur seinen Schmerz, der ebenso der ihre war. Durch einen Schleier aus Tränen sah sie ihm nach, bis sie schluchzend auf die Knie sank und das Gesicht in den Händen vergrub.

Arion

Yarsegata

Jagon wurde mit jedem Schritt schwerer. In Arions Kopf pochte es, und als er sich bückte, um gemeinsam mit Godyé und Merahen den Gordean möglichst sanft auf dem Steinpflaster abzulegen, wäre er beinahe vornübergekippt. Hastig richtete er sich auf, doch das steigerte das Pochen zu einem schmerzhaften Hämmern. Ihm wurde schwarz vor Augen. Blindlings tastete er nach Halt, während sich die Dunkelheit wieder auflöste wie Nebel. Seine Finger fanden eine Hauswand, an der er sich zu Boden gleiten ließ. Bemüht, die Berührung der Beule zu vermeiden, die er unter seinem blutverkrusteten Haar fühlen konnte, lehnte er den Kopf an die Steine und blickte zu dem Flammenwall zurück, in den sich der Innere Tempel verwandelt hatte. Die Hitze des gewaltigen Feuers brachte sein Gesicht zum Glühen. Es brüllte so laut wie die Riesen, die längst das Verborgene Tal erreicht haben mussten, wo Sava und die Kinder der Götter ihnen hilflos ausgeliefert waren. Der Gedanke schnürte seine Kehle zusammen. Verzweifelt schloss er die Augen, als könne er damit die blutigen Bilder ausschließen, die sich ihm aufdrängten. Der Weg, den Rodan genommen hatte, war ihm durch den einstürzenden Dachboden versperrt worden, aber auch der Söldner würde zu spät kommen. *Wir haben versagt. Wir konnten sie nicht beschützen – genau wie sie gesagt hat.*

»*Ur?*«

Arion hob müde die Lider. Sein ganzer Körper fühlte sich schwer und zerschlagen an. Merahen hockte vor ihm und reichte ihm einen Becher Wasser. Die schwarze Farbe unter den Augen des Jägers war verlaufen, doch außer ein paar Kratzern schien er unverletzt. Dankbar nahm Arion das Wasser an und trank. Die kühle Flüssigkeit tat seinem von Hitze und Rauch geschundenen Hals so gut, dass ihm vor Scham die Tränen kamen. Wie konnte er hier sitzen und trinken, während Sava …

»Er kommt nicht zu sich«, ertönte Godyés besorgte Stimme. Die Schwertmeisterin war mit einem nassen Tuch über Jagon gebeugt und wischte über sein Gesicht. Auf ihren eigenen Wangen prangten Rußflecken im sonst so makellosen Weiß. Strähnen hatten sich aus ihrem aufgesteckten Haar gelöst, die nun in der zerlaufenden Schminke klebten.

Einen Moment lang starrte Arion sie nur an, bis ihre Worte in seinem eingetrübten Geist Bedeutung erhielten. Mühsam richtete er sich ein wenig auf. »Wo hat es ihn erwischt?«

Ratlos blickte sie auf. »Sein Bein scheint gebrochen, aber daran stirbt man doch nicht!«

Auch Arion konnte keine auffälligen Löcher, kein Blut an Kettenhemd und Kleidern entdecken. Merahen sagte etwas auf Morahnisch und unterstrich es mit Gesten, die Arion nicht zu deuten wusste.

Godyé nickte. In ihren Augen schimmerten Tränen. »Er sagt, dass vielleicht im Innern des Körpers Adern gerissen sind. Daran kann man verbluten.«

»Im Innern? Woher weiß er das?«

»So schlachten unsere Metzger die Tiere, damit kein Blut auf die Erde fällt und Dämonen aus der Unterwelt herauflockt.«

Die Vorstellung drehte sich träge in Arions Kopf. »Dann können wir nichts für ihn tun?«, fragte er, aber er erwartete keine Antwort. Seltsam, dass ihn Jagons Sterben berührte, obwohl der Gordean ihm so viel Ärger bereitet hatte. Wieder schloss er die Augen und wollte nichts mehr hören und sehen, doch das Prasseln der brennenden Dächer ließ sich nicht aussperren.

»Ich muss Pramein finden«, sagte Godyé wie zu sich selbst. Der Lärm des Feuers übertönte ihre Schritte, als sie davonging. Gemeinsam mit dem Flackern der Flammen, das selbst durch Arions Lider drang, schlug es seine benebelten Sinne in einen Bann, der jeden Gedanken auslöschte. Er trieb in einer warmen, tosenden, lodernden Welt, aus der ihn nur manchmal ein Knall von berstendem Holz kurz aufschreckte, bevor er wieder darin versank.

Plötzlich riss ihn ein warnender Aufschrei Godyés aus seiner Versunkenheit. Andere Stimmen riefen ebenfalls aufgeregt durcheinander. Er öffnete die Augen einen Spalt weit und sah Merahen zu Pfeil und Bogen greifen.

»*Eralea!*« Der Jäger deutete zum brennenden Tempel hinüber. Arion folgte seinem Blick. Einige Schwertmeister hatten blankgezogen, allen voran Godyé, die mit erhobenem Schwert an ihrer Spitze stand. Weitere Jäger legten hastig Pfeile auf. Alle starrten auf den Flammenwall, der mittlerweile an einigen Stellen zusammengesunken, aber noch immer unüberwindbar war. Doch jetzt hörte auch Arion die Schläge und sah, worauf die anderen starrten. An einer Stelle, wo das Dach verschwunden war und das Feuer kaum noch über die Mauern hinausloderte, regte sich etwas hinter dem Tempel. Durch Rauch und Hitzeflimmern hindurch glaubte Arion die Köpfe von Riesen zu erkennen. Sogleich begann sein Herz zu rasen. Das Hämmern fuhr ihm in den Schädel zurück, als er sich auf die Beine kämpfte, und Übelkeit packte ihn. Schwankend lehnte er sich rasch wieder an die Wand in seinem Rücken, aber er zwang sich, auf den Füßen zu bleiben und nach seinem Schwert zu greifen.

Etwas krachte. Funken spritzten auf, als fliege ein Schwarm Sternschnuppen an den Nachthimmel zurück, nur um dabei zu verglühen. Weitere Schläge ertönten. Der flackernde Feuerschein in dem Raum, der durch die Fenster und das fehlende Dach zu sehen war, verdunkelte sich ein wenig. Arion sah eine mächtige Streitaxt aufblinken und niederfahren. *Die Riesen bahnen sich einen Weg zurück!*

Der Gedanke an Flucht streifte ihn, während neue Glutwolken aufwirbelten, doch er sah auch die Verletzten wie Jagon ausgeliefert auf dem Pflaster liegen und verstand, warum die Schwertmeister nicht weichen würden. Lieber wollte er sterben, als zulassen, dass diese Ungeheuer die Verwundeten fraßen!

Die Riesen drangen allmählich vor. Der Schein der Flammen tanzte über die grimmigen Gesichter, mit denen sie sich vorarbeiteten, Feuer mit Mauertrümmern erstickten, Hindernisse zerschlugen und brennende Balken beiseitewarfen. Die Hitze musste ihnen die Borsten absengen, wenn nichts Schlimmeres, doch das hielt sie nicht auf. Ungläubig sah Arion ihnen zu, wie sie dem Feuer trotzten, das ihm selbst aus sicherer Entfernung noch den Schweiß aus den Poren trieb. Warum warteten sie nicht einfach, bis das Feuer halbwegs erloschen war? *Ihre Kranken erwarten sie!* Dass er nicht gleich daran gedacht hatte! Sie waren gekommen, um ein Heilmittel für die tödliche Seuche zu finden, und nun wollten sie es so schnell wie möglich in ihr Lager bringen. Neue Übelkeit würgte ihn bei der Vorstellung, was die Riesen bei sich tragen würden.

Schon standen die Vordersten direkt hinter der Tempelfront und schlugen mit ihren Keulen auf die Mauer ein. Godyé rief einen Befehl. Wo war Pramein? Lag sie unter den Verwundeten? Die Jäger hoben ihre Bögen. Erste Steine brachen aus der Tempelwand und gaben mehr Sicht auf die Riesen frei. Die Schützen zielten. Ein Riese warf sich mit der Schulter gegen die Mauer, von der ein größeres Stück zu Boden stürzte und ihn erzittern ließ.

Ein erschrockener Aufschrei aus mehreren Kehlen übertönte das Feuer. Mit entsetzten Mienen, weil sie beinahe geschossen hätten, senkten die Jäger ihre Bögen. Zwischen den Riesen schritten Epana und jener Elb, auf dessen Hand das kleine Tier gesessen hatte, auf die Bresche zu, die die Riesen mit wenigen Schlägen so weit vergrößerten, dass sie auf ihren Säulenbeinen bequem darübersteigen konnten. Arions Hand krampfte sich um den Schwertgriff, doch die fünf Riesen marschierten an ihm und den übrigen Bewaffneten vorüber, als seien sie unsichtbar. Ruß und gerötete Stellen übersäten die riesigen Leiber, sie rochen nach verbranntem Haar und Rauch. Er fühlte sich winzig gegen sie, und auf seinen wackligen Beinen sehr verwundbar. Wie Gestalten aus einem Albtraum ragten sie über ihm auf.

Die beiden Elben mussten klettern, um den Mauerrest zu überwinden, und hinter ihnen kamen die Priester, die den Schwertmeistern winkten und auf Morahnisch riefen. Sternenwächter und Jäger legten die Waffen nieder. Zögernd schob auch Arion seine Klinge wieder in die Scheide zurück. Konnten sie nicht endlich verständlich sprechen?

Die Jäger und Schwertmeister verneigten sich vor den Elben. Bei seiner Audienz hatte Arion die spitzen Ohren Epanas nicht bemerkt, doch nachdem er erfahren hatte, dass die Kinder der Götter Elben waren, sah er sie jetzt deutlich aus dem Haar hervorlugen, als sie grüßend den Kopf senkte.

»*Wir haben Frieden mit den Riesen geschlossen*«, ertönte ihre Stimme in seinem Kopf. »*Viele befinden sich noch im Verborgenen Tal, um geheilt zu werden. Lasst die Waffen ruhen, dann werden auch sie euch kein Leid mehr zufügen.*«

»*Epana und ich begleiten diese Riesen, um ihren Familien zu helfen, und sie sind ungeduldig, aber wenn auch hier Leben in Gefahr sind, müssen sie warten*«, erklärte der Elb und trat zu den Verletzten.

Godyé sagte etwas und deutete in Arions Richtung, doch ihm war bewusst, dass sie Jagon meinte, der neben ihm zu seinen Füßen lag. Lebte der Gordean noch? Falls er atmete, dann so schwach, dass Arion keine Bewegung des Brustkorbs erkennen konnte. Epana kam zu ihm herüber.

»Ich fürchte, es steht sehr schlecht um ihn«, murmelte er, weil ihm nichts Besseres einfiel.

Ihre Gewänder raschelten wie Laub im Wind, als sich die Elbin neben Jagon niederließ, um ihm über die Wange zu streichen. »*Sorge dich nicht! Es ist noch nicht zu spät für ihn.*«

Sie nahm die Hand des Ritters in ihre und summte leise vor sich hin.

Müdigkeit überkam Arion. Er setzte sich wieder mit dem Rücken an die Hauswand gelehnt und schloss die Augen. »Sava – geht es ihr gut?«

»*Ihr Herz ist gebrochen, aber ihr Körper ist heil. Sie hat uns geholfen, die Riesen mit dem Lied des Friedens zu besänftigen.*«

Er atmete auf, obwohl er nicht wusste, wie er das mit dem gebrochenen Herzen verstehen sollte. Was zählte, war, dass seine Schwester und die Elben nicht getötet und gefressen worden waren. *Dann haben wir also doch nicht umsonst gekämpft.* Er stutzte. *Oder doch?*

»*Das ist sehr schwer zu entscheiden*«, antwortete Epana auf seine Gedanken. »*Aber ich habe den Zorn und die Entschlossenheit der Riesen gespürt, als sie auf dem Weg hierher waren. Das Lied kann nur jene besänftigen, die den Keim der Versöhnung bereits in sich tragen. Ich glaube, dass wir sie nicht erreicht hätten, wenn euer Widerstand sie nicht geschwächt und ihrem Willen die Schärfe genommen hätte.*«

»Dann ist es gut«, murmelte Arion. Das Pochen in seinem Kopf und die Schmerzen in seinem Körper waren nur noch ferne, dumpfe Empfindungen, die nichts mehr mit ihm zu tun hatten. Eine angenehme Schwere überkam ihn, in der sich seine Gedanken in den Schlaf wiegten wie Blätter, die auf einem ruhigen Fluss trieben.

Ein kalter Wind wehte über die geschwärzten Ruinen des Inneren Tempels und wirbelte Arion Asche ins Gesicht. Neuer Schnee leuchtete auf den Gipfeln in der Sonne, deren Strahlen gegen den eisigen Hauch des nahenden Herbstes machtlos waren.

»Ihr habt recht, auf Eile zu drängen«, behauptete Jagon, der mit ihm auf das zerstörte Gebäude zuging, wo Priester und erste zurückgekehrte Flüchtlinge gemeinsam begonnen hatten, das Tor ins Verborgene Tal wieder passierbar zu machen. »Selbst am Ende der Erntezeit kann es schon vorkommen, dass die Pässe zuschneien.«

»Es geht mir nicht nur darum«, wehrte Arion ab und wischte sich die Ascheflocken von der Nase, die unter seinen Fingern zerfielen. »Ihr habt nicht gesehen, wie verzweifelt Smedon war. Ich fürchte mit jedem Tag mehr, dass ich zu spät komme und bereits Schlimmes geschehen ist.«

Der Gordean nickte, ohne ihn anzusehen. Es war unmöglich zu sagen, ob er zustimmte oder nur seine wahren Gedanken dahinter verbarg. »Die Elben werden sicher nicht zusehen, wie Dämonen Sarmyn verheeren.« Spöttisch lächelnd deutete er auf das Bein, mit dem er kaum wahrnehmbar hinkte. »Sie sollen ja große Wunder vollbringen können.«

»Ja, das stimmt wohl«, erwiderte Arion, doch sein Lächeln blieb halbherzig. Jagon hatte allen Grund, dieser Begegnung gut gelaunt entgegenzusehen. Sie war ihm als Anerkennung seiner aufopfernden Verteidigung der Elben gewährt worden, und Epana hatte ihn am vorigen Morgen von der Schwelle des Todes gerettet. *Für ihn sind sie die Kinder der Götter, die er verehrt. Aber was habe ich von ihnen zu erwarten?*

Der Anblick der ausgebrannten Ruine erinnerte ihn an Tomink, dessen Tempel in der Blutnacht zerstört worden war. Genauso musste es dort ausgesehen haben – rußige Mauern, verkohlte Balken, der Geruch von kaltem Rauch in der Luft. Doch niemand hatte gewagt, zurückzukehren und die heilige Stätte wieder zu errichten. Tomink war vor dem Todesurteil des Königs geflohen. Hier in Yarsegata sah er in den Mienen der Priester und Gläubigen Hoffnung durch die Erschütterung schimmern, während er sich einen Weg durch die Trümmer suchte. Ihre Götter waren gerettet, und sie würden dankbar einen neuen Tempel errichten. Arion wünschte, Tomink hätte es sehen können, statt von der Hand seines Vaters zu sterben.

Schweigend folgten sie dem Weg zum Pass hinauf. Eine hauchdünne Schneeschicht überzog die Felsen, wo die Sonne sie nicht erreichte. Arions Gefühl der Dringlichkeit wuchs. Nur ein Ziehen in seinem Kopf, mehr war von seinem Zusammenprall mit der Wand nicht zurückgeblieben, nachdem er in Epanas Gegenwart eingeschlafen war. Er hatte sich das Blut aus den Haaren gewaschen und überrascht festgestellt, dass sich die Wunde geschlossen hatte und die Beule verschwunden war. Wenn die Elben über solche Macht verfügten, dass ihre schiere Anwesenheit bereits heilte, mussten sie dann nicht auch Tazlans Treiben ein Ende setzen können?

Jagon hielt inne, als sich ihnen der Blick auf das Verborgene Tal öffnete, und Arion wartete ungeduldig auf ihn, obwohl auch er sich dem Zauber nicht völlig verschließen konnte. Grün und silbern lag es zwischen den Gipfeln, von weißen Schleiern über den Wasserfällen gesäumt. Unberührt entfaltete es seine Schönheit, als seien niemals Riesen hinabgestürmt, um Tod und Vernichtung zu bringen. Er verstand noch immer nicht, wie die Elben und Sava diesen unaufhaltsam wirkenden Feind mit einem Lied hatten besänftigen können, und warum sie daran gezweifelt hatten, dass ihre Magie wirken würde, wenn sie doch offensichtlich so stark war.

Nur vier Elben erwarteten sie unter den Birken. Godyé hatte Arion erzählt, dass das jüngste Elbenpaar das Verborgene Tal noch vor der Ankunft der Riesen verlassen hatte, um mit Grachann nach Phykadonien zu gehen – Godyé, die um Pramein trauerte, von der es hieß, dass sie sich lieber den Riesen in den Weg gestellt und den Tod gesucht hatte, als zuzusehen, wie sie den Inneren Tempel überrannten. In wenigen Tagen sollten die Anführerin der Sternenwächter und die übrigen Gefallenen ein würdiges Begräbnis erhalten, und Arion wäre gern geblieben, um ihnen die letzte Ehre zu erweisen, doch die Zeit drängte.

Verwundert näherte er sich dem Birkenhain. Dünne, weiße Stämme schienen Pilzen gleich vor dem Halbrund der alten

Bäume aus dem Boden geschossen zu sein und bildeten einen Käfig mit einem Dach aus verflochtenen Ästen, an denen frühlingshaft grünes Laub leuchtete. Hinter den lebendigen Gitterstangen stand die graue Gestalt, die die Riesen auf die wehrlosen Unterhändler gehetzt hatte. Wer war dieser Zauberer, dass er Menschen und Elben so sehr hasste? Grimmig spähte Arion hinüber, um durch die Birkenstecken einen Blick auf das Gesicht des Feindes zu erhaschen, doch es lag im Schatten einer Kapuze verborgen.

»Den Kerl sollte man an den Füßen aufhängen und ausbluten lassen wie ein Schwein«, knurrte Jagon.

Arion nickte nur. Er hatte den Eindruck, der Magier starre ihn an, und wandte sich rasch Sava zu, die ihm mit ernstem Gesicht entgegenkam, ohne den Gordean zu beachten. Wie schon am Tag zuvor sahen ihre Augen gerötet und ein wenig verquollen aus. Zaghaft berührte er ihren Arm, um sie zu trösten. Falls ihre Tränen etwas mit Rodans Verschwinden zu tun hatten, wollte er es lieber nicht wissen. Er konnte sich keinen anderen Grund vorstellen, warum sie sich ihm nicht anvertraute.

Sie lächelte – dankbar, wie er hoffte. »Er ist unheimlich, nicht wahr?«, flüsterte sie mit einem Seitenblick auf den Gefangenen.

»Verglichen mit einem Dämon eher verabscheuungswürdig«, erwiderte er und sah zu, wie sich Jagon vor den Elben auf ein Knie niederließ und den Kopf neigte.

»*Sei uns willkommen, Jagon von den Gordean*«, begrüßte ihn Dialas. »*Deine Hingabe an meine Mutter und meinen Vater ehrt dich. Es erfüllt mich mit Freude, dass es in Sarmyn noch immer Menschen gibt, die ihr Andenken bewahren.*«

»Die Gordean wissen, wo ihre Wurzeln liegen und werden sie niemals vergessen«, versicherte Jagon. »Mein Leben gilt einzig der Aufgabe, dieses Erbe zu bewahren.«

»*Das Erbe, das Dearta Sarmyn hinterließ, ruht jetzt in Sava, aber ich sehe, dass du dir dessen bereits bewusst bist. Möge dein Herz dir stets den rechten Weg weisen!*«

Jagon verneigte sich noch tiefer, bevor er sich erhob. Arions Mund wurde trocken. Der Augenblick war gekommen. Er trat vor.

»*Arion, Sohn Kunmags auf Emmeraun*«, wandte sich Dialas an ihn, »*wir spüren deine aufrichtige Sorge und erkennen deine ehrbaren Absichten. Doch weder steht es in unserer Macht, dem Geist eines Toten die ewige Ruhe zu befehlen, noch können wir mit dir nach Egurna zurückkehren, um Sarmyn vor Dämonen zu schützen. Es erscheint uns zu leichtfertig, in ein Land zu reisen, in dem der Mörder Arutar noch immer als Heilsbringer verehrt wird. Wir vertrauen dir und erbitten deine Vergebung, doch sarmynischen Boden werden wir erst dann wieder betreten, wenn sich dein König bei uns für Arutars Tat entschuldigt und dafür bürgt, dass wir in seinem Reich willkommen sind.*«

Aus dem Augenwinkel sah Arion, wie Sava eine Hand an den Mund legte, als müsse sie einen erschrockenen Ausruf dämpfen. Er selbst stand wie erstarrt. In seinem Kopf gähnte Leere, bis endlich ein Gedanke darin auftauchte. *Dann war diese Reise völlig umsonst.*

»Ich …« Er suchte nach Worten, wollte nicht unhöflich sein, doch die Enttäuschung war größer, als er erwartet hatte. »Das könnt Ihr nicht tun. Ich verstehe, dass Ihr glaubt, Ihr müsstet die Ritter fürchten, die Arutar für einen Helden halten, aber …« Hatten sie recht? Wie würde man sie aufnehmen, wenn sie nach Sarmyn kamen und allen verkündeten, Arutar, der Erste König, Reichsgründer und hellstes Licht am Himmel, sei in Wahrheit ein heimtückischer Mörder gewesen? Musste Werodin in ihnen nicht sogar eine Bedrohung für die Einheit des Reiches sehen? »Vergebt mir! Ich habe kein Recht, von Euch zu verlangen, dass Ihr Euer Leben in die Hände von Männern legt, für die ich nicht sprechen kann. Habt Ihr nicht wenigstens einen Rat für mich? Wisst Ihr vielleicht, wie ich ihn in seine Knochen bannen kann, die Grachann mitbrachte?«

Auf Dialas' Miene zeigte sich nur Bedauern. »*Um den Geist*

in seinen Körper zurückzuzwingen, braucht es mehr als ein paar Knochen. Je weniger von einem Leib übrig ist, desto loser wird die Bindung des Geistes an seine einstige Wohnstatt.«

Verzweifelter Zorn flackerte in Arion auf wie eine dunkle Flamme. »Aber mehr haben wir nicht!«

Er fuhr herum, als die Stimme des Magiers ertönte. »Ich könnte Euch behilflich sein.«

Grachann

Aldagar

Grachann war, als wandle er durch einen Traum. Hätte der Wind, der über den Bergrücken fegte, ihm nicht mit eisiger Hand an Haaren und Umhang gerissen, hätte er für ein Trugbild gehalten, was er vor sich sah. Allmählich begriff er, warum die Menschen in Yarsegata Deaseca und Ciaman als Götter verehrten, obwohl sie sich selbst schlicht Elben nannten. Sie brauchten weder Lieder noch Tänze, weder Trommeln noch Opfertiere, um ihre Magie zu wirken. Sie wohnte in ihnen und floss beständig aus ihnen hervor, ergoss sich mit jedem Schritt über das Land, das sie durchwanderten.

Auf der steinigen Anhöhe hatte es wenig bewirkt, doch nun, da sie einem schmalen Steig hinab zum Wald folgten und der Hang mit Gräsern, Kräutern und windgepeitschten Büschen bedeckt war, durfte er erneut staunend beobachten, wie das Grün unter ihren Füßen spross. Hecken trieben neue Knospen, frühlingszarte Halme schoben sich hervor, und neben welken Stängeln wuchsen frische, an denen sich Blüten öffneten wie in der Steppe, wenn nach langer Dürre der erste Regen fiel.

Kopfschüttelnd betrachtete er die beiden schlanken, anmutigen Gestalten in ihren Roben, die im Sonnenlicht silbrig grün flirrten wie Birkenlaub. Aus dem langen Haar, mit dem der Wind nur zu spielen schien, während er an Grachanns zerrte, lugten ab und zu die spitzen Ohren hervor, die bewiesen, dass sie keine Menschen sein konnten. Eine Hirschkuh, auf hohen Beinen über den steinigen Weg staksend, folgte ihnen und trug ihre wenigen Habseligkeiten auf dem Rücken wie ein Packpferd.

Die Faitaschaschem werden ihren Augen nicht trauen. Er hatte es selbst nicht getan, als er das Wunder am Vortag zum ersten Mal erblickt hatte. Er hatte die Blüten berühren, ihren Duft riechen und über das Fell des Tieres streichen müssen, das beunruhigt seine Witterung aufgenommen hatte, den Geruch des Jägers, vor dem das Wild Reißaus nahm. Mittlerweile hatte es sich ebenso an seine Nähe gewöhnt wie er sich an den Anblick der blühenden Spur, die die Elben auf ihrem Weg hinterließen. Doch es gab Momente, in denen er sich fragte, ob er sich noch in der Menschenwelt befand oder auf geheimnisvolle Weise in die der Geister geraten war, in der andere Gesetze galten.

Der Pfad führte sie oberhalb des Waldrands entlang gen Osten. Grachann blickte auf seinen Schatten hinab, der immer länger wurde. Hatten die Riesen Yarsegata bereits erreicht? Waren Rodan und Arion noch am Leben? Er hoffte, dass sie nicht zu schlecht von ihm dachten, weil er vor dem Kampf davongeschlichen war wie ein feiger Schakal. *Mögen die Ahnen geben, dass wir uns wiedersehen, damit ich ihnen berichten kann, warum ich sie im Stich lassen musste!*

Deaseca wandte sich zu ihm um. »*Sorge dich nicht! Die Riesen sind ins Verborgene Tal vorgedrungen, doch sie konnten friedlich gestimmt werden. Meine Mutter sagt, dass alle deine Freunde überlebt haben.*«

Grachann sah sie verblüfft an. Sie mussten wahrhaftig Götter sein, wenn sie seine Gedanken hören konnten und auf unsichtbare Weise mit Epana verbunden waren. Gab es irgendetwas auf dieser Welt, das sie nicht wussten? »Ich danke dir.

Es macht mein Herz leicht und meine Freude, euch in meine Heimat zu bringen, umso größer, dass alles gut ausgegangen ist.« *Für alle außer Anidim.* Er ertappte sich dabei, dass sie ihm leidtat. Einer so stolzen Frau konnte es nicht leichtgefallen sein, um Hilfe zu flehen, und er nahm ihr nicht übel, dass sie vor Enttäuschung in Zorn geraten war, als die Elben sie ihr verweigert hatten. Er wusste nur zu gut, wie es war, in der Not abgewiesen zu werden. Wohin sie wohl davongestürmt war?

Der Schrei eines Adlers riss ihn aus seinen Gedanken und ließ ihn aufblicken. Über ihm – ein schwarzer Umriss am blauen Himmel, der von fedrigen Wolkenstrichen durchzogen war – zog der Adler auf dem Wind seine Kreise, schraubte sich höher und näher an den Gipfel, hinter dem er schließlich verschwand. Grachanns Blick schweifte zurück am Hang entlang, als ihm eine dunkle Spalte am Fuß eines steilen Stücks Felswand auffiel. »Wartet!«, rief er den Elben nach, die sich sogleich umdrehten. »Da oben scheint eine Höhle zu sein, in der wir vielleicht übernachten können. Ich sehe mal nach.«

Ohne eine Antwort abzuwarten, eilte er quer über den Abhang zu den Felsen hinauf. Die tägliche Reise des Sonnengeists neigte sich dem Ende zu, und der kalte Wind versprach eine frostige Nacht. Der Spalt war sehr viel höher als breit, doch er hätte sogar drei Menschen gleichzeitig bequem Durchlass geboten. Grachann zog den Säbel und sog die Luft ein. Es roch nach feuchtem Gestein und einem Anflug von Moder, keine Spur der scharfen Losung eines Raubtiers. Trotzdem betrat er die Höhle vorsichtig. Lose Steine lagen auf dem Boden verstreut. Ein geschwärzter Fleck, auf dem noch eine dünne Schicht Asche und Kohle zurückgeblieben war, erinnerte an ein lange erloschenes Feuer. Vereinzelt glänzte Wasser an Kanten im Felsen, aber es tropfte nur an zwei Stellen herab, und so spärlich, dass sich nicht einmal eine Pfütze gebildet hatte. *Allemal besser, als im Wind zu liegen.*

Neugierig drang er tiefer in die Schatten vor, die verbargen, wie weit die Höhle in den Berg hineinführte. Mit jedem

Schritt wurde es dunkler. Gerade schickte er sich an, über einen großen, rundlichen Stein zu steigen, der mitten im Weg lag, als er stutzte und den Fuß rasch zurückzog. Die Form des Steins war merkwürdig. Prüfend klopfte er mit der Klinge darauf. Das Geräusch klang hohl, nicht so hell und ein wenig schabend, wie wenn Metall auf Stein traf. Allmählich gewöhnten sich seine Augen an das spärliche Licht, und er erkannte Kiefer. *Heilige Ahngeister, ein Bärenschädel!*

Den Säbel und einen Fuß gebrauchend, um den womöglich magischen Knochen nicht berühren zu müssen, drehte er den schweren, klobigen Schädel zu sich um. Doch nicht Reißzähne in einer Schnauze grinsten ihm entgegen, sondern ein Totenkopf, der in jeder Hinsicht menschlich aussah, bis auf seine enorme Größe. Grachann starrte auf das Knochengesicht hinab – Zähne, so kräftig wie die eines Pferdes, Augenhöhlen, durch die fast eine Frauenhand passte, Brauenwülste, auf denen man einen Dolch hätte ablegen können. Rodan hatte nicht übertrieben. Dies musste der Schädel eines Riesen sein. Grachann ging in die Knie, um direkt in das Gesicht blicken zu können. *Der Schädel des größten Mannes, den die Welt je gesehen hat.*

Sava

Verborgenes Tal

»Ich könnte Euch behilflich sein …« Die Stimme des Magiers veränderte sich mit jedem Laut. In einem Moment klang sie wie das Knirschen von Felsen auf Felsen, dann erinnerte sie mehr an das Murmeln eines Baches, und schon beim nächsten Lidschlag tönte sie dumpf, als käme sie aus einem tiefen Erdloch. Sie fuhr Sava unter die Haut und ließ sie schaudern. »… wenn ich dafür meine Freiheit erhalte.«

Er war vorgetreten, so nah an die schlanken Birken, die den Käfig bildeten, dass sein leeres Gesicht durch die Stangen zu sehen war. Selbst wenn er sprach, zeichneten sich keine Umrisse unter dem grauen Tuch ab. Sava spürte seinen Blick auf sich, obwohl es keine Augen gab, die es ihr hätten verraten können. Unwillkürlich wich sie zurück. Sie hatte gesehen, wie der Schwertmeister gestorben war, und fürchtete den Zauberer, auch wenn die Elben ihr versichert hatten, dass er dieses Gefängnis nicht durchbrechen konnte, weil sich seine Macht nicht auf Lebendiges erstreckte.

Sie sah zu Arion, der sprachlos das graue Nichts anstarrte, wo eine Miene hätte sein sollen. Er schwankte zwischen Entsetzen, Abscheu und einem Anflug von Hoffnung. »Was für ein Wesen ist er?«

»*Ein dschibenschu*«, sagte Dialas, als ob dies alles erklärte. Sava hatte das Wort nie zuvor gehört.

»Könnte er mir wirklich helfen?«, wollte Arion wissen.

»Was gibt es da zu überlegen?«, empörte sich Jagon. »Dieses Ungeheuer würde Euch das Blaue vom Himmel versprechen, um seiner Strafe zu entgehen.«

»Ihr habt recht.« Arion wandte sich an den Magier. »Du kannst vieles behaupten, aber selbst wenn es wahr wäre, bin ich nicht dein Richter. Jene, deren Leben du bedroht hast, müssen darüber entscheiden, was mit dir geschehen soll.«

Rasch drehte sich Sava zu den Elben um, die den Zauberer nachdenklich betrachteten.

»*Beweise, dass es in deiner Macht steht, den Menschen zu helfen!*«, forderte Dialas.

»Ich brauche einen Knochen«, windsäuselte und wasserrauschte die Stimme. »Irgendeinen.« Ein grau verhüllter Arm streckte eine geöffnete, tuchumwickelte Hand zwischen den Gitterstäben hervor.

Sava schluckte. »Ich habe einen beinernen Kamm.«

»Das genügt.« Die grauen Stofffinger winkten sie näher.

Das Herz klopfte ihr bis in den Hals. Für Die Gabe blieb

der Magier ein blinder Fleck, ein Loch im Gewebe des Lebendigen, das sie umgab. Sie zog den filigran geschnitzten Kamm aus ihrer Gürteltasche. Einige Zinken waren herausgebrochen, die Stellen, an denen sie ihn hielt, vom langen Gebrauch glatt und glänzend. Zögernd näherte sie sich der wartenden Hand, als eine schnelle Bewegung sie zusammenzucken ließ.

Jagon sprang ihr in den Weg und nahm ihr den Kamm ab. »Bleibt weg von ihm! Es ist zu gefährlich.«

Er wartete, bis sich Sava ein paar Schritte zurückgezogen hatte, dann trat er mit finsterer Miene vor. Sie konnte nicht umhin, Dankbarkeit zu empfinden, während sie beobachtete, wie seine Hand über den tuchumwundenen Fingern schwebte und sich gerade so weit senkte, dass der Kamm hineinfiel, als er ihn losließ. Bei der Vorstellung, der graue Stoff hätte ihre Haut berühren können, wallte Ekel in ihr auf.

Der Zauberer hielt die Handfläche so, dass sie den Kamm darauf liegen sah. Beinahe unmerklich begann er sich zu regen. Sava hielt den Atem an. Wie durch einen Schleier konnte sie erkennen, dass das Stück Bein langsam seine Form veränderte, bis es wieder klar umrissen auf dem grauen Stoff lag – ein Stück des dicken Pferdeknochens, aus dem man es ursprünglich gesägt hatte. Der Magier warf es Arion vor die Füße.

Sava spürte den Zwiespalt ihres Bruders. Er bückte sich, hob die Knochenscheibe auf und drehte sie ungläubig zwischen den Fingern. »Du willst mir sagen, dass du Tazlans Gebeine wiederherstellen kannst?«

»Das – und mehr.«

Arion sah zu den Elben. »Was sagt Ihr?«

»Ihr könnt ihm nicht trauen!«, warnte Jagon. »Er wird verschwinden und neues Unheil stiften, wenn Ihr ihn freilasst.«

»Er hat einen Menschen getötet!«, rief Sava hastig. »Warum sollte er es nicht wieder tun?«

Ihr Bruder verzog hin- und hergerissen das Gesicht, doch seine Augen blieben auf Dialas gerichtet. »Ihr seid es, die er bedroht. Ihr müsst entscheiden, was mit ihm zu geschehen hat. Sicher wollt Ihr ihn nicht auf Ewig hier im Verborgenen Tal behalten.«

»*Nein. Und ihn an einem anderen Ort gefangen zu halten, wäre nicht sicher. Er würde sich befreien oder jemanden finden, der es für ihn tut. Aber wir töten nicht, deshalb …*«

»Lüge!«, fauchte die Stimme flammengleich. »Ihr habt den Tod in die Welt gebracht! Meinen Tod! Ich werde nicht ruhen, bis ich euch ausgelöscht und das *Dschiben*-Reich wiedererrichtet habe.«

Sein Hass erreichte Sava wie fernes Wetterleuchten. Als ob er hinter Wolkenbergen tobte, die Die Gabe nicht zu durchdringen vermochte.

»Da hört Ihr es!« Jagon deutete mit der Hand auf den Käfig. »Wir sollten ihn nach Drahan schaffen und in einer alten Mine verrotten lassen.«

Dialas schüttelte den Kopf. »*Stein und Stahl halten ihn nicht. Nur das Lebendige vermag er nicht zu durchdringen, weil es sich seiner Macht nicht beugt.*« Er richtete den Blick auf Arion. »*Ob du ihn mit dir nimmst oder wir ihn an einem anderen Ort einsperren, ändert nichts daran, dass er eines Tages zurückkehren und erneut versuchen wird, uns vom Angesicht der Welt zu tilgen. Die Entscheidung liegt bei dir.*«

Sava verstand nicht, wie der Magier die Elben für seinen Tod verantwortlich machen konnte – ausgerechnet sie, die so viel Leben schenkten. Doch danach konnte sie später fragen. Wichtiger war, was Arion tun sollte. »Warum ihn freilassen, wenn er nicht gezwungen werden kann, dir tatsächlich zu helfen? Wir bringen uns nur selbst in Gefahr.«

»Du hast alles gehört, was gesagt wurde«, wandte sich ihr Bruder an den Zauberer. »Weshalb soll ich glauben, dass du dich nicht sofort auf uns stürzt oder dich aus dem Staub machst?«

»Ich komme mit Euch. Ich meine immer, was ich sage.«

Daran mochte etwas Wahres sein. *Wenn er uns übertölpeln*

wollte, hätte er wohl kaum herausgebrüllt, dass er die Elben tot sehen will. Trotzdem sträubte sich ihr Innerstes dagegen, dem *dschibenschu* zu vertrauen. Sie spürte, wie Arion mit sich rang, und war froh, nicht in seiner Haut zu stecken. Ihr hätte der Mut gefehlt, sich auf einen Pakt mit diesem Unhold einzulassen.

Arion seufzte. »Ich sehe keinen anderen Ausweg. Ich muss es versuchen.«

Dialas neigte zustimmend das Haupt. »*Dann ist die Zeit des Abschieds für uns gekommen.*«

Lächelnd trat er vor und legte Sava die Hände auf die Schultern. Kraft und Zuversicht durchströmten sie wie die Wärme eines Feuers an einem Wintertag. Ihr Kopf fühlte sich leichter, ihre vom Weinen wunden Augen heil an. »Aber … gibt es nicht vieles, das Ihr mich noch über Die Gabe lehren müsst?«

»*Du weißt bereits alles, bis auf eines: Es gibt ein viertes Lied, das nicht erlernt werden kann – ein Lied, um in dunkelster Nacht das Licht herbeizurufen. Du wirst es in deinem Herzen finden, wenn es frei von Angst und Wut und Hass ist, so wie es die unseren sind.*«

Epilog

Egurna

»Lasst uns einen Augenblick allein!«, befahl Regin, als sein Vater den Raum betrat, ohne eine Antwort auf sein Anklopfen abzuwarten.

Ermig, der ihm vor Aufregung bereits den linken Schuh für den rechten Fuß gereicht hatte, eilte erleichtert davon, während der neue Kammerdiener, der ihm gerade den mit einer goldbestickten Borte gesäumten weißen Umhang anlegen wollte, zögernd das Kleidungsstück sinken ließ. Erst als Regin ihn stirnrunzelnd ansah, besann er sich.

»Wie Ihr wünscht, Herr.« Er verbeugte sich, folgte dem Knappen und schloss die Tür des Gemachs hinter sich, das Regin in der vergangenen Nacht zum letzten Mal beherbergt hatte.

»Habt Ihr Neuigkeiten von Edgiva?«, erkundigte sich Regin.

Sein Vater hob verblüfft eine buschige Braue. »Edgiva? Am Tag deiner Krönung solltest du dir wirklich andere Gedanken machen. Oder liegt dir deine Frau so mit ihrer verschwundenen Schwester in den Ohren?«

Dir bedeutet sie natürlich nichts. Regin fragte sich, ob für Megar ein Mensch jemals mehr als eine Spielfigur auf seinem Brett gewesen war. Niemand hatte Edgiva gesehen, seit Narrett ihnen die Nachricht von Werodins Tod überbracht hatte. Er hatte ganz Egurna nach ihr absuchen lassen, und als das nicht fruchtete, Suchtrupps ausgeschickt, obwohl kein Pferd in den Ställen fehlte. Die Königin, die nach diesem Tag nur noch Königinmutter sein würde, und Beveré waren verzweifelt. Edgivas Zofen schworen, dass sie ebenso ratlos waren wie jeder andere, und wenn sie von Regins Verhältnis zu ihrer Herrin wussten, dann schwiegen sie darüber. Es gab keinen Grund anzunehmen, dass diese Liebschaft in Verbindung mit ihrem Verschwinden stand.

»Vermutlich hat sie sich aus Gram im Urdin ertränkt«, wiederholte der Fürst, was hinter vorgehaltener Hand getuschelt wurde. »Du weißt doch, wie die jungen Dinger sind.«

Regin ballte die Fäuste. »Ja, das weiß ich allerdings.«

»*Lass ihn schwätzen!*«, riet Tazlan. »*Wenn sie tot wäre, wüsste ich es.*«

Er hasste es, in dem Geist einen Verbündeten zu sehen, doch dieses eine Mal war Regin ihm dankbar. »Vielleicht solltet Ihr mich künftig mit mehr Respekt anreden … Vater. Immerhin bin ich jetzt Euer König.«

Fürst Megar deutete ein Lächeln an. »Vergesst nicht, wem Ihr das zu verdanken habt!«

»Wie könnte ich?« Er wünschte, es wäre das Einzige, was er nicht vergessen konnte. »Habt Ihr Neuigkeiten, oder seid Ihr gekommen, um mich wie eine ängstliche Braut in die Halle der Rechtsprechung zu führen?«

Megars Gesicht wurde ernst. »Es gibt in der Tat etwas, das ich dir ... verzeiht ... Euch nicht vorenthalten wollte, obwohl der Hof heute noch nicht davon erfahren muss. Dristan hat Euch eine Botschaft zur Krönung gesandt.« Der Fürst zog ein zusammengefaltetes Pergament unter seinem Gürtel hervor, das mit dem Schiff der Seelande gesiegelt war.

»Lest Ihr es für mich!«, befahl Regin. »Wer weiß, mit welchem Gift er den Brief eingestäubt hat.«

»Ein solches Gift gibt es nicht«, schnaubte Megar, doch seine Neugier schien zu groß, um Regin das Schreiben aufzudrängen. Er brach das Siegel und überflog die Zeilen.

»Und?«

»Er hält Euren Anspruch auf den Thron für noch lächerlicher als Werodins und erklärt sich zum König des Reiches.« Der Fürst sah Regin ungerührt an. »Das war abzusehen. Aber es steht zu befürchten, dass sich ihm jetzt mehr Ritter anschließen werden, die mit Eurer Krönung nicht einverstanden sind.«

»Sollen sie nur kommen!«, platzte Regin heraus. Waren es seine Worte oder Tazlans? In den letzten Tagen war er nicht immer sicher gewesen, wer von ihnen gerade sprach. »Ich bin es, der heute in Egurna gekrönt wird. Solange Dristan das nicht von sich behaupten kann, bleibt er ein Hochverräter.«

»Trotzdem wäre es gut, wenn Ihr Eurem Anspruch durch einen Sohn Nachdruck verleihen könntet, dem Werodins Blut durch die Adern fließt.«

»Ich arbeite daran! Geht endlich und schickt meine Diener wieder herein!« Kopfschüttelnd wandte sich Regin ab und sah aus dem Fenster. Die Bäume auf dem Burghof verfärbten sich allmählich. *Emmeraun muss mich vergessen haben.* Der Gedanke begleitete ihn bis in die Halle der Rechtsprechung, in der sich die festlich gekleideten Gäste drängten. Fanfaren schmetterten zu seiner Begrüßung. Die Blicke folgten ihm, als er durch den Mittelgang auf den Thron zuschritt, wo der Bewahrer des Erbes ihn erwartete. Er hörte die Menschen flüstern, sah die Sonnenbanner an den Wänden sich träge im Wind wellen, der durch die hohen Bogenfenster wehte – und dann nichts mehr.

Der nächste Laut, den er vernahm, war seine eigene Stimme, als er vom Thron herab verkündete, dass für Sarmyn eine neue Zeit angebrochen sei. Jubel brandete in der Halle auf, doch Regin empfand keine Freude. Tazlan hatte ihn um den Augenblick seiner Krönung betrogen. Er hörte das Heulen des Grauen Hundes hinter der marmornen Mauer und den Ruf der dunklen Macht.

Danksagung

Für ihre Hilfe bei der Entstehung dieses Romans bedanke ich mich herzlichst bei: meinen Agentinnen Natalja Schmidt und Julia Abrahams, meiner Lektorin Catherine Beck, Carsten Polzin vom Piper Verlag, meinen Testlesern André Wiesler, Karsten Hoffmeyer und Maren Frank, der Illustratorin Rebecca Abe und ganz besonders Torsten Bieder.

Ein großes Dankeschön gilt meinen Lesern für ihre Unterstützung und das unverzichtbare Feedback.

Dramatis personae

Die Phykadonier
Grachann, Sohn des Häuptlings Lardak
Lardak, Häuptling der Adler (*faitaschaschem*)
Braninn, Sohn des Häuptlings Turr
Turr, Häuptling der Pferde (*faitalorrem*)
Joru, Weltenwanderin der Pferde
Tarronn, Jorus Schüler
Anidim, die Ungeborene
Ertann, Häuptling der Büffel (*faitaworrem*)
Geronn, Nachfolger Ertanns
Sapass, Häuptling der Schlangen
Madarr, Häuptling der Hirsche (*faitawoschem*), Verwandter Braninns
Mordek, Ertanns Handlanger vom Stamm der Löwen

Die Sarmyner
Emmeraun
Sava von Rédké, Mündel Kunmags
Arion auf Emmeraun
Kunmag auf Emmeraun
Adavind, Savas Mutter, Arions Stiefmutter
Beredin, Arions jüngerer Bruder (auch der Name eines königstreuen Ritters aus Südsarmyn)
Mari, Savas Zofe
Bruin, Pferdeknecht auf Emmeraun
Nielte, Knecht auf Emmeraun
Tomink, Arions verstorbener Lehrer und ein Priester
Saminé, Base Arions

Wigan vom Arbach, Saminés Vater
Rodmar, Saminés ältester Bruder

Smedon
Regin von Smedon, Ziehsohn und Neffe Megars
Megar von Smedon, Fürst
Waig von Smedon, älterer Bruder Regins
Ermig, Regins Knappe
Ertwan, Bannerträger der Smedons

Egurna
Werodin III., König Sarmyns
Beveré, älteste Tochter Werodins
Edgiva, Schwester Beverés
Prinz Joromar, Kronprinz Werodins III.
Rotger, Die Feder, ein Vetter Werodins
Elana, Hofdame

Drahan
Jagon von Gordean
Alva von Gordean, Jagons Mutter (auch Name der Stammmutter dieser Adelsfamilie)
Hervind, Hohepriesterin
Ervi, Priesterin
Vala, älteste Priesterin im Heiligtum
Pera, Magd im Heiligtum
Ode, alter Patient im Heiligtum
Garédar, Ritter der »Unsichtbaren«
Herke, alter Waffenknecht in Rothjard
Arrer, ein Knecht in Rothjard, Fleischhauer
Nidag, Dieb
Lanenk, Knecht in Rothjard
Korwin, Dienstmann in Rothjard, Freund des »Kerkermeisters«

Sonstige Sarmyner
Rodan, Söldner
Tazlan, verstorbener Hohepriester des letzten Tempels
Narrett von Gweldan, Fürst
Solvind, Narretts Frau
Berenk, Ritter in Narretts Gefolge, ehemals Verlobter Savas
Dristan von Urdjard, Fürst der Seelande
Werengar von Urdjard, Dristans Erbe
Adaldag, Ritter im Süden, Parteigänger Dristans
Arvian, Ritter im Süden Sarmyns
Herian, Ritter, verstorbener Verlobter Savas
Kreon, verstorbener Burgherr in Ostsarmyn
Ordag auf Gerweron, Fürst
Avank vom Stolzen Berg, Barde
Gorwan auf Allarn, Ritter auf Burg Allarn
Illar vom Wintergrund, junger Barde aus Smedon
Adalar, alter Ritter

Die Morahn
Merahen, morahnischer Jäger
Pramein, Anführerin der Schwertmeister bzw. Sternenwächter
Godyé, junge Schwertmeisterin
Nojaranen, ältester Priester in Yarsegata
Yunmar, auch genannt »Steinfresser«
Gorwan, legendärer Schwertkämpfer Diuramans
Haduri, legendäre Schwertkämpferin Deartas

Die Elben
Epana, Tochter Diuramans und Deartas
Dialas, Sohn Diuramans und Deartas
Deaseca, jüngste Elbin, Tochter Epanas
Ciaman, Deasecas Gefährte
Deamatia, schwangere junge Elbin
Viardian, Sohn Diuramans, der sich für den Frieden mit den Riesen opferte (die Riesen nennen ihn Vrdan)

Daniela Knor

Nachtreiter

Roman. 480 Seiten.
Piper Taschenbuch

Immerwährende Dunkelheit bricht über die Steppe Phykadoniens herein, die Heimat der beiden Krieger Braninn und Grachann. Sie vertreibt alles Licht aus dem Leben der Steppenreiter. Als ihr Herrscher Ertann sein Volk zum Krieg gegen das Nachbarland Sarmyn aufstachelt, ahnen Braninn und Grachann, dass Ertann selbst mit den Dämonen im Bunde stehen muss. Doch niemand glaubt ihnen. Nach einem Versuch, die Machenschaften ihres Herrschers aufzuklären, müssen sie fliehen. Es verschlägt die beiden Freunde ausgerechnet in das feindliche Sarmyn, wo sie unerwartete Hilfe finden. Zwei sarmynische Ritter, eine Halbdämonin und eine Priesterin schließen sich ihnen an. Gelingt es ihnen gemeinsam, ihre Welt den dunklen Dämonen zu entreißen?

05/2392/01/L

Thomas Plischke

Die Zwerge von Amboss

Die Zerrissenen Reiche 1.
496 Seiten. Piper Taschenbuch

Der Auftakt zur neuen actiongeladenen Fantasy-Serie um »Die Zerrissenen Reiche«: In der Industriestadt Amboss herrscht Aufruhr unter den Zwergen. Gerüchten zufolge planen die Menschen – die Diener der Zwerge – eine Revolution. Als der Ermittler Garep Schmied zum Schauplatz eines brutalen Mordes gerufen wird, halten alle einen Menschen für den Täter. Sein Motiv: Hass auf die Zwerge. Garep jedoch ermittelt gegen alle Widerstände und Vorverurteilungen weiter. Denn nicht nur die Machenschaften von Menschen bedrohen den Bund, sondern auch unter den Zwergen herrschen Hass und Machtgier.

05/2313/02/R

Richard Schwartz

Das Erste Horn

Das Geheimnis von Askir 1.
400 Seiten. Piper Taschenbuch

Ein verschneiter Gasthof im hohen Norden: Havald, ein Krieger aus dem Reich Letasan, kehrt in dem abgeschiedenen Wirtshaus »Zum Hammerkopf« ein. Auch die undurchsichtige Magierin Leandra verschlägt es hierher. Die beiden ahnen nicht, dass sich unter dem Gasthof uralte Kraftlinien kreuzen. Als der eisige Winter das Gebäude vollständig von der Außenwelt abschneidet, bricht Entsetzen aus: Ein blutiger Mord deutet darauf hin, dass im Verborgenen eine Bestie lauert. Doch wem können Havald und Leandra trauen? Die Spuren führen in das sagenhafte, untergegangene Reich Askir …

Ein sensationelles Debüt mit einer intensiven, beklemmenden Atmosphäre, die in der Fantasy ihresgleichen sucht.

05/2032/03/L

Richard Schwartz

Die Zweite Legion

Das Geheimnis von Askir 2.
432 Seiten. Piper Taschenbuch

Ein mysteriöser Wanderer aus dem legendären Reich Askir trifft im Gasthof »Zum Hammerkopf« ein. Er unterrichtet den Krieger Havald und die Halbelfe Leandra über die Zersplitterung des Reiches. Leandra, Havald und einige Gefährten machen sich auf zum magischen Portal, um die Bewohner Askirs davor zu warnen, dass der brutale Herrscher Thalak auch sie zu unterjochen droht. Das Portal soll die Gefährten unmittelbar nach Askir führen; doch stattdessen landen sie im gefährlichen Wüstenreich Bessarein …

Der zweite Band des Fantasy-Zyklus »Das Geheimnis von Askir« verblüfft erneut mit hochgradiger Spannung und intensiver Atmosphäre. High Fantasy der Superlative!

05/2132/02/R